U0534224

契诃夫文集

汝 龙／译

人民文学出版社

7

Антон Чехов

契诃夫像

目　次

一八八七年

问题 3
阴谋 11
旧房 16
冷血 23
昂贵的课业 43
狮子和太阳 50
灾祸 55
吻 63
男孩们 83
卡希坦卡 91
某小姐的故事 114

一八八八年

无题 121
困 126
草原 133
纠纷 240
灯光 261

美人 …………………………………………… 302
命名日 …………………………………………… 312
精神错乱 ………………………………………… 350
鞋匠和魔鬼 ……………………………………… 377

一八八九年

打赌 ……………………………………………… 387
公爵夫人 ………………………………………… 395

题解 ………………………………………………… 409

一八八七年

问　　题

　　他们为了避免把乌斯科夫家的家庭秘密张扬出去,已经采取最严厉的措施。有一半仆人已经给打发到戏院和杂技场去了,另一半守在厨房里不准外出。仆人们接到命令:来客一概挡驾。上校太太(也就是婶娘)、她的妹妹、女家庭教师,虽然知道这个秘密,却装出什么也不知道的样子。他们坐在饭厅里,既不到客厅,也不到大厅去。

　　这场大风波的祸首,萨沙·乌斯科夫本人,一个二十五岁的青年人,早已来了,遵照他的辩护人,心肠极软的舅舅伊凡·玛尔科维奇的嘱咐,温顺地坐在大厅里,靠近书房的门口,准备好做一番坦率诚恳的解释。

　　书房里正在举行家庭会议。他们所谈的是一件很不愉快的、棘手的事。事情是这样的:萨沙·乌斯科夫冒名开了一张期票,在一个银行里办理了贴现,而这张期票三天前已经到期,于是如今他的两个叔叔和舅舅伊凡·玛尔科维奇就要解决一个问题:他们究竟应该付出这张期票的款项来挽救家庭名誉呢,还是应该丢手不管,把这个案子提交司法当局处理?

　　对事不干己的局外人来说,这类问题是容易解决的,然而对那些亲身遭到这种不幸,也就是必须严肃解决这种问题的人来说,这种问题就非常难于解决了。那些长辈已经议论很久,可是问题的解决还是一点进展也没有。

"诸位先生！"上校叔叔说，从他的声调里可以听出他又疲倦又伤心，"诸位先生,谁说家庭名誉是偏见？我根本没有说过。我只是警告你们不要抱着不正确的见解,指出你们可能犯无法原谅的错误罢了。你们怎么会不懂呢？要知道我说的不是中国话,而是俄国话呀！"

"好朋友,我们懂得的。"伊凡·玛尔科维奇温和地说。

"既然你们说我否定了家庭名誉,那怎么能算是懂了？我再说一遍：对家庭名誉理解得不正确,那才是偏见。理解得不正确！这就是我所说的！不管是谁,只要他是骗子,那么包庇他,使他不受惩罚,无论出于什么动机,都是违法的,不是正派人应该做的,这不是挽救家庭名誉,而是怯懦地规避公民责任！就拿军队来做个例子吧。……军队荣誉在我们心目中比其他一切荣誉都宝贵,然而我们并不包庇我们的犯罪成员,而是审判他们。那又怎么样？难道军队荣誉因此受到了玷污？刚好相反！"

另一位叔叔是省税务局的一个文官,为人沉默寡言,头脑迟钝,害着风湿病。他要么默默不语,要么只是说：万一打起官司来,乌斯科夫这个姓可就会登到报纸上去了。依他的见解,这个问题一开头就应当捂得严严的,千万不能张扬出去,然而他除了提到报纸以外再也举不出别的什么理由来解释自己的看法了。

心肠极软的舅舅伊凡·玛尔科维奇讲得流畅,温和,声音发颤。他开头说：青春自有它的权利,自有它入迷的东西。我们谁没有年轻过,谁没有入过迷呢？慢说普通的凡人,就连伟大的人物,在年轻的时候也难免入迷,犯错误。比方就拿大作家的生活经历来说。他们年轻的时候谁没有热衷于赌博和酗酒而挥霍金钱,谁没有惹得思想端正的人愤慨呢？如果萨沙的入迷已经接近犯罪,那么必须注意：他,萨沙,几乎没有受过什么教育,他在中学读到五年级就被开除了。他年纪很小就父母双亡,所以临到年轻刚懂事的时候,没有受到管教和良好有益的影响。他心浮气躁,容易冲动,没有立定脚跟,要紧的是,人生的幸福跟他无缘。就算他犯了过错,那么无论如何他总应当受到一切有恻隐之心的人的宽容和同情。对他加以惩罚当然是应该的,然而就是不惩罚他,他的良心以及目前他等着亲戚们的判决而经受到的痛苦也已经在惩罚他了。上校举出军队来做比喻是很精彩的,这给他的崇高智慧增添了光彩,他呼吁公民的责任感,这说明他灵魂高尚,不过大家也不要忘记:在每个人身上,公民是跟基督徒紧密结合着的。……

"如果我们对待这个犯罪的孩子不是惩罚,而是伸出援助的手,"伊凡·玛尔科维奇热烈地说,"我们就违背了公民的责任吗?"

接着,伊凡·玛尔科维奇讲到家庭名誉。他自己并没有属于乌斯科夫家族的荣幸,然而他清楚地知道这个有名的家族从十三世纪就开始传下来了。他也一刻都没有忘记他永远铭记心中而且为他所热爱的姐姐做过这个家族的一个代表的妻子。一句话,他有许多理由认为,这个家族对他来说是亲密的。他不能认可这样一种想法:为了区区一千五百卢布就害得这个家族的无限珍贵的纹章蒙上阴影。如果他所陈述的种种动机都缺乏说服力,那么最后他,伊凡·玛尔科维奇,请在座的人问一问自己:究竟什么叫犯罪?犯罪是以作恶的意志为基础的不道德行为。可是人的意志是自由的吗?科学对这个问题还没有做出肯定的回答嘛。学者们抱着不同的见解。例如,最新的龙勃罗梭①学派就不承认自由的意志,却把每一种犯罪行为都看作个人的纯粹解剖学特征的产物。

---

① 龙勃罗梭(1835—1909),意大利资产阶级犯罪学家,主张犯罪是先天性的,认为有人生来就是"犯罪型"。

"伊凡·玛尔科维奇!"上校恳求地说,"我们在认真地谈一件重要的事,您却讲什么龙勃罗梭!聪明人,请您想一想,您何必讲这些呢?难道您以为,这些玩意儿和您的辩才能够解决问题吗?"

萨沙·乌斯科夫本人坐在门外听着。他既不害怕,也不羞愧,更不觉得烦闷,只是觉得疲倦和心灵空虚罢了。他们原谅他也罢,不原谅他也罢,他觉得对他来说完全一样。他所以到这儿来等候判决,准备做出解释,也只是因为心肠极软的伊凡·玛尔科维奇要求他到这儿来罢了。他并不担心他的前途。将来不论到哪儿去,坐在大厅里也好,关在监狱里也好,到西伯利亚去也好,在他都无所谓。

"西伯利亚就西伯利亚,管它呢!"

生活使他厌倦。生活沉重得叫人受不了。他背着一身的债,还也还不清,衣袋里连一个子儿也没有。亲戚们惹得他讨厌,他早晚会跟他那些朋友和女人分手,因为他们对他的寄生地位已经十分看不起了。前途是黯淡的。

萨沙却满不在乎,只有一件事使他激动,那就是屋里那些人骂他流氓和罪犯。他随时想跳起来,冲进书房,大喝一声,回答上校讨厌的响亮声音:

"您胡说!"

罪犯是个可怕的词。只有凶手、窃贼、土匪、一般在道德上已经不可救药的人,才叫作罪犯。而萨沙离这一切还远得很呢。不错,他欠人很多钱,没有偿还债务。可是欠债不能算是犯罪,而且很少有人不欠债,上校和伊凡·玛尔科维奇两个人就都欠着债嘛。……

"此外我犯了什么罪呢?"萨沙想。

他用假期票提取了现款。可是他所认得的年轻人都干过这种事啊。比方说,汉德利科夫和冯·布尔斯特每逢手边缺钱用,总是冒用父母或者朋友的名义，开出假期票去提取现款，然后，等收到家里的钱，就把期票在到期以前赎回来。萨沙也是这样做的，不过没有赎回期票而已，因为他没有拿到汉德利科夫答应借给他的钱。这不能怪他，得怪环境。不错，冒充别人签名，大家都认为是不体面的事，可是这毕竟不是犯罪，而是一种大家都使用的手段，一种不高明的办法，并不损伤什么人，也没有什么害处，因为萨沙冒充上校签名，并不是存心要害什么人，或者给什么人造成损失。

"对，这并不等于我犯了罪……"萨沙暗想，"我也没有那种敢于犯罪的性格。我性子温和，多情善感……我有钱的时候总是帮助穷人。……"

萨沙照这样思考着，房门里面的人却仍旧在讲话。

"诸位先生，这样下去，事情就会没完没了！"上校激烈地说，"假定我们原谅他，替他付清期票的钱，可是要知道，这以后他不会停止那种放荡的生活，仍旧会挥霍金钱，欠下债务，到我们的裁缝师傅那儿去用我们的名义给自己定做衣服！您能担保这是他最后一次干这种勾当吗？至于我，我就根本不相信他能改邪归正！"

税务局文官嘟嘟哝哝回答了一句什么话，这以后伊凡·玛尔科维奇就流畅温和地讲起来。上校不耐烦地挪动椅子，用他那讨厌的响亮声音压过舅舅的说话声。最后房门打开了，伊凡·玛尔科维奇从书房里走出来，他那刮光胡子的瘦脸上现出一块块红斑。

"来！"他说，拉住萨沙的手，"来，真心诚意地解释一下吧。不要骄傲，好孩子，要规规矩矩，说心里话。"

萨沙走进书房。税务局文官坐在那儿。上校把手插在衣袋里，站在一张桌子前面，他的一个膝头跪在椅子上。书房里烟雾腾腾，闷得很。萨沙没看文官，也没看上校。他忽然觉得羞臊，害怕了。他不安地打量着伊凡·玛尔科维奇，嘟哝说：

"我会付那笔钱。……我会还的。……"

7

"你凭期票提取现款的时候有过什么打算?"他听见那个响亮的声音说。

"我……汉德利科夫本来答应在期票到期以前借给我钱的。"

萨沙再也说不出别的话来了。他从书房里走出来,又在门外的椅子上坐下。这时候他有心一走了事,然而他给憎恨憋得透不出气来,他一心想留在这儿给上校一点难堪,对他顶撞几句。他坐在那儿,盘算着应该对他那可恨的叔叔说些什么厉害而有分量的话,可是这时候客厅门口出现了一个女人的身影,笼罩在昏光里。她就是上校太太。她招手叫萨沙走过去,绞着手,哭着说:

"亚历山大①,我知道您不喜欢我,不过……您听我说,您听我说,我求求您。……我的朋友,怎么会发生这种事呢?这真是可怕,可怕呀!看在上帝分上,您去央告他们,辩白几句,求求他们吧。"

萨沙瞧着她那颤动的肩膀,瞧着大颗眼泪顺着她的脸颊流下来,听着身后那些疲劳苦恼的人发出含混而烦躁的声音,耸了耸肩膀。他再也没料到他这些门第富贵的亲戚为了区区一千五百卢布会闹出这么一场风暴!他不理解她的眼泪,也不理解那些颤抖的语声。

过了一个钟头,他听见上校占上风了。最后,叔叔和舅舅也想把这个案子提交司法当局处置了。

"总算解决了!"上校吁一口气说,"完事了!"

那几位长辈,连死心眼儿的上校也包括在内,做完这个决定后,显然都灰心丧气了。随后是沉默。

"主啊,主啊!"伊凡·玛尔科维奇叹道,"我那可怜的姐姐!"

他开始小声讲他的姐姐,萨沙的母亲,目前多半就在这个书房

---

① 原文为法语。萨沙是亚历山大的小名。

里，只是肉眼看不见罢了。他的心体会到这个不幸而又神圣的女人在哭泣，在发愁，在为她的儿子求情。为了让她在坟墓里得到安宁，应当宽恕萨沙才对。

传来了啜泣的声音。伊凡·玛尔科维奇哭着，嘴里还含含糊糊说着什么，隔着门却听不清楚。上校站起来，从这个墙角走到那个墙角。冗长的谈话又开始了。

不过后来客厅里的时钟敲了两下。家庭会议总算结束了。上校不愿看见那个惹他十分生气的人，于是没有从书房走到大厅，却直奔前厅去了。……伊凡·玛尔科维奇走进大厅里。……他兴奋得很，快活地搓着手。他那带着泪痕的眼睛喜气洋洋，他的嘴一撇，现出了笑容。

"好极了！"他对萨沙说，"谢天谢地！你，我的朋友，可以回家去，放心睡觉了。我们决定偿还那张期票的钱，不过有一个条件：你得改悔，而且明天就到我的村子里去干点正事。"

过了一分钟，伊凡·玛尔科维奇和萨沙穿上大衣，戴上帽子，走下楼去。舅舅嘟嘟哝哝说些开导的话。萨沙没有听他讲话，只是觉得好像有个可怕的重东西渐渐从他的肩膀上滑下去了。他们已经原谅他，他自由了！欣喜像风一样扑进他的心，给他的心送来一股甜蜜的凉意。他一心想呼吸，想很快地活动，想生活！他瞧着街灯，瞧着乌黑的天空，想起冯·布尔斯特今天在"野熊饭店"举行命名日宴会，欣喜就又抓住了他的心。……

"我要去！"他决定。

然而这时候他想起身边连一个小钱也没有，他目前去找的朋友会因为他没有钱而看不起他。无论如何非弄到一笔钱不可！

"舅舅，借给我一百卢布！"他对伊凡·玛尔科维奇说。

舅舅惊愕地瞧着他的脸，退到街灯的柱子跟前。

"借给我！"萨沙说，急得两只脚不住地左右倒换着，开始喘

9

气,"舅舅,我求求你！借给我一百卢布！"

他的脸变了样子。他浑身发抖,紧逼他的舅舅。……

"不借吗?"他看见舅舅仍旧吃惊,不理解他,就问道,"你听我说,要是你不借,那我明天就到法院去自首！我不让你们付那张期票的钱！明天我要再开一张假期票去取钱！"

伊凡·玛尔科维奇呆若木鸡,在惊恐中嘟嘟哝哝说了一句不连贯的话,从钱夹里拿出一张一百卢布钞票,交给萨沙。萨沙接过来,很快地离开他,走掉了。……

萨沙雇了一辆街头马车,定下心来,觉得胸中又掀起一股欣喜的心情。方才心肠极软的伊凡·玛尔科维奇在家庭会议上讲到的青春的权利,如今醒过来,抬头了。萨沙想象着近在眼前的豪饮的盛况,同时他脑子里有一个思想在酒瓶、女人、朋友中间闪动不停：

"现在我才看出来我犯罪了。对,我犯罪了。"

阴　　谋

（一）选举协会主席。
（二）讨论十月二日事件。
（三）正式会员玛·尼·冯·布龙医生做专题报告。
（四）协会日常事务。

谢列斯托夫医生,十月二日事件的祸首,准备去参加这次会议。他早已站在镜子跟前,极力给他的脸添上懒洋洋的神情。如果他目前去开会,露出不安的、紧张的、涨红的或者过于苍白的脸容,他那些仇人就会以为他把他们的阴谋看得非同小可。不过假使他脸色冷漠,不温不火,带点睡意,就跟高出众人而又厌倦生活的人似的,那么所有的仇人一瞧见他,倒会暗暗佩服,心里想:

　　他昂起他那倔强的头,
　　比拿破仑纪念像还要高!①

他到会场要比一切人都迟,以此表示他不大关心他的仇人以及仇人的恶言恶语。他要不出声地走进大厅,懒洋洋地抬手摩挲头发,对谁都不看一眼,在会议桌尽头一把椅子上坐下。他要做出

---

① 引自普希金的诗《纪念碑》,但在原诗中"**拿破仑**"是"亚历山大"。

11

烦闷无聊的旁听者的姿态,悄悄打个哈欠,拿过一张报纸来,开始看报。……大家说话,争论,发脾气,互相要求守秩序,他呢,却一声不响,只顾看他的报纸。不过,最后,大家提到他的名字的次数会越来越多,那个棘手的问题使会场里的空气紧张起来,那时候,他就会抬起烦闷而疲乏的眼睛看着同事们,仿佛勉强地说道:

"大家硬要我说话。……我可没做好准备,诸位先生,所以,对不起,我的发言会没有条理。我就从头①说起吧。……上一次会议上,有几位可敬的同事声明过,说在会诊的时候我的举动不合他们的意,要求我做出解释。我认为解释是多此一举,他们的责难并不中肯,当时我就要求取消我的协会会员资格,走掉了。可是现在一连串新的责难,又朝着我来了。我很痛心,看来不做解释已经不行了。那么遵命,我来解释一下就是。"

然后,他会满不在乎地耍弄着一管铅笔或者表链,说:确实,在会诊的时候,他不管有外人在场,偶尔提高声音,打断过同事的话。至于有一次在会诊当中,他当着别的大夫和病人亲属的面问病人说:"是哪个混蛋给您开了鸦片的?"那也是实情。很少有哪次会诊不闹出点乱子的。……不过,那是为什么?很简单嘛。每逢会诊,同事们学识水平之低,总使得他谢列斯托夫暗暗吃惊。本市一共有医生三十二名,其中大多数的学识还及不上一年级的大学生。要举例子是不费吹灰之力的。当然,不宜提姓名②,不过在座的都是自己人,再者,为了避免空口无凭,提一提姓名也不碍事。比方说,大家都知道,可敬的同行冯·布龙就用探针把文官太太谢烈日金娜的食道刺穿了。……

这时候冯·布龙就会跳起来,把两只手一拍,喊叫起来:

"同事,那是您刺穿的,不是我!是您!我可以拿出证据来!"

---

①② 原文为拉丁语。

谢列斯托夫不理睬他,接着说:

"大家也都知道,可敬的同事席拉给女演员谢米拉米津娜看病,错把游走肾当成脓肿,动了一次试验放液穿刺术,由此而迅速造成死亡的结局①。可敬的同行别斯特隆科原该拔掉病人左足大趾的趾甲,而他把他右脚上没病的趾甲拔掉了。我还不能不向你们提起另一件事情:可敬的同行捷尔哈利杨茨过分热心,给士兵伊凡诺夫插上欧氏管,结果病人的两边鼓膜都破裂了。我顺便要提到,就是这位同行,有一回给病人拔牙,把病人的下颌摆弄得脱了臼,直到病人同意付给他正骨费五卢布,他才把它复位。可敬的同行库利曾娶药剂师格鲁美尔的侄女为妻,跟那老板通同舞弊。大家也都知道,我们协会的秘书,年轻的同行斯科罗巴里捷尔内依,跟我们协会非常可敬的名誉主席古斯达甫·古斯达沃维奇·普烈赫捷尔的夫人私通。……我本来在谈学识水平之低,现在不知不觉转到具有道德性质的过失上去了。这样倒更好。道德正是我们的弱点,诸位先生。为了避免空口无凭,我要向你们指出可敬的同行普赛尔科夫,他在上校夫人特烈欣斯卡雅的命名日宴会上居然说什么跟我们主席夫人私通的不是斯科罗巴里捷尔内依,而是我!这位普赛尔科夫先生胆敢说这种话,其实去年我倒正好撞上他跟可敬的同行兹诺比希的老婆在一起哩!我顺便还要谈到兹诺比希医生。……是谁有这么一种名声,给妇女看病不大老实?就是兹诺比希!……是谁贪图陪嫁而娶商人的女儿为妻?也是兹诺比希!讲到我们人人尊敬的主席,他暗地里采用顺势疗法,而且收普鲁士人的钱,给他们做间谍。普鲁士间谍就是最后的论据②!"

每逢医生们打算表现聪明和口才,总是使用两句拉丁话:且隐其名③和最后的论据④。谢列斯托夫呢,不但会说拉丁话,而且会

---

①②③④　原文为拉丁语。

13

说法国话和德国话,想说什么就说什么!他要揭穿一切人的隐私,要撕掉阴谋家的假面具。主席摇铃会一直摇到手发酸,可敬的同行们会纷纷离座跳起来,哇哇地喊叫,不住地摇胳膊。……信奉犹太教的同行们会聚在一起,鼓噪起来:

"咭呱——咭呱——咭呱……"

可是谢列斯托夫却会什么也不管,接着说下去:

"讲到这个协会的整体,那么按现在的组成和规章制度来看,一定会垮台无疑。在这个协会里,一切事情统统建立在阴谋上。阴谋,阴谋,全是阴谋!我就是这种严密而险恶的阴谋的牺牲品,因此认为有必要陈述下列事实。……"

他就讲下去,他那一派就会鼓掌,得意洋洋地搓手。然后,人们在无法想象的吵嚷声和雷鸣般的闹声中开始选举主席。冯·布龙那伙人会拥护普烈赫捷尔,然而一般人和思想端正的医生们却会嘘他们,嚷着说:

"打倒普烈赫捷尔!我们要求推选谢列斯托夫!谢列斯托夫!"

谢列斯托夫会同意,然而有个条件,必须由普烈赫捷尔和冯·布龙为十月二日事件向他道歉。这就又会掀起一场无法想象的喧哗。信奉犹太教的可敬的同行们又会聚在一起,"咭呱——咭呱——咭呱……"普烈赫捷尔和冯·布龙冒起火来,最后会说,他们要求大家不要再把他们算做协会的成员。那才好哩!

谢列斯托夫就做了主席。首先他会清理奥格阿斯王的牛圈①。兹诺比希——开除!捷尔哈利杨茨——开除!信奉犹太教的可敬的同行们——开除!他带领他那一派要做到在一月以前把

---

① 希腊神话:奥格阿斯王的牛圈里养牛三千头,三十年没有打扫过,粪秽堆积很多。转义指极其污秽的地方。

协会里的阴谋家消除得一个也不剩。在协会的诊疗所里,他首先会吩咐人把门诊部墙壁粉刷一新,挂上"严禁吸烟"的告示,然后把男医士和女医士统统赶走,药品也不再到格鲁美尔那儿而是到赫利亚沙木勃席茨基那儿去取。他提出医生们不经他在场监督就连一个手术也不能做,等等。要紧的是他在他的名片上印出他的头衔:"某地医师协会主席"。

谢列斯托夫照这样站在自己家里的镜子前面胡思乱想。然而这时候时钟敲了七下,使他想起现在该动身去开会了。他从美梦中惊醒过来,赶紧让他的脸做出懒洋洋的神情,可是,唉!他原想叫他的脸装出懒洋洋的动人神情,那张脸却偏不听话,露出一副灰溜溜的呆头呆脑的神情,就像一条受冻的小看家狗似的。他原想叫自己的脸显得庄重,可是它却偏偏拉得挺长,露出困惑的样子,这时候他觉得这不像狗脸,却像鹅脸了。他垂下眼皮,眯细眼睛,鼓起腮帮子,皱起额头,可是,真要命!那副神情跟他所希望的全不一样。他的脸多半本来就有这么一种天然的特色,拿它没办法。他的额头挺窄,小小的眼睛转动得很快,就跟滑头的女小贩一样,下巴有点愚蠢可笑地向前翘起,脸孔和头发看上去活像一分钟以前被人从台球房里推搡出来的一个"可敬的同行"。

谢列斯托夫看着自己这张脸,暗自生气,觉得连它也对他玩弄阴谋了。他走进前堂,穿上外衣,觉得皮大衣也罢,雨鞋也罢,帽子也罢,都在玩弄阴谋。

"马车,到诊疗所去!"他叫道。

他出二十戈比的车钱,可是那些马车夫也是阴谋家,竟然要价二十五戈比。……他坐上一辆四轮马车,冷风直扑到他脸上来,湿雪迷住他的眼睛,那匹劣马磨磨蹭蹭地走着。一切东西都商量妥当,大家都来玩弄阴谋。……阴谋,阴谋,全是阴谋呀!

15

旧 房

房东讲的故事

旧房得拆掉，好在原地另造新房。我领着建筑师走遍各处空房间，除了谈正事外还对他讲了各式各样的故事。那些破碎的壁纸、昏暗的窗子、乌黑的火炉，都带着不久以前有人生活过的痕迹，引起人的回忆。比方拿这道楼梯来说，有一次几个醉汉抬着一个死人顺着它走下去，不料脚底下绊了一下，连棺材带人一齐滚下去了，活人负了伤，死人呢，倒好像根本没出什么事似的，十分严肃，人家把他从地板上抬起来，再放进棺材里，他还摇摇头呢。瞧，这是一排三个房门，里边住过几个年轻的小姐，她们常常接待客人，所以穿得比别的房客整齐，能按时付房钱。过道尽头有个房门，里面是洗衣房，白天有人洗衣服、床单，晚上大家闹哄哄，喝啤酒。至于这一套三个房间，里面样样东西却浸透了细菌和杆菌。这儿不吉利啊。这儿死过许多房客，我敢肯定说：这套房间以前必是受过什么人的诅咒，里面素来有个肉眼看不见的人跟房客住在一起。有一家人的命运我记得特别清楚。您不妨想象一下：有这么一个普普通通的人，没有什么与众不同的地方，他有个母亲，有个妻子和四个儿女。他姓普托兴，在一个公证人那儿当文书，每月挣三十五卢布。他是个不喝酒的、信教的、严肃的人。每逢他把房钱送到我这儿来，他总是为他寒酸的装束道歉，为房钱迟交五天而道歉。

我给他开一张收条，他老是好意地微笑着，说："哎，算了吧！我不喜欢这些收条！"他生活过得很苦，然而正派。在中间那个房间里住着他的四个子女和他们的祖母。他们在这儿烧菜，睡觉，待客，甚至跳舞呢。在这个房间里住着普托兴本人，他有一张桌子，他常常在这张桌子边办理别人委托的各种工作，例如抄写台词，缮写报告，等等。右边这个房间里住着他的房客，钳工叶果雷奇，此人沉稳，可就是爱喝酒。他老是嫌热，所以总光着脚走路，上身只穿一件坎肩。叶果雷奇修理挂锁、手枪、儿童自行车，也不拒绝修理便宜的挂钟，做冰鞋上的冰刀只收二十五戈比就行了，不过他看不起这种工作，认为自己是修理乐器的专家。在他桌子上那些废钢废铁中间，总可以看到一架断了琴键的手风琴或者一个砸瘪了的铜号。他付给普托兴的房钱是两个半卢布。他老是待在工作台旁边，只有他要把一块什么铁片塞进火炉里的时候，他才离开一会儿。

每逢我傍晚走进这套房间里来（不过这种机会很少），我总会碰上这么一幅画面：普托兴坐在桌边抄写什么东西，他母亲和他妻子，一个脸色憔悴的瘦女人，坐在灯旁做活计，叶果雷奇使着钢条锉，那钢锉发出刺耳的声响。一个还没完全熄灭的热火炉冒出又热又闷的气。混浊的空气里夹着白菜汤、婴儿襁褓和叶果雷奇的气味。这儿穷苦，闷热，可是那些工作者的脸、炉子旁边挂着的童裤、叶果雷奇的铁片，仍旧散发着和睦、亲热、满足的气息。……门外的过道上有些小孩跑来跑去，兴高采烈。他们的头发梳得整整齐齐。他们深深相信这个世界上万事如意，此后永远会如此，只要每天早晨和晚上临睡以前向上帝祷告一下就行。

现在再请您想象一下：就在这个房间的正中央，离火炉两步远，停着一口棺材，里面躺着普托兴的妻子。没有哪个丈夫的妻子能够永远活着不死，然而这一次的死亡却有点与众不同。做安魂祭的时候，我看着丈夫严肃的脸，看着他那双严峻的眼睛，心里暗想：

"哎呀，老兄！"

我觉得他自己、他的孩子、老祖母、叶果雷奇也已经在劫难逃，被那个跟他们同住在这套房间里却又谁也看不见的人打上记号了。我是个十分迷信的人，这也许因为我是房东，跟房客们打过四十年的交道吧。我相信，如果打牌一开头不走运，就会一输到底。如果命运要把您和您的家属消灭干净，它就会铁面无情，决不罢休，头一个灾难往往只是一长串灾难的开端罢了。……灾难，按本性来说，跟石头不相上下。只要有一块石头从高高的岸坡上掉下来，别的石头就会纷纷跟踪坠落。一句话，我在普托兴那儿做完安魂祭出来，相信他和他的家属一定会倒霉。……

果然，过了一个星期，那个公证人出人意外地辞退普托兴，另找一位年轻的小姐接替了他的位子。您猜怎么着？普托兴很激动，可是这与其说是因为失去了职位，倒不如说是因为接替他的是位年轻的小姐而不是男人。为什么要请位小姐呢？这使他深受委屈，他回到家来，把孩子们痛打一顿，把母亲骂了个够，然后喝得大醉。叶果雷奇也陪着他灌酒。

普托兴又把房钱送到我这儿来，虽然已经过期十八天，却没有再道歉，拿到了我的收条也一句话都没说。到第二个月，房钱改由他母亲送来了。她只给我一半房钱，答应过一个星期再把另一半付给我。到第三个月，我一文钱也没拿到手，扫院人开始向我抱怨说，二十三号房间房客的举动"不像个上等人"。这都是坏兆头呀。

现在您来想象这样一幅画面：彼得堡阴沉的早晨映进这些昏暗的窗子，老太婆在炉子旁边给孩子们斟茶，只有大孩子瓦夏用杯子喝茶，余下的孩子用茶碟喝。叶果雷奇蹲在火炉跟前，把一小块铁片塞进炉火里。昨天他喝醉了酒,至今脑袋发沉,眼睛昏花。他不住地清喉咙,发抖,咳嗽。

"他把我完全领上了邪道,这个魔鬼!"他抱怨说,"他自己灌酒还不算,害得别人也来犯这种罪。"

普托兴坐在自己房间里的床上,床上早已没有被子,没有枕头了。他把手伸进自己的头发里,呆呆地瞧着他的脚旁边。他衣服破旧,头发凌乱,他生病了。

"喝吧,快喝吧,要不然上学就要迟到了!"老太婆催瓦夏说,"再说我也该走了,我得到犹太人家里去擦地板。……"

整个住所里只有老太婆一个人没有灰心。她思念旧日,出外干种种肮脏的苦工。她每星期五到犹太人的当铺去擦地板,每星期六到商人家去洗衣服,每星期日从早到晚在城里奔走,寻找女施主,想得到点周济。她每天都有活儿干。她又洗衣服,又擦地板,又接生,又说媒,又乞讨。不错,她自己也借酒浇愁,然而她就是喝醉了也不忘记她的责任。在俄国,像这样坚强的老太婆多得很,有多少人家的安宁顺遂要靠她们来维系啊!

瓦夏喝完茶,把自己的书放进书包,走到炉子后面去了。他的大衣应当在那儿,跟他祖母的衣服挂在一起。过了一分钟,他却从炉子后面走出来,问道:

"我的大衣在哪儿?"

他的祖母和其余的孩子们就着手一块儿找大衣,他们找了很久,可是那件大衣好比石沉大海。它在哪儿呢?祖母和瓦夏脸色苍白,吓慌了。就连叶果雷奇也暗暗吃惊。只有普托兴一个人沉默着,一动也不动。他平素对一切越出常轨的事都是敏感的,这一次却露出什么也没看见和什么也没听见的样子。这就可疑了。

"他拿去换酒喝掉了!"叶果雷奇声明说。

普托兴一声不响,可见这话是实在的。瓦夏吓呆了。他那件大衣,那件漂亮的大衣,那件用去世的母亲的呢料连衣裙改做成的大衣,那件衬着漂亮的细棉布里子的大衣,竟拿到酒店里去换酒喝掉了! 那么,放在大衣里面口袋里的蓝铅笔啦、烫着金字"注意"①的笔记本啦,也随着大衣一齐换酒喝掉了! 那个笔记本里还夹着另外一管带橡皮头的铅笔,此外还夹着一张复印的小画片呢。

瓦夏恨不能哭一场才好,然而又哭不得。父亲正在头痛,如果听见哭声,就会叫骂,顿脚,动手打人,而他带着酒意打人,下手是很重的。祖母会护着瓦夏,可是父亲连祖母也要打的,结果总是叶果雷奇加入混战,揪住父亲,跟他一齐倒在地板上。这两个人就会在地板上滚来滚去,带着醺醉的和兽性的愤怒喘气,祖母就会哭,孩子们就会叫,邻居们就会派人去找扫院人。不,还是不哭为妙。

瓦夏既不能哭,又不能发泄他的愤怒,就只好鼻子里哼咻哼咻响,绞着手,两条腿发颤,或者咬住自己的衣袖,乱扯一阵,就跟狗咬兔子一样。他的眼睛露出疯狂的神情,他的脸被绝望弄得不成样子。祖母瞧着他,忽然从头上扯下披巾,手和腿也做出种种古怪的动作。她一声不响,眼睛望着一个地方呆呆地出神。那时候我心里暗想,男孩和老太婆的脑子里一定有着一个明白的观念,确认他们的生活完蛋,前途没有希望了。……

普托兴没有听见哭声,不过他在自己的房间里,一切都看得清清楚楚。过了半个钟头,瓦夏围上祖母的头巾,去上学了,普托兴呢,带着我不愿意加以描写的脸色走到街上,跟在他的背后。他想叫住孩子,安慰他,求他原谅,对他许下庄重的诺言,而且叫去世的母亲作证,然而从他的胸中迸发出来的却不是话语,只有哭声。那是一个潮湿阴冷的早晨。瓦夏走到本城的学校,怕同学们说他像女人,就解掉披巾,只穿着上衣走进学校去了。普托兴回到家里,

---

① 原文为拉丁语。

放声大哭,嘴里念叨些不连贯的话,对他的母亲下跪,对叶果雷奇下跪,对他的工作台下跪。后来他略略定下心来,就跑来找我,上气不接下气地央求我看在上帝分上给他谋个职位。我呢,当然给了他希望。

"我到底算是清醒过来啦!"他说,"现在也该明白过来了。最近我撒了一阵野,现在总算过去了。"

他欢天喜地,对我道谢,可是我在掌管这所房子的许多岁月里对这些房客先生已经研究得十分透彻,这时候我瞧着他,一心想对他说:

"迟了,好朋友!你已经完了!"

普托兴从我这儿辞出以后,一口气跑到本城的学校。在那儿,他走来走去,等他的儿子放学出来。

"你听我说,瓦夏!"等到瓦夏终于从学校里走出来,他就高高兴兴地说,"刚才人家答应给我找工作了。你等着,我要给你买一件出色的皮袄……我会送你进中学的!听明白了吗?进中学!我会把你培养成一个上流人!酒呢,我以后再也不喝了。我用人格担保,再也不喝了。"

他深深地相信他的前途是光明的。可是不久傍晚来了。老太婆从犹太人那儿带着二十戈比回来,筋疲力尽,劳累极了,可是仍旧动手洗孩子们的衣服。瓦夏坐在那儿做算术题。叶果雷奇没在干活。他受普托兴的影响,成了酒徒,此刻渴望着喝酒,正难忍难熬。房间里闷热。老太婆洗衣服的盆里冒出一股股蒸气。

"怎么样,我们出去一趟吗?"叶果雷奇阴郁地问道。

我的房客没说话。他经过那一番冲动,已经觉得烦闷无聊,很不好受了。他跟喝酒的欲望挣扎,跟苦恼挣扎,于是……于是,当然,苦恼占了上风。老戏就又重演了。……

将近午夜,叶果雷奇和普托兴出去了。可是第二天早晨,瓦夏找不到祖母的披巾了。

这就是这套房间里发生的事。普托兴把那块披巾拿去换酒喝掉以后,从此再也没有回到家里来。他究竟到哪儿去了,我不知道。自从他失踪以后,老太婆先是喝酒,后来病倒在床上,起不来了。人们把她送进医院,那些年纪比较小的孩子由一个什么亲戚领去了。至于瓦夏,喏,到洗衣房里干活去了。他白天专管送熨斗,晚上跑出去买啤酒。后来他从洗衣房里给撵出来了,就到一位年轻小姐那边去干活,每到晚上总是四处奔走,办理主人交代下来的某些工作,大家已经叫他"窑子里的王八"了。至于后来他怎么样,我就不知道了。

还有,瞧,在这个房间里,住过一个沿街乞讨的乐师,前后住过十年。他死后,人们在他的褥子里找出两万卢布。

冷 血

　　一列很长的货车在这个小火车站上已经停了很久。火车头闷声不响,仿佛熄了火似的。火车附近和小车站的门里没有一个人影。

　　从一节车皮射出一道苍白的光,爬过一条备用线的铁轨。在那节车皮里,有两个人坐在一件铺开的毡斗篷上:一个是老人,有一把挺大的白胡子,穿一件羊皮袄,戴一顶高高的羔皮帽,有点像高加索一带那种羊皮高帽。另一个是没生胡子的青年,穿一件破旧的厚呢上衣,脚上是一双沾了烂泥的高统靴。他们是货物的托运人。老人坐着,脚向前伸出去,沉默不语,在思索什么事。青年半躺半坐,拉着一个便宜的手风琴吱哩吱哩响,声音低得几乎听不见。有一盏灯挂在他们附近的墙上,灯里点一支牛油烛。

　　这节车皮装得满满的。谁要是在昏暗的灯光中瞧一瞧货物,那么最初他的眼睛就会看出这儿有一种不定形的怪东西,一种肯定活着的东西,像是大螃蟹,活动着螯和须,挤在一块儿,悄悄地沿着光滑的墙向车顶上爬过去。不过,人若是凝神看一看,那么在昏暗里就开始清楚地现出犄角和犄角的影子,然后现出精瘦的长背、肮脏的皮毛、尾巴、眼睛。原来那是牛和牛的影子。这节车皮里一共有八头牛。有的牛扭转身来,瞧着这两个人摇尾巴,有的极力要躺下去,或者站得舒服点。它们很挤。要是有一头牛躺下去,别的牛就得站着，挤在一块儿。这儿没有牲口槽，没有拴牛桩，没有草垫，没有一根干草①……

经过长久的沉默以后，老人从口袋里拿出一只银表，瞧一瞧现在是什么时间：两点一刻。

"我们在这儿停靠差不多有两个钟头了，"他说，打了个呵欠，"还是去催一催他们的好，要不然我们就会在这儿熬到天亮。他们睡着了，或者上帝才知道他们干什么去了。"

老人站起来，跟他的长影子一块儿小心地下了货车，走进黑暗里。他沿着这列火车向火车头走去，经过大约二十节货车，看见一个开了炉门的红火炉。有个人一动也不动地对着炉子坐着，他那鸭舌帽、鼻子、膝头，染着紫红的火光，其余的部分是黑的，跟黑暗的夜色混在一起分不大清了。

"我们还要在这儿停很久吗？"老人问。

没有回答。那个不动的人分明睡着了。老人烦躁地嗽了嗽喉咙，由于天气阴潮而缩起脖子，绕过火车头走去。这时候，火车头的两道明晃晃的灯光一刹那间照着他的眼睛，他觉得夜色越发黑了。他向火车站走去。

车站的月台和台阶是湿的。这儿那儿，有一摊摊不久以前落下来的白雪在融化。火车站里却又亮又热，跟浴室里一样。有煤油的气味。这儿除了一架磅秤和一张不大的黄色长沙发，长沙发上有一个穿着列车员制服的人躺着睡觉以外，根本什么摆设也没有。左边有两扇敞开的门。从一个门口望进去，可以看见一架电报机和一盏安着绿罩子的灯。从另一个门口可以看见一个不大的房间，倒有一半给黑色的食器橱占去了。在这个房间里，列车长和

---

① 在许多铁路上，为了避免发生不幸事故而禁止携带干草上车，因此活牲口一路上就没有东西可吃。——俄文本编者注

火车司机坐在窗台上。他俩一面揉搓着手中的一顶帽子,一面在争论。

"这不是真的海龙皮,是冒牌货,"司机说,"真正的海龙皮不是这个样子。不怕您见怪,这顶帽子至多值五卢布!"

"您倒懂得不少……"列车长说,不高兴了,"五卢布!我们马上来问问这个商人就是。马拉欣先生,"他对老人说,"您说说看:这是假海龙还是真海龙?"

老马拉欣用手接过帽子来,带着内行的神气摸了摸皮子,吹一吹,再凑到鼻子上闻一闻,他那气愤的脸上忽然现出轻蔑的笑容。

"这一定是假货!"他高兴地说,"这是假货。"

他们吵起来了。列车长硬说帽子上的海龙皮是真货,司机和马拉欣极力想说服他,说这不是真货。吵到半中腰,老人忽然想起他上这儿来的目的了。

"海龙归海龙,帽子归帽子,可是火车却停着没走啊,诸位先生!"他说,"怎么啦?在等什么人呀?开车吧!"

"开车吧,"列车长同意,"我们再抽一支烟就开车吧。不过也不必着急……反正到了下一站我们还是得等着!"

"为什么呢?"

"哦……我们误点太多了……要是在一个车站上误了点,那到了下一站就不能不耽搁,先放对面来的列车过去。现在开车也好,明天早晨开车也好,反正我们已经不能算是第十四次车了。我们大概要改成第二十三次车了。"

"您怎么算出来的?"

"哦,就是这么算的。"

马拉欣带着探询的神情瞧了瞧列车长,思忖一下,随口嘟哝着,仿佛在自言自语似的:

"上帝作证,我已经算了一下,甚至记在一个本子上了。我们一路上光是停车就耗掉了三十四个钟头。先生们,如果你们照这样下去,结果就会这样:要么我的这些牛都死掉,要么就算我到了那边,牛肉也卖不上两卢布了。这不是赶路,这简直是倾家荡产!"

列车长拧起眉毛,叹口气,那神情好像想说:"这话不幸是实在的!"司机一声不响,瞧着帽子发呆。凭他们两个人的脸色可以看出来,他们都怀着同样隐秘的思想,他们不说出来倒不是因为他们想掩盖,而是因为这样的思想用沉默比用话语更能传达。老人明白了。他伸手到口袋里拿出一张十卢布的票子,既没有说几句开场白,也没有改变声调和脸色,而是带着大概只有俄罗斯人在授受贿赂的时候才会有的那种信心和爽快,把票子递给列车长。列车长接过来,一句话也没说,把它叠成四折,不慌不忙地放进口袋里。这以后他们三个人走出房间,在路上叫醒列车员,到站台上去了。

"什么天气啊!"列车长抱怨道,耸了耸肩膀,"黑得要命!"

"是啊,这天气真糟糕。……"

从窗口可以看见电报员的亚麻色脑袋在绿灯和电报机旁边出现。没过多久,在电报员脑袋旁边又出现一个脑袋,此人一脸胡子,戴着红帽子,那一定是站长。站长低下头凑着桌子,正在读一张蓝色公文纸上的字,用烟卷顺着一行行字很快地画下去……马拉欣向他的货车走去。

他的旅伴,那个青年,仍旧半躺半坐,拉着手风琴,声音低得听不清。他比孩子大不了多少,还没有长出唇髭。他那颧骨高高的丰满的白脸现出孩子气的沉思神情。他的眼神不像大人,显得忧郁而温顺,可是他肩宽背厚,身体强壮、笨重、粗鲁,跟老人一样。他不动,也不变换姿势,好像搬不动自己那粗大的身躯似的。仿佛他只要动一动,身上就会有什么地方裂开,或者发出一片响声,弄得他自己和那些牛惊吓起来。他那又肥又大的手指头笨拙地按着手风琴的琴键,从这些手指头下面连绵不断地传出一种微弱细小的响声,合成一个朴素单调的旋律。他听着,分明很满意自己的手法。

铃声响了,可是声音那么含混,好像不是从近处,而是从很远的地方传来的。跟着又来了急促的第二遍铃声,然后是第三遍,列车长吹哨子了。在深深的寂静中过了一分钟,货车仍旧停在原地不动,可是车底下传来一种含混的声音,像是雪橇的滑铁辗雪的声音。紧跟着货车摇动一下,那声音就停了。接着又是一片沉寂。可是马上来了缓冲器的碰撞声,货车受到猛烈的碰撞而颠动一下,好像往前跳跃了一步。牛都摔下去,倒在彼此的身上。

"只求你到下一个世界也吃这样的苦头才好!"老人嘟哝着,摆正他的高帽子,刚才火车一颠,帽子已经滑到后脑勺上去了,"照这样,他要把我的牲口都弄得受伤了!"

亚沙一句话也没说,站起身来,抓住一头倒下去的牛的犄角,扶它站立起来……这一颠以后又没有动静了。辗雪的声音又从货车底下传来,仿佛货车稍稍倒退了一下。

"马上又要震动了。"老人说。

果然,那种痉挛穿过整列火车,碰撞声传来,火车颠动一下,牛又摔下去,倒在彼此的身上。

"真费劲啊!"亚沙留神听着,说,"火车一定很重。它好像动不得了。"

"以前它并不重,可是现在忽然重起来了。不对,我的孩子,这是说,列车长没有把钱分给他。去,给他送点钱去,要不然,他就会把我们一直颠到明天早晨的。"

亚沙从老人手里接过一张三卢布的票子,跳下货车。他那笨重的脚步声在货车外面低沉地响起来,接着,渐渐消失了。随后是沉静……隔壁的一节货车里,一头公牛发出一声悠长而低沉的叫声,仿佛在唱歌似的。

亚沙回来了。一股又潮又冷的风扑进货车里来。

"关上门,亚沙,我们睡吧,"老人说,"何必白白点着蜡烛呢?"

亚沙拉动沉重的门。火车头的汽笛鸣响,列车开动了。

"好冷!"老人嘟哝着,在毡斗篷上躺下,把脑袋枕在一个包袱上,"在家里多好啊!那儿又温暖,又干净,又软和,有地方可以祷告,在这儿我们却比猪还苦。我已经有四天四夜没脱过靴子了。"

亚沙的身子由于火车震动而摇摇晃晃,他打开挂灯的小门,用湿手指头掐掉烛心。烛火闪烁了一下,像炒锅一样嘶嘶响,随后就灭了。

"对了,我的孩子……"马拉欣接着说,听见亚沙在他身边躺下,觉得那年轻的阔大的背贴着他自己的背了。"这儿很冷。每条缝里都不住地吹进风来。要是你妈妈或者妹妹在这儿睡上一夜,那么到第二天早晨准保冻死了。就是这么的,我的孩子,你不肯像你哥哥那样念书,进中学,那你只好跟你爸爸一块儿运这些牛了。这是你自己不好,你只能怨自己……现在你哥哥正在床上睡觉,盖着被子,可是你呢,吊儿郎当,懒懒散散,只好跟牛待在一块儿……是啊……"

在火车的隆隆声中,老人的话听不清楚了,可是他仍旧唠叨很久,叹气,嗽喉咙。这辆货车的冷空气渐渐变得越来越稠密、闷人。新粪和蜡烛的焦气发出刺鼻的气味,弄得空气难闻,酸臭,亚沙在昏睡中嗓子和胸膛发痒。他嗽喉咙,打喷嚏;老人却习惯了,仿佛没什么不合适似的,用整个胸膛呼吸着,只是偶尔咳几声罢了。

凭火车的摇晃和车轮的隆隆声来判断,火车开得很快,可是不稳。火车头大声地喘息,它喷气的声音跟火车的隆隆声合不上拍子,它们合起来成了一种沸腾的声音。那些牛不安地挤在一块儿,它们的犄角撞击着车壁。

老人醒来的时候,清晨的深蓝色天空从车壁的裂缝和敞开的小窗口钻进来。他觉得冷得难受,特别是背脊和两只脚。火车停住了。亚沙带着睡意,一脸的不高兴,正在那些牛旁边忙碌着。

老人醒来,心绪不好。他皱起眉头,沉下脸,生气地嗽一嗽喉咙,从眉毛底下瞧着亚沙,亚沙正用强壮的肩膀顶住一条牛的胸脯,微微把它举起来,极力解开它腿上的绳子。

"昨天晚上我就跟你说过绳子太长,"老人叨唠着说,"可是没用,'不算太长,爸爸!'叫你做点事,你总是不听,什么事你都由着自己的性子干……蠢货。"

他生气地拉开门,亮光涌进货车里来了。一列客车正好停在门对面,那列客车的后面是一所有遮阳的红房子,这是个大火车站,设有食堂。车顶和车台、土地、枕木上都铺着薄薄的一层新落下来的松软的雪。可以看见乘客们在客车车厢中间的平台上来来往往。有一个红头发、红脸膛的宪兵在来回踱步。有一个仆役穿着礼服和雪白的胸衣,没有睡足,现出怕冷的样子,大概很不满意自己的生活,正在月台上跑着,手里托着一个盘子,盘子上放着一杯茶和两块面包干。

老人起来,开始面向东方念祷告词。亚沙安顿好那条公牛,把铲子放在角落里,也站到他旁边来念祷告词。他光是动着嘴唇,在胸前画十字。父亲却大声念出来,把每段祷告词的末尾念得又响又清楚。

"……以及来世的生活。阿门!"老人大声念着,吸一口气,立刻又念另一段祷告词,一念到末尾声调就清楚而坚定:"……而且把你的小牛献到祭坛上!"

念完祷告词,亚沙急急忙忙在胸前画了个十字,说:

"请您给我五戈比。"

一拿到五戈比的硬币,他就提起一把红的铜茶壶,跑到车站上去买开水。他大步跳过铁轨的枕木,在羽毛样的白雪上留下大脚印,一路上把茶壶里昨天的剩茶倒干净,往食堂那边走去,同时拿那五戈比的硬币敲得茶壶叮当响。从货车里可以看见食堂老板推开那把大茶壶,不肯为五戈比卖掉差不多半个茶炊的开水,可是亚沙自己拧开了龙头,张开胳膊肘不让人家来干涉,给他的茶壶斟满了开水。

"该死的坏蛋!"食堂老板眼看亚沙跑回货车,就对着他的后影嚷道。

到喝茶的时候,马拉欣那阴沉的脸才算开朗了一点儿。

"我们会吃会喝,可就是记不得正事,"他说,"昨天一天我们没干别的,光是吃啊喝的,大概就连花掉的钱都忘了记账。什么记性啊,我的天!"

老人一面回想,一面念出昨天的一笔笔开销,在一个破笔记本上记下他在什么地方给了列车长、司机、擦油工人多少钱……

这当儿客车早已开走了,一个值班的火车头在空铁道上驶来驶去,仿佛并没有什么一定的目的,纯粹因为自由自在而高兴似的。太阳已经升上来,照得白雪发亮;从车站的遮阳上和货车顶上落下一滴滴明亮的水珠。

喝完茶,老人走下货车,慢吞吞地溜达到车站去。在车站的头等车乘客候车室中央站着他认识的列车长和站长,站长是个青年人,留着一把好看的胡子,穿一件漂亮的粗呢大衣。这个青年大概不习惯站在一个地方不动,总是优雅地调换两只脚把身子的重心一会儿放在左脚上,一会儿移到右脚上,像是一匹善于长跑的骏马。他这边看看,那边望望,看见每个过路的人都把手伸到帽沿上行个礼,眯细眼睛,微微笑着……他脸颊绯红,身子结实,心情畅快。他的脸上洋溢着热诚,神采焕发,仿佛他刚从天上跟那些羽毛样的雪一块儿落下来似的。列车长看见马拉欣,就惭愧地叹口气,把两手一摊。

"我们不能走第十四次车了!"他说,"我们误点太多了。已经有另外一列车走第十四次车了。"

站长很快地翻看了几张公文纸,然后把他那热情的蓝眼睛掉过来瞧着马拉欣,微微笑着,向后者呼出清新的气息。他向马拉欣提出了一连串的问题:

"您是马拉欣先生吗?您运牛吗?八车?现在怎么办呢?你们误点了,昨晚我已经让第十四次车开出去了。现在我们该怎么办才好呢?"

青年人用两个粉红的手指头小心地捏着马拉欣的短皮袄上的毛,调换着脚,亲热而恳切地对他解释说,某次车已经开走,某次车正要开走,他愿意尽自己的能力为马拉欣做一切事情。凭他的脸色看得出来,他真的不但愿意做任何事情来使马拉欣高兴,甚至愿意尽力使全世界高兴。他是那么幸福,那么满意,那么快活!老人听着,虽然完全弄不懂火车复杂的车次制度,却还是赞许地点头,也伸出两个手指头去摸站长那件厚呢大衣上的软毛。他看着这个体面而殷勤的青年,听着他讲话,觉得很畅快。为了也表一表自己的好意,他就拿出一张十卢布票子,想了一想,又添上两张一卢布票子,递给站长。站长接过去,把手指头伸到帽沿那儿行个礼,然后优雅地把钱往口袋里一塞。

"听我说,诸位先生,我们不是可以照这样办吗?"他忽然想起一个刚刚来到他脑子里的新办法,就说,"军用列车误点了……你们看……它还没来……那么你们何不就算做军用列车呢?[①] 我让

---

① 凡是经特别指定做运输军队用的火车就叫做军用列车;没有军队可运的时候,这列车就运输货物,它比普通的运货列车走得快。——俄文本编者注

军用列车走第二十八次车好了。怎么样？"

"依您就是。"列车长同意。

"好极了！"站长高兴地说，"既是这样，那你们就用不着在这儿等了，马上就开车吧！我立刻去吩咐把你们这一列车放出去！好极了！"

他把手举到帽沿那儿向马拉欣行了个礼，就跑着回他的房间去了，一路上翻看着公文。老人对刚才的一番谈话很满意。他微笑着，瞧了瞧整个候车室，好像要找一找这儿还有什么称心的东西没有。

"我们不妨去喝一盅。"他拉住列车长的胳膊说。

"喝酒好像还太早一点吧。"

"不，您就让我做个东道吧。"

他俩就走到食堂去了。喝完一杯酒，列车长化了不少工夫挑选下酒的菜。

他是个上了年纪的、很胖的人，脸颊鼓起，可是没有血色。他胖得令人讨厌，皮肉松弛，脸色发黄，凡是喝酒太多和不按时睡觉的人都是那样。

"现在可以再喝一杯，"马拉欣说，"这会儿天冷，应该喝点酒。吃吧，请！这样看来，我可以仰仗您了，列车长先生，一路上不会再有麻烦或者不痛快的事了。因为您知道，讲到我们这种牲口生意，每个钟头都是宝贵的。今天肉是一个价钱，到明天，您瞧，又是另一个价钱了。要是耽误一两天，没卖上好价钱，那就没钱可赚，回家的时候——对不起，我要说句粗话——连裤子都没有了。请再喝点……我仰仗您了，讲到请您吃点什么，或者您想要点什么，那我是随时愿意表表自己的心意的。"

请列车长吃喝以后，马拉欣回到货车上。

"我刚才做了笔好买卖，我们这趟车改成军用列车了，"他对儿子说,"我们要走得快了。列车长说,要是我们一路走这趟车,明天傍晚八点钟就可以到了。要是不动脑筋,我的孩子,那就什么事也办不成……就是这样的……你得留神学着点儿……"

第一遍铃声响过以后,一个脸孔沾满煤烟因而发黑的男子走到这节车皮的门前来。他穿着一件衬衫和一条肮脏的破裤子,裤腿没有塞在靴筒里。这人是擦油工人,他刚才爬到货车底下,用锤子敲击车轮。

"先生,这几节车皮装的是您的牛吗?"他问。

"是啊。怎么样?"

"是这样的,有两节车皮出了毛病。不能把它们开走,它们得留在这儿等待修理。"

"唉,得了,别瞎扯了!你不过要喝一盅酒,要我塞给你几个钱罢了……那你实话实说得了。"

"随您怎么说,可是我有责任马上把这件事报告上去。"

老人既没生气,也没分辩,却心平气和,几乎不由自主地从口袋里拿出两个二十戈比的硬币,递给擦油工人。那人也极其心平气和地接过去,好意地瞧着老人,和他攀谈起来:

"那么您是去卖牲口吧……这可是好买卖!"

马拉欣叹口气,心平气和地瞧着擦油工人的黑脸,告诉他说:做牲口生意,从前倒的确有钱可赚,不过现在却变成冒险的赔钱生意了。

"我这儿还有个伙伴,"擦油工人打断他的话,"您,商人先生,不妨也赏他几个钱吧……"

马拉欣就也给那伙伴一点钱……军用列车走得快,在各站停靠的时间比较短。老人满意了。那个穿厚呢大衣的青年留下的愉快印象深深地印在他的记忆里,他喝下的那点白酒弄得他的头脑微微发晕。天气也真好,一切都好像很顺利。他讲个没完,每到一个停车的地方就赶到食堂去。他觉得需要一个人听他讲话,就时而带着列车长一块儿去,时而带着司机,并且不是光喝酒,而是消磨不少工夫,一面碰杯,一面讲话。

"你们有你们的行业,我们有我们的行业……"他带着亲热的笑容说,"求上帝保佑我们,也保佑你们,但愿按上帝的意思,而不是按我们的意思做……"

喝了白酒,他渐渐兴奋起来,一心想干正经事了。他想张罗一下,忙碌一下,打听打听,不断地讲话。他时而摸口袋,摸包袱,找什么单据,时而想起一件事,可又想不清楚,时而拿出钱夹子,无缘无故地把钱重新数一遍。他忙忙碌碌,唉声叹气,战战兢兢,合起手掌……他把京城里肉商寄来的信和打来的电报,账单,邮局和电报局的收据,公文纸以及自己的笔记本摊在面前,把他所想的说出来,硬逼着亚沙听他讲。

等到他看厌了表格,谈厌了市价,他就在火车停靠的时候在装牛的各节货车之间跑来跑去,什么事也不干,光是举起双手轻轻地一拍,惊恐地叫喊起来:

"哎呀,我的天啊!我的天啊!"他用凄苦的声调说,"神圣的殉教徒符拉西①!虽然它们是公牛,虽然它们是畜生,可是它们也跟人一样要吃要喝啊。它们已经有四天四夜没吃没喝了。哎呀,我的天啊,我的天啊!"

亚沙是个听话的儿子,他跟着父亲走,要他做什么就做什么。老人常去食堂,他却不高兴。虽然他怕父亲,可他还是忍不住要说几句。

"瞧,您又来了!"他说,严厉地瞧着老人,"您干吗这么高兴?难道今天是您的命名日还是怎的?"

---

① 根据东正教传说,殉教徒符拉西是一个遵守教规的牧人,是牲畜的保护者。

"不准你教训父亲。"

"瞧您养成了什么习气……"

每逢亚沙用不着跟随父亲奔走的时候,他就坐在毡斗篷上,拉手风琴。偶尔,他也走出货车,沿着列车懒洋洋地走动。他在火车头旁边站住,双目久久地紧盯着车轮,或者瞧着工人把一块块木头丢到煤水车上。烧热的火车头在喘气,木块一掉进去就发出新木料那种清脆、结实的爆裂声。司机和他的助手是十分冷漠、不动心的人,做出种种莫名其妙的动作,一点也不忙。亚沙在火车头旁边站了一会儿,就懒洋洋地溜达到火车站去。到了火车站,他看遍食堂里的吃食,出声读一张完全没趣味的布告,然后慢吞吞地回到货车上去。他的脸既没表现烦闷,也没表现欲望;仿佛不管在什么地方,在家里也好,在货车上也好,在火车头旁边也好,对他来说都一个样……

傍晚时分,这列火车停在一个大火车站附近。铁路线上的灯刚刚点亮;灯光衬着蓝色背景,在新鲜清澈的空气里,显得透明而苍白,跟星星一样;只有火车站天篷底下的那些灯才发红发亮,那儿已经黑下来了。所有的铁道上都有车辆,好像再开来一列火车就没处停了。亚沙跑到火车站买开水来冲晚茶。装束考究的上流女人和中学生正在月台上散步。要是从月台上往远处望,就可以看见车站两边,幽暗的暮色中有些遥远的灯火在闪亮。那是一座城。什么城呢?亚沙却没心思去管它。他只看见火车站外边那些昏暗的灯火和难看的房子,听见马车夫嚷叫,觉得刺骨的寒风吹到脸上来,心想那个城大概不好,不舒服,沉闷……

等到喝茶的时候,天已经完全黑了,墙上跟昨天傍晚一样又挂上了灯。忽然火车微微一震动,颤抖起来,轻轻地往后退去。退了一小段路,就停下来了。他们听见不清楚的嚷叫声,有人敲着缓冲器旁边的铁链,嚷道:"行了!"火车开动,往前驶去。大约十分钟

35

以后，它又给拖回来了。

马拉欣走出货车，认不得他的这列火车了。他的八节牛车跟几节不高的敞篷货车排成一列，那些车辆原先并不属于这列火车，其中有两三节装着乱石，别的都空着。在这列火车旁边跑来跑去的列车员都是些生人。他问他们话，他们只勉强而含混地回答一句。他们没有心思理睬马拉欣，他们正在忙着把这列火车挂好，为的是赶快办完事，回到暖和的地方去。

"这是哪一次车？"马拉欣问。

"第十八次车！"

"可是军用列车在哪儿？为什么把我的车从军用列车里拆下来了？"

没有人答话，老人只好走到火车站去。他先找他认识的列车长，却没找到，就去找站长。站长坐在自己房间的桌子旁边，翻看一叠公文。他很忙，假装没看见走进来的人，他的相貌很威严：一头剪短的黑发，两只招风耳，一根钩子样的长鼻子，一张黝黑的脸。他脸色阴沉，仿佛在怄气似的。马拉欣开始对他冗长地诉说自己的要求。

"什么？"站长问，"这是怎么回事？"他往椅背上一靠，接着愤慨地问下去，"什么？为什么您不该走第十八次车？您说得清楚一点，我听不懂！怎么？您要我有分身法，样样事情同时抓吗？"

他向马拉欣提出一大串问题，不知为什么变得越来越凶了。马拉欣已经在口袋里摸皮夹子，可是到头来，站长不知什么缘故感到受了委屈，十分生气，他从椅子上跳起来，离开了房间。马拉欣耸耸肩膀，走出去找别人说话去了。

要就是由于烦闷，要就是由于想给这忙碌的一天再添点忙，要就只是由于他的目光偶尔落到一扇印着"电报"两个字的小窗子上，总之，他走到窗口，说要打电报。他拿起一支钢笔，想了想，在一份蓝纸上写道："加急电报。运输处长台鉴。八节车皮的活牲口。在各站受到留难。请即指定快车车次。复电费已付。马拉欣。"

打出电报以后,他又走到站长室去。在那儿,他发现在一个蒙着灰色呢套子的小长沙发上坐着一个上流人,仪表端庄,生着络腮胡子,戴着眼镜和一顶貂皮帽子。他穿的皮袄很特别,像是女人穿的,用皮子镶边,肩上有穗带,袖子开岔。他面前站着另一个上流人,长得很瘦,可是精壮,穿着铁路查票员的制服。

"您可再也想不到,"查票员对那个穿怪皮袄的上流人说,"我要跟您讲一件稀奇古怪的事!Z 铁路不动声色,暗中偷走了 N 铁路的三百辆车皮。这是实在的事,先生!我敢当着上帝赌咒!他们把车皮弄走,重新涂一层油漆,写上他们自己的字母,于是万事大吉!N 铁路派出密探到各处侦察,他们找了又找,后来,您瞧,他们偶然发现 Z 铁路的一辆破车皮。他们拉到自己的车房里去修理,忽然间,真是难以相信,他们在车轮和轮轴上看见了他们自己的印记。您看如何?啊?要是这事是我干的,他们就会把我发配到西伯利亚去,可是他们对铁路局却马马虎虎就算了!"

马拉欣喜欢跟有知识、有教养的人谈天。他摸摸胡子,尊严地参加了谈话。

"诸位先生,比方,拿这个例子来说,"他开口道,"我正在运牲口到×地。满满的八车。挺好……您猜怎么着,每一车皮牲口他们要收六百普特①重的货物的运费。八头牛哪儿有六百普特重,那要轻得多,可是他们才不管呢……"

这当儿亚沙走进房间,找他的父亲来了。他听着,想在椅子上坐下来,可是大概想到自己的身子重,就走开,坐到窗台上。

---

① 俄国重量单位,1 普特等于 16.38 公斤。

"他们才不管呢,"马拉欣接着说,"而且硬要我跟我儿子出三等车的车票钱四十二卢布,因为我们要在货车里跟公牛待在一块儿。这是我儿子亚科夫①。我家里还有两个儿子,可是他们上学念书去了。哼,这且不说,依我看呐,铁路把牲口商人弄得倾家荡产了。早先,人家赶着一群群牲口走路,生意倒好做得多。"

老人说话拖拖拉拉,长得很。每说完一句,他就瞧一瞧亚沙,好像要说:"瞧,我在怎样跟有学问的人谈话!"

"唉!"查票员打断他的话,"谁也不愤慨,谁也不批评一句!为什么?那很简单。可恶的事,只有在偶然发生的时候,在它破坏了秩序的时候,才会引人注意,惹人愤慨。而在此地,实在糟极了,这种事却已经是早已风行的常规,成为秩序本身的基础,每一条枕木都带着它的烙印,冒着它的气味,这种事很快就成了习惯!就是这么的,先生!"

第二遍铃声响了。穿怪皮袄的上流人站起来。查票员挽着他的胳膊,仍旧热烈地谈着,跟他一块儿到月台上去了。响过第三遍铃声,站长跑进房间里来,在他的桌子旁边坐下。

"请问,我跟哪一次车走?"马拉欣问。

站长瞧着一张公文纸,气愤地说:

"您是马拉欣吗?八节车皮?每节车皮您得付一卢布,此外您还得付六卢布二十戈比的印花费。您没有贴印花。那么一共付十四卢布二十戈比。"

他拿到钱,写了几个字,用沙土吸干墨水,生气地从桌子上抓起一卷表格,很快地走出房间去了。

傍晚十点钟,马拉欣接到运输处长的回电:"优先放行。"看完电报,老人意味深长地眨了眨眼睛,很满意自己,就把它塞进口袋。

---

① 前文"亚沙"是"亚科夫"的小名。

"哪,"他对亚沙说,"瞧着,学着点。"

到半夜,他那列车开走了。夜色跟昨晚一样黑,天也一样冷。每站停留的时间长了。亚沙坐在毡斗篷上,心平气和地拉手风琴,老人仍然心不定,想干点什么。到了一个火车站,他起意要递个状子上去。有一个宪兵答应他的请求,坐下来写道:"一八八×年十一月十日,N铁路局宪警处Z区军士伊里亚·切列德根据一八七一年五月十九日法令第一款在X车站起草此项报告,内容如下……"

"底下写些什么呢?"宪兵问。

马拉欣在他面前摊开公文纸、邮件和电报收据、账单……他自己也不大清楚他要宪兵写些什么。在这报告里,他想写的不是哪一件单独的事情,而是整整这一趟旅行的经过,说明他所有的损失,跟站长们的谈话,而且要写得又冗长又刻薄才行。

"写下在Z站,"他说,"站长把我乘的几节车皮从军用列车上摘下来,是因为他不喜欢我的相貌。"

他要求宪兵一定要写到他的相貌。宪兵疲倦地听着,没听完他的话就接着写下去。他照这样结束他的报告:"军士切列德在此报告中陈报事项如上,此项报告送呈Z区区长,并将副本发给加夫里尔·马拉欣。"老人接过副本来,把它塞在他的里面口袋里装得满满的那些文件纸当中,十分满意,走回他的车皮去了。

早晨,马拉欣醒来,又心绪恶劣,可是他的怒气没有发泄在亚沙身上,却发泄到牛身上去了。

"这些牛完蛋了!"他抱怨道,"它们完蛋了!它们只剩最后一口气了!真遭罪,它们都要死了!呸!"

那些公牛有许多天没喝水了,渴得要命,就舔车壁上的霜,等到马拉欣走到它们面前,它们就开始舔他的凉冰冰的皮袄。凭它们那发亮的、含泪的眼睛看得出来,它们给口渴和颠簸折磨得筋疲力尽，又饥饿又痛苦。

"运你们这些该死的畜生真倒霉！"马拉欣嘟嘟哝哝地说，"你们快点死掉倒也罢了！瞧着你们我心里不好受啊。"

到中午，火车停在一个大火车站上，依照铁路规章，这火车站有清水供应活牲畜喝。马拉欣就给牛喝水，可是公牛不喝，水太凉了……

又过了两天两夜，京城终于在远处烟雾弥漫中出现了。旅程结束了。火车没有开到那座城就在一个货站附近停下来。公牛从货车里放出来。它们摇摇晃晃，绊绊跌跌，好像在光滑的冰上走路似的。

马拉欣和亚沙卸完牲口，办完兽医的检查手续，就在城郊一家肮脏、便宜的客店里歇脚，那边的广场正是做牲口生意的市场。他们的住处肮脏，吃食难于下咽，跟家里全不一样。他们在一个糟糕的音乐队的刺耳的乐声中睡觉，那种乐声一天到晚在这家客店下面的饭店里闹个不停。老人一清早就出去找买主，亚沙一连好几天坐在客店的房间里，或者出门上街去看一看这座京城。他看见畜粪狼藉的肮脏广场，看见饭馆的招牌，看见迷雾中修道院的齿状围墙……有时候他跑到街对面去，看杂货店的窗子，欣赏装着各色蜜糖饼干的罐子，打呵欠，懒洋洋地走回房间去。这座京城引不起他的兴趣。

临了，公牛卖给一个商人了。马拉欣雇了些赶牲口的人。所有的公牛分成每十头一群，给赶到城的另一头去了。那些公牛乏透了，耷拉着脑袋走过热闹的街道，冷淡地瞧着它们生平第一次，而且也是最后一次看见的东西。衣服破烂的赶牛人跟在它们后面，也耷拉着脑袋。他们烦闷……偶尔有个赶牛人从沉思中惊醒过来，想起他前面有些交托他经管的牛，为要表示他做事尽责，就捞起一根木棒使劲打在一头公牛的背上。公牛痛得摇摇晃晃，往前窜了十几步,向四下里瞧一眼,好像当着许多生人挨打很难为情似的。

马拉欣和亚沙卖掉牛,买了许多就是在家乡也买得到的东西,预备带回去送给家人,随后就打点着动身回家。在开车三个钟头以前,老人已经跟买主一块儿喝得颇有醉意,因此又坐立不安了,就带着亚沙下楼到饭店里坐下来喝茶。他跟所有的内地人一样,不能独自一个人吃喝,他总得找个跟他自己一样忙忙乱乱又爱扯淡的人做伴。

"把老板叫来!"他对仆役说,"告诉他说我请他喝茶。"

客店老板是一个保养得很好、对旅客十分冷淡的男子,他走过来,在桌子旁边坐下。

"嗯,我们的货物脱手了!"马拉欣笑着对他说,"我把我的山羊卖成了老鹰的价钱。当然啰,我们动身的时候,肉价是三卢布九十戈比,可是等我们到了此地,价钱已经落到三卢布二十五戈比。他们告诉我们说,我们来得太迟,要是早来三天就好了,因为现在肉生意清淡,圣菲里普斋期①到了……知道吗?简直是一团糟!这样一来,一头牛就要赔十四卢布。而且想想看,运这些牛花掉了多少钱!十五卢布的运费以外,还得为每头牛化六卢布,——诈骗啦、贿赂啦、请客啦,这样那样的……"

客店老板不得不敷衍一下,只好听着,勉强地喝茶。马拉欣唉声叹气,拍手,嘲笑自己不走运,可是一切都表明,他虽然遭到损失,却并不怎么伤心。只要有人听他讲话,眼前有事可做,而且误不了火车,那就赔钱也好,赚钱也好,他都不在心上。

过了一个钟头,马拉欣和亚沙带着许多箱笼、包裹,从客店房间里走下楼来,出了大门,准备坐雪橇到车站去。客店主人、仆役、

---

① 即圣诞节前的斋期。

好几个女人出来送他们。老人感动了。他把十戈比钱币向四面八方丢出去,用唱歌样的声调说:

"再见啊,祝你们平安!求主保佑你们万事如意。要是上帝保佑我们平平安安,那我们到了大斋节还要上这儿来。再见!谢谢你们……求主保佑你们!"

老人坐上雪橇,脱掉帽子,面对着在雾中像一块黑斑似的修道院墙壁,在自己胸前画了好久的十字。亚沙坐在他身旁的座位边上,一条腿伸向一旁。他的脸跟先前一样,没有一点激动的样子,既没露出烦闷,也没表现欲望。他并不因为回家而高兴;至于没有来得及观赏京城里的景色,他也不觉得可惜。

"走吧!"

赶雪橇的就挥动鞭子抽马,扭转身去,开始骂那些笨重的行李。

昂贵的课业

对一个受过教育的人来说,不懂外语是很不方便的。沃罗托夫在大学毕业、得到学士学位、着手做一点小小的学术工作的时候,痛切地体会到这一点。

"这真要命!"他喘着气说(尽管他才二十六岁,他却发胖,笨重,有气喘病了)。"这真要命!我不懂外语,就好比鸟儿缺了翅膀。这个工作还不如索性丢开不干的好。"

他决定无论如何非克制他那种天生的懒惰,学习法语和德语不可,于是他开始物色教师。

冬天的一个中午,沃罗托夫正坐在书房里工作,仆人来通报说,有一位年轻的小姐要见他。

"请她进来。"沃罗托夫说。

随后就有一个服装考究、打扮入时的年轻小姐走进书房里来。她通报姓名说,她是法语教师阿丽萨·奥西波芙娜·安凯特,由沃罗托夫的一个朋友打发来的。

"很高兴!请坐!"沃罗托夫说,气有点喘,用手掌遮住他睡衣的领口(为了呼吸畅快点,他总是穿着睡衣工作)。"是彼得·谢尔盖伊奇让您来找我的吗?对,对……我拜托过他。……很高兴!"

他一面跟安凯特小姐商谈正事,一面好奇而腼腆地瞧着她。她是个真正的法国女人,十分优雅,年纪还很轻。从她苍白娇弱的面容来看,从她短短的鬈发和瘦得反常的腰身来看,人可以估摸她的年纪不出十八岁;然而看一下她那发育良好的宽肩膀、好看的后背、严峻的眼睛,沃罗托夫又不由得暗想,她一定不在二十三岁以下,也许甚至有二十五岁了。不过后来,他却又觉得她只有十八岁。她脸色冷淡,正经,就跟到此地来商谈银钱方面的事情的人一样。她没有微笑过一回,也没有皱过一次眉头。只有一次,那是在她听说,她被请来不是教孩子读书,而是教一个胖胖的成年人的时候,她脸上才闪过迷茫的神情。

"那就这样吧!阿丽萨·奥西波芙娜,"沃罗托夫对她说,"我们每天傍晚上课,从七点钟起,到八点钟止。讲到您希望每上一次课收费一卢布,那我没有什么反对的意见。一卢布就一卢布好了。……"

此外,他还问起她想不想喝茶或者喝咖啡,外面天气好不好。他好意地微笑着,伸出手心摩挲着桌面上的粗呢,和气地打听她是干什么工作的,在哪个学校毕业,靠什么生活。

阿丽萨带着冷冰冰的正经神情回答他说,她是在一个私立女子寄宿学校毕业的,取得了当家庭教师的资格,她父亲不久前死于猩红热,她母亲还活着,以做假花为业。她,安凯特小姐,每天午饭前在一个私立的寄宿学校里工作,午饭后到傍晚为止到几个上流人家教课。

她走了,身后留下女人衣服上那种淡雅的香气。沃罗托夫事后很久没工作,一直坐在桌子旁边,用手心摩挲绿呢子,沉思着。

"看见一个姑娘靠工作生活是很愉快的,"他想,"另一方面,看见像阿丽萨·奥西波芙娜这样优雅而漂亮的姑娘也免不了受穷,也得为生存奋斗,那就很不愉快了。这真可悲!……"

他从来没有看见过品行端正的法国女人,因而又想:这个装束考究、生着发育良好的肩膀和过细的腰身的阿丽萨·奥西波芙娜,除了教课以外,多半还干别的事情吧。"

第二天傍晚,时钟指到六点三刻,阿丽萨·奥西波芙娜来了,冻得脸色发红。她翻开随身带来的《马尔戈》①,没有说任何开场白就开始教课说:

"法语有二十六个字母。第一个字母是 A,第二个字母是 B。……"

"对不起,"沃罗托夫笑着打断她的话,"我得预先对您声明一下,小姐,您给我讲课得略略改变您原来的方法才好。事情是这样的:我对俄语、拉丁语、希腊语都很熟悉……我还研究过比较语言学,我觉得我们不妨跳过《马尔戈》,直接从阅读某个著作家的一本书入手。"

他就对这个法国姑娘说明成年人大多怎样学习外国语。

"我有一个朋友,"他说,"他想学新的外语,就把法语的、德语的、拉丁语的《福音书》一齐放在面前,对照着读,同时仔细分析每个词。您猜怎么着?他还没满一年就达到目的了。我们也照这样做吧。我们拿一本著作来读。"

法国姑娘大感不解地瞧着他。显然,沃罗托夫的建议,依她看来,十分天真和荒谬。如果这个奇怪的建议是由一个小孩子提出来的,那她一定会生气、责骂,然而眼前却是个很胖的成年人,她是不能对他斥责的,所以她光是微微耸一下肩膀,说:

"随您的便吧。"

沃罗托夫就去翻他的书橱,从那里取出一本破旧的法文书。

"这一本行吗?"他问。

"反正都一样。"

"既是这样,那就开始吧。求主保佑。从书名开始好

---

① 指大卫·马尔戈所编的法语教科书。——俄文本编者注

45

了。……Mémoires。"

"回忆录……"安凯特小姐翻译道。

"回忆录……"沃罗托夫跟着说。

他好意地微笑,呼呼地喘息,为 mémoires 这个词花了一刻钟时间,为 de 这个词又花了同样多的时间,这就使得阿丽萨·奥西波芙娜疲惫不堪了。她有气无力地回答问题,常常说乱,显然不大明白她学生的意思,而且也不想明白。沃罗托夫向她提出种种问题,同时瞧着她的淡黄色头发,心里暗想:

"她的头发不是天生卷曲的,是由她卷成那样的。奇怪!她一天到晚工作,居然还抽得出时间来卷头发。"

一到八点钟,她就站起来,死板而冷淡地说了句"再见,先生"①,就走出书房去了,身后又留下一股淡雅而又撩人的香气。她的学生又很久没有做什么事,坐在桌子旁边沉思。

在随后的那些日子里,他已经相信这个年轻的女教师是个可爱的、严肃的、一丝不苟的人,不过她学识差,不会教成年人;他就决定不再白费时间,跟她分手,另请教师了。等到她第七次到这儿来,他就从衣袋里拿出一个信封,里面装着七卢布,把信封捏在手里,很难为情地开口说:

"对不起,阿丽萨·奥西波芙娜,我不得不对您说……我出于万分不得已。……"

法国姑娘一眼看见信封就猜出这是怎么回事,于是她的脸在她教课的这些天当中第一次颤抖起来,那种冷漠而正经的神情消失了。她脸色微微发红,低下眼睛,手指头烦躁地拨弄她那根很细的金表链。沃罗托夫看着她的慌张神色,明白一个卢布在她是多么宝贵,她失掉这个工作会多么难过。

---

① 原文为法语。

"我不得不对您说……"他嘟哝说,越发难为情了,感到自己心里发紧。他连忙把信封塞进衣袋里,接着说:"对不起,我……我要出去十分钟。……"

他装出他根本没有辞退她的意思,只是请求她准许他出去一会儿罢了。他走到隔壁房间里,在那儿坐了十分钟,后来他走回来,却越发心慌了。他暗想她可能按她的看法来解释他为什么出去一会儿,他觉得很不自在。

她又开始教课。

沃罗托夫对于学习已经一点兴致也没有了。他知道这样听课不会得到什么益处,就索性让法国姑娘由着性儿去讲,什么问题也不向她提,也不再打断她的话。她按她的心意,一堂课翻译了十页,他呢,没有听课,只是呼呼地喘气,由于没有事可做,时而看她卷曲的头发,时而看她的脖子,时而看她娇嫩的白手,闻她衣服上的香气。……

他忽然发觉自己生出一些不好的念头,就不由得害臊,有时候,他又生出满腔温情,于是感到伤心和烦恼,因为她对他那么冷淡、死板,把他看成小学生,从来也不笑一笑,仿佛生怕无意中会碰她一下似的。他老是想:不知该怎样才能取得她对他的信任,怎样才能跟她亲近一些,然后帮助她,使她明白,这个可怜的人教课教得多么糟。

有一次阿丽萨·奥西波芙娜来教课,穿一件漂亮的粉红色连衣裙,胸口微露,身上散发出那么一种香气,他觉得她仿佛裹在云里,只要对她吹一口气,她就会飞上天空,或者像烟一样散开。她道歉,说她只能教半小时的课,因为她下课后要直接去参加舞会。

他瞧着她的脖子,瞧着脖子旁边裸露着的后背,这才觉得他明白了法国女人怎么会有容易堕落的轻佻女人的名声。他沉浸在香气、美艳、赤裸的云雾里,迷迷糊糊;而她呢,并不知道他在想些什

47

么,大概对他的思想也毫无兴趣,迅速地翻着书页,以最快的速度翻译道:

"'他在街上走着遇见一位他熟悉的先生说您到哪儿去看您的脸色这么白我真难过。'"

那本《Mémoires》早已读完,现在阿丽萨翻译的是另一本书。有一次她早来一个钟头上课,道歉说七点钟她要到小剧院去。沃罗托夫下了课,把她送走后,自己也穿上外衣,到剧院去了。他自以为只是去休息一下,散一散心,脑子里根本没有想到阿丽萨。他不能承认一个严肃的、准备开创学术事业、懒于走动的人,仅仅为了要跟一个他不大熟识的、不聪明的、没有学问的姑娘会面就丢下正事不干,赶到剧院去。……

可是不知什么缘故,每到幕间休息时间,他的心就怦怦地跳,他身不由己,在休息室里和走廊上像孩子似的跑来跑去,着急地找某个人。每逢休息时间结束,他总觉得烦闷无聊。后来,他看到了那件熟识的粉红色连衣裙和蒙着一层透花纱的美丽肩膀,他的心就缩紧,仿佛预感到幸福来临了。他高兴地微笑着,生平第一次体验到嫉妒的感情。

阿丽萨跟两个难看的大学生和一个军官一块儿走着。她哈哈大笑,高声说话,分明在卖弄风情,沃罗托夫从没见过她像这个样子。看来,她幸福、满足、诚恳、热情。这是为什么?什么缘故呢?也许这是因为那些人跟她接近,是她那个圈子里的人吧。……沃罗托夫感到他和那个圈子中间隔着一道可怕的深渊。他对他的女教师行礼,可是她冷冷地对他点一下头,很快就走过去了。她分明不愿意让她的男同伴知道她有学生,知道她已经穷得教家馆了。

在剧院相逢后,沃罗托夫明白自己堕入情网了。……从此,每到上课时间,他总是定睛看着他那优雅的女教师,不再克制自己,由着性儿生出种种纯洁的和不纯洁的想法。阿丽萨·奥西波芙娜的脸仍旧冷冰冰,每天傍晚一到八点钟,总是平淡地说一声"再见,先生"①。他感到她对他漠不关心,日后也仍旧会漠不关心,他的处境是毫无希望的。

有的时候,在课间,他开始幻想,生出希望,定出计划,暗自盘算该用什么话来求爱,想起法国女人是轻浮而容易上手的。然而他只要看一眼女教师的脸,他的念头就顿时烟消云散,如同在别墅里遇到起风的天气拿着一支蜡烛走到阳台上去,蜡烛就会熄灭一样。有一次他迷迷糊糊,像做噩梦似的忘了体统,熬不住了,趁她教完课走出书房,要到前厅里去的时候拦住她的去路,喘着气,结结巴巴地表白他的爱情:

"您在我是那么宝贵!我……我爱您!让我说出来吧!"

可是阿丽萨脸色惨白,大概害怕了,因为想到他这样一求爱,她就再也不能到这儿来上一堂课,挣一个卢布了。她睁大惊慌的眼睛,大声嘟哝道:

"哎呀,这可不行!您别说了,我求求您!不行!"

事后沃罗托夫通宵没有睡觉,羞得要命,责骂自己,紧张地思索着。他觉得他的求爱侮辱了那个姑娘,她不会再到他家里来了。

他决定明天早晨到居民住址查询处去查明她的住址,给她写一封道歉信。可是信还没写,阿丽萨却来了。乍一到,她觉得挺别扭,可是后来翻开书,就照往常那样迅速而活泼地翻译起来:

"'啊,年轻的先生,不要摘我花园里的那些花,我要把花留给我害病的女儿。……'"

直到今天她还是天天来。已经有四本书翻译完了,可是沃罗托夫除掉"mémoires"这个词以外什么也没学会。每逢人家问起他的学术工作,他总是挥挥手,不回答这个问题,把谈话转到天气上去。

---

① 原文为法语。

狮子和太阳

在乌拉尔山脉的这一边,有一座城,城里盛传最近有个波斯大官拉哈特-赫拉木光临此地,在日本饭店下榻,盘桓几天。这个传说对市民们没有产生什么影响:来了个波斯人,那好,让他来吧。只有本城的市长斯捷潘·伊凡诺维奇·库曾从管理局秘书那儿听说那位东方人光临此地,却沉思起来,问道:

"他要到哪儿去?"

"大概到巴黎或者伦敦去。"

"哦!……那么他是个大人物吧?"

"鬼才知道他是什么人。"

市长从管理局回到家里,吃过午饭,又沉思起来,这一回一直沉思到傍晚。显赫的波斯人的光临使他发生很大的兴趣。他觉得是命运把这个拉哈特-赫拉木送到他这儿来的,因此实现他那蕴蓄已久的热切渴望的有利时机终于来临了。事情是这样的:库曾已经有两枚勋章,即三等斯坦尼斯拉夫勋章和红十字章,还有"拯救失足落水人协会"的一枚徽章,此外他还给自己定做了一个小表坠(一管小金枪和一个六弦琴交叉在一起),这个表坠挂在制服纽扣眼上,远远看去,像是一个与众不同的东西,酷似一枚奖章。不过大家都知道,一个人的勋章和奖章越多,他就越希望多得。市长早就巴望得到一枚波斯的"狮子和太阳"勋章,他热烈地巴望着,简直要发疯了。他清楚地知道,要得到这枚勋章并不需要作战,也不需要捐款给孤儿院,更不需要担任由人推选的职务,只需要适当的机会罢了。如今他觉得,机会来了。

第二天中午,他戴上所有的勋章和表链,坐车到日本饭店去。命运果然要成全他。他走进显赫的波斯人的房间,房里只有波斯人一个人,闲着没做事。拉哈特-赫拉木是个身材魁梧的亚洲人,生着像田鹬那样的长鼻子和凸出的眼睛,戴着平顶圆锥形帽子。他坐在地板上,正在翻他的皮箱。

"请原谅我来打搅您,"库曾笑哈哈地开口说,"我荣幸地介绍自己:我是世袭荣誉公民和勋章获得者,本城的市长斯捷潘·伊凡诺维奇·库曾。我认为我有责任来向阁下致敬,向所谓我们友好的邻邦的代表致敬。"

波斯人回转身来,用很糟的法国话嘟哝了一句,那声音听起来像是一根小木棒在敲一块木板。

"波斯的边疆,"库曾接着念他事先已经背熟的欢迎词,"跟我们广大的祖国的边界紧密相连,因此相互的同情驱使我来向您表达所谓的团结精神。"

显赫的波斯人站起来,又用他那木头般的舌头嘟哝了一句,库曾不懂外国话,就摇一摇头,表示他听不懂。

"哎,我怎么跟他谈话呢?"他暗想,"顶好马上派人找个翻译来。然而我所要谈的又是一件微妙的事,没法当着外人说出口。翻译事后会张扬出去,弄得全城都知道。"

库曾就开始回想在报纸上见过的外国词。

"我是市长……"他喃喃地说,"那就是说,劳德-麦尔①……木尼

---

① 英语"市长"的音译。

齐巴莱①。……乌依？康普烈奈?②"

他想用话语或者面部表情来表明他的社会地位，却又不知道该怎么做才好，墙上挂着一张画片，写着"威尼斯城"几个大字，这一下他得救了。他用手指一指那个城，然后指一指自己的头，自以为这样就合成了一句话："我是这个城的头儿。"波斯人一点也不懂，可是微笑着说：

"豪（好），先生……豪。……"

过了半个钟头，市长拍拍波斯人的膝盖，又拍拍他的肩膀，说：

"康普烈奈？乌依？我……作为劳德-麦尔和木尼齐巴莱，建议您出去做一次小小的普罗麦纳日③。……康普烈奈？普罗麦纳日。……"

库曾用手指一下威尼斯，再用两个手指头比作两条迈步的腿。拉哈特-赫拉木目不转睛地瞧着他的勋章，分明已经猜出他是本城最大的人物，又听懂"普罗麦纳日"的意思，就客气地笑一笑。随后他俩穿上大衣，走出旅馆房间。他们下楼，走到日本饭店正门附近，库曾心想，请这个波斯人吃一顿饭倒也不坏。他就停住脚，对他指一指饭桌，说：

"照俄国的风俗，我们不妨那个……皮由莱，安特烈科④……香槟酒等等。……康普烈奈？"

显赫的客人听懂了，过一会儿两个人就在这家饭店最讲究的雅座里坐下，喝着香槟，吃起来。

"我们来为波斯的昌盛喝一杯！"库曾说，"我们俄国人喜欢波斯人。虽然我们的宗教信仰不同，可是我们有共同的利益，所谓相

---

① 法语"市长"的音译。
② 法语"怎么样？您听明白了吗?"的不正确的音译。
③ 法语"散步"的不正确的音译。
④ 法语"浓菜汤、牛肉片"的音译。

互的同情……进步……亚洲市场……所谓争取和平的目标。……"

显赫的波斯人津津有味地吃着,喝着。他用叉子叉住一块咸鱼肉,热情地摇了摇头说:

"豪!好①!"

"您喜欢吗?"市长高兴地说,"好②?那才好。"他转过身去对仆役说,"路卡,伙计,你去弄两块最好的咸鱼肉,送到他老人家的房间去!"

后来市长和波斯大官一块儿逛动物园。市民们看见他们的斯捷潘·伊凡内奇喝了香槟,脸孔发红,兴高采烈,十分满意,带着波斯人走遍大街和商场,领着他把本城的名胜古迹都看过,甚至带他到消防队的瞭望台上走了一趟。

除了别的事情以外,市民们还看见市长在一个雕着狮子的石门旁边站住,先对波斯人指一指狮子,然后往上指一指太阳,随后又指一指自己的胸口,过后再指着狮子和太阳。波斯人开始摇头晃脑,好像表示同意似的,微微笑着,露出一口白牙。傍晚,两个人坐在伦敦旅馆里,听一个女人弹竖琴,至于他们在哪儿过夜,那就不得而知了。

第二天早晨,市长到管理局去。职员们显然已经有所耳闻,正在纷纷揣测,因为秘书走到他跟前来,带着讥诮的笑容说:

"波斯人有一种风俗:要是有贵客来找您,您就得亲手为他杀一头羊。"

过了一会儿,他收到由邮局寄来的一个包裹。市长打开包裹,看见里面包着一张漫画,上面画着拉哈特-赫拉木,面前跪着一个人,就是市长,他向波斯人伸出手去,说:

---

①② 原文为法语。

为了表示俄罗斯和伊朗两个帝国的友谊,
为了对您这位最尊贵的使者表示敬意,
我有心像杀羊一样杀掉自己,
可惜啊,对不起,我是一头驴!

市长生出一种不愉快的感觉,仿佛得了胸口痛之类的病,可是这并没持久。中午他又到显赫的波斯人那儿去,又请他吃饭,又带他去参观本城最出色的地方,又领他到石门旁边,又指指狮子,指指太阳,指指自己的胸膛。他们在日本饭店用午饭,饭后两个人嘴上叼着雪茄烟,脸色红扑扑,心里很快乐,又爬上了消防队的瞭望台。市长分明有意让客人开一开眼界,就在台上对一个在下面走动的哨兵吆喝道:

"报火警!"

然而火警却没有报成,因为这当儿消防队员都到澡堂去了。

他们在伦敦旅馆用晚饭,饭后波斯人就动身离开本城了,斯捷潘·伊凡内奇给他送行,而且按照俄国的风俗,吻了他三次,甚至淌下了眼泪。等到火车开动,他就喊道:

"替我们向波斯致敬。请对它说:我们热爱它!"

一年零四个月过去了。有一天,天气严寒,气温低到零下三十五度,空中刮着凛冽的大风。斯捷潘·伊凡内奇却在街上走来走去,解开皮大衣,敞着前襟,可是心里暗暗烦恼,因为他一路上没有遇见什么人,于是也就没有一个人看见他胸前挂的"狮子和太阳"勋章。他照这样一直走到傍晚,始终解开皮大衣,敞着前胸,冻得很厉害。那天晚上他在床上翻来覆去,怎么也睡不着觉。

他心头沉重,五脏六腑仿佛起了火,他的心不安地跳动:眼下他又巴望得到塞尔维亚的"达科瓦"勋章了。他热切而且如饥如渴地巴望着。

灾　　祸

　　市立银行经理彼得·谢敏内奇和会计、会计的助手、两名委员一起在夜间被捕下狱了。这场风波后的第二天，银行的监察委员会委员，商人阿甫杰耶夫，跟他的朋友们一块儿坐在他的商店里，说：

　　"看来，这也是天意。命中注定了的事是逃不脱的。眼下我们在吃鱼子，可是明天一瞧，糊里糊涂下了狱，或者背起了讨饭袋，再不然就干脆死掉了事。什么事都会发生的。现在就拿彼得·谢敏内奇来说吧。……"

　　他讲个不停，眯细醺醉的小眼睛，他的朋友们喝酒，吃鱼子，听着。阿甫杰耶夫讲起彼得·谢敏内奇昨天还威风凛凛，为大家所尊敬，可是现在却丢尽脸，狼狈不堪了。然后他叹口气，接着说：

　　"老鼠的眼泪报应到猫身上来了。这些骗子手，也是活该！这些兔崽子既然会捞钱，现在就叫他们受报应好了。"

　　"当心啊，伊凡·丹尼雷奇，你可别受牵连！"有个朋友说。

　　"我凭什么受牵连？"

　　"有个缘故。人家在捞钱，那么，监察委员会是管什么的？恐怕你在账目上总签了名吧？"

　　"嘿，瞧你说的！"阿甫杰耶夫笑道，"签了名！人家既然把账目送到我店里来,我就随手签上个名完事。那种账目难道我看得懂?不管人家把什么东西送到我跟前来,我反正胡乱签个名了事。即使你现在写个条子,说我杀了人,我也照样会签上名的。我可没有工夫细看,再说我不戴眼镜也看不见。"

阿甫杰耶夫谈了一阵银行的倒闭,谈了一阵彼得·谢敏内奇的命运,然后就跟他的朋友们一块儿到一个熟人家里去吃馅饼,这个熟人的妻子今天过命名日。在命名日宴会上,所有的客人不谈别的,只谈银行的倒闭。阿甫杰耶夫讲得比所有的人都激烈,口口声声说他早已料到银行会倒闭,还在两年以前就知道银行里的事不大清白。大家吃馅饼的时候,他一连讲了他所知道的十种违法勾当。

"既然您知道,那您为什么不告发呢?"有一个参加命名日宴会的军官问他说。

"知道的又不止我一个人,全城都知道嘛……"阿甫杰耶夫笑着说,"再者我也没有工夫到法院去打官司。去他们的!"

他吃完馅饼后休息一阵,吃午饭,饭后又休息一阵,就到一个由他做教会委员的教堂里去做晚祷,做完晚祷后又回来参加命名日宴会,饭后玩"优先权"①,一直到午夜才散。看来样样事情都称心如意。

可是午夜后阿甫杰耶夫回到自己家里,给他开门的厨娘却脸色苍白,不住地发抖,连一句话也说不出来。他的妻子叶丽扎威达·特罗菲莫芙娜,一个虚胖的老太婆,正坐在大厅里一张长沙发上,她白发散乱,全身发颤,眼珠胡乱地转动,像是喝醉了酒。她的大儿子,中学生瓦西里,也脸色苍白,神情十分激动,端着一杯水,站在她身旁,显得手忙脚乱。

---

① 一种牌戏名。

"这是怎么回事?"阿甫杰耶夫问,生气地斜着眼睛看火炉(他家里的人常常煤气中毒)。

"刚才法院的侦讯官带着警察来了……"瓦西里回答说,"他们搜查了一通。"

阿甫杰耶夫往四下里看一眼。立柜、五斗橱、桌子,都带着刚刚搜查过的痕迹。阿甫杰耶夫呆站了一会儿,仿佛吓傻了,什么也不明白,然后他的五脏六腑开始发抖,变得沉重,他的左腿发麻了。他受不住浑身的颤抖,就趴在长沙发上,听见他的五脏六腑一齐在翻腾,他那不听使唤的左腿不住地磕碰长沙发的靠背。

大约有两三分钟,他想起他的种种往事,然而没有发现他犯过什么罪行足以引起司法当局的注意。……

"这全是胡闹……"他说着,坐起来,"这一定是有人诬陷我。明天我得去申诉,好叫他们不敢再干这种事。……"

阿甫杰耶夫通宵没睡,第二天早晨照常到自己的商店去。顾客们给他带来消息,说昨天晚上检察官又下令把银行的副经理和文牍员也监禁起来。这个消息并没引得阿甫杰耶夫心里不安。他相信他受了诬陷,如果他今天去申诉一下,那么法院侦讯官就要为昨天的搜查担不是。

九点多钟他跑到市政府去找秘书,这人是市政府中唯一受过教育的人。

"符拉季米尔·斯捷潘内奇,这搞的是什么把戏?"他凑着秘书的耳朵讲起来,"人家贪污,这跟我有什么相干?这是什么道理?亲爱的人,"他小声说,"昨天晚上我家里遭到了搜查!皇天在上,这是真的。……他们变成恶魔了还是怎么的?为什么要来找我的麻烦?"

"因为人不应该做一头任人摆布的羊,"秘书平心静气地回答说,"在签名以前得仔细看一看才对。……"

"看什么？我就是把那些账目看上一千年，也还是看不懂！我才看不懂那些鬼把戏呢！难道我是会计师？人家既是把它送到我跟前来，我就好歹签个名算了。"

"对不起。这些都不谈，总之您和整个委员会跟这个案子有严重的关系。您没有交任何担保品就从银行里借去了一万九千卢布。"

"求上帝保佑吧！"阿甫杰耶夫吃惊地说，"难道只有我一个人借过钱吗？全城的人都借过！我付利息的，以后还会还清债款。求主保佑你才好！而且，说老实话，难道是我自己要借那笔钱吗？那是彼得·谢敏内奇硬塞给我的啊。他说：'你拿去，拿去。'他还说：'要是你不拿，那就是不信任我们，躲开我们。'他说：'你拿去，给你父亲建一个磨坊好了。'我这才收下了。"

"哼，您要明白，只有小孩和糊涂虫才会说这种话。可是，不管怎样，先生，您还是用不着担心。当然，您免不了要受审，不过他们一定会判您无罪开释的。"

秘书的冷淡平静的口吻对阿甫杰耶夫起了镇定作用。他回到自己的商店里，见到他的朋友们，就又一块儿喝酒，吃鱼子，高谈阔论。他差不多已经忘掉搜查的事了，只有一件事他不能不注意到，而且使他心神不安，那就是他的左腿有点古怪地发麻，他的胃也不知什么缘故根本不能消化食物了。

当天傍晚，命运又对阿甫杰耶夫开了响亮的一枪：在市议会的临时会议上，银行全体人员，包括阿甫杰耶夫在内，一概被革除市议员头衔，因为他们处在受审和侦讯的情况下。第二天早晨他接到一份公文，要求他立即放弃教会委员的名分。

随后，命运究竟对阿甫杰耶夫还开过多少次枪，他自己也数不清了。对他来说，那些从来也没有过的古怪日子一个接一个很快地闪过去，每天都带来新的和意外的奇事。此外，法院侦讯官给他送来了传票。他从侦讯官那儿回到家里,一肚子委屈,脸色通红。

"他死命追问我,就跟把刀架在我脖子上一样:你为什么签名?签名就是签名,这有什么可说的!难道是我故意签的?人家把账目送到我店里来,我这才签了名。那些写出来的东西,我根本就看不懂啊。"

有一些脸色冷漠的年轻人来了,封闭商店,把房子里全部家具开列了一张清单。阿甫杰耶夫觉得很委屈,疑心这里面有阴谋,仍旧觉得自己并没犯什么罪,就跑遍各处衙门去申诉。他往往在前厅一连等候好几个钟头,长时间地诉说,哭泣,吵骂。对于他的申诉,检察官和侦讯官却冷淡而振振有词地回答说:

"传您的时候您再来,现在我们没有工夫。"

另外的人回答他说:

"这不关我们的事。"

秘书,那个受过教育、阿甫杰耶夫觉得能够帮自己忙的人,光是耸耸肩膀,说:

"这怪您自己不对。您不应该当绵羊嘛。……"

老人四处奔走,他的腿仍旧发麻,胃口更坏了。闲散的生活使他厌倦,贫穷跟着就来了,于是他决定到他父亲的磨坊去工作,或者找他的哥哥去做麦子生意,然而当局不许他离开这座城。他家里的人动身到他父亲那边去了,撇下他一个人留在城里。

日子一天天飞过去。这个前任的教会委员,体面而受尊敬的人,没有家庭,没有工作,没有钱,成天价到朋友们的商店去,喝酒,吃菜,听别人出主意。每到早晨和傍晚,他为消磨时间就到教堂里去。他一连几个钟头瞧着神像,不做祷告,只顾想心思。他的良心是清白的,他把他眼前的处境解释为错误和误会的结果。依他的看法,这些事所以会发生,只是因为侦讯官和官员们年轻,缺乏经验,他觉得假如有个年老的法官跟他恳切而详细地谈一谈,那么一切事情又会走上正轨的。他不了解那些法官,他觉得那些法官也不了解他。……

日子一天天过去。经过难忍难熬的长久拖延以后,开庭的时间终于到了。阿甫杰耶夫借来五十卢布,为他的腿储备一些酒精,为他的胃买下一些草药,然后动身到高等法院所在的那座城里去了。

公审持续了一个半星期。受审期间,阿甫杰耶夫坐在那些受难的同伴中间,表现出令人尊重的、无辜受累的人所应有的沉稳尊严的态度。他听着,可是简直一句话也没听懂。他心里很反感。他生气,因为开庭的时间太久,因为没处找到持斋的素食,因为他的辩护人不理解他,他觉得这个辩护人讲的话都不对头。他觉得法官们也没有按照应有的方式进行审问。他们几乎根本不把阿甫杰耶夫放在眼里,三天当中只问过他一次话,而且他们对他提出的问题简直莫名其妙,阿甫杰耶夫每次答话,总会在旁听席上引起一阵哄笑。等到他忽然讲到他的花费和损失,讲到他要求赔偿诉讼费,他的辩护人却回转身来对他做个难看的鬼脸,招得旁听者笑起来,审判长厉声申明,说这与案情无关。他最后一次发言,没有按辩护人教给他的那么说,却讲了些完全不同的话,这又引起一片笑声。

临到陪审员们到议事室里去会商判决的那段可怕的时间,他坐在饮食部里生气,完全不去想那些陪审员。他不懂:事情既然这么明白,他们何必还要会商这么久,他也不明白他们究竟要拿他怎么办。

他觉得肚子饿了,就要求仆役给他拿一点斋期的便宜吃食来。仆役给他送来一份冷鱼加胡萝卜,收去四十戈比。他吃下去,立刻觉得冷鱼像一团沉重的东西在他胃里滚来滚去。他开始打嗝,感到胃里灼热、发痛。……

后来他听首席陪审员宣读问题单①的各项答复,他的内脏翻腾起来,周身冒出冷汗,左腿发麻。他没逐字逐句地听下去,什么也没听明白,光是难受得不得了,因为他不能坐着或者躺着听首席陪审员宣读,最后庭上总算允许他和他的同伴们坐下,随后高等法院的检察官站起来,说了些叫人听不懂的话。顿时,仿佛从地里钻出来似的,不知从哪儿来了一些宪兵,举着出鞘的军刀,把所有的被告团团围住。他们叫阿甫杰耶夫站起来,走出去。

这时候他才明白他被判了罪,看押起来了,可是他并不恐慌,也不惊讶。他胃里闹得很厉害,他根本顾不上那些押解兵了。

"这是说,现在他们不放我们回旅馆里去了?"他问他的一个同伴说,"可是我的房间里还放着三卢布的钱和一包四分之一磅的茶叶没动用过呢。"

他在警察分局里过夜,通宵感到鱼在胃里作梗,心里想着那三卢布和四分之一磅茶叶。一清早天空刚刚发蓝,人家就吩咐他穿好衣服动身。有两个兵,枪上安着刺刀,把他押到监狱去。以前,他从来没有觉得城里的街道竟有这么长,总也走不到尽头。他不是沿着人行道走,却沿着街中心,在刚融化的、泥泞的雪地上走。他的内脏仍旧在跟那条鱼搏斗,左腿也仍旧发麻。他把他的雨鞋不是忘在法院里就是忘在警察分局里,他的两只脚都冻僵了。……

过了五天,所有的被告又给押到法庭上去听取判决。阿甫杰耶夫听见他被判决流放到托博尔斯克省。这并没使他恐慌,也没使他惊奇。不知什么缘故,他觉得审问还没完结,还要拖延下去,还没做出真正的"判决"。……他住在监狱里,天天等候这个

---

① 法庭就案情要点拟出一系列问题,列成单子,交陪审员们会商答复,然后法庭根据答复做出判决。

判决。

　　半年后他的妻子和儿子瓦西里来跟他告别。他几乎认不出这个装束寒酸的瘦老太婆就是他以前那个养得很胖、颇有气派的叶丽扎威达·特罗菲莫芙娜了,他看见他儿子身上穿的也已经不是中学制服,而是一件又短又旧的上衣和一条花条布的裤子,直到这时候,他才明白:他的命运已经最后决定,不管将来那个新的"判决"怎么样,他的过去反正已经不能挽回了。于是,从他受审和坐监以来,他头一次收起他脸上的气愤神情,痛心地哭起来。

吻

　　五月二十日傍晚八点钟，某炮兵后备旅的所有六个连，到露营地去的途中，在梅斯捷奇金村停下来过夜。他们那儿乱哄哄，有的军官在大炮四周忙碌，有的军官会合在教堂围墙附近的广场上听设营官讲话，这时候忽然从教堂后边闪出一个穿便服的男子，骑着一头奇怪的马。那头浅黄色的小马生着好看的脖子和短短的尾巴，一步步走过来，然而不是照直地走，却像是斜着溜过来，踩着一种细碎的舞步，仿佛有人用鞭子抽它的腿似的。骑马的人走到军官们面前，抬了抬帽子说：

　　"本地的地主，陆军中将冯·拉别克大人请诸位军官先生马上赏光到家里去喝茶……"

　　马低下头，踩着舞步，斜着身子往后退去。骑马的人又抬了抬帽子，一刹那间跟他那头奇怪的马隐到教堂后面，不见了。

　　"鬼才知道这是怎么回事！"有几个军官嘟哝道，他们正在走散，要回到自己的住处去，"大家都想睡觉了，这位冯·拉别克却要请人喝什么茶！什么叫做喝茶，我们心里可有数！"

　　所有六个连的军官们都清楚地记得去年的一件事：在阅兵期间，他们跟一个哥萨克团的军官们，也像这样受到一位伯爵地主，一位退伍军人的邀请去喝茶；那位好客、殷勤的伯爵款待他们，请他们吃饱、喝足之后，不肯放他们回到村里的住处去，却把他们留

63

在自己家里过夜。所有这些当然都很好,简直没法希望更好的了,然而糟糕的是那位退伍军人有这些年轻人作伴,高兴得过了头。他对军官们讲他光辉的过去的业绩,领他们走遍各处房间,给他们看名贵的画片、古老的版画、珍奇的武器,给他们念大人物的亲笔信,一直忙到太阳东升。那些疲乏厌倦的军官看着,听着,一心想睡觉,小心地对着袖口打呵欠。临了,主人总算放他们走了,可是要睡觉已经太迟了。

也许这个冯·拉别克就是这种人吧?是也好,不是也好,反正也没办法了。军官们换上整齐的军服,把周身收拾干净,成群结伙地去找那个地主的家。在教堂附近的广场上,他们打听出来要到那位先生的家可以沿着下面的路走——从教堂后面下坡到河边,沿着河岸走到一个花园,顺一条林荫路走到那所房子;或者走上面的路也成——从教堂照直顺着大路走,在离村子不到半俄里①的地方就到了地主的谷仓。军官们决定走上面的路。

"这个冯·拉别克是什么人?"他们一面走一面闲谈,"就是从前在普列夫纳统率 H 骑兵师的将领吧?"

"不,那人不叫冯·拉别克,单叫拉别克,没有冯。"

"多好的天气啊!"

大路在第一个谷仓那儿分成两股:一股照直往前去,消失在晦暗的暮色里。另一股往右去,通到主人的房子。军官们往右拐弯,讲话声音开始放低……路的两边排列着红房顶的石砌谷仓,笨重而森严,很像县城里的营房。前面,主人宅子的窗子里灯光明亮。

"好兆头,诸位先生!"有一个军官说,"我们的猎狗跑到大家前头去了;这是说,他闻出我们前头有猎物了!……"

中尉洛贝特科走在众人前面,他生得又高又结实,可是没长唇

---

① 1 俄里等于 1.06 公里。

64

髭(他已经过二十五岁了,可是不知什么缘故,他那保养得很好的圆脸上却连一根胡子也没有),善于远远地辨出前面有女人,因此在这个旅里以这种嗅觉出名。他扭转身来说:

"对了,这儿一定有女人。我凭本能就觉出来了。"

冯·拉别克本人在正屋门口迎接军官们,他是一位仪表优雅、年纪大约六十岁的老人,穿着便服。他跟客人们握手,说他见到他们很高兴,很幸福,可是诚恳地请求军官先生们看在上帝的分上原谅他不留他们过夜。有两个带着孩子一起来的姐妹、几个弟兄、几个邻居来看望他,弄得他一个空房间也没有了。

将军跟每个人握手、道歉、微笑,可是凭他的脸色看得出他决不像去年那位伯爵那么高兴接待这些客人,他之所以邀请这些军官,只是因为他觉得这是一种必要的礼节罢了。军官们自己呢,走上铺着柔软的毡毯的楼梯,一面听他讲话,一面觉得他们之所以受到邀请,也只是因为不好意思不请他们罢了。他们看见听差们匆匆忙忙点亮楼下门道里和楼上前厅里的灯,觉得他们好像随身把不安和不便带进了这个宅子。既然已经有两个带着子女的姊妹、弟兄、邻人大概由于家庭的喜事或者变故而聚会在这所房子里,那么十九个素不相识的军官的光临会受到欢迎吗?

到了楼上,在大厅门口,军官们遇到一位身材高大、匀称的老太太,长脸上生着黑眉毛,很像厄热尼皇后[①]。她殷勤而庄严地微笑着,说她看到客人很高兴,很幸福,道歉说她丈夫和她这回不能够邀请军官先生们在这里过夜。每逢她从客人面前扭转身去办点什么事,她那美丽、庄严的笑容立刻就消失了,那么,事情很清楚:她这一辈子见过很多军官,现在她对他们不感兴趣,即使她邀他们到家里来,而且表示歉意,那也只是因为她的教养和社会地位要求

---

① 厄热尼皇后(1826—1920),拿破仑三世的妻子。

她这样做罢了。

军官们走进一个大饭厅,那儿已经有十来个人,男男女女,老老少少,坐在长桌的一边喝茶。在他们的椅子背后可以隐约看见一群男人笼罩在雪茄烟的轻飘的云雾里,他们当中站着一个瘦长的青年,正在谈论什么,他留着红色的络腮胡子,讲英国话,声音响亮,可是咬字不清。这群人的背后有一扇门,从门口望出去可以看见一个明亮的房间,摆着淡蓝色的家具。

"诸位先生,你们人数这么多,简直没法跟你们介绍了!"将军大声说,极力说得很快活,"自己介绍吧。诸位先生,不要客气!"

军官们有的带着很严肃的,甚至很严厉的脸相,有的现出勉强的笑容,大家都觉得很别扭,就好歹鞠一个躬,坐下来喝茶。

其中觉得最别扭的是里亚博维奇上尉。他是一个戴眼镜的军官,身材矮小,背有点伛偻,生着山猫样的络腮胡子。他的同伴们有的做出严肃的神情,有的露出勉强的笑容,他那山猫样的络腮胡子和眼镜却好像在说:"我是全旅当中顶腼腆、顶谦卑、顶没光彩的军官!"起初他刚走进饭厅以及后来坐下喝茶的时候,无论如何也不能够把注意力集中在一张脸或者一个东西上。那些脸、衣服、盛着白兰地的玻璃长颈酒瓶、杯子里冒出来的热气、有着雕塑装饰的檐板,这一切合成一个总的强大印象,在里亚博维奇心里引起不安,使他一心想把脑袋藏起来。他像第一回当众表演的朗诵者一样,虽然瞧见他眼前的一切东西,可是对看到的东西却不十分理解,按照生理学家的说法,这种虽然看见然而不理解的情况叫做"意盲"。过了一会儿,里亚博维奇渐渐习惯新环境,眼睛亮了,就开始观察。他既是一个不善于交际的、腼腆的人,那么首先引起他注意的就是他自己最不行的事情,也就是他那些新相识的特别大胆。冯·拉别克,他的妻子,两位上了岁数的太太,一位穿淡紫色连衣裙的小姐,一个留着红色络腮胡子的青年(冯·拉别克的小儿子),仿佛事先排演过似的,很灵敏地夹在军官们当中坐好,立刻热烈地争论起来,弄得客人不能不插嘴。那位穿淡紫色衣服的小姐热烈地证明,做炮兵比做骑兵或者步兵轻松得多,冯·拉别克和上了岁数的太太们的看法则相反。紧跟着,大家七嘴八舌地谈起来。里亚博维奇瞧着淡紫色小姐十分激烈地争辩她所不熟悉的,完全不感兴趣的事情,冷眼看出她脸上时而现出不诚恳的笑容,时而把笑容又收敛起来。

冯·拉别克和他的家人巧妙地把军官们引进争论中来,同时一刻也不放松地盯紧他们的杯子和嘴,注意他们是不是都在喝茶,是不是茶里都放了糖,为什么有人不吃饼干或者不喝白兰地。里亚博维奇看得越久,听得越久,他就越喜欢这个不诚恳的可是受过很好训练的家庭。

喝完茶以后,军官们走进客厅。洛贝特科中尉的本能没有欺骗他,客厅里果然有许多小姐和年轻女人。"猎狗"中尉不久就站在一个穿黑色连衣裙的、年纪很轻的金发女郎身旁,神气十足地弯下腰来,仿佛倚着一把肉眼看不见的军刀似的,微微笑着,风流地耸动肩膀。他大概在讲些很有趣味的荒唐话,因为金发女郎带着鄙夷的神情瞧着他那保养得很好的脸,淡漠地问一句:"真的吗?"猎狗倘若乖巧一点,从这不关痛痒的"真的吗",应该可以推断出她未必喜欢这样的猎狗!

钢琴响了;忧郁的华尔兹舞曲从大厅里飘出敞开的窗口,不知什么缘故大家都想起来窗外现在是春天,五月的黄昏,人人都觉出空中有玫瑰、紫丁香、白杨的嫩叶的香气。里亚博维奇在音乐的影响下,喝下的那点白兰地正在起作用。他斜眼看着窗口,微微地笑,开始注意女人们的动作。他觉得玫瑰、白杨、紫丁香的气息好像不是从花园里飘来,而是从女人的脸上和衣服上冒出来的。

冯·拉别克的儿子请一位瘦弱的姑娘跳舞,跟她跳了两圈。

洛贝特科在镶木地板上滑过去,飞到淡紫色小姐面前,带着她在大厅里翩翩起舞。跳舞开始了……里亚博维奇站在门旁,夹在不跳舞的人们当中,旁观着。他这一辈子从没跳过一回舞,他的胳臂也从没搂过一回上流女人的腰。一个男人当着大家的面搂着一个不认得的姑娘的腰,让那姑娘把手放在自己的肩头,里亚博维奇看了总是很喜欢,可是他无论如何也不能想象自己会成为那样的男人。有些时候他嫉妒同伴们胆大、灵巧,心里很难过;他一想到自己胆小、背有点伛偻、没有光彩,腰细长,络腮胡子像山猫,就深深地痛心,可是年深日久,他也就习惯了,现在他瞧着同伴们跳舞,大声说话,不再嫉妒,光是觉得感伤罢了。

等到卡德里尔舞开始,小冯·拉别克就走到没跳舞的人们跟前,请两位军官去打台球。军官们答应了,跟他一块儿走出客厅。里亚博维奇没事可做,心想参加大家的活动,就慢腾腾地跟着他们走去。他们从大厅里出来,走进客厅,然后走过一个玻璃顶棚的窄过道,走进一个房间。他们一进去,就有三个带着睡意的听差从沙发上很快地跳起来。小冯·拉别克和军官们穿过一长串房间,末后走进一个不大的房间,那里有一张台球桌子。他们就开始打台球。

里亚博维奇除了打纸牌以外从没玩过别的东西,他站在台球桌旁边,冷淡地瞧着打台球的人,他们呢,解开上衣扣子,手里拿着球杆走来走去,说俏皮话,不断地嚷出一些叫人听不懂的词。打台球的人没注意他,只是偶尔有谁的胳臂肘碰着他,或者一不小心,球杆的一头戳着他,才扭转身来说一声:"对不起!"第一盘还没打完,他就厌倦,开始觉得他待在这儿是多余的,而且碍人家的事了……他想回到大厅里,就走出去了。

在回去的路上,他遇到一桩小小的奇事。他走到半路上,发现自己走错了地方。他清楚地记得在路上应当遇见三个带睡意的听差,可是他穿过五六个房间,那几个带着睡意的人好像钻到地底下去了。他发觉自己走错了,就扭转身退回一小段路,往右转弯,走进了他到台球房间去的时候没见过的一个昏暗的房间。他在那儿站了一会儿,犹豫不决地打开一扇他的眼睛偶然看见的门,走进一个漆黑的房间。他看见前面,正对面有一道门缝,从那道缝里射进一条明亮的光。门外面传来隐隐约约的、忧郁的玛祖卡舞曲的声音。这儿也跟大厅里一样,窗子敞开,有白杨、紫丁香和玫瑰的气味……

里亚博维奇迟疑地站住……这当儿,他出乎意外地听见匆匆的脚步声、连衣裙的沙沙声、喘吁吁的女人低语声:"到底来了!"有两条柔软的、香喷喷的、准定是女人的胳膊搂住他的脖子,温暖的脸颊贴到他的脸颊上来,同时发出了亲吻的声音。可是那个亲吻的人立刻轻轻地惊叫了一声,抽身躲开他,而且里亚博维奇觉得她是带着憎恶躲开的。他也差点儿叫起来,就向门边的亮光跑过去……

他回到大厅里,心怦怦地跳,手抖得厉害,他连忙把手藏到背后去。起初他羞得不得了,生怕满大厅的人知道他刚刚被一个女人搂抱过、吻过。他畏畏缩缩,不安地往四下里看,可是等到他相信大厅里的人们跟先前一样平静地跳舞、闲谈,他就完全让一种生平从没经历过的新感觉抓住了。他起了一种古怪的变化……他的脖子刚才给柔软芳香的胳膊搂过,觉得好像抹了一层油似的。他左脸上靠近唇髭、经那个素不相识的人吻过的地方,有一种舒服的、凉酥酥的感觉,仿佛擦了一点薄荷水似的。他越是擦那地方,凉酥酥的感觉就越是厉害。他周身上下,从头到脚充满一种古怪的新感觉,那感觉越来越强烈……他情不自禁地想跳舞、谈话、跑进花园、大声地笑……他完全忘了他的背有点伛偻,他没有光彩、他有山猫样的络腮胡子,而且"貌不惊人"(这是有一回他偶然听到几个女人在谈到他相貌时候所用的形容词)。正巧冯·拉别克的妻子走过他面前,他就对她亲切而欢畅地笑一笑,笑得她站住了,探问地瞧着他。

"我非常喜欢您这所房子!……"他说,把眼镜端一端正。

将军的妻子微笑着,说是这房子原是她父亲的。后来她问起他的父母是否还在世,他在军队里待得是不是很久,为什么他这么瘦,等等……她的问题得到答复后,她便往前走去。他跟她谈过话以后,他的笑容比先前越发亲切,他觉得他的四周尽是些好人……

进晚餐的时候,里亚博维奇漫不经心地吃完给他端来的一切菜,自管喝酒,什么话也没听进去,极力要弄明白他方才遇到的究竟是怎么一回事。这件奇事具有神秘的、浪漫的性质,可是要解释却也不难。一定是有个姑娘或者太太跟别人约定在那个黑房间里相会。她等了很久,又烦躁又兴奋,竟把里亚博维奇当做她的情人了,尤其因为里亚博维奇走过那个黑房间的时候迟迟疑疑地站住,仿佛也在等什么人似的,那么这就更近情理了……里亚博维奇就照这样解释他何以会受到那样的一吻。

"不过她是谁呢?"他瞧了瞧四周女人的脸想道,"她一定年轻,因为老太太是不会去幽会的。而且她是个受过教育的女人,这只要凭她衣服的沙沙声、她的香气、她的声调,就可以揣摩出来……"

他的眼光停在淡紫色小姐的身上,他很喜欢她。她有美丽的肩膀和胳膊、聪明的脸、好听的声音。里亚博维奇瞧着她,希望那个不相识的女人就是她,而不是别人……可是她笑起来不怎么真诚,而且皱起她的长鼻子,这就使他觉得她显老了。然后他掉过眼睛去瞧那个穿黑色连衣裙的金发女郎。她年轻些,朴素些,真诚些,两鬓秀气,端起酒杯喝酒的样子很潇洒。现在里亚博维奇希望那个女人是她了。可是不久他又觉得她的脸平平常常,就掉过眼睛去瞧他身旁的那个女人……

"这是很难猜的,"他暗想,沉思着,"如若只要淡紫色小姐的肩膀和胳膊,再配上金发女郎的两鬓和洛贝特科左边坐着的那位姑娘的眼睛,那么……"

他暗自把这些东西搭配起来,就此凑成了吻过他的那个姑娘的模样。他希望她有那样的模样,可是在饭桌上又找不到。

晚餐以后,军官们酒足饭饱,精神抖擞,开始告辞和道谢。冯·拉别克和他的妻子又开始道歉,说是可惜不能留他们过夜。

"诸位先生,跟你们见面很高兴,很高兴!"将军说,这一回倒是诚恳的(大概因为人们在送走客人的时候总比在迎接客人的时候诚恳得多,也和蔼得多),"很高兴!希望你们回来路过的时候再光临!别客气!你们怎样走?你们要走上面的路吗?不,穿过花园走吧,下面那条路要近一点。"

军官们走出去,到了花园里。从充满亮光和闹声的地方走出来,花园里显得十分黑暗而宁静。他们沉默地一路走到花园门口。他们都有点醉意,兴致很好,心满意足,可是黑暗和静寂使他们沉思了一会儿。大概他们每个人都有着一种跟里亚博维奇相同的感触:将来是不是有一天他们也会像冯·拉别克一样有一所大房子、一个家庭、一个花园,即使本心并不诚恳,也能欢迎人们来,请他们吃得酒醉饭饱,使他们心满意足呢?

他们一走出花园门外,就开始争着讲话,无缘无故地大笑。他们现在顺小路走着,那条小路通到下面河边,然后沿着河岸向前伸展,绕过岸上的矮树丛、沟道、枝条垂在水面上的柳树。河岸和小路都看不大清,对岸完全沉没在一片漆黑中。黑色的水面上这儿那儿映着星星,它们颤抖着,破碎了,只凭这一点才能推断河水流得很急。空中没有一丝风。河对岸有些带着睡意的麻鹬在悲凉地鸣叫,在这边岸上一个矮树丛里有一只夜莺一点也不理会这群军

71

官,仍然在放声歌唱。军官们在矮树丛四周站了一会儿,拿手指头碰一碰它,可是夜莺仍旧唱下去。

"这家伙可真了不得!"他们赞许地叫道,"我们站在它旁边,它却一点也不在乎!好一个坏蛋!"

在道路的尽头,小路爬上坡去,在教堂的围墙附近跟大路会合了。军官们爬上坡,累了,就在这儿坐下,点上纸烟。河对面现出一块暗红色的光亮。他们反正没事可做,就花了不少工夫推断那是野火呢,还是窗子里的灯亮,还是别的什么东西……里亚博维奇也瞧那亮光,他觉得那一块光在向他微笑,眨眼,仿佛它知道那一吻似的。

里亚博维奇回到驻营地,赶快脱掉衣服,上了床。洛贝特科和美尔兹里亚科夫中尉(一个和气而沉静的人,在他那伙人中被看做很有学问的军官,他一有空儿就老是看《欧洲通报》,这份杂志他随便到哪儿去都随身带着)跟里亚博维奇住在同一所农民的小木房里。洛贝特科脱了衣服,带着还没玩畅的人的神情在房间里走来走去,走了很久,随后打发勤务兵去买啤酒。美尔兹里亚科夫上了床,在枕头旁边放一支蜡烛,专心看那份《欧洲通报》。

"她是谁呢?"里亚博维奇瞧着被烟熏黑的天花板暗想。

他的脖子仍旧好像涂了油似的,嘴角旁边也仍旧带点凉意,仿佛擦了薄荷水一样。淡紫色小姐的肩膀和胳臂,穿黑衣服的金发女郎的两鬓和诚恳的眼睛,柳腰,衣服,胸针,在他的想象中闪动着。他极力注意这些形象,可是它们跳动着,逐渐变得模糊起来,摇曳不定。等到这些影子在每个人一闭上眼睛就会看见的宽阔的黑色背景上完全消失,他就开始听到匆忙的脚步声、衣裾的沙沙声、亲吻的响声,一种没来由的、强烈的欢乐就涌上他的心头……他正在尽情享受这种欢乐,却听见勤务兵回来报告,说是没有啤酒。洛贝特科气得要命,又开始走来走去。

"嘿,是不是蠢货?"他不断地说,先是在里亚博维奇面前站住,后来又在美尔兹里亚科夫面前站住,"连啤酒都买不着,真是个十足的蠢货,笨蛋!对不对?嘿,恐怕是个坏蛋吧?"

"在这一带当然买不到啤酒。"美尔兹里亚科夫说,眼睛却没离开《欧洲通报》。

"哦?您是这样看的吗?"洛贝特科坚持自己的意见,"主啊,我的上帝,哪怕你把我送到月亮上去,我也会马上给您找着啤酒和女人!好,我马上就去找来……要是我找不着,您骂我是混蛋好了!"

他用很久的工夫穿上衣服,登上大皮靴,然后默默地抽完烟,走出去了。

"拉别克,格拉别克,拉别克,"他嘴里念着,却在前堂里站住了,"我一个人不高兴去,真该死!您肯出去溜达吗?啊?"

他没听见答话,就走回来,慢腾腾地脱掉衣服,上了床。美尔兹里亚科夫叹口气,收起《欧洲通报》,吹熄蜡烛。

"哼!……"洛贝特科嘟哝着,在黑暗里点上一支烟。

里亚博维奇拉起被子来蒙上头,蜷起身子,极力想把幻想中那些飘浮不定的影子拼凑起来,合成一个完整的人,可是任凭怎么样也拼凑不成。他不久就睡着了,他的最后一个思想是:不知一个什么人,对他温存了一下,使他喜悦,一件不平常的、荒唐的、可是非常美好快乐的事来到了他的生活里。哪怕在睡乡里,这个思想也没离开过他。

等到他醒来,他脖子上涂油的感觉和唇边薄荷的凉意都没有了,可是欢乐的波浪还是跟昨天一样在他的心中起伏。他痴迷地瞧着给初升的阳光镀上一层金的窗框,听着街上行人走动的声音。贴近窗子,有人在大声讲话。里亚博维奇的连长列别杰兹基刚刚赶到旅里来,由于不习惯低声讲话,正在很响地跟他的司务长

73

讲话。

"还有什么事?"连长嚷道。

"昨天他们换马掌的时候,官长,他们钉伤了'鸽子'的蹄子。医士给涂上粘土和醋。现在他们用缰绳牵着它在边上走。还有,官长,昨天工匠阿尔捷米耶夫喝醉了,中尉下命令把他拴在一个后备炮架的前车上。"

司务长还报告说,卡尔波夫忘了带来喇叭上用的新绳和支帐篷用的木桩,还提到各位军官昨天傍晚到冯·拉别克将军家里去做客。话正谈到半中腰,窗口出现了列别杰兹基的生着红头发的脑袋。他眯细近视的眼睛瞧着军官们带着睡意的脸,跟他们打招呼。

"没什么事儿吧?"他问。

"那匹备了鞍子的辕马戴上新套具,把脖子磨肿了。"洛贝特科打着呵欠回答道。

连长叹口气,沉吟一下,大声说:

"我还要到亚历山德拉·叶夫格拉福夫娜那儿去一趟。我得去看看她。好,再见吧。到傍晚我会追上你们的。"

过了一刻钟,炮兵旅动身上路了。这个旅沿着大道走,经过地主粮仓的时候,里亚博维奇瞧了瞧右边的房子。所有的窗口都下着百叶窗。房子里的人分明都在睡觉。昨天吻过里亚博维奇的那个女人也在睡觉。他极力想象她睡熟的样子。卧室的敞开的窗子,伸进窗口的绿树枝,早晨的新鲜空气,白杨、紫丁香、玫瑰的幽香,一张床,一把椅子,昨天沙沙响,现在放在椅子上的连衣裙,小小的拖鞋,桌上的小表,所有这些,他暗自描摹着,清楚而逼真,可是偏偏那要紧的、关键的东西,她的脸相和梦中的甜蜜的微笑,却从他的幻想里滑出去,就跟水银从手指缝中间漏掉了一样。他骑着马走出半俄里远,回过头来看:黄色的教堂、房子、河、花园,都沉浸在阳光里；那条河很美，两岸绿油油的，水中映着蓝天，河面上这儿那儿闪着银色的阳光。里亚博维奇向梅斯捷奇金村最后看了一眼，心里觉得很难过，好像跟一个很接近、很亲密的东西拆开了似的。

他眼睛前面的路上，只有那些早已熟悉的、没有趣味的画面……左右两旁是未成熟的黑麦和荞麦的田野，有些乌鸦在田野上蹦来蹦去。往前看，只瞧见灰尘和人的后脑勺。往后看，也只瞧见灰尘和人脸……打头的是四个举着佩刀步行前进的人，他们是前卫。后面，紧挨着的是一群歌手，歌手后面是骑马的司号员。前卫和歌咏队，像送葬行列中擎火炬的人一样，常常忘记保持规定的距离，远远地赶到前头去了……里亚博维奇随着第五连的第一门炮走着。他可以看见在他前面走动的所有四个连。在不是军人的人们看来，这个在行进的炮兵旅所形成的那条笨重的长行列好像是个复杂的、叫人不能理解的、杂乱无章的东西，谁也不明白为什么有那么多人围着一尊大炮，为什么那尊炮由那么多套着古怪的挽具的马拉着，仿佛那尊炮真是很可怕、很沉重似的。在里亚博维奇看来，这一切却十分清楚，因此一点也引不起他的兴趣。他老早就知道为什么每个连的前头除了军官以外还要有一个身材魁梧的士官骑在马上，为什么他叫做前导。紧跟在士官背后的是拉前套的马的骑手，随后是走在中间的马的骑手。里亚博维奇知道他们所骑的马，在左边的叫鞍马，在右边的叫副马，这些都很乏味。在那些骑手后面跟着两匹辕马。其中一匹马上坐着一个骑手，背上布满昨天的尘土，右腿上绑着一块粗笨的、样子可笑的小木头。里亚博维奇知道这块木头做什么用，并不觉得可笑。所有的骑手随便地摇动短皮鞭，不时嚷一声。炮本身也不好看。前车上面堆了一袋袋的燕麦，盖着帆布。炮身上挂着茶壶、兵士的行囊、口袋，看上去那尊炮像是一头小小的、不伤人的动物，不知什么缘故被人们

75

和马匹包围着。炮的两旁,有六个兵,都是炮手,背着风走路,挥动着胳膊。在这尊炮后面又是另外的前导、骑手、辕马,这后面又来了一尊炮,跟前面那尊同样难看,不威严。这第二尊炮过去以后,随后来了第三尊、第四尊,靠近第四尊炮有一个军官,等等。这个旅一共有六个连,每个连有四尊炮。这行列有半俄里长;殿后的是一串货车,货车旁边有一头极可爱的牲口,驴子玛加尔,那是一个连长从土耳其带来的,它耷拉着耳朵挺长的脑袋,沉思地迈着步子。

　　里亚博维奇冷淡地瞧瞧前面和后面,瞧瞧人的后脑勺和脸。换了别的时候,他大概已经迷迷糊糊,要睡着了,可是现在他却完全沉浸在愉快的新体验到的思绪中了。起初在炮兵旅刚刚启程的时候,他想说服自己:那件亲吻的事,如果有趣味,也只因为那是一个小小的、神秘的奇遇罢了,其实那是没什么意思的,把这件事看得认真,至少也是愚蠢的。可是不久他就顾不得这些道理,想入非非了……他一会儿想着自己在冯·拉别克的客厅里,挨着一个姑娘,长得挺像淡紫色小姐和穿黑衣服的金发女郎;一会儿闭上眼睛,看见自己跟另一个完全不认得的姑娘待在一起,那人的脸相很模糊。他暗自跟她谈话,跟她温存,低下头去凑近她的肩头。他想象战争和离别,然后重逢,跟妻子儿女一块儿吃晚饭……

　　"煞住车!"每回他们下山,这个命令就响起来。

　　他也嚷着:"煞住车!"可是又生怕这一声喊搅乱他的幻梦,把他带回现实里来……

　　他们走过一个地主的庄园,里亚博维奇就隔着篱墙向花园里望。他的眼睛遇到一条很长的林荫路,像尺那么直,铺着黄沙土,夹道是新长出来的小桦树……他带着沉浸在幻想里的人的那份热情暗自想着女人的小小的脚在黄沙土上走着,于是突然间,在他的幻想中清清楚楚地出现了吻过他的那个姑娘的模样,正是昨天吃晚饭时候他描摹的那个样子。这个模样就此留在他的脑子里,再也不离开他了。

中午,后面靠近那串货车的地方有人嚷道:

"立正!向左看!军官先生们!"

旅长是一位将军,坐着一辆由一对白马拉着的马车走过来了。他在第二连附近停住,嚷了一些谁也听不懂的话。好几个军官,里亚博维奇也在内,策动马,跑到他面前去。

"啊?怎么样?什么?"将军问,眨着他的红眼睛,"有病号吗?"

将军是个瘦小的男子,听到回答,就动着嘴,好像在咀嚼什么。他沉吟一下,对一个军官说:

"你们第三尊炮的炮车辕马的骑手摘掉了护膝,把它挂在炮的前车上了,那混蛋。您得惩罚他。"

他抬起眼睛看看里亚博维奇,接着说:

"我觉得你们那根车带太长了……"

将军又说了几句别的乏味的话,瞧着洛贝特科,微微地笑了。

"今天您看起来很忧愁,洛贝特科中尉,"他说,"您在想念洛普霍娃吧?对不对?诸位先生,他在想念洛普霍娃!"

洛普霍娃是个很胖很高的女人,年纪早已过四十了。将军自己喜欢身材高大的女人,年纪大小倒不论,因此猜想他手下的军官们也有同样的爱好。军官们恭敬地赔着笑脸。将军觉得自己说了句很逗笑很尖刻的话,心里痛快,就扬声大笑,碰了碰他的车夫的后背,行了个军礼。马车往前驶走了……

"我现在所梦想的一切,我现在觉得不能实现的、人们少有的一切,其实是很平常的,"里亚博维奇瞧着将军车子后面的滚滚烟尘,暗自想着,"这种事平常得很,人人都经历过……比方说,那位将军当初就谈过恋爱,现在结了婚,有了子女。瓦赫捷尔大尉,虽然后脑勺很红很丑,没有腰身,可也结了婚,有人爱……萨尔玛诺夫呢,很粗野,简直跟鞑靼人一样,可是他也谈过恋爱,最后结了婚……我跟大家一样,我早晚也会经历到大家经历过的事……"

他想到自己是个平常的人,他的生活也平平常常,不由得很高兴,而且这给了他勇气。他由着性儿大胆描摹她和他自己的幸福,什么东西也不能束缚他的幻想了……

傍晚炮兵旅到达了驻扎地,军官们在帐篷里安歇,里亚博维奇、美尔兹里亚科夫、洛贝特科围着一口箱子坐着吃晚饭。美尔兹里亚科夫不慌不忙地吃着,他一面从容地咀嚼,一面看一本摆在他膝头上的《欧洲通报》。洛贝特科讲个没完,不断地往自己的杯子里斟啤酒。里亚博维奇做了一天的梦,脑筋都乱了,只顾喝酒,什么话也没说。喝过三杯酒,他有点醉了,浑身觉着软绵绵的,就起了一种熬不住的欲望,想把他的新感觉讲给他的同事们听。

"在冯·拉别克家里,我遇到一件怪事……"他开口说,极力在自己的声调里加进满不在乎的、讥诮的口吻,"你们知道,我走进了台球房……"

他开始详详细细地述说那件亲吻的事,过一会儿就沉默了……一会儿的工夫他已经把前后情形都讲完了,这件事只要那么短短的工夫就讲完,他不由得大吃一惊。他本来以为会把这个亲吻的故事一直讲到第二天早晨呢。洛贝特科是个爱说谎的人,因此什么人的话也不相信。他听里亚博维奇讲完,怀疑地瞧着他,冷冷地一笑。美尔兹里亚科夫动了动眉毛,眼睛没离开《欧洲通报》,说:

"上帝才知道这是怎么回事!……这女人一下子就搂住一个男人的脖子,也没叫一声他的名字……她一定是个心理变态的女人。"

"对了,一定是个心理变态的女人……"里亚博维奇同意。

"有一次我也遇见过这一类的事……"洛贝特科说,装出惊骇的眼神,"去年我上科甫诺去……我买了一张二等客车的票……火车上挤得很,没法睡觉。我塞给乘务员半个卢布……他就拿着我的行李,领我到一个单人车室去……我躺下来,盖上毯子……你们知道,那儿挺黑。忽然我觉得有人碰了碰我的肩膀,朝我的脸上吹气。我动一动手,却碰到了不知什么人的胳膊肘。我睁开眼,你们猜怎么着,原来是一个女人!眼睛黑黑的,嘴唇红得好似一条新鲜的鲑鱼,鼻孔热情地呼气,胸脯活像一个软靠枕……"

"对不起,"美尔兹里亚科夫平静地插嘴,"关于胸脯的话,我倒能懂,可是既然那儿挺黑,你怎么看得清嘴唇呢?"

洛贝特科极力圆他的谎,嘲笑美尔兹里亚科夫缺乏想象力。这惹得里亚博维奇讨厌。他离开那口箱子,上了床,赌咒再也不向别人谈起这件事。

露营生活开始了……日子一天天流过去,这一天跟那一天简直差不多。在那些日子,里亚博维奇的感情、思想、举动都像是在谈恋爱。每天早晨他的勤务兵给他送水来洗脸,他用冷水冲头的时候,总想起他的生活里有了一件美好而温暖的事。

到傍晚,他的同事们一谈到爱情和女人,他就走近一点听着,脸上现出一种表情,仿佛兵士在听人述说他参加过的一个战役似的。有些天的傍晚,带几分醉意的尉官们由"猎狗"洛贝特科领头到"城郊"去冶游,每逢里亚博维奇参加这类游乐的时候,他总是很难过,觉得深深的惭愧,暗自求"她"原谅……遇到空闲的当儿,或者失眠的夜晚,他回忆自己的童年、父亲、母亲,总之回想亲人的时候,他一定也会想起梅斯捷奇金村、那头怪马、冯·拉别克、他那长得像厄热尼皇后的妻子、那黑房间、门缝里漏进来的那一线亮光……

八月三十一日,他从露营地回去,然而不是跟整个炮兵旅,而是只跟其中的两个连一块儿走。他一路上梦想着,激动着,好像在回故乡似的。他热烈地盼望着再看见那匹怪马、那个教堂、冯·拉别克那个不诚恳的家庭、那黑房间。常常欺骗情人的那种"内心的声音",不知什么缘故,向他悄悄说,他一定会看见她……他给种种疑问折磨着:他会怎样跟她见面?他跟她谈什么好呢?她忘了那回的亲吻没有?他想,就算事情真糟到这种地步,他竟不能再见到她,那么光是重走一遍那个黑房间,回想一下,在他也不失为一种乐趣……

将近傍晚,远远的地平线上出现了那熟悉的教堂和白色的谷仓。里亚博维奇的心怦怦地跳起来……他没听见跟他并排骑着马的军官对他说了些什么,他把一切都丢在脑后,眼巴巴地瞧着在远处发亮的那条河,瞧着那所房子的房顶,瞧着鸽子窝,在夕阳的残辉中鸽子正在那上面飞来飞去。

他们走到教堂那儿,听设营官指定宿营地的时候,他时时刻刻巴望有一个骑马的人会从教堂的围墙后面走出来,请军官们去喝茶,可是……设营官讲完话,军官们下马,溜达到村里去了,那个骑马的人并没有来……

"冯·拉别克马上会从农民那儿听说我们来了,于是派人来请我们,"里亚博维奇想,这时候他走进农舍,不明白为什么一个同事点亮了一支蜡烛,为什么勤务兵忙着烧茶炊……

他心神不定。他躺下去,随后又起来,瞧着窗外,看那骑马的人来了没有。可是骑马的人没来。他就又躺下去,可是过了半个钟头他起来,压不住心里的不安,就走到街上,向教堂走去。靠近教堂围墙的广场上又黑又荒凉……在下坡路那儿有三个兵士默默地排成一行,站在那儿。他们一看见里亚博维奇,就挺起腰板,行军礼。他回礼,开始顺着那条熟悉的小路走下去。

河对面,整个天空一片紫红色:月亮升上来了。有两个农妇大声说话,在菜园里摘白菜叶子。菜园后面有些小木房,颜色发黑……这边岸上的一切跟五月间一样:小路、矮树丛、挂在河面上的垂柳……不过那只勇敢的夜莺的声音却没有了,白杨和嫩草的香气也没有了。

里亚博维奇走到花园,往门里瞧,花园里黑暗而安静……他只看见近边桦树的白树干和一小段林荫路,别的东西全都化成漆黑的一团。里亚博维奇聚精会神地瞧着,听着,可是站了一刻钟工夫,既没听见一点儿声音,也没看见一点亮光,他就慢慢地往回走……

他走下坡,到了河边。将军的浴棚和挂在小桥栏杆上的浴巾,在他前面现出一片白色……他走到小桥上,站了一会儿,完全不必要地摸了摸浴巾,浴巾又粗又凉。他低下头看水……河水流得很快,在浴棚的木桩旁边发出勉强能听见的潺潺声。靠近左岸的河面上映着红月亮。小小的涟漪滚过月亮的映影,把它拉长,扯碎,好像要把它带走似的……

"多么愚蠢,多么愚蠢啊!"里亚博维奇瞧着奔流的水,想着,"这是多么不近情理啊!"

现在他什么也不再盼望了,他这才清清楚楚地了解了那件亲吻的事、他的焦躁、他的模糊的希望和失望。他想到他没有看见将军的使者,想到他永远也不会见到那个原该吻别人却错吻了他的姑娘,不再觉得奇怪了。刚好相反,要是他见到了她,那倒奇怪了……

河水奔流着,谁也不知道它流到哪儿去,为什么流。五月间它也像这样流,五月间它从小河流进大河,从大河流进海洋,然后化成蒸气,变成雨水,也许如今在里亚博维奇面前流过去的仍旧是原先的那点儿水吧……这是为什么?为什么呢?

里亚博维奇觉得整个世界,整个生活,都好像是一个不能理解的、没有目的的玩笑……他从水面上移开眼睛,瞧着天空,又想起命运怎样化为一个不相识的女人对他偶然温存了一下,想起他的夏天的迷梦和幻象,他这才觉得他的生活异常空洞,贫乏,没有光彩……

他回到他的农舍里,没有碰见一个同事。勤务兵报告他说,他们都到"冯特利亚勃金将军"家里去了,因为将军派了一个骑马的使者来邀请他们……一刹那间里亚博维奇心里腾起一股欢乐,可是他立刻扑灭它,上了床。他存心跟他的命运作对,仿佛要惹它气恼似的,偏不到将军家去。

男　孩　们

"沃洛嘉来了!"有人在外面叫道。

"沃洛杰奇卡①来了!"厨娘娜达丽雅喊着,跑进饭厅,"啊,我的上帝!"

柯罗列夫一家人每时每刻都在盼望他们的沃洛嘉,这时候就一齐涌到窗口。街门外停着一辆宽大的平板雪橇,拉雪橇的三匹白马冒出热腾腾的雾气。雪橇上没有人,因为沃洛嘉已经站在前堂,正伸出冻得发红的手指头解开他的长耳风帽。他那制服大衣上,制帽上,雨鞋上,鬓发上,全蒙着一层白霜。他从头到脚,全身上下,发散出一股好闻的寒气,叫人一看见就会打冷颤,说声:"嘿得得得!"他的母亲和姑妈跑过去拥抱他,吻他,娜达丽雅扑到他脚跟前,动手脱他的毡靴,他的妹妹们喊喊喳喳尖叫,房门吱扭吱扭响,乒乓地开关,沃洛嘉的父亲只穿着坎肩,手里拿着剪子,跑进前堂来,吃惊地叫道:

"我们从昨天起就盼你了! 路上好走吗? 顺利吗? 我的上帝啊,你们容他跟他父亲打个招呼呀! 怎么,我不是他父亲了还是怎么的?"

"汪! 汪!"大黑狗米洛尔德用低音吠叫着,尾巴碰击着墙壁

---

① 沃洛杰奇卡和沃洛嘉都是符拉季米尔的爱称。

和家具。

所有的声音合成一片连绵不断的欢乐声,持续了两分钟光景。等到头一阵欢乐的热潮过去,柯罗列夫一家人才发现前堂里除了沃洛嘉以外还有个矮小的人,围着头巾、披巾,戴着长耳风帽,身上蒙着一层白霜。他站在墙角一件肥大的狐皮大衣的阴影里,一动也不动。

"沃洛杰奇卡,那是谁啊?"母亲小声问道。

"哎呀!"沃洛嘉清醒过来说,"我荣幸地介绍一下,他是我的同学切切维曾,二年级学生。……我带他到我们家里来住一阵。"

"很高兴,欢迎!"父亲快活地说,"对不起,我是家常打扮,没穿上衣。……请!娜达丽雅,帮着切切维曾先生脱掉外衣!我的上帝,你们倒是把这条狗赶出去呀!它真讨厌!"

过了一会儿,沃洛嘉和他的朋友切切维曾在桌旁坐下喝茶,他们的脸仍旧因为受了寒而红扑扑的,热闹的迎接场面害得他们头昏脑涨。冬天可爱的阳光透过窗上的积雪和冰花,在茶炊上颤动,把纯净的光芒投进一个洗杯盆里。房间里很暖和,两个男孩觉得在他们冻僵的身体里,寒冷和温暖争持不下,互不相让,弄得他们有点痒酥酥的。

"是啊,很快就要过圣诞节啦!"父亲拖长声调说,用深棕色的烟草卷成一支烟,"今年夏天,你母亲哭着把你送走,难道这是很久以前的事吗?可是一转眼你又回来了。……光阴过得好快啊,孩子!一眨眼的工夫,人就已经老了。契比索夫先生,请吃吧,不要拘束。我们这儿是随随便便的。"

沃洛嘉的三个妹妹是卡嘉、松尼雅、玛霞,其中年纪最大的一个十一岁,她们围着桌子坐着,目不转睛地瞧着她们的新相识。切切维曾跟沃洛嘉年龄一般大,身量一般高,可是不那么胖,不那么白,却又瘦又黑,脸上长满雀斑。他头发刚硬,眼睛很细,嘴唇却厚,大体说来,他长得很不好看,要不是身上穿着中学制服,那么凭外貌来看,很可能给人当作厨娘的儿子。他拉长脸,始终不开口,一次也没笑过。几个姑娘瞧着他,立刻认为他肯定是个十分聪明而有学问的人。他老是在想心思,而且想得那么出神,每逢人家问他话,他总是怔一下,摇一摇头,要求重问一遍。

几个姑娘发现平素兴高采烈、喜欢讲话的沃洛嘉这一回也很少开口,一点笑容也没有,仿佛就连回到家里也并不高兴似的。他们坐着喝茶的那段时间,他只对妹妹们说过一次话,而且是一句很古怪的话。他指指茶炊,说:

"在加利福尼亚①,人家不喝茶而喝杜松子酒。"

他也心事重重。他偶尔跟他的朋友切切维曾互相瞧一眼,从他们的目光来看,两个男孩的心事是一样的。

喝完茶后,大家都到儿童室去了。父亲和几个姑娘围着桌子坐下,接着做刚才由于男孩们来到而中断的工作。他们用彩色纸做出纸花和穗子,用来装点圣诞树。这是一种引人入胜的热闹工作。每做出一朵新的纸花,姑娘们总要发出欢乐的叫声,甚至吃惊的叫声,仿佛纸花是从天上掉下来的。她们的爸爸也做得入了迷,有时候把剪刀往桌子上一丢,生气了,因为剪刀太钝。她们的妈妈有时候带着十分着急的脸色跑进儿童室来,问道:

"谁把我的剪刀拿走了?伊凡·尼古拉伊奇,又是你拿走的吧?"

"我的上帝啊,连一把剪刀都不给我用!"伊凡·尼古拉伊奇用一种要哭的声调回答说,往椅背上一靠,做出一个人深受委屈的姿态,然而过一会儿却又做得入迷了。

从前沃洛嘉回到家里也做这种装点圣诞树的工作,或者跑到

---

① 美国西部的一州。

院子里去看马车夫和牧人堆雪山,可是现在他和切切维曾对这些彩色纸根本不看一眼,甚至马房里也一次都没去过,光是坐在靠近窗子的地方,叽叽咕咕地小声讲话,然后他俩一块儿翻开地图本,开始看地图。

"先到彼尔姆①……"切切维曾低声说……"从那儿到秋明②……再到托木斯克③……再……再……再到堪察加④。……从那儿,萨莫耶德人用木船把人载过白令海峡⑤。……这样就到了美洲。……那儿有许多毛皮兽。"

"那么加利福尼亚呢?"沃洛嘉问。

"加利福尼亚在底下一点。……只要到了美洲,加利福尼亚就不远了。要想找吃食,不妨去打猎或者抢劫。"

切切维曾整整一天躲着那些姑娘,看她们的时候总是拧起眉毛。喝过晚茶后,凑巧他单独和姑娘们待在一起,有五分钟光景。不讲话是别扭的。他就严厉地嗽了嗽喉咙,右手心擦了擦左手背,阴沉地瞧着卡嘉,问道:

"您看过麦因·李德⑥的小说没有?"

"没看过。……您听我说,您会滑冰吗?"

切切维曾只顾想自己的心事,没有回答这个问题,光是使劲鼓起腮帮子,呼出一口气,好像觉得很热似的。他又抬起眼睛瞧着卡嘉,说:

"一群北美野牛跑过美洲草原的时候,土地发抖,这当儿野马就会受惊,尥蹶子,嘶鸣。"

---

①② 欧俄的一个城市。
③ 西伯利亚的一个城市。
④ 亚俄东端的一个半岛。
⑤ 在西伯利亚和美洲之间。
⑥ 麦因·李德(1818—1883),英国冒险小说作家。

切切维曾忧郁地微笑着,补充说:

"还有,印第安人常打劫火车。不过最糟的是白蛉子和白蚁。"

"这是些什么东西?"

"这些东西很像小蚂蚁,不过长着翅膀。它们叮起人来凶得很哩。您知道我是什么人吗?"

"切切维曾先生。"

"不对。我是芒提赫莫,外号鹰爪子,常胜军首领。"

最小的姑娘玛霞,瞧着他,然后瞧着窗外的暮色,深思地说:

"昨天我们吃小扁豆①来着。"

切切维曾讲的话叫人完全摸不着头脑,再者他经常跟沃洛嘉交头接耳地谈话,沃洛嘉也不来玩耍了,老是心事重重,这些都显得又神秘又古怪。两个大一点的姑娘,卡嘉和松尼雅,开始尖起眼睛盯住两个男孩。晚上等到两个男孩上床睡下,两个姑娘就偷偷溜到他们房门口,听他们谈话。啊,她们听到些什么呀!原来两个男孩打算跑到美洲一个地方去淘金。他们已经为这次旅行做好一切准备:一管手枪、两把刀子、一些面包干、一个供取火用的放大镜、一个罗盘、四个卢布。她们听到两个男孩要步行好几千俄里的路,在路上要跟老虎和野人搏斗,然后采到金子和象牙,杀死敌人,去做海盗,喝杜松子酒,最后娶美女为妻,经营种植园。沃洛嘉和切切维曾讲个不停,讲到兴起就互相打岔。在这次谈话当中切切维曾总是自称为"鹰爪子芒提赫莫",管沃洛嘉叫作"我的白脸兄弟"。

"你要小心,不要告诉妈妈,"卡嘉跟松尼雅一起睡下,对松尼雅说,"沃洛嘉会从美洲给我们带来金子和象牙,要是你告诉妈

---

① 在俄文中,切切维曾这个姓和扁豆发音相近。

妈,妈妈就不准他去了。"

圣诞节前一天,切切维曾整天看亚洲地图,做笔记,沃洛嘉呢,懒洋洋的,带着被黄蜂蜇过一般的浮肿的脸,闷闷不乐地在各处房间里走来走去,什么东西也吃不下去。有一次他甚至在儿童室里神像前面站住,在自己胸前画个十字,说:

"主啊,宽恕我这个罪人吧!主啊,求你保佑我那可怜的、不幸的妈妈!"

傍晚,他哭起来。临睡以前,他把他父亲、母亲、妹妹们拥抱了很久。卡嘉和松尼雅明白这是怎么回事,然而小妹妹玛霞一点也不明白,丝毫也不懂,只是一看见切切维曾,就沉思起来,叹口气说:

"妈妈说,到了斋期就得吃豌豆和小扁豆了。"

圣诞节一清早,卡嘉和松尼雅悄悄从床上起来,去看两个男孩怎样跑到美洲去。她们偷偷溜到他们的房门口。

"那么你不去了?"切切维曾生气地问道,"你说呀,你不去了?"

"主啊!"沃洛嘉小声哭着说,"我怎么能去呢?我不忍心让妈妈难过。"

"我的白脸兄弟,我求求你,我们去吧!你本来口口声声说你去,你还怂恿我去,可是等到真要动身,你却胆怯了。"

"我……我不是胆怯,我不忍心让妈妈难过。"

"你说吧,你到底去不去?"

"我去,不过……不过你等一阵。我想在家里稍为多住一阵。"

"既是这样,我就一个人去!"切切维曾决定说,"没有你,我也可以去。你当初还说什么要去打老虎,打仗呢!既是这样,你把火帽给我!"

沃洛嘉哭得那么伤心，弄得两个妹妹也忍不住悄悄哭起来。接着就寂静无声了。

"那么你不去了？"切切维曾又问。

"我……我去。"

"那就穿衣服！"

切切维曾为了说服沃洛嘉，就极口称赞美洲多么好，学老虎那样咆哮，模仿轮船的轰隆轰隆声，辱骂他，可又答应把所有的象牙和所有的狮皮和虎皮都送给他。

两个姑娘觉得这个又瘦又黑、生着刚硬的头发和雀斑的男孩不平常，了不起。他是英雄，是英明果断、无所畏惧的人，咆哮起来凶得很，弄得站在门外的人真会以为里面有一头老虎或者狮子呢。

姑娘们回到自己的房间里穿衣服，卡嘉满眼的泪水，说：

"哎，我好害怕呀！"

家里本来平安无事，直到下午两点钟，大家坐下来吃午饭，才忽然发觉两个男孩都不在家。他们派人到下房、马厩去找，到总管住的厢房去找，两个男孩都不在。他们就派人到村子里去找，在那儿也没找到。后来，当大家喝茶的时候，男孩们也还没回来。等到大家坐下来吃晚饭，妈妈十分担心，甚至哭了。夜间他们又到村里去找，举着提灯到河边去找。上帝啊，惹起一场多大的乱子啊！

第二天，来了个警察，在饭厅里写一个公文。妈妈不住地哭泣。

可是后来，一辆平板雪橇停在大门口，三头白马冒出热气。

"沃洛嘉来了！"外面有人叫道。

"沃洛杰奇卡来了！"娜达丽雅喊着，跑进饭厅。

米洛尔德用低音吠着："汪！汪！"原来两个男孩在城里逛商场，被人扣留了，因为他们在商场里打听哪儿能买到弹药。沃洛嘉一走进前堂就哭起来，搂住他母亲的脖子。两个姑娘浑身发抖，战战兢兢地想着不知会出什么事。她们听见爸爸把沃洛嘉和切切维曾带到书房去,在那儿跟他们谈了很久,妈妈也说话,而且哭泣。

"难道可以干这种事吗?"爸爸告诫他们说,"要是学校里知道了,就会把你们开除,求上帝保佑不发生这种事才好!您该害羞才对,切切维曾先生!这不好!您领的头,我希望您会受到您父母的惩罚。难道可以干这种事吗?你们是在哪儿过夜的?"

"在火车站!"切切维曾骄傲地回答说。

后来沃洛嘉在床上躺下,额头上放一块浸过醋的毛巾。家里派人去打电报,第二天来了位太太,就是切切维曾的母亲,她把儿子带走了。

切切维曾临走,脸色严厉而傲慢。他跟姑娘们告别的时候一句话也没说,光是拿过卡嘉的练习簿来,在那上面题词留念:

"芒提赫莫,鹰爪子。"

卡希坦卡

故　　事

第一章　不　乖

　　有一条红毛小狗,是达克斯狗和看家狗合生的杂种狗①,嘴脸很像狐狸。它在人行道上跑来跑去,不安地看着两旁。有时候它站住,哀号,时而举起这只冻僵的爪子,时而举起那只,极力要弄明白:它怎么会迷路的?

　　它清楚地记得这一天是怎样度过的,最后怎样来到这条人行道上。

　　这一天是这样开始的:他的主人,细木匠路卡·亚历山德雷奇,戴上帽子,把一个用红手巾包着的木头家什夹在胳肢窝底下,叫道:

　　"卡希坦卡,咱们走吧!"

　　这条达克斯狗和看家狗合生的杂种狗本来在工作台底下刨花上睡觉,听见有人叫它的名字,就从工作台底下钻出来,舒舒服服伸个懒腰,跟着主人跑了。路卡·亚历山德雷奇的主顾们住得远极了,因此这个细木匠走到每个主顾家以前,总得有好几

---

①　一种短毛歪腿的矮狗。

次走进小饭铺去提一提神。卡希坦卡记得它在路上的举动极不像样。它由于主人带它出来散步而兴高采烈,蹦蹦跳跳,向公共马车扑过去,汪汪地叫,跑进人家的院子,追逐别的狗。细木匠屡次看不见它,总是站定下来,生气地喊它。有一回他甚至脸上带着解恨的神情一把揪住它的狐狸样的耳朵,拧了一下,抑扬顿挫地说:

"叫——你——死——了——才——好!瘟神!"

路卡·亚历山德雷奇到过主顾们家里后,又上他妹妹家去,在那儿喝了点酒,吃了点东西。他从妹妹家里出来,就到他熟识的一个装订匠的家里去,从装订匠家里出来又到小饭铺,从小饭铺里出来再到他的干亲家的家里,等等。一句话,等卡希坦卡来到这条不熟悉的人行道上,已经是傍晚时分,细木匠喝得大醉了。他挥动双手,呼呼地喘气,嘴里唠叨说:

"我母亲生下我这个孽障!啊,罪孽呀,罪孽!现在我们在大街上走,瞧着路灯,可是等我们一死,就要在布满烈焰的盖海纳①遭火烧了。……"

要不,他就换一种好意的声调,把卡希坦卡叫到跟前来,对它说:

"你啊,卡希坦卡,不过是只小虫子。拿你跟人比,就跟拿粗木匠跟细木匠比一样。……"

他正这样跟它讲话,忽然传来轰轰响的音乐声。卡希坦卡回头一看,就瞧见街上有一队兵士照直向它走过来。它受不了刺激它神经的乐声,跑来跑去,汪汪地哀叫。使它大吃一惊的是细木匠非但不害怕,不呼喊,不吠叫,反而畅快地微笑着,挺直身体,把五

---

① 耶路撒冷附近的一个山谷名,古时,犹太人在这儿焚烧孩子,作为向巴尔神供献的祭品。

个手指一齐举到帽檐那儿。卡希坦卡看见主人并不抗议,就叫得越发响,一时昏了头,竟穿过大街,跑到对面人行道上去了。

等它清醒过来,音乐已经没有,那队兵也不在了。它穿过马路回到它刚才离开主人的地方,可是,哎呀! 细木匠不在了。它往前跑,又跑回来,然而细木匠仿佛已经钻进地里去了。……卡希坦卡开始闻人行道的地面,希望从主人脚印的气味找到主人,可是刚才有个坏蛋穿着一双新胶鞋走过这儿,现在一切细微的气味都跟橡皮的刺鼻臭气混在一起,什么也分辨不清了。

卡希坦卡东奔西跑,没有找到它的主人,那时天却黑下来了。街道两旁的路灯点亮,房屋的窗子里也现出了灯光。天上下着鹅毛大雪,把街道、马背、车夫的帽子都涂成白色,天越黑,那些东西就越白。许多不相识的主顾走过卡希坦卡面前,来来往往,遮住它的视野,他们的脚不住地撞它。(卡希坦卡把所有的人分成很不平等的两部分:一部分是主人,一部分是主顾,这两种人大有区别:第一种人有权利打它,第二种人呢,它自己却有权利咬他们的小腿肚子。)那些主顾不知急急忙忙跑到什么地方去,理都不理它。

等到天色大黑,卡希坦卡心里又是绝望又是害怕。它就缩到一户人家的门口,哀哀地哭起来。它跟路卡·亚历山德雷奇奔忙一天,已经累了。它的耳朵和爪子冻僵,此外它的肚子也饿极了。这一整天它只吃到过两次东西,一次是在装订匠家里吃了点糨糊,一次是在小饭铺里柜台附近找到一小片腊肠的皮,一股脑儿就这么一点点。如果它是个人,那它一定会想:

"不,照这样可活不下去! 非自杀不可了!"

第二章 神秘的陌生人

不过它什么也没想,光是哭。等到它的背脊和脑袋粘满羽毛般柔软的雪片,它正疲乏得昏昏睡去,忽然街门砰的一响,吱吱扭扭叫着,撞在它的身上。它跳起来。从敞开的街门里,走出来一个主顾之类的人。卡希坦卡尖声叫着,扑到他脚边去,因此他不可能不注意到它。他弯下腰凑近它,问道:

"小狗儿,你是从哪儿来的?我碰痛你了吗?唉,可怜,可怜啊。……得了,别生气,别生气。……这都怪我不好。"

卡希坦卡透过挂在睫毛上的雪花瞧着那个陌生人,看见面前站着一个又矮又壮的人,脸胖胖的,刮光了胡子。他戴一顶高礼帽,穿一件敞开怀的皮大衣。

"你哭什么呀?"他接着说,伸出手指头拂掉它背上的雪,"你的主人哪儿去了?你大概迷了路吧?哎,可怜的小狗儿呀!那我们现在该怎么办呢?"

卡希坦卡从这个不相识的人的说话声中听出热情而诚恳的音调,就舔一下他的手,哭得越发凄凉了。

"你这只漂亮而可笑的小狗啊!"陌生人说,"简直像只狐狸!嗯,是啊,没有别的办法可想,跟我来吧!说不定你也能有点用处呢。……好,走!"

他吧嗒了一下嘴,对卡希坦卡做个手势,那手势只能有一种意思:"跟我来!"卡希坦卡就跟着他去了。

过了半个钟头光景,它坐在一个明亮的大房间里的地板上,歪着头,带着温情和好奇的神情,看那个陌生人坐在桌子边吃饭。他一面吃,一面丢些小块的东西给它吃。……起初他给它一块面包和一块干酪的绿皮,然后给它一小块肉、半个小馅饼、几根鸡骨头。它饿极了,把这些东西很快吃光,来不及分辨滋味。它吃得越多,反而觉得越饿。

"哼,你的主人可没有好好喂你!"陌生人眼看它没有细嚼就狼吞虎咽地吞下那一块块东西,就说,"你多么瘦啊!只剩皮包骨头了。……"

卡希坦卡吃了很多,然而没有饱,只是吃得迷迷糊糊罢了。饭后,它在房中央躺下,伸直腿,觉得周身有一种愉快的倦意,就摇摇尾巴。当新主人靠在安乐椅上吸雪茄烟的时候,它摇着尾巴在思索一个问题:究竟是在这个陌生人家里好,还是在细木匠家里好?陌生人家里的摆设又贫乏又难看;除了一把安乐椅、一张长沙发、一盏灯、一块地毯以外就什么也没有了,房间里像是空的。细木匠的整个住处却装满了东西,他那儿有桌子啊、工作台啊、刨花堆啊、刨子啊、凿子啊、锯子啊、装着一只黄雀的鸟笼啊、盆子啊。……陌生人这儿什么气味也没有,可是细木匠的住处老是雾气腾腾,有胶水味啦,油漆味啦,刨花味啦,好闻极了。不过陌生人家里倒也有一个很大的优点,那就是他给的吃食挺多,而且应该说他一句十分公道的话,这半天卡希坦卡坐在桌子前面,带着温情看他,他倒一次也没踢它或者跺脚,一次也没对它嚷道:"滚开,该死的!"

新主人吸完雪茄烟,走出去,过一会儿手里拿着个小小的褥垫回来了。

"喂,你,小狗,上这儿来!"他把小垫放在墙角长沙发旁边,说,"你躺在这儿。睡吧!"

然后他吹灭灯,走出去了。卡希坦卡在小垫上躺下,闭起眼睛。街上传来狗吠声,它有心回答一声,可是忽然,出乎意外,它感到满心的忧伤了。它想起路卡·亚历山德雷奇、他的儿子费久希卡、工作台底下那舒服的小窝。……它想起冬天那些漫长的傍晚,细木匠常刨木头或者大声读报,费久希卡呢,总是跟它一块儿玩。……他抓住它的后腿,把它从工作台底下拉出来,拿它耍弄一番,弄得它眼前金星乱迸,周身骨节酸痛起来。他硬逼它用后腿走路,拿它当铃铛玩,那就是使劲扯它的尾巴,弄得它尖声怪叫,咆哮起来。此外,他还拿鼻烟给它闻。……特别使它难受的是另一种玩法:费久希卡用一根线拴上一小块肉,送到卡希坦卡面前,可是等它吞下去,他却哈哈大笑,把那块肉从它胃里拉出来。回忆越是鲜明,卡希坦卡就越是哭得响亮而悲怆。

然而不久,疲劳和温暖就战胜了忧伤。……它渐渐睡着了。在它的幻想里,有许多狗跑来跑去,其中有一条鬈毛狗跑过它面前,那狗是它今天在街上见过的,眼睛上有白斑,鼻子旁边生着一绺绺软毛。费久希卡手里拿着一个凿子追那条鬈毛狗,然后他自己忽然生出满身的鬈毛,快活地吠叫着,跟卡希坦卡站在一块儿了。卡希坦卡和他就好意地嗅嗅彼此的鼻子,顺着大街跑下去。……

第三章　很投缘的新朋友

等到卡希坦卡醒来,天色已经大亮,街上传来种种白天才有的闹声了。房间里一个人也没有。卡希坦卡伸个懒腰,打个哈欠,心里有气,闷闷不乐,在房间里走来走去。它闻闻墙角,嗅嗅家具,往前堂看一眼,没有发现什么有趣的东西。除了通到前堂去的那扇门以外,还有一扇门。卡希坦卡想了想,就用两个爪子搔那扇门,把它推开,走进隔壁房间。这儿,有一个主顾睡在床上,身上盖着毛毯,它认出这就是昨天那个陌生人。

"呜呜……"它嘟哝着,不过它想起了昨天吃到的那顿饭,就摇摇尾巴,闻起来。

它闻一闻陌生人的毯子和皮靴,发现这些东西有浓烈的马的气味。卧室里还有一道门通到别处去,也关着。卡希坦卡用爪子搔那道门,把胸部抵在门上,推开它,顿时闻到一股奇怪而很可疑的气味。它预料要遇到不愉快的事,就呜呜地叫着,往四下里看,走进一个糊着肮脏的壁纸的小房间,吓得直往后退。原来它看见一个意想不到的古怪东西。有一头灰毛鹅低下脖子和脑袋,贴近地面,张开翅膀,嘎嘎叫着,直奔它来了。它旁边不远的地方有一块小褥垫,上面躺着一只白猫。那猫一看见卡希坦卡就跳起来,拱起背,翘起尾巴,竖起身上的毛,也嘶嘶地叫。狗害怕得不得了,可是不愿意露出恐慌的样子,就大声叫着,向猫扑去。……猫把背拱得更高,嘶嘶地叫着,伸出爪子打卡希坦卡的头。卡希坦卡往旁边一闪,四个爪子趴在地下,把脸往猫那边拱过去,发出响亮的尖叫声。这时候那只鹅却从它背后走过来,伸出嘴使劲啄它的背。卡希坦卡就跳起来,往鹅那边扑过去。……

"这是怎么回事?"传来陌生人生气而响亮的语声,随后他穿着长袍走进这个房间,嘴里叼着一根雪茄,"这是什么意思啊?各回原位!"

他走到猫面前,拍一下它拱起的背,说:

"费多尔·季莫费伊奇,这是什么意思?你们打架?哼,你这个老混蛋!躺下去!"

然后他转过身去对鹅喊道:

"伊凡·伊凡内奇,回原位!"

猫乖乖地在小褥垫上躺下来,闭上眼睛。凭它的嘴脸和触须的神态来判断,它自己也不满意自己这样大发脾气,打起架来。卡希坦卡受屈地哀叫着,鹅就伸出脖子,很快地说了一句话,声音又激烈又清楚,可是一点也听不懂是什么意思。

"行了,行了!"主人说着,打了个哈欠。"应当相处得和睦,友好才对。"他摩挲着卡希坦卡,接着说:"你呢,小红狗,不用怕。……它们是很好的伴儿,不会欺负你。等一等,我们该叫你什么名字才好呢?没有名字是不行的,朋友。"

陌生人想了一阵,说:

"这样吧。……就叫你姑姑好了。……你听明白了吗?

97

姑姑!"

他把"姑姑"这个词儿念了好几遍,走出去了。卡希坦卡坐下来,开始观察。猫趴在小褥垫上,一动也不动,装出睡熟的样子。鹅伸长脖子,两只脚在原地踏步,继续急速而激烈地讲它的话。看来这是一头很聪明的鹅。每次长篇大论以后,它总要惊讶地后退一步,做出对自己的发言很欣赏的样子。……卡希坦卡一面听它发言,一面发出呜呜声回答它,然后开始闻各个墙角。有一个墙角放着一个小小的盆子,它看见那里面盛着一些在水中泡过的豌豆和一些泡软的黑面包皮。它尝一尝豌豆,觉得并不好吃,再尝一尝面包皮,倒吃下去了。鹅眼看一条不相识的狗吃它的口粮,却一点也不生气,而且刚好相反,讲得越发激烈,为了表示信任起见,还亲自走到小盆那边去,吃下几颗小豌豆。

第四章　稀奇古怪的玩意儿

过了一会儿,陌生人又走进房来,带来一件奇怪的东西,类似一个门,又像字母π。这个做工粗糙的木架上有一道横梁,上面挂着一个铃铛,拴着一管手枪,铃铛的舌头和手枪的枪机上都垂下一根线。陌生人把木架放在房中央,把一个什么东西拴了很久,又解了很久,然后他瞧着鹅,说:

"伊凡·伊凡内奇,请!"

鹅就走到他跟前,做出等候的姿势。

"好,"陌生人说,"从头演起。你先鞠个躬,行个屈膝礼! 快!"

伊凡·伊凡内奇就伸长脖子,向四方点头,两只脚掌互碰了一下。

"行,好小子。……现在,你死吧!"

鹅就仰面朝天躺下,两条腿竖在空中。这类没有什么了不起的玩意儿又演过几个以后,陌生人忽然双手捧住头,脸上装出惊吓的神情,叫起来:

"救命啊!起火了!我们要烧死了!"

伊凡·伊凡内奇就跑到木架那儿,伸出嘴去叼住线,弄得那个铃叮叮当当响起来。

陌生人十分满意。他摩挲着鹅的脖子,说:

"好小子,伊凡·伊凡内奇!现在,假定你是珠宝商人,卖金子和钻石。现在再假定你来到自己店里,碰见店里有贼。遇到这种情形,你怎么办呢?"

鹅就用嘴叼住另一根线,拉一下,顿时响起了震得耳朵发聋的枪声。卡希坦卡很喜欢铃声,现在一听到枪声简直高兴得不得了,绕着木架不住地跑,汪汪地叫。

"姑姑,回原位!"陌生人对它嚷道,"不许出声!"

伊凡·伊凡内奇的任务并没随着枪响而结束。陌生人用调马索拴住鹅,然后,整整有一个钟头,他赶着它兜圈子跑,把鞭子抽得啪啪地响,这时候鹅就得跳过栏杆,钻过圆环,像马那样直立起来,也就是一屁股坐在地上,抬起两个脚掌,摇动不停。卡希坦卡目不转睛地瞧着伊凡·伊凡内奇,高兴得汪汪叫,有好几次跟在它后面跑,发出清脆的吠声。陌生人把鹅和自己弄得很累,然后擦掉额头的汗,叫道:

"玛丽雅,叫哈甫罗尼雅·伊凡诺芙娜到这儿来!"

过一分钟传来了咕噜咕噜的喉音。……卡希坦卡就发出呜呜的叫声,做出很有胆量的样子,不过为了稳当起见,还是走到陌生人近旁去了。房门打开,有个老太婆探进头来,往房间里看一眼,说了一句话,把一头很难看的黑猪放进来了。那头猪理都不理卡希坦卡的呜呜声,扬起嘴巴,快活地呼噜呼噜叫。看来,它见到它

99

的主人、猫、伊凡·伊凡内奇觉得很高兴。它走到猫跟前,伸出嘴巴轻轻拱了拱它的肚子,然后又跟鹅攀谈一阵,它的动作、声调,它那根小尾巴的颤抖,都流露出很多的善意。卡希坦卡立刻明白:对这样的东西发出抱怨声或者吠叫声,是大可不必的。

主人把木架拿开,喊道:

"费多尔·季莫费伊奇,请!"

猫就站起来,懒洋洋地伸个懒腰,不大乐意,仿佛赏光似的,走到猪跟前。

"好,我们从埃及金字塔演起。"主人开口说。

他作了很久的说明,然后发出命令:"一……二……三!"一听到"三"字,伊凡·伊凡内奇就张开翅膀,跳到猪的背上。……等到它用翅膀和脖子稳住身子,在生着硬毛的背上站定,费多尔·季莫费伊奇就带着露骨的蔑视神情,仿佛觉得自己的本领一文不值似的,有气无力、懒洋洋地爬上猪背,然后不乐意地爬到鹅身上,像人那样直立起来。这就成了陌生人所说的"埃及金字塔"。卡希坦卡乐得尖叫起来,可是这当儿,那只老猫打了个哈欠,身子失去重心,从鹅身上摔了下来。伊凡·伊凡内奇身子一歪,也滚了下来。陌生人叫起来,摇着胳膊,又数说起来。这个不知疲倦的主人为金字塔又忙了整整一个钟头,然后他开始教伊凡·伊凡内奇骑到猫背上,又教猫吸烟,等等。

这堂课直到陌生人擦着额头的汗,走出房间才算结束。费多尔·季莫费伊奇厌恶地喷一下鼻子,在小褥垫上躺下,闭上眼睛;伊凡·伊凡内奇往小盆走去,猪由老太婆带走了。多亏有这么多新的印象,卡希坦卡才不知不觉地把这一天打发过去了,傍晚它连同它的小褥垫一齐安置在这个糊着肮脏的壁纸的房间里,它跟费多尔·季莫费伊奇和鹅一块儿过夜了。

第五章 天才！天才！

一个月过去了。

卡希坦卡已经养成习惯，每天傍晚吃一顿可口的饭，而且听凭人家叫它姑姑。它跟陌生人，跟那些同房间的新伴侣也混熟了。生活过得好不自在。

每天总是按老一套开头的。照例，伊凡·伊凡内奇醒得最早，它立刻走到姑姑或者猫跟前，弯下脖子，热烈而委婉地讲起来，然而仍旧跟从前那样叫人听不懂。有的时候它昂起头，发表长篇的独白。它们刚刚相识的头几天，卡希坦卡以为它说话多是因为它很聪明，可是没过多少时候就对它失去了一切尊敬，每逢它走过来发表长篇演讲，卡希坦卡就不再摇尾巴，却看不起它，把它看作讨厌的、不让别人睡觉的饶舌者，毫不客气地用"呜呜……"声回敬它了。

费多尔·季莫费伊奇却是另一种派头的老爷。这位老爷醒过来后，一声不响，也不动弹，甚至眼睛都不睁开。它巴不得不醒过来才好，因为看得出来，它是不喜爱生活的。它对什么事都不发生兴趣，对一切事都打不起劲，一副马马虎虎的样子。它蔑视一切，哪怕吃着可口的饭食也厌恶地喷鼻子。

卡希坦卡一醒过来，就开始在各个房间里走来走去，闻墙角。只有它和猫才得到许可，能在整幢房子里走动。那头鹅却没有权利迈过这个糊着肮脏壁纸的房间的门槛，至于哈甫罗尼雅·伊凡诺芙娜，它住在外面一个板棚里，只有上课的时候才来。主人醒得迟，他喝过茶后立刻动手玩那些把戏。木架啦、鞭子啦、圆环啦，每天都拿到房间里来，每天差不多都演那一套。每堂课都是一连三四个钟头，因此有的时候费多尔·季莫费伊奇累得身子摇晃，像喝醉酒一样,伊凡·伊凡内奇则张开嘴,呼呼地喘气,主人变得脸色通红,无论如何也擦不干额头上的汗了。

教课和吃饭使得白天很有趣味,傍晚却过得相当无聊。照例一到傍晚,主人总是外出,不知去向,而且把猫和鹅也带走了。只剩下姑姑孤单单地躺在小褥垫上,心里开始忧闷。……忧闷像是不知不觉溜到它身边来,渐渐占有它,如同黑暗占有一个房间一样。起初,这条狗没有心思再吠叫,吃东西,在各个房间里跑进跑出,甚至懒得睁开眼睛看东西了。后来它的想象里出现两个不清楚的形象,又像是人,又像是狗,带着亲切可爱然而古怪的相貌。它们一出现,姑姑就摇着尾巴,觉得以前在什么地方见过它们,爱过它的。……它每回昏昏睡去,都感到这些形象有胶水、刨花、油漆的气味。

它完全过惯新的生活,从一条瘦骨嶙峋的看家狗变成一条肥头胖脑、保养得很好的狗了,于是有一次,在教课以前,主人摩挲着它说:

"现在,姑姑,我们到了干正事的时候了。你也游手好闲得够了。我打算叫你做演员。……你想做演员吗?"

他就开始教它各种技能。上头一堂课,他教它用后面的两条腿立着走路,这正好是它非常喜欢做的。第二堂课,它的教师把糖果高高地举在它头顶上,它用后腿站起来后,还得跳着去吃那糖果。此后那些课,它跳舞,拴上一根绳子跑圆圈,随着音乐声汪汪叫,拉铃,放枪,不到一个月的工夫它已经能够顺利地代替费多尔·季莫费伊奇搭金字塔了。它很乐意学,对自己的成功也满意,无论是套着绳子吐出舌头奔跑,或是钻圆环,或是骑在年老的费多尔·季莫费伊奇的背上,都使它感到极大的快乐。每一种把戏玩成功后,它总要响亮而快活地叫几声,它的教师也赞叹,高兴,搓手。

"天才！天才！"他说，"无疑是天才！你一定会大获成功！"

姑姑已经听惯"天才"两个字，所以每逢主人说到这两个字，它总是跳起来，向四面张望，仿佛那是它的外号似的。

第六章　不安宁的一夜

姑姑做了个狗梦，梦见一个扫院人举着一把扫帚追它，它就吓得醒过来了。

房间里安静，黑暗，很闷。跳蚤在叮它。以前姑姑从来也没怕过黑暗，可是现在不知什么缘故觉得害怕，打算吠叫了。主人在隔壁房间里大声叹气，后来，过了一会儿，那头猪在小板棚里咕噜咕噜叫，随后一切又归于沉寂。脑子里想到吃食，心里总会轻松一点，于是姑姑就开始回想今天它偷了费多尔·季莫费伊奇的一个鸡爪子，把它藏在客厅里立橱和墙壁的夹缝里，那儿有许多蛛网和灰尘。现在倒不妨走去看看那个鸡爪子还在不在。主人很可能已经找到它，把它吃掉了。然而不到早晨却不能走出这个房间，这是规矩。姑姑就闭上眼睛，想赶快睡着，因为它凭经验知道越是睡着得快，早晨来得也就越快。可是忽然，离它不远的地方传来一种古怪的叫声，弄得它打了个哆嗦，用四条腿跳起来。这是伊凡·伊凡内奇在叫，它的叫声不像平素那样喊喊喳喳，娓娓不倦，却有点激烈，尖利，反常，像是开门的吱扭声。姑姑在黑地里什么也看不清，什么也弄不明白，觉得越发害怕，就抱怨道：

"呜呜……"

过了不大的工夫，大概有吃完一根好骨头那么长的工夫，那种叫声不再传来了。姑姑渐渐定下心来，开始打盹。它梦见两条大黑狗，它们的大腿上和腰上还有去年留下的一绺绺毛。它们凑着一个大木盆吃泔水,狼吞虎咽,盆里冒出白色的热气和很好闻的香味。它们有时候回过头来看一眼姑姑,龇出牙齿,咆哮道:"我们不准你吃!"可是从房子里跑出一个穿着皮袄的农民,扬起鞭子把它们赶走了。于是姑姑走到木盆跟前吃起来,不过等到农民刚刚走进门去,两条黑狗就大吼一声扑到它身上来,这时候忽然又传来那种尖利的叫声。

"嘎!嘎!"伊凡·伊凡内奇叫道。

姑姑醒了,跳起来,没有离开小褥垫,发出一阵哀叫声。它觉得刚才嘎嘎叫的好像不是伊凡·伊凡内奇,而是另外一个局外人。小板棚里的猪不知什么缘故也咕噜咕噜地叫了。

然而这时候,传来拖鞋的啪哒啪哒声,主人穿着长袍,拿着蜡烛,走进房里来了。摇闪的亮光在肮脏的壁纸和天花板上跳动,把黑暗赶走了。姑姑一看,房间里并没有外人。伊凡·伊凡内奇坐在地板上,没睡着。它张开翅膀,张开嘴,总之,它那样子像是很累,要喝水。老费多尔·季莫费伊奇也没睡着。大概它也给叫声吵醒了。

"伊凡·伊凡内奇,你怎么了?"主人问鹅说,"你干吗叫?你病了?"

鹅一声不响。主人摸它的脖子,摩挲它的背,说:

"你是个怪家伙。自己不睡也不让人家睡。"

等到主人走出去,带走了亮光,黑暗就又来了。姑姑心里害怕。鹅没再叫,可是姑姑又觉得黑暗中似乎有个外人。最可怕的是它没法咬这人一口,因为谁也看不见他,他没有形状。不知什么缘故,它认为今天夜里一定会出一件很不吉利的事。费多尔·季莫费伊奇也心神不宁。姑姑听见它在小褥垫上扭动,打哈欠,摇头。

街上什么地方有人敲门,猪在小板棚里咕噜咕噜叫。姑姑哀声呼号,伸出前爪,把头枕在上面。那敲门声,那不知什么缘故没睡着的猪的咕噜声,那黑暗,那寂静,它觉得其中都含有一种跟伊凡·伊凡内奇的叫声同样凄凉可怕的意味。大家都惊慌不安,然而这是什么缘故?那个肉眼看不见的外人是谁呢?这时候,姑姑身旁有两个模糊的绿色光点亮了一下。费多尔·季莫费伊奇走到它身边来,在它们相识的整个时期,这还是第一次。它来做什么呢?姑姑舔一下它的爪子,没问它为什么走过来,只是用好几种音调轻轻叫了几声。

"嘎!"伊凡·伊凡内奇叫道,"嘎——嘎——嘎!"

房门又开了,主人拿着蜡烛走进来。鹅照先前的姿势坐着,张开嘴,展开翅膀。它的眼睛闭上了。

"伊凡·伊凡内奇!"主人叫道。

鹅没动。主人在它面前的地板上坐下,默默地看了它一会儿,说:

"伊凡·伊凡内奇!这是怎么回事?你要死了还是怎么的?哎呀,现在我才想起来,想起来!"他抱住自己的头,叫道,"我知道是什么缘故了!这是因为今天那匹马踩了你一脚!我的上帝!我的上帝啊!"

姑姑不懂主人在说什么,不过从主人的脸色可以看出他也料到要出一件可怕的事。它往黑暗的窗口伸过头去。它觉得好像有个外人在窗外往里看似的,就哀叫起来。

"它要死了,姑姑!"主人说,把两只手一合,"是啊,是啊,它要死了!死亡已经来到你们这个房间。我们怎么办呢?"

脸色苍白、心情激动的主人叹着气,不住地摇头,走回他的寝室去了。姑姑觉得留在黑暗里可怕,就跟着他走去。他在床上坐下,反复说了好几次:

"我的上帝,这可怎么办呢?"

姑姑在他脚旁走来走去,不明白心里为什么这样难过,不明白大家为什么这样不安。他极力想弄明白,就注意主人每一个动作。费多尔·季莫费伊奇平素很少离开自己的小褥垫,现在也走进主人的寝室,依偎在他的脚边。它甩动它的头,仿佛要甩掉头脑中那些沉重的思想似的,怀疑地瞧瞧床底下。

主人拿来一个小茶碟,把洗手盆里的水往小碟上倒一点,又走到鹅那儿去。

"喝吧,伊凡·伊凡内奇!"他把小碟放在它面前,温柔地说,"喝吧,好朋友。"

可是伊凡·伊凡内奇没动弹,也没睁开眼睛。主人按下它的脑袋,叫它凑到小碟上,把它的嘴浸进水里,可是鹅没喝水,把翅膀张得更大,脑袋就此躺在小碟上,没再缩回去。

"不,已经没有办法了!"主人叹着气说,"什么都完了。伊凡·伊凡内奇死了!"

他脸上淌下许多亮晶晶的水珠,就跟下雨天窗上常有的那种水珠一样。姑姑和费多尔·季莫费伊奇不明白是怎么回事,就紧贴着他,心惊胆战地看那只鹅。

"可怜的伊凡·伊凡内奇啊!"主人说,伤心地叹一口气。"我本来想春天带你到别墅去,跟你一块儿在绿草地上散步。可你,亲爱的动物,我的好伙伴,你却去世了!缺了你,现在我可怎么办?"

姑姑觉得自己似乎也会发生这样的事情,也会不知什么缘故变成这个样子,闭上眼睛,伸直爪子,龇牙咧嘴,大家会心惊胆战地瞧着它。看来,这样的想法也在费多尔·季莫费伊奇的脑子里活动。这只老猫从来也没像现在这样阴沉愁闷过。

天渐渐亮起来,原先害得姑姑战战兢兢的那个外人,已经不在房间里了。等到天色大亮,扫院人就走进来,提着鹅的腿,不知把它拿到什么地方去了。过了一会儿,老太婆走进屋来,把小食盆拿走了。

姑姑走到客厅去看一看立橱后面,主人总算没吃掉那个鸡爪子,它还放在原来那个布满蛛网和尘土的地方。可是姑姑感到烦闷,凄凉,恨不得哭一场才好。它甚至没闻一下鸡爪子就走到长沙发下面,坐在那儿,用尖细的声音轻轻哭起来:

"呜……呜……呜……"

第七章　不顺利的初次演出

一个晴和的傍晚,主人走进糊着肮脏的壁纸的房间,搓着手说:

"好……"

他还想说句什么话,可是没说出来就走了。姑姑原先上课的时候彻底研究过他的面容和音调,猜出他目前心情激动,着急,甚至好像在生气。过了一会儿,他走回来,说:

"今天我要带着姑姑和费多尔·季莫费伊奇一块儿去。今天,搭金字塔的时候,你,姑姑,要代替去世的伊凡·伊凡内奇。鬼才知道结果会怎么样!样样都没准备好,也没练熟,也没排演过几回!我们要丢脸,要倒霉了!"

然后他又走出去,过了一分钟,穿着皮大衣,戴着高礼帽回来了。他走到猫跟前,提起它的前腿,举起来,把它藏在胸前的皮大衣里,这时候费多尔·季莫费伊奇却似乎满不在乎,连眼睛也懒得睁开。看样子,对它来说,无论躺着也好,被人拉住腿提起来也好,睡在小褥垫上也好,偎在主人胸前的皮大衣里也好,都完全无所谓。……

"姑姑,走吧。"主人说。

姑姑什么也不明白,就摇摇尾巴,跟着他走去。过了一会儿,它已经爬上一辆雪橇,坐在主人的脚边,看见他由于寒冷和激动而缩起脖子,听见他唠叨说:

"我们要丢脸了!我们要倒霉了!"

雪橇停在一所大房子旁边,那房子古怪,类似倒扣着的汤盆。房子的长门道和三扇玻璃门给十几盏明晃晃的灯照得雪亮。那些门被打开了,发出叮当的响声,像嘴那样把许许多多涌进门口的人吞下去了。人是很多的,常常有马拉着雪橇在门口停住,不过狗倒一条也没有。

主人抱起姑姑,把它塞进皮大衣,贴着他的胸口,费多尔·季莫费伊奇已经先在那儿了。那儿又黑又闷,不过倒挺暖和。有两个模糊的绿色光点亮了一下,这是那只猫受到邻人冰凉粗硬的爪子的侵扰而睁开了眼睛。姑姑舔一下它的耳朵,想坐得尽量舒服点,就不安地扭动身体,冰冷的爪子踩在它身上,无意中从皮大衣里伸出头,然而立刻生气地呜呜叫几声,又缩回皮大衣里去了。它觉得好像看见一个灯光不亮的大房间,那儿满是些奇形怪状的东西。房间两旁立着隔板和栅栏,从那后面探出许多可怕的嘴脸,有的是马脸,有的长着犄角,有的生着长耳朵,另外还有一张极大的肥脸,脸当中没有长鼻子而长了一条尾巴,嘴里伸出两根老长的、啃光了肉的骨头。

猫给姑姑的爪子踩得发出嘶哑的叫声,可是这时候皮大衣敞开了,主人说一声"下来!"费多尔·季莫费伊奇就跟姑姑一块儿跳到地板上。它们如今待在一个小房间里,四周是灰色的木板墙。这儿除了一张放着镜子的不大的桌子、一张凳子、挂在墙角上的旧衣服以外,什么家具也没有。这儿没有灯或者蜡烛,只是墙上钉着一根小管子,里面喷出明亮的扇形火光。费多尔·季莫费伊奇舔着身上被姑姑踩皱的毛,走到凳子底下,躺下来。主人仍旧心情激动,搓着手,开始脱衣服。……他像平素在家里准备睡到毛毯下面的时候那样脱衣服,也就是把所有的衣服都脱光,只剩下衬里衣裤。然后他在凳子上坐下,照着镜子,为打扮自己而搞出种种惊人的花样。首先,他在头上戴一顶假发,假发中央有一道缝路,另有两绺假发翘起来,类似两个犄角,然后用一种白色的东西涂满脸,再在那层白东西上面画出两道眉毛、两撇小胡子、脸颊上的红晕。他的工作到这儿并没有完结。他涂抹了脸和脖子以后,又给自己穿上一身非常奇特而且极不像话的衣服,那样的衣服姑姑以前不论在家里或者在街上都从没见过。您不妨想象一下:他穿的是一条十分肥大、用印着大花的布做成的裤子,像那样的花布在小市民家里是用来做窗帘和家具套子的。他的裤腰一直高到胳肢窝底下,一条裤腿用棕色的花布缝成,另一条却是用浅黄色花布缝成。主人套上肥大无比的裤子,又穿上一件花布短上衣,这上衣有着锯齿形的大领口,背部缝着一颗金星,随后他又穿上一双五颜六色的袜子和一双绿皮鞋。……

姑姑眼花缭乱,心里乱糟糟的。这个肥大如囊的白脸人身上固然有主人的气味,声音也是熟悉的主人声音,可是有好几回姑姑简直满腹狐疑,恨不得从这个花花绿绿的人面前逃掉,汪汪叫几声才好。这个新的地方、扇形的火光、气味、主人的改装,都在他心里引起一种模糊的恐惧和预感,觉得它一定会遇到某种可怕的事,就像碰见那张大脸,看到该长鼻子的地方却长了一条尾巴那样。还有,墙外远远的一个地方正在演奏可恨的音乐,而且不时传来莫名其妙的吼叫声。只有一件事情使它定下心来,那就是费多尔·季莫费伊奇满不在乎。它在凳子底下平心静气地打盹儿,就连人家把凳子搬开,它都没睁开眼睛。

有一个身穿礼服和白坎肩的人探进头来,朝房间里看了一眼,说:

"现在阿拉贝雷小姐上场了。她完了就轮到您啦。"

主人一句话也没回答。他从桌子底下拉出一口不大的箱子,坐下来等着。从他的嘴唇和手的动作看得出来,他心里激动,姑姑听见他的呼吸发颤。

"若尔日先生,请上场!"有人在门外叫了一声。

主人就站起来,在胸前画了三次十字,然后从凳子底下抱起猫来,把它放进箱子。

"走吧,姑姑!"他轻声说。

姑姑什么也不明白,走过去,让他抱起来。他吻它的脑袋,把它放在费多尔·季莫费伊奇旁边。然后四周变成漆黑一团。……姑姑踩在猫的身上,抓着箱子的四壁,害怕得一点声音也喊不出来,箱子摇摇晃晃,仿佛在水浪上一样,不住地颤动。……

"瞧,我来了!"主人大声喊道,"我来了!"

这句话喊完,姑姑就觉得箱子碰到一个硬邦邦的东西,不再摇晃了。这时候响起一阵低沉的吼叫声,仿佛许多人在拍打一个人,而这个人大概就是脸上该生鼻子的地方却生了尾巴的东西,它高声吼叫着,哈哈大笑着,弄得箱子上的锁都颤动起来。主人用尖利刺耳的笑声回答吼叫声,他在家里可从来也没这样笑过。

"哈哈!"他喊着,极力要压过吼叫声,"最可敬的观众们!我刚从火车站来!我祖母死了,给我留下一笔遗产!箱子里有很重的东西,多半是金子吧。……哈哈!一下子我就成了大财主!现在我来打开,看一看。……"

箱子上的锁咔嗒一响。明晃晃的亮光直扑到姑姑眼睛里来。它就从箱子里跳出来,给吼叫声震得耳朵发聋,很快地绕着它的主人死命奔跑,发出一连串清脆的吠叫声。

"哈哈!"它的主人叫道,"费多尔·季莫费伊奇大叔!亲爱的姑姑!可爱的亲戚们,叫鬼抓了你们去才好!"

他趴下来,肚子贴着地,抓住猫和姑姑,开始跟它们拥抱。姑姑趁主人把它紧紧搂在怀里的时候,往四下里瞧一眼,看命运把它带到一个什么样的世界里来了。它想不到这个地方竟有那么大,不由得又惊奇又高兴,一时间怔住了。然后它跳出主人的怀抱,由于所受的刺激太强烈,就像陀螺似的团团转起来。这个新的世界广大而充满明晃晃的亮光,不管往哪一边看,从地板到天花板,到处都只看见脸,脸,脸,别的什么也没有。

"姑姑,请您坐下!"主人叫道。

姑姑明白这是什么意思,就跳上椅子,坐下来。它瞅着主人。主人的眼睛像往常那样严肃而又亲切,可是他的脸,特别是他的嘴和牙齿,却做出又欢畅又死板的笑容,变得极不自然。他自己也哈哈地笑,跳跳蹦蹦,扭动肩膀,在成千上万张脸跟前做出很高兴的样子。姑姑真的相信他高兴,突然全身感到那千千万万张脸都在瞧它,就扬起它那狐狸样的脸,快活地叫起来。

"您,姑姑,请坐一会儿,"主人对它说,"我要跟大叔跳一回喀马林舞。"

费多尔·季莫费伊奇站在那儿,等着人家叫它做荒唐事,冷淡地往两旁观看。它跳起舞来无精打采,马马虎虎,闷闷不乐,从它的动作,从它的尾巴,从它的胡子,可以看出不论观众也好,明晃晃的亮光也好,主人也好,它自己也好,它都一概极其蔑视。……它跳完舞,打个哈欠,坐下来。

"好,姑姑,"主人说,"我跟您先唱个歌,再跳舞。好不好?"

他从衣袋里拿出一支小木笛,吹奏起来。姑姑受不了音乐,开始在椅子上不安地扭动身子,汪汪地叫。四面八方响起吼叫声和鼓掌声。主人鞠躬,等到响声平息下来,就继续吹奏。……在笛子正吹到一个很高的音调之际,楼上的观众中间有人大声惊叫起来。

"什么姑姑!"一个孩子的声音叫道,"它就是卡希坦卡呀!"

"真是卡希坦卡!"一个带着醉意的、颤抖的男高音肯定道,"是卡希坦卡!费久希卡,它是卡希坦卡,我说了假话就叫上帝惩罚我!卡希坦卡,这儿来,喂!"

最高楼座上有人打了一个呼哨,于是两个声音,一个孩子和一个大人的声音叫道:

"卡希坦卡!卡希坦卡!"

姑姑打了个哆嗦,瞧了瞧发出叫声的地方。那儿有两张脸,一张毛茸茸、醉醺醺、带着笑容,另一张胖乎乎、红扑扑,现出惊恐的样子,这两张脸扑进它的眼帘里来,就跟刚才明晃晃的亮光一样。……它想起来了,就从椅子上一跤跌下去,摔在地上,然后跳起来,发出快活的尖叫声往那两张脸扑过去。这时候响起震耳欲聋的吼叫声,这中间夹着呼哨声和孩子的尖利的呼叫声:

"卡希坦卡!卡希坦卡!"

姑姑跳过栏杆,然后跳过一些人的肩头,落到一个包厢里,为了跑到后面的观众席上去,还得越过一堵很高的墙。姑姑就往上一蹿,可是没有跳到墙顶上,却顺着墙面滑下来。然后它被人从这只手传到那只手里,舔着人们的手和脸,越升越高,终于到了最高楼座。……

过了半个钟头,卡希坦卡已经来到街上,跟着那两个有胶水和油漆气味的人走去。路卡·亚历山德雷奇摇摇晃晃,然而受着经验的指导,本能地极力离水沟远些。

"我母亲生下我这个孽障……"他唠叨说,"你呢,卡希坦卡,是个没脑筋的东西。拿你跟人比,就跟拿粗木匠跟细木匠比一样。"

费久希卡戴着父亲的帽子,在他身旁走着。卡希坦卡瞧着他们两人的后背,觉得自己仿佛跟他们走了很久似的,就暗自庆幸它的生活一刻也没中断过。

　　它回想那个糊着肮脏的壁纸的小房间、鹅、费多尔·季莫费伊奇、可口的饭食、教课、杂技,然而如今,这一切在它的眼里却成了一场漫长而杂乱的噩梦。……

某小姐的故事

九年以前,在割草的季节,有一天将近傍晚,我和法院的代理侦讯官彼得·谢尔盖伊奇骑着马到火车站去取信。

天气晴和,然而在回来的路上却响起隆隆的雷声,我们看见愤怒的乌云直奔我们来了。乌云一步步拢到我们这边来,我们也一步步拢到它跟前去。

我们的房子和教堂,衬着乌云的背景,呈现一片白色,高高的杨树像银子那样发亮。空中弥漫着雨水的气味和刚割下的干草的清香。我的同伴精神饱满。他笑个不停,说种种荒唐的话。他说,要是我们在路上忽然碰见一个中世纪的城堡,有齿形的尖塔,有青苔,有猫头鹰,而我们跑进去避雨,最后却被雷劈死,那倒也不坏呢。……

然而这时候第一个浪头卷过黑麦,卷过燕麦田,大风起来了,灰尘在空中旋转。彼得·谢尔盖伊奇大笑起来,用马刺刺马,叫它快跑。

"好啊!"他叫道,"好极了!"

我受到他的欢乐的感染,又想到马上就要淋得周身湿透,说不定还会被雷劈死,就也笑起来。

这场狂风以及这种纵马疾驰,弄得人连气也透不出来,只觉得像鸟一样飞翔,心情激动,胸膛里痒酥酥的。等我们走进我们的院子,风倒停下来了,大颗的雨点敲打着青草和房顶。马房旁边连一个人影也没有。

彼得·谢尔盖伊奇亲自卸下马嚼子,把两匹马牵到马栏里。我站在门口瞧着斜飘的雨丝,等他做完那些事。甜香撩人的干草气味在这儿比在田野上还要浓郁。天上有了乌云,下着大雨,天色就暗下来了。

"嘿,好一个霹雳!"彼得·谢尔盖伊奇走到我跟前,说,刚才,天上轰隆一响,打了一个很响的霹雳,仿佛天空裂成两半了似的,"怎么样?"

他在门口跟我并排站着,他刚刚骑马飞奔一阵,累得喘吁吁的。他瞧着我,我发觉他看得出了神。

"娜达丽雅·符拉季米罗芙娜,"他说,"我情愿牺牲一切,只要能照这样多站一会儿,瞧着您就行。今天您真美。"

他的眼睛露出欣喜和恳求的神情,脸色发白,胡子和唇髭上闪着雨珠,就连那些雨珠也好像带着热爱看着我似的。

"我爱您,"他说,"我爱您,我看见您就感到幸福。我知道您不可能做我的妻子,不过我也不巴望什么,也不需求什么,只求您知道我爱您就行。您不用说话,不用回答我,不要理会我,只求您知道我把您看得多么宝贵,容许我瞧着您就行了。"

他的痴迷也感染了我。我瞧着他那痴迷的脸,听着他那跟哗哗的雨声混在一起的说话声,像是着了魔,动不得了。

我一心想永远瞧着他那对亮晶晶的眼睛,听着他讲话。

"您不说话,这才好!"彼得·谢尔盖伊奇说,"索性不要说话吧。"

我觉得心头舒畅。我高兴得笑起来,冒着倾盆大雨跑到正房去。他也笑起来,蹦啊跳的,跟着我跑过来。

我们两人淋湿了衣服,喘着气跑上楼去,像小孩那样闹出一片响声,冲进了房间。我父亲和哥哥平素很少看见我这么笑过,这么高兴过,现在惊讶地瞧着我,也笑起来。

雨云过去了,雷声停了,可是雨珠仍然在彼得·谢尔盖伊奇的胡子上闪亮。整个傍晚,到吃饭为止,他一直唱歌,打呼哨,跟狗闹着玩,追着狗在各处房间里乱跑,差点把送茶炊来的仆人碰倒。用晚饭时候,他吃得很多,讲了许多蠢话,口口声声说冬天吃过鲜黄瓜,嘴里就会有春天的气息。

临睡的时候,我点上一支蜡烛,推开窗子,心中充满了一种说不清的感觉。我想到我自由,健康,门第高贵,家境富裕,想到我被人爱着,而主要的是我们门第高贵而家境富裕,家境富裕而门第高贵,这多么好啊,我的上帝!……后来,花园里有一股轻微的凉气随着露水飘到我身边来,我就在床上缩起身子,极力要弄明白我爱不爱彼得·谢尔盖伊奇。……可是我什么也没弄明白就睡着了。

第二天早晨,临到我在床上看见阳光颤抖的斑点和菩提树枝的阴影,昨天的事就在我的记忆里栩栩如生地复活了。我觉得生活丰富多彩,充满了魅力。我嘴里哼着歌,赶快穿好衣服,跑进花园去了。……

后来怎么样呢?后来什么也没有。冬天我们住在城里,彼得·谢尔盖伊奇偶尔到我们家来。乡间的朋友只有在夏天,在乡间才可爱,到冬天,在城里,他们就失去了一半的魅力。在城里请他们喝茶,你就会觉得他们好像穿着别人的衣服,他们用匙子搅茶也似乎搅得太久了。彼得·谢尔盖伊奇在城里间或也提到爱情,然而那情形跟在乡间完全不一样。在城里我们比较明确地感到那道隔开我们的墙:我门第高贵而家境富裕,他却穷,甚至也不是贵族,不过是个助祭的儿子,代理侦讯官而已。我们两个人都认为这堵墙很高很厚,我是因为年轻才这样想,他呢,那就只有上帝才知道是什么缘故了。在城里,他到我们家里来,总是带着勉强的笑容批评上层社会,遇到客厅里有外人在座,他总是拉长了脸,保持沉默。没有一堵墙是打不破的,然而现代恋爱中的男主角,就我所知道的来说,都太胆怯、怕事、懒散、多疑,很快就安于一种想法:他们是失意者,他们的生活欺骗了他们;他们并不斗争,只限于批评,说这个世界庸俗,却忘了他们的批评本身也在渐渐变成一种庸俗的现象。

我被人爱着,幸福近在眼前,似乎已经跟我肩并肩了。我生活得轻松自在,不想努力了解自己,也不知道我期望什么,对生活要求什么,可是光阴却在不断地流逝。……很多人怀着爱情走过我面前,明亮的白昼和温暖的黑夜一个接一个闪过去,夜莺歌唱,干草冒出清香,所有这些在回忆中显得可爱而出色的东西,当时却从我身边,如同从一切人身边那样,很快地掠过去,没有留下痕迹,没有受到重视,就像云雾一般消散了。……它们都到哪儿去了?

我的父亲死了,我年纪大了。凡是为我喜爱过而且给过我温暖和希望的东西,例如哗哗的雨声、隆隆的雷鸣、幸福的想法、爱情的谈话等,都已经完全成为回忆,我只看见前面一片平坦而荒凉的远方,在这块平原上连一个活人也没有,地平线上是那么阴暗、可怕。……

这时候门铃声响了。……这是彼得·谢尔盖伊奇来了。每逢我冬天看到树木而想起夏天它们曾经为我变得碧绿,我总是小声说:

"唉,亲爱的!"

每逢我看见跟我一起度过我的春天的人,我总会变得忧郁,心头热乎乎的,小声说着同样的那句话。

他早已由我父亲疏通,调到城里来任职了。他有点苍老,有点消瘦。他早已不诉说他的爱情,不讲荒唐话了。他不喜欢他的职务,得了一种什么病,为一些事情失望,对生活厌倦,无精打采地活

下去。这时候他坐在壁炉旁边,默默地看着炉火。……我不知道该说什么好,就问道:

"哦,怎么样?"

"没什么……"他回答说。

又是沉默。红红的火光在他悲伤的脸上跳动。

我想起过去,忽然我的肩膀颤动起来,我的头垂下去,我辛酸地哭了。我为我自己,也为这个人,难过得不得了,热烈地向往那种已经过去的东西,向往现在生活拒绝给予我们的东西。现在我不再想到我门第高贵而且家境富裕了。

我大声哭泣,两手按着太阳穴,嘴里念叨说:

"我的上帝,我的上帝啊,我的生活毁掉了。……"

可是他坐在那儿,一声不响,并没对我说:"不要哭了。"他明白我不能不哭,明白我到哭的时候了。我从他的眼睛里看出他怜惜我。我也怜惜他,而且暗自气恼这个胆怯的失意者,怪他没有能够为他自己也没有能够为我建立美好的生活。

我送他出去,他在前厅穿上皮大衣,依我看来,他故意穿得很久。他两次默默地吻我的手,朝我泪痕斑斑的脸看了很久。我想他这时候必是想起了那雷声、那雨丝、我们的笑声、我那时候的面容。他有心对我说一句什么话,很愿意把它说出口,可是他什么也没说,光是摇摇头,使劲握一握我的手。求上帝保佑他吧!

我把他送出门,然后回到书房里,又在壁炉前面的地毯上坐下。烧红的木柴蒙着薄薄一层灰烬,开始熄灭。寒气越发愤怒地扑打窗子,风在壁炉的烟囱里唱着一支什么歌。

一个使女走进来,以为我睡着了,就叫了我一声。……

一八八八年

无　　题

　　在第五世纪,就跟现在一样,太阳每天早晨升起来,每天傍晚落下去睡觉。每到早晨最初射来的阳光吻着露珠,大地就复活了,空中充满欢欣、喜悦、希望的声音,可是到傍晚,大地却安静下来,沉浸在森严的黑暗中了。这个白天跟第二个白天一样,这个夜晚跟第二个夜晚一样。有的时候乌云四合,雷声隆隆,要不然有一颗心不在焉的星星从天空掉下来,再不然,有一个脸色惨白的修士跑来告诉他的同行,说是他在离修道院不远的地方看见一只老虎,生活的变化不过如此而已。以后就又是这个白天跟第二个白天一样,这个夜晚跟第二个夜晚一样了。

　　修士们工作,祷告上帝,他们的老修道院长弹风琴,用拉丁语写诗,作曲子。这个了不起的老人有不同寻常的才华。他弹起风琴来,手法高妙,就连那些最老的修士,已经风烛残年,耳朵发聋了,听见琴声从他的修道室飘来,也还是会忍不住流下眼泪。每逢他讲起什么,哪怕是最普通的东西,例如树木、野兽、海洋,听的人也不能不微笑或者落泪,似乎他的灵魂里也响着细弦,像风琴里一样。不过,假如他大发脾气,或者高兴极了,或者讲起一件可怕的大事,他心里就会充满热烈的灵感,他那亮晶晶的眼睛就涌出泪水,脸色发红,嗓音像雷鸣那样洪亮,听他讲话的修士们就觉得他的灵感抓紧了他们的心。在这类壮丽美妙的时刻,他的威力无边无际,如果他吩咐他的长老们纵身跳海,他们就会齐心一致,欢欢喜喜,赶紧按照他的意志行事。

他的音乐,嗓音,他写来赞美上帝、天空、大地的诗篇,对那些修士说来,成了经常的欢乐的泉源。往往会发生这样的情形:他们生活单调,已经看厌树木,不喜欢春季和秋天,听腻海水的哗哗声,连鸟雀的歌声也听不入耳了,可是老修道院长的才能,却像粮食一样,是每天都缺少不得的。

好几十年过去了,这个白天仍旧跟那个白天相似,这个夜晚仍旧跟那个夜晚一样。修道院附近,除了野鸟和野兽以外,一个活人也见不着。离这儿最近的有人烟之处其实也远得很,从修道院走到那儿或者从那儿来到修道院,都要穿过荒野,走一百俄里左右的路。只有蔑视生活、避开生活、把走进修道院看成走进坟墓的人才会下决心穿过这片荒野。

因此,一天晚上,有个人来敲他们的大门,而且那个人竟是城里人,竟是极普通的、热爱生活的人,这就使得修士们大吃一惊了。那个人并不急于要求修道院院长祝福,也不急于祷告,却先要葡萄酒喝,要东西吃。他们问他是怎么从城里跑到荒野上来的,他却讲了个冗长的打猎故事算是回答:他原是出来打猎的,喝多了酒,迷路了。他们要他在这儿做修士,拯救自己的灵魂,他却微微一笑,回答说:"我可做不了你们的伙伴。"

他吃饱喝足后,打量那些服侍他的修士,不以为然地摇摇头,说:

"你们什么事也不做,修士们。你们只知道吃喝。难道这样就能够拯救自己的灵魂?你们想一想,你们平心静气地坐在这儿,吃啊喝的,梦想着幸福,你们的邻人呢,却在灭亡,往地狱走去。你们应当看一看城里是什么情形才是!有的人饿得要死,有的人却不知道该拿自己的金子怎么办才好,索性沉溺在放荡的生活里,毁掉自己,就跟粘在蜂蜜上的苍蝇一样。人们既没有信仰,也没有真理! 拯救他们,该是谁的工作? 向他们传道,该是谁的工作? 莫非该由我这个一天到晚喝醉酒的人来管? 上帝赐给你们温和的精神、热爱的心灵、信仰,难道就是要你们坐在这儿,关在四堵墙当中,什么事也不干?"

这个城里人的醉话狂妄,不中听,可是对修道院院长却起了奇怪的作用。老人跟修士们面面相觑,脸色发白,说:

"弟兄们,要知道他说的是真话! 确实,那些可怜的人头脑糊涂,性格软弱,才在恶习和缺乏信仰中沉沦,我们呢,安然不动,仿佛这跟我们不相干似的。我何不赶到那边去,叫他们想起他们忘却的基督呢?"

城里人的话打动了老人的心。第二天他拿起手杖,跟修士们告别,动身到城里去了。那些修士就此没有音乐可听,也听不到他的话语和诗句了。

他们寂寞地度过了一个月,两个月,可是老人没有回来。最后,又过去一个月,这才响起他那根手杖点着土地的熟悉声音。修士们拥上前去迎接他,纷纷对他发问,然而他看到他们,不但没有高兴起来,反而一句话也没说,却沉痛地哭了。修士们发现他老多了,瘦多了。他脸色疲惫,现出深深悲哀的神情。他一哭,那样子就像是一个受了侮辱的人。

修士们也哭起来,而且同情地问他为什么哭,为什么他的脸色这么阴沉,可是他一句话也没说,走进他的修道室,关上门。他在那里面一连坐了七天,什么也不吃,什么也不喝,既不弹风琴,也不哭。修士们来敲门,或者要求他出去把他的伤心事告诉他们,他却用深沉的缄默回答他们。

最后他总算出来了。他把所有的修士召集到身旁来,脸上泪痕斑斑,带着忧伤愤怒的神情开始叙述这三个月他经历过的事。

他先讲从修道院到城里去的旅途情形,声调平静,眼睛含着笑意。他说,在路上鸟雀对他唱歌,溪水对他发出淙淙声,美妙而年轻的希望激动他的灵魂。他一面走,一面感到自己像个去参加战斗而且有必胜把握的士兵。一路上,他只顾幻想,作诗,编赞美歌,至于他的旅程是怎样结束的,竟一点也没留意。

可是他一讲到那座城和城里人,他的嗓音就发抖,眼睛发亮,满腔愤慨。他进城后遇到的那些事,他生平从没见过,甚至也不敢想象。直到这时候,到他年老,他才生平第一次看到而且懂得魔鬼是多么强大有力,恶是多么美丽,人是多么软弱,懦怯,渺小。事情很不凑巧,他走进第一个有人住的地方,就碰上花天酒地的生活。约摸有五十个很有钱的人在那儿吃饭,喝起酒来没完没了。他们喝醉了就唱歌,大胆说出种种可怕而又可恶的话,像那样的话是敬畏上帝的人绝不敢说出口的。他们自由自在,生机勃勃,十分快活,既不怕上帝,也不怕魔鬼,更不怕死亡,想说什么就说什么,想干什么就干什么,他们的欲望驱使他们到哪里去,他们就到哪里去。葡萄酒像琥珀那么明净,盖着薄薄一层金黄色泡沫,一定甜得不得了,也香得不得了,因为每个喝酒的人都畅快地微笑,想再喝点。人们在微笑,酒也就用微笑回报他们。每逢人们喝它,它就欢快地泡沫四溅,仿佛它知道它的甜味里隐藏着多么邪恶的魔力似的。

老人继续叙述他的见闻,越讲越激昂,气得哭起来。他说,在那些纵酒的人当中,放着一张桌子,上面站着个半裸体的荡妇。在自然界中,有什么东西能比她更美,更迷人,那是很难想象,很难找到的了。这个坏女人年纪轻,头发长,皮肤黝黑,一对黑眼睛,两片厚嘴唇,不怕羞,老脸皮,露出两排雪白的牙齿,微微笑着,仿佛想说:"你们看,我多么老脸皮,多么漂亮!"丝绸和锦缎形成好看的褶子,从她的肩头滑下来,然而她的美丽不肯藏在衣服里,倒像是

124

春天从土壤里冒出来的嫩草,急于从褶子里钻出来。这个老脸皮的女人喝葡萄酒,唱歌,谁要她,她就扑到谁怀里。

后来老人愤怒地摇着胳膊,叙述赛马场、斗牛、剧院、艺术家的工作室,那些艺术家在工作室里画裸体的女人,用黏泥把她们塑造出来。他讲得热烈,动听,响亮,仿佛在弹奏肉眼看不见的琴弦。修士们目瞪口呆,贪婪地听他讲话,兴奋得透不出气来。……老人讲完魔鬼的一切魔力、恶的美丽、可恶的女人肉体的千娇百媚,就把魔鬼痛骂一顿,然后走回房去,关紧房门。……

他第二天早晨走出修道室,修道院里却连一个修士也没有。他们统统跑进城里去了。

困

夜间。小保姆瓦尔卡,一个十三岁的姑娘,摇着摇篮,里面躺着个小娃娃。她嘴里哼着歌,声音低得几乎听不见:

　　睡吧,好好睡,
　　我来给你唱个歌儿。……

神像前面点着一盏绿色的小长明灯;房间里,从这一头到那一头绷起一根绳子,绳子上晾着小孩的尿布和一条很大的黑色裤子。天花板上印着小长明灯照出来的一大块绿色斑点,尿布和裤子在火炉上、摇篮上、瓦尔卡身上投下长长的阴影。……小长明灯的灯火一摇闪,绿斑和阴影就活了,动起来,好像被风吹动一样。房间里很闷。有一股白菜汤的气味和做皮靴用的皮革味。

小娃娃在哭。他早已哭得声音嘶哑,筋疲力尽,可是仍旧号个不停,谁也不知道他什么时候才会止住哭。瓦尔卡却已经困了。她的眼皮粘在一起,脑袋往下耷拉,脖子酸痛。她的眼皮也好,嘴唇也好,都不能动一下,她觉得她的脸好像枯干了,化成木头,脑袋也小得跟针尖一样。

"睡吧,好好睡,"她哼着,"我会给你煮点儿粥。……"

火炉里有只蟋蟀在叫。老板和帮工阿法纳西隔着门,在毗邻的房间里打鼾。……摇篮悲凉地吱吱叫,瓦尔卡本人嗯嗯啊啊地哼着,这一切合成一支夜间的催眠曲,要是躺在床上听,可真舒服极了。然而现在这种音乐反而刺激她,使她苦恼,因为它催人入睡,她却是万万睡不得的。求上帝保佑不要发生这种事才好,要是瓦尔卡一不小心睡着,老板就会把她痛打一顿。

小长明灯不住地眨眼。绿色斑点和阴影活动起来,爬进瓦尔卡半睁半闭、呆然不动的眼睛,在她那半睡半醒的脑子里合成蒙眬的幻影。她看见一块块乌云在天空互相追逐,像小娃娃那样啼哭。可是后来起风了,乌云消散,瓦尔卡看见一条布满稀泥的宽阔大道。顺着大道,有一长串货车伸展出去,行人背着背囊慢慢走动,有些阴影在人前人后摇闪不定。大道两旁,隔着阴森的冷雾,可以瞧见树林。忽然,那些背着行囊的人和阴影一齐倒在地下的淤泥里。"这是怎么了?"瓦尔卡问。"要睡觉,睡觉!"他们回答她说。他们睡熟了,睡得可真香,乌鸦和喜鹊停在电线上,像小娃娃那样啼哭,极力要叫醒他们。……

"睡觉吧,好好睡,我来给你唱个歌儿……"瓦尔卡哼着,这时候她看见自己在一个乌黑而闷热的农舍里。

她去世的父亲叶菲木·斯捷潘诺夫正躺在地上打滚儿。她看不清他,然而听见他痛得在地下翻腾,嘴里哼哼唧唧。据他说,他的"疝气发了"。他痛得厉害,一句话也说不出来,只有吸气的份儿,牙齿不住地打战,就像连连击鼓那样:

"卜,卜,卜,卜……"

她母亲彼拉盖雅跑到庄园去,对老爷说叶菲木就要死了。她去了很久,这时候也该回来了。瓦尔卡躺在炉台上,没有睡,听她父亲发出"卜,卜,卜"的声音。不过,后来她听见有人坐车到农舍这边来。原来老爷打发一个年轻的医生来了,这个医生刚巧从城里到老爷家里做客。医生走进农舍,在黑暗里谁也看不见他的模样,可是听得见他在咳嗽,而且咔嚓一声推上门。

"点上灯。"他说。

"卜,卜,卜……"叶菲木回答说。

彼拉盖雅扑到炉台这边,动手找那个装火柴的破罐子。在沉默中过去了一分钟。医生摸一阵自己的口袋,点亮一根火柴。

"我去去就来,老爷,去去就来。"彼拉盖雅说,跑出农舍,过了一会儿拿着一个蜡烛头走回来。

叶菲木脸色通红,眼睛发亮,目光显得特别尖利,好像那眼光穿透了农舍和医生似的。

"哦,怎么了?你这是想干什么呀?"医生说着,弯下腰凑近他,"哎!你病了很久吗?"

"什么,老爷?要死了,老爷,我的大限到了。……我不能再在人世活下去了。……"

"别胡说。……我们会把你治好的!"

"随您就是,老爷。我们感激不尽,不过我们心里明白……要是大限已到,那可就没有办法了。"

医生在叶菲木身边忙了一刻钟,然后直起腰来说:

"我没法治。……你得到医院去才成,在那儿人家会给你动手术。马上动身。……一定得去!时间迟了一些,医院里的人都睡了,不过那也没关系,我给你写个字条就是。你听见吗?"

"可是,老爷,叫他怎么去呢?"彼拉盖雅说,"我们又没有马。"

"不要紧,我去跟你的主人说一声,他们会给你马的。"

医生走了,蜡烛熄了,"卜,卜,卜"的声音又响起来。……过了半个钟头,有人赶着车到农舍来。这是老爷打发一辆板车来把叶菲木送到医院去。叶菲木收拾停当,就坐车走了。……

可是后来,一个美好晴朗的早晨来临了。彼拉盖雅不在家,她到医院去探望叶菲木,看看他怎么样了。不知什么地方,有个小娃娃在啼哭,瓦尔卡听见有人用她的声调唱道:

"睡吧,好好睡,我来给你唱个歌儿。……"

彼拉盖雅回来了。她在胸前画个十字,小声说:

"他们夜里给他动了手术,可是到早晨,他就把灵魂交给上帝了。……祝他升天堂,永久安息。……他们说治得太迟了。……应该早点去才对。……"

瓦尔卡走进树林,在那儿痛哭。可是忽然,有人打她的后脑壳,弄得她一头撞在一棵桦树上。她抬起眼睛,看见她的老板,那个鞋匠站在她面前。

"你是怎么搞的,贱丫头?"他说,"孩子在哭,你却睡觉?"

他使劲拧她的耳朵,她甩一下头,就接着摇那个摇篮,哼她的歌。绿色的斑点、裤子和尿布的阴影摇摇晃晃,对她眨眼,不久就又占据了她的脑子。她又看见那条布满稀泥的大道。那些背着行囊的人和影子已经躺下,睡熟了。瓦尔卡看着他们,恨不能也睡一觉才好。她很想舒舒服服躺下去,可是她母亲彼拉盖雅却在她身旁,催她快走。她们两个人赶进城去找活儿做。

"看在基督分上赏几个钱吧!"她母亲遇见行人就央求道,"发发上帝那样的慈悲吧,善心的老爷!"

"把孩子抱过来!"一个熟悉的声音回答她说,"把孩子抱过来呀!"那个声音又说一遍,这一回粗暴带着怒气,"你睡着了,下贱的东西?"

瓦尔卡跳起来,往四下里看一眼,才明白是怎么回事。这儿既没有大道,也没有彼拉盖雅,更没有行人,只有老板娘站在房间中央,是来给她的孩子喂奶的。这个身材肥胖、肩膀很宽的老板娘一面喂孩子吃奶,一面哄他安静下来,瓦尔卡站在一旁瞧着她,等她喂完奶。窗外的空气正在变成蓝色,天花板上的阴影和绿色斑点明显地淡下去。早晨很快就要来了。

"把孩子接过去!"老板娘说,系好衬衫胸前的纽扣,"他在哭。

一定是有人用毒眼看了他。"

瓦尔卡接过小娃娃,放在摇篮里,又摇起来。绿色的斑点和阴影渐渐消失,再也没有什么东西钻进她脑子里,弄得她脑子昏昏沉沉了。可是她仍旧犯困,困极了!瓦尔卡把脑袋搁在摇篮边上,用全身的力气摇它,想把睡意压下去,然而她的眼皮仍旧粘在一起,脑袋沉甸甸的。

"瓦尔卡,生炉子!"房门外传来老板的声音。

这是说已经到起床和干活的时候了。瓦尔卡就丢下摇篮,跑到小板棚去取柴火。她暗暗高兴。人一跑路,一走动,就不像坐着那么困了。她拿来柴火,生好炉子,觉得她那像木头一样的脸舒展开来,她的思想也清楚起来了。

"瓦尔卡,烧茶炊!"老板娘叫道。

瓦尔卡就劈碎一块小劈柴,可是刚把它们点燃,塞进茶炊,又听见新的命令:

"瓦尔卡,把老板的雨鞋刷干净!"

她就在地板上坐下,刷那双雨鞋,心里暗想:要是能把自己的头伸进这双又大又深的雨鞋里,略微睡上一会儿,那才好呢。……忽然间,那双雨鞋长大、膨胀,填满整个房间,瓦尔卡把刷子掉在地下,然而她立刻摇一下头,瞪大眼睛,极力观看各种东西,免得它们长大,在她眼睛前面浮动。

"瓦尔卡,把外边的台阶洗一洗,要不然,让顾客看到,多难为情!"

瓦尔卡就洗台阶,收拾房间,然后生好另一个炉子,再跑到小铺里去买东西。活儿很多,连一分钟的空闲也没有。

然而再也没有比站在厨房桌子跟前削土豆皮更苦的事了。她的头往桌子上耷拉下去,土豆在她眼前跳动,刀子从她手里掉下,那个气冲冲的胖老板娘卷起衣袖,在她身旁走来走去,说话声音那么响,闹得瓦尔卡的耳朵里嗡嗡地响。伺候吃饭、洗衣服、缝缝补补,也是苦事。有些时候她恨不得什么也不管,往地下一躺,睡它一觉才好。

白天过去了。瓦尔卡看见窗外黑下来,就按住像木头一样的太阳穴,微微地笑,自己也不知道笑什么。傍晚的幽暗抚摩着她那总也睁不开的眼睛,也许她不久可以美美地睡一觉。晚上,老板家里来了客人。

"瓦尔卡,烧茶炊!"老板娘叫道。

老板家里的茶炊很小,她前后得烧五次,客人才把茶喝够。他们喝完茶,瓦尔卡又呆站了一个钟头,瞧着客人,等候盼咐。

"瓦尔卡,快去买三瓶啤酒来!"

她拔脚就走,极力跑得快点,好赶走她的睡意。

"瓦尔卡,快去买白酒!瓦尔卡,开塞钻在哪儿?瓦尔卡,把青鱼收拾出来!"

最后,客人们总算走了。灯火熄灭,老板夫妇上床睡了。

"瓦尔卡,摇娃娃!"传来最后一道命令。

蟋蟀在火炉里叫。天花板上那块绿色斑点,那些裤子和尿布的阴影,又爬进瓦尔卡半睁半闭的眼睛,不住地向她眨眼,弄得她的脑袋昏昏沉沉。

"睡吧,好好睡,"她哼道,"我来唱个歌儿。……"

那个小娃娃不住地啼哭,哭得声嘶力竭。瓦尔卡又看见那条泥路、背着行囊的人、彼拉盖雅、父亲叶菲木。她什么都明白,个个人都认得,可是在半睡半醒中,她就是弄不明白到底是什么力量捆住她的手脚,压得她透不出气,不容她活下去。她往四下里看,找那种力量,好躲开它,可是她找不着。最后,她累得要死,使出全身力气,睁大眼睛,抬头看那不住摇闪的绿色斑点,听着娃娃的啼哭声,这才找到了那个不容她活下去的敌人。

原来敌人就是那个娃娃。

她笑了。她觉得奇怪：这么一点小事，以前她怎么会没有弄明白？那块绿色斑点、那些阴影、那只蟋蟀好像也在笑，也觉得奇怪似的。

这个错误的念头抓住了瓦尔卡。她从凳子上站起来，畅快地微笑着，在房间里走来走去，连眼睛也不眨一下。她想到马上就可以摆脱这个捆住她手脚的娃娃，不由得感到畅快，心里痒酥酥的。……弄死这个娃娃，然后睡吧，睡吧，睡吧。……

她笑着，挤了挤眼，伸出手指头向那块绿色斑点威胁地摇一下。瓦尔卡悄悄地溜到摇篮那儿，弯下腰去，凑近那个娃娃。她把他掐死后，赶快往地下一躺，高兴得笑起来，因为她可以睡觉了。过了半分钟，她就已经睡熟，跟死人一样了。……

草　原

游　记

一

　　七月里一天清早,有一辆没有弹簧的、破旧的带篷马车驶出某省的某县城,顺着驿路轰隆隆地滚动着,像这种非常古老的马车眼下在俄罗斯只有商人的伙计、牲口贩子、不大宽裕的神甫才肯乘坐。车子稍稍一动就要吱吱嘎嘎响一阵,车后拴着的桶子也来闷声闷气地帮腔。单听这些声音,单看挂在外层剥落的车身上那些寒伧的碎皮子,人就可以断定这辆车子已经老朽,随时会散成一片片了。

　　车上坐着那个城里的两个居民,一个是城里的商人伊万·伊万内奇·库兹米乔夫,胡子剃光,脸上戴着眼镜,头上戴着草帽,看样子与其说像商人,倒不如说像文官,还有一个是神甫赫利斯托福尔·西里斯基,县里圣尼古拉教堂的主持人,也是个小老头子,头发挺长,穿一件灰色的帆布长外衣,戴一顶宽边大礼帽,拦腰系一根绣花的彩色带子。商人在聚精会神地想心事,摇着头,为的是赶走睡意。在他脸上,那种习常的、正正经经的冷淡表情正在跟刚同家属告别、痛痛快快喝过一通酒的人的温和表情争执不下。神甫呢,用湿润的眼睛惊奇地注视着上帝的世界,他的微笑洋溢开来,好像连帽边也挂上了笑。他脸色挺红,仿佛挨了冻一样。他俩,赫利斯托福尔神甫和库兹米乔夫,现在正坐着车子去卖羊毛。刚才跟家人告别,他们饱吃了一顿奶油面包,虽然是大清早,却喝了几盅酒……两个人的心绪都好得很。

除了刚描写过的那两个人和拿鞭子不停地抽那一对脚步轻快的栗色马的车夫杰尼斯卡以外,车上还有一个旅客,那是个九岁的男孩,他的脸给太阳晒得黑黑的,沾着泪痕。这是叶戈鲁什卡[①],库兹米乔夫的外甥。承舅舅许可,又承赫利斯托福尔神甫好心,他坐上车子要到一个什么地方去进学校。他妈妈奥莉迦·伊万诺芙娜是一个十品文官的遗孀,又是库兹米乔夫的亲姐姐,喜欢念过书的人和上流社会,托她兄弟出外卖羊毛的时候顺便带着叶戈鲁什卡一路去,送他上学。现在这个男孩自己也不知道自己上哪儿去,为什么要去,光是坐在车夫的座位上,挨着杰尼斯卡,抓住他的胳膊肘,深怕摔下去。他的身子跳上跳下,像是放在茶炊顶盖上的茶壶。由于车子走得快,他的红衬衫的背部鼓起来,像个气泡。他那顶新帽子插着一根孔雀毛,像是车夫戴的帽子,不住地溜到后脑壳上去。他觉得自己是个最不幸的人,恨不得哭一场才好。

马车路过监狱,叶戈鲁什卡瞧了瞧在高高的白墙下面慢慢走动的哨兵,瞧了瞧钉着铁格子的小窗子,瞧了瞧在房顶上闪光的十字架,想起来上个星期在喀山圣母节他跟妈妈一块儿到监狱教堂去参加守护神节典礼,又想起来那以前在复活节他跟厨娘柳德米拉和杰尼斯卡一块儿到监狱去过,把复活节的面包、鸡蛋、馅饼、煎牛肉送给犯人们,犯人们就道谢,在胸前画十字,其中有个犯人还把亲手做的一副锡袖扣送给叶戈鲁什卡呢。

---

① 叶戈鲁什卡和下文的叶戈尔卡都是叶戈尔的爱称。

这个男孩凝神瞧着那些熟地方,可恨的马车却飞也似地跑过去,把它们全撇在后面了。在监狱后面,那座给烟熏黑的打铁店露了露头,再往后去是一个安适的绿色墓园,周围砌着一道圆石子墙。白十字架和白墓碑快活地从墙里面往外张望。它们掩藏在苍翠的樱桃树中间,远远看去像是些白斑点。叶戈鲁什卡想起来每逢樱桃树开花,那些白斑点就同樱桃花混在一起,化成一片白色的海洋。等到樱桃熟透,白墓碑和白十字架上就点缀了许多紫红的小点儿,像血一样。在围墙里的樱桃树荫下,叶戈鲁什卡的父亲和祖母季娜伊达·丹尼洛芙娜一天到晚躺在那儿。祖母去世后,装进一口狭长的棺材,用两个五戈比的铜板压在她那不肯合起来的眼睛上。在她去世以前,她是活着的,常从市场上买回松软的面包,上面撒着罂粟籽。现在呢,她睡了,睡了……

墓园后面有一个造砖厂在冒烟。从那些用茅草铺盖的、仿佛紧贴在地面上的长房顶下面,一大股一大股浓重的黑烟冒出来,懒洋洋地升上去。造砖厂和墓园上面的天空一片阴暗,一股股烟子投下的大阴影爬过田野和道路。有些人和马在那些房顶旁边的烟雾里走动,周身扑满红灰……

到造砖厂那儿,县城算是到了尽头,这以后就是田野了。叶戈鲁什卡向那座城最后看了一眼,拿脸贴着杰尼斯卡的胳膊肘,哀哀地哭起来……

"哼,还没嚎够,好哭鬼!"库兹米乔夫说,"又一把鼻涕一把眼泪了,娇孩子!既是不想去,就别去。谁也没有硬拉着你去!"

"得了,得了,叶戈尔小兄弟,得了……"赫利斯托福尔神甫很快地唠叨着说,"得了,小兄弟……求主保佑吧……你这一去,又不是于你有害,而是于你有益。俗话说得好:学问是光明,愚昧是黑暗……真是这样的。"

"你想回去吗?"库兹米乔夫问。

"想……想……"叶戈鲁什卡呜咽着,回答说。

"那就回去吧。反正你也是白走一趟,正好应了那句俗话:为了吃一匙果冻,赶了七里路。"

"得了,得了,小兄弟……"赫利斯托福尔神甫接着说,"求主保佑吧……罗蒙诺索夫①当初也是这样跟渔夫一块儿出门,后来却成了名满欧洲的人物。智慧跟信仰合在一块儿,就会结出上帝所喜欢的果实。祷告词上是怎样说的?荣耀归于创世主,使我们的双亲得到安慰,使我们的教堂和祖国得益……就是这样的。"

"那益处往往并不一样……"库兹米乔夫说,点上一支便宜的雪茄烟,"有的人念上二十年书,也还是没念出什么道理来。"

"这种事也是有的。"

"学问对有些人是有益处,可是对另一些人,反倒搅乱了他们的脑筋。我姐姐是个不懂事的女人,她一心要过上流人那种日子,想把叶戈尔卡栽培成一个有学问的人,却不明白我可以教叶戈尔卡做我这行生意,美满地过上一辈子。我干脆跟你说吧:要是人人都去求学,想做上流人,那就没有人做生意,种庄稼了。大家就都要饿死了。"

"不过要是人人都做生意,种庄稼,那就没有人懂得学问了。"

库兹米乔夫和赫利斯托福尔神甫想到双方都说了一句叫人信服的、有分量的话,就做出严肃的面容,一齐嗽了嗽喉咙。杰尼斯卡听他们讲话,一个字也没听懂,就摇摇头,微微欠起身子,拿鞭子抽那两匹栗色马。随后是沉默。

这当儿,旅客眼前展开一片平原,广漠无垠,被一道连绵不断的冈峦切断。那些小山互相挤紧,争先恐后地探出头来,合成一片

---

① 罗蒙诺索夫(1711—1765),俄国启蒙运动杰出的倡导者,科学家和诗人,出身于渔民家庭。

高地,在道路右边伸展出去,直到地平线,消失在淡紫色的远方。车子往前走了又走,却无论如何也看不清平原从哪儿开的头,到哪儿为止……太阳已经从城市后面探出头来,正悄悄地、不慌不忙地干它的活儿。起初他们前面,远远的,在天地相接的地方,靠近一些小坟和远远看去像是摇着胳膊的小人一样的风车的地方,有一道宽阔而耀眼的黄色光带沿地面爬着,过一会儿,这道光带亮闪闪地来得近了一点,向右爬去,搂住了群山。不知什么温暖的东西碰到了叶戈鲁什卡的背脊。原来有一道光带悄悄从后面拢过来,掠过车子和马儿,跑过去会合另一条光带。忽然,整个广阔的草原抖掉清晨的朦胧,现出微笑,闪着露珠的亮光。

割下来的黑麦、杂草、大戟草、野麻,本来都晒得枯黄,有的发红,半死不活,现在受到露水的滋润,遇到阳光的爱抚,活转来,又要重新开花了。小海雀在大道上面的天空中飞翔,快活地叫唤。金花鼠在青草里互相打招呼。左边远远的,不知什么地方,凤头麦鸡在哀叫,一群山鹬被马车惊动,拍着翅膀飞起来,柔声叫着"特尔尔尔",向山上飞去。螽斯啦、蟋蟀啦、蝉啦、蝼蛄啦,在草地里发出一阵阵吱呀吱呀的单调乐声。

可是过了一会儿,露水蒸发了,空气停滞了,被欺骗的草原现出七月里那种无精打采的样子,青草耷拉下来,生命停止了。太阳晒着的群山,现出一片墨绿色,远远看去呈浅紫色,带着影子一样的宁静情调;平原,朦朦胧胧的远方,再加上像拱顶那样笼罩一切,在没有树木、没有高山的草原上显得十分深邃而清澄的天空,现在都显得无边无际,愁闷得麻木了……

多么气闷,多么扫兴啊!马车往前跑着,叶戈鲁什卡看见的却老是那些东西:天空啦,平原啦,矮山啦……草地里的乐声静止了。小海雀飞走,山鹬不见了。白嘴鸦闲着没事干,在凋萎的青草上空盘旋,它们彼此长得一样,使得草原越发单调了。

一只老鹰贴近地面飞翔,均匀地扇动着翅膀,忽然在空中停住,仿佛在思索生活的乏味似的,然后拍起翅膀,箭也似的飞过草原,谁也说不清它为什么飞,它需要什么。远处,一架风车在摇着翼片……

为了添一点变化,杂草里偶尔闪出一块白色的头盖骨或者鹅卵石。时不时的现出一块灰色的石像,或者一棵干枯的柳树,树梢上停着一只蓝色的乌鸦。一只金花鼠横窜过大道,随后,在眼前跑过去的,又只有杂草、矮山、白嘴鸦。……

可是,末后,感谢上帝,总算有一辆大车载着一捆捆的庄稼迎面驶来。大车顶上躺着一个姑娘。她带着睡意,热得四肢无力,抬起头来,看一看迎面来的旅客。杰尼斯卡对她打个呵欠,栗色马朝那些粮食伸出鼻子去。马车吱吱嘎嘎响着,跟大车亲一个嘴,带刺的麦穗像笤帚似的扫过赫利斯托福尔神甫的帽子。

"你把车子赶到人家身上来了,胖丫头!"杰尼斯卡叫道,"嘿,好肥的脸蛋儿,好像给黄蜂螫了似的!"

姑娘带着睡意微笑,动了动嘴唇,却又躺下去了……这时候山上出现一棵孤零零的白杨树。这是谁种的?它为什么生在那儿?上帝才知道。要想叫眼睛离开它那苗条的身材和绿色的衣裳,却是困难的。这个美人儿幸福吗?夏天炎热,冬天严寒,大风大雪,到了可怕的秋夜,只看得见黑暗,除了撒野的怒号的风以外什么也听不见,顶糟的是一辈子孤孤单单……过了那棵白杨树,一条条麦田从大道直伸到山顶,如同耀眼的黄地毯一样。山坡上的麦子已经割完,捆成一束束,山麓的麦田却刚在收割……六个割麦人站成一排,挥动镰刀,镰刀明晃晃地发亮,一齐合着拍子发出"夫希!夫希!"的声音。从捆麦子的农妇的动作,从割麦人的脸色,从镰刀的光芒可以看出溽暑烘烤他们,使他们透不出气来。一条黑狗吐出舌头从割麦人那边迎着马车跑过来,多半想要吠叫一阵吧,可是跑到半路上却站住,淡漠地看那摇着鞭子吓唬它的杰尼斯卡。天热得狗都不肯叫了!一个农妇直起腰来,把两只手放到酸痛的背上,眼睛盯紧叶戈鲁什卡的红布衬衫。究竟是衬衫的红颜色中了她的意呢,还是使她想起了她的子女,那就不知道了,总之,她站在那儿一动也不动,呆呆地瞧了他很久……

可是这时候麦田过去了。眼前又伸展着干枯的平原、太阳晒着的群山、燥热的天空。又有一只老鹰在地面上空飞翔。远处,跟先前一样,一架风车在转动叶片,看上去仍旧像是一个小人在摇胳膊。老这么瞧着它怪腻味的,仿佛永远走不到它跟前似的,又仿佛它躲着马车,往远处跑去了。

赫利斯托福尔神甫和库兹米乔夫一声也不响。杰尼斯卡不时拿鞭子抽枣红马,向它们嚷叫。叶戈鲁什卡不再哭了,冷淡地瞧着四周。炎热和草原的单调弄得他没精神了。他觉得好像已经坐着车走了很久,颠动了很久,太阳把他的背烤了很久似的。他们还没走出十俄里,他就已经在想:"现在总该停下来休息了!"舅舅脸上的温和表情渐渐消失,只留下正正经经的冷漠,特别是在他脸上戴着眼镜,鼻子和鬓角扑满灰尘的时候,总是给那张刮光胡子的瘦脸添上凶狠无情像拷问者一样的神情。赫利斯托福尔神甫却一直不变,始终带着惊奇的神情瞧着上帝创造的这个世界,微微笑着。他一声不响,正在思忖什么快活而美好的事情,脸上老是带着善意的温和笑容。仿佛美好快活的思想也借了热力凝固在他的脑袋里似的……

"喂,杰尼斯卡,今天我们追得上那些货车队吗?"库兹米乔夫问道。

杰尼斯卡瞧了瞧天空,欠起身子拿鞭子抽马,然后才答道:

"到夜里,要是上帝高兴,我们就会追上……"

传来狗叫的声音,六条草原上的高大的看羊狗,仿佛本来埋伏着,现在忽然跳出来,凶恶地吼叫着,朝着马车跑来。它们这一伙儿都非常凶,生着毛茸茸的、蜘蛛样的嘴脸,眼睛气得发红,把马车团团围住,争先恐后地挤上来,发出一片嘶哑的吼叫声。它们满心是恨,好像打算把马儿、马车、人一齐咬得粉碎似的……杰尼斯卡素来喜欢耍弄狗,喜欢拿鞭子抽狗,一看机会来了,高兴得很,脸上露出幸灾乐祸的表情,弯下腰去,挥起鞭子抽打着看羊狗。那些畜生叫得更凶了,马儿仍旧飞跑。叶戈鲁什卡好不容易才在座位上坐稳,他眼望着狗的眼睛和牙齿,心里明白:他万一摔下去,它们马上就会把他咬得粉碎。可是他并不觉得害怕,他跟杰尼斯卡一样幸灾乐祸地瞧着它们,惋惜自己手里没有一根鞭子。

马车碰到了一群绵羊。

"站住!"库兹米乔夫叫道,"拉住缰!呀!……"

杰尼斯卡就把全身往后一仰,勒住枣红马。马车停了。

"走过来!"库兹米乔夫对牧羊人叫道,"把狗喊住,这些该死的东西!"

老牧羊人衣服破烂,光着脚,戴着一顶暖和的帽子,腰上挂着一个脏包袱,手里拄一根尖端有个弯钩的长拐杖,活像《旧约》上的人物。他喊住狗,脱下帽子,走到马车跟前。另一个同样的《旧约》上的人物一动不动地站在羊群的另一头,漠不关心地瞅着这些旅客。

"这群羊是谁的?"库兹米乔夫问道。

"瓦尔拉莫夫的!"老人大声回答。

"瓦尔拉莫夫的!"站在羊群另一头的牧羊人也这样说。

"昨天瓦尔拉莫夫从这条路上经过没有?"

"没有……老爷……他的伙计路过这里来着,这是实在的……"

"赶车走吧!"

马车往前驶去,牧羊人和他们的恶狗留在后面了。叶戈鲁什卡不高兴地瞧着前面淡紫色的远方,渐渐觉得那摇动翼片的风车好像近一点了。那风车越来越大,变得十分高大,已经可以看清它的两个翼片了。一个翼片旧了,打了补丁,另一个是前不久用新木料做的,在太阳底下亮闪闪的。

马车一直往前走。风车却不知为什么,往左边退下去。他们走啊走的,风磨一个劲儿往左退,不过没有消失,还是看得见。

"博尔特瓦替儿子开了一个多好的磨坊呀!"杰尼斯卡说。

"怎么看不见他的庄子?"

"庄子在那边,在山沟后边。"

博尔特瓦的庄子很快就出现了,可是风车还是没有往后退,还是没有留在后面。仍旧用它那发亮的翼片瞅着叶戈鲁什卡,不住地摇动。好一个魔法师!

二

天近中午,马车离开大道,往右拐弯,缓缓地走了几步,站住了。叶戈鲁什卡听到一种柔和的、很好听的淙淙声,觉得脸上碰到一股不同的空气,像是一块凉爽的天鹅绒。前面是大自然用奇形怪状的大石头拼成的小山,水从那里通过不知哪位善人安在那儿的一根用鼠芹做成的小管子流出来,成为一股细流。水落到地面上,清澈,欢畅,在太阳下面发亮,发出轻微的淙淙声,很快地流到左面什么地方去,好像自以为是一条汹涌有力的激流似的。离小山不远的地方,这条小溪变宽,成了一个小水池。炽热的阳光和干焦的土地贪馋地喝着池里的水,吸尽了它的力量。可是再过去一点,那小水池大概跟另一条这样的小溪会合了,因为离小山百步开外,沿着那条小溪,长着稠密茂盛的薹草,一片苍翠。马车驶过去的时候,从那里面飞出三只鹬来,啾啾地叫。

旅客在溪边下车休息,喂马。库兹米乔夫、赫利斯托福尔神甫、叶戈鲁什卡,在马车和卸下来的马所投射的淡淡阴影里铺好一条毡子,坐下吃东西。借了热力凝固在赫利斯托福尔神甫脑袋里的美好快活的思想,在他喝了一点水、吃了一个熟鸡蛋以后,就要求表达出来。他朝叶戈鲁什卡亲热地看一眼,嘴里嚼着,开口了:

"我自己也念过书,小兄弟。从很小的年纪起,上帝就赐给我思想和观念,因而我跟别人不一样,还只有你这样大的时候就已经凭了我的才智给爹娘和教师不少安慰了。我没满十五岁就会讲拉丁语,用拉丁文做诗,跟讲俄语、用俄文做诗一样好。我记得我做过主教赫利斯托福尔的执权杖的侍从。有一次,我现在还记得那是已故的、最最虔诚的亚历山大·帕夫洛维奇皇上的命名日,主教做完弥撒,在祭坛上脱掉法衣,亲切地看着我,问道:'Puer boen, quam appellaris?'①我回答:'Christophorus Sum.'②他就说:'Ergo conninati summus.'那是说,我们是同名的人……然后他用拉丁语问:'你是谁的儿子?'我也用拉丁语回答说,我是列别金斯克耶村的助祭西利伊斯基的儿子。他老人家看见我对答如流,而又清楚,就为我祝福,说:'你写信告诉你父亲,说我不会忘记提拔他,也会好好照应你。'站在祭坛上的大司祭和神甫们听见我们用拉丁语谈话,也十分惊奇,人人称赞我,都很满意。小兄弟,我还没生胡子就已经会读拉丁文、希腊文、法文的书籍,学过哲学、数学、俗世的历史和各种学科了。上帝赐给我的记性可真惊人。一篇文章我往往只念过两遍,就背得出来。我的教师和保护人都奇怪,料着我将来会成为一个大学者,成为教会的明灯。我自己也真打算到

---

① 拉丁语:好孩子,你叫什么名字?
② 拉丁语:我叫赫利斯托福尔。

基辅去继续求学,可是爹娘不赞成。'你想念一辈子的书,'我爹说,'那我们要等到你什么时候呢?'听到这些话,我就不再念书,而去找事做了。当然,我没成为学者,不过呢,我没忤逆爹娘,到他们老年给了他们安慰,给他们很体面地下了葬。听话,比持斋和祷告更要紧呢!"

"您那些学问现在恐怕已经忘光了吧!"库兹米乔夫说。

"怎么会不忘光?谢谢上帝,我已经七十多岁了!哲学和修辞学我多少还记得一点,可是外国语和数学我都忘光了。"

赫利斯托福尔神甫眯细眼睛,沉思一下,低声说:

"本体是什么?本体是自在的客体,不需要别的东西来完成它。"

他摇摇头,感动地笑了。

"精神食粮!"他说,"确实,物质滋养肉体,精神食粮滋养灵魂啊!"

"学问归学问,"库兹米乔夫叹道,"不过要是我们追不上瓦尔拉莫夫,学问对于我们也就没有多大好处了。"

"人又不是针,我们总会找到他的。现在他正在这一带转来转去。"

他们先前见过的那三只鹬,这时候在薹草上面飞着,在它们啾啾的叫声中可以听出惊慌和烦恼的调子,因为人家把它们从小溪那儿赶走了。马庄重地咀嚼着,喷着鼻子。杰尼斯卡在它们身旁走来走去,极力装得完全没理会主人们正在吃的黄瓜、馅饼、鸡蛋,一心一意地扑打那些粘满马背和马肚子的马虻和马蝇。他无情地拍死那些受难者,喉咙里发出一种特别的、又恶毒又得意的声音。每逢没打中,他就烦恼地噘一噘喉咙,盯住那只运气好、逃脱了死亡的飞虫。

"杰尼斯卡,你在那儿干什么!来吃东西啊!"库兹米乔夫说,深深地吁一口气,那意思是说,他已经吃饱了。

杰尼斯卡忸怩地走到毡子跟前,拿了五根又粗又黄、俗语所说的"老黄瓜"(他不好意思拿细一点儿、新鲜一点儿的),拿了两个颜色发黑、裂了口的煮鸡蛋,然后犹犹豫豫、仿佛担心自己伸出去的手会挨打似的,手指头碰了碰甜馅饼。

"拿去吧,拿去吧!"库兹米乔夫催他说。

杰尼斯卡坚决地拿起馅饼,走到旁边远一点的地方,在地上坐下,背对着马车。马上传来了非常响的咀嚼声,连马也回转头去怀疑地瞧了瞧杰尼斯卡。

吃完饭,库兹米乔夫从马车上拿下一个装着什么东西的袋子,对叶戈鲁什卡说:

"我要睡了,你小心看好,别让人家从我脑袋底下把这袋子抽了去。"

赫利斯托福尔神甫脱掉法衣,解了腰带,脱下长外衣,叶戈鲁什卡瞧着他,惊呆了。他怎么也没料到神甫也穿裤子,赫利斯托福尔却穿着帆布裤子,裤腿掖在高统靴子里,还穿着一件花粗布的又短又瘦的上衣。叶戈鲁什卡瞧着他,觉得他穿着这身跟他尊严的地位很不相称的衣服,再配上他的长头发和长胡子,看上去很像鲁滨孙·克鲁梭①。库兹米乔夫和赫利斯托福尔神甫脱下外衣,面对面在马车下面的阴影里躺下来,闭上眼睛。杰尼斯卡嚼完吃食,在太阳地里仰面朝天躺下,也闭上眼睛。

"小心看好,别让人家把马牵去!"他对叶戈鲁什卡说,立刻就睡着了。

一片沉静。什么声音也没有,只听见马在喷鼻子、嚼吃食,睡觉的人在打鼾。远处不知什么地方,有一只凤头麦鸡在悲鸣。有

---

① 英国文学家笛福(1661—1731)所著《鲁滨孙漂流记》中的主人公。

时候,那三只鹬发出啾啾的叫声,飞过来看一看这些不速之客走了没有。溪水潺潺地流着,声音轻柔温和,不过这一切并没有打破寂静,也没有惊动停滞的空气,反倒使得大自然昏昏睡去了。

叶戈鲁什卡吃过东西以后觉得天气特别闷热,热得喘不过气来,就跑到薹草那边去,在那儿眺望左近一带地方。他这时候看见的跟早晨看见的一模一样,无非是平原啦、矮山啦、天空啦、淡紫色的远方啦。不过山近了一点,风车不见了,它已经远远地落在后面了。在流出溪水的那座乱石山背后,耸起另一座小山,平得多,也宽得多。山上有一个不大的村子,住着五六户人家。在那些农舍四周,看不见有人,有树,有阴影,仿佛那村子在炎热的空气中透不出气来,正在干枯似的。叶戈鲁什卡没有事可干,就在青草里捉住一只蟋蟀,把它放在空拳头里,送到耳朵旁边,听那东西奏它的乐器,听了很久。等到听腻它的音乐,他就去追一群黄蝴蝶,那群蝴蝶往薹草中间牲畜饮水的地方飞去。他追啊追的,自己也没有留意又回到马车旁边来了。他舅舅和赫利斯托福尔神甫睡得正酣,他们一定还要睡两三个钟头,等马休息过来为止……他怎样打发这么长的一段时间呢?他上哪儿去躲一躲炎热呢?真是个难题……叶戈鲁什卡不由自主地把嘴凑到水管口上接那流出来的水;他的嘴里一阵清凉,并且有鼠芹的味道。起初,他起劲地喝,后来就勉强了,他一直喝到一股尖锐的清凉感觉从他的嘴里散布到全身,水浇湿了他的衬衫才罢休。然后他走到马车跟前,端详那些睡熟的人。舅舅的脸跟往常一样现出正正经经的冷淡表情。库兹米乔夫热中于自己的生意,因此哪怕在睡梦中或者在教堂里做祷告,听人家唱"他们啊小天使"的时候,也总是想着自己的生意,一刻也忘不掉,现在他多半梦见了一捆捆羊毛、货车、价钱、瓦尔拉莫夫……赫利斯托福尔神甫呢,是个温和的、随随便便的、喜欢说笑的人,一辈子也没体会到有什么事业能够像蟒蛇那样缠住他的灵魂。

在他生平干过的为数众多的行业中,吸引他的倒不是行业本身,而是从事各种行业所必需的奔忙以及跟人们的周旋。因此,在眼前这次远行中,使他发生兴趣的并不是羊毛、瓦尔拉莫夫、价钱,而是长长的旅程、路上的谈天、马车底下的安睡、不按时间的进餐……现在,从他的脸容看来,他梦见的一定是主教赫利斯托福尔、拉丁语的谈话、他的妻子、奶油面包以及库兹米乔夫绝不会梦见的种种东西。

叶戈鲁什卡正在瞧他们那睡熟的脸容,不料听见了轻柔的歌声。远处不知什么地方,有个女人在唱歌,至于她究竟在哪儿,在哪个方向,却说不清。歌声低抑,冗长,悲凉,跟挽歌一样,听也听不清楚,时而从右边传来,时而从左边传来,时而从上面传来,时而从地下传来,仿佛有个肉眼看不见的幽灵在草原上空飞翔和歌唱。叶戈鲁什卡看一看四周,闹不清古怪的歌声是从哪儿来的。后来他仔细一听,觉得必是青草在唱歌。青草半死不活,已经凋萎,它的歌声中没有歌词,然而悲凉恳切地向什么人述说着,讲到它自己什么罪也没有,太阳却平白无故地烧烤它。它口口声声说它热烈地想活下去,它还年轻,要不是因为天热,天干,它会长得很漂亮,它没罪,可是它又求人原谅,还赌咒说它难忍难挨地痛苦,悲哀,可怜自己……

叶戈鲁什卡听了一阵,觉得这悲凉冗长的歌声好像使得空气更闷,更热,更停滞了……为了要盖没这歌声,他就哼着歌儿,使劲顿着脚跑到薹草那儿去。在那儿,他往四面八方张望,这才看见了唱歌的人。在小村尽头一个农舍附近,站着一个农妇,穿一件短衬衣,腿脚挺长,跟苍鹭一样,正在筛什么东西,她的筛子底下有一股白色的粉末懒洋洋地顺着山坡洒下来。现在看得明白,就是她在唱歌。离她一俄丈远,站着一个没戴帽子,穿一件女衬衣的小男孩,一动也不动。他仿佛给歌声迷住了似的,呆站在那里,瞧着下面什么地方,大概在瞧叶戈鲁什卡的红衬衫吧。

歌声中止了。叶戈鲁什卡溜达着走回马车这边来,没什么事可干,又到流水的地方喝水去了。

又传来了冗长的歌声。还是山那边村子里那个长腿的农妇唱的。叶戈鲁什卡的烦闷无聊的心情忽然又回来了。他离开水管,抬头往上看。他这一看,真是出乎意外,不由得有点惊慌。原来他脑袋的上方,在一块笨重的大石头上,站着个胖乎乎的小男孩,只穿一件衬衫,鼓起大肚子,两腿很细,就是原先站在农妇旁边的那个男孩。他张大嘴,眼也不眨地瞧着叶戈鲁什卡的红布衬衫和马车,眼光里带着呆滞的惊奇,甚至带着点恐怖,仿佛眼前看见的是从另一个世界来的鬼魂。衬衫的红颜色引诱他,打动他的心。马车和睡在马车底下的人勾起他的好奇心。也许他自己也没觉得那好看的红颜色和好奇心把他从小村子里引下来,这时候他大概在奇怪自己胆子大吧。叶戈鲁什卡瞧了他很久,他也瞧了叶戈鲁什卡很久。他俩一声不响,觉得有点别扭。沉默很久以后,叶戈鲁什卡问:

"你叫什么名字?"

陌生的孩子的脸颊比先前更往外鼓。他把背贴着石头,睁大眼睛,努动嘴唇,用沙哑的低音回答说:

"基特!"

两个孩子彼此没有再说话。神秘的基特又沉默了一阵,然后仍旧拿眼睛盯紧叶戈鲁什卡,同时用脚后跟摸索到一块可以下脚的地方,顺势登到石头上,从那儿他一面往后退,一面凝神瞧着叶戈鲁什卡,好像害怕他会从背后打他似的。他又登上一块石头,照这样一路爬上去,直到爬过山顶,完全看不见了为止。

叶戈鲁什卡用眼睛送走他以后,伸出胳膊搂着膝盖,低下了头……炎阳晒着他的后脑壳、脖子、背脊。悲凉的歌声一会儿消失,一会儿又在停滞而闷热的空气里飞过。小溪单调地潺潺响,马嚼吃食,时间无穷无尽地拖下去,好像也呆住不动了似的。仿佛从早晨到现在,已经过了一百年……难道上帝要叫叶戈鲁什卡、马车、马儿,在这空气里呆住,跟那些山似的变成石头,永远定在一个地方?

叶戈鲁什卡抬起头来,用无精打采的眼睛看着前面;淡紫色的远方在这以前原本稳稳不动,现在却摇晃起来,随同天空一齐飞到更远的什么地方去了……它顺带把棕色的野草、薹草拉走,叶戈鲁什卡跟在奔跑的远方的后面非常快地追着。有一种力量一声不响地拖着他不知往什么地方去,炎热和使人烦闷的歌声在后面追随不舍。叶戈鲁什卡垂下头,闭上了眼睛……

杰尼斯卡第一个醒过来。不知什么东西螫了他一下,因而他跳起来,急忙搔自己的肩膀,说:

"该死的鬼东西!巴不得叫你咽了气才好!"

然后他走到溪旁,喝饱水,洗了很久的脸。他的喷气声和泼水声把叶戈鲁什卡从昏睡中惊醒。男孩瞧着他那挂着一颗颗水珠、点缀着大雀斑、像大理石一样的湿脸,问道:

"我们马上要走了?"

杰尼斯卡看一眼高高挂在天空的太阳,回答道:

"大概马上就要走了。"

他用衬衫的下襟擦干脸,做出很严肃的脸相,用一条腿跳来跳去。

"来,看咱俩谁先跑到薹草那儿!"他说。

叶戈鲁什卡给炎热和困倦弄得一点劲儿也没有,可是他还是跟着他跳。杰尼斯卡已经将近二十岁,当了马车夫,就要结婚了,可是还没脱尽孩子气。他很喜欢放风筝,放鸽子,玩羊拐,追人,老是加入孩子们的游戏和争吵。只要主人一走开,或者睡了,杰尼斯卡就玩起来,比如用一条腿跳啊,丢石子啊。凡是成年人,看见他真心诚意、十分入迷地跟大孩子们一起蹦蹦跳跳,谁也忍不住要说:"好一个蠢材!"孩子们呢,看见这个大车夫闯进他们的世界里来,却不觉得奇怪:让他来玩好了,只要不打架就成!这就好比小狗看见一只热心的大狗跑过来,开始跟它们一块儿玩耍,它们也不会觉着有什么可奇怪的。

杰尼斯卡赶过了叶戈鲁什卡,而且分明因此很满意。他眯了眯眼,为了夸耀自己可以用一条腿跳到随便多么远去,就向叶戈鲁什卡提议要不要顺着大路跳,然后一刻也不休息,再从大路上跳回马车这边来。叶戈鲁什卡谢绝了他的提议,因为他喘得厉害,一点劲儿也没有了。

忽然,杰尼斯卡做出很庄重的脸色,就连库兹米乔夫骂他或者向他摇手杖的时候,他都没有这样过。他注意地听着,悄悄地屈一个膝头跪下去,他的脸上现出严厉和惊恐的表情,人只有在听到异教邪说的时候才会有那样的表情。他用眼睛盯紧一个地方,慢慢地抬起一只手来握成一个空拳头,忽然扑下去,肚子贴着地面,空拳头扣在青草上。

"逮住了!"他得意地喘着气说,站起来,把一只大蟊斯举到叶戈鲁什卡眼前。

叶戈鲁什卡和杰尼斯卡用手指头摸了摸蟊斯那宽阔的绿背,碰一碰它的触须,以为这样会使得它感到舒服。然后杰尼斯卡捉到一个吸足了血的肥马蝇,送给蟊斯吃。蟊斯爱理不理,好像跟杰尼斯卡早就相熟一样,活动着像护眼甲那样的大下巴,一口咬掉了马蝇的肚子。他们放了蟊斯。它把翅膀的粉红色里层闪了一闪,跳进草里去了,立刻唧唧地唱起歌来。他们把马蝇也放了。它张开翅膀,尽管没有肚子,却仍旧飞到马身上去了。

马车底下传来深长的叹气声。那是库兹米乔夫醒来了。他连忙抬起头来,不安地瞧一瞧远方,他的眼光漠不关心地掠过叶戈鲁什卡和杰尼斯卡;从他的眼光看得出,他一醒来就想起了羊毛和瓦尔拉莫夫。

"赫利斯托福尔神甫,起来,到时候了!"他着急地说,"别睡了,已经睡得误了事!杰尼斯卡,套上马!"

赫利斯托福尔神甫醒来,脸上仍旧带着睡熟时候的笑容。他睡过一觉,脸上起了很多皱纹,以致他的脸好像缩小了一半似的。洗完脸,穿好衣服以后,他不慌不忙地从衣袋里拿出一本又小又脏的《诗篇》来,脸朝东站着,低声念起来,在胸前画十字。

"赫利斯托福尔神甫!"库兹米乔夫责备地说,"该走了,马已经套好,您呢,真是的……"

"马上就完,马上就完……"赫利斯托福尔神甫嘟哝着说,"圣诗总得念……今天还没念过呢。"

"留着以后再念也可以嘛。"

"伊万·伊万内奇,这是我每天的规矩……不能不念。"

"上帝不会惩罚您的。"

赫利斯托福尔神甫脸朝东,一动也不动地站了足足一刻钟,努动嘴唇;库兹米乔夫几乎带着痛恨的神情瞧着他,不耐烦地耸动着肩膀。特别惹他冒火的是,赫利斯托福尔神甫每次念完赞美辞总要吸进一口气,很快地在身上画十字,而且故意提高声音连念三次,好叫别人也在身上画十字:"阿利路亚①,阿利路亚,阿利路亚!赞美吾主!"

末后,赫利斯托福尔神甫微微一笑,抬起眼睛望着天空,把《诗篇》放回口袋里,说:

---

① 犹太教习用的欢呼语,后为基督教沿用,意为"赞美上帝"。

"Fini!"①

过了一分钟,马车在大道上走动起来。马车仿佛在往回走,不是往前走似的,旅客们看见的景致跟中午以前看见的一模一样。群山仍旧深藏在紫色的远方,看不见它们的尽头。眼前不住地闪过杂草和石头。一片片残梗断株的田地掠过去,然后仍旧是些白嘴鸦,仍旧是一只庄重地拍着翅膀、在草原上空盘旋的鹧鹰。由于炎热和沉静,空气比先前更加停滞了。驯顺的大自然在沉静中麻木了……没有风,没有欢畅新鲜的声音,没有云。

可是末后,等到太阳开始西落,草原、群山、空气却已经受不了压迫,失去耐性,筋疲力尽,打算挣脱身上的枷锁了。出乎意外,一团蓬松的、灰白的云从山后露出头来。它跟草原使了个眼色,仿佛在说:"我准备好了。"天色就阴下来了。忽然,在停滞的空气里不知有什么东西爆炸开来;猛然刮起一阵暴风,在草原上盘旋,号叫,呼啸。立刻,青草和去年的枯草发出怨诉声,灰尘在大道上卷成螺旋,奔过草原,一路裹走麦秸、蜻蜓、羽毛,像是一根旋转的黑柱子,腾上天空,遮暗了太阳。在草原上,四面八方,风滚草跟跟跄跄,跳跳蹦蹦奔跑不停,其中有一株给旋风裹住,跟小鸟那样盘旋着,飞上天空,变成一个黑斑点,不见了。这以后,又有一株飞上去,随后第三株飞上去,叶戈鲁什卡看见其中两株在蓝色的高空碰在一起,互相扭住,仿佛在角力似的。

大道旁边有一只小鸨在飞。它拍着翅膀,扭动尾巴,浸在阳光里,看样子像是钓鱼用的那种小鱼形的金属鱼钩,或者像一只池塘上的小蝴蝶,在掠过水面的时候,翅膀和触须分不清楚,好像前后左右都生出了触须……小鸨在空中颤抖,好像一只昆虫,现出花花绿绿的颜色,直线样飞上高空,然后大概给尘雾吓住,往斜刺里飞

---

① 拉丁文:完了!

去,很久还看得见它一闪一闪地发亮……

这当儿,一只秧鸡受了旋风的惊吓,不知道出了什么事,从草地里飞起来。它不像所有的鸟那样逆着风飞,而是顺着风飞,因此它的羽毛蓬蓬松松,全身膨胀得像母鸡那么大,样子很愤怒,很威武。只有那些在草原上活到老年、习惯了草原上种种纷扰的乌鸦,才镇静地在青草上飞翔,或者冷冷淡淡,什么也不在意,伸出粗嘴啄坚硬的土地。

山后传来沉闷的隆隆雷声,刮起一阵清风。杰尼斯卡欢喜地打了个呼哨,拿鞭子抽马。赫利斯托福尔神甫和库兹米乔夫拉紧帽子,定睛瞧着远山……要是痛痛快快下阵雨,那多好啊!

好像再稍稍加一把劲,再挣扎一下,草原就会占上风了。可是那肉眼看不见的压迫力量渐渐镇住风和空气,压下灰尘,随后像是没出什么事似的,沉寂又回来了。云藏起来,被太阳晒焦的群山皱起眉头,空气驯顺地静下来,只有那些受了惊扰的凤头麦鸡不知在什么地方悲鸣,抱怨命运……

这以后不久,黄昏来了。

三

在昏暗的暮色中出现一所大平房,安着锈得发红的铁皮房顶和黑暗的窗子。这所房子叫做旅店,可是房子旁边并没有院子。它立在草原中央,四周没有遮挡。旁边不远的地方,有一个破败的小樱桃园,四周围着一道篱墙,看上去黑沉沉的。窗子底下立着昏睡的向日葵,耷拉着沉甸甸的脑袋。小樱桃园里有架小风车嘎啦嘎啦响,那里安这么一个东西是为了用那种响声吓退野兔。房子近旁除了草原以外,什么也看不见,听不见。

马车刚刚在有遮檐的门廊前面停住,房子里就传出欢畅的声音,一个是男人的声音,一个是女人的。一扇安着滑轮的门咿咿呀呀地开了,一刹那间马车旁边钻出一个又高又瘦的人,挥着手,摆动着衣服的底襟。这是旅店主人莫伊谢·莫伊谢伊奇,一个脸色很苍白、年纪不很轻的汉子,胡子挺漂亮,黑得跟墨一样。他穿着一件破旧的黑上衣,那件衣服穿在他那窄肩膀上就跟挂在衣架上一样。每逢莫伊谢·莫伊谢伊奇因为高兴或者害怕而拍手,他的衣襟就跟翅膀似地扇动。除了上衣以外,主人还穿着一条肥大的白裤子,裤腿散着,没塞在靴腰里,他还穿着一件丝绒坎肩,上面绣着大臭虫般的棕色花朵。

莫伊谢·莫伊谢伊奇认出了来客是谁,起初感情激动,呆住了,后来拍着手,嘴里哼哼唧唧。他的上衣底襟摆动着,背脊弯成一张弓,苍白的脸皱出一副笑容,仿佛他看见了马车不但觉着快乐,而且欢喜到了痛苦的程度。

"哎呀,我的上帝!哎呀,我的上帝!"他用尖细的、唱歌样的声调说,喘着气,手忙脚乱,他的举动反而妨碍客人走下车来,"今天对我来说是多么快活的日子呀!唉,可是我现在该做点什么呢?伊万·伊万内奇!赫利斯托福尔神甫!车夫座位上坐着一位多么漂亮的小少爷啊,如果我说了假话就叫上帝惩罚我!啊呀,我的上帝,我为什么站在这儿发呆,不领着客人到屋里去?请进请进……欢迎你们光临!把你们的东西全交给我吧……哎呀,我的上帝!"

莫伊谢·莫伊谢伊奇正在马车上搬行李,扶客人下车,忽然扭转身,用着急的、窒息的声音嚷叫起来,好像淹在水里、喊人救命似的:

"索罗蒙!索罗蒙!"

"索罗蒙!索罗蒙!"一个女人的声音在屋里随着叫道。

安着滑轮的门咿咿呀呀地开了,门口出现一个身材不高的年轻犹太人,生着鸟嘴样的大鼻子,头顶光秃,四周生了些很硬的鬃发。他上身穿一件短短的、很旧的上衣,后襟呈圆形,短袖子,下身穿一条短短的紧身裤,因此看上去显得矮小、单薄,像是拔净了毛的鸟。这人就是索罗蒙,莫伊谢·莫伊谢伊奇的弟弟。他默默地向马车走来,现出有点古怪的微笑,没有向旅客问候。

"伊万·伊万内奇和赫利斯托福尔神甫来了!"莫伊谢·莫伊谢伊奇用一种仿佛生怕弟弟不相信的口气说,"哎呀嘿,多么想不到的事情,这些好人一下子都来了!来,搬东西,索罗蒙!请进吧,贵宾!"

过了一会儿,库兹米乔夫、赫利斯托福尔神甫、叶戈鲁什卡已经在一个阴暗的、空荡荡的大房间里,坐在一张旧的柞木桌子旁边了。那桌子几乎孤零零地没个倚傍,因为这个大房间里除了一张蒙着满是窟窿的漆皮的长沙发和三把椅子以外,就再也没有别的家具了。而且,那样的椅子也不见得人人都会叫做椅子。它们只是一种可怜的、看上去像是家具的东西罢了,蒙着破旧不堪的漆皮,椅背不自然地向后猛弯过去,看上去倒跟小孩子们的雪橇十分相像。当初那位无人知晓的细木匠究竟着眼于什么样的舒适才那么无情地弄弯椅背,这是不容易想明白的,人只好想象那不是细木匠的过错,也许是一位力大无比的旅客为了要显一显本事才把它扳弯的,后来再想把它扳正,反而扳得更弯了。房间显得阴森森的。墙壁灰白,天花板和檐板被烟熏黑。地板上有些来历不明的裂缝和窟窿(人们会猜想那也是大力士的脚后跟踩穿的)。看来,即便房间里挂上十盏灯,也仍旧会挺黑。墙壁上或者窗台上没有一点儿像是装饰品的东西。不过有一面墙上挂着一个灰色的木框,装着一张不知什么规章,上面画着双头鹰。另一面墙上也有一个木框,装着一张版画,题着几个字:"人类的淡漠"。究竟人类对什么淡漠,那就闹不清了,因为那张画儿年代过久,画面发黑,布满蝇屎。房间里有一股发霉的酸臭气。

莫伊谢·莫伊谢伊奇一面领着客人走进房间,一面不住地弯腰,拍手,耸肩膀,发出快活的叫声。他认为这些举动是非做不可的,为的是显得非常有礼貌,和气。

"我们的货车什么时候走过这儿的?"库兹米乔夫问他。

"有一队货车是今天一清早走过这儿的,另一队呢,伊万·伊万内奇,是在这儿歇下来吃中饭,黄昏以前才上路的。"

"啊……瓦尔拉莫夫路过这儿没有?"

"没有,伊万·伊万内奇。他的伙计格利戈利·叶戈雷奇,昨天早晨经过这儿,说是今天他大概要到莫罗勘派①的农场去。"

"好。那我们赶紧去追货车,然后上莫罗勘派那么去。"

"上帝保佑,这可使不得,伊万·伊万内奇!"莫伊谢·莫伊谢伊奇惊慌地说,合起掌来,"夜里您还赶什么路?您痛痛快快吃一顿晚饭,在这儿住一宿,明天早晨,求上帝保佑,再去赶路,随您要去追谁就去追谁好了!"

"没这些闲工夫,没这些闲工夫了……对不起,莫伊谢·莫伊谢伊奇,下回再住好了,现在没有工夫。我们坐一刻钟就动身,可以在莫罗勘派那儿过夜。"

"一刻钟!"莫伊谢·莫伊谢伊奇尖叫一声,"您得惧怕上帝才成,伊万·伊万内奇!您这是逼我藏起您的帽子,拿锁来锁上门!您总得吃点什么,喝一点茶呀!"

"我们来不及喝茶吃糖了。"库兹米乔夫说。

莫伊谢·莫伊谢伊奇偏着头,屈着膝盖,把手掌往前伸出去,好像招架别人打来的拳头似的,同时现出痛苦的快乐笑容,开始央

---

① 基督教的一个派别,十八世纪后半期出现于俄国,反对设神甫和教堂。教徒不吃肉,只吃牛奶和鸡蛋。

155

求道：

"伊万·伊万内奇！赫利斯托福尔神甫！求你们赏个光,在我这儿喝杯茶吧。难道我是个坏人,弄得你们在我这里连喝杯茶都不行？伊万·伊万内奇！"

"行,喝杯茶也好,"赫利斯托福尔神甫同情地叹一口气,"反正耽误不了多大工夫。"

"哦,好吧！"库兹米乔夫答应了。

莫伊谢·莫伊谢伊奇一下子来了劲,快活得大叫一声,耸起肩膀,好像刚刚钻出冷水,到了温暖地方似的；他跑到门口去,用先前喊叫索罗蒙所用的那种着急的、窒息的声调喊道：

"罗扎！罗扎！拿茶炊来！"

过了一分钟,门开了,索罗蒙走进房间,两只手端着一个大盘子。他把盘子放在桌上,眼睛讥诮地瞧着别处,仍旧古怪地微笑着。现在,借了灯光,可以看清楚他的笑容了,那笑容是很复杂的,表现许多种情绪,可是其中占主要地位的只有一种,那就是露骨的轻蔑。他仿佛正在想着一件什么可笑而愚蠢的事,正在对一个什么人看不惯、看不起,正在为一件什么事暗暗高兴,正在等个适当的机会用挖苦话讽刺一下,哈哈地笑一阵似的。他的长鼻子、厚嘴唇、狡猾的暴眼睛,好像饱含着大笑的欲望。库兹米乔夫瞧着他的脸,讥诮地微微一笑,问道：

"索罗蒙,今年夏天你为什么不上我们县城来赶集,表演犹太人？"

叶戈鲁什卡记得很清楚,两年前在县城的市集上一个棚子里,索罗蒙说过书,讲犹太人生活的故事,结果十分成功。这件事经人提起后,却没引起索罗蒙什么感触。他一句话也没回答,走出去,过一会儿端着茶炊回来了。

他把桌上的事办完,就站到一旁去,把手交叉在胸口上,伸出一条腿,他那讥讽的眼睛盯紧赫利斯托福尔神甫。他的姿态带点挑衅、傲慢、轻蔑的意味,同时又极可怜,极可笑,因为他的姿态越是显得庄严,他的短裤子,短上衣,滑稽的鼻子,鸟样的、像是拔净了毛的整个身体,也就越发惹眼。

莫伊谢·莫伊谢伊奇从另一个房间里拿来一张凳子,在离桌子稍稍远一点的地方坐下。

"祝你们胃口好!喝茶,吃糖!"他开始忙着招待客人们,"请多用点。这样的稀客,这样的稀客啊。我有五年没见到赫利斯托福尔神甫了。难道没有人肯告诉我这位漂亮的小少爷是谁家的吗?"他温柔地看着叶戈鲁什卡,问道。

"他是我姐姐奥莉迦·伊万诺芙娜的儿子。"库兹米乔夫回答。

"他上哪儿去?"

"上学校去。我们带他去进中学。"

为了表示有礼貌,莫伊谢·莫伊谢伊奇脸上做出惊奇的样子,含有深意地摇头晃脑。

"嘿,这是好事!"他说,朝茶炊摇摇手指头,"这是好事啊!等到你从学校毕业出来,就成了上流人,我们大家见着你就都得脱帽鞠躬了。你将来会变得有学问,有钱,有雄心,妈妈就高兴了。嘿,这是好事!"

他沉默一会儿,摸摸自己的膝头,用半诙谐半尊敬的声调讲起来:

"你得原谅我,赫利斯托福尔神甫,我打算写一封信给主教,告诉他说您打掉商人的饭碗了。我要拿一张公文纸,写道:赫利斯托福尔神甫大概短钱用,因为他做生意,卖起羊毛来了。"

"不错,我这么大的年纪,真是异想天开……"赫利斯托福尔神甫说,笑起来,"老弟,我不做神甫而改行做商人了。现在我本该坐在家里,向上帝祷告,可是我坐着车子东跑西颠,像坐着战车的'法老'①似的……瞎忙啊!"

"可是钱倒会多起来哩!"

"得啦吧!碰一鼻子灰哟,哪儿谈得到钱。货色又不是我的,是我女婿米海罗的!"

"为什么他自己不去呢?"

"因为……他娘的奶在他嘴唇上还没干呐。他买羊毛倒还行,可是讲到卖啊,他就没本事了,他还年轻。他花光了所有的钱,想发财,冒尖儿,可是他在这儿试试,在那儿试试,谁也不赏识他。这小伙子照这样混了一年,然后跑来找我,说:'爹,请您替我把羊毛卖掉,劳驾帮个忙吧!我做不来这些事!'事情就是这样的。只要出了什么事,就马上爹啊爹的,平时呢,没有爹也行了。他买羊毛的时候不来跟我商量,可是等到现在出了麻烦,就轮着爹了。其实爹哪儿成呢?要不是有伊万·伊万内奇,爹也没法办。他们这种人不知惹出多少麻烦哟!"

"对了,我老实跟您说吧,孩子总要惹出不少烦恼!"莫伊谢·莫伊谢伊奇叹道,"我有六个子女。一个要上学,一个要看病,一个要人抱。等他们长大了,麻烦还要多。不但如今是这样,就是在《圣经》上也是一样。雅各②有了小孩子的时候,尽是哭,等到孩子长大,他哭得更伤心了!"

"嗯,是啊……"赫利斯托福尔神甫同意,沉思地瞧着茶杯,"讲到我自己嘛,其实倒没有什么可以抱怨主的。我太太平平地活到了头,就跟别人托天之福活了一辈子一样……我已经把女儿们嫁给好人,给儿子们成家立业,现在我没有什么牵挂,已经尽了

---

① 古埃及国王的称号。
② 《圣经·旧约·创世记》载,雅各有十二个孩子,曾招来不少麻烦。

我的本分,四面八方,哪儿都可以去了。我跟我老婆过得挺和睦,有吃有喝,睡得挺香,有孙儿女们解闷儿,天天向上帝祷告,此外我也不要什么别的了。我的日子过得舒舒服服,用不着去巴结什么人。我有生以来就没受到过什么磨难,现在假定沙皇来问我:'你需要什么?你希望有什么东西?'那我是什么也不要!样样我都有了,感谢上帝,什么都有了。全城的人,谁也及不上我这么幸福。唯一的烦恼是我有那么多的罪,不过话说回来,也只有上帝才没有罪。这话该对吧?"

"当然对。"

"自然,我没有牙了。岁数一大,背酸痛了,这样那样的……喘病什么的……有了病,身体衰弱了,不过话说回来,也要想一想我活到这么大的年纪了!七十多了!人总不能长生不死。总得知足才成。"

赫利斯托福尔神甫忽然想起什么,对着杯子扑哧一声笑了,而且笑得咳嗽起来。莫伊谢·莫伊谢伊奇出于礼貌也笑,也咳嗽。

"真滑稽!"赫利斯托福尔神甫说,摆了摆手,"我的大儿子加夫里拉来看望我。他是做医生的,是切尔尼戈夫省地方自治局的医师……很好……我对他说:'现在我害了气喘病什么的……你是大夫,那就给你爸爸看看病吧!'他当场脱掉我的衣服,敲呀,听呀,玩了种种花样……揉我的肚子,然后说:'爸爸,您应当用压缩空气治一治才成。'"

赫利斯托福尔神甫哈哈大笑,笑得流出了眼泪,站起来了。

"我就对他说:求上帝保佑,保佑那个什么压缩空气吧!"他把手一挥,在笑声中数说着,"求上帝保佑它,保佑那个什么压缩空气吧!"

莫伊谢·莫伊谢伊奇也站起来,用手捧着肚子,尖声笑起来,就跟叭儿狗的叫声一样。

"求上帝保佑它,保佑那个什么压缩空气吧!"赫利斯托福尔神甫笑着又说一遍。

莫伊谢·莫伊谢伊奇的笑声提高了两个调门,而且笑得那么厉害,站也站不稳了。

"哎呀,我的上帝……"他在笑声中呻吟道,"让我缓口气吧……笑得人简直要……哎哟!……笑死我了!"

他连笑带说,同时他又胆怯而怀疑地看一眼索罗蒙。索罗蒙还是照先前那种姿势站着,微微地笑。从他的眼神和笑容看来,他的轻蔑和憎恨出于内心,可是这表情跟他那好像拔净了毛的身体那么不相称,照叶戈鲁什卡看来,他仿佛故意装出那种挑衅的态度和恶狠狠的轻蔑神情,为了显一显小丑的身手,逗贵宾们一笑似的。

库兹米乔夫默默地喝完大约六杯茶,在面前的桌子上理出一块空地方,拿过袋子来,就是先前他睡在马车底下用来垫在脑袋底下的那个袋子。他解开细绳,抖一抖。成捆的钞票从袋子里滚出来,落在桌子上。

"趁现在有工夫,赫利斯托福尔神甫,我们来点一点。"库兹米乔夫说。

莫伊谢·莫伊谢伊奇一看见钱,就窘了,他站起来,如同一个有礼貌的、不愿意刺探别人隐私的人一样,踮起脚尖,张开胳膊稳住身子,走出房间去了。索罗蒙仍旧站在原来的地方。

"一卢布钞票是多少钱一捆?"赫利斯托福尔神甫开口说。

"一卢布钞票是五十卢布一捆……三卢布钞票是九十卢布一捆。……一百的和二十五的是一千一捆。您为瓦尔拉莫夫数出七千八百,我来数出给古塞维奇的钱。可是小心,别数错……"

叶戈鲁什卡生平从没见过像此刻放在桌子上的那许多钱。钱一定很多,因为赫利斯托福尔神甫为瓦尔拉莫夫点出来放在一边的七千八百,跟整堆票子相比显得很小。换了在别的时候,这么多的钱也许会使得叶戈鲁什卡震惊,引得他暗自盘算用这一堆钱可以买来多少面包圈、羊拐子、带罂粟籽的甜点心。现在他却漠不关心地瞧着钱,只觉着钞票冒出来的烂苹果味和煤油的臭味惹得他恶心。他一路上给马车颠得没了精神,现在乏了,只想睡觉。他的脑袋往下耷拉,眼睛张不开,思想跟线一样的搅乱了。要是可以的话,他就会舒舒服服地把脑袋垂倒在桌子上,闭上眼睛,免得看见灯光和在那一捆捆钞票上活动的手指头,让疲顿困倦的思想变得越乱越好。现在他却得极力不睡着,于是灯火、茶碗、手指头都变成双份,茶炊摇摇晃晃,烂苹果的气味越发刺鼻,惹人恶心了。

"唉,钱啊,钱啊!"赫利斯托福尔神甫叹口气,微微一笑,"你们带来多少烦恼!现在我的米海罗大概在睡觉,梦见我会给他带回去这么一大堆钱呢。"

"您那米海罗·季莫菲伊奇是个糊涂人,"库兹米乔夫低声说,"他不会干他的行当,不过您明白事理,能够判断。您不如照我先前所说的那样把您的羊毛让给我,您自己回去的好,我呢,好吧,比我的价钱多给您半个卢布就是,这可纯粹是表一表敬意……"

"不行,伊万·伊万内奇,"赫利斯托福尔神甫叹道,"承您关照,我很感激……当然,要是我能做主的话,那就用不着多说了,可是眼前这批货,您自己知道,可不是我的……"

莫伊谢·莫伊谢伊奇踮着脚尖走进来。他出于礼貌极力不去看那堆钱,悄悄走到叶戈鲁什卡身边,在他背后拉一拉他的衬衫。

"跟我来,少爷,"他低声说,"我带你去看一只挺好的小熊!好一头吓人的、脾气暴躁的小熊!嘿嘿!"

带着睡意的叶戈鲁什卡就站起来,没精打采地跟着莫伊谢·莫伊谢伊奇去看熊。他走进一个不大的房间,还没看见什么东西,先就闻到一股发霉的酸味,比在大房间里闻到的浓得多,多半从这个房间散发到整个房子里去了。这房间有一半地方摆着一张大床,铺着油腻的绗过的棉被,另外一半地方摆着一个衣柜和一堆堆形形色色的破旧衣服,从女人的浆硬的裙子起到小孩的短裤和吊裤带为止,样样都有。衣柜上燃着一支油烛。

叶戈鲁什卡没看见原来犹太人应许下的熊,却看见了一个高大、很胖的犹太女人,披散着头发,穿一件红地黑花点的法兰绒连衣裙。她在大床和衣柜中间的狭窄过道上费劲地转来转去,发出哀伤的长声叹息,好像牙痛似的。一看见叶戈鲁什卡,她就做出要哭的脸相,长长地叹了一口气,转眼间,就拿一片抹了蜂蜜的面包送到他唇边。

"吃吧,乖乖,吃吧!"她说,"你在这儿没有妈妈,没有人来照应你的吃喝。吃吧。"

叶戈鲁什卡果然吃了,不过他每天在家里吃的是冰糖和罂粟籽甜点心,觉得这种搀了一半蜂蜡和蜜蜂翅膀的蜂蜜没什么好吃。他吃东西的时候,莫伊谢·莫伊谢伊奇和犹太女人瞧着他叹气。

"你上哪儿去,乖乖?"犹太女人问道。

"上学去。"叶戈鲁什卡回答。

"你妈有几个孩子?"

"就是我一个。另外没有了。"

"哎哟!"犹太女人叹道,眼珠往上翻,"可怜的妈妈呀!可怜的妈妈!她会怎样地惦记,怎样地哭哟!过一年,我们也要送我们的纳乌木上学去了!哎哟!"

"唉,纳乌木,纳乌木!"莫伊谢·莫伊谢伊奇叹道,他那白脸上的皮肤紧张地抽动着,"他的身子那么单薄呀。"

油腻的被子颤动起来,从被子底下探出一个小孩的卷发的头,下面是一段很细的脖子,两只黑眼睛发亮,好奇地瞅着叶戈鲁什卡。莫伊谢·莫伊谢伊奇和犹太女人不住地叹气,走到衣柜那边去,开始用犹太话谈天。莫伊谢·莫伊谢伊奇用男低音低声讲话,他的犹太话归总起来,像是连续不断的"呱呱呱呱……"他妻子呢,用尖细的像是火鸡般的声音回答,她的话大致像是"嘟嘟嘟嘟……"他们正商量什么事,不料从油腻的被子底下探出另一个卷发的头和另一段瘦脖子,然后钻出第三个头,随后第四个头……要是叶戈鲁什卡有丰富的想象力,他就会想到被子底下躺着一个百头的怪物呢。

"呱呱呱呱……"莫伊谢·莫伊谢伊奇说。

"嘟嘟嘟嘟……"犹太女人回答。

这场商谈的结局是那个犹太女人长叹一声,钻进衣柜,解开一个破破烂烂的绿布包,拿出一大块心形的黑面蜜饼。

"拿着,乖乖,"她说,把蜜饼递给叶戈鲁什卡,"你现在没有妈妈,没有人给你点心吃了。"

叶戈鲁什卡把蜜饼塞到口袋里,退到门口,因为老板夫妇生活在其中的那种发酸的霉气他再也闻不得了。他回到大房间里,在长沙发上找个地方舒舒服服地坐下,就专心想自己的心事了。

库兹米乔夫一点完票子,就把票子放回袋子里。他对待那些票子并不特别尊敬,毫无礼貌地把它们往袋子里乱扔,漠不关心,好像那些票子不是钱,而是废纸似的。

赫利斯托福尔神甫跟索罗蒙攀谈起来。

"喂,怎么样,聪明人索罗蒙①?"他说着,打了个呵欠,在嘴上画十字,"事情怎么样?"

"您说的是什么事情?"索罗蒙问,露出挺凶的样子,好像人家

---

① 根据《圣经》传说,所罗门是大卫的儿子,纪元前十世纪以色列的国王,以机智聪明著称。在这儿是因为名字的音相同用来取笑的意思。

在说他犯了什么罪似的。

"一般的事情啊……你最近在做什么？"

"我做什么？"索罗蒙反问一句，耸了耸肩膀，"还不是跟人家一样……您看得出来，我是奴才。我是哥哥的奴才，哥哥是客人们的奴才，客人们是瓦尔拉莫夫的奴才。要是我有一千万卢布，瓦尔拉莫夫就会做我的奴才。"

"这是什么意思？他怎么会做你的奴才？"

"为什么？因为没有一位老爷或财主不愿意为了多得一个小钱而去舔满身疥疮的犹太人的手。现在我是个满身疥疮的犹太人，叫化子，人人把我看做一条狗，不过要是我有钱，瓦尔拉莫夫就会巴结我，就跟莫伊谢巴结你们一样。"

赫利斯托福尔神甫和库兹米乔夫互相瞧了一眼。他俩都不明白索罗蒙的意思。库兹米乔夫严厉地冷眼瞧着他，问道：

"你这蠢材怎么能拿自己跟瓦尔拉莫夫相比？"

"我还不至于蠢到把我自己跟瓦尔拉莫夫比，"索罗蒙答道，讥讽地瞧着讲话人，"虽然瓦尔拉莫夫是个俄罗斯人，他本性却是满身疥疮的犹太人，他的全部生活就是为了赚钱和谋利，我呢，却把钱扔进炉子里去烧掉！我不要钱，不要土地，不要羊，也不要人家怕我，在我路过的时候对我脱帽子。所以我比您那个瓦尔拉莫夫聪明得多，也更像一个人！"

过了不多一会儿，叶戈鲁什卡在半睡半醒中听见索罗蒙用一种因为痛恨而透不出气的、低沉而嘶哑的声音讲犹太人，讲得又快又不清楚。起初他的俄国话倒还讲得好，后来他加进了讲犹太人生活的说书人的声调，开始用浓重的犹太口音讲话，像那回在市集上棚子里一样了。

"等一等……"赫利斯托福尔神甫打断他的话，"要是你不喜欢你的宗教，你可以改信别的宗教。嘲笑宗教是罪恶，只是顶顶下贱的人才嘲笑自己的宗教信仰。"

"您压根儿没听明白!"索罗蒙粗鲁地打断他的话,"我跟您讲的是一件事,您讲的却是另一件事……"

"现在谁都看得出来你是个蠢材,"赫利斯托福尔神甫叹道,"我尽我的心教训你,你倒生气了。我照老前辈那样平心静气地对你说话,你却像火鸡似的'卜拉,卜拉,卜拉!'你真是个怪人……"

莫伊谢·莫伊谢伊奇走进来了。他不安地瞧一眼索罗蒙,又瞧一眼客人,脸上的皮肤又紧张得抽动起来。叶戈鲁什卡摇了摇头,往四下里看一眼,偶尔看见了索罗蒙。这当儿索罗蒙的脸正好有四分之三向他转过来,他的长鼻子的阴影盖住他整个左脸,跟那阴影缠在一起的冷笑,亮晶晶的、讥讽的眼睛,傲慢的表情,好像拔净了毛的整个矮小身体,都化成双份,在叶戈鲁什卡的眼前跳动,这时候他本人不像是小丑,倒像是人在梦中偶尔见到的一种大概像恶魔之类的东西了。

"您这儿有个中了魔的人啊,莫伊谢·莫伊谢伊奇!求上帝跟他同在吧!"赫利斯托福尔神甫微笑着说,"您应当把他安置到什么地方去,或者给他娶个老婆……他不像是个正常的人了……"

库兹米乔夫生气地皱起眉头。莫伊谢·莫伊谢伊奇又不安地、试探地瞧瞧兄弟,瞧瞧客人。

"索罗蒙,出去!"他厉声说道,"出去!"

他还添了一句犹太话。索罗蒙猛的哈哈一笑,走出去了。

"怎么回事?"莫伊谢·莫伊谢伊奇惊慌地问赫利斯托福尔神甫。

"他忘了形了,"库兹米乔夫回答,"说话粗鲁,自以为了不起。"

"我早就料到了!"莫伊谢·莫伊谢伊奇恐怖地叫道,合起掌来,"唉,我的上帝! 我的上帝!"他低声喃喃道,"请你们务必行行好,包涵一下,别生气。他这人真怪,真怪! 唉,我的上帝! 我的上帝! 他是我的亲兄弟,可他除了给我找麻烦以外,我从他那儿什么也得不到。你们知道,他呀……"

莫伊谢·莫伊谢伊奇用手指头指着脑门子,画了个圆圈,接着说:

"脑筋不正常啊……他是个没希望的人了。我不知道该拿他怎么办才好! 他不喜欢人,不尊敬人,也不怕人……你们知道,他嘲笑每个人,净说蠢话,对什么人都不客气。说来你们可能不信,有一回瓦尔拉莫夫上这儿来了,索罗蒙对他说了些话,惹得他拿起鞭子把我和他都打了一顿……可是何苦拿鞭子抽我呢? 难道能怪我不对? 上帝夺去他的脑筋,那么这是上帝的意旨,难道能怪我不对吗?"

十分钟过去了,莫伊谢·莫伊谢伊奇仍旧在低声地唠唠叨叨,叹着气说:

"他晚上不睡觉,老是想啊,想啊,想啊,他究竟在想些什么,只有上帝才晓得。要是晚上去看他,他就生气,笑。他连我也不喜欢……而且他什么也不要! 先父去世的时候,给我们每人留下六千卢布。我买下这个旅店,结了婚,现在有了子女;他呢,把钱丢进炉子里烧掉了。真是可惜! 真是可惜! 何苦烧掉? 你不要,可以给我啊,何苦烧掉呢?"

忽然那扇安着滑轮的门吱吱嘎嘎响起来,地板在什么人的脚步声中颤动。一股冷空气向叶戈鲁什卡袭来,他觉得好像有只大黑鸟飞过他面前,贴近他的脸扇着翅膀。他睁开眼睛……舅舅站在长沙发旁边,手里提着袋子,准备动身。赫利斯托福尔神甫拿着宽边的礼帽,正在对什么人鞠躬,微笑,然而不像平素那样笑得温柔而动情,却恭敬而勉强,这种笑容跟他的脸很不相称。莫伊谢·莫伊谢伊奇呢,好像他的身体断成了三截,而他正在稳住自己,极力不叫自己的身子散开似的。只有索罗蒙站在墙角,交叉着两只手,若无其事,照旧轻蔑地微笑。

"请尊驾原谅我们这儿不干净!"莫伊谢·莫伊谢伊奇哼哼唧唧地说,现出又痛苦又欢喜的笑容,不再理会库兹米乔夫和赫利斯托福尔神甫,一心稳住自己的身子,免得散开,"我们是些粗人,尊驾!"

叶戈鲁什卡揉一揉眼睛,房间中央果然站着一位尊驾,是个年轻、丰满、很美的女人,穿一身黑衣服,戴一顶草帽。叶戈鲁什卡还没来得及看清她的相貌,就不知因为什么缘故忽然想起了白天在山上看见的那棵孤零零的、苗条的白杨。

"瓦尔拉莫夫今天经过此地没有?"女人的声音问道。

"没有,尊驾!"莫伊谢·莫伊谢伊奇回答说。

"要是明天您看见他,请他上我家里去一会儿。"

忽然,十分意外,叶戈鲁什卡看见离自己的眼睛半俄寸[①]远的地方有两道丝绒样的黑眉毛,一对棕色的大眼睛,一张娇嫩的女性的脸蛋儿,带着两个酒涡儿,微笑从酒涡那儿放射出来,就跟阳光从太阳里放射出来一样,有一股挺好闻的香气。

"好一个漂亮的孩子!"女人说,"这是谁家的孩子?卡齐米尔·米哈伊洛维奇,瞧,多么可爱啊!我的上帝啊,他睡着了!我亲爱的小胖子……"

女人亲热地吻叶戈鲁什卡两边的脸蛋儿。他微笑了,可是想到自己是在睡觉,就闭紧眼睛。门上的滑轮吱吱嘎嘎地叫起来,传来了匆忙的脚步声:不知什么人正在走进走出。

[①] 1俄寸等于4.4厘米。

"叶戈鲁什卡！叶戈鲁什卡！"他听见两个低沉的声音小声说，"起来，要走了！"

不知道是谁，大概是杰尼斯卡吧，扶他站起来，挽着他的胳膊。在路上，他微微睁开眼睛，又看见了那个吻过他的、穿一身黑衣服的美丽女人。她站在房中央，瞧他走出去，微笑着，和气地对他点头。他走近房门，看见一个英俊、魁伟的黑发男子，戴一顶礼帽，裹着皮护腿。这人一定是陪那个贵妇人来的。

"唷！"外面传来吆喝马的声音。

在这所房子大门口，叶戈鲁什卡看见一辆华贵的新马车和一对黑马。车夫座上坐着一个穿号衣的车夫，手里拿一根长鞭子。送客人出来的，只有索罗蒙一个人。他的脸由于要笑而紧张着，看样子好像非常急于等客人走掉，好痛快地笑他们一场似的。

"这是德兰尼茨卡雅伯爵小姐。"赫利斯托福尔神甫爬上马车，小声说。

"对了，德兰尼茨卡雅伯爵小姐。"库兹米乔夫小声地重说一遍。

伯爵小姐的光临所产生的印象大概很强烈，因为就连杰尼斯卡都压低声音说话，直到马车走出四分之一俄里，他回过头远远地望去，看不见那个旅店，只看见一点昏暗的亮光时，才敢拿起鞭子抽那匹枣红马，吆喝一声。

四

这个使人捉摸不透的、神秘的瓦尔拉莫夫虽然索罗蒙看不起，可是大家谈得那么多，就连那个美丽的伯爵小姐也要找他，那么他究竟是个什么人呢？半睡半醒的叶戈鲁什卡挨着杰尼斯卡并排坐在车夫座上心里想着的正是这个人。他从没见过这个人，不过屡次听到人家说起他,也常常在想象中描摹他的样子。他知道瓦尔拉莫夫有好几万俄亩①的土地,有十万只羊,有很多的钱。关于他的生活方式和职业,叶戈鲁什卡只知道他老是"在这一带地方转来转去",老是有人找他。

在家里,叶戈鲁什卡还听说过很多关于德兰尼茨卡雅伯爵小姐的事。她也有好几万俄亩的土地,许多的羊,一个养马场,很多的钱,可是她并不"转来转去",却住在自己阔绰的庄园上。伊万·伊万内奇为了接洽生意,曾不止一次到伯爵小姐家里去过,他和其他熟人讲过许多关于那个庄园的奇谈趣事,比方说,他们讲:伯爵小姐的客厅里,四壁挂着波兰历代皇帝的御像,摆着一个大座钟,那钟做成悬崖的样子,崖上站着一头金马,嵌着宝石眼睛,扬起前蹄,马身上坐着一个金骑士,每逢钟响,他就向左右挥舞马刀。据说伯爵小姐每年大约开两次舞会,请来全省的贵族和文官,就连瓦尔拉莫夫也来参加。全体宾客喝的茶是用银茶炊烧的,他们吃的都是各种珍品(比方说在冬天,到了圣诞节,他们吃得到马林果和草莓),客人们随着音乐跳舞,乐队一天到晚奏乐不停……

"她长得多么美啊!"叶戈鲁什卡想起她的脸儿和笑容,暗自想道。

库兹米乔夫大概也在想伯爵小姐,因为车子已经走出两俄里了,他却说:

"那个卡齐米尔·米哈伊洛维奇可真能揩她的油!您该记得,前年我向她买羊毛的时候,他在我买的一批货色上就赚了大约三千。"

"要想叫波兰人不是这个样子是不可能的。"赫利斯托福尔神甫说。

---

① 1俄亩等于1.09公顷。

169

"可是她倒一点也不在意。据说她年轻,愚蠢。脑子糊涂得很!"

不知什么缘故,叶戈鲁什卡一心只想到瓦尔拉莫夫和伯爵小姐,特别是想伯爵小姐。他那睡意蒙眬的脑子里根本拒绝平凡的思想,弥漫着一片云雾,只保留着神话里的怪诞形象,它们具有一种便利,好像会自动在脑筋里生出来,不用思索的人费什么力,而且只要使劲摇一摇头,那些形象就又会自动消灭,无影无踪了。再者他四周的一切东西也没有一样能使他生出平凡的思想。右边是一带乌黑的山峦,好像遮挡着什么神秘可怕的东西似的。左边地平线上整个天空布满红霞,谁也闹不清究竟是因为有什么地方起了火呢,还是月亮就要升上来。如同白天一样,远方还是看得清的,可是那点柔和的淡紫色,给黄昏的暗影盖住,不见了。整个草原藏在暗影里,就跟莫伊谢·莫伊谢伊奇的小孩藏在被子底下一样。

七月的黄昏和夜晚,鹌鹑和秧鸡已经不再叫唤,夜莺也不在树木丛生的峡谷里唱歌,花卉的香气也没有了。不过草原还是美丽,充满了生命。太阳刚刚下山,黑暗刚刚笼罩大地,白昼的烦闷就给忘记,一切全得到原谅,草原从它那辽阔的胸脯里轻松地吐出一口气。仿佛因为青草在黑暗里看不见自己的衰老似的,草地里升起一片快活而年轻的鸣叫声,这在白天是听不到的;啰啰声,吹哨声,搔爬声,草原的低音、中音、高音,合成一种不断的、单调的闹声,在那种闹声里默想往事,忧郁悲伤,反而很舒服。单调的唧唧声像催眠曲似的催人入睡;你坐着车,觉着自己就要睡着了,可是忽然不知从什么地方传来一只没有睡着的鸟发出短促而不安的叫声,或者听到一种来历不明的声音,像是谁在惊奇地喊叫:"啊——啊!"接着,睡意又把你的眼皮合上了。或者,你坐车走过一个峡谷,那儿生着灌木,就会听见一种被草原上的居民叫做"睡鸟"的鸟,对什么人叫道:"我睡啦！我睡啦！我睡啦！"又听见另一种鸟在笑，或者发出歇斯底里的哭声，那是猫头鹰。它们究竟为谁而叫,在这平原上究竟有谁听它们叫,那只有上帝才知道,不过它们的叫声却含着很多的悲苦和怨艾……空气中有一股禾秸、枯草、迟开的花的香气,可是那香气浓重,甜腻,温柔。

透过暗影,样样东西都看得见,只是各种东西的颜色和轮廓却很难辨清。样样东西都变得跟它本来的面目不同了。你坐车走着,忽然看见前面大路旁边站着一个黑影,像个修士。他站在那儿一动也不动,等着,手里不知拿着什么东西……别是土匪吧？那黑影越来越近,越变越大,这时候它就在马车旁边了,你这才看出原来这不是人,却是一丛孤零零的灌木或者一块大石头。这类稳稳不动、有所等待的人影站在矮山上,藏在坟墓背后,从杂草里探出头来。它们全都像人,引人起疑。

月亮升上来了,夜变得苍白、无力。暗影好像散了。空气透明,新鲜,温暖;到处都看得清楚,甚至辨得出路边一根根的草茎。在远处的空地上可以看见头盖骨和石头。可疑的、像是修士的人形由月夜明亮的背景衬托着,显得更黑,也好像更忧郁了。在单调的鸣叫声中越来越频繁地夹着不知什么东西发出的"啊！——啊！"的惊叫声,搅扰着静止的空气,还可以听见没有睡着的或者正在梦呓的鸟的叫声。宽阔的阴影游过平原,就像云朵游过天空一样。在那不可思议的远方,要是你长久地注视它,就会看见模模糊糊、奇形怪状的影像升上来,彼此堆砌在一块儿……那是有点阴森可怕的。人只要瞧一眼布满繁星的微微发绿的天空,看见天空既没有云朵,也没有污斑,就会明白温暖的空气为什么静止,大自然为什么小心在意,不敢动一动,它战战兢兢,舍不得失去哪怕是一瞬间的生活。至于天空那种没法测度的深邃和无边无际,人是只有凭了海上的航行和月光普照下的草原夜景才能有所体会的。

171

天空可怕、美丽、亲切,显得懒洋洋的,诱惑着人们,它那缠绵的深情使人头脑昏眩。

你坐车走了一个钟头,两个钟头……你在路上碰见一所沉默的古墓或者一块人形的石头,上帝才知道那块石头是在什么时候,由谁的手立在那儿的。夜鸟无声无息地飞过大地。渐渐地,你回想起草原的传说、旅客们的故事、久居草原的保姆所讲的神话,以及凡是你的灵魂能够想象和能够了解的种种事情。于是,在唧唧的虫声中,在可疑的人影上,在古墓里,在蔚蓝的天空中,在月光里,在夜鸟的飞翔中,在你看见而且听见的一切东西里,你开始感到美的胜利、青春的朝气、力量的壮大和求生的热望。灵魂响应着美丽而严峻的故土的呼唤,一心想随着夜鸟一块儿在草原上空翱翔。在美的胜利中,在幸福的洋溢中,透露着紧张和愁苦,仿佛草原知道自己孤独,知道自己的财富和灵感对这世界来说白白荒废了,没有人用歌曲称颂它,也没有人需要它。在欢乐的闹声中,人听见草原悲凉而无望地呼喊着:歌手啊!歌手啊!

"唔!你好,潘捷列!一切都顺利吗?"

"谢天谢地,伊万·伊万内奇!"

"你们看见瓦尔拉莫夫没有,伙计们?"

"没有,我们没看见。"

叶戈鲁什卡醒来,睁开眼睛。车子停住了。大路上靠右边,有一长串货车向前一直伸展到远处,许多人在车子近旁走动。所有的货车都载着大捆的羊毛,显得很高,圆滚滚的,马呢,就显得又小又矮了。

"好,那么,我们现在就赶到莫罗勘派那儿去!"库兹米乔夫大声说,"犹太人说瓦尔拉莫夫要在莫罗勘派那儿过夜。既是这样,那就再会吧,伙计们!愿主跟你们同在!"

"再会,伊万·伊万内奇!"有几个声音回答。

"对了,我说,伙计们,"库兹米乔夫连忙又喊道,"你们把我的这个小孩子带在身边吧!何必叫他白白陪着我们受车子的颠簸呢?把他放在你车上的羊毛捆上边,潘捷列,让他慢慢地走,我们却要赶路去了。下来,叶戈尔!去吧,没关系!……"

叶戈鲁什卡从车夫座位上下来。好几只手抓住他,把他高高地举到半空中,接着,他发现自己落到一个又大又软、沾着露水、有点潮湿的东西上面。这时候他觉得天空离他近了,土地离他远了。

"喂,把小大衣拿去!"杰尼斯卡在下面很远的地方嚷道。

他的大衣和小包袱从下面丢上来,落在叶戈鲁什卡身旁。他不愿意多想心思,连忙把包袱放在脑袋底下,拿大衣盖在身上,伸直了腿,因为碰到露水而微微耸起肩膀,满意地笑了。

"睡吧,睡吧,睡吧……"他想。

"别亏待他,你们这些鬼!"他听见杰尼斯卡在下面说道。

"再见,伙计们!愿主跟你们同在!"库兹米乔夫叫道,"我拜托你们啦!"

"你放心吧,伊万·伊万内奇!"

杰尼斯卡吆喝着马儿,马车吱吱嘎嘎地滚动了,然而不是顺着大路走,却是往旁边什么地方走去。随后有大约两分钟的沉静,仿佛车队睡着了似的,只能听见远远的那只拴在马车后面的铁桶的丁冬声渐渐消失。后来,车队前头有人喊道:

"基留哈!上路啦!"

最前面的一辆货车吱吱嘎嘎地响起来,然后第二辆、第三辆也响了。……叶戈鲁什卡觉得自己躺着的这辆货车摇晃着,也吱吱嘎嘎地响起来。车队出发了,叶戈鲁什卡抓紧拴羊毛捆的绳子,又满意地笑起来,把口袋里的蜜饼放好,就睡着了,跟往常睡在家里的床上一样……

等他醒来,太阳已经升起来,一座古坟遮挡着太阳,可是太阳极力要把亮光洒向世界,用力朝四面八方射出光芒,使得地平线上洋溢着一片金光。叶戈鲁什卡觉得太阳走错了地方,因为昨天太阳是从他背后升起来的,现在却大大地偏左了……而且整个景色也不像昨天。群山没有了。不管你往哪边看,四面八方,都铺展着棕色的、无精打采的平原,无边无际。平原上,这儿那儿隆起一些小坟,昨天那些白嘴鸦又在这儿飞来飞去。前面远处,有一个村子的钟楼和农舍现出一片白颜色。今天凑巧是星期日,乌克兰人都待在家里,烤面包、烧菜,这可以从每个烟囱里冒出来的黑烟看出来,那些烟像一块蓝灰色的透明的幕那样挂在村子上。在两排农舍中间的空当儿上,在教堂后面,露出一条蓝色的河,河对面是雾蒙蒙的远方。可是跟昨天相比,再也没有一样东西比道路的变化更大了。一种异常宽阔的、奔放不羁的、雄伟强大的东西在草原上伸展出去,成了大道。那是一条灰色长带,经过车马和人们的践踏,布满尘土,跟所有的道路一样,只是路面有好几十俄丈宽。这条道路的辽阔使得叶戈鲁什卡心里纳闷,引得他产生了神话般的幻想。有谁顺着这条路旅行呢?谁需要这么开阔的天地呢?这真叫人弄不懂,古怪。说真的,那些迈着大步的巨人,例如伊里亚·慕洛梅茨①和大盗索罗维②,至今也许还在罗斯生活着,他们的高头大马也没死吧。叶戈鲁什卡瞧着这条道路,幻想六辆高高的战车并排飞驰,就跟在《圣经》故事的插图上看见的一样。每辆战车由六头发疯的野马拉着,高高的车轮搅起滚滚的烟尘升上天空,驾御那些马的是只有在梦中才能看见或者在神话般的幻想中才能出现的那种人。要是真有那些人的话,他们跟这草原和大道是多么相称啊!

在大道的右边,挂着两股电线的电线杆子一直伸展到大道的

---

①② 俄罗斯民谣中的勇士。

尽头。它们越变越小,进了村庄,在农舍和绿树后面消失了,然后又在淡紫色的远方出现,成了很小很细的短棍,像是插在地里的铅笔。大鹰、猛隼、乌鸦停在电线上,冷眼瞧着走动的货车队。

叶戈鲁什卡躺在最后一辆货车上,能看见这整个一长串的货车。货车队的货车一共有二十来辆,每三辆一定有个车夫。在叶戈鲁什卡躺着的最后一辆货车旁边走着一个老头儿,胡子雪白,跟赫利斯托福尔神甫那样又瘦又矮,可是他有一张给太阳晒成棕色的、严厉的、沉思的脸。很可能这个老人并不严厉,也没在沉思,不过他的红眼皮和又尖又长的鼻子给他的脸添了一种严肃冷峻的表情,那些习惯了老是独自一人思考严肃事情的人就会有那样的表情。跟赫利斯托福尔神甫一样,他戴着一顶宽边的礼帽,然而不是老爷戴的那种,而是棕色毡子做成的,与其说像一顶礼帽,倒不如说像一个切去尖顶的圆锥体。他光着脚。大概因为在寒冷的冬天他在货车旁边行走,可能不止一回冻僵,于是养成了一种习惯吧,他走路的时候总是拍大腿,顿脚。他看见叶戈鲁什卡醒了,就瞧着他,耸起肩膀,仿佛怕冷似的,说:

"哦,睡醒了,小子!你是伊万·伊万内奇的儿子吧?"

"不,我是他的外甥……"

"伊万·伊万内奇的外甥?瞧啊,现在我脱了靴子,光着脚蹦蹦跳跳。我这双脚痛,挨过冻,不穿靴子倒还舒服些……倒还舒服些,小子……这么一说,你是他的外甥?他倒是个好人,挺不错……愿主赐他健康……挺不错……我是指伊万·伊万内奇……他上莫罗勘派那儿去了……啊,主,求您怜悯我们!"

老头儿讲起话来好像也怕冷似的,断断续续,不肯爽快地张开嘴巴。他发不好唇音,含含糊糊,仿佛嘴唇冻住了似的。他对叶戈鲁什卡讲话的时候没笑过一回,显得很严峻的样子。

前面相隔两辆货车,有一个人走着,穿一件土红色的长大衣,

175

戴一顶鸭舌帽,穿着高筒靴子,靴筒松垂下来,手里拿一根鞭子。这人不老,四十岁上下。等到他扭回头来,叶戈鲁什卡就看见一张红红的长脸,生着稀疏的山羊胡子,右眼底下凸起一个海绵样的瘤子。除了那个很难看的瘤子以外,他还有一个特点非常惹人注意:他左手拿着鞭子,右手挥舞着,仿佛在指挥一个肉眼看不见的唱诗班似的。他不时把鞭子夹在胳肢窝底下,然后用两只手指挥,独自哼着什么曲子。

再前面一个车夫是个身材细长、像条直线的人,两个肩膀往下溜得厉害,后背平得跟木板一样。他把身子挺得笔直,好像在行军,或者吞下了一管尺子似的。他的胳膊并不甩来甩去,却跟两条直木棒那样下垂着。他迈步的时候两条腿如同木头,那样子像是玩具兵,差不多膝头也没弯,可是尽量把步子迈大;老头儿或者那个生着海绵样的瘤子的人每迈两步,他只要迈一步就行了,所以看起来他好像比他们走得慢,落在后面似的。他脸上绑着一块破布,脑袋上有个东西高起来,看上去像是修士的尖顶软帽。他上身穿乌克兰式的短上衣,满是补钉,下身穿深蓝色的肥裤子,散着裤腿,脚上一双树皮鞋。

那些远在前面的车夫,叶戈鲁什卡就看不清了。他伏在车上,在羊毛捆上挖个小洞,闲着没事做,抽出羊毛来编线玩。在他下面走路的老头儿却原来并不像人家凭他的脸色所想象的那么冷峻和严肃。他一开口讲话,就停不住嘴了。

"你上哪儿去啊?"他顿着脚,问。

"上学去。"叶戈鲁什卡回答。

"上学去?嗯……好吧,求圣母保佑你。不错。一个脑筋固然行,可是两个更好。上帝给这人一个脑筋,给那人两个脑筋,甚至给另一个人三个脑筋……给另一个人三个脑筋,这是实在的……一个脑筋天生就有,另一个脑筋是念书得来的,再一个是从好生活里来的。所以你瞧,小兄弟,要是一个人能有三个脑筋,那可不错。那种人不但活得舒服,死得也自在。死得也自在……我们大家将来全要死的。"

老头儿搔一搔脑门子,抬起他的红眼睛瞧一瞧叶戈鲁什卡,接着说:

"去年从斯拉维扬诺塞尔布斯克来的老爷玛克辛·尼古拉伊奇,也带着他的小小子去上学。不知道他在那儿书念得怎么样了,不过那小子挺不错,挺好……求上帝保佑他们,那些好老爷。对了,他也送孩子去上学……斯拉维扬诺塞尔布斯克一定没有念书的学堂。没有……不过那个城挺不错,挺好……给老百姓念书的普通学堂倒是有的,讲到求大学问的学堂,那儿就没有了……没有了,这是实在的。你叫什么名字?"

"叶戈鲁什卡。"

"那么,正名是叶戈里①……神圣的殉教徒,胜利者叶戈里,他的节日是四月二十三日。我的教名是潘捷列……潘捷列·扎哈罗夫·霍洛多夫……我们是霍洛多夫家……我是库尔斯克省契木城的人,那地方你也许听说过吧。我的弟兄们学了手艺,在城里干活儿,不过我是个庄稼汉……我一直是庄稼汉。大概七年前,我上那儿去过……那是说,我回家里去过。乡下去了,城里也去了……我是说,去过契木。那时候,谢天谢地,他们大伙儿都还活着,挺硬朗,可现在我就不知道了……有人也许死了……也到了该死的时候,因为大伙儿都老了,有些人比我还老。死也没什么,死了也挺好,不过,当然,没行忏悔礼可死不得。再也没有比来不及行忏悔礼横死更糟的了。横死只有魔鬼才喜欢。要是你想行完忏悔礼再死,免得不能进入主的大殿,那就向殉教徒瓦尔瓦拉祷告好了。她

---

① 即叶戈尔。

替人说情。她是那样的人,这是实在的……因为上帝指定她在天上占这么一个地位,就是说,人人都有充分的权利向她祷告,要求行忏悔礼。"

潘捷列只顾自己唠叨,明明不管叶戈鲁什卡在不在听。他懒洋洋地讲着,自言自语,既不抬高声音,也不压低声音,可是在短短的时间里却能够讲出许多事情来。他讲的话全是由零碎的片断合成的,彼此很少联系,叶戈鲁什卡听着觉得一点趣味也没有。他所以讲这些话,也许只是因为沉默地度过了一夜以后,如今到了早晨,需要检查一下自己的思想,看它们是不是全在罢了。他讲完忏悔礼以后,又讲起那个斯拉维扬诺塞尔布斯克城的玛克辛·尼古拉伊奇。

"对了,他带着小小子……他带着,这是实在的……"

有一个车夫本来远远地在前面走,忽然离开他原来的地方,跑到一边去,拿鞭子抽一下地面。他是个身材高大、肩膀很宽的汉子,年纪三十岁左右,生着卷曲的金黄色头发,显然很有力气,身体结实。凭他的肩膀和鞭子的动作来看,凭他的姿势所表现的那种恶狠狠的样子来看,他所打的是个活东西。另外有个车夫跑到他那儿去了,这是一个矮胖的小个子,长着又大又密的黑胡子,穿一件坎肩和一件衬衫,衬衫的底襟没有掖在裤腰里。这个车夫用低沉的、像咳嗽一样的声音哈哈大笑起来,叫道:

"哥儿们,德莫夫打死了一条毒蛇!真的!"

有些人,单凭他们的语声和笑声就可以正确地判断他们的智慧。这个生着黑胡子的汉子正好就是这类幸运的人。从他的语声和笑声,听得出他笨极了。生着金色头发的德莫夫打完了,就拿鞭子从地面上挑起一根像绳子样的东西,哈哈笑着,把它扔在车子旁边。

"这不是毒蛇,是草蛇!"有人嚷道。

那个走路像木头、脸上绑着破布的人快步走到死蛇那儿,看一眼,举起他那像木棍样的胳膊,双手一拍。

"你这囚犯!"他用低沉的、悲痛的声音叫道,"你干吗打死这条小蛇呀?它碍了你什么事,你这该死的?瞧,他打死了一条小蛇!要是有人照这样打你,你怎么样?"

"不该打死草蛇,这是实在的……"潘捷列平心静气地唠叨着,"不该打死……又不是毒蛇嘛。它那样子虽然像蛇,其实是个性子温和、不会害人的东西……它喜欢人……草蛇是这样的……"

德莫夫和那生着黑胡子的人大概觉得难为情,因为他们大声笑着,不回答人家的抱怨,懒洋洋地走回自己的货车那儿去了。等到后面一辆货车驶到死蛇躺着的地方,脸上绑着破布的人就凑近草蛇弯下腰去,转身对潘捷列用含泪的声音问道:

"老大爷,他干吗打死这草蛇呀?"

这时候叶戈鲁什卡才看见他的眼睛挺小,暗淡无光,脸色灰白,带着病容,也好像暗淡无光,下巴挺红,好像肿得厉害。

"老大爷,他干吗打死它呀?"他跟潘捷列并排走着,又说一遍。

"他是个蠢人,手发痒,所以才打死它,"老头儿回答说,"不过不应该打死草蛇……这是实在的……德莫夫是个捣蛋鬼,大家都知道,碰见什么就打死什么,基留哈也不拦住他。他原该出头拦住他,可是他倒'哈哈哈''嘻嘻嘻'的……不过,你呢,瓦夏,也别生气……何必生气呢?打死就算了,随他去好啦……德莫夫是捣蛋鬼,基留哈因为头脑糊涂才会那样……没什么……他们是不懂事的蠢人,随他们去吧。叶美里扬就从来也不碰不该碰的东西……他从来也不碰,这是实在的……因为他是个受过教育的人,他们呢,蠢……叶美里扬不同……他就不碰。"

179

那个穿土红色大衣、长着海绵样的瘤子的车夫,本来在指挥一个肉眼看不见的唱诗班,这时候听见人家提起他的名字,就站住,等着潘捷列和瓦夏走过来,跟他们并排往前。

"你们在谈什么?"他用嘶哑的、透不出气的声音问道。

"喏,瓦夏在这儿生气,"潘捷列说,"所以,我就跟他讲话,好让他消消气……哎哟,我这双挨过冻的脚好痛哟!哎哟,哎哟!就因为今天是礼拜天,主的节日,脚才痛得更厉害了!"

"那是走出来的。"瓦夏说。

"不,小伙子,不是的……不是走出来的,走路的时候倒还舒服点。等我一躺下,一暖和,那才要命哟。走路在我倒还轻松点。"

穿着土红色大衣的叶美里扬夹在潘捷列和瓦夏当中走着,挥动胳膊,仿佛他们打算唱歌似的。挥了不大工夫,他放下胳膊,绝望地干咳一声。

"我的嗓子坏了!"他说,"真是倒霉!昨天一晚上,今天一上午,我老是想着我们先前在马利诺夫斯基家婚礼上唱的《求主怜悯》这首三部合唱的圣歌;它就在我的脑子里,就在我的喉咙口……仿佛要唱出来似的,可是真要唱吧,却又唱不出来!我的嗓子坏了!"

他沉默了一分钟,想到什么,又说下去:

"我在唱诗班里唱过十五年,在整个卢甘斯克工厂里也许没有一个人的嗓子及得上我。可是,见鬼,前年我在顿涅茨河里洗了个澡,从那以后,我就连一个音符也唱不准了。喉咙受凉了。我没有了嗓子,就跟工人没有了手一样。"

"这是实在的。"潘捷列同意。

"说到我自己,我明白自己已经是个没希望的人,完了。"

这当儿,瓦夏凑巧看见叶戈鲁什卡。他的眼睛就变得油亮,比先前更小了。

"原来有位少爷跟我们一块儿走！"他拿衣袖遮住鼻子,仿佛害臊似的,"好一个尊贵的车夫！留下来跟我们一块儿干吧,你也赶车子、运羊毛好了。"

他想到一个人同时是少爷,又是车夫,大概觉得很稀奇,很有趣,因为他嘿嘿地大笑起来,继续发挥他这种想法。叶美里扬也抬头看看叶戈鲁什卡,可是只随意看一眼,目光冷淡。他在想自己的心事,要不是瓦夏谈起,大概就不会留意到有叶戈鲁什卡这么个人了。还没过上五分钟,他又挥动胳膊,然后向他的同伴们描摹他晚上想起来的婚歌《求主怜悯》的美妙。他把鞭子夹在胳肢窝底下,挥动两条胳膊。

货车队在离村子一俄里远一个安着取水吊杆的水井旁边停住。黑胡子基留哈把水桶放进井里,肚子贴着井壁,伏在上面,把头发蓬松的脑袋、肩膀、一部分胸脯,伸进那黑洞里去,因此叶戈鲁什卡只看得见他那两条几乎不挨地的短腿了。他看见深深的井底水面上映着他脑袋的影子,高兴起来,发出低沉的傻笑声,井里也发出同样的回声应和着。等到他站起来,他的脸和脖子红得跟红布一样。第一个跑过去喝水的是德莫夫。他一面笑一面喝水,常常从水桶那儿扭过头来对基留哈讲些好笑的事,然后他回转身,放开嗓门说出五个难听的词儿,那声音响得整个草原都听得见。叶戈鲁什卡听不懂这类词儿的意思,可是他很清楚地知道这些词很恶劣。他知道他的亲戚和熟人对这些词默默地抱着恶感。不知什么缘故,他自己也有那种感觉,而且素来认为只有喝醉的和粗野的人才享有大声说出这些词的特权。他听着德莫夫的笑声,想起草蛇惨遭毒手,就对这人感到一种近似痛恨的感情。事有凑巧,德莫夫偏偏在这当儿看见了叶戈鲁什卡,叶戈鲁什卡已经从车上爬下来,往水井走去。他哈哈大笑,叫道:

"哥儿们,老头儿昨天晚上生了个男孩子!"

基留哈用他的男低音笑起来,笑得直咳嗽。还有个人也笑。叶戈鲁什卡涨红了脸,从此断定德莫夫是个很坏的人。

德莫夫生着金色的鬈发,没戴帽子,衬衫敞着怀,看上去很漂亮,长得非常强壮。从他的一举一动都可以看出他爱捣乱,力气大,深知自己的本事。他扭动着肩膀,两手插在腰上,说笑的声音比谁都响亮,仿佛打算用一只手举起一个很重的东西,震惊全世界似的。他那狂妄的、嘲弄的眼光在大道、货车、天空上溜来溜去,不肯停留在什么东西上,好像因为无事可做,很想找个人来一拳打死,或者找个东西来取笑一番似的。他分明谁也不怕,什么也拦不住他,叶戈鲁什卡对他有什么看法,他大概一点也不放在心上……可是叶戈鲁什卡已经从心底里恨他那金发、他那光溜的脸、他那力气,带着憎恶和恐惧听他的笑声,已经打定主意要找点骂人的话来报复他了。

潘捷列也走到水桶这儿来了。他从衣袋里拿出一个小绿杯子,那原是神像前的长明灯,然后他用一小块破布把它擦干净,在水桶里舀满水,喝完了,再舀满,再喝完,然后用破布把它包起来,放进衣袋。

"老爷爷,你为什么用灯喝水?"叶戈鲁什卡惊奇地问道。

"有人凑着桶子喝水,有人用灯喝水,"老头儿支支吾吾地说,"各人有各人的章法……你凑着桶子喝水,好,那就喝个够吧……"

"你这宝贝儿啊,你这小美人哟!"瓦夏忽然用爱抚的、含泪的声调说,"我的心肝啊!"

他的眼睛凝望着远方,那两只眼睛变得油亮,含着笑意,他的脸上带着方才看叶戈鲁什卡时候的那种表情。

"你在跟谁说话?"基留哈问。

"我说的是一只可爱的小狐狸……跟小狗那样仰面朝天躺在那儿玩呢……"

人人开始眺望远方,寻找那只狐狸,可是什么也看不见。只有瓦夏一个人用他那混浊的灰眼睛看见了什么,而且看得入了迷。他的眼睛非常尖,这是叶戈鲁什卡后来才知道的。他看得那么远,因此荒凉的棕色草原对他来说永远充满生命和内容。他只要往远方一看,就会瞧见狐狸啦,野兔啦,大鸨啦,或者别的什么远远躲开人的动物。看见一只奔跑的野兔或者一只飞翔的大鸨,那是没有什么稀奇的,凡是走过草原的人都看得见,可是未必人人都有本领看见那些不是在奔逃躲藏,也不是在仓皇四顾,而是在过着家庭生活的野生动物。瓦夏却看得见玩耍的狐狸、用小爪子洗脸的野兔、啄翅膀上羽毛的大鸨、钻出蛋壳的小鸨。由于眼睛尖,瓦夏除了大家所看见的这个世界以外,还有一个自己独有而别人没份的世界。那世界多半很美,因为每逢他看见什么,看得入迷的时候,谁也不能不嫉妒他。

货车队往前走的时候,教堂正敲钟召人去做弥撒。

五

这一串货车在一个村子外面一条河旁停下来。太阳跟昨天一样炎热,一点风也没有,叫人发闷。河岸上有几株杨柳,可是树的阴影不落在土地上,却映在水面上,变得一无用处了,就连躺在货车底下的阴影里,也还是闷热不堪,使人心里憋得慌。水映着天空而发蓝,热烈地引诱人们到它那儿去。

叶戈鲁什卡直到现在才注意到一个车夫,叫斯乔普卡,是个十八岁的乌克兰小伙子,上身穿一件长衬衫,没系腰带,下身穿一条肥裤子,散着裤腿,走起路来裤腿像旗子一样飘动。他很快地脱下

183

衣服,顺着高陡的河岸跑下去,扑通一声跳进水里。他钻进水里三回,然后仰面朝天地游泳,快活得闭上眼睛。他的脸带着微笑,起着皱纹,好像他觉得又痒又痛,而且感到好笑似的。

在找不到地方躲避溽暑和窒闷的热天,水的拍溅声和游泳者很响的呼吸声在人们的耳朵里就成了美妙的音乐。德莫夫和基留哈学斯乔普卡的样,也赶紧脱光衣服,大声笑着,预先体味着舒服的味道,接连跳进水里。那条安静的、不起眼的小河里就响彻了喷鼻声、拍水声、嚷叫声。基留哈咳嗽,欢笑,嚷叫,好像他们要叫他淹死似的,德莫夫呢,追他,极力要拉住他的后腿。

"哈——哈——哈!"他嚷叫着,"逮住他!抓住他!"

基留哈扬声大笑,痛快得很,可是他脸上的表情却跟原先在陆地上一样惊愕,发愣,仿佛有人偷偷溜到他背后,拿斧背打了他的脑袋似的。叶戈鲁什卡也脱掉衣服,可是并没有走下河岸的高坡,却一阵风似地往前猛跑几步,飞下去,离水面有一俄丈半高。他的身体在空中画了一道弧线,落进水里,沉得很深,可是没有碰到底。有一股不知什么力量使他感到又凉快又舒服,把他托起来,送回水面上来了。他钻出水面,喷鼻子,吹水泡,睁开眼睛。可是太阳正巧映在贴近他脸的水面上。先是耀眼的光点,随后是彩虹和黑斑,照进了他的眼睛。他赶紧又沉进水里,在水里睁开眼睛,看见一片迷茫的绿色,就跟月夜的天空一样。原先那股力量又不让他沉到水底,不让他待在凉爽里,却把他托上水面来。他钻出水面,深深呼一口气,不但胸膛里觉得畅快清新,就连肚子里也感觉到了。然后,为了要尽情享受河水,他就让自己随意玩各种花样:仰面躺在水面上,享享福,拍拍水,翻个跟头,然后背朝上游,侧着身子游,仰面游,立着游,总之随自己高兴,游累了为止。对岸长着茂密的芦苇,河岸让太阳涂上一层金光,芦花像美丽的穗子似的低垂到水面上。有一个地方,芦苇在颤动,芦花点头,传来水的拍溅声,原来斯乔普卡和基留哈在那儿"抓"虾呢。

"虾！瞧，哥儿们，虾！"基留哈得意地叫道，果然捞出一只虾来。

叶戈鲁什卡游到芦苇那儿，沉进水里，开始在芦苇根的周围摸索。他在又稀又黏的淤泥里找来找去，摸到一个尖尖的、手碰上去不舒服的东西，也许真的就是一只虾。可是这当儿不知谁抓住他的后腿，把他拉到水面上去了。叶戈鲁什卡让水呛得喘不过气来，咳嗽着，睁开眼睛，看见面前是捣蛋鬼德莫夫那张水淋淋的、笑嘻嘻的脸。这个捣蛋鬼正在喘气，从他的眼神看来，他打算把这玩笑再开下去。他一手拉紧叶戈鲁什卡的腿，已经抬起另一只手要掐他的脖子了；叶戈鲁什卡又讨厌又害怕，仿佛不愿意他碰到自己，又害怕那大力士会淹死他，就挣脱他的手说：

"傻瓜！我要给你一个嘴巴！"

他觉得这还不够表现他的痛恨，想了一想，又说：

"坏蛋！狗崽子！"

可是德莫夫却满不在乎，已经不再答理叶戈鲁什卡，游着水去找基留哈了，嘴里嚷着：

"哈——哈——哈！咱们来捉鱼吧！伙计，捉鱼吧！"

"行啊，"基留哈同意道，"这儿一定有很多鱼……"

"斯乔普卡，跑到村子里去，向庄稼人借个网子来！"

"他们不肯给的！"

"他们肯的！你央求他们好了！跟他们说，看在上帝份上，求他们借给我们，因为我们跟朝山进香的人差不多啊。"

"这是实在的！"

斯乔普卡就爬出水来，赶快穿上衣服，帽子也没戴，肥肥的裤腿一扇一扇的，跑到村子那边去了。叶戈鲁什卡自从跟德莫夫起了冲突以后，就觉得水失去了一切魅力。他走出水来，开始穿衣服。潘捷列和瓦夏坐在高陡的河岸上,垂下双腿,瞧着游泳的人。叶美里扬光着身子站在岸边水里,水齐膝头。他一只手拉着草,深怕摔下去,另一只手摩挲自己的身子。他那瘦削的肩胛骨,加上眼睛底下的疙瘩和他弯着腰、分明怕水的样子,使他显得滑稽可笑。他面容认真,严厉。他生气地瞧着水,好像打算把水痛骂一顿,因为以前顿涅茨河水使他受了凉,倒了嗓。

"你为什么不游泳?"叶戈鲁什卡问瓦夏。

"哦,不为什么……我不喜欢游泳……"瓦夏回答。

"你的下巴怎么会肿的?"

"有病……我从前在火柴厂做过工,少爷……大夫说,我的下巴就因为这个缘故才肿的。那儿的空气于人的身体有害。除了我以外,还有三个伙伴的下巴也肿了,其中有一个的下巴完全腐烂了。"

斯乔普卡不久就拿着网子回来了。德莫夫和基留哈在水里泡了许久,身上开始现出淡紫色,嗓子发哑,可是他们还是热心地捉鱼。他们先到芦苇旁边一个水深的地方去捉。那儿的河水齐到德莫夫的脖子,淹及矮小的基留哈的脑袋。基留哈嘴里呛进水去,吹出水泡。德莫夫被带刺的芦苇绊了一下,摔下去,缠在网子里。两个人在水里胡乱挣扎,闹出一片响声。他们打鱼的结果只是胡闹一场罢了。

"水深得很,"基留哈哑着嗓子说,"什么也捉不着!"

"别拉呀,你这鬼东西!"德莫夫嚷着,极力要把网撒在合适的地方,"用手抓紧!"

"在这儿你们什么也捉不着,"潘捷列在岸上对他们嚷道,"你们反而把鱼吓跑了,笨蛋!悄悄往左边去!那边水浅一点!"

有一回,一条大鱼在网子上面一闪;他们全都啊的叫了一声,德莫夫用拳头朝着那条鱼溜去的地方打了一拳,他的脸现出懊丧的神情。

"唉!"潘捷列叫道,顿一顿脚,"你们放跑了一条鲈鱼!它跑了!"

德莫夫和基留哈悄悄往左边移去,渐渐摸索到一个水比较浅的地方,在那儿认真地打起鱼来。他们离开货车已经大约有三百步远;可以看见他们一声不响,轻轻地迈腿,极力往水深处和靠近芦苇的地方走去,撒出鱼网,他们为了吓唬鱼,把它赶进网里去,就用拳头打水,把芦苇弄得沙沙地响。他们从芦苇那儿走到对岸,把网子拉过去,然后现出失望的神气,高高地抬起膝头,走回芦苇丛里。他们在谈话,可是讲的是什么,谁也听不见。太阳晒他们的背,苍蝇叮他们,他们的身子从淡紫色变成了深红色。斯乔普卡手里拿着桶子,跟在他们后面,把衬衫一直卷到胳肢窝底下,用牙齿衔着衬衫的底襟。每逢得了手,捉到鱼,他总是举起那条鱼来,让它在阳光里发亮,嚷道:

"瞧,什么样的鲈鱼啊!已经有五条了!"

每逢德莫夫、基留哈、斯乔普卡拉出网来,就可以看见他们在网里的烂泥里摸索很久,把一些东西放进桶里,把另外的东西丢掉。有时他们在网子里找着什么东西,就互相传递,好奇地察看一番,然后又把它丢掉……

"什么东西啊?"岸上的人对他们喊道。

斯乔普卡回答了一句什么话,可是很难听清。随后,他爬出水来,双手捧着桶子,忘了把衬衫放下来,向货车那边跑去。

"桶满了!"他喘吁吁地嚷道,"再给我一个桶!"

叶戈鲁什卡朝桶子里看一看,果然满了。一条小狗鱼把它的丑鼻子探出水面,四周聚集着许多虾和小鱼。叶戈鲁什卡伸手到桶底,搅动水,狗鱼躲到虾底下去,换了一条鲈鱼和一条鲤鱼浮到水面上来了。瓦夏也朝桶子里瞧了瞧。他的眼睛跟先前看见狐狸一样变得油亮,脸色柔和了。他在桶里拿起一个什么东西,放在嘴里,嚼起来。可以听见他嚼出咯吱咯吱的声音。

"伙伴们,"斯乔普卡惊讶地说,"瓦夏在吃活的鲄鱼呐!呸!"

"不是鲄鱼,是鲦鱼。"瓦夏安静地回答说,仍旧在咀嚼。

他从嘴里拉出一根鱼尾巴来,温柔地看一下,又放回嘴里。他咀嚼的时候,牙齿发出咯吱咯吱的声音,叶戈鲁什卡觉得眼前看见的好像不是人。瓦夏的肿下巴,他那没有光彩的眼睛,他那非常尖锐的眼神,他嘴里的鱼尾巴,他嚼鱼时那种温柔的神情,使他活像一头牲畜。

叶戈鲁什卡在他身旁觉得无聊。而且打鱼也已结束。他在货车旁边走来走去,想了一想,由于烦闷,就慢慢地往村子那边走去。

过了不久,他已经站在教堂里,脑门子贴在人家的发出大麻气味的背上,听唱诗班歌唱。弥撒快要做完了。叶戈鲁什卡听不懂教堂里唱的是什么,也就没心思听下去。他听了一会儿,打个呵欠,开始观看别人的后脑勺和背脊。有一个人由于刚刚洗过澡,后脑勺又红又湿,他认出是叶美里扬。他脑后的一圈头发剪得比平常人高,鬓角的头发也剪得比常人高,两只红耳朵竖起,活像两片牛蒡,仿佛耳朵自己也觉得生的不是地方似的。叶戈鲁什卡瞧着他的后脑勺和他的耳朵,不知怎么,觉得他大概很不幸。叶戈鲁什卡想起他用两只手指挥的样子,嘶哑的嗓子,洗澡时候的胆怯神气,觉得十分可怜他,很想对他说几句亲切的话。

"我也在这儿!"他拉拉他的袖子说。

凡是在唱诗班中唱高音或低音的人,特别是一生中哪怕只做过一回指挥的人,总是惯于用严厉而厌恶的神气看待孩子们。就是后来离开了唱诗班,他们也不会改掉这种习惯。叶美里扬转过身来向着叶戈鲁什卡,皱起眉头看他一眼,说:

"别在教堂里淘气!"

于是叶戈鲁什卡往前挤去,更靠近神龛一点。在这儿,他看见一些有趣的人。在右边,众人前面,有一个太太和一个老爷站在地毯上。他们身后各有一把椅子。老爷穿着新烫平的茧绸裤子,站在那儿一动也不动,就跟行敬礼的兵一样,把他那剃光胡子的发青的下巴翘得高高的。在他那竖起的衣领上,在发青的下巴上,在小小的秃顶上,在细手杖上,都现出一种了不起的尊贵气派。由于尊严过了分,他的脖子使劲伸直,他的下巴那么用力地翘起来,好像他的脑袋随时准备脱落、向上飞去似的。太太呢,又胖又老,戴着白绸披巾,偏着头,看样子好像刚刚赐了谁什么恩典,想要说:"唉,不必费事道谢了!我不喜欢那样……"地毯四周站着许多乌克兰人,像一堵厚墙。

叶戈鲁什卡走到神龛那儿,开始吻神像。他在每个神像面前不慌不忙地跪下去叩头,还没站起来就回头看那些做弥撒的人,然后站起来吻神像。他的前额碰到冰凉的地板,使他觉得很舒服。等到教堂看守人从圣坛上下来,拿一把长镊子夹灭烛心,叶戈鲁什卡就很快地从地板上跳起来,跑到他跟前去。

"圣饼发过了没有?"他问。

"没有了,没有了……"看守人阴沉地喃喃道,"用不着在这儿等了……"

弥撒做完了。叶戈鲁什卡不慌不忙地走出教堂,到广场上去溜达。他生平已经见过不少村子、广场、农民,因此现在他眼睛所遇到的东西完全引不起他的兴趣。他没事可做,想要干点儿什么事来消磨时间,就走进一家铺子。铺子门口挂着一块宽阔的红布门帘。这家店分成两边,挺宽敞,然而光线不足,一边卖衣料和食品杂货,另一边摆着成桶的焦油,天花板上吊着马轭,两边都有皮子和焦油的好闻的气味。店里地板上洒过水,洒水的人大概是个大幻想家和自由思想家,因为整个地板简直布满了图案和符咒的

189

花样。吃得挺胖的店老板,有着一张宽脸和一把圆胡子,大概是大俄罗斯人,站在柜台里边,肚子顶住一张斜面的办公桌。他正在嚼着糖喝茶,每喝一口就长长地吁一口气。他的脸上流露着十足的冷淡,可是在每一声长吁中都可以听出这样的意思:"等着吧,我要揍你一顿!"

"给我一戈比的葵花子!"叶戈鲁什卡对他说。

店老板扬起眉毛,从柜台里面走出来,往叶戈鲁什卡的衣袋里倒了一个戈比的葵花子,他是用一个空的生发油小瓶量葵花子的。叶戈鲁什卡并不想走。他对那一盒盒蜜饼仔细看了很久,想了一想,用手指着那些年陈日久而生出褐色霉斑的粘在一块儿的小蜜饼,问道:

"这种蜜饼多少钱一个?"

"一戈比买两个。"

叶戈鲁什卡从口袋里拿出前一天犹太女人送给他的那块蜜饼,问道:

"像这样的饼你这儿要卖多少钱?"

老板用手接过那块饼来,翻来覆去看了一番,扬起一道眉毛。

"像这样的吗?"他问。

然后他扬起另一道眉毛,沉吟一下,答道:

"三个戈比两个……"

随后是沉默。

"您是谁家的孩子?"老板问道,拿过一个红的铜茶壶来为自己斟茶。

"伊万·伊万内奇的外甥。"

"叫伊万·伊万内奇的人多的是哟,"老板说,吁口气。他的目光掠过叶戈鲁什卡的头顶朝门口望过去,沉默一下,问道:"您想喝茶吗?"

"劳驾……"叶戈鲁什卡有点勉强地同意道,其实他非常想喝每天早晨他一定喝到的早茶。

老板替他斟好一杯茶,随带给他一块已经被人啃过的糖。叶戈鲁什卡在一张折椅上坐下,喝起来。他还想问一磅①糖杏仁卖多少钱,刚要开口问,忽然一位顾客走进来了,老板就把他那杯茶放在一边,去做生意。他领着顾客走到冒出焦油气味的那半边去,跟他谈了很久。顾客大概是个很固执、很有主见的人,不断地摇头,表示不赞成,一步步向门口退去。老板总算把他说服了,开始为他往一个大口袋里倒燕麦。

"你管这个也叫燕麦?"顾客悲叹地说,"这不是燕麦,这是麸皮,连鸡见了都会觉得好笑……不行,我要到邦达连柯那儿去!"

叶戈鲁什卡回到河边的时候,岸上正有一小堆篝火在冒烟。这是车夫们在烧饭。斯乔普卡站在烟雾里,拿一把缺口的大勺在锅里搅动。旁边不远的地方,基留哈和瓦夏,被烟熏红了眼睛,坐在那儿收拾鱼。他们面前放着布满烂泥和水草的渔网,上面躺着亮闪闪的鱼和爬来爬去的虾。

叶美里扬刚从教堂里回来不久,坐在潘捷列身旁,挥动胳臂,用哑嗓子唱着,声音小到刚刚能够让人听见:"我们对您唱着……"德莫夫在那些马儿身旁走动。

基留哈和瓦夏收拾好鱼,就连鱼带活虾一齐放进水桶,洗一洗干净,从桶里统统倒进沸滚的水里。

"放油吗?"斯乔普卡问,用大勺撇掉水面上的沫子。

"何必呢?鱼自己会出油的。"基留哈回答。

斯乔普卡从火上端下锅子来以前,先往水里放了三大把小米和一勺盐。末后,他尝了尝口味,吧嗒几下嘴唇,舔舔勺子,满意得

---

① 此处指俄磅,1 俄磅等于 409.5 克。

喉咙里咔咔地响,这意思是说稀饭煮熟了。

除了潘捷列以外,大家都围着锅子坐下,用勺子吃起来。

"喂,你们!给那小子一个勺子!"潘捷列严厉地说,"大概他也想吃!"

"我们这是乡下人的饭食!……"基留哈叹了口气,说。

"人饿了,就是乡下人的饭食也是好吃的。"

他们就给叶戈鲁什卡一个勺子。他吃起来,然而不是坐着,却站在锅子旁边,低头瞧着锅里就跟瞧着深渊似的。锅里冒出鱼腥味,小米里常碰到鱼鳞。虾用勺子舀不起来,吃饭的人干脆就用手到锅子里去捞。瓦夏在这方面尤其毫无顾忌,不但在稀饭里弄湿了手,还浸湿了袖子。不过,叶戈鲁什卡仍旧觉得稀饭挺好吃,使他想起在家的时候母亲逢到斋日常给他烧的虾汤。潘捷列坐在一旁,嚼着面包。

"老大爷,你怎么不吃?"叶美里扬问他。

"我不吃虾……去它的!"老头儿说,嫌弃地扭转身去。

他们一面吃饭,一面随意谈话。从谈话里叶戈鲁什卡听出他这些新朋友,尽管年龄和性格不同,却有一个使他们彼此相像的共同点:他们这些人过去的情况都很好,现在都不妙。讲起自己过去的事,他个个都喜形于色,他们对待现在却差不多带着轻蔑的态度。俄罗斯人喜欢回忆,却不喜欢生活,这一点叶戈鲁什卡还不懂。这顿饭还没吃完,他就已经深深相信,围住锅子坐着的这些人都是受尽命运的捉弄和凌辱的人。潘捷列说:想当初在没有铁路以前,他常押着货车队在莫斯科和下诺夫戈罗德中间来往,赚到那么多的钱,简直不知道该怎么花才好。而且那年月的商人是什么样的商人,那年月的鱼是什么样的鱼,一切东西多么便宜啊!现在呢,道路短了,商人各啬了,老百姓穷了,粮食贵了,样样东西都缩得极小了。叶美里扬告诉他们说:从前他在卢甘斯克工厂的唱诗班里做事,有挺好的嗓子,又善于看乐谱。现在呢,变成农民,靠哥哥过活了。哥哥拨给他几匹马,打发他出来干活,为此,哥哥拿去他的一半收入。瓦夏原先在火柴厂做工。基留哈从前在一个好人家当车夫,在全区被人认为是个驾三匹马的上等车夫。德莫夫是一个富裕的农民的儿子,生活舒适,玩玩乐乐,无忧无虑;可是他刚满二十岁的那年,他那严厉专横的父亲想要训练他干正事,生怕住在家里会惯坏他,就打发他来干运输的行业,就跟没有田地的农民或者工人一样。只有斯乔普卡一个人没说什么,不过从他的没胡子的脸上可以看出,他过去的生活一定也比现在好得多。

一提起父亲,德莫夫就皱起眉头,不吃了。他阴郁地瞧着他的同伴们,把眼光停在叶戈鲁什卡身上。

"你这邪教徒,把帽子脱掉!"他粗鲁地说,"难道可以戴着帽子吃东西?你还算是上流人呐!"

叶戈鲁什卡摘下帽子,没说话,可是再也尝不出稀饭的好滋味了,也没听到潘捷列和瓦夏怎样为他抱不平。对那捣蛋鬼的愤恨,在他的胸膛里郁闷地翻腾着。他下了决心,不管怎样也要叫这人吃点苦头。

饭后,大家走到货车那边,在阴影里躺下来。

"我们马上就要动身了吗,老爷爷?"叶戈鲁什卡问潘捷列。

"上帝叫我们什么时候走,我们就什么时候走……现在还不动身,天太热……唉,主,这是您的旨意,圣母……躺下吧,小子!"

不久,每一辆货车下面都传出打鼾的声音。叶戈鲁什卡很想再到村子里去,可是想了一想,却打个呵欠,挨着老头儿躺下去了。

六

货车在河边待了一整天,等到太阳落下去,才从原地动身。

叶戈鲁什卡又躺在羊毛捆上,货车轻声地吱吱嘎嘎响,摇晃个不停。潘捷列在下面走着,顿脚,拍大腿,嘴里唠唠叨叨。空中响起草原的音乐,跟昨天一样。

叶戈鲁什卡仰面朝天躺着,把手枕在脑袋底下,看上面的天空。他瞧见晚霞怎样灿烂,后来又怎样消散。保护天使用金色的翅膀遮住地平线,准备睡下来过夜了。白昼平安地过去,安静和平的夜晚来临了,天使可以安宁地待在天上他们的家里了……叶戈鲁什卡看见天空渐渐变黑,暗影落在大地上,星星接连地亮起来。

每逢不移开自己的眼睛,久久地凝望着深邃的天空,那么不知什么缘故,思想和感情就会汇合成为一种孤独的感觉。人们开始感到一种无可补救的孤独,凡是平素感到接近和亲切的东西都变得无限疏远,没有价值了。那些千万年来一直在天空俯视大地的星星,那本身使人无法理解、同时又对人的短促生涯漠不关心的天空和暗影,当人跟它们面对面、极力想了解它们的意义的时候,却用它们的沉默压迫人的灵魂,那种在坟墓里等着我们每个人的孤独,就来到人的心头,生活的实质就显得使人绝望,显得可怕了……

叶戈鲁什卡想到奶奶,她现在安眠在墓园里樱桃树底下,他想起她怎样躺进棺材里,两枚五戈比的铜钱压在她的眼睛上,后来人家又怎样给她盖上棺材,把她放进墓穴,他还想起一小块一小块的泥土落在棺材盖上那种低沉的响声……他想象他的奶奶躺在漆黑狭窄的棺材里,孤苦伶仃,没人照应。他的想象画出奶奶怎样忽然醒来,不知道自己在什么地方,就敲打棺材盖子,喊救命,到头来害怕得衰弱不堪,又死了。他想象母亲死了,赫利斯托福尔神甫死了,德兰尼茨卡雅伯爵小姐死了,索罗蒙死了。可是,不管他怎样极力想象自己离家很远,无依无靠,孤苦伶仃,死僵僵地睡在黑暗的坟墓里,却总也想不出那是什么样的情形。就他个人来说,他不承认自己有死的可能,觉得自己永远也不会死……

可是已经到了该死的时候的潘捷列却在下面走动,数说自己的思想。

"挺不错,是好老爷……"他喃喃道,"他的小子给带去上学;可是他在那边怎么样,那就不知道了……在斯拉维扬诺塞尔布斯克,我是说,那儿没有一个学堂能教人大学问……没有,这是实在的。不过那小子好,挺不错……等他长大,会做他父亲的帮手……你,叶戈里,现在还是个小不点儿,可是你将来会长大,养活你爹娘……上帝是这么规定的……'孝敬你的父亲和你的母亲'……我自己也有过儿女,可是他们都烧死了……我的老婆烧死了,儿女也烧死了……这是实在的,在主显节①晚上,我们那小木房着火了……当时我不在家,我赶车到奥廖尔去了。赶车到奥廖尔去了……玛丽亚冲出屋来,到了街上,可是想起小孩还睡在屋里,就跑回去,结果跟孩子一块儿烧死了……是啊……第二天他们只找着碎骨头。"

午夜光景,车夫们和叶戈鲁什卡又围绕一小堆篝火坐着。等到杂草烧起来,基留哈和瓦夏就到山沟里的什么地方去取水。他们消失在黑暗里,不过一直听得见他们铁桶子丁冬的响声和他们讲话的声音,可见山沟一定不远。篝火的火光在地上铺了一大片闪烁的光点,虽然明月当空,火光以外却好像是一片漆黑,什么也看不见。亮光照着车夫们的眼睛,他们只看见大道的一部分。那些货车载着货包,套着马儿,在黑暗里几乎看不清,样子像是一条不定形的大山脉。离篝火二十步远,在大道跟旷野交界的地方,立着一个坟墓上的木头十字架,向一侧歪斜着。叶戈鲁什卡在篝火还没烧起来以前,还能看见远处东西的时候,留意到大道的另一边

---

① 基督教的节日,在旧俄历一月六日。

也立着一个同样歪斜的旧十字架。

基留哈和瓦夏提着水回来,倒满锅子,把锅子架在火上。斯乔普卡手里拿着那把缺口的勺儿,站在锅子旁边的烟雾里,呆望着水,等沫子浮上来。潘捷列和叶美里扬并排坐着,闷声不响,不知在想什么。德莫夫趴在地上,用拳头支起脑袋,瞧着火,斯乔普卡的影子在他身上跳动,因此他漂亮的脸一会儿给黑暗盖住,一会儿又突然发红……基留哈和瓦夏在不远的地方走动,收捡杂草和桦树皮来烧火。叶戈鲁什卡把两只手放在衣袋里,站在潘捷列身旁,瞧着火怎样吞吃杂草。

大家都在休息,思索着什么,匆匆看一眼十字架,一块块红光正在十字架上跳动。孤零零的坟墓显得忧郁,好像在沉思,极有诗意……坟墓显得多么沉静,在这种沉静里可以感到这儿存在着一个身世不详、躺在十字架底下的人的灵魂。那个灵魂在草原上觉得好受吗?在月夜,它不悲伤?靠近坟墓的一带,草原也显得忧郁,凄凉,若有所思,青草悲伤,螽斯的叫声好像也拘束多了……没有一个过路的人不记起那个孤独的灵魂,一个劲儿地回头看那座坟墓,直到那坟远远地落在后面,掩藏在雾气里……

"老爷爷,为什么立着这个十字架?"叶戈鲁什卡问。

潘捷列瞧一瞧十字架,然后又瞧一瞧德莫夫,问道:

"米科拉①,这不就是早先割草人打死商人们的那块地方吗?"

德莫夫勉强用胳膊肘撑起身子来,瞧一瞧大路,答道:

"就是这地方……"

随后是沉默。基留哈折断一些枯草,把它们捏成一团,塞在锅子底下。火燃得更旺了。斯乔普卡笼罩在黑烟里,十字架的影子在大道上货车旁边的昏光里跑来跑去。

---

① 尼古拉的俗称。

"对了,是他们打死的……"德莫夫勉强地说着,"有两个商人,爷儿俩,坐着车子去卖神像。他们在离这儿不远的一家客栈里住下,现在那家客栈由伊格纳特·福明开着。老的喝多了酒,夸起口来,说是他身边带着很多钱。大家全知道,商人都是爱说大话的家伙,求上帝别让我们犯那种毛病才好……他们在我们这班人面前总是忍不住要装得阔气些。当时有些割草人在客栈里过夜。商人夸口的话,他们全听见了,就起了意。"

"啊主!……圣母!"潘捷列叹道。

"第二天,天刚亮,"德莫夫说下去,"商人准备动身了,割草人要跟他们搭帮走。'一块儿走吧,老爷。这样热闹点,危险也少一点,因为这是个偏僻的地方啊……'商人为了不让神像被碰坏,就得步行,这刚好合了割草人的心意……"

德莫夫爬起来,跪着,伸一个懒腰。

"是啊,"他接着说,打了个呵欠,"先是平平安安,可是等到商人走到这个地方,割草人就拿起镰刀来收拾他们了。儿子是个有力气的小伙子,从他们一个人的手里抢过一把镰刀,也回手砍起来……临了,当然,那些家伙得了手,因为他们一共有八个人。他们把那两个商人砍得身上没留下一块好地方。他们完事以后,就把两个人从大道上拉走,把父亲拉到大道一边,把儿子拉到另一边。这个十字架的对面路边上,还有一个十字架呢……那个十字架究竟还在不在,那我就不知道了……我在这儿看不见。"

"还在。"基留哈说。

"据说他们事后只找到很少的一点儿钱。"

"很少一点儿,"潘捷列肯定道,"只找到一百卢布。"

"对了,后来他们当中有三个人死了,因为商人也用镰刀把他们砍得很重……他们流血过多。有一个人给商人砍掉一只手,据说他缺一只手跑了四俄里路,人家才在靠近库里柯沃村的一个山冈上找着他。他蹲着,头伏在膝头上,仿佛在想心事,可是细细一瞧,原来已经咽了气,死了……"

"他们是顺着路上的血迹才找到他的……"潘捷列说。

大家瞧着十字架,又沉静下来。不知从什么地方,多半是从山沟那边吧,飘来鸟儿的悲鸣:"我睡了!我睡了!……"

"世界上有许多坏人哟。"叶美里扬说。

"多着呐,多着呐!"潘捷列肯定地说,往火那边挪近一点儿,带着好像害怕的神情,"多着呐,"他接着低声说,"那样的人,我这一辈子见过好多好多……坏人……正派人和规矩人我见过不少,有罪的人呢,数也数不清……圣母,拯救我们,怜悯我们吧……我记得大概三十年前,也许还不止三十年,有一回我给莫尔尚斯克城的一个商人赶车。那商人是个出色的人,相貌堂堂,身边带着钱……那个商人……他是好人,挺不错……就这么着,我们到一个客栈去住夜。俄罗斯的客栈跟这一带的客栈可不同。在那儿,院子里搭天篷,就跟堆房一样,或者不妨说,跟有钱人家庄园上的谷仓一样。只是谷仓还要高一点。得,我们就在那儿住下了,挺不错。我那位商人住一个房间,我呢,跟马住在一块儿,样样事情都合情合理。就这么着,哥儿们,我在睡觉以前祷告一番,到院子里溜达一下。那天晚上挺黑,什么也看不见,要看也是白费劲。我就这么走了一阵,又回到货车旁边,快要走到了,忽然看见亮光一闪。这是怎么回事?老板跟伙计好像早就上床睡了,客栈里除了商人和我以外又没别的住客……这亮光是打哪儿来的呢?我起了疑……我走过去……往亮光那儿走……求主怜悯我!圣母拯救我!我这么一瞧,原来靠近地面有个小窗子,外面安着铁格子……在正房底下……我趴在地上,往里瞧;我这一看不要紧,周身都凉了……"

基留哈极力不出声地拿一把杂草塞进火里。老头儿等枝子哔哔剥剥爆过,嗞嗞响过以后,说下去:

"我往那儿这么一瞧,原来是个地窖,好大哟,漆黑,阴凄凄的……有一个桶,上面摆着一盏小提灯。地窖中央站着十来个人,穿着红衬衫,卷起袖子,在磨长刀……哎呀!原来我们住进黑店,掉到强盗窝里来了!……这可怎么办?我跑到商人那儿,悄悄叫醒他,说:'你别害怕,商家,'我说,'可是咱们的事儿不妙……咱们掉进强盗窝里来了。'我说。他的脸色顿时变了,问道:'我们现在怎么办呢,潘捷列?我带着很多孤儿的钱呐……至于我这条命,'他说,'那随上帝的意思好了。我不怕死,可是丢掉了孤儿的钱才可怕呀。'他说。这可怎么办?大门上了锁。坐车也好,走路也好,都出不去……要是有一道围墙,那倒也好翻过去,可是院子上面有天篷啊!……'喂,商家,你也不用害怕,'我说,'对上帝祷告好了。也许主不肯让孤儿受屈。就在这儿待着吧,'我说,'别有什么动静,趁这工夫,也许我会想出什么办法来……'好!……我就向上帝祷告,上帝叫我想出妙法来了……我爬上马车,轻轻地……轻轻地,不让别人听见,拉掉房顶上的麦秆,挖了个小洞,往外爬……往外爬……然后我跳下房顶,顺大路拚命跑。我跑啊跑的,累得要死……大概我一口气跑了有五俄里路,也许还不止五里……谢天谢地,我一瞧,前边有个村子。我跑到一所农舍跟前,敲窗子。'东正教徒啊,'我说,就把事情原原本本讲给他们听了,'别眼看基督徒的灵魂毁掉吧……'我把大家全叫醒了……农民们会齐了,跟我一块儿去……有人拿着绳子,有人拿着棒子,有人拿着草叉子……我们打进客栈的院门,直奔地窖……强盗们刚刚磨完刀子,正要去杀商人。农民们逮住他们,一个也没漏网,把他们捆起来,押到官长那儿去了。商人一高兴,送给他们三百卢布,给我五个金币,写下了我的姓名作为纪念。据说后来在地窖里搜到好多好多的人骨头。人骨头……可见,他们抢了人家的钱,埋掉尸首,好不留一点痕迹……嗯,后来,他们在莫尔尚斯克让刽子手给收拾了。"

潘捷列讲完故事,四下看看听讲的人。他们一声不响,瞧着他。水已经开了,斯乔普卡在撇沫子。

"油准备好了吗?"基留哈小声问他。

"等一等……马上就去拿。"

斯乔普卡拿眼睛盯紧潘捷列,跑到货车那边去,仿佛生怕自己不在,潘捷列又开头讲别的故事似的。不久他就拿着一个小小的木碗回来,开始在碗里把生猪油研碎。

"又有一回,我也是跟一个商人一块儿上路……"潘捷列说下去,声音跟先前一样低,眼睛眨也不眨。"他的名字,我现在还记得,是彼得·格里戈里伊奇。他是个好人……那商人……我们也是住在一个客栈里……他住一个小房间,我跟马睡在一块儿……老板夫妇好像挺好,挺和气。伙计们也好像没什么。可是,哥儿们,我睡不着,我的心觉出来了!觉出来了,就是这么的。大门开着,四下里有许多人,可我还是好像害怕,心不定。大家早已睡下。夜深了。不久就该起床,可是只有我一个人躺在马车里,合不上眼睛,仿佛我是猫头鹰似的。后来,哥儿们,我听见这样的声音,'咚!咚!咚!'有人悄悄走到马车这儿来了。我探出头去一看,原来是个乡下女人,只穿一件衬衣,光着脚……'你有什么事,大嫂?'我问。她呢,周身打抖,脸色慌张……'起来好人!'她说,'糟了!……老板他们起了坏心……他们要干掉你那个商人。'她说,'我亲耳听见老板跟老板娘叽叽咕咕地商量……'果然,我不是白担心!'你是谁?'我问。'我是他们的厨娘。'她说……好!……我就从马车上下来,到商人那儿去。我叫醒他,一五一十告诉他,说:'彼得·格里戈里伊奇,事情不妙……老爷,以后再睡吧,趁现在还有时间,赶紧穿好衣服,'我说,'咱们尽早躲开灾祸吧……'他刚刚穿衣服,门就开了,了不得!……我这么一看,圣母呀!客栈老板和他老婆带着三个伙计走进我们房里来了……看来,他们跟工人也勾结起来了。'这位客商有不少钱,拿出来大家分。'他们说……这五个人手里都拿着长刀……长刀……老板锁上房门,说:'向上帝祷告吧,旅客……要是你们叫起来,'他说,'我们就干脆不准你们在临死的时候祷告……'谁还叫得出来啊!我们害怕得嗓子里都堵住,喊也喊不出来了……商人哭着说:'正教徒!你们决心杀死我,'他说,'是因为看中我的钱。那么要杀就杀吧,反正我既不是第一个,也不是末一个,我们商人已经有很多人在客栈里被人谋害了。可是,教友们,'他说,'为什么要杀死我的车夫呢?为什么要连累他为我的钱遭殃?'他说得那么沉痛!可是老板对他说:'要是我们让他活着,'他说,'那他就会第一个告发我们,'他说,'杀一个也好,杀两个也好,反正都一样。犯七件罪,倒一次霉……向上帝祷告吧,你们所能做的只有这件事,用不着废话了!'商人和我就并排跪下,哭哭啼啼地向上帝祷告。他想起他的子女。我那时候还年轻,要活下去……我们瞧着神像,祷告,真是伤心啊,就连现在回想起来也要掉泪……老板娘那个娘儿们瞧着我们说:'你们是好人,'她说,'你们到了另一个世界可别记我们的仇,也别求上帝惩罚我们,我们是因为穷才做这种事的。'我们祷告了又祷告,哭了又哭,上帝可就听见我们的声音了。他必是可怜我们了……老板刚刚揪住商人的胡子,要拿刀砍他的脖子,忽然院子里有人敲窗子!我们都吓一跳,老板的手放下来了……有人敲着窗子,嚷着:'彼得·格里戈里伊奇,你在这儿吗?收拾好,咱们走吧!'老板他们瞧见有人来找商人,害了怕,溜了……我们连忙走到院子里,把马套上车子,一会儿就没影儿了……"

"到底是谁敲的窗子?"德莫夫问。

"敲窗子?一定是圣徒或者天使。不会有别人……我们赶着车子走出院子时,街上一个人也没有……这是上帝干的!"

潘捷列还讲了些别的故事。在他所有的故事里,"长刀"总要出现,听起来全像是胡诌出来的。这些故事是他从别人那儿听来的,还是很久以前自己编出来的,后来记性差了,就把经历和幻想混淆起来,两者分不清楚了呢?这都可能,可是有一件事却奇怪:这一回,以及后来一路上每回讲故事的时候,他只乐意讲一些分明编造出来的故事,却从来不提真正经历过的事。当时叶戈鲁什卡却把那些故事当做实有其事,每句话都信以为真了。后来他才暗暗觉得奇怪:这么一个人,这辈子走遍了俄罗斯,见闻那么广博,妻子儿女已经活活烧死,居然这么轻视自己的丰富生活,每回篝火旁边坐着,要就一声不响,要就讲些从没发生过的事情。

他们喝稀饭的时候,都闷声不响,只想着刚才听到的故事。生活可怕而奇异,所以在俄罗斯不管讲多么可怕的故事,也不管拿什么强盗窝啦、长刀啦、种种奇迹啦,来装饰它,那故事总会在听讲人的灵魂中引起真实的感受,也许只有学识丰富的人才会怀疑地斜起眼睛,不过就连他也会一声不响。路边的十字架、黑压压的羊毛捆、辽阔的平原、聚在篝火旁边的那些人的命运,这一切本身就又奇异又可怕,传说和神话的离奇怪诞反倒苍白失色,跟生活混淆起来了。

大家凑在锅边吃着,唯独潘捷列坐在一旁,用小木碗喝粥。他的调羹跟别人的不一样,是柏木做的,上面有个小十字架。叶戈鲁什卡瞧着他,想起那做杯子用的长明灯,就轻声问斯乔普卡:

"为什么老爷爷独自坐在一边?"

"他是个旧派教徒。"斯乔普卡和瓦夏小声回答,同时他们说话的神情显得仿佛在讲一种短处或者秘密的恶习似的。

大家沉默着,想心事。听过那些可怕的故事以后,谁也不想讲平凡的事情了。在沉静中,瓦夏忽然挺直身子,用他那没有光彩的眼睛凝神瞧着一个地方,竖起耳朵来。

"怎么回事?"德莫夫问他。

"有人来了。"瓦夏回答道。

"你看见他在哪儿?"

"在那边!有个微微发白的东西……"

在瓦夏瞧着的那边,除了黑暗以外什么也看不见。大家静听,可是没听见脚步声。

"他从大路上来了?"德莫夫问。

"不,是从旷野上来……上这边来了。"

在沉默中过了一分钟。

"也许是葬在那儿的商人正在草原上溜达吧。"德莫夫说。

大家斜眼看那十字架,面面相觑,忽然哄笑起来;他们为自己的恐惧害臊了。

"他为什么要出来走呢?"潘捷列问,"只有大地不肯收留的人才会夜里出来行走。那两个商人没什么……那两个商人已经戴上殉教徒的荆冠了……"

可是忽然他们听见了脚步声。有人匆匆忙忙地走来。

"他带着什么东西呢。"瓦夏说。

他们开始听见青草在走过来的那个人的脚底下沙沙地响,杂草喀嚓喀嚓地响。可是在篝火的亮光外面什么也看不见。临了,脚步声近了,有个人咳了一声。闪烁的亮光好像让开一条路,事情终于清楚了,车夫们忽然看见面前站着一个人。

不知道是因为火光摇抖不定呢,还是因为大家想先看清来人的脸,总之,怪极了,他们第一眼看见的,先不是他的脸,也不是他的衣服,却是他的笑容。那是一种非常善良、开朗、温柔的笑容,就跟刚被叫醒的小娃娃一样,而且那是一种富于感染力的笑容,叫人很难不用笑容回报他。等到大家看清楚,这才知道原来那陌生人是个三十岁上下的男子,长得难看,没有一点出众的地方。他是个身材很高的乌克兰人,长鼻子,长胳膊,长腿。他处处都显得长,只有他的脖子很短,使他的背有点驼。他上身穿一件干净的、领口绣花的白衬衫,下身穿着白色的肥裤子,脚登新的高筒靴,跟车夫们一比,简直像个大少爷。他抱着一个又大又白的、第一眼看上去样子古怪的东西,而且有一管枪的枪身从他肩膀后面探出来,也很长。

他从暗处走进亮光的圈子里,站住,好像在地里生了根。他有半分钟的工夫瞧着车夫们,仿佛要说:"瞧啊,我的笑容多么好看!"然后他朝篝火迈近一步,笑得越发开朗,说:

"面包和盐①,哥儿们!"

"欢迎你!"潘捷列代表大家回答。

这个生人把怀里抱着的东西放在篝火边(原来那是一只打死的大鸨),又对他们打一次招呼。

大家都走到大鸨那儿,开始细细地看它。

"好一只鸟!你拿什么打死它的?"德莫夫问。

"大砂弹……霰弹打不中它,它不容易接近……买下吧,哥儿们!我只要二十戈比就把它卖给你们。"

"我们要它有什么用,这东西顶好烤着吃,拿它一煮大概就会煮硬,那就咬不动了……"

"唉,真要命!要是把它拿到庄园上的老爷那儿去,他们倒会给我半个卢布。可是路远着呐,足足有十五俄里!"

这个来历不明的人坐下来,取下枪,放在身旁。他好像困了,没精神,笑眯眯的,给火光照得眯细眼睛,大概想起了什么痛快的事。他们递给他一把勺子。他吃起来。

"你到底是什么人?"德莫夫问他。

---

① 对正在吃饭的人的问候辞。

陌生人没听见这句问话。他没回答,甚至也没看德莫夫一眼。这笑嘻嘻的人大概没尝出稀饭的滋味,因为他有点懒洋洋地、无意识地喝着,临到把勺子举到唇边,有时候勺子里盛得很满,有时候却完全是空的。他并没喝醉酒,不过他的脑子里却有什么荒唐的想法在浮动。

"我在问你:你是什么人啊?"德莫夫又问了一遍。

"我?"来历不明的人一怔,说,"康斯坦丁·兹沃内克,罗夫诺地方人。离这儿大约有四俄里路。"

康斯坦丁想赶紧表明他并不是像他们那样的农民,而要高一等,就连忙添一句:

"我们有养蜂场,而且还养猪。"

"你是跟爸爸住在一块儿,还是另外单过?"

"现在我自己单过,我们分家了。这个月,过了圣彼得节,我成亲了!现在我是娶了媳妇的人!……从办喜事到现在有十八天了。"

"好事!"潘捷列说,"结婚挺不错……这是上帝赐福给你……"

"年轻的老婆待在家里睡觉,他却到草原上来溜达,"基留哈笑道,"怪人!"

仿佛自己身上顶怕痛的地方给人掐了一下似的,康斯坦丁打了个哆嗦,笑起来,脸红了……

"可是主啊,她不在家!"他连忙从嘴边移开勺子说,带着快活和惊奇的表情看一遍所有的人,"她不在家,她回娘家待两天!真的,她走了,我就跟没结婚一样……"

康斯坦丁摆摆手,摇摇脑袋。他打算继续想下去,可是他脸上流露着的欣喜妨碍他想心事。他好像坐得不舒服似的,换了个姿势,笑起来,又摇摇手。他不好意思把他的愉快的念头讲给陌生人听,可又忍不住想要把自己的欢喜告诉别人。

"她上杰米多沃村去看她妈了!"他说,脸红了,把枪换一个地方放,"她明天会回来……她说她回来吃中饭。"

"你闷得慌吗?"德莫夫问。

"啊,主,你想会怎样呢?我们成亲没几天,她就走了……不是吗?哦,不过呢,她是个活泼伶俐的姑娘,要是我说得不对,让上帝惩罚我!她呀,那么好,那么招人喜欢,那么爱笑、爱唱,简直是一团烈火!她在我身边的时候,我的脑筋给弄得迷迷糊糊,可是她一走,我又失魂落魄,跟傻瓜似的在草原上逛荡。我吃完中饭就出来走,真要命。"

康斯坦丁揉揉眼睛,瞧着火,笑了。

"那么,你爱她……"潘捷列说。

"她那么好,那么招人喜欢,"康斯坦丁又说一遍,没听见潘捷列的话,"一个挺好的主妇,又聪明又明事理,在全省的老百姓家里再也找不到像她那样的了。她走了……不过,她一定也惦记我,我知道!我明白,那只小喜鹊!她说明天吃中饭以前回来……这可真是想不到的事啊!"康斯坦丁差不多嚷起来,忽然提高声调,交换一下坐的姿势,"现在她爱我,惦记我,不过当初她还不肯嫁给我呢!"

"可是你吃啊!"基留哈说。

"她不肯嫁我!"康斯坦丁没去听他,接着说,"我追了她三年!我原先是在卡拉契克市集上瞧见她的。我爱她爱得要命,差点没上吊……我住在罗夫诺,她住在杰米多沃,两下里相隔十五俄里路,我简直找不着机会。我打发媒人去见她,她说:'不行!'唉,这只喜鹊啊!我送她这个,送她那个,耳环啦,蜜饼啦,半普特蜂蜜啊,可她还是说:'不行!'真是没办法。不过要是仔细一想,我哪儿配得上她呢?她年轻,漂亮,一团烈火似的,我呢,岁数大,不久就要满三十了,况且长得实在太漂亮,一把大胡子跟一把钉子似的,脸孔也真干净,上面满是疙瘩。我哪儿能跟她相比哟!只有一点还好:我们家富裕,可是瓦赫拉敏基家也不错啊。他们有六头牛,雇着两个长工。哥儿们,我爱她,入了迷……我睡不着,吃不下,满脑子的心事,整天迷迷糊糊,求上帝别叫我们受这份罪才好!我想见她的面,可是她住在杰米多沃……你们猜怎么着?上帝可以作证,我不是说谎:一个星期总有三回,我一步一步走着上那儿去,就为了看她一眼。我扔下活儿不干了!我胡思乱想,甚至想上杰米多沃去做个长工,好跟她挨近一点。我好苦哟!我妈找巫婆来。我爸爸打过我十来回。我足足吃了三年苦,于是下了决心:就是入地狱我也要上城里做马车夫去……这是说,我不走运!刚过复活节,我就上杰米多沃去跟她见最后一面……"

康斯坦丁把头往后一仰,发出一阵细碎的畅快笑声,仿佛刚才很巧妙地捉弄了什么人似的。

"我看见她跟一些年轻小伙子在河边,"他接着说,"我的火上来了……我把她叫到一边,对她说了各式各样的话,大概有一个钟头……她就此爱上我了!她有三年不喜欢我,可是就因为我那一番话,她爱上我了!……"

"你对她说了些什么呢?"德莫夫问。

"说什么?我记不得了……怎么记得住?当时我的话像水管里流出来的水,一刻也不停:哇啦哇啦!现在呢,我却连一个字也说不上来了……哪,她就这么嫁给我了……现在她找她妈去了,这喜鹊一走,我就到草原上来逛荡。我在家里待不住。我受不了!"

康斯坦丁笨拙地把脚从自己身子底下抽出来,在地上躺平,脑袋枕着拳头,然后又起来,坐好。这时候,人人都十分明白这是一个陶醉在爱情中的幸福人,而且幸福到了痛苦的地步。他的微笑、眼睛、一举一动都表现了使他承受不了的幸福。他坐立不安,不知道该照什么样的姿势坐着,该怎么办才不致给他那无数愉快的思想压得筋疲力尽。他在这些生人面前倾吐了心里的话以后,才算能安静地坐好,眼望着火,出神了。

看到这个幸福的人,大家都觉得烦闷,也渴望幸福。人人都心事重重。德莫夫站起来,轻轻地在篝火旁走着。从他的脚步,从他肩胛骨的动作,看得出他难受、烦闷。他站住,瞧着康斯坦丁,坐下来。

这时候篝火熄了。火光不再闪动,那一块红就缩小,暗淡了……火越灭得快,月亮就显得越亮。现在他们看得清辽阔的道路、羊毛捆、货车的辕杠、嚼草料的马儿了。在大道的对面,朦胧地现出另一个十字架……

德莫夫用手托着脸颊,轻声哼着一支悲凉的歌。康斯坦丁带着睡意微笑,细声细气地随着他唱。他们唱了半分钟,就又沉默了……叶美里扬身子抖了一下,活动胳臂肘,手指头也动起来。

"哥儿们!"他用恳求的声音说,"咱们来唱支圣歌!"

眼泪涌上他的眼眶。

"哥儿们!"他又说一遍,拿手按着心,"咱们来唱支圣歌吧!"

"我不会。"康斯坦丁说。

人人都拒绝,于是叶美里扬就一个人唱起来。他挥动两条胳膊,点头,张开嘴,可是他的嗓子里只发出一种干哑而无声的喘息。他用胳膊唱,用脑袋唱,用眼睛唱,甚至用他的瘤子唱,唱得热烈而痛苦。他越是想使劲从胸膛里挤出一个音符来,他的喘息就越是不出声……

叶戈鲁什卡跟大家一样,也很郁闷。他回到自己的货车旁边,爬上羊毛捆,躺下来。他瞧着天空,想着幸福的康斯坦丁和他的妻子。为什么人要结婚呢?为什么这世界上要有女人?叶戈鲁什卡给自己提出这个模糊的问题,心里想,要是男人身边老是有个温柔、快活、漂亮的女人,那他一定快活吧。不知什么缘故,他想起了德兰尼茨卡雅伯爵小姐,暗想跟那样一个女人一块儿生活大概很愉快。要不是这个想法使他非常难为情,他也许很愿意跟她结婚呢。他想起她的眉毛、双眸、马车、塑着骑士的座钟……宁静而温暖的夜晚扑到他身上来,在他耳旁小声说着什么。他觉得仿佛那个可爱的女人向他凑过来,笑嘻嘻地看他,想吻他似的……

那堆火只留下两个小小的红眼睛,越变越小。车夫们和康斯坦丁坐在残火旁边,黑糊糊的一片,凝神不动,看起来,他们现在的人数好像比先前多得多。两个十字架都可以看清了。远远的,远远的,在大道旁边,闪着一团红光,大概也是有人在烧稀饭吧。

"我们的母亲俄罗斯是全世界的领——袖!"基留哈忽然扯大嗓门唱起来,可是唱了半截就停住,没唱下去。草原的回声接住他的声音,把它带到远处去,仿佛愚蠢本身用沉甸甸的轮子滚过草原似的。

"现在该动身啦!"潘捷列说,"起来,孩子们。"

他们套马的时候,康斯坦丁在货车旁边走动,赞美他的老婆。

"再会,哥儿们!"等到货车队出发,他叫道,"谢谢你们的款待!我还要上火光那边去。我受不了!"

他很快就消失在黑暗里,可以长时间听到他迈步走向火光照耀的地方,对别的陌生人去诉说他的幸福。

第二天叶戈鲁什卡醒来,正是凌晨。太阳还没升上来。货车队停住了。有一个人,戴一顶白色无边帽,穿一身便宜的灰布衣服,骑一头哥萨克的小马,正在最前面的一辆货车旁边跟德莫夫和基留哈讲话。前面离这个货车队大约两俄里,有一些又长又矮的白色谷仓和瓦顶的小屋。小屋旁边既看不见院子,也看不见树木。

"老爷爷,那是什么村子?"叶戈鲁什卡问。

"那是亚美尼亚人的庄子,小子,"潘捷列回答,"亚美尼亚人住在那儿。那个民族挺不错……那些亚美尼亚人。"

那个穿灰衣服的人已经跟德莫夫和基留哈讲完话,勒住他的小马,朝庄子那边望。

"瞧,这算是哪门子事啊!"潘捷列叹道,也朝庄子那边望,在清晨的冷空气中耸起肩膀,"他先前派一个人到庄子里去取一个什么文件,那个人至今没回来……原该派斯乔普卡去才对!"

"这人是谁,老爷爷?"叶戈鲁什卡问道。

"瓦尔拉莫夫。"

我的上帝!叶戈鲁什卡连忙翻身起来,跪着,瞧那顶白色的无边帽。很难看出这个穿着大靴子、骑着难看的小马、在所有的上流人都睡觉的时候跑来跟农民讲话的矮小而不显眼的人原来就是那个神秘的、叫人捉摸不透的、人人都在找他而他又永远"在这一带地方转来转去"、比德兰尼茨卡雅伯爵小姐还要有钱的瓦尔拉莫夫。

"这个人挺不错,挺好……"潘捷列说,朝庄子那边望,"求上帝赐给他健康,挺好的一位老爷……姓瓦尔拉莫夫,名叫谢敏·亚历山德雷奇……小兄弟,这个世界就靠这类人支撑着。这是实在的……公鸡还没叫,他就已经起床了……换了别人,就一定在睡觉,或者在家里陪客人闲扯,可是他却一天到晚在草原上活动……他转来转去……什么事情他都不放松……"

瓦尔拉莫夫的眼睛没离开那庄子,嘴里在讲着什么。那匹小马不耐烦地调动它的脚。

"谢敏·亚历山德雷奇,"潘捷列叫道,脱掉帽子,"您派斯乔普卡去吧!叶美里扬,喊一声,就说派斯乔普卡去一趟!"

可是这时候总算有个人骑着马从庄子那边来了。那人的身子向一边歪得很厉害,马鞭在头顶上面挥动,像鸟那样快地飞到货车队这儿来,仿佛在表演勇敢的骑术,打算引得每个人的惊叹似的。

"那人一定是替他办事的骑手,"潘捷列说,"他大概有一百个这样的骑手,说不定还要多呢。"

骑马的人来到第一辆货车旁边,勒住他的马,脱掉帽子,交给瓦尔拉莫夫一个小本子。瓦尔拉莫夫从小本子里抽出几张纸来,看了看,叫道:

"伊凡楚克的信在哪儿呀?"

骑士接过小本子去,看一看那些纸,耸耸肩膀。他开口讲话,大概在替自己辩白,要求让他再骑马到庄子里去。小马忽然动一下,仿佛瓦尔拉莫夫变得重了一点似的。瓦尔拉莫夫也动了动。

"滚开!"他生气地叫道,朝骑马的人挥动鞭子。

然后他勒转马头,一面瞧小本子里的纸,一面让那头马漫步沿着货车队走动。等他走到货车队的最后一辆,叶戈鲁什卡就凝神瞅着他,好看清他。瓦尔拉莫夫是个老头儿。他那平淡无奇、给太阳晒黑、生着一小把白胡子的俄罗斯人的脸,颜色发红,沾着露水,布满小小的青筋。那张脸跟伊万·伊万内奇一样,也现出正正经经的冷淡表情,现出热中于事务的表情。不过,在他和伊万·伊万内奇中间,毕竟可以感到很大的不同!伊万·伊万内奇舅舅的脸上除了正正经经的冷淡表情以外,永远有操心和害怕的神气,唯恐找不到瓦尔拉莫夫,唯恐误了时间,唯恐错过了好价钱。像这种自己作不得主的小人物所特有的表情,在瓦尔拉莫夫的脸上和身上就找不出来。这个人自己定价钱,从不找人,也不仰仗什么人。他的外表尽管平常,可是处处,甚至在他拿鞭子的气派中,都表现出他意识到自己的力量和一贯主宰草原的权力。

他骑马走过叶戈鲁什卡身边,却没有看他一眼,倒是多承小马赏脸,瞧了瞧叶戈鲁什卡。它用愚蠢的大眼睛瞧着,就连它也很冷淡。潘捷列对瓦尔拉莫夫鞠躬。瓦尔拉莫夫留意到了,眼睛还是没离开纸,声音含糊地说:

"你好，老头儿！"

瓦尔拉莫夫跟骑马的人的谈话以及他挥动鞭子的气派显然给货车队所有的人都留下了威风凛凛的印象。大家的脸色严肃起来。骑马的人被这位大人物的震怒吓掉了魂，没戴帽子，松着缰绳，停在最前面那辆货车旁边。他一声不响，好像不相信今天一开头就会这么倒霉似的。

"很凶的老人……"潘捷列嘟哝着说，"可惜他太凶！不过他挺不错，是个好人……他并不无缘无故骂人……没什么……"

看完那些纸以后，瓦尔拉莫夫就把小本子塞进衣袋里。小马仿佛知道他的心意似的，不等吩咐，就颤动一下，顺着大道朝前疾驰了。

七

当天晚上，车夫歇下来烧稀饭。这一回，从一天开头起，人人都有一种不明不白的愁闷感觉。天气闷热，大家喝下许多水，可还是不解渴。月亮升上来，十分红，模样儿阴沉，仿佛害了病。星星也昏沉沉的，暗影更浓了，远处更朦胧。大自然好像有了什么预感，无精打采。

篝火四周没有昨晚的那种活跃的景象和生动的谈话了。大家都觉得烦闷，即便讲话也打不起精神，没有兴致。潘捷列光是唉声叹气，抱怨两条腿，不时讲到横死。

德莫夫伏在地上，沉默着，嚼一根干草。他脸上现出嫌恶的表情，好像那根草气味不好闻似的，他的脸色凶狠而疲乏……瓦夏抱怨下巴发痛，预言要变天了。叶美里扬没有挥动胳膊，呆坐着，闷闷地瞧着火。叶戈鲁什卡也疲乏了。这种缓慢的旅行使他感到腻味，白昼的炎热烤得他头痛。

他们烧稀饭的时候,德莫夫由于心烦而跟他的同伴找碴儿吵架。

"这个长着瘤子的家伙,舒舒服服地坐在那儿,老是头一个伸出勺子来!"他说,恶狠狠地瞧着叶美里扬,"贪吃!老是头一个抢到锅子旁边坐好。他在唱诗班唱过歌,就自以为是老爷!像你们这种唱诗的,在这条大道上要饭的多得很!"

"你为什么跟我过不去?"叶美里扬问,也生气地瞧着他。

"就是要你别头一个忙着往锅子里舀东西吃。别以为自己有什么了不起!"

"你是混蛋,就是这么的。"叶美里扬用嘶哑的声音说。

潘捷列和瓦夏凭经验知道这种谈话通常会闹出什么结局来,就出头调解,极力劝德莫夫不要无端骂人。

"什么唱诗的……"那个捣蛋鬼不肯罢休,反而冷笑,"那种玩意儿谁都会唱。坐在教堂的门廊上唱:'看在基督的面上,赏我几个钱吧!'哼!你们还怪不错的呢!"

叶美里扬没有开口。他的沉默反倒惹恼了德莫夫。他带着更大的怒气瞧着那个先前在教堂里唱诗的人,说:

"我只是不愿意理你罢了,要不然我真要叫你知道知道你自己是个什么玩意儿!"

"可是你为什么跟我过不去,你这个马泽帕①?"叶美里扬冒火了,"我惹你了吗?"

"你叫我什么?"德莫夫问道,站起来,眼睛充血,"什么?我是马泽帕?是吗?好,给你点颜色看看!叫你自己去找吧!"

德莫夫从叶美里扬的手里抢过勺子来,往远处一扔。基留哈、

---

① 马泽帕(1644—1709),一六八七至一七〇八年的乌克兰首领。一七〇〇至一七二一年北方战争时期,他带领四五千哥萨克人投奔瑞典王查理十二世。后来瑞典军队在波尔塔瓦战败,马泽帕同查理十二世一起逃跑。

瓦夏、斯乔普卡都跳起来,跑去找勺子。叶美里扬用恳求和询问的眼光瞧着潘捷列。他的脸忽然变小,变皱,眼睛眨巴起来,这位先前唱诗班的歌手像小孩似的哭起来了。

叶戈鲁什卡早就恨德莫夫,这时候觉得空气一下子闷得使人受不了,仿佛篝火的火焰烤他的脸似的。他恨不得赶快跑到黑暗中的货车那儿去,可是那捣蛋鬼的气愤而烦闷的眼睛把他吸引住了。他渴望说几句非常伤人的话,就往德莫夫那边迈近一步,上气不接下气地说道:

"你比谁都坏!我看不惯你!"

这以后,他原该跑到货车那边去,可是他站在那儿动不得,接着说:

"到下一个世界,你会在地狱里遭火烧!我要告到伊万·伊万内奇那儿去!不准你欺侮叶美里扬!"

"嘿,你瞧!"德莫夫冷笑道,"嘴上的奶还没干的小猪猡,倒管教起别人来啦。要不要我拧你的耳朵?"

叶戈鲁什卡觉得透不过气来。他以前从没这样过,此刻忽然周身打抖,顿着脚,尖声叫道:

"打他!打他!"

眼泪从他眼睛里流出来。他觉得难为情,就踉踉跄跄跑回货车那边去。他的尖叫产生了什么影响,他没看见。他躺在货包上哭,胳膊和腿抽搐着,小声说:

"妈妈!妈妈!"

这些人,篝火四周的阴影,黑压压的羊毛捆,远处每分钟都在发亮的闪电,这一切,现在全使他觉得阴森可怕。他胆战心惊,绝望地问自己:这是怎么回事,他为什么跑到这陌生的地方来,夹在一群可怕的庄稼汉中间呢?现在他舅舅、赫利斯托福尔神甫、杰尼斯卡在哪儿呀?为什么他们这么久还没来?莫非他们忘掉他了?

他一想到自己给人忘掉,丢在这里,听凭命运摆布,就周身发凉,害怕得很,有好几回突然站起身来,要跳下羊毛捆,一口气顺着大道跑回去,头也不回,但是转念想到在路上一定会遇到乌黑而阴森的十字架和远处闪着的电光,他才忍住了……只有他小声叫着"妈妈!妈妈!"的时候,他才觉得好过一点……

车夫们一定也害怕。叶戈鲁什卡从篝火旁边跑开以后,他们先是沉默很久,然后含糊地低声谈着什么,说是有个什么东西就要来了,他们得赶快动身,躲开它才好……他们连忙吃完晚饭,熄掉火,沉默地套车。从他们匆忙的动作和断续的语句可以看出他们预料有什么灾难要来了。

快要动身上路的时候,德莫夫走到潘捷列面前,压低声音问道:

"他叫什么名字?"

"叶戈里……"潘捷列回答。

德莫夫一只脚踩着一个车轮,抓住捆在货包上的绳子,爬上车来。叶戈鲁什卡看见了他的脸和生着卷曲头发的脑袋。那张脸苍白,疲倦,愁闷,可是已经没有恶狠狠的表情了。

"叶戈里!"他轻声说,"得了,打我吧!"

叶戈鲁什卡奇怪地瞧着他,这当儿电光一闪。

"不要紧,打我好了!"德莫夫重说一遍。

他没等到叶戈鲁什卡打他,或者跟他讲话,又跳下车来,说:

"我心里好闷哟!"

然后,他摇摇晃晃,动着肩胛骨,懒洋洋地顺着那一串货车慢慢走去,用半是悲伤半是烦恼的声调反复地说:

"我心里好闷哟!主啊!你别生我的气了,叶美里扬,"他走过叶美里扬身边的时候说,"我们这种生活没有什么指望,苦透了!"

右边现出一道闪电,好像这闪电映在镜子里似的,远处立刻也现出一道闪电。

"叶戈里,接住!"潘捷列扔上来一个又大又黑的东西,叫道。

"这是什么呀?"叶戈鲁什卡问。

"篷布!天要下雨了,把它盖在身上吧。"

叶戈鲁什卡坐起来,瞧一瞧自己的四周。远方明显地变黑,白光闪着,现在每分钟不止一回了,像是眼皮在一眨一眨似的。黑暗好像由于太重,向右边歪过去了。

"老爷爷,要有雷雨吗?"叶戈鲁什卡问道。

"哎哟,我这双冻坏了的脚好痛哟!"潘捷列没听见孩子的话,拖长声调说,顿着脚。

左边天空好像有人在划火柴。一道苍白的、磷光样的细带闪了一闪,就灭了。人们可以听见一股声浪,仿佛远处有人在铁皮房顶上走动。大概是光着脚在房顶上走,因为铁皮发出沉闷的隆隆声。

"要下大雨了!"基留哈嚷道。

在远方和右边地平线中间,现出一道闪电,明晃晃的,照亮了一部分草原,照亮了无云的天空和黑暗相连的地方。密密层层的乌云不慌不忙地移过来;又大又黑的破布片从那团云的边上挂下来。左右两面的地平线上也有这样的碎片互相压挤,堆得高高的。雨云的外表破碎而蓬松,仿佛它喝醉了酒,在胡闹似的。天上响起了清晰的、一点儿也不含混的隆隆雷声。叶戈鲁什卡在胸前画十字,连忙披上大衣。

"我好闷哟!"德莫夫的嚷叫声从前面的货车那边飘来,从他的声调听得出他又生气了,"我好闷哟!"

忽然间起了一阵狂风,来势那么猛,差点儿刮跑了叶戈鲁什卡的包袱和篷布。篷布被风吹动,向四面八方飞舞,拍打着货包和叶戈鲁什卡的脸。风呼啸着,在草原上飞驰,滴溜溜地乱转,刮得青草发出一片响声,雷声和车轮的吱嘎声反而听不见了。这风从黑色的雨云里刮下来,卷起滚滚的灰尘,带来雨水和潮湿土地的气味。月光昏暗,仿佛变得肮脏了。星星越发黯淡。人可以看见滚滚的烟尘跟它的阴影顺着大道的边沿急急忙忙跑到后面什么地方去。这时候旋风盘旋着,从地面上的尘土里卷走枯草和羽毛,大概升上了天空,风滚草多半在黑色的雨云旁边飞翔,它们一定害怕得很!可是透过迷眼的灰土,除了闪电的亮光以外,什么也看不见。

叶戈鲁什卡心想,马上要下大雨了,就跪了下来,拿篷布盖住自己的身子。

"潘捷列——列!"前面有人嚷道,"啊……啊……哇!"

"我听不见!"潘捷列拖长声音大声回答。

"啊……啊……哇!"

雷声愤怒地响起来,在天空从右边滚到左边,随后再滚回去,消失在最前面那辆货车附近。

"神圣的,神圣的,神圣的,万能的主啊,"叶戈鲁什卡小声说着,在胸前画十字,"愿您的荣耀充满天上和人间……"

漆黑的天空张开嘴,吐出白色的火来,立刻又响起了雷声。雷声刚刚收歇,就来了一道极宽的闪电,叶戈鲁什卡从篷布的裂缝里忽然看见通到远方的整个宽阔的大道,看见所有的车夫,甚至看清了基留哈的坎肩。这时候左边那些黑色碎云往上移动,其中有一片云粗野而笨拙,像是伸出的爪趾,直向月亮那边伸过去。叶戈鲁什卡决心闭紧眼睛,不去理会,等着这一切结束。

不知什么缘故,雨很久不来。叶戈鲁什卡巴望雨云也许会过去,就从篷布里往外张望。天色黑得可怕。叶戈鲁什卡既看不见潘捷列,又看不见羊毛捆,也看不见自己。他斜起眼睛往前不久还有月亮的地方看,可是那边一片漆黑,跟货车的上空一样。在黑暗

217

中,电光似乎更白,更亮,照得他的眼睛发痛。

"潘捷列!"叶戈鲁什卡叫道。

没有人答话。可是这时候风总算最后一回撩一下篷布,跑到不知什么地方去了。可以听见一种平匀沉着的响声。一滴又大又凉的水落在叶戈鲁什卡的膝上,又一滴在他手上爬。他发现自己的膝头没盖好,想要整理一下篷布,可是这当儿有些什么东西洒下来,劈劈啪啪地拍打着大道,然后拍打车杠,拍打羊毛捆。原来那是雨点。雨点和篷布好像互相了解似的,开始急速而快活地谈起天来,喊喊喳喳跟两只喜鹊一样。

叶戈鲁什卡跪在那儿,或者更正确地说,坐在自己的靴子上。雨拍打篷布的时候,他往前探身,好遮住膝头,因为膝头忽然湿了。他好容易盖好膝头,可是不到一分钟,又觉得身后背脊底下和腿肚子上面有一种刺骨的、不舒服的潮湿感觉。他就恢复原先的姿势,听凭膝头去让雨淋,暗自盘算该怎样摆布那块在黑地里看不见的篷布才对。可是他的胳膊已经湿了。雨水淌进袖子和衣服里,肩胛骨觉得冷冰冰的。他决意什么也不管,呆坐在那儿不动,等待雨过了再说。

"神圣的,神圣的,神圣的……"他小声念道。

忽然,正好在头顶上方,发出一下可怕的、震耳欲聋的霹雳声,天空碎裂了。他蜷起身子,屏住呼吸,等着碎片落在他的后脑勺和背上。他的眼睛偶然睁开,看见一道亮得刺眼的光在他的手指上、湿袖子上、从篷布流到羊毛捆以后再淌到地上的细细的水流上,闪烁了五回。又传来同样猛烈可怕的打击声。天空现在不是发出隆隆声或者轰响声,却发出像干木头爆裂一样的破碎声。

"特拉拉!达!达!达!"雷声清楚地响着,滚过天空,跌跌绊绊,摔在前面货车附近或者后面远处什么地方,发出一声恶毒而断续的"特拉拉!……"

先前,闪电只不过可怕罢了,可是加上这种雷声,却显得凶恶了。它们那种魔光穿透闭紧的眼皮,弄得人周身发凉。怎么样才能不看见它们呢?叶戈鲁什卡决意把脸转到后面去。他四肢着地小心地爬着,好像生怕给人看见似的,手掌在湿羊毛捆上滑着,转过身去了。

"特拉!达!达!"这声音在他头顶上滚着,落到货车底下,爆炸开来,"拉拉拉!"

叶戈鲁什卡又偶然睁开眼睛,不料看见了新的危险:有三个高大的巨人,手里拿着长矛,跟在车后面。电光照亮他们的矛尖,很清楚地照出他们的身躯。他们躯体高大,遮着脸,垂着头,脚步沉重。他们显得十分忧愁,没精打采,心事重重。他们跟着货车走,也许并没有什么恶意,不过他们挨得这么近,总还是有点可怕。

叶戈鲁什卡赶快扭回身子朝着前面,周身打抖,喊叫起来:

"潘捷列!老爷爷!"

"特拉!达!达!"天空回答他。

他睁大眼睛看车夫们在不在。有两个地方射出闪电来,照亮通到远方去的大路、整个货车队和所有的车夫。雨水汇成小河沿着道路流去,水泡跳动不定。潘捷列在货车旁边走着,他的高帽子和肩膀上盖着一小块篷布,他既没表现恐怖,也没露出不安,仿佛被雷声震聋耳朵,让闪电照瞎了眼睛一样。

"老爷爷,巨人!"叶戈鲁什卡哭着对他嚷道。

可是老爷爷没听见。前面走着叶美里扬。他从头到脚盖着一块大篷布,成了一个三角形。瓦夏身上什么也没盖,照旧像木头一样走着,高高地抬起脚,膝头却不弯。在电光中,仿佛货车并没驶动,车夫们呆立不动,瓦夏的举起的脚也僵住了……

叶戈鲁什卡又叫老爷爷。他没听到回答,就一动不动地坐着,不再等雨停了。他相信再过一分钟雷就会把他劈死,相信只要偶尔一睁开眼,就会看见那些可怕的巨人。他不再在胸前画十字,不再叫老爷爷,不再想念母亲,光是冻得发僵,相信暴风雨永远也不会完结了。

可是忽然有了人声。

"叶戈里啊,你睡着了还是怎么的?"潘捷列在下面喊道,"下来!耳朵聋了,小傻瓜!……"

"这才叫做暴风雨呢!"一个不熟悉的低音说;喉咙里卡卡地响,好像刚刚喝干了一杯上好的白酒似的。

叶戈鲁什卡睁开眼睛。下面货车旁边站着潘捷列、三角形的叶美里扬和那些巨人。那些巨人现在身材矮多了。叶戈鲁什卡仔细一看,原来他们是些普通的农民,肩头上扛着的不是长矛,却是铁的草叉。从潘捷列和三角形中间的夹缝里望出去,可以看见一间矮木房的明亮的窗子在放光。可见货车队在一个村子里停下了。叶戈鲁什卡撩开篷布,拿起包袱,连忙爬下货车。现在左近有了人声和灯光明亮的窗子,虽然雷声还是跟先前那样隆隆地响,整个天空布满长条的闪电,他却不再觉得害怕了。

"这场暴风雨好,挺不错……"潘捷列唠叨着说,"感谢上帝……我的脚倒因为这场雨痛得没那么厉害了,这场暴风雨挺不错……爬下来了,叶戈里?好,上小屋里去吧……挺不错……"

"神圣的,神圣的,神圣的……"叶美里扬声音干哑地说,"雷一定在什么地方劈倒了什么东西……你们是这一带的人吗?"他问巨人。

"不,是从格里诺沃村来的……我们是格里诺沃村的人。我们在普拉捷罗夫老爷家里干活。"

"是打麦子吧?"

"样样都做。眼前我们还在收小麦。这闪电,这闪电啊!好久没有过这样的暴风雨了……"

叶戈鲁什卡走进小屋。他迎面遇到一个瘦瘦的、尖下巴的驼背老太婆。她手里拿着一支油烛,眯缝着眼睛,长声地叹气。

"上帝赐给我们一场什么样的暴风雨哟!"她说,"我们家的人在外面草原上过夜。他们要受罪了,心爱的人!把衣服脱掉吧,小少爷,脱衣服吧……"

叶戈鲁什卡冻得打战,难受得耸起肩头,脱下湿透了的大衣,然后张开胳膊,劈开腿,站了很久没动弹。稍稍一动就会在他身上引起一种不愉快的寒冷和潮湿的感觉。衬衫的袖子和后背是湿的,裤子粘在大腿上,水从脑袋上往下滴……

"小孩子,站在那儿劈开腿是做什么啊?"老太婆说,"来,坐下!"

叶戈鲁什卡大大地劈开两条腿,走到桌子那儿,在一张凳子上靠近一个什么人的头坐下。那个头动起来,鼻子里喷出一股气息,嘴里发出嚼东西的声音,然后又安静了。从这个头起,顺着凳子,耸起一座盖着羊皮袄的小山。原来那是一个农妇在睡觉。

老太婆叹着气走出去,不久就带着一个西瓜和一个甜瓜回来了。

"吃吧,小少爷!另外我没有东西可以请你吃了……"她说,打了个呵欠,随后在桌子抽屉里找一阵,拿出一把又长又尖的小刀来,很像强盗在客栈里用来杀死商人的那种刀,"吃吧,小少爷!"

叶戈鲁什卡好像害热病似的打冷战,就着黑面包吃了一片甜瓜,然后又吃了一片西瓜,吃了以后他感到越发冷了。

"我们家的人在外面草原上过夜……"他吃东西的时候,老太婆叹道,"主震怒了!……我原想在神像前面点支蜡烛,可是我不知道斯捷潘尼达把蜡烛放在哪儿了。吃吧,小少爷,吃吧……"

老太婆打了个呵欠,把右手伸到背后,搔了搔她的左肩膀。

"现在准有两点钟了,"她说,"再过一会儿就是起床的时候

221

了。我们家的人在草原上过夜……他们一定全身湿透了……"

"奶奶,"叶戈鲁什卡说,"我想睡觉。"

"躺下,小少爷,躺下吧……"老太婆叹道,打个呵欠,"主耶稣基督!我原本睡着了,忽然听见好像有人在打门。我醒来一看,原来是主赐给我们这场暴风雨……我原想点起蜡烛来,可是没找着。"

她一面自言自语,一面从凳子上拿下一堆破烂,多半就是她自己的被褥,又从炉边一个挂钉上摘下两件羊皮袄,开始替叶戈鲁什卡铺床。

"这场暴风雨还没收歇,"她唠唠叨叨地说,"只求没人挨到雷劈才好。我们家的人在草原上过夜……躺下,睡吧,小少爷……基督跟你同在,小孙孙……甜瓜我不拿走,你起床的时候也许还想吃一点。"

老太婆的叹气和呵欠,睡熟的农妇的匀称的鼻息,小屋的半明半暗,窗外的雨声,使得人犯困。叶戈鲁什卡不好意思在老太婆面前脱衣服。他只脱掉靴子,就躺下,拉过羊皮袄来盖在身上。

"小子躺下了?"过一会儿他听见潘捷列小声说。

"躺下了!"老太婆小声回答,"主震怒了,震怒了!雷打了又打,听不出什么时候才会完……"

"一会儿就会过去的……"潘捷列低声说,坐下来,"雷声小多了……伙伴们到人家的小屋里去了,只有两个留在外面看马……伙伴们……不得不这样啊……马会给人牵走的……我在这儿坐一会儿,然后去换班……不得不这样,会给人牵去的……"

潘捷列和老太婆并排坐在叶戈鲁什卡脚旁,用嘶嘶的声音低声攀谈着,叹息和呵欠穿插在他们的谈话里。叶戈鲁什卡怎么也暖和不过来。他身上盖着沉甸甸的、温暖的羊皮袄,可是他周身打抖,胳膊和腿抽搐着,内脏在战栗……他在羊皮袄底下脱掉衣服,可是这也没用。他的寒颤越来越厉害。

潘捷列走出去换班看马,后来又回来。叶戈鲁什卡仍旧睡不着觉,浑身发抖。有个什么东西压住他的脑袋和胸膛,他闷得难受。他不知道那是什么东西,究竟是两个老人低微的谈话声呢,还是羊皮的刺鼻气味。他吃过的西瓜和甜瓜在他嘴里留下一种不爽快的、金属样的滋味。再说,他被跳蚤叮着。

"老爷爷,我冷!"他说,自己也听不出这是自己的声音了。

"睡吧,小孙孙,睡吧……"老太婆叹道。

基特迈动他那小小的细腿,来到床边,挥动胳膊,然后长高了,升到天花板,变成风车了。赫利斯托福尔神甫不是像坐在马车里的那个样子,却穿着整齐的法衣,手里拿着洒圣水的刷子,绕着风车走动,把圣水洒在风车上,风车就不转动了。叶戈鲁什卡知道这是做梦,就睁开眼睛。

"老爷爷!"他叫道,"给我水喝!"

谁也没答话。叶戈鲁什卡觉得躺在那儿闷得受不了,感到不舒服。他就起来,穿好衣服,走出小屋。早晨已经来临。天空阴暗,可是雨倒不下了。叶戈鲁什卡打着冷战,拿潮湿的大衣裹紧自己的身子,穿过泥泞的院子,在寂静中倾听着。他的眼光碰到一个小小的牲畜房,那儿有一扇半开着的芦苇编的门。他探进头去瞧瞧那个小屋,走了进去,在黑暗的墙角边一堆干粪上坐下来。

他那沉重的脑袋里纠结着乱糟糟的思想,嘴里有一种金属的味道,又干又苦。他瞧着自己的帽子,把那上面的孔雀毛理直,想起先前跟母亲一块儿去买这顶帽子的情景。他把手放进口袋里,拿出一团棕色的、粘糊糊的烂泥。这块烂泥怎么会来到他口袋里的?他想一想,闻了闻:有蜂蜜的气味。啊,原来是犹太人的蜜饼!这块饼给水泡得稀烂,啊,可怜的东西!

叶戈鲁什卡翻看着自己的大衣。那是一件灰色的大衣,钉着骨制的大扣子,裁成礼服的样式。这是一件贵重的新衣,所以在家里从不挂在前堂,而跟母亲的衣服一块儿挂在寝室里。只是逢到假日,才准他穿。叶戈鲁什卡瞧着这件衣服,不由得为它可惜,想起他和大衣如今只能听凭命运摆布,想起他再也不能回家,就哀哀地哭了起来,哭得差点从粪堆上一头栽倒。

一只沾着雨水的白毛大狗,脸上挂着一绺绺白毛,跟卷发纸一样,走进牲畜房来,奇怪地瞪着叶戈鲁什卡。它好像在想:究竟是汪汪叫好呢,还是不叫为好。它断定没有叫的必要,就小心地走到叶戈鲁什卡面前,吃了那团黏糊糊的烂东西,又走出去了。

"这是瓦尔拉莫夫手下的人!"有人在街上喊道。

等到哭够了,叶戈鲁什卡就走出牲畜房来,绕过一个水塘,往街上走去。货车正巧停在门口的大路上。淋湿的车夫们迈动沾满泥泞的脚在货车旁边徘徊,或者坐在车杠上,没精打采,睡意蒙眬,跟秋天的苍蝇一样。叶戈鲁什卡看着他们,心想:"做个农民,多么枯燥,多么不舒服呀!"他走到潘捷列那边,跟他并排在车杠上坐下来。

"老爷爷,我冷!"他说,打着冷战,把手塞进袖管里。

"不要紧,我们很快就要到了,"潘捷列打个呵欠说,"不要紧,你会暖和起来的。"

货车队很早就出发了,因为天气还不热。叶戈鲁什卡躺在羊毛捆上,虽然太阳不久就在天空出现,晒干了他的衣服、羊毛捆、土地,他却还是冷得打战。他一闭上眼,就又瞧见基特和风车。他想呕吐,身子发重,就极力赶走这些幻象,可是它们一消灭,捣蛋鬼德莫夫就红着眼睛,举起拳头,大吼一声扑到叶戈鲁什卡身上来,要不然就是听见那个诉苦声:"我心里好闷哟!"瓦尔拉莫夫骑着哥萨克小马走过去。幸福的康斯坦丁也走过去,微笑着,抱着大鸨。这些人是多么沉闷,多么叫人受不了,多么惹人厌烦啊!

有一回(那是将近黄昏了),他抬起头来想向人要水喝。货车队停在一座跨过宽阔河面的大桥上。桥下河面上冒着黑烟,透过烟雾可以看见一只轮船,后面用绳子拖着一条驳船。前边,河对面,有一座花花绿绿的大山,山上点缀着房屋和教堂。山脚下,在一列货车旁边,有一辆机车在奔驰……

叶戈鲁什卡以前从没见过轮船,没见过机车,也没见过大河。现在他瞧着它们,却既不害怕,也不惊奇,他的脸上甚至没有现出一点像是好奇的神气。他只觉得恶心,连忙伏下,用胸脯贴着羊毛捆的边。他吐了。潘捷列看到这情景,嗽嗽喉咙,摇了摇头。

"我们的小子病了!"他说,"一定是肚子受了凉……小子……离家在外……这真糟糕!"

八

货车队停在一个离码头不远、供商人住宿的大客栈门口。叶戈鲁什卡从货车上爬下来,听见一个很耳熟的声音。有个人搀他下来,说:

"我们昨天傍晚就到这儿了……今天等了你们一整天。我们原想昨天赶上你们,可是在路上没碰见你们,我们走的是另一条路。嘿,你把大衣揉得好皱呀!你可要挨舅舅的骂了!"

叶戈鲁什卡细瞧说话人的那张像大理石般的脸,这才想起他就是杰尼斯卡。

"你舅舅和赫利斯托福尔神甫这时候在客栈房间里,"杰尼斯卡接着说,"他们在喝茶呢。去吧!"

他领着叶戈鲁什卡走进一所两层楼的房子,里面又黑暗又阴森,就跟他们县城里的慈善机关一样。叶戈鲁什卡和杰尼斯卡穿过前堂,走完一道阴暗的楼梯和一条狭窄的长过道,走进一个小房

225

间。果然,伊万·伊万内奇和赫利斯托福尔神甫正坐在房间里茶桌旁边喝茶。两个老人一看见小男孩,脸上现出又惊奇又快活的神气。

"啊哈！叶戈尔·尼古拉——伊奇,"赫利斯托福尔神甫用唱歌似的声调说,"罗蒙诺索夫先生！"

"啊,贵族老爷！"库兹米乔夫说,"欢迎欢迎。"

叶戈鲁什卡脱掉大衣,吻了舅舅和赫利斯托福尔神甫的手,在桌旁坐下来。

"喂,一路上怎么样,puer bone①?"赫利斯托福尔神甫替他斟了茶,问他,脸上照例带着愉快的笑容,"恐怕腻味了吧？求上帝保佑我们,万万别叫我们坐货车或者骑牛赶路了！上帝宽恕我们吧:走了又走,往前一看,总是一片草原,铺展开去,跟先前一样,看不见尽头！这不是赶路,简直是受罪嘛。你为什么不喝茶？喝呀！在你随着那一串货车赶路,还没来到这儿的时候,我们已经把所有的事都圆满地办完了。感谢上帝！我们已经把羊毛卖给切列巴辛了,只求上帝能让大家都这么顺利就好了……我们赚了一笔钱。"

一看见自家人,叶戈鲁什卡就感到一种难以遏止的愿望:要想诉一诉苦。他没听赫利斯托福尔神甫的话,只是想着怎样开口,主要诉什么苦。可是赫利斯托福尔神甫的声调显得很不好听,刺耳,妨碍他集中注意,搅乱了他的思想。他在桌旁没坐满五分钟就站起来,走到长沙发那里躺下。

"咦,咦！"赫利斯托福尔神甫惊奇地说,"你怎么不喝茶？"

叶戈鲁什卡一面仍旧在想诉什么苦,一面用额头抵着沙发背,忽然号啕大哭起来。

"咦,咦！"赫利斯托福尔神甫重说一遍,站起来,走到长沙发

---

① 拉丁语:好孩子。

那儿,"叶戈里,你怎么了?你干吗哭呀?"

"我……我病了!"叶戈鲁什卡开口说。

"病了?"赫利斯托福尔神甫慌了,"这可不好,小兄弟……在路上怎么能生病呢?哎哟,你怎么啦,小兄弟……嗯?"

他伸出手去放在叶戈鲁什卡的额头上,又摸摸他的脸蛋儿,说:

"对,你的额头很烫……你一定着了凉,要不然,就是吃了什么东西……向上帝祷告吧。"

"给他吃点奎宁……"伊万·伊万内奇说,慌了。

"不。应当给他吃点热的……叶戈里,要喝点汤吗?嗯?"

"不……不想喝。"叶戈鲁什卡回答说。

"你觉着冷还是怎么的?"

"先前倒是觉着冷,可是现在……现在觉着热了。我浑身酸痛……"

伊万·伊万内奇走到长沙发那儿,摸一摸叶戈鲁什卡的额头,慌张地嗽一嗽喉咙,回到桌子那儿。

"这样吧,你索性脱掉衣服,躺下睡吧,"赫利斯托福尔神甫说,"你该好好睡一觉才成。"

他帮着叶戈鲁什卡脱掉衣服,给他放好枕头,替他盖上被子,再拿伊万·伊万内奇的大衣盖在上面。然后他踮起脚尖走开,在桌旁坐下来。叶戈鲁什卡闭上眼睛,立刻觉得好像不是在旅馆房间里,而是在大道边上,挨近篝火。叶美里扬挥动胳膊,德莫夫红着眼睛趴在地上,讥诮地瞧着叶戈鲁什卡。

"打他,打他!"叶戈鲁什卡嚷道。

"他说梦话了……"赫利斯托福尔神甫低声说。

"真是麻烦!"伊万·伊万内奇叹道。

"得拿油和醋来把他擦一擦才行。上帝保佑,他的病明天就

227

会好了。"

为了要摆脱恶梦,叶戈鲁什卡睁开眼睛,对火望着。赫利斯托福尔神甫和伊万·伊万内奇已经喝完茶,正在小声讲话。神甫幸福地微笑着,看来,他怎么也忘不了他在羊毛上赚了一笔钱。使他高兴的,与其说是赚了钱,不如说是想着他回到家,可以把一大家子人聚集在自己周围,狡猾地眨眨眼睛,哈哈大笑。他先得瞒住他们大家,说他按照比实价低的价钱把羊毛卖了,然后他就拿出一个肥大的钱夹交给女婿米海罗说:"喏,拿去吧!瞧,生意就该这样做!"库兹米乔夫好像还不满足。他的脸上跟先前一样表现出一本正经的冷淡和操心的神情。

"唉,要是早知道切列巴辛肯出这样的价钱,"他低声说,"那我就不会在家乡把那三百普特卖给玛卡罗夫了。真要命!不过,谁知道这儿的价钱涨上去了?"

一个穿白衬衫的人把茶炊端出去,点亮墙角上神像前面的长明灯。赫利斯托福尔神甫凑近他的耳朵低声说着什么。那个人做出诡秘的脸相,就像在搞阴谋似的,仿佛说:"我明白了。"然后走出去,不久就又回来,把一个容器放在长沙发底下。伊万·伊万内奇在地板上给自己铺了被褥,打了几回呵欠,懒洋洋地做完祷告,就躺下去了。

"我想明天上教堂去,……"赫利斯托福尔神甫说,"我认识那儿的圣器看守人。做完弥撒我应当去看看主教,不过据说他病了。"

他打了个呵欠,吹熄了灯。现在,只有神像前面的长明灯放光了。

"据说他不见客,"赫利斯托福尔神甫继续说,脱去衣服,"这样一来,我只好见不到他的面就走了。"

他脱下长衣,叶戈鲁什卡看见眼前站着鲁滨孙·克鲁梭。鲁

滨孙在一个小碟里搅动什么东西,走到叶戈鲁什卡面前,小声说:

"罗蒙诺索夫,你睡着了?起来吧!我拿油和醋擦一擦你的身子。这是很灵的,你只要向上帝祷告就行了。"

叶戈鲁什卡连忙翻身坐起来。赫利斯托福尔神甫脱掉孩子的内衣,耸起肩膀,断断续续地呼吸,好像谁在呵他的痒似的。他开始擦叶戈鲁什卡的胸膛。

"凭圣父、圣子、圣灵的名义……"他小声说,"趴好,背朝上!……这就行了。明天病就会好了,不过以后别再造罪了……你烫得跟火似的!大概起暴风雨的时候,你们正在路上吧?"

"正在路上。"

"那还有不生病的!凭圣父、圣子、圣灵的名义……那还有不生病的!"

赫利斯托福尔神甫擦完叶戈鲁什卡的身子以后,给他穿上内衣,替他盖好,在他身上画个十字,就走了。后来,叶戈鲁什卡看见他向上帝祷告。大概这老人背熟了许多祷告词,因为他在神像前面站了许久,小声念着。他念完祷告,对着窗口、房门、叶戈鲁什卡、伊万·伊万内奇一一画了十字,在一张小的长沙发上躺下来,没垫枕头,拉过自己的长衣盖在身上。过道上一只挂钟敲了十下。叶戈鲁什卡想起到天亮还有很长一段时间,就烦恼得用脑门子抵住长沙发的靠背,不再努力摆脱那些朦胧的、郁闷的梦景了。可是早晨却远比他预料的来得快。

他觉得他躺在那儿,用脑门子抵住长沙发的靠背,并没过多久,可是等到他睁开眼来,斜射的阳光却已经透过小客房里的两扇窗子,照在地板上了。赫利斯托福尔神甫和伊万·伊万内奇不在房间里。房间已经打扫过,明亮,舒服,有赫利斯托福尔神甫的气味:他身上老是冒出柏枝和晒干的矢车菊的气味(在家里,他常用矢车菊做洒圣水用的刷子和神龛的装饰品,因此他身上浸透了那些气味)。叶戈鲁什卡瞧着枕头,瞧着斜射的阳光,瞧着自己那双现在已经擦干净、并排摆在长沙发左近的靴子,瞧啊瞧的,笑起来了。他看到自己不是躺在羊毛捆上,看到四周的东西样样都是干的,看到天花板上并没有闪电和雷,倒觉得奇怪了。

他跳下长沙发,开始穿衣服。他觉得身体挺好。昨天的病只留下一点儿痕迹,大腿和脖子还有点发软。这样看来,油和醋奏了效。他想起昨天模模糊糊地看见的轮船、火车头、宽阔的河流等等,于是连忙穿上衣服,好跑到码头上去看一看。他漱洗完毕,穿上红布衬衫,忽然门锁喀哒一响,赫利斯托福尔神甫在门口出现了,戴着高礼帽,帆布长衣外面罩着棕色绸法衣,手里拄着长木杖。他面带笑容,满脸放光(刚刚从教堂回来的老人总是满脸放光的),把圣饼和一包什么东西放在桌子上,祈祷过后,说:

"求上帝怜恤我们!哦,你身体怎么样?"

"现在好了。"叶戈鲁什卡回答,吻他的手。

"感谢上帝……我刚做完弥撒回来……我刚才去看一个我认识的圣器看守人。他约我到他家里去喝茶,可是我没去。我不喜欢一早就上别人家里去作客。愿上帝跟他同在!"

他脱掉法衣,摩挲一下自己的胸膛,不慌不忙地解开那个小包。叶戈鲁什卡看见一小罐鱼子、一小片风干的咸鱼肉和一块法国面包。

"瞧,我路过一家活鱼店的时候买来的,"赫利斯托福尔神甫说,"平常日子原本不该这么奢侈,可是我想,家里有病人,这就可以原谅了。鱼子酱挺好,是鲟鱼的……"

穿白衬衫的那个人端来茶炊和一个放着茶具的盘子。

"吃吧,"赫利斯托福尔神甫说,把鱼子抹在一片面包上,递给叶戈鲁什卡,"现在尽管吃啊玩啊都没关系,可是你念书的时候就要到了。记住,念书要专心,用功,也好有个出息。凡是应该背熟的,你就背熟;遇到你应当用自己的话来说明内在的含义而不涉及外部形式的,那就用你自己的话来说。要努力把各门功课都学好。有的人算术学得挺好,可是却从没听说过彼得·莫吉拉①;有的人倒知道彼得·莫吉拉,可是又不会说明月亮。不行,你得把书念到样样都懂才行! 要学好拉丁文、法文、德文……当然还有地理啦、历史啦、神学啦、哲学啦、数学啦……等你不慌不忙,一边祷告上帝,一边勤奋地学会了各门功课,那就要出去做事了。要是你样样都懂,那就任什么行业干起来都便当。你只要用功念书,求得神恩,上帝就会指点你做什么样的人。医生啦,法官啦,工程师啦……"

赫利斯托福尔神甫在一小片面包上抹了一点点鱼子,放进嘴里,说:

"使徒保罗说过:不要学古怪的、邪道的学问。当然,如果那是巫术,不合法的技术,或者像扫罗②从另一个世界招来鬼魂的法术,或是于人于己全没用处的学问,那就还是不学的好。你应该只学上帝所赞同的那些学科。你得学……神圣的使徒们用各种语言讲话,那你就学各种语言。伟大的巴西尔③研究数学和哲学,那你就学数学和哲学。圣涅斯托尔④写历史,那你就学历史,写历史。要学圣徒的榜样……"

赫利斯托福尔用茶碟喝茶,擦了擦上髭,摇一下头。

"好!"他说,"我受的是老式教育,现在我已经忘了许多,不过我跟别人还是生活得不同。比都没法比呢。比方说,到一个人多

---

① 彼得·莫吉拉(1596—1647),俄国宗教学者,写过许多宗教书。
② 古以色列王。《圣经》上关于扫罗招鬼魂的传说见《旧约·撒母耳记(上)》,第二十八章。
③ 巴西尔(约330—379),教会活动家,神学家,小亚细亚凯撒里亚主教。
④ 圣涅斯托尔,生活在十一世纪至十二世纪的古俄罗斯作家,编年史编纂者;基辅山洞修道院教士。

的地方去赴宴或者参加大会,说上一句拉丁话,或者提到历史或哲学方面的事,人家听了就会满意,我自己也满意……或者区里的法官们来了,要人主持宣誓仪式,别的教士怕难为情,可是我跟法官啦,检察官啦,律师啦,却随随便便,毫不拘礼。我谈吐文雅,跟他们喝喝茶,说说笑笑,问问他们我不知道的事……他们也挺愉快。就是这么的,小兄弟……学问是光明,愚昧是黑暗。念书吧!当然,念书是很难的,现在念书要花不少钱……你妈是个寡妇,她靠抚恤金过活,可是呢……"

赫利斯托福尔神甫战战兢兢地瞧一下门口,接着小声说:

"伊万·伊万内奇会帮忙的。他不会不管你。他自己没有子女,他会帮你的。别担心。"

他做出严肃的脸容,更加小声地说:

"只是你要记住,叶戈里,别忘了你母亲和伊万·伊万内奇,求上帝让你别忘记。十诫教你孝敬母亲,伊万·伊万内奇是你的恩人,等于是你的父亲。要是你将来有了学问,求上帝不要让你因为别人比你笨就讨厌别人,看不起别人,那样一来,你就要倒霉,倒霉了!"

赫利斯托福尔神甫举起手来,小声重复了一遍:

"你就要倒霉!倒霉了!"

赫利斯托福尔神甫唠叨起来,如同俗话所说的,讲得津津有味;看来不到吃午饭的时候绝不肯罢休。可是门开了,伊万·伊万内奇走了进来。舅舅匆忙地打个招呼,就在桌旁坐下,开始很快地喝茶。

"好,所有的事全办妥了,"他说,"今天可以回家了,不过叶戈尔的事还得操一下心。得把他安置一下。我姐姐说,她有个朋友娜斯塔西娅·彼得罗芙娜,住在此地一个什么地方,她也许肯收留他在她那儿寄宿和搭伙。"

他在皮夹里翻来翻去,从里面抽出一张揉皱的纸,念道:

"'小下街,娜斯塔西娅·彼得罗芙娜·托斯库诺娃,住在自己购置的房子里。'得马上去找她才成。真是麻烦!"

喝完早茶以后过了不久,伊万·伊万内奇带着叶戈鲁什卡走出客栈。

"真是麻烦!"舅舅嘟哝道,"你像牛蒡似的粘在我身上,去你的!你们要学问,要争做上等人,却要我倒霉,为你们受罪……"

他们穿过院子的时候,货车和车夫都已经不在了。他们一清早就离开此地,到码头上去了。院子里远处的一个角落里,停着那辆熟悉的、黑黝黝的马车,马车旁边站着那几匹枣红马,正在吃燕麦。

"再见,马车!"叶戈鲁什卡想道。

起先,他们顺着大街爬上坡去,爬了很久,然后他们穿过一个大市场。在那儿,伊万·伊万内奇向一个警察打听小下街在哪儿。

"喔唷!"警察笑了笑,说,"路还远着呐,顺这条路要一直走到牧场!"

他们一路上遇见好几辆街头马车,可是只有碰到特殊情况,或者遇到大节期,舅舅才容许自己享受一下坐马车的乐趣。叶戈鲁什卡和他在铺着石板的街上走了很久,然后又在只有人行道而未铺路面的街上走了很久,最后走到了既未铺路面也没有人行道的街上。等到他们的腿和舌头把他们送到小下街,他俩都满脸通红,摘下帽子擦汗了。

"劳驾告诉我,"伊万·伊万内奇对一个坐在街门旁边小凳上的老人说,"娜斯塔西娅·彼得罗芙娜·托斯库诺娃的房子在哪儿?"

"这儿没有姓托斯库诺娃的,"老人想了一想,答道,"也许你找的是契莫盛科吧。"

233

"不,托斯库诺娃……"

"对不起,这儿没有姓托斯库诺娃的……"

伊万·伊万内奇耸一耸肩膀,慢慢往前走去。

"您用不着再找!"老人在他们后面叫道,"我说没有就是没有!"

"听着,老大娘,"伊万·伊万内奇对一个在墙角摆小摊卖葵花子和梨的老太婆说,"娜斯塔西娅·彼得罗芙娜·托斯库诺娃的房子在哪儿?"

老太婆惊奇地瞧着他,笑了。

"难道娜斯塔西娅·彼得罗芙娜现在还住在自己的房子里?"她问道,"主啊,自从她嫁了女儿,把自己的房子让给她的女婿,到现在已经有八年了!现在她女婿住在那儿呐。"

她的眼神仿佛表示:"你们这些傻瓜怎么会连这样一点儿小事都不知道?"

"那她现在住在哪儿呢?"伊万·伊万内奇问道。

"主啊!"老太婆惊奇地叫道,合起掌来,"她早已租房子另住了,她把自己的房子让给女婿已经有八年了。您这是怎么啦?"

她大概料着伊万·伊万内奇也会吃惊得叫起来:"这不可能呀!!"

然而伊万·伊万内奇很平静地问道:

"那么她租住的房子在哪儿?"

这个女小贩卷起袖口,用赤裸的胳膊指点着,同时用尖细刺耳的声音嚷道:

"照直走,照直,照直……等到走过一所小红房子,左边就有一条小巷子。您走进小巷子,找到右边第三个门就是……"

伊万·伊万内奇和叶戈鲁什卡走到小红房子那儿,向左拐弯,走进小巷子,直奔右边的第三家门口。在很旧的灰色街门两旁伸展着灰色的围墙,墙上有着很大的裂缝。右面那部分围墙大幅度向前倾斜,有倒塌的危险,街门左边的围墙却往后面,往院子里面歪斜。街门本身倒笔直立着,好像没有选定往哪边倒才方便一点:究竟该往外倒呢,还是往里倒。伊万·伊万内奇推开一个小小的边门,他和叶戈鲁什卡就看见一个大院子,里面长满了杂草和牛蒡。离街门一百步远,立着一所小房子,红房顶,绿百叶窗。有一个胖女人,卷起袖口,撩起围裙,站在院子中央,正在往地下洒什么东西,用一种跟女小贩那样尖细刺声的声调嚷道:

"咕!……咕!咕!"

她身后有一条生着尖耳朵的红毛狗坐在地上。它一看见客人,就往小门这边跑来,送上一片男高音的叫声(凡是红狗都用男高音叫)。

"您找谁?"女人叫道,把手放在眼睛上,遮住阳光。

"您好!"伊万·伊万内奇也叫道,一面挥动手杖,赶走那条红毛狗,"劳驾告诉我,娜斯塔西娅·彼得罗芙娜·托斯库诺娃住在这儿吗?"

"就住在这儿!您找她有什么事?"

伊万·伊万内奇和叶戈鲁什卡朝她走去。她怀疑地瞧着他们,又问一遍:

"您找她有什么事?"

"也许您就是娜斯塔西娅·彼得罗芙娜吧?"

"嗯,就是我!"

"幸会幸会……是这样的,您的老朋友奥莉迦·伊万诺芙娜·科尼亚泽娃问候您。这是她的小儿子。我呢,也许您记得,就是她的亲弟弟伊万·伊万内奇……您原是我们县城的人……您生在我们那地方,而且是在那地方出嫁……"

随后是沉默。胖女人呆呆地瞧着伊万·伊万内奇,好像不信他的话,或者没听懂他的话似的,然后她满脸通红,合拢两只手,她围裙里的燕麦撒了下来,眼睛里迸出了眼泪。

"奥莉迦·伊万诺芙娜!"她尖叫道,兴奋得直喘气,"我最亲爱的人!啊,圣徒呀,我干吗像傻子似的呆站在这儿?我的漂亮的小天使!……"

她搂住叶戈鲁什卡,眼泪沾湿了他的脸,哭得泪人儿似的。

"主啊!"她说,绞着手,"奥莉迦的小儿子!真是招人疼!跟他妈像极啦!长得跟他妈一模一样!可是你们干吗站在院子里啊?请到屋里坐吧!"

她匆匆朝那所房子走去,一面走,一面哭着,喘着,讲着。客人们跟着她走。

"我的房间还没收拾好呢!"她说,领着客人走进一个闷不通风的小客堂,那儿装点着许多神像和许多花盆,"啊,圣母!瓦西里沙,至少去把百叶窗打开!我的小天使!这孩子有多漂亮,简直没法儿形容!我不知道奥列琪卡①有这样一个小儿子!"

等到她安静下来,跟客人们处熟以后,伊万·伊万内奇就要求跟她单独谈一谈。叶戈鲁什卡走进另一个小房间,那儿放着一架缝纫机,窗口挂着一只鸟笼,笼里装着一只椋鸟,这儿跟客堂里一样,也有许多神像和花盆。靠近缝纫机站着一个小姑娘,一动也不动,脸儿给太阳晒黑,腮帮子跟基特一样胖乎乎的,身上穿着干净的花布连衣裙。她眼睛一眨也不眨地瞧着叶戈鲁什卡,大概觉得很窘。叶戈鲁什卡瞧着她,沉默一会儿,问道:

"你叫什么名字?"

小姑娘微微动了动嘴唇,做出一副哭相,小声答道:

"阿特卡……"

---

① 奥莉迦的爱称。

这意思是说她叫卡特卡。

"他准备住在您这儿，"伊万·伊万内奇在客堂里小声说，"如果您肯费心的话，我们就按月给您十卢布。他倒不是宠坏了的孩子，挺安分的……"

"我真不知道该跟您说什么才好，伊万·伊万内奇！"娜斯塔西娅·彼得罗芙娜含着眼泪叹道，"十个卢布倒很好，不过带领别人的孩子却叫人害怕！他也许会生病什么的……"

等到叶戈鲁什卡被叫回客堂去，伊万·伊万内奇已经站在那儿，手里拿着帽子在告辞了。

"好了，那么，现在就让他留在您这儿了，"他说，"再见！你待在这儿吧，叶戈尔！"他对外甥说，"在这儿别胡闹；你得听娜斯塔西娅·彼得罗芙娜的话……再见！我明天再来。"

他走了。娜斯塔西娅·彼得罗芙娜又搂抱叶戈鲁什卡，叫他小天使，流着泪，准备开饭。三分钟以后，叶戈鲁什卡坐在她身旁，回答她的无穷无尽的问题，喝着又油又烫的白菜汤了。

那天傍晚，他又在桌旁坐下，把头枕在一只手上，静听娜斯塔西娅·彼得罗芙娜讲话。她呢，时而笑，时而哭，对他讲起他母亲年轻时候的事，讲起她自己的婚姻，讲起她的子女……一只蟋蟀在炉子里曜曜地叫，灯头发出轻微的嗡嗡声。女主人低声讲着，在兴奋中不时地把顶针掉在地上。她的小孙女卡嘉就爬到桌子底下去拾，每回都在桌子底下坐很久，多半是在端详叶戈鲁什卡的脚。叶戈鲁什卡听着，半睡半醒，瞅着老太婆的脸、她那生着毛的痣和一条条泪痕……他觉得难过起来，很难过！他给安置在一只箱子上睡下，又受到嘱咐：要是他晚上想吃东西，可以自己到小过道里窗台上拿点童子鸡吃，它上面覆盖着一只盆子。

第二天早晨伊万·伊万内奇和赫利斯托福尔神甫来辞行。娜斯塔西娅·彼得罗芙娜很高兴，正要烧茶炊，可是伊万·伊万内奇

237

忙得很,摇摇手说:

"我们没有工夫喝茶吃糖!我们马上就要动身。"

在分别以前,大家坐下来,沉默了一分钟。娜斯塔西娅·彼得罗芙娜长叹一声,用泪汪汪的眼睛瞧着神像。

"好,"伊万·伊万内奇站起来,开口说,"那么你留在这儿了……"

忽然,那种一本正经的冷淡表情从他脸上消失,他脸色微微发红,带着苦笑说:

"记住,你要用功读书……别忘记妈,听娜斯塔西娅·彼得罗芙娜的话……要是你念书的成绩好,叶戈尔,那我不会不管你。"

他从衣袋里拿出钱夹来,扭转身去,背对着叶戈鲁什卡,在零钱里摸索很久,找到一个十戈比的银币,就递给叶戈鲁什卡。赫利斯托福尔神甫叹口气,不慌不忙地为叶戈鲁什卡祝福。

"凭圣父,圣子,圣灵的名义……要好好念书,"他说,"用功念书,小兄弟……要是我死了,那就在你祷告的时候提到我。喏,我也给你一个十戈比的银币……"

叶戈鲁什卡吻他的手,哭了。他心里有个声音在对他说:他从此再也不会见到这个老人了。

"娜斯塔西娅·彼得罗芙娜,我已经在中学里报过名了,"伊万·伊万内奇说,听他的声调,仿佛在这客堂里停着一具死尸似的,"到八月七日,请您带他去参加入学考试……好,再见!愿上帝跟您同在!再见,叶戈尔!"

"您至少总该喝杯茶呀!"娜斯塔西娅·彼得罗芙娜用悲哀的声调说道。

叶戈鲁什卡的眼眶里含满泪水,没有看见舅舅和赫利斯托福尔神甫怎样走出去。他跑到窗口,可是他们已经不在院子里了,刚才汪汪叫的红毛狗从街门口跑回来,现出已经尽了职责的神气。

叶戈鲁什卡自己也不知道为什么,一下子跳起来,飞出房外去了。等他跑出街门,伊万·伊万内奇摇着弯柄的手杖,赫利斯托福尔神甫摇着长木杖,刚刚转过弯去。叶戈鲁什卡这才感到:这以前他所熟悉的一切东西随着这两个人一齐像烟似地永远消失了。他周身发软,往小凳上一坐,用悲伤的泪珠迎接这种对他来说现在还刚刚开始的、不熟习的新生活……

这生活会是什么样子呢?

纠　　纷

　　地方自治局医生格利果利·伊凡诺维奇·奥甫钦尼科夫是个三十五岁左右的人，体质很坏，脾气急躁，由于做过一些医学统计工作，热烈爱好所谓"日常生活问题"而在同事们当中出名。有一天早晨，他在他的医院里查病房。他身后照例跟着他的医士米哈依尔·扎哈罗维奇，那是个上了年纪的人，面孔很胖，头发平滑油亮，一只耳朵上戴着耳环。

　　医生刚开始查病房，就有一件琐屑的小事使他感到十分可疑，那就是医士的坎肩揉出了皱褶，一个劲儿往上掀，尽管医士不住地把它往下拉，摩挲平，也还是没用。医士的衬衫也是皱的，也往上掀。在他的长上衣上，裤子上，甚至领结上，都粘着一些白色绒毛。……显然，医士没脱衣服睡了一夜，从他此刻拉平坎肩和整理领结的神情来判断，这身衣服裹得他不好受。

　　医生定睛看了他一会儿，明白这是怎么回事了。医士的身子并没摇晃，他回答问题也还算有条理，不过他的脸阴沉呆板，眼睛毫无生气，脖子和手在颤抖，衣冠不整，尤其是他竭力想控制自己、一心想掩盖自己的情形，——这一切都证明他刚刚起床，没有睡够，从昨天晚上起一直醉到现在，醉得很厉害。……他正在经历着"酒气熏人"的痛苦状态，十分难受，分明对自己很不满意。

　　医生素来不喜欢这个医士，在这方面他有种种理由。因此，他现在生出一种强烈的愿望,想对医士说:"我看出您喝醉了!"他忽然讨厌起那件坎肩、那件长上衣、那个肥耳朵上的耳环来了,然而他克制住他的反感,照往常那样温和而有礼貌地说:

"给盖拉西木喝过牛奶了吗?"

"给过了,大夫……"米哈依尔·扎哈雷奇也温和地说。

医生一面跟病人盖拉西木谈话,一面看那张记录体温的表,憎恨的感觉又涌上了心头。他就屏住呼吸,免得开口说话,可是又忍不住,就喘着气粗鲁地问道:

"为什么没记体温?"

"不对,记上了,大夫!"米哈依尔·扎哈雷奇温和地说,不过他把那张表看了一下,这才相信体温真的没记上,就慌张地耸一下肩膀,支吾道:"我不知道,大夫,大概是娜杰日达·奥西波芙娜……"

"而且从昨天傍晚起就没记!"医生接着说,"光知道灌酒,真见鬼!直到现在您也还是醉得不成样儿!娜杰日达·奥西波芙娜在哪儿?"

助产士娜杰日达·奥西波芙娜每天早晨在换药的时候都应该在病房里,可她这时候却没在场。医生往四下里看一眼,觉得病房没有收拾,一切都很凌乱,该做的事一样也没做,一切都像医士那件讨厌的坎肩似的往上掀,揉得很皱,粘着绒毛,他恨不得扯掉自己身上的白外套,叫骂一阵,丢开一切,不管三七二十一,一走了事。可是他极力控制自己,继续查病房。

看完盖拉西木以后,医生接着看一个整条右臂的细胞组织发炎的外科病人。应当给这个病人换药才成。医生就在他面前的凳子上坐下,料理他的胳膊。

"昨天他们必是在命名日宴会上大喝了一通……"他一面慢慢地解开绷带,一面暗想,"你们等着就是,我要叫你们知道什么叫命名日！不过话说回来，我有什么办法呢？我什么办法也没有。"

他摸着那条又红又肿的胳膊上的脓疮，说道：

"手术刀！"

米哈依尔·扎哈雷奇极力表示他两条腿站得挺稳，他能够办事，这时候拔腿就走，很快地拿来一把手术刀。

"不是这一把！拿一把新的来。"医生说。

医士踩着碎步往椅子那儿走去，椅子上放着一口箱子，里面装着换药的用具。他匆忙地动手翻箱子。他跟护士们小声嘀咕了很久，弄得箱子不住地在椅子上移动，发出沙沙的响声，有两次把一件什么东西掉到地上。医生坐在那儿等着，感到他的后背给他们的低语声和沙沙声刺激得十分难受。

"怎么还不拿来？"他问，"您必是把它们忘在楼下了。……"

医士跑到他跟前，递给他两把手术刀，这时候，他一不留神对着医生吐出一口气。

"这两把也不能用！"医生生气地说，"我对您讲的是俄国话：拿一把新的来。不过，您去睡睡够再来吧，您嘴里喷出的气味跟酒馆里一样！您头脑不清！"

"您到底要什么刀子？"医士生气地问，慢慢地耸动肩膀。

他恼恨自己，暗自感到羞愧，因为病人们和护士们都直着眼睛瞧他。他为了表示他并不羞愧，就勉强笑一笑，又说一遍：

"您到底要什么刀子啊？"

医生觉得泪水涌上了他的眼睛，他的手指发抖了。他极力克制自己，用发颤的声音说：

"您去睡够了再来！我不愿意跟醉汉讲话。……"

"您只能在公事方面申斥我，"医士接着说，"要是我，比方说，喝了酒，那谁也没有权利责难我。我这不是在工作吗？您还要怎么样！我不是在工作吗？"

医生跳起来，自己也不明白自己在干什么，抡起胳膊，用尽力气，一拳打在医士脸上。他不明白他为什么这样做，然而感到很大的快意，因为这一拳恰好打在医士脸上，那个体面、自信、有妻子儿女、笃信宗教、自命不凡的人不由得身子一晃，像皮球那样跳了一下，落座在凳子上了。医生满心想再打一拳，然而他在那张可恨的脸旁边看见了护士们苍白惊慌的脸，就不再感到快意，摆一下手，跑出病房去了。

在院子里，他迎面遇见娜杰日达·奥西波芙娜走进病院来，她是个约摸二十七岁的姑娘，脸色白里带黄，头发蓬松。她那件粉红色花布连衣裙的下摆很瘦，因此，她的脚步十分细碎。她把连衣裙弄得窸窸窣窣响，每走一步路就扭一下肩膀，摇一下头，好像她心里在唱一支欢畅的歌似的。

"哼，妖精！"医生记起医院里的人开玩笑，把助产士叫作妖精，就暗自想道。他想到他马上就要把这个走着碎步、顾影自怜、服饰华丽的女人教训一顿，觉得很痛快。

"您上哪儿去了？"他走到她跟前，喊道，"为什么您不在医院里？体温也没记上，到处都乱糟糟，医士喝醉了酒，您睡到十一点才起！……请您另外去找工作！您不要再在这儿干下去了！"

医生回到寓所，猛地脱掉身上的白外套，扯下系在腰上的毛巾，气冲冲地把两样东西往墙角一扔，然后在书房里走来走去。

"上帝啊，这都是些什么样的人，这都是些什么样的人啊！"他说，"这些人算不得工作的帮手，而是工作的敌人！我不能再在这儿干下去！不行！我得走！"

他的心猛烈地跳着，周身发抖，想哭一场。为了摆脱这种心境，他就安慰自己说，他做得很对，打医士也打得完全有理。医生心想，首先，可恶的是，那个医士不是简简单单，而是托了他姨妈的人情才到医院里来工作的,他姨妈在地方自治局执行处主席的家里做保姆(这个有势力的姨妈坐车来看病,像在家里一样随便,硬要抢先看病,不按次序,这种情形叫人看了实在反感)。医士不守纪律,知识浅薄,就是他知道的一点点东西他也根本不理解。他爱喝酒,举止冒失,不整洁,收病人的贿赂,私卖地方自治局的药品。大家都知道他私下里行医赚钱,给年轻的小市民医治秘密的病,用的是他自己配的药品。如果他单纯是个庸医,倒也罢了,反正这种人是很多的,然而他却是个自以为是、暗中捣鬼的庸医。他瞒着医生给门诊的病人放上吸血杯,给他们放血,手也不洗就到手术台边来,老是用肮脏的探针挑开伤口,这就足以使人明白他多么放肆而大胆地藐视医生的医术以及医学知识和医疗手续了。

医生等到他的手指不再发抖,就挨着桌子坐下,给地方自治局执行处主席写信:"尊敬的列甫·特罗菲莫维奇!如果贵执行处接到这封信后不解除医士斯米尔诺甫斯基的职务,不给予我物色助手的权利,我就不得不(当然这不无遗憾)请求您不要再把我看做某某医院的医生,并请费心另外物色我的继任人。请代为问候柳包芙·费多罗芙娜和尤斯。尊敬您的格·奥甫钦尼科夫"。医生把这封信看了一遍,发觉写得太短,而且语气不够冷淡。再者在接洽公务的官方信函中问候柳包芙·费多罗芙娜和尤斯(这是大家给主席的小儿子起的诨名)是非常不妥当的。

"信上何必提什么尤斯呢?"医生想道,把这封信撕掉,开始为另一封信构思,"阁下……"他想,坐在敞开的窗口旁边,看着大鸭子带领小鸭子顺了大路匆忙走动,摇摇摆摆,绊绊跌跌,多半是到池塘那边去。有一只小鸭子在路上啄到一根肠子般的东西,喉咙被卡住了,发出惊叫声。另一只小鸭子就跑到它跟前,从它嘴里拉出那根细肠子,不料喉咙也给卡住了。……远远地,在围墙附近,在小椴树印在草地上那花边般的阴影里,厨娘达丽雅正在走来走去采做菜汤用的酸模。……这时候传来说话声。……手里拿着马勒的车夫左特和穿着脏外套的医院工人玛努依洛站在车房旁边,讲到一件什么事,笑起来。

"他们是在讲我打医士的事……"医生暗想,"今天全县都会知道出了这个乱子。……要这样写:'阁下!如果贵执行处不解除……'"

医生清楚地知道,执行处无论如何也不会留下医士而不要他,宁可全县没有一个医士,也不会同意把奥甫钦尼科夫医生这样的优秀人才放走。大概,列甫·特罗菲莫维奇一接到信就会立刻坐上三套马的马车赶到他这儿来,开口说道:"您这是干什么,老兄?亲爱的,这到底是怎么回事啊,求基督跟您同在!为了什么呢?什么缘故呢?他在哪儿?把他叫来,这个混蛋!赶走他!非赶走他不可!不准这个坏蛋明天还待在这儿!"然后他就跟医生一块儿吃饭,饭后在深红色长沙发上一躺,仰面朝天,拿一张报纸盖上脸,打起呼噜来。等到他睡足了醒来,喝一通茶,就把医生带到他家里去过夜。这件事闹到头来,医士会仍旧留在医院里,医生也不能辞职。

可是医生本心不愿意有这样的结局。他倒希望医士的姨妈得到胜利,执行处不顾他八年来辛勤服务,也不找他谈话,甚至很愉快地接受他的辞职。他幻想自己怎样离开这个他已经熟悉的医院,怎样给《医师报》写一封信,同行们怎样给他寄来同情的信。……

这时候路上出现了那个妖精。她踩着碎步,把衣服弄得窸窸窣窣响,走到他的窗前,问道:

"格利果利·伊凡内奇,您自己去给病人看病呢,还是您不预备去了?"

她的眼睛却在说:"方才你发了脾气,不过现在你气平下来,觉得难为情。我呢,宽宏大量,不理会这件事。"

"好,我马上就去。"医生说。

他又穿上白外套,拦腰系上毛巾,往医院走去。

"我打完他就跑掉,这可不好……"他在路上想,"结果倒好像我发窘或者害怕了。……这就成了中学生的把戏。……很不好哟!"

他以为他一走进病房,病人们就会别扭地瞧他,他自己就会不好意思,然而等到他真的走进去,病人们却平心静气地躺在床上,几乎没注意他。害痨病的盖拉西木脸上现出十足的冷漠神情,仿佛在说:"你对他不满意,略略把他教训了一下……不这样不行啊,老爷。"

医生割开紫红色胳膊上的两个脓疮,扎上绷带,然后到女病房去,在那儿给一个女人的眼睛动手术。妖精始终跟在他身后,做他的下手,装出一副好像什么事也没有发生、天下太平的样子。他查完病房,开始给门诊的病人看病。在医生的小诊室里,窗子敞开着。只要坐在窗台上,微微弯下腰,就可以看见一俄尺①开外有一片嫩草地。昨天傍晚下过一场大雷雨,因此青草有点倒伏,亮晃晃的。离窗子不远,有一条通到山谷去的小路,好像刚刚冲洗了一番,小路两旁丢着一些破碎的药房里的器皿,也给雨水冲洗过,经阳光一照,放射出耀眼的亮光。远处,小路的对面,立着一些新生的云杉,披着漂亮的绿衣衫,互相挨挤着。它们后面立着许多桦树,挺起白得像纸一样的树干,从迎风微微颤抖的桦树绿叶里望出去,可以看见深不见底的蓝天。每逢有人瞧着窗外,在小路上蹦蹦跳跳的椋鸟就把愚蠢的嘴脸转到窗子这边来,暗自琢磨着:要不要害怕?它们决定应当害怕,就一只跟着一只往桦树顶上飞去,发出

---

① 1俄尺等于0.71米。

欢乐的叫声,仿佛嘲笑医生不会飞翔似的。……

在浓重的碘酒气味中,人可以感到春天的生机和芬芳。……呼吸真畅快啊!

"安娜·斯皮利多诺娃!"医生叫着病人的名字。

一个穿红色衣衫的年轻女人走进诊室来,面对神像做了一会儿祷告。

"你有什么病?"医生问。

那个女人疑疑惑惑地斜起眼睛看一下她走进来的那道房门,又看一下通到药房里去的小门,这才走到医生跟前,小声说:

"我不生孩子!"

"还有谁没有挂号?"妖精在药房里嚷道,"上这儿来挂号!"

"他简直是畜生,"医生一面给女人看病,一面暗想,"他逼得我有生以来第一回打人。我从来也没打过人。"

安娜·斯皮利多诺娃走了。她走后,进来一个害花柳病的老人,随后是一个女人带着三个害疥疮的孩子,工作忙碌起来。医士没有露面。在小门那一边的药房里,衣服沙沙响,器皿叮当响,妖精快活地叽叽喳喳讲话。她不时走进诊室来,帮着动手术,或者取药方,仍旧装出一切都很顺当的样子。

"我打医士,她心里高兴,"医生听着助产士的说话声,心里暗想,"她跟医士本来就相处得像猫跟狗一样。要是他被开革,她会乐坏的。护士们似乎也暗暗高兴。……这多么可恶啊!"

诊病工作正十分紧张,他却觉得助产士也好,护士也好,以至病人也好,都故意装出那么一种无所谓和快乐的神情。他们仿佛明白他羞惭,难过,可是出于礼貌而装出并不明白的样子。他想对他们表示他根本不觉得羞愧,就气冲冲地叫道:

"喂,您,我说的是您!请把门关上,要不然风就吹进来了!"

可是他确实难为情,心头沉重。他看完四十五个病人以后,就不慌不忙地走出医院。助产士已经抽出工夫回家去了一趟,这时候肩膀上披着鲜红的披巾,嘴里叼着纸烟,蓬松的头发上插着一朵花,匆匆地走出院子,不知到什么地方去,多半是出诊或者拜客去了。医院的门槛上坐着一些病人,在默默地晒太阳。椋鸟仍旧在吵闹,追逐小甲虫。医生瞧着两旁,心想:在这些和平安宁的生命中,只有两个生命完全脱了节,像钢琴上的两个坏琴键,一点用处也没有了,那就是医士和他。医士现在大概躺在床上,想睡一觉,醒醒酒,然而想到自己犯了过错,受了侮辱,失掉了职务,就无论如何也睡不着。他的处境很痛苦。医生呢,以前从没动手打过人,如今觉得自己像是永远失去了清白似的。他不再责怪医士,也不再为自己辩白,光是心里纳闷:怎么会出这样一件事?他,一个正派人,以前连狗都没打过,如今却居然打了人!他回到自己的寓所,在书房里长沙发上躺下,脸对着沙发靠背,开始这样想:

"他是个不好的、对工作有害的人。他在这儿工作了三年,这期间不知惹我生了多少气,可是话说回来,我的行为也无论如何不能算是正当。我使用了强者的权利。他是我的属员,犯了过错,喝醉了酒,我呢,是他的上司,正确,不喝酒。……可见我比较强。第二,我是当着那些把我看成权威的人的面打他的,因此我为他们做出了恶劣的榜样。……"

有人来叫医生去吃午饭。……他喝了几匙白菜汤,从饭桌旁边站起来,又在长沙发上躺下。

"那么现在怎么办呢?"他继续想道,"应当尽快让他满意才对。……可是该怎样做呢?谈到决斗,他是一个讲求实际的人,认为这是蠢事,或者说,不明白这种事有什么意义。如果我到原来那个病房中去当着护士和病人的面向他道歉,这种道歉也只能满足我而不能满足他。他这个坏家伙倒会把我的道歉看作胆怯,以为我怕他到上司那儿去告我的状。再者,我这种道歉会害得医院里的纪律荡然无存。送给他钱吗？不行，这不道德，近似收买。那么，比方说，现在把这个问题提交我们的顶头上司，也就是执行处来解决。……它可能申斥我或者把我撤职。……可是它不会这样做的。况且执行处也根本不便于干预医院内部的事，再者，它也没有这种权利。……"

饭后大约过了三个钟头，医生走到池塘那儿去洗澡，心里暗想：

"我岂不可以照大家在同类情形下的办法去做？那就是让他把我告到法院去。我有罪是确切无疑的，我也不打算辩白，调解法官就会判我监禁。这样一来，受侮辱的人就会心满意足，那些把我看成权威的人也就会看出我不对了。"

这个想法中了他的意。他高兴起来，心想问题总算顺利地解决，此外再也没有更公正的解决办法了。

"是啊，妙极了！"他想着，钻进水里，看见一群细小的金色鲫鱼从他身边逃走，"让他去告状吧。……这在他很方便，反正我们的公务关系已经破裂，闹过这场乱子以后我们当中反正总有一个不能再留在医院里了。……"

傍晚，医生吩咐套上他那辆双轮马车，要到军事长官家里去玩文特①。等到他戴上帽子，穿上大衣，完全准备好出门，正站在书房中央戴手套，外面的屋门却吱扭一响开了，有人没有一点声息地走进前堂来。

"是谁啊？"医生问。

"是我，大夫……"走进来的人闷声闷气地回答说。

医生的心忽然怦怦地跳起来，他由于害臊和一种没法理解的恐惧而周身发凉。医士米哈依尔·扎哈雷奇（来人就是他）小声

---

① 一种纸牌戏。

咳嗽着,畏畏缩缩地走进书房里来。他沉默一会儿,用闷声闷气的负疚声调说:

"请您原谅我,格利果利·伊凡内奇!"

医生心慌意乱,不知道该说什么好,他明白医士到他这儿来低声下气请求原谅并不是出于基督徒的谦卑,也不是要用这种谦卑羞辱使他受屈的人,而纯粹是出于利害的考虑:"我要按捺我的性子去请他原谅,这样也许就不会把我赶走,我也不致丢掉饭碗了。……"还有什么能比这个更侮辱人的尊严呢?

"请您原谅……"医士又说一遍。

"您听我说……"医生开口说,极力不看着他,仍旧不知道该说什么好。"您听我说。……我侮辱了您,那么……那么我应当受到惩罚,也就是说应当使您得到满足。……决斗您是不会赞成的。……不过我自己也不赞成决斗。我侮辱了您,那么您……您可以到调解法官那儿去告我的状,我就会受到惩罚。……我们两人一起留在这儿共事是办不到了。……我们之中总得走掉一个,不是我就是您!('我的上帝啊!我对他说的话不对头!'医生惊恐地想道,'多么愚蠢,多么愚蠢啊!')一句话,您去告状吧!我们已经不能共事了!……总得走掉一个,不是我就是您。……您明天去告状吧!"

医士皱起眉头看着医生,他那对黯淡而混浊的眼睛里闪出最最露骨的轻蔑神情。他素来认为医生是个不切实际而又任性的孩子,不过现在他是因为医生发抖,因为他说的话流露出莫名其妙的张皇而看不起他。……

"告就告。"他阴郁而怨愤地说。

"对,您去告状好了!"

"可是您以为怎么样?我不会去告吗?要告就告。……您没有权利打人。而且您该羞愧才对!只有喝醉酒的庄稼汉才打人,可您是个受过教育的人。……"

出乎意外,医生胸腔里的全部憎恨一齐发作起来,他大叫一声,连嗓音都变了:

"滚出去!"

医士勉强走开,好像还有什么话要说似的。他走进前堂,站住,沉思不语。他似乎打定了什么主意,毅然决然地出去了。……

"多么愚蠢,多么愚蠢啊!"医生等他走后嘟哝说,"这一切多么愚蠢,多么庸俗!"

他感到刚才他对待医士的态度像个小孩子。他这才明白过来:所有他那些关于诉讼的想法都不聪明,不能解决问题,反而把问题弄得复杂了。

"多么愚蠢啊!"他坐在双轮马车上,以及后来在军事长官家里玩文特的时候一直这样想,"难道我的教育程度这么差,对生活知道得这么少,竟没有能力解决这个简单的问题?是啊,该怎么办呢?"

第二天早晨,医生看见医士的妻子坐上一辆马车,准备到什么地方去,他心里暗想:"她这是找她的姨妈去了。去就去吧!"

医院里就此缺了个医士。本来应该给执行处写一份公文才对,然而医生仍旧想不出这封信该按什么形式写。现在这封信的大意该是这样:"我请求将医士革职,其实有罪的不是他,而是我。"要把这样的意思叙述得既不荒唐,也不丢脸,这在正派人几乎不可能办到。

大约过了两三天,医生得到消息说,医士到列甫·特罗菲莫维奇那儿诉苦去了。主席没有容他说一句话,跺着脚嚷叫,打发他走掉:"我知道你!出去!我不要听!"医士从列甫·特罗菲莫维奇那儿出来,到执行处去,在那儿递上一份诬告的呈文。在那份呈文里,他没有提到打耳光的事,也没有为自己要求什么,只是向执行处告密,说医生有好几次当他的面不以为然地批评执行处和主席,还说医生治病不得法,不按时到各区去等等。医生听到这些就笑起来,心想:"简直是个蠢货!"他想到医士做出这种蠢事来,不由得害臊,而且可怜他;人为保护自己而做的蠢事越多,他就越得不到保护,越没有力量。

在上述这个早晨过去整整一个星期后,医生收到调解法官的一张传票。

"这真是十足的愚蠢……"他一面在收条上签字,一面暗想,"再也想不出比这更愚蠢的事了。"

在一个阴暗、安静的早晨他坐车到调解法官那儿去,倒不再觉得羞愧,而只觉得烦恼和厌恶了。他生自己的气,生医士的气,生环境的气。……

"我爽性在法庭上说:你们统统见鬼去吧!"他生气地想,"你们全是蠢驴,你们什么也不懂!"

他坐着车子快要走到调解法庭的时候,看见门口站着被传到这儿来作证的他医院里的三个护士,另外还有妖精。妖精正等得不耐烦,调动着两条腿,这时候看见当前这场官司的主要人物来临,高兴得脸都红了。气愤的医生一眼看见护士们和这个活泼愉快的妖精,恨不能像鹰似的扑过去,给她们一场惊吓:"谁让你们离开医院的?请你们马上滚回去!"然而他克制自己,极力装得心平气和,从一群农民中间穿过去,走进法庭。法庭里没有人,调解法官的链子挂在一把圈椅的椅背上。医生走进书记的房间。在那儿,他看见一个瘦脸的年轻人,穿着麻布上衣,衣袋鼓出来,这人就是书记。医士坐在桌子旁边,因为闲着没事做而翻看诉讼案卷。医生一进来,书记就站起来,医士难以为情,也站起来了。

"亚历山大·阿尔希波维奇还没来吗?"医生问道,发窘了。

"还没来。他在家里……"书记回答说。

法庭设在调解法官的庄园上,占着一个厢房。法官本人住在大房子里。医生走出法庭,不慌不忙地往那所房子走去。他瞧见亚历山大·阿尔希波维奇正在饭厅里茶炊旁边。这位调解法官没穿上衣,也没穿坎肩,衬衫胸前的纽扣解开。他正站在桌子旁边,两手捧着茶壶,往一个玻璃杯里给自己斟上像咖啡那么黑的茶。他一眼看见客人来了,就赶快拿过另一个玻璃杯来,斟满茶,也没说客套话,就问道:

"您茶里要不要放糖?"

从前,很久以前,这位调解法官曾在骑兵队里服役,现在虽然由于多年担任被推选的工作而获得四等文官的官衔,然而仍旧没有脱掉军服,也没有丢掉军人的习惯。他留着警察局长式的长唇髭,裤子上镶着饰绦,他的全部行动和话语都渗透军人的风度。他讲话的时候,头总是微微往后仰,话语里夹杂着动听的、将军气派的"哦哦哦……",常常耸动肩膀,转动眼珠。他打招呼或者敬烟,总是两脚并拢,把鞋跟碰响,走路的时候却十分小心,只让马刺发出轻柔的响声,仿佛马刺每响一下就使他痛苦得不得了似的。这时候他请医生坐下来喝茶,然后摩挲着自己宽阔的胸脯和肚子,深深吁一口气,说:

"嗯,是啊。……也许您,哦哦哦……要喝点白酒,吃点凉菜吧?哦哦?"

"不,谢谢,我吃饱了。"

两个人都感到医院里出的乱子没法避而不谈,两个人都觉得别扭。医生沉默着。调解法官用优雅的手势捉住一个叮他胸脯的蚊子,把它转过来掉过去,仔细看了个够,随手把它放掉,然后深深叹一口气,抬起眼睛来瞧着医生,用抑扬顿挫的声调问道:

"我说,您为什么不把他赶走呢?"

医生在他的说话声里听出同情的调子。医生忽然可怜自己,感到这一个星期以来他所处的窘境使他多么疲惫和困顿。他露出仿佛他的耐性终于耗尽的神情，从桌旁站起来，愤愤地皱起眉头，耸一下肩膀，说：

"赶走！您怎么会说这种话，真的。……奇怪，您怎么会说这种话！难道我能把他赶走？您坐在这儿，心里以为我在医院里是主人，我要干什么就可以干什么！奇怪，您怎么会这样想！既然医士的姨妈在列甫·特罗菲梅奇家里做保姆，既然列甫·特罗菲梅奇需要扎哈雷奇这样的耳目和奴才，难道我还能把他赶走？既然地方自治局把我们这些医生看得一钱不值，既然地方自治局处处跟我们为难，那我还能有什么作为？叫他们见鬼去吧，我不愿意干下去了，就是这么的！我不愿意干下去了！"

"得了，得了，得了。……可以这么说，您，我亲爱的，未免太认真了。……"

"首席贵族千方百计要证实我们都是虚无主义者，暗中窥探我们，轻视我们，像对待他的文书一样。他有什么权利趁我不在，到医院里来向护士和病人问这问那？难道这不是侮辱吗？还有你们那个装疯卖傻的教徒谢敏·阿历克塞伊奇，他亲自耕地，不相信医学，因为他跟牛那么健壮饱满，他当着我们的面公然骂我们是寄生虫，怪我们混饭吃！见他的鬼！我一天到晚工作，从不知道休息。这地方更需要的是我，而不是所有这些装疯卖傻的教徒、伪君子、革新派和别的小丑！我埋头工作，身体也熬坏了，可是他们非但不感激我，反而骂我混饭吃！我对你们真是感激不尽！人人都认为自己有权利管他不该管的事，有权利教训人，辖制人！还有你们执行处的委员卡木恰特斯基，他在地方自治局会议上谴责医生，说我们用掉的碘化钾太多，建议我们使用可卡因①的时候要当心！

---

① 一种麻醉剂。

我要问您:他懂得什么?这干他什么事?为什么他就不教您怎样审案子呢?"

"可是……可是,我的好人,他本来就是粗人,乡巴佬。……你不能跟他计较这些。……"

"粗人,乡巴佬,可是你们推选这个游手好闲的家伙做委员,容许他把鼻子往各处拱!瞧,您笑了!依您看来这都是小事,微不足道,不过您要知道,这种小事那么多,它们构成了整个生活,如同沙子堆成山一样!我再也忍不下去!我受不住了,亚历山大·阿尔希培奇!再过些时候,我跟您担保,我不但会打人的脸,甚至会开枪打死人!您得明白:我的神经是神经,而不是铁丝。我也跟您一样是人呀。……"

医生的眼睛里满是泪水,嗓音发颤;他扭过脸去,开始瞧着窗外。随后,他沉默了。

"嗯,对了,可敬的朋友……"调解法官沉思地喃喃说,"另一方面,要是冷静地想一想,那么……"调解法官说着,捉住一只蚊子,使劲眯细眼睛,把它翻来覆去看个够,然后掐死,丢在一只洗杯盆里。"……那么,您明白,简直没有理由把他赶走。您把他赶走,可是接替他职务的也还是这样的人,甚至可能比他更差。您换一百个人,到头来,好的连一个也找不着。……个个都是坏蛋,"调解法官说,摩挲着胳肢窝底下,慢慢地吸烟,"对这种恶劣现象,人也只好睁一只眼闭一只眼。我得告诉您,在当前这个时代,诚实而不灌酒的、您觉得可靠的工作人员只在知识分子和农民当中才有,也就是说,只有在这两个极端当中才能找到。可以这么说,您能找到最诚实的医生、最出色的教师、最诚实的农夫和铁匠,然而中间的人,如果可以这么说的话,也就是那些出身平民、却还没有成为知识分子的人,却都靠不住。因此要找到诚实而不灌酒的医士、文书、店员等等,是非常困难的。困难极了!我从戈罗赫沙皇时代起就在司法界服务,在我服务的整个时期我一次也没用到过诚实而不灌酒的书记,不过我这一辈子倒赶走过无数的书记哩。这些人没有一点道德心,更不要说什么……哦哦哦……所谓原则了。……"

"为什么他说这些话呢?"医生暗想,"我跟他说的都不贴题。"

"喏,前不久,就是上星期五,"调解法官继续说,"我的那个久仁斯基干出一件您再也想象不到的事儿。他叫一些酒鬼傍晚去找他,鬼才知道他们是什么路数。他就在法庭里跟他们灌了一夜酒。您看如何?我一点也不反对喝酒。见他的鬼,他要喝就尽管喝,可是何必把那些身份不明的人弄到法庭里去呢?是啊,您想想看,从卷宗里偷去随便什么证件、票据等等,可以不费吹灰之力!您猜怎么着?在这场豪饮之后,我不得不用两天工夫检查全部案卷,看看有没有遗失什么东西。……是啊,您拿这个可恶的家伙有什么办法?把他赶走吗?好吧。……可是您怎么能担保另换一个人不更糟呢?"

"况且怎么能把他赶走呢?"医生说,"赶走一个人,只有嘴上说说容易。……既然我知道他有妻子儿女,他在挨饿,我又怎么能赶走他,害得他丢掉饭碗呢?他和他的家人如何是好呢?"

"鬼才知道这是怎么回事,我说的全不对头!"他暗想,而且觉得奇怪:他无论如何也没有办法把他的意识固定在哪个明确的思想上,或者固定在哪种感情上。"这是因为我浅薄,不善于思考。"他暗想。

"您所谓的中间的人,都不可靠,"他接着说,"我们赶走他,骂他,打他的脸,可是我们也得设身处地替他想一想。他既不是庄稼汉也不是地主,不伦不类,他的过去是辛酸的,他的现在无非是每月二十五卢布的薪金、挨饿的家属、属员的身份,他的将来呢,哪怕再工作一百年,也仍旧是那二十五卢布、那仰人鼻息的地位。他没有受过教育,没有财产;他没有工夫看书或者到教堂去祈祷。他不听我们的话,因为我们不让他接近我们。他就这样一天天地混到死,根本没有什么希望过比较好的生活,吃得半饥半饱,生怕被人从公家宿舍里赶出去,不知道该把子女安顿到哪儿去才好。那么,您说说看,他怎么能不酗酒,不盗卖公物呢?他怎么会有原则呢?"

"我们简直像是在讨论社会问题,"他暗想,"多么不贴题啊,主啊!再者,说这些有什么用呢?"

门铃声响了。有人坐着马车进了院子,先是到法庭,然后来到大房子的门廊前面。

"他自己来了,"调解法官瞧着窗外说,"得,您可要倒霉了!"

"劳驾,您快点放我走吧……"医生要求道,"如果可能的话,您就不要按照顺序审理我的案子。真的,我忙得很。"

"好,好。……只是我还不知道,老兄,这个案子是不是归我管。要知道,您跟医士的关系,可以说,是公务的关系。再者,您是在执行公务的时候打他的。不过我也不十分清楚。我们马上问一下列甫·特罗菲莫维奇吧。"

传来匆促的脚步声和沉重的叹息声,门口出现了主席列甫·特罗菲莫维奇,他是个须发皆白的老人,头顶光秃,胡子很长,眼皮发红。

"你们好……"他叹口气说,"哎哟,老兄!你昐咐一声,法官,叫人给我拿克瓦斯来!真要命。……"

他往圈椅上一坐,然而立刻很快地跳起来,跑到医生跟前,生气地瞪大眼睛瞧着他,用尖利刺耳的男高音讲起来:

"我很感激您,感激极了,格利果利·伊凡内奇!十分领情,多谢多谢!我永生永世也忘不了!干这号事可不够朋友!随您怎么说,您简直昧了良心!为什么您早不告诉我?您把我看成什么人？什么人？是仇人还是局外人？我是您的仇人吗？难道我以前什么时候拒绝过您的什么要求？啊？"

主席瞪大眼睛，动着手指头，喝足了克瓦斯，很快地擦一下嘴唇，接着说：

"我十分感激您，十分感激您！为什么您早不告诉我？要是您对我还有一分感情，就该坐车来找我，像朋友似的说：'亲爱的，列甫·特罗菲梅奇，如此这般……这样一回事……'我一下子就会给您把事情全处理妥当，用不着闹出这种笑话来。……那个混蛋，好像吃了迷魂汤似的，跑遍全县，跟那些娘们儿说您的坏话，中伤您。您呢，说来丢脸（请您原谅我这么说），想出些鬼才明白的主意，硬逼那个混蛋去告状！丢脸啊，丢尽脸了！大家都问我这究竟是怎么回事，怎么个情形，可是我这个主席一点也不知道你们那儿出了什么事。您居然根本不需要我帮忙！我十分感激您，十分感激您啊，格利果利·伊凡内奇！"

主席深深一鞠躬，甚至满脸通红，然后走到窗前，喊道：

"席加洛夫，叫米哈依尔·扎哈雷奇到这儿来！对他说，马上就到这儿来！这可不好，大夫！"他说着，从窗口走开，"连我的妻子都生气了，大概为此对您很有点好感呢。您，先生，未免太自作聪明！您胡干一气，好像这样才合乎情理，才有原则，才有声有色，可是您只会闹出一个结果：把事情弄得一团糟。……"

"您不想合情合理地办事，那么您会得出什么结果来呢？"医生问。

"我会得出什么结果来？喏，会得出这样的结果：如果我现在不到这儿来，您就会丢您自己的脸，也会丢我的脸。……算您有造化，我来了！"

医士走进房来，站在门旁。主席站定，侧着身子对着他，手插在衣袋里，嗽了嗽喉咙，说：

"马上给大夫赔罪!"

医生涨红脸,跑到隔壁房间去了。

"喏,你看见了,大夫不愿意让你赔罪!"主席接着说,"他希望你不是用话语而是用行动来表现你的改悔。你能做出保证,从今天起永远听话,戒酒吗?"

"我能做出保证……"医士用男低音阴郁地说。

"小心!求主保佑你不要再出毛病!要不然我一下子就叫你丢掉差事!如果再出什么事,你就别来求情。……好,回去吧。……"

医士本来对自己的不幸已经听天由命,如今竟有这样的转变,这对他来说是一件出乎意外的事。他高兴得脸都发白了。他想说一句什么话,往前伸出手去,可是什么也没说出来,傻笑着,走出去了。

"瞧,完了!"主席说,"根本就用不着打什么官司。"

他如释重负地吐一口气,做出刚刚干完一件很困难很重大的事的样子,瞧着茶炊和玻璃杯,搓着手说:

"和事佬是有福的。……你给我斟上一小杯吧。不过,你先吩咐人拿点凉菜来。……嗯,白酒也要一点。……"

"诸位先生,这可不行!"医生说着,走进饭厅里来,仍旧满脸通红,绞着手。"这……这成了一出滑稽剧!糟得很!我受不了。与其照这样用轻松喜剧的方式解决问题,倒不如审判二十次。不行,我受不了!"

"那么您要怎么样呢?"主席顶了他一句,"把他赶走吗?行,我来赶就是。……"

"不,不是把他赶走。……我也不知道我要怎么办,不过,诸位先生,照这样对待生活……唉,我的上帝!这真叫人痛苦呀!"

医生心烦意乱,开始找他的帽子,可是没有找着,就浑身瘫软地坐落在圈椅里。

"糟得很!"他又说一遍。

"我亲爱的,"调解法官开始小声说,"可以说,我对您还有点弄不懂。……要知道,您在这件事上是有过错的!在十九世纪末,打人耳光这种事,不管您怎么想,在某种程度上有点那个……他是个混蛋,不过……哦哦哦……您会同意,您的举动也不慎重啊。……"

"当然!"主席同意说。

白酒和凉菜端上来了。在告别的时候,医生心不在焉地喝下一杯酒,吃了一个小红萝卜。临到他返回自己的医院,他的思想蒙上了一层雾,像是秋天早晨的草地。

"上个星期受那么多苦,动那么多脑筋,说那么多话,"他暗想,"难道就是为了让这件事如此荒谬庸俗地结束吗?多么愚蠢!多么愚蠢啊!"

他心中羞愧,因为他把外人牵连到他的私人问题中来了,因为他对这些人说了那么一些话,因为他有喝酒和生活散漫的习惯而喝了那杯酒,还因为他不明事理,思想不深刻。……他回到医院里,立刻开始查病房。医士在他身旁走来走去,脚步像猫那么轻,对医生问的话也轻声回答。……医士也好,妖精也好,护士也好,都装出根本没有发生什么事、天下太平的样子。医生本人也极力装得毫不介意。他下命令,发脾气,跟病人开玩笑,然而他的脑子里不住地涌现出两个字:

"愚蠢,愚蠢,愚蠢……"

灯　　光

　　门外有一条狗不安地叫起来。工程师阿纳尼耶夫带着他的助手,大学生冯·希千堡,以及我,一齐走到小屋外面,看一看那条狗在对谁吠叫。我是在小屋里做客的,原可以不出去,可是,说实话,我喝了点葡萄酒,头有点晕,也愿意出去吸点新鲜空气。

　　"根本就没有人……"我们走到外面,阿纳尼耶夫说,"你为什么空叫一阵,阿左尔卡？傻瓜！"

　　四周围一个人也看不见。傻瓜阿左尔卡是一条黑毛的看家狗,它大概因为无缘无故地吠叫而想向我们赔罪,胆怯地走到我们面前,摇尾巴。工程师弯下腰去,把手放在它两只耳朵中间,摸了一下。

　　"你这家伙为什么平白无故地叫一阵呢？"他用好心人跟孩子和狗讲话的声调说道,"你做了噩梦还是怎么的？瞧,大夫,我想请您留心看它一眼,"他对我说,"它是非常神经质的动物！您再也想象不到,它受不了孤独,老是做可怕的梦,梦魇折磨它,每逢你对它叫骂,它就会难过得好像发了歇斯底里。"

　　"是的,这是一条感情细腻的狗……"大学生也肯定道。

　　阿左尔卡大概明白这些人在讲它。它就扬起脸,凄凉地哀叫起来,仿佛想说:"是啊,有的时候我难过得不得了,你们要原谅我才好！"

这是个八月的夜晚,天上有星,然而四周黑暗一片。我有生以来从没遇到过眼前我偶尔闯进的这种奇特环境,因此我觉得这个天上有星的夜晚比它实际的情形更荒凉、阴森、黑暗了。眼前我待在一条还在修建中的铁道线上。修完一半的高路堤、沙堆、土堆、碎石堆、小屋、深坑、东一辆西一辆的独轮手推车、工人居住的土屋的平顶,总之,这一片乱糟糟的景象被黑暗涂成同一种颜色,给大地加上某种稀奇古怪的外貌,使人联想到开天辟地以前的洪荒时代。我面前横陈着的这些东西杂乱无章,因此在那片挖掘得很难看而且面目全非的大地上看见人的面影和细长的电线杆,倒会觉得有点奇怪了,这两样东西破坏这个画面的整个格局,几乎并不属于这个世界。四下里静悄悄的,只有电线在我们头顶上很高的地方哼着单调的歌曲。

我们爬到铁道的路堤上,从高处俯览大地。离我们大约五十俄丈远,在洼地、深坑、土堆同漆黑的夜色混成一片的地方,有一个模糊的灯光在闪烁。它后面闪着另一个灯光,再往后又是一个灯光,这后面相距大约一百步远,有两只红眼睛——多半是小屋的两扇窗子——在发光,再过去,那类灯光就成了一长排,越远越密,也越模糊,沿着铁路一直伸展到地平线上,然后往左拐一个半圆,消失在远方的黑暗中。那些灯光一动不动。它们跟夜晚的寂静、电线的悲歌,似乎有着某种共同的东西。仿佛在路堤底下埋藏着一种重大的秘密,只有灯光、夜晚、电线才知道。……

"多么美妙啊,主!"阿纳尼耶夫叹口气说,"这么广大,这么美丽,简直叫人舍不得离开!这是什么样的路堤!老兄,这不能说是路堤,干脆要算是道地的勃朗峰!这条路堤要值几百万呢。……"

工程师喝过葡萄酒,带了点醉意,生出感伤的心情,一面欣赏灯光和值几百万的路堤,一面拍着大学生冯·希千堡的肩膀,用打

趣的口吻接着说:

"怎么样,米海洛·米海雷奇,您在深思吗?大概看着自己亲手做出来的事业觉得愉快吧?去年这块地方还是一片荒芜的草原,不见人迹,可是现在您看:又有生活,又有文明!这多么好啊,真的!目前我跟您在修铁路,可是等我们走后,过上一二百年,就会有些好人在此地造工厂,造学校,造医院,热闹起来!不是吗?"

大学生站在那儿一动也不动,手插在衣袋里,眼睛一刻也没离开灯光。他没有听见工程师的话,正在想自己的心事,分明处在既不愿意讲话也不愿意听人说话的心境里。经过很久的沉默后,他回过身来对我轻声说道:

"您知道这种没有尽头的灯光像什么?它们使我不由得想起一种早已死亡的东西,一种几千年前生活过的东西,一种像亚玛力人①或者非利士人②的野营之类的东西。仿佛有个《旧约》里的民族安营扎寨,静等天明,好跟扫罗③或者大卫④交战似的。要完成这个幻景,只差吹喇叭的声音和哨兵们用某种黑人语言互相招呼的声音了。"

"这话不错……"工程师同意说。

这时候,碰巧有一阵风沿着铁道线吹过来,带来一种类似兵器叮当碰响的声音。紧接着是沉寂。我不知道工程师和大学生这时候在想什么,我却觉得面前确实出现了那种早已死亡的东西,甚至听见哨兵用我听不懂的语言在讲话。我的幻想迅速地画出帐篷、奇特的人、他们的服装、他们的盔甲。……

"是的,"大学生在沉思中喃喃地说,"在这个世界上,从前有非利士人和亚玛力人生活过,打过仗,起过作用,可是他们现在连

---

①② 《旧约·撒母耳记》中的两个民族。
③④ 《旧约·撒母耳记》中的两个军事领袖。

影子也不见了。我们日后也会这样。现在我们在修铁路,站在这儿高谈阔论,可是过上两千年,这条路堤也好,那些在繁重的劳动后眼前正在酣睡的人也好,连一点痕迹也没有了。这实在可怕!"

"不过您该丢开这些想法……"工程师用严肃和教训的口气说。

"为什么?"

"因为……这类思想只应当用来结束生活,而不是开始生活。您还很年轻,不该想这些。"

"究竟为什么呢?"大学生又问。

"所有这些想法,例如人生的短暂和毫无价值、生活的没有目标、死亡的不可避免、坟墓里的阴暗等等,我要说,好老弟,有这些高尚的想法在人的老年倒不错,很自然,它们是长久的内心活动和饱经忧患的产物,真正称得上是智慧的财富。然而那些思想对刚刚开始独立生活的年轻头脑来说简直是灾难!灾难!"阿纳尼耶夫反复说着,摆一下手。"依我看来,在您这种年纪,与其顺着这种路子去思索,还不如肩膀上爽性不要有脑袋的好。我是认真跟您说这些话的,男爵。我早就打算跟您谈这个问题了,因为从我们相识的头一天起我就已经看出您喜爱这类该死的想法!"

"主啊,这类想法何以见得就该死呢?"大学生含笑问道,从他的声调和脸色可以看出他答话纯粹是出于礼貌,至于对工程师挑起的争论,他却一点儿也不感兴趣。

我的眼皮合起来了。我渴望散步回去以后,我们立刻互道一声晚安就上床睡觉,可是我的渴望没有很快实现。我们回到小屋里,工程师就把一些空酒瓶收拾到床底下去,从大柳条箱里取出两满瓶酒,打开瓶塞,靠着工作桌坐下,显然打算继续喝酒、谈话、工作。他拿起酒杯呷了几口,用铅笔在图样上画着,继续对大学生说明他的想法不妥当。大学生跟他并排坐着,检查账目,没开口说话。他跟我一样既不想说话,也不想听人家讲话。我不想妨碍他们工作,就离开工作桌,在旁边工程师那张弯腿的行军床上坐下,觉得烦闷无聊,急切地巴望他们叫我上床睡觉。这时候已经有十二点多钟了。

由于没有事情可做,我就观察我的新相识。阿纳尼耶夫也好,大学生也好,我以前都没见过面,直到上述那个夜晚才相识。那天天色很晚的时候,我骑着马从市集上回来,到一个地主家里去做客,可是在暮色中走错了路,辨不清方向了。我沿着铁路线兜圈子,眼看天色黑下来,想起那些"赤脚的铁路上的暴徒",正埋伏着窥伺步行和骑马的旅客,心里害怕,一碰到小屋就动手敲门。在这儿,阿纳尼耶夫和大学生热心地欢迎我。如同素不相识的人们萍水相逢时一样,我们很快就混熟,亲热起来,先是喝茶,后来喝酒,觉得彼此仿佛认识了许多年似的。只过了一个钟头光景,我就已经知道他们是什么人,命运怎样把他们从京城送到遥远的草原上来,他们也知道我是什么人,做什么工作,有什么样的思想了。

工程师尼古拉·阿纳斯达西耶维奇·阿纳尼耶夫身材矮壮,肩膀很宽,从外貌来看已经像奥赛罗那样"落进暮年的山谷",过于肥胖了。他处在媒婆往往称之为"年富力强的男人"的那个时期,那就是说,年纪既不算轻也不算老,喜欢吃点好菜,喝点好酒,赞美过去,走路时有点气喘,睡熟了鼾声很响,至于对待四周的人,他总是流露出安静而且平稳的好心肠,凡是正派人临到升为校官、身子发胖的年纪,都会变成这样。他的头发和胡子离花白还远,然而他已经有点不由自主,往往无意中用老气横秋的态度管年轻人叫作"好老弟",觉得有权利好意地数落他们的思想方式了。他的动作和声调总是平静、安稳、自信的,就跟那些清楚地知道自己已经走上正路、有固定的工作、有固定的收入、对一切事情有固定的看法的人一样。……他那张给太阳晒黑和生着大鼻子的脸、他那肌肉发达的脖子仿佛在说："我吃得饱饱的，身体健康，心满意足，将来总有一天，你们这些年轻人也会吃得饱饱的，身体健康，心满意足。……"他穿一件花布衬衫，领口开在一侧，下身穿一条肥大的亚麻布长裤，裤腿塞在大皮靴里。从一些小地方，例如他那条线织的彩色腰带、他那绣花的衣领、他胳膊肘上的补丁等，我可以猜出他已经结婚了，他的妻子多半温柔地爱着他。

冯·希千堡男爵的名字和父名为米哈依尔·米海洛维奇，他是交通学院的学生，年纪轻，在二十三岁到二十四岁之间。只有他那淡褐色的头发、稀疏的胡子，也许还该加上他那多少有点粗俗和呆板的面容，才使人想到他出身于波罗的海东部沿海地区的男爵家庭，至于其他的一切，例如他的名字、宗教信仰、思想、风度、脸上的表情，倒跟纯粹俄罗斯人一样了。他也像阿纳尼耶夫那样穿一件花布衬衫，底襟没有塞在裤腰里，脚上穿一双大皮靴，再者他背有点驼，很久没有理发，脸皮晒黑，因此他那模样不像大学生，也不像男爵，却像个普通的俄罗斯帮工。他说话和动作都很少，喝起酒来勉勉强强，没有什么胃口，核对账目也是心不在焉，仿佛一直在想什么心事似的。他的动作和声调也安静，平稳，然而他的平静跟工程师不同，完全是另外一种。他那张晒黑的、微微带点讥诮神情的、若有所思的脸，他那对稍稍带点阴郁神情看人的眼睛，他的整个身躯，都表现他精神的停滞和头脑的怠惰。……他的神情看上去就像是对一切都满不在乎，不管他面前的灯是燃着还是灭了，葡萄酒是好喝还是难于下咽，他核对的账目是对了还是错了，他都无所谓。……我从他聪明而平静的脸上看出他有这样的想法："固定的工作也好，固定的收入也好，对事物的固定看法也好，我现在看不出这一切有什么好处。这都是胡闹。我原先住在彼得堡，如今坐在此地的小屋里，秋天又要从此地回到彼得堡，然后到春天再回到此地来。……这种事究竟有什么意义，我不知道，而且谁也不知道。……所以谈这些没有什么用处。……"

他听工程师讲话,然而一点也不发生兴趣,只现出敷衍的淡漠神情,就跟武备中学高年级学生听好心肠的长辈唠叨一样。看来,工程师所讲的话在他听来都算不得新奇,要不是因为他懒得讲话,就会说出新奇得多,也聪明得多的话来。可是阿纳尼耶夫却不肯罢休。他已经丢开那种善意的取笑口吻,认真地讲起来,甚至讲得入了迷,这跟他脸上的平静神情却是完全不相称的。显然,他对抽象问题并非不感兴趣,他喜欢这类问题,可是他不善于,也不习惯于谈这些。这种不习惯在他的话语里那么强烈地表现出来,害得我总是一下子弄不明白他想说什么。

"我满心痛恨这种想法!"他说,"我年轻的时候就受过这种思想的害,现在也还没完全摆脱。我对您说吧,也许因为我笨,这些思想才不能为我领会,所以它们除了祸害以外没有给我带来什么别的。这是很容易明白的!关于生活没有目标、尘世毫无意义而且短暂、所罗门的'一切皆空'这类想法过去是而且直到现在还是人类思想领域中最高、最后的阶段。思想家达到这个阶段就停住了!往前没有路可走了。正常的脑筋的活动总是到这儿就结束,这是顺乎自然,合乎常规的。可是我们的不幸就在于我们恰恰从终点开始思索。我们是从正常人结束的地方开始的。我们的脑筋刚刚开始独立活动,我们就一步登天,爬到最高最后的一级,却不肯了解下面的那些级。"

"这又有什么坏处呢?"大学生问。

"可是您要明白,这不正常!"阿纳尼耶夫嚷道,差不多带着愤怒的神情看他,"如果我们用不着走完下面那些级,就想出办法一步登天,那么整个一条长梯子,就是说整个人生,连同它的色彩、声音、思想,对我们来说,就失去任何意义了。在您这种年纪,这样的思想是祸害和荒谬,这您可以从您合理的独立生活的每一步中看出来。假定说,您此刻坐下来看达尔文或者莎士比亚的著作。您刚读完一页,那有毒的思想就露头了:您的漫长的一生也好,莎士比亚也好,达尔文也好,依您看来都无聊,荒唐,因为您知道您日后会死掉,莎士比亚和达尔文也已经死了,他们的思想既没有拯救他们自己,也没有拯救大地,更没有拯救您。既然生活照这样失去了意义,那么知识啦,诗歌啦,崇高的思想啦,等等,都无非是成年的孩童们无益的娱乐,消愁解闷的玩意儿罢了。您看到第二页就看不下去了。又例如,有人到您这儿来,把您看作聪明人,问您,比方说,对战争的看法怎样:战争是不是需要,合不合乎道德?您回答这个可怕的问题的时候,光是耸一下肩膀,说些老套话了事,因为按照您的思想方式,成千累万的人死于暴力也好,寿终正寝也好,完全一个样,不论第一种死法还是第二种死法,结果毫无区别:骨灰和忘却。我跟您在修铁路。请问,既然我们知道两千年后这条铁路要化为灰尘,那么我们何必绞尽脑汁,进行发明,鄙弃陈规旧套,怜惜工人,贪污或者不贪污呢?诸如此类,不胜枚举。……您得承认,按照这种不幸的思想方式来看问题,就不会有进步,不会有科学,不会有艺术,连思想本身都不会有。我们自以为比群众,比莎士比亚聪明,可是实际上我们的思想活动不会得出什么成果,因为我们不愿意降到下面那些阶梯上去,而上面又已经没有地方可走,于是我们的脑筋就停在冰点上,一步也动不得了。……从前有六年左右,我一直处在这类思想的支配下,我对着上帝发誓,在那段时期我没读过一本有用的书,也没变得聪明一点,我的道德水平也没提高一分。难道这不是灾难?再者,不光是我们自己受到毒害,我们还给我们四周的人们的生活带来毒害。如果我们抱着我们的悲观主义而屏弃生活,住到山洞里去,或者赶紧死掉,倒也罢了,可是实际上,我们却顺从普遍的规律生活下去,有感情,爱女人,养儿育女,修铁路!"

"我们的思想并不能使人热起来或者冷下去……"大学生勉强说了一句。

"不然。唉,您务必要把这种想法丢开!您还没深切地理解生活。瞧着吧,等您活到我这种年纪,朋友,您才会明白过来!我们这类思想并不像您想的那么无辜。这种思想在实际生活里,在和别人的接触中,只会生出惨事和蠢事来。我就曾经历过那种事,像那样的事,哪怕是歹毒的鞑靼人,我也不希望他们遭到哟。"

"举个例看?"我问。

"举个例看?"工程师重复一遍。他想了一想,含笑说道:"比方就拿那件事来说吧。说得确切些,那不是一件事,而是一篇地道的小说,又有开端又有结局。那是极好的教训!啊,那是什么样的教训呀!"

他给我们,也给他自己斟满酒,伸出手心摩挲他那宽阔的胸脯,与其说是对着大学生,不如说是对着我,接着讲下去:

"那是在一千八百七十……年夏天,在战争结束以后不久,我刚读完大学。当时我坐火车到高加索去,路上在海滨某城耽搁了五天光景。我得告诉您,我是在那个城里诞生和长大的,因此用不着奇怪,我觉得这个城异常舒适,温暖,美丽,其实对京城人士来说,住在这个城里跟住在什么丘赫洛马①或者卡希拉②一样乏味和不舒适。我带着忧郁的心情走过我往日读过书的中学校,带着忧郁的心情在很熟悉的公园里散步,带着忧郁的心情打算就近观察一下那些我很久没有见过然而还记得的人。……我是带着忧郁的心情对待这一切的。……

"有一天傍晚,我顺便坐车到一个所谓的检疫所去。那是一个不大的、稀疏的小树林。从前,在一个如今已经淡忘的鼠疫流行

---

①② 都是俄国的内地小城。

时期，这个树林里确实有过检疫所，目前却成了别墅客人的居住区。这儿离城有四俄里远，要坐车沿着一条柔软的好路才能到达。人坐在车上，可以看见左边是浅蓝色的海洋，右边是阴沉的无边草原，真是呼吸畅快，眼界开阔。小树林正好坐落在海边。我下车后，走进熟识的大门，头一件事就是顺着林荫路往一个我幼年时很喜欢的、石砌的小亭子走去。依我看来，那个用难看的圆柱支撑着的、笨重的圆亭包含着古墓碑的抒情气氛和索巴凯维奇①的粗糙，是全城最有诗意的一个小角落。它立在岸边一道峭壁上，从那儿可以清楚地看见海洋。

"我坐在一条长凳上，上半身探过栏杆，往下看。亭子旁边有一条小路顺着高陡而几乎垂直的海岸一路下去，两旁是些大土块和牛蒡。小路的尽头在下面很远的地方，那儿有一片沙滩，沙滩上有些不高的海浪懒洋洋地吐出泡沫，轻声低吟着。海洋跟七年前我读完中学、离开家乡到京城去的时候一样庄严、阴沉、无边无际。远处有一长缕黑色的浓烟，那是一条轮船在航行，除去这条肉眼几乎看不见的、一动也不动的黑色长带和水面上闪过的浮鸥以外，再也没有别的东西给海洋和天空的单调画面添上一点生气了。在亭子的左右两边伸展着高低不平的土岸。……

"您知道，每逢心境忧郁的人独自面对着海洋，或者面对着他认为宏伟的别的景色，不知什么缘故，他的胸中，除了忧郁以外，总还掺混着一种信念，认为他会在默默无闻中活下去，死掉，于是他信手拿起一管铅笔，赶紧在他随手碰到的东西上写下他的名字。大概就是因为这个缘故，一切类似我的亭子这样孤寂幽静的角落，都涂有铅笔字，布满用削笔刀刻成的字迹。我至今记得很清楚，当时我瞧着栏杆，读道：'伊凡·柯罗尔科夫于一八七六年五月十六

---

① 果戈理小说《死魂灵》中的一个地主。

日到此一游,书此留念'。柯罗尔科夫旁边,有个当地的梦想家写下自己的姓名,还添上两句诗:'他站在荒凉的浪潮起伏着的海岸旁,心中充满伟大的思想。'①他的笔迹是梦幻的,软绵绵的,就跟浸过水的湿绸子一样。有一个人名叫克罗斯,大概是个十分渺小和微不足道的人,非常强烈地体会到自己的渺小,就施展刀功,把他的名字刻成一俄寸深。我随手从衣袋里取出一管铅笔,也在柱子上写下我的名字。不过这些都跟我讲的事不相干。……请您原谅,我不善于把话讲得简短。……

"我忧郁,而且有点烦闷。烦闷、寂静、海水的呜呜声,渐渐把我引到刚才我们谈到的那种思想上去。那时候,七十年代结尾,那种思想正开始在社会人士当中盛行,后来到八十年代初期,又从社会人士当中渐渐转到文学上,转到科学和政治上去。当时我不过二十六岁,然而我已经清楚地知道,生活没有目标,没有意义,一切都是骗局和幻觉,就本质和结果来说,萨哈林岛②上的苦役犯生活跟尼斯③的生活一点差别也没有,康德的头脑和苍蝇的头脑之间的区别并没有什么重大的意义,在这个世界上没有一个人是正确的或者有罪的,一切都无聊和无谓,滚它的!我固然在生活,然而我好像借此向一个目力看不见的、逼着我生活下去的力量赏光,仿佛在说:'力量呀,你瞧,我一点也看不起生活,可是我在活下去!'我顺着一条固定的思路思考,然而花样无穷,在这方面我好比精细的美食家,单用土豆就能烧出上百种可口的菜来。毫无疑问,我是偏颇的,甚至多少有点狭隘,然而当时我却认为我思想的天地既没有开头也没有结尾,我的思想像海洋那样辽阔。是啊,我根据自己的体验来下断语,我们所谈的这种思想就它的实质来说自有引人

---

① 引自普希金的长诗《青铜骑士》。
② 中国称为库页岛。
③ 法国东南滨海的一个疗养胜地。

入胜和使人麻醉的地方,就跟烟草或者吗啡一样。它成了习惯,成了必需品。您利用每一分钟孤独的光阴和每一个方便的机会让您的思想驰骋,什么生活没有目标啦,坟墓里如何黑暗啦。当时我在亭子里坐着,林荫道上有些生着长鼻子的希腊儿童在规规矩矩地散步。我利用这个方便的机会打量他们,心里暗想:'试问,这些孩子为了什么目的生下来,活下去呢?他们的生存难道有一点点意义吗?他们自己也不知道为什么要长大成人,在这个偏僻的地方毫无必要地活下去,然后死掉。……'

"我甚至恼恨那些孩子,因为他们规规矩矩地走着,庄重地谈着什么,仿佛真的看重他们渺小而没有光彩的生活,知道活着有什么目的。……我记得,远远的,在林荫道的尽头,有三个女人的身影出现了。三位小姐,一位穿粉红色连衣裙,两位穿白色连衣裙。她们挽着胳膊并排走来,一面讲话一面笑。我盯住她们,心里思忖:'现在我烦闷得很,要能找个女人过上一两天风流的生活才好!'

"我顺便想起我已经有三个星期没跟彼得堡那个情妇见面,心想目前搞一段短暂的罗曼司,倒也正是时候。站在当中的那位穿白色连衣裙的小姐显得比她的女朋友们年轻漂亮些,从风度和笑声来判断,她大概是中学校高年级的女生。我带着不纯洁的念头瞧着她的胸部,同时这样想到她:'她学会音乐和礼貌,将来嫁给一个希腊佬(求主宽恕我这样说),过没有必要的、灰色的、愚蠢的生活,自己也不知道为什么生下一群孩子,然后死掉。荒唐的生活啊!'

"总之,必须说,我是一个善于把崇高的思想和最卑下的俗念结合起来的能手。关于坟墓里如何黑暗的思想,并没有妨碍我欣赏女人的胸脯和大腿。我们这位可爱的男爵的崇高思想也一点都没妨碍他每逢星期六总要坐上马车到伏科洛甫卡去干风流韵事。

凭良心说,我现在还记得,我当时对待女人的那种态度带有十足的侮辱性。现在,您瞧,我想起那几个女学生就为我当时的想法脸红,然而那时我的良心却平安无事。我是贵族家庭的儿子,又是基督徒,受过高等教育,论天性并不凶恶,也不愚蠢,可是临到我照德国人所说的那样付给女人血腥钱①,或者用侮辱性的目光跟踪女学生,我却没感到一丁点儿的不安。……症结在于,青春自有它的权利,不管这些权利是好的还是可恶的,我们在原则上一概不反对。凡是知道生活没有目标而死亡不可避免的人,对于跟自然做斗争,对于罪恶的观念,总是十分淡漠:斗争也好,不斗争也好,反正你要死掉,烂掉。……其次,我的先生,我们这种思想甚至会在极其年轻的人们心中注入所谓的理性。理性战胜感情,在我们当中十分盛行。直接的感觉和灵感完全被浅薄的分析淹没了。凡是有理性的地方就一定有冷酷,而冷酷的人(这用不着掩饰)是不懂纯洁的。只有热情的、恳切的、善于爱的人才能领会这种美德。第三,我们的思想否定生活的意义,同时也就否定了每个人人格的意义。显然,如果我否定某一位娜达丽雅·斯捷潘诺芙娜的人格,那么她是否遭受侮辱,对我来说,也就完全无所谓了。今天我侮辱她人格的尊严,付给她血腥钱,明天我就把她丢在脑后了。

"我照这样坐在亭子里,观察那几位小姐。林荫路上又出现一个女人的身影,她没戴帽子,头发淡黄色,肩膀上围一块毛线编织的白披巾。她顺着林荫路散步一阵,然后走进亭子,手扶栏杆,淡漠地瞧着下面和远处的海洋。她走进亭子来,却根本没注意我,仿佛没看见我似的。我从脚到头地打量她(不是像打量男人那样从头到脚),发现她年纪轻,至多不过二十五岁,长得俊俏,身材好看,大概已经不是小姐,而是上流人家的太太了。她穿着家常衣

---

① 原文为德语。

服,然而样式时髦,风雅大方,城里有知识的太太们一般都是这样打扮的。

"'瞧,能跟这一位相好才好……'我瞧着她美丽的腰和胳膊,暗想,'倒挺不坏呢。……她多半是医生或者中学教员的老婆吧。……'

"然而跟她相好,也就是说叫她做一次旅客们十分喜爱的临时性风流韵事中的女主角,却不容易,未必办得到。这是我在细看她的脸的时候体会到的。凭她的目光、她的神情看来,仿佛那海洋、那远处的黑烟、那天空,她早已感到厌倦,早已瞧腻了。看来她疲乏,烦闷,心里想着什么不快活的事情。凡是女人,感到身旁有个陌生的男人,几乎都会露出一种心神不定却又勉强装得冷漠的样子,可是她的脸上连这种表情也没有。

"这个金发女人无意间烦闷地瞧我一眼,在一条长凳上坐下,暗自想心事。我从她的眼光看出她根本没有理会我,我和我的京城人的外貌甚至没在她心里引起一点普通的好奇心。可是我仍旧决定跟她攀谈,就问道:

"'太太,请允许我向您打听一下,从这儿到城里去的公共马车几点钟才有?'

"'好像是十点钟或者十一点钟。……'

"我道了谢。她凝神看了我一两次,她那缺乏热情的脸上突然闪过好奇的神情,随后又闪过类似惊讶的表情。……我赶紧装出漠不关心的神态,做出若无其事的姿势。她上钩了!仿佛有个什么东西使劲咬了她一口似的,她忽然离开长凳站起来,温和地微笑着,匆匆地打量我,胆怯地问道:

"'请问,您别是阿纳尼耶夫吧?'

"'是啊,我就是阿纳尼耶夫……'我回答说。

"'那么您不认识我了?不认识了?'

"我有点慌张,仔细看了她一阵。您猜怎么着,我不是从她的脸相,也不是从她的身材,却从她那温和而疲乏的笑容认出她来了。她就是娜达丽雅·斯捷潘诺芙娜,或者照以前大家对她的称呼,也就是基索琪卡,七八年前我还穿着中学生制服的时候没头没脑地热爱过的那个姑娘。这是一件早已过去的事,一件陈年老事。①……我想起当初这个基索琪卡还是一个十五六岁的女学生时候那副娇小清瘦的模样,那当儿她正合男学生的心意,大自然把她创造出来正是要她作柏拉图式恋爱的对象。那个姑娘多么迷人呀!白净的脸庞,娇弱的身材,潇洒的风度,仿佛您只要对她吹一口气,她就会像一片羽毛似的飞上天去。她的脸容总是显得那么温和而困惑,两只手很小,柔软的长发辫拖到腰带上,腰细得跟黄蜂一样,总之,她像月光那样轻盈而晶莹。一句话,用中学生的观点来看,她是个说不出有多么俊俏的美人。……我当时爱上了她,爱得好苦啊!我晚上睡不着觉,写许多诗。……往往,傍晚时分,她坐在市内公园里一条长凳上,我们这些中学生就围拢她,恭恭敬敬地瞧着她。……我们称赞她,我们装模作样,我们唉声叹气,她呢,在黄昏的潮气当中神经质地缩起身子,眯细眼睛,温和地微笑,在这种时候她非常像一只小小的、好看的猫。我们瞧着她,我们每个人都巴不得把她当作猫,亲近她,摩挲她,因此她得了基索琪卡②这个诨名。

"我们已经分别七八年,基索琪卡大大变样了。她变得壮实了,丰满了,完全不像一只柔软、蓬松的小猫了。她的脸庞倒没苍老或者憔悴,然而似乎失去原有的光彩,变得严厉了。她的头发显得短,身材却高了,两个肩膀几乎宽了一倍,主要是她脸上已经带

---

① 这两句话引自普希金的长诗《鲁斯兰和柳德米拉》。
② 在俄语中,"基索琪卡"是猫的爱称。

着像她这种年纪的上流女人所常有的母性和温顺的神情,当然,这种神情以前我在她的脸上没看见过。……一句话,除了温和的笑容以外,在她身上已经不复存在往日那个女学生和柏拉图式恋爱的对象的痕迹了。……

"我们攀谈起来。基索琪卡听说我已经成为工程师,高兴极了。

"'这多么好哇!'她说,快活地瞧着我的眼睛。'啊,多么好哇!你们全都了不起!你们那一期毕业生,没有一个是失败者,个个都出人头地。有的做了工程师,有的做了医生,有的做了教员,听说有的已经在彼得堡成了著名的歌唱家呢。……你们啊,你们全都了不起!啊,这多么好哇!'

"基索琪卡的眼睛里闪着真诚的快乐和善意。她像姐姐或者往日的女教师那样赞赏我。可是我瞧着她那张可爱的脸,心里却暗想:'今天能把她搞上手才好!'

"'您记得吗,娜达丽雅·斯捷潘诺芙娜?'我问,'有一回我拿着一捧花和一封信到公园里去送给您。您看过我那封信后脸上现出一副困惑神情。……'

"'不,这我不记得了,'她说着,笑起来,'有一件事我倒还记得:您有一次为我而打算跟弗洛连斯决斗。……'

"'哦,您瞧,这件事我倒不记得了。……'

"'是啊,过去的事都过去了……'基索琪卡叹口气说,'从前我是你们的偶像,现在呢,却轮到我来敬仰你们这些人了。……'

"再谈下去,我才知道基索琪卡在中学毕业后大约过了两年就嫁给一个半希腊血统的本地人,这人不是在银行里就是在保险公司里任职,同时兼做小麦生意。他的姓有点古怪,好像是普普拉基或者斯卡兰多普洛。……鬼才知道他姓什么,我忘了。……总的说来,基索琪卡很少讲到自己,而且也不乐意讲。话题全集中在我一个人身上。她问我学院的情况、我的同学的情况、彼得堡的情况、我的计划,凡是我讲的话,都在她心里引起热烈的欢乐和赞叹:'啊,这多么好哇!'

"我们走下坡,往海洋走去,在沙滩上散步,然后等到傍晚的潮气从海上吹来,我们才回到坡上。话题始终围绕着我,围绕着过去。我们一直散步到晚霞的光在别墅的窗子上渐渐消退才罢休。

"'到我家里去喝茶吧,'基索琪卡对我提议说,'茶炊一定早就端上桌子了。……只有我一个人在家,'她说,这时候在葱茏的洋槐树林当中出现了她的别墅。'我丈夫老是在城里,一直要到深夜才回来,而且也不是每天都回来,所以,老实说,我闷得要命。'

"我跟在她后面走着,欣赏她的后背和肩膀。听说她嫁了人,我暗自高兴。对临时的风流韵事来说,结过婚的女人倒比小姐们合适得多。听说她丈夫不在家,我也暗自高兴。……然而同时,我又觉得这件风流事不会成功。……

"我们走进正房。基索琪卡的那些房间都不大,天花板很低,家具是别墅里常用的那种(俄国人喜欢把舍不得丢掉而又没处安放的那些不方便的和暗淡无光的笨重家具摆在别墅里),不过从某些小地方仍旧可以看出基索琪卡和她丈夫的光景并不差,每年总要开支五六千卢布。我记得在基索琪卡称之为饭厅的那个房间里,中央放着一张圆桌,不知什么缘故下面有六条腿,上边放着一个茶炊和几个杯子,桌面靠边的地方放着一本翻开的书、一管铅笔和一个笔记本。我朝那本书看了一眼,知道那是玛里宁和布烈宁合著的算术习题集。我现在还记得,那本书翻开的地方正是'按比例分配'。

"'您这是在给谁温课?'我问基索琪卡。

"'我没给谁温课……'她回答说,'这是我自己随便做着玩

277

的。……我闷得慌,又没有事情可做,想起了旧日,就做一做这些题目。'

"'您有孩子吗?'

"'我生过一个男孩,可是他活了一个星期就死了。'

"我们开始喝茶。基索琪卡钦佩我,又说我做了工程师是多么好,她怎样为我的成就高兴。她讲得越多,微笑得越恳切,我也就越相信我会一无所获地离开她的家。那时候我在搞风流韵事方面已经是个行家,善于准确地估量成功或者失败的机会了。如果您要猎取的是个蠢女人,或者是像您自己一样追求冒险和刺激的女人,或者是您不熟悉的狡猾女人,那您自管大胆指望成功好了。可是如果您遇见的女人并不愚蠢,态度严肃,脸上现出疲乏的温顺和善意,而且她高兴陪着您,主要的是她尊敬您,那么您就该拨转马头往回走。在这种情形下,要想取得成功,所需下的功夫就不止一天了。

"可是在傍晚的灯光下,基索琪卡显得比白天更加招人疼爱。我越来越喜欢她,看来她也喜爱我。况且,那环境也最适合于谈情说爱:她丈夫不在家,仆人也不见,四周静悄悄的。……尽管我不大相信会成功,可还是决定不管三七二十一发动进攻。首先得换上一种随随便便的口气,把基索琪卡那种带抒情意味的严肃心情变成一种比较轻松的心情才行。……

"'我们来改一改话题吧,娜达丽雅·斯捷潘诺芙娜,'我开口说,'我们来谈点快活的事。……首先,请您允许我为了纪念旧日而称呼您基索琪卡。'

"她答应了。

"'请您说说,基索琪卡,'我接着说,'本地的这些娘们儿都是发了什么疯?她们怎么回事啊?从前她们都规规矩矩,守身如玉,现在呢,求上帝怜恤吧,不管你问起谁,人家准会给你讲些吓人的事情,逼得你为人类担惊害怕。……这个小姐跟军官私奔了,那个小姐带着中学生逃跑了。这位太太离开丈夫跟戏子走掉了,那位太太离开丈夫去找军官了,等等,等等。……简直成了传染病!照这样下去,恐怕不久你们这个城里就连一个小姐,一个年轻的妻子也不剩了!'

"我是用庸俗的调皮口气讲这些话的。要是基索琪卡笑着回答我的话,我就会照这样继续说下去:'哼,当心啊,基索琪卡,可别让这儿的军官或者戏子把你拐走了!'她就会低下眼睛说:'谁高兴拐带我?有的是比我年轻漂亮的女人哟。……'那我就对她说:'得了吧,基索琪卡,我就是头一个巴不得把您拐走的人!'我们照这样谈下去,到头来我就会大功告成。然而,基索琪卡回答我的却不是笑声,刚好相反,她现出严肃的脸色,叹了口气。

"'人家讲的那些事都是真的……'她说,'我的堂妹索尼雅就是离开丈夫跟演员走掉的。当然,这不好。……每个人都应该承受命运为他安排下的一切,可是我不想批评她们,责怪她们。……有的时候环境比人强!'

"'这话不错,基索琪卡,可究竟是什么环境才会产生这种名符其实的传染病呢?'

"'这很简单,也容易明白……'基索琪卡拧起眉毛说,'我们这些有知识的姑娘和女人简直不知道该怎么办才好。出外去进高等学校或者去做女教员,总之像男人那样有理想,有目标地生活下去,那并不是人人都能办到的。于是只好嫁人。……不过,请问,嫁给什么人呢?你们这班男孩子念完中学就出外上大学,从此再也不回故乡,在京城成了亲,而女孩子却留在这儿!……请问,要她们嫁给谁呢?好,既然没有正派的、有教养的男人,她们就只好嫁给上帝才知道的角色,各式各样的掮客啦,希腊佬啦,都是些只会喝酒,在俱乐部里闹事的家伙。……姑娘们无可奈何,胡乱地嫁出去了。……可是这以后过的是什么样的生活呢？您自己也会明白：受过教育而有教养的女人不得不跟愚蠢的和难处的男人一块儿过日子，那么她一遇见有知识的人，军官，演员，或者医生，自然就会爱上他，原来的生活她就会觉得不能忍受，她就离开丈夫远走高飞了。可不能责备她们啊！'

"'既是这样，基索琪卡，那又何必嫁人呢？'我问。

"'当然，'基索琪卡叹口气说，'不过要知道，每个姑娘都觉得好歹有个丈夫总比没有强。……总之，尼古拉·阿纳斯达西伊奇，在这儿生活是不愉快的，不愉快得很！做姑娘觉得气闷，嫁了人也还是觉得气闷。……现在大家嘲笑索尼雅，因为她私奔了，而且是跟一个演员私奔的，可是如果把她的灵魂看个明白，就笑不出来了。……'"

门外，阿左尔卡又叫起来。它恶狠狠地不知对什么人狂吠，然后凄凉地哀号，全身猛然撞在小屋的墙上。……阿纳尼耶夫怜悯它，皱起了眉，中断他的故事，走出去了。大约有两分钟光景，可以听见他在门外安慰那条狗："好狗！可怜的狗！"

"我们的尼古拉·阿纳斯达西伊奇喜欢谈天，"冯·希千堡笑着说，"他是个好人！"他沉默一会儿又补了一句。

工程师回到小屋，给我们的杯子里斟满葡萄酒，含笑摩挲着胸脯，接着说：

"这样，我的进攻就没有成功。我无计可施，只好丢开那些不纯洁的思想，等比较有利的时机再说。我对失败只得听天由命，俗语说得好，'摆一摆手，算了吧'。事情还不仅是这样，在基索琪卡的声调、傍晚的空气和寂静的影响下，我自己也渐渐染上安静的抒情心境。我记得，当时我坐在敞开的窗子旁边的圈椅上，眺望树木和黑下来的天空。槐树和椴树的黑影跟八年前一模一样，而且，像我小时候那样，远处什么地方有人在弹一架破旧的钢琴。人们仍旧保持着在林荫路上散步的习气,不过换了一批人罢了。在林荫路上溜达的不再是我,不再是我的同学,不再是我的热情的对象,却是陌生的中学生,陌生的小姐了。我忧郁起来。我问起旧日的熟人,大约有五次听到基索琪卡回答说:'他死了',我的忧郁就变成只有在追悼好人的安魂祭上才会体验到的那种感情。于是我,坐在窗子旁边,瞧着散步的人们,听着钢琴的铿锵声,这才生平头一次亲眼看见一代人怎样急急忙忙地替换另一代人,在人的一生中,哪怕短短的七八年,也会有多么不祥的意义!

"基索琪卡在桌上放了一瓶桑托林酒①。我喝着酒,无精打采,把一件什么事讲了很久。基索琪卡听我讲话,跟先前一样钦佩我和我的才智。然而时光在流逝。天已经黑下来,槐树和椴树的黑影连成一片,人们不再在林荫路上散步,钢琴停下来,只能听见海水的平均的哗哗声了。

"年轻人都是一样的。您对一个年轻人亲热一点,心疼一下,请他喝点葡萄酒,让他知道他招人喜欢,他就会无拘无束地坐在那儿,忘记到了该告辞的时候,尽自讲啊讲的,讲个没完。……主人的眼睛睁不开,到睡觉的时候了,可是他仍旧坐在那儿,讲他的话。我也是这样。我无意间看一下表:已经十点半了。我就起身告辞。

"'动身前再喝一杯吧。'基索琪卡说。

"我就喝了一杯动身酒,不料又长谈起来,忘记到了该走的时候,却坐下来。然而后来响起了男人的说话声、脚步声、马刺的磕碰声。有人走过窗口,在大门附近站住。

"'好像是我的丈夫回来了……'基索琪卡听着,说。

"门响了,说话声已经传进前堂,我瞧见两个人走过饭厅门口,一个是身体丰满的黑发男子,生着钩鼻子,戴着草帽,另一个是

---

① 一种甜味的红葡萄酒。

穿白色军服的军官。他们两人走过门口,只冷淡地瞟一眼我和基索琪卡,我觉得他们似乎喝醉了。

"'这样看来,她对你胡说,你倒听信了!'过了一会儿,传来响亮的说话声,带着浓重的鼻音,'第一,那不是在大俱乐部,而是在小俱乐部。'

"'你在生气,朱庇特,那么你就错了……'另一个笑着说,咳嗽几声,显然是军官的声音,'你听我说,我可以在你家里过夜吗?你说老实话:我不妨碍你吗?'

"'这还要问?!不但可以,甚至非在这儿过夜不可呢。你想喝什么,啤酒还是葡萄酒?'

"他们两人坐的地方跟我们隔着两个房间,说话声音很响,显然没顾到基索琪卡,也没顾到她的客人。然而基索琪卡从她丈夫回来后,却起了显著的变化。起初她脸红,后来脸上现出胆怯的负疚神情。她变得心神不定。我开始觉得她不好意思把她的丈夫介绍给我,她希望我走。

"我就起身告辞。基索琪卡把我送到门外。我清楚地记得当时她那温和忧郁的笑靥和亲切温顺的眼睛,她握着我的手说:

"'大概我们不会再见面了。……好,求上帝保佑您万事如意。谢谢您!'

"没有叹息声,也没有多余的话。她跟我告别的时候,手里举着一支蜡烛,有许多光点在她脸上和脖子上跳动,仿佛在追逐她那忧郁的笑靥。我想起往日人们总想把基索琪卡当作猫一样抚摸几下的时候她是什么模样,再定睛看着现在的基索琪卡,不知什么缘故,记起了她那句话:'每个人都应该承受命运为他安排下的一切',我心里觉得不好受。我凭直觉猜到,而且我的良心也小声对我这个幸运而冷漠的人说:我面前站着一个人,她心好,怀着善意,充满热爱,却又苦恼不堪。……

"我点了点头,往大门口走去。天已经黑了。在南方,七月间的傍晚来得早,天色黑得快。将近十点钟就黑得伸手不见五指。我几乎摸着黑走到大门口,一路上大约划了二十根火柴。

"'马车!'我走出大门外叫道。既没有说话声也没有叹息声来回答我。……'马车!'我又叫一遍。'喂!公共马车!'

"可是这儿既没有出租马车,也没有公共马车,只有坟墓般的寂静。我仅仅听见带着睡意的海洋发出呜咽声,酒后我的心怦怦地跳。我抬起眼睛看天空,天上一颗星也没有。夜色又黑又阴沉。看来天空布满了云。不知什么缘故,我耸了耸肩膀,不禁傻笑起来,再一次叫马车,然而声调已经不那么坚决有力了。

"'马!'回声回答我。

"在旷野上步行四俄里路,而且是摸着黑走,那却是一想起来就不愉快的事。我下决心徒步赶路以前,考虑了很久,呼唤马车,后来耸动着肩膀,懒洋洋地走回小树林,心里并没有什么明确的目的。小树林里黑得可怕。从树干之间望出去,这儿那儿,现出别墅里红光闪烁的窗子。有一只乌鸦被我的脚步声惊醒,看见我要照亮通到亭子去的路而划亮火柴,害怕了,从这棵树飞到那棵树上,擦着树叶发出沙沙的响声。我心里又烦恼又害臊,乌鸦仿佛明白这一点,就嘲笑我,呱呱地叫!我烦恼是因为我不得不徒步赶路,我害臊是因为刚才在基索琪卡家里我唠唠叨叨像小孩子一样。

"我走到亭子里,摸到一条长凳,坐下来。下面很远的地方,在浓重的黑暗后边,海洋发出低抑而气愤的咆哮声。我记得,我像瞎子似的既看不见海洋,也看不见天空,我坐在亭子里,却连亭子也看不清,这时候,在整个世界上,我只觉得我那酒后带着醉意的脑海里有些思想在漫游,此外,在下边一个地方,有一种肉眼看不见的力量发出单调的喧闹声。不过,后来我打盹儿的时候,觉得发出喧闹声的好像不是海,却是我的思想,全世界只剩下我一个人

283

了。我照这样把全世界集中在我一个人身上,忘了马车,忘了这座城,忘了基索琪卡,沉浸在一种我十分喜爱的心境里。这就是您觉得在黑暗而不定形的整个宇宙里只生存着您一个人的时候您那种可怕的孤独心境。这是一种骄傲而险恶的心境,只有俄国人,思想感情像他们的平原、树林、白雪那样广阔无垠而且严峻,才会有这样的心境。假如我是画家,我就一定要画出一个俄国人盘腿坐着,一动也不动,双手捧住头,沉浸在这种心境里,当时他脸上的表情是什么样儿。……跟这种心境同时出现的,还有生活缺乏目标、死亡、坟墓里的黑暗等等思想……这类思想连一文钱也不值,不过那脸上的表情大概倒很美呢。……

"我坐在那儿打盹儿,一直下不了决心再站起来,我觉得那儿又温暖又安宁,可是,突然间,在平匀单调的海水声中,冒出某些声音,就跟十字布上露出花纹一样,吸引了我的注意,使我不再专心想自己。……原来有人沿着林荫路匆匆地走来。这个人走到亭子跟前,站住了,像小姑娘似的呜咽起来,用小姑娘般的哭声说:

"'我的上帝,这种生活究竟到什么时候才了结啊?主!'

"凭她的说话声和哭声来判断,这人像是个十岁到十二岁的姑娘。她犹豫不决地走进亭子,坐下来,又像祷告又像诉苦地诉说起来。……

"'主啊!'她拖长声音说道,哭了,'这真叫人受不了!再怎么有耐性也支持不住!我一直忍着,一直沉默,可是,我总得生活下去呀。……啊,我的上帝,我的上帝!'

"她照这样说了许多。……我想看一眼这个姑娘,跟她谈几句话。我怕吓着她,就先大声叹口气,咳嗽一声,然后小心地划亮一根火柴。……明亮的光在黑暗中一闪,照亮了哭着的那个人。原来她就是基索琪卡。"

"真荒谬!"冯·希千堡叹道,"漆黑的夜晚啦,海水的呜咽声啦,受苦的她啦,全世界的孤独集于一身的他啦……鬼才知道是怎么回事!只缺手持短刀的彻尔克斯人了。"

"我跟您讲的不是故事,是实事。……"

"哦,就算是实事吧。……这种事并没有什么意思,大家早就听厌了。……"

"您先别小看这件事,等我讲完再说!"阿纳尼耶夫说道,气恼地摆一摆手,"别打岔,劳驾!我不是讲给您听,而是讲给这位大夫听的。……喏,"他接着对我讲下去,斜起眼睛瞟一下大学生,大学生低下头去算他的账,好像挖苦了工程师觉得很痛快似的。"喏,基索琪卡瞧见我,并不吃惊,也不害怕,倒好像早就知道会在亭子里看见我似的。她呼吸急促,周身发抖,仿佛害着热病。她脸上沾着泪痕,我接连划亮几根火柴,仔细端详,却看出已经不是先前那张聪明、温顺、疲乏的脸,换了一种我至今也没弄明白的模样了。那张脸既没表现痛苦,也没表现不安,更没表现悲伤,跟她的话语和眼泪所表现的全不一样。……老实说,大概就因为我不了解,我才觉得那张脸显出一副呆相,像喝醉了酒似的。

"'我再也受不住了……'基索琪卡用姑娘那样的哭声嘟哝说,'我已经耗尽了力量,尼古拉·阿纳斯达西伊奇!请您原谅,尼古拉·阿纳斯达西伊奇。……我不能再这样生活下去。……我要到城里找我的母亲去。……请您送我去。……请您看在上帝分上送我去吧!'

"我一见到别人哭,就说不出话来,同时又没法保持沉默。我惘然失措,为安慰她而含含糊糊地说了些废话。

"'不,不,我要找我的母亲去!'基索琪卡坚决地说,站起来,使劲抓住我的胳膊(她的手和衣袖都给眼泪沾湿了)。'请您原谅我,尼古拉·阿纳斯达西伊奇,我要去。……我再也受不住了。……'

"'基索琪卡,这儿可是一辆马车也没有!……'我说,'您怎么去呢?'

"'没关系,我走着去。……那儿不算远。……我再也受不下去了。……'

"我很窘,然而并不感动。基索琪卡的眼泪,她的颤抖,她脸上的麻木神情,都使我感到她像在演一出法国的或者小俄罗斯的不严肃的传奇剧,在这种戏里为了表现一丁点儿无聊和廉价的痛苦总要流上一大把眼泪。我不理解她,而且也知道我不理解她,我本来应该沉默才对,可是不知怎么,大概因为害怕我的沉默会给理解成愚蠢吧,总之,我认为我得劝她不要去找母亲,还是留在家里好。哭泣的人是不喜欢外人看见自己流泪的。可是我划亮一根根火柴,一直到火柴盒空了才住手。我为什么需要这种不体谅的亮光,这道理我至今怎么也想不明白。一般说来,冷酷的人是常常会失态,甚至变得愚蠢的。

"最后,基琪索卡挽着我的胳膊,我们就动身走了。我们走出大门,往右拐弯,不慌不忙地走上一条松软的土路。天色很黑,不过等到我的眼睛渐渐习惯了黑暗,我就能看清长在道路两旁的又老又细的橡树和椴树的轮廓了。不久,右边模模糊糊地出现高低不平的黑色陡岸,有些地方被窄而深的峡谷和水沟割断。峡谷旁边,立着不高的灌木,像是一些坐着的人。这使人心惊肉跳。我斜起眼睛怀疑地瞧着那道岸坡,这时候海水的响声和旷野上的寂静不愉快地惊扰我的想象。基索琪卡没有讲话。她不住地发抖,还没有走完半俄里路就四肢无力,气喘吁吁了。我也沉默不语。

"离检疫所一俄里远,矗立着一座四层楼大厦,安着很高的烟囱,从前本是一家蒸气磨面厂,如今没有人住了。它孤零零地立在岸坡上,白天人们从海上、从旷野上远远就可以看到它。这所房子荒废了,里面没有人,只有回声清清楚楚地重复着过路行人的脚步声和说话声,因此它显得很神秘。请您想象一下我的处境吧,我深夜挽着一个从丈夫身边逃走的女人的胳膊,走近那个又长又高的庞然大物,它给我的每一下脚步声添上回声,它那成百扇黑窗子像眼睛般呆望着我。正常的年轻人在这种情形下就会生出浪漫主义的心情,我呢,瞧着那些黑暗的窗子,却暗自想道:'这一切固然动人,可是总有一天,这座大厦也好,基索琪卡以及她的痛苦也好,我和我的思想也好,连一点儿痕迹也不剩。……一切都无谓而空虚。……'

"我们走到磨面厂跟前,基索琪卡忽然站住,放下胳膊,开口说话,然而那已经不是小姑娘的声调,却是她原来的声调了:

"'尼古拉·阿纳斯达西伊奇,我知道您觉得这有点古怪。可是我不幸极了!您连想都想不出我有多么不幸!这没法想象!我没有对您讲,是因为根本没法讲。……这样的生活,这样的生活啊。……'

"基索琪卡没有把话讲完,却咬紧牙关,不住地呻吟,好像用尽气力,不让自己痛苦得嚷起来似的。

"'这样的生活啊!'她心惊胆战地又说一遍,像是在唱歌,略略带点南方乌克兰口音,这种腔调特别是出自女人的口,总会给她兴奋的话语添上歌唱的味道。'这样的生活啊!唉,我的上帝,我的上帝,这究竟是怎么回事啊?唉,我的上帝,我的上帝啊!'

"她仿佛要解答她生活的秘密似的,困惑不解地耸耸肩膀,摇着头,把两个手掌合在一起。她说话如同唱歌,动作文雅优美,竟使我想起乌克兰一个有名的女演员。

"'主啊,我简直像是掉在深渊里!'她绞着手,接着说,'哪怕只有一分钟能够像别人那样畅快地生活一下也好啊!唉,我的上帝,我的上帝啊!我居然落到这种丢脸的地步,深更半夜当着外人的面离开我的丈夫走掉,像个放荡的女人似的。既然我干得出这

种事,还能有什么希望呢?'

"我欣赏她的动作和声调,同时转念想到她跟丈夫相处得不和睦,就突然暗暗高兴。'要是能把她弄上手才好!'这个想法掠过我的心头。这个冷酷无情的想法就此在我的脑子里生下根,一路上再也没有离开过我,弄得我越来越着迷。……

"从磨面厂那儿走完一俄里半,就得往左拐弯,经过墓园,才能到达城里。在墓园拐角上,立着一个使用风磨的石砌磨坊,旁边有一个小屋,住着磨坊的主人。我们经过磨坊和小屋,往左拐弯,走到墓园大门口。基索琪卡在这儿站住,说:

"'我要回去了,尼古拉·阿纳斯达西伊奇!您走您的吧,求上帝保佑您,我可以自己走回去。我不害怕。'

"'这哪行!'我惊恐地说,'既是要走,还是走吧。……'

"'我不该使性子。……都是为了一些小事。您讲了那些话,使我想起了过去,不免感慨万端。……我心里难过,想哭一场,我的丈夫又当着军官的面对我说了些粗话,我就忍受不住了。……其实,我何必到城里去找我母亲?难道我会因此快活一点吗?应该回家去才是。……不过……我们姑且往前走吧!'基索琪卡说着,笑起来,'反正一个样。'

"我记得墓园的大门上刻着一行字:'时候要到,凡在坟墓里的,都要听见上帝的儿子的声音。'①我清楚地知道:或早或晚,总会有那么一天,我也好,基索琪卡也好,她的丈夫也好,穿白色军服的军官也好,都会躺在围墙里那些乌黑的树木底下。我也知道跟我并排走着的是一个不幸的和受了侮辱的人。所有这些我都清楚地意识到,然而同时我心里却有一种强烈的和不愉快的恐惧,使我激动不安,我生怕基索琪卡转身往回走,那我要对她说的话就不能

---

① 这句话出自《圣经·约翰福音》。

说了。在我的脑子里,以前从来也没有一个时候像这天晚上那样,最高尚的思想和最卑下的兽性俗念竟那么紧密地交织在一起。……这真可怕呀!

"我们在离墓园不远的地方找到一辆马车。我们坐上马车,来到基索琪卡的母亲住着的那条大街,下了马车,沿人行道走去。基索琪卡始终沉默不语,我呢,瞧着她,暗暗生自己的气:'你怎么还不动手干啊?到时候了!'基索琪卡在离我住的旅馆二十步远的地方,在街灯旁边站住,哭起来。

"'尼古拉,阿纳斯达西伊奇!'她说着,又是哭又是笑,她那湿润发亮的眼睛瞧着我的脸。'您的同情,我再也忘不了。……您多么好啊!你们全是了不起的男子汉!正直,慷慨,诚恳,聪明。……啊,这多么好!'

"她认为我是个有知识的、在各方面都进步的人,她那泪湿的笑脸上除了我在她心中引起的温情和欢乐以外,还流露出哀伤,仿佛在说:她很少看见像我这样的人,上帝没有赐福给她,让她做这样一个人的妻子。她喃喃地说:'啊,这多么好啊!'她脸上那稚气的欢乐、她的眼泪、她那温柔的笑容、她那从头巾里披下来的柔发、她那随随便便戴在头上的头巾本身,在路灯的亮光里,都使我想起先前的基索琪卡,那时候人们像见着猫那样总想摩挲她。……

"我忍不住,就动手摩挲她的头发、肩膀、胳膊。……

"'基索琪卡,你要怎么样呢?'我喃喃地说,'你要我跟你一块儿到天涯海角去吗?我会把你从深渊里拉出来,给你幸福。我爱你。……我们走吧,亲爱的?行吗?好吗?'

"基索琪卡的脸上现出大惑不解的神情。她在路灯底下往后倒退,怔住了,睁大眼睛瞧着我。我抓紧她的胳膊,连连吻她的脸、脖子、肩膀,接连不断地发誓,许下种种诺言。在恋爱方面,盟誓和诺言几乎是日常必需品。缺了它们是不行的。有时候你知道自己在说谎,也知道不必许愿,可是你仍旧发誓和许愿。基索琪卡吓呆了,不住地往后退,睁大眼睛看着我。……

"'别这样!别这样!'她喃喃地说着,伸手推开我。

"我紧紧地搂住她。她忽然急得哭起来,脸上又现出先前在亭子里我划亮火柴的时候看见的那种茫然的麻木神情。……我没有征得她的同意,也不容她说一句话,硬拉着她往我的旅馆走去。……她吓呆了,走不成路,我便挽住她的胳膊,几乎硬把她拖去了。……我记得我们上楼的时候,有一个帽子上镶着红帽圈的人惊讶地瞧着我,对基索琪卡点一下头。……"

阿纳尼耶夫涨红脸,不说话了。他在桌旁默默地走来走去,烦恼地搔着后脑壳,有一股冷气掠过他那宽阔的后背,搞得他好几次痉挛地耸动肩膀和肩胛骨。他回忆往事,只觉得害羞,难堪,就极力克制自己。……

"这真不好!"他喝下一杯葡萄酒,摇着头说:"据说大学里讲授妇女疾病之前,总要先讲一段引子,劝告医科大学生给女病人脱衣服、进行诊治以前,先得想到他们自己每个人都有母亲、姊妹、未婚妻。……这种劝告不仅适用于医科大学生,而且对那些在生活当中有各种机会跟女人接触的人也适用。如今我自己有了妻子和女儿,啊,我对这一劝告领会得多么深刻!多么深刻啊,我的上帝!不过,请您听一听后来发生的事吧。……基索琪卡做了我的情妇以后,对这件事的看法却跟我不一样。首先,她热烈而深沉地爱上了我。这件事在我看来不过是普通的风流韵事,逢场作戏罢了,在她看来却成了生活中的大转折。我记得,当时我觉得她仿佛神智失常了。她生平第一次感到幸福,觉得年轻了五岁,脸上现出兴奋欢乐的神色,不知道幸福得怎么办才好,时而发笑,时而哭泣,不住地吐露她的幻想:明天我们动身到高加索去,到秋天从那儿前往彼得堡,我们以后又怎样一同生活。……

"'至于我的丈夫,那你不用担心!'她安慰我说,'他一定会答应跟我离婚。城里人都知道他跟柯斯托维奇家的大女儿私通。办完了离婚手续,我们就结婚。'

"女人在热爱的时候,会像猫那样很快地适应环境,跟人亲近起来。基索琪卡在我的旅馆房间里不过待了一个半钟头,却已经觉得自己像在家里,料理我的东西就跟料理自己的东西一样了。她把我的衣物放进我的皮箱,怪我没有把我那件贵重的新大衣挂在衣钩上,却胡乱丢在椅子上,等等。

"我瞧着她,听她讲话,感到又疲倦又烦恼。我想到一个正派的、诚实的、受苦的女人不出三四个钟头,居然这么轻易地做了她偶然遇见的一个人的情妇,不免有点厌恶。您明白,我是个正派的男人,不喜欢这种事。后来,我还想到,像基索琪卡这样的女人,未免浅薄和不严肃,过分热爱生活,例如对男人的爱情,这实际上不过是小事而已,她却把它抬高到幸福、痛苦、生活的转变上去,这就使我越发不愉快了。……况且,我现在已经得到满足,我就恼恨我自己不该这么糊涂,跟一个我无可奈何、只能欺骗的女人缠在一起。……应当说明一下,尽管我放荡不羁,却做不来假。

"我记得,基索琪卡坐在我的脚旁,把头枕着我的膝头,用充满热爱的、亮晶晶的眼睛瞧着我,问道:

"'柯里亚①,你爱我吗?很爱我吗?很爱我吗?'

"她幸福得笑起来。……我却觉得这未免自作多情,肉麻,不聪明,而且当时我已经有一种心情:对一切事情首先要探索'思想的深度'。

"'基索琪卡,你还是回家的好,'我说,'要不然你家的人说不定会以为你失踪了,跑遍全城找你。再者,你一大早到母亲家去也

---

① 尼古拉的小名。

不合适。……'

"基索琪卡同意我的话。我们在分别之前,说定明天中午我到市立公园去跟她见面,后天我们一块儿到皮亚季戈尔斯克城去。我送她走到街上,我记得,一路上我一直温柔恳切地爱抚她。我想到她这么死心塌地相信我,一时间突然感到歉然,就决定带她到皮亚季戈尔斯克城去,可是我又想起我的皮箱里只有六百个卢布,而且到秋天跟她分手会比现在困难得多,就赶紧把我歉然的心情压下去了。

"我们走到基索琪卡母亲住着的那所房子跟前。我拉一下门铃。等到门里传来脚步声,基索琪卡就突然现出严肃的脸容,看一眼天空,把我当作孩子一样匆匆在我胸前画了几次十字,然后抓住我的手,送到她唇边。

"'明天见!'她说完,走进门去,不见了。

"我穿过大街走到对面人行道上,在那儿瞧这所房子。起先窗子里是黑的,后来有一扇窗子里刚刚点燃一根蜡烛,闪着微弱的淡蓝色亮光。烛光渐渐变亮,射出光芒,我看见有些影子跟它一起在房间里活动。

"'他们没料到她会来!'我暗想。

"我回到旅馆房间,脱掉衣服,喝了点桑托林酒,吃了点白天在市场里买来的新鲜的粒状鱼子,不慌不忙在床上躺下,像旅客那样酣畅安稳地睡了一觉。

"早晨我醒来的时候,头痛,心绪恶劣。有一件什么事使得我心神不安。

"'到底是什么事呢?'我问自己,想找出我不安的原因,'什么事弄得我心神不安呢?'

"我认为我不安的原因是:害怕基索琪卡也许会马上来找我,弄得我没法动身,那我就只得在她面前说谎,装腔作势了。我很快穿上衣服,收拾好我的东西,走出旅馆,吩咐看门人把我的行李送到火车站,赶傍晚七点钟那班火车。整个白天我在一个做医生的朋友家里度过,傍晚就离开了这座城。您看得明白,我的思想并没有妨碍我卑鄙而薄情地逃掉。……

"当初我坐在朋友家里,后来我坐马车到火车站去,那种不安一直折磨着我。我感到我怕遇见基索琪卡,怕闹出笑话来。在火车站上我故意躲在厕所里,直到第二遍铃声响才出来。我挤过人群,去上火车,却有一种感觉压在我心上,好像我周身上下,从头到脚堆满了偷来的东西似的。我多么心焦而且害怕地等着第三遍铃声啊!

"后来总算响起那救命的第三遍铃声,火车开动了。我们经过监狱和兵营,到了旷野上,然而使我大吃一惊的是那种不安仍旧没有离开我,我仍旧觉得自己像是一心要逃跑的窃贼。这多么奇怪!我为了排遣这种心情,把心安定下来,就开始眺望窗外的景色。火车沿着海岸奔驰。海面平滑,天空呈现绿松石的颜色,几乎有一半涂抹着温柔的金红色晚霞,它欢乐而平静地映在水面上。水面上,这儿那儿,有些打鱼的小船和木筏,像是一块块黑斑。那干净漂亮像玩具般的城市立在高耸的岸坡上,已经盖上一层傍晚的薄雾。城里教堂的金色拱顶、窗子、树木,映着落日,正在燃烧和熔化,就跟熔解的金子一样。……旷野的气息同海上吹来的温和的潮气掺混在一起。

"火车开得很快。车里响起乘客和列车员的笑声。大家快乐而轻松,可是我那种不可理解的不安却越来越增长。……我瞧着覆盖全城的薄雾,想象在这团雾里,有个女人带着痴呆麻木的面容,在教堂和房屋附近跑来跑去,寻找我,用小姑娘般的声调或者唱歌的音调像乌克兰女演员那样呻吟着:'唉,我的上帝,我的上帝啊!'我想起她昨天把我当作亲人,在我胸前画十字的时候她那严肃的脸容和操心的大眼睛,就不由自主地看了看昨天经她吻过的我那只手。

"'我落进情网了还是怎么的?'我问自己,搔搔自己的手。

"一直到夜晚来临,乘客们都睡熟,只剩下我一个人面对我的良心,我才领悟了先前我怎么也弄不明白的事情。在车厢的微光里,基索琪卡的面影浮现在我的面前,不肯离开我,我这才清楚地体会到我犯了无异于谋杀的罪。我的良心在折磨我。为了消除这种使人不能忍受的心绪,我就振振有词地对自己说,一切都是无聊和空虚,我和基索琪卡都会死掉,腐烂,她的痛苦跟死亡相比简直算不了什么,等等,等等。……我还说:归根结蒂自由意志是没有的,因而我并没有什么过错。然而所有这些理由反而惹得我生气,而且不知怎么,特别迅速地淹没在别的思想里了。我那只被基索琪卡吻过的手使我烦恼。……我时而躺下去,时而坐起来,要不然就到火车站去喝白酒,勉强吃些火腿面包,然后又振振有词地对自己说,生活是没有意义的,可是这都无济于事。我的头脑里充满着一种古怪的,而且不瞒您说,可笑的骚动。许多极其不同的思想乱糟糟地接踵而来,纠缠在一起,互相妨碍,我这个思想家呢,却把前额朝着地,什么也弄不明白,无法将那一团必要的和不必要的思想理出一个头绪来。原来我这个思想家甚至没学会思考的技术,我还不会支配我自己的头脑就跟不会修表一样。我生平第一次热切、紧张地思考,这在我简直像是出了怪事,我暗自思忖:'我发疯了!'凡是平素不动脑筋而只有在紧急关头才动脑筋的人是常常会想到疯狂的。

"我照这样苦恼了一夜,一个白天,又一夜以后,相信我的思考对我很少帮助,我这才恍然大悟,知道我是一个什么样的人了。我这才明白我那些思想连一个小钱也不值,我遇见基索琪卡以前,还没开始思考过,甚至根本不懂什么叫作严肃的思想。如今经历过许多苦恼以后,我才明白我并没有什么信念,也没有什么明确的道德标准,更谈不到心灵,也谈不到理性,我在智力和精神方面的全部财富只限于一些专门知识、不完整的认识、一些对往事的不必要的记忆、一些别人的思想,如此而已,我的心理活动并不复杂,简简单单,十分平常,如同雅库特人一样。……如果我不喜欢作假,不偷东西,不杀人,总之不犯明显的大错误,那也不是由于我的信念的力量(这种信念我是没有的),而纯粹是因为我整个身心浸透了奶妈的神话和劝善的格言。虽然我认为这些东西荒诞不经,可是它们已经深入我的肉和血,尽管我没有感觉到,却一直在生活中指导我的行动。……

"我这才明白我不是思想家,不是哲学家,只是一个玩弄思想的人罢了。上帝赐给我一副俄国人的健全有力的头脑,具有天赋的才能。可是您想想看,这个头脑生存了二十六年,却没受过训练,完全缺乏主见,十分空虚,只是微微洒上了一点工程方面的知识。它年轻,在生理上渴望活动,寻求活动,忽然间,那套漂亮而有味的思想,什么没有目标的生活啦,坟墓里的黑暗啦,完全偶然地从外界落到这个脑子里来了。这个脑子把这套思想贪婪地吸进去,让它占据整个头脑,开始用各种方式玩弄它,就跟猫玩弄老鼠一样。这个脑子里既没有什么学识,也没有什么体系,可是这不要紧。它用它原有的天然力量按照自学者的方式来对付广阔的思想,于是不出一个月这个头脑的主人单用土豆就能做出上百种可口的菜来,自以为是哲学家了。……

"我们这代人把玩世作风,玩弄严肃思想的态度带到了科学、文学、政治中去,带到一切只要他们不懒于去的地方去了。连同玩世作风,这代人还带来了他们的冷酷、烦闷、偏颇,依我看来这已经在群众当中培养了一种以前所没有的对待严肃思想的新态度。

"多亏这一场灾难,我才了解而且认清我的反常和彻底无知。

依我现在看来,我的正常思想是直到我从头学起,也就是从我的良心把我赶回那个小城,我不再狡猾地卖弄聪明,而老老实实地在基索琪卡面前忏悔,像小孩一样恳求她原谅,跟她一块儿哭的时候起才开始有的。……"

阿纳尼耶夫简短地讲完他跟基索琪卡的最后一次会晤,就停住了嘴。

"哦……"大学生等到工程师讲完,从牙缝里漏出一个字。……"世界上有这样的事!"

他的脸跟先前一样表现出头脑的懒倦,看来阿纳尼耶夫讲的这个故事一点也没有打动他的心。直到工程师休息了一会儿,又开始讲他的思想,重述他先前说过的话,大学生才生气地皱起眉头,从桌旁站起来,走到他的床边去。他铺好床,开始脱衣服。

"看您现在这副神气,好像您真的说服了谁似的!"他气愤地说。

"我说服了谁?"工程师问道,"好老弟,难道我存着这种妄想吗? 上帝保佑您! 要说服您是不可能的! 您只有凭个人的经验和痛苦,才能信服!……"

"再者,您的逻辑也真稀奇!"大学生穿上睡衣,嘟哝说,"照您的说法,您十分不喜欢的那种思想对年轻人极其有害,然而对老年人却是正常的。好像问题在于白头发似的。……这种老年的特权是从哪儿来的? 它有什么根据呢? 如果这种思想真是毒药,那它对一切人就都有毒。"

"哎,好老弟,不,您可别这么说!"工程师说,狡猾地眨一下眼睛,"您可别这么说! 第一,老年人不是玩弄思想的人。他们的悲观思想不是偶然从外界得来,而是从自己头脑的深处生发出来,并且是在他们研究过各式各样的黑格尔和康德,受过许多苦,犯过无数错误,一句话,从最低一级升到最高一级,爬完整个梯子之后才产生出来的。他们的悲观思想有个人的经验和坚实的哲学发展成果作为背景。第二,老年的思想家不像您和我那样,他们的悲观主义不是高谈阔论的资料,而是世界性的痛苦和受难,他们的思想有基督教作基础,因为它来自对人类的爱,来自关怀人类的思想,完全没有在玩弄思想的人那里常常可以见到的利己主义。您藐视生活,恰恰是因为您对生活的意义和目的一无所知,您害怕的只是您自己的死亡罢了。真正的思想家之所以痛苦却是因为大家对真理一无所知,他为所有的人害怕。比方说,离这儿不远,住着一个公家的守林人伊凡·亚历山德雷奇。他是个很好的小老头。以前他曾在某地做过教员,写过一些文章,鬼才知道他原是个什么样的人物,不过他是个极聪明的人,精通哲学。他读过许多书,现在还经常读。喏,不久以前有一天我们在格鲁左夫区碰见他。……那儿正巧在铺枕木和铁轨。这活儿不复杂,然而伊凡·亚历山德雷奇是外行,觉得这近似魔术。一个有经验的工人不消一分钟就能铺好一块枕木,把一根铁轨钉在上面。工人们劲头很高,干得确实熟练而麻利,特别是有一个家伙,用锤子砸钉帽非常灵巧,一锤子就能砸紧,锤子的柄却几乎有一俄丈长,每根钉子也有一英尺①长。伊凡·亚历山德雷奇久久地瞧着这些工人,十分感动,眼睛里含着泪水对我说:'多么可惜啊,这些出色的人也要死!'这样的悲观主义我是理解的。……"

"这些话什么也没证实,什么也没有说明,"大学生说,盖上一条被单,"这都是白费工夫!人人都什么也不懂。什么事都不能靠话语来证明。"

他从被单底下伸出脑袋,抬起头来,生气地皱起眉峰,很快地说:

---

① 英国长度单位,1英尺等于30.5厘米。

"只有十分天真的人才会相信别人的话语和逻辑,认为它们具有决定性的意义。用话语可以随意证明什么,也可以随意否定什么,不久人们就会把说话的技术改进到这样一种地步,简直能够像数学那么精确地证明二乘二等于七呢。我喜欢听人讲话,也喜欢看书,可是讲到相信,那么多谢多谢,我办不到,也不想办到。我只相信上帝,至于您,哪怕您对我一直讲到基督二次降世,哪怕您再勾引五百个基索琪卡,我大概也只有到神智失常的时候才会相信。……晚安!"

大学生把头蒙在被单里,转过脸去对着墙,有意用这个动作来让人明白他既不愿意听人讲话,自己也不愿意谈话。这场争论到这儿就结束了。

我和工程师躺下来睡觉之前,走出这个小屋。我又看见了那些灯火。

"我们这些闲谈一定使您厌倦了!"阿纳尼耶夫说,打个哈欠,瞧着天空,"嗯,可不是,先生!在这个寂寞无聊的地方,唯一的乐趣也就是喝葡萄酒和高谈阔论了。……好一条路堤啊,主!"我们走到路堤那儿,他感动地说,"这不能算是路堤,简直是阿拉拉特火山①啊!"

他沉默了一会儿,说:

"这些灯光使得那位男爵想起亚玛力人,可是我觉得它们倒像人的思想。……您知道,每个人的思想也像这样分散凌乱,在昏暗中顺着一条直线往一个什么目标伸展过去,什么也没有照亮,更没有照亮黑夜,临到过了老年,就远远地,不知消失到什么地方去了。……不过,哲学也讲得够了!现在该睡觉了。……"

我们回到小屋里,工程师硬要我睡他的床。

---

① 指土耳其东部的火山,位于亚美尼亚、伊朗交界处附近。

"哎,您请!"他央求说,把两只手按在他的心上,"我求求您!至于我,您自管放心。……我哪儿都能睡,而且我还不会马上就睡。……请您赏个脸吧!"

我同意了,脱掉衣服,躺上床。他却靠着桌子坐下,画他的图。

"我们这班人,老兄,是没有工夫睡觉的,"他等到我躺下,闭上眼睛,就小声说,"谁有妻子,有两个儿女,谁就顾不上睡觉了。他就得供他们吃,供他们穿,还得存下一点钱留到将来用。我呢,有两个孩子,一个儿子和一个女儿。……那个男孩子,是个小坏包,长着一副好相貌。……他还不满六岁,不过我得告诉您,他倒有很不平常的本领了。……我这儿本来有他们的照片,不知放在哪儿了。……啊,我的孩子,我的孩子啊!"

他翻动纸张,找到照片,开始观赏。我睡着了。

我是被阿左尔卡的吠叫声和人们响亮的说话声惊醒的。冯·希千堡只穿着内衣,光着脚,蓬松着头发,站在门口,正在跟一个什么人高声说话。天亮了。……阴暗的蓝色曙光照进门口、窗口和小屋墙上的裂缝,微微照亮我的床、放着纸张的桌子和阿纳尼耶夫。工程师躺在地上,身子下面铺着一件毡斗篷,脑袋底下垫一个皮枕头,挺起肌肉饱满的、毛茸茸的胸膛,睡着了,鼾声很响,闹得我从心里怜惜那个大学生,因为他每天晚上不得不跟这位工程师在一处睡觉。

"我们凭什么要收下?"冯·希千堡叫道,"这不关我们的事!你去找察里索夫工程师!这些锅是从谁那儿运来的?"

"从尼基丁那儿……"一个男低音闷闷不乐地回答说。

"好,那你就去找察里索夫吧。……这不归我们管。你呆站在这儿干什么?赶着车子走开!"

"老爷,我已经到察里索夫老爷那儿去过了!"男低音越发闷闷不乐地说,"昨天一整天顺着铁路线找他老人家,可是到了他老

299

人家的小屋里,人家对我们说,他老人家已经到迪姆科夫区去了。您行行好,收下吧!要我们送到什么时候为止呢?我们沿着铁路线走啊走的,不知道要运到什么地方才算完事。……"

"什么事?"阿纳尼耶夫醒过来,很快地抬起头,用嘶哑的声音问。

"他们从尼基丁那儿运来一些锅子,"大学生说,"要求我们把那些锅子收下。可是我们凭什么收下?"

"叫他们滚蛋!"

"行行好,老爷,把这件事儿了结了吧!这些马有两天没吃东西,东家多半要生气了。要我们把锅子拉回去还是怎么的?既是铁路买下了锅子,就该收下才是。……"

"可是,笨蛋,你得明白这不关我们的事!去找察里索夫!"

"什么事?是谁啊?"阿纳尼耶夫又用嘶哑的声音问道,"见他们的鬼!"他骂着,站起身,往门口走去,"什么事?"

我穿上衣服,大约过了两分钟,也走出了小屋。阿纳尼耶夫和大学生,两人都只穿着内衣,光着脚,正在激烈地对那个乡下人解释着什么,显得很不耐烦;而乡下人站在他们面前,脱掉帽子,手里拿着鞭子,显然没有听懂他们的话。两人脸上都露出正在办一件日常琐事的神情。

"我要你这些锅子有什么用处?"阿纳尼耶夫叫道,"我把它们扣在我脑袋上还是怎么的?要是你没找到察里索夫,那就找他的助手,别来打扰我们!"

大学生看到我,大概想起昨天晚上那一番谈话,于是操心的神情就从他的脸上消失,换上了头脑懒怠的神情。他对乡下人摆一下手,心里不知想着什么事,走到一旁去了。

早晨天色阴沉。沿着昨天晚上灯火照亮的铁路线,聚合了许多刚刚醒过来的工人。空中响起说话声和手推车的吱嘎声。工作日开始了。有一匹瘦小的马,套着绳索马具,已经拉着一车沙土慢腾腾地往路堤走去,用尽气力伸长脖子。……

我开始告辞。……昨天晚上我们说过许多话,可是临到我走时连一个问题也没有解决,如今,到了早晨,整个谈话如同用筛子筛过的一样,在我的记忆里只留下点点灯光和基索琪卡的形象了。我骑上马,最后看一眼大学生和阿纳尼耶夫,看一眼那条神经质的狗和它那双没有光彩仿佛喝醉酒的眼睛,看一眼在早晨的迷雾中显出身影的工人们,看一眼路堤,看一眼那匹伸长脖子的小马,暗自想道:

"这个世界上的事谁也弄不明白!"

等到我用鞭子抽我的马,顺铁路线奔去,等到过了一会儿我看见前面只有一片没有尽头的、阴郁的平原和阴沉寒冷的天空,我就不由得想起昨天晚上谈论的种种问题。我暗自思忖着,而那片被阳光晒枯的平原、辽阔的天空、远处那黑乎乎的一片橡树林、那大雾迷漫的远方,却好像在对我说:"是的,这个世界上的事谁也弄不明白!"

太阳升上来了。……

美　　人

一

　　我记得当初我还是中学五六年级学生的时候，有一回跟我爷爷一块儿坐车从顿河区的大克烈普科耶村到顿河畔的罗斯托夫城去。那是八月里一个炎热的白昼，叫人烦闷得难受。骄阳似火，干燥的热风把一股股尘土向我们迎面刮来，弄得我们的眼皮粘在一块儿，嘴里发干，既不想观赏风景，也不想谈话，更不想思考了。每逢睡意蒙眬的车夫乌克兰人卡尔波扬鞭打马，鞭梢碰到我的制帽，我总是既不抗议，也不出声，只是从昏睡中醒过来，无精打采而又温和地瞧着远方，隔着尘烟看一看有没有村子。为了喂马，我们在亚美尼亚人的一个名叫巴赫契-萨里的大村子里，在爷爷认识的一个富裕的亚美尼亚人家中停下来。我生平从没见过什么人比这个亚美尼亚人更滑稽。请您想象一个小小的、剃光的脑袋，脸上生着两道倒挂下来的浓眉、一个鸟鼻子、两撇又长又白的唇髭、一张宽阔的嘴，嘴里叼着一根樱桃木做的长烟管。那个小脑袋胡乱地粘在一个消瘦而伛偻的身体上，身上穿一套稀奇古怪的衣服：上身是一件短短的红褂子，下身是一条蓝得耀眼的肥裤子；走起路来叉开腿，脚上趿一双拖鞋。他说话的时候并不取下嘴里的长烟管，一举一动带着纯粹亚美尼亚人的尊严：脸上没有笑容，瞪起眼睛，极力不去注意他的客人。

这个亚美尼亚人的房间里既没有风,也没有尘土,不过仍旧像草原上和大道上那样使人感到不舒服,闷热,无聊。我记得我满身尘土,热得四肢无力,坐在墙角一口绿色的箱子上。没上油漆的木墙、家具、涂过赭石的地板,发出被太阳晒热的干木料的气味。不管往哪儿看,到处都是苍蝇,苍蝇,苍蝇。……爷爷和那个亚美尼亚人低声谈着放牧,谈着牧场,谈着绵羊。……我知道他们要花整整一个钟头才能烧好茶炊,爷爷喝茶也总得喝它一个钟头,然后再躺下来睡上两三个钟头,因此我得用这一天的四分之一时间来等他,这以后又是炎热、尘土、颠簸的大板车。我听着那两个人嘟嘟哝哝的说话声,开始觉得那个亚美尼亚人、那个放着碗盏的食具柜、那些苍蝇、那些听任骄阳晒进来的窗子,我好像已经看了很久很久,而且一直要到很远的将来才能不看似的,于是我心中充满了对草原,对太阳,对苍蝇的憎恨。……

一个戴着头巾的乌克兰女人端来一个放着茶具的托盘,然后又端来茶炊。亚美尼亚人不慌不忙地走进前堂,嚷道:

"玛西雅!来斟茶!你在哪儿啊?玛西雅!"

这时候传来匆忙的脚步声,有一个大约十六岁的姑娘走进房间来,穿一件朴素的花布连衣裙,戴一块白色的小头巾。她站在那儿洗茶具,斟茶的时候背对着我,我只看得见她的腰很细,两只光光的小脚让长裤腿盖住了。

主人请我去喝茶。我就在桌旁坐下,瞧着递给我茶杯的姑娘的脸,突然间,我觉得仿佛有一股风吹过我的灵魂,吹掉灵魂里这一天的种种印象、烦闷和尘土。我看见了一张以前在现实生活里和在梦乡中从没见过的最美丽、迷人的脸。原来我面前站着一个美人,如同一道闪电似的,我第一眼就瞧出来了。

我愿意起誓:玛霞,或者按她父亲的称呼,玛西雅,是个真正的美人，不过要证明这一点我却办不到。有的时候天边胡乱地挤集着许多云，藏在后面的太阳给那些云和天空染上各式各样的颜色：紫红、橙红、金黄、淡紫、暗红；这朵云像一个修士，那朵云像一条鱼，另一朵云又像缠头的土耳其人。晚霞布满天空的三分之一，照亮教堂上的十字架和地主房子上的窗玻璃，倒映在溪流和水塘里，在树木上颤抖；远远的，远远的，有一群野鸭，背衬着晚霞，飞到什么地方去过夜。……一个牧童赶着许多牛，一个土地测量师坐着马车走过水坝，几个老爷在散步，他们都瞧着落日，个个都认为这种景色美丽极了，然而究竟美在什么地方，谁也不知道，谁也说不出。

并不是只有我一个人觉得这个亚美尼亚姑娘美丽。我爷爷是个八十岁的老人，为人古板，对女人和大自然的美素来漠不关心，这时候却也亲切地瞅了玛霞整整一分钟，问道：

"她是您的女儿吗，阿威特·纳扎雷奇？"

"是我女儿。她是我的女儿……"主人回答说。

"很漂亮的一位小姐。"爷爷称赞说。

画家会说这个亚美尼亚姑娘的美丽是古典的，严谨的。这恰好是这样的一种美：上帝才知道是什么缘故，您只要一看到它，就会很有把握地认定，您看见了端正的相貌，那头发、那眼睛、那鼻子、那嘴、那脖子、那胸脯、那年轻的身体的一切动作，合成一个完整而协调的和音，在这方面，大自然连一个最小的细节也没有做错。不知什么缘故，您觉得一个理想的美女恰好就应当有玛霞那样的鼻子，笔直，带一个不大的弯钩，也应当有那样又大又黑的眼睛，那样长长的睫毛，那样娇慵的眼神。您觉得她黑色的鬈发和黑眉毛正好跟她额头和脸颊的白嫩的颜色相配，就跟绿色的芦苇正好跟安静的小溪相配一样。玛霞白皙的脖子和她年轻的胸脯还没充分发育起来，然而您觉得要塑造它们却必须有巨大的创造才能才行。您看着她就会渐渐生出一种愿望，想对玛霞说一点异常愉快、诚恳而且跟她本人一样美丽的话才好。

起初我不高兴，害臊，因为玛霞一点也不理睬我，始终低下眼睛瞧着地下。我觉得，似乎有一种特别的、幸福而骄傲的空气，把她和我隔开，严密地保护着她，不让我的眼光接触到她。

"这，"我想，"是因为我周身满是尘土，而且给太阳晒黑了，还因为我只是个小孩子罢了。"

不过后来我渐渐忘掉自己，把全身心都投进美的感觉里去了。我已经想不起草原的乏味，想不起尘土，听不见苍蝇的嗡嗡声，尝不出茶的味道，只觉得在我对面，隔着一张桌子，站着一个美丽的姑娘。

我的美的感受有点古怪。玛霞在我心里引起的既不是欲望，也不是痴迷，又不是快乐，而是一种虽然愉快却又沉重的忧郁心情。这种忧郁模模糊糊，并不明确，像在梦里一样。不知什么缘故，我忽然怜惜我自己，怜惜我爷爷，怜惜那个亚美尼亚人，甚至怜惜亚美尼亚姑娘本人了。我有一种心情，仿佛我们四个人都失去了一种人生中很重大而必要的东西，一种从此再也找不回来的东西。我爷爷也有些忧郁。他不再谈牧场，谈绵羊，却沉默下来，呆呆地瞧着玛霞出神。

喝完茶后，我爷爷躺下来睡觉，我就走出房外，在门廊上坐下。这所房子跟巴赫契-萨里所有其他的房子一样，建在向阳的地方，没有树木，没有遮阳，没有阴影。亚美尼亚人的大院子里长满锦葵和滨藜，尽管天气炎热，却生气勃勃，充满欢乐。院子里东一道篱笆，西一道篱笆，在一道矮篱笆后面，人们正在打谷子。打谷场正中安着一根柱子，有十二匹马拴在一起，形成一个很长的半径，绕着那根柱子奔跑。旁边有一个乌克兰人走来走去，上身穿长坎肩，

下身穿肥大的灯笼裤,扬起鞭子抽马,嘴里吆喝着,从他的声调听起来好像他有意嘲笑那些马,对它们显显威风似的:

"啊——啊——啊,该死的!啊——啊——啊……没叫你们遭了瘟才好!你们害怕了?"

那些马有枣红色,有白色,有花斑色,它们不明白为什么逼着它们踩着小麦的麦秸,在一个地方团团转。它们不大乐意地跑着,仿佛很吃力,而且不高兴地摇着尾巴。风从它们的蹄子底下卷起一团团金黄色谷壳的烟雾,送到篱笆外面远远的地方去。在那些高高的新麦垛旁边,聚集着一些女人,手里拿着耙子,有几辆大车在走动。麦垛后面,在另一个院子里,也同样有那么十二匹马绕着一根柱子奔跑,也同样有那么一个乌克兰人抽着鞭子,嘲笑那些马。

我坐的那层台阶发烫;由于天气炎热,那些细栏杆和窗框子这儿那儿冒出树胶来。在台阶下面和百叶窗下面那些长条的阴影里,有些红色的小甲虫挤在一起。太阳既晒我的头,也晒我的胸脯,还晒我的后背,不过我没理会这些,只感到我身后有一双光脚在前厅、在房间里踩响木板地。玛霞收拾完茶具,顺着台阶跑下来,朝我这边带来一股风,像鸟似的飞进一个不大的、被烟熏黑的厢房里去了。那儿多半是厨房,从那里飘来烤羊肉的气味,传来亚美尼亚人气冲冲的说话声。她走进那个乌黑的门口就不见了,紧跟着门口出现一个红脸膛的亚美尼亚老太婆,驼着背,穿一条绿色的肥裤子。这个老太婆正在生气,责骂一个什么人。不久门口出现了玛霞,厨房的热气弄得她的脸发红,肩膀上扛着一个很大的黑面包。她在面包的重压下优美地弯下腰,穿过院子,往打谷场跑去,然后跳过矮篱笆,钻进金黄色谷壳的烟雾,转到一辆大车后面,不见了。那个赶马的乌克兰人放下鞭子,停住嘴,默默地往大车那边看了会儿,然后,等到亚美尼亚姑娘又在那些马身旁一闪而过,

跳过篱笆,他就用眼睛跟踪她,用仿佛很伤心的语调对马吆喝一声:

"哎,巴不得你们死了才好哟,魔鬼!"

后来,我一直听见她的光脚不断走动的声音,看见她带着严肃而操心的脸色在院子里跑来跑去。她时而跑下台阶,带给我一阵风,时而跑进厨房,时而跑到打谷场去,时而跑出大门以外。我为了看她,几乎来不及扭动我的脑袋。

她带着她的美越是常常在我的眼前闪来闪去,我的忧郁也就越沉重。我既怜惜自己,又怜惜她,还怜惜那个乌克兰人。每逢她穿过谷壳的烟雾往打谷场跑去,他总要用眼睛忧郁地跟踪她。莫非这是我对她的美丽的嫉妒?或者,莫非我惋惜这个姑娘不属于我,而且永远也不会属于我,我在她眼里是个陌生人?或者,这是因为我隐隐感到她那种少有的美是偶然的,不必要的,而且像人间万物一样,不会长久存在?或者,我这种忧郁也许是人见到真正的美的时候总会产生的那种特殊感触吧?那就只有上帝知道了!

三个钟头的等候不知不觉就过去了。我觉得我还没有把玛霞看够,卡尔波却已经赶着车子到河边,给马洗好澡,开始套车了。湿淋淋的马舒服得喷着鼻子,伸出蹄子踢车杆。卡尔波对它吆喝一声:"回——去!"我爷爷醒过来了。玛霞为我们推开吱吱嘎嘎响的大门,我们坐上车子,走出了院子,一路上都不开口讲话,好像互相生气似的。

过了两三个钟头,远远地出现了罗斯托夫和纳希切万,这时候,一直沉默着的卡尔波却很快地回头看一眼,说:

"那个亚美尼亚人家的姑娘真可爱!"

然后他扬起鞭子抽一下马。

二

又一次,我已经是大学生了,坐着火车到南方去。那是五月间。在一个火车站上(那火车站大概是在别尔哥罗德和哈尔科夫中间),我走出车厢,到月台上去散步。

黄昏的阴影已经投在车站的小花园里,月台上,旷野上。火车站遮住西下的夕阳,不过从火车头里冒出来一团团烟,那最上面的烟带着柔和的粉红色,这就可以看出太阳还没有完全落下去。

我在月台上散步,发觉大多数散步的乘客老是在二等客车一个车厢附近走动和站定,从他们的神情看来,好像那个车厢里坐着一个有名的人物。我在这个车厢旁边遇见的好奇者当中,除了别人以外,还有一个跟我同车的旅客,他是个炮兵军官,聪明,热情,可爱,就跟所有那些我们在旅途上偶然相识,不久又走散的人一样。

"您在这儿看什么?"我问。

他什么话也没回答,光是往一个女人那边丢了个眼色。那是一个很年轻的姑娘,年纪十七八岁,穿一身俄罗斯民族服装,头上没有戴帽子,肩膀上随随便便地搭一块小披肩。她不是车上的乘客,多半是站长的女儿或者妹妹。她站在那个车厢的窗子旁边,跟一个上了岁数的女乘客谈话。我还没有来得及弄清楚我看见的是什么样的人,我的心里就突然生出先前在亚美尼亚人的村子里体验过的那种感情。

这个姑娘美极了,不管是我还是那些跟我一块儿瞧着她的人,对这一点都毫不怀疑。

如果照通常的方式把她的相貌一样一样拆开来描写,那么她真正漂亮的地方只有她那一头波浪般起伏的、浓密的淡黄色头发,那些头发披散下来,用一根黑丝带扎住,至于那张脸的其余各部分,就或者是不端正,或者是十分平常了。她的眼睛总是眯得很细,这是由于她已经养成一种特殊的卖弄风情的习惯,或者由于近视。她的鼻子微微往上翘着,她的嘴很小,她那张脸的侧面轮廓软弱无力,她的肩膀窄得跟她的年龄不相称,然而这个姑娘却给人留下真正的美人的印象。我瞧着她,就不能不相信:俄国人的脸要显得美丽并不需要具有严格端正的五官,不仅如此,如果这个姑娘没有她那个狮子鼻,而换上另一个端端正正、完美无缺的鼻子,像那个亚美尼亚姑娘一样,那么她的脸似乎还会因此失去它所有的妩媚呢。

姑娘正站在窗前谈话,由于黄昏的潮气而缩起身子,不时回头看我们一眼,一会儿双手插着腰,一会儿把一只手举到头上,理一下头发。她又说又笑,脸上时而做出惊讶的神情,时而现出害怕的样子,我记得她的身体和脸一会儿也没安静过。她那美的秘密和魅力恰好完全在于这些琐碎而无限优美的动作,在于她的微笑,在于她脸容的变化,在于她对我们投来的迅速的一瞥,在于这些动作的细腻优雅正好跟她的年轻娇嫩相配,跟她在笑语声中透露出来的纯洁灵魂相配,跟小孩、小鸟、小鹿、小树身上为我们十分喜爱的那种脆弱相配。

这是蝴蝶的那种美丽,跟圆舞曲、花园里的闲游、笑声、欢乐十分相称,而跟严肃的思想、悲伤、安宁就格格不入了。似乎,只要月台上刮过一股大风,或者下上一场雨,这个脆弱的身体就会突然萎缩,这种变幻莫测的美丽就会像花粉那样消散了。

"是啊……"在第二遍铃声响过以后我们向我们的车厢走去的时候,军官叹了口气,嘟哝道。

至于这个"是啊"究竟是什么意思,我就不打算来推敲了。

也许他感到忧郁,不想离开那个美人和春天的黄昏而走进闷热的车厢去吧,或者,他也许跟我一样无端地怜惜那个美人,怜惜自己,怜惜我,怜惜所有那些懒洋洋地勉强走回自己的车厢去的乘客吧。我们走过车站的一个窗口,看见里面有个脸色苍白、头发火红色的电报员坐在电报机旁边,他的鬈发高高地蓬松着,颧骨突出的脸黯淡无光。军官叹了口气,说:

"我敢打赌,这个电报员爱上了那个漂亮的姑娘。生活在旷野上,又跟这么一个轻盈美妙的人儿住在同一所房子里,要想不爱上她,那可得有超人的力量才行。可是,自己是个背有点驼、蓬头散发、平淡乏味、品行端正而不愚蠢的人,却爱上一个根本不把您放在眼里而且有点愚蠢的漂亮姑娘,我的朋友,这是什么样的不幸,什么样的嘲弄啊!或者,事情也许更糟,您不妨设想一下:这个电报员爱上了这个姑娘,同时他却已经结过婚,他的妻子跟他一样背有点驼、蓬头散发、为人正派。……那可真苦了!"

在我们车厢附近站着一个列车员,把胳膊肘倚在小广场的栅栏上,眼睛往美人站着的那边望。他那憔悴而肌肉松弛的脸浮肿而难看,由于夜间不得睡眠,又经受车厢的颠簸,一直显得疲乏不堪,这时候却表现出感动和十分忧郁的神情,仿佛他在姑娘身上看见了自己的青春和幸福,看见了自己的清醒、纯洁、妻子、儿女,仿佛他在懊恼,他整个身心都感觉到这个姑娘不是他的,他已经过早地苍老,粗俗而臃肿,因此他跟普通的、人类的、乘客们的幸福的距离已经像他跟天空那样遥远了。

第三遍铃声敲过,火车头的汽笛响起来,火车就懒洋洋地开动了。我们的窗外先是闪过验票员、站长,然后是花园,那个美人以及她那好看的、像孩子般调皮的笑靥。……

我伸出头去,往后看,瞧见她用眼睛跟踪这列火车,在月台上走着,经过里面坐着电报员的那个窗口,理一下头发,跑进花园里去了。火车站不再挡住西边的天空,旷野就袒露在眼前,然而太阳已经落下去,一团团黑烟笼罩在绿油油、像丝绒般的冬麦地上。春天的空气也好,黑下来的天空也好,车厢里也好,都显得那么忧郁。

一个熟识的列车员走进车厢里来,动手点燃蜡烛。

命　名　日

一

在命名日宴会上,人们吃过八道菜,谈过无数的话以后,过命名日的人的妻子奥尔迦·米海洛芙娜起身走到花园里去了。必须不住地微笑和谈话的义务、餐具的叮当声、仆人的手忙脚乱、各道菜中间的长久间歇、她为了对客人遮盖自己怀孕而穿上的紧身衣,都已经使她感到筋疲力尽。她有心走开,离那所房子远些,在阴凉的地方坐一阵,定下心来想想过两个月就要生下来的孩子。她已经养成习惯,每逢从宽广的林荫道往左拐弯,踏上狭窄的小径,那些思想就会来到她的心头。在这儿,在李树和樱桃树的浓荫下面,干枯的树枝常常搔她的肩膀和脖子,蜘蛛网粘到她脸上来,她的脑子里就会升起一个性别未定、脸容不明的小宝宝的形象,于是她开始觉得,亲切地搔她的脸和脖子的,并不是蜘蛛网,而是那个小宝宝;等到小径的尽头出现一道稀疏的篱笆,篱笆的另一边立着那些用陶土做顶的矮而宽的蜂箱,停滞不动的空气里开始发散出干草和蜂蜜的气味,人可以听到蜜蜂的柔和的嗡嗡声的时候,那个小宝宝就完全占据了奥尔迦·米海洛芙娜的心。她往往走到用细树枝编成的窝棚旁边,在一条小长凳上坐下,开始思索。

这一回她也走到小长凳那儿,坐下来,开始思索。然而在她的想象里涌现出来的却不是小宝宝,而是她刚刚离开的那些大人。她想到自己是女主人,竟丢下客人走开,不免心慌意乱;她还想起在宴会上她丈夫彼得·德米特利奇和她叔叔尼古拉·尼古拉伊奇为陪审制度,为出版问题,为妇女教育问题发生争论;她丈夫争论,照例是想在客人们面前炫耀他的保守思想,不过主要的却是因为他不喜欢她的叔叔,偏要跟他闹别扭。她的叔叔呢,反驳他,对他说的每句话都要挑毛病,为的是向出席这个宴会的人表明他尼古拉·尼古拉伊奇虽然已经五十九岁,却还保持着青春的朝气和自由思想。至于她奥尔迦·米海洛芙娜自己,她在宴会到了尾声的时候终于忍耐不住,开始笨嘴笨舌地为妇女接受高等教育问题辩护,倒不是因为妇女受高等教育需要加以辩护,只是因为依她看来她的丈夫不公平,她有意气一气他罢了。客人们对这种争论感到厌倦,不过他们又都认为有必要插嘴,说上很多话,其实他们全都根本不关心什么陪审制度,什么妇女教育。……

奥尔迦·米海洛芙娜坐在篱笆的这一边,靠近窝棚的地方。太阳藏到云层里面去了,树木和空气现出下雨前那种阴郁的神态,不过天气仍然又热又闷。那些在圣彼得节前夕在各处树木下面割下的干草,还没有收集拢来,现出凄凉的样子,点缀着凋萎的花朵,冒出浓重的甜腻的气味。四下里静悄悄的。篱笆的那一边有些蜜蜂在单调地嗡嗡叫。……

突然间,传来了脚步声和说话声。有人顺着小径走到养蜂场这边来了。

"天真闷热啊!"一个女人的声音说,"您觉得怎么样,会不会下雨?"

"会下雨的,我的美人儿,不过要到夜里才会下,"一个很耳熟的男人声音懒洋洋地回答说,"会下一场大雨哩。"

奥尔迦·米海洛芙娜思量,要是她赶紧躲到窝棚里去,人家就不会发现她,照直走过去,她也就不必讲话,不必勉强做出笑脸了。她提起连衣裙,弯下腰,钻进那个窝棚。可是马上就有一股又热又闷像蒸气般的空气直扑到她的脸上、脖子上、胳膊上。要不是这儿闷热,要不是黑麦、茴香、细树枝的浓重气味弄得人透不出气来,那么这儿,在草顶底下,在黑暗里,倒很可以躲开客人,想一想她的小宝宝。这儿又舒服又安静。

"这个地方多好啊!"一个女人的声音说,"我们就在这儿坐会儿吧,彼得·德米特利奇。"

奥尔迦·米海洛芙娜开始从两根干枝的缝隙里往外看。她瞧见她丈夫彼得·德米特利奇和客人柳包琪卡·谢列尔,她是个十七岁的姑娘,不久以前刚在贵族女子中学毕业。彼得·德米特利奇把帽子推到后脑壳上,懒洋洋,没精神,因为他在宴席上喝了很多酒。他在篱笆旁边摇摇摆摆地走着,用脚把干草拨成一堆。柳包琪卡呢,热得脸色绯红,像往常那样漂亮,站在那儿,倒背着手,瞅着他魁梧漂亮的身体的懒散动作。

奥尔迦·米海洛芙娜知道女人们喜欢她的丈夫,她不喜欢看见他跟她们待在一块儿。彼得·德米特利奇用脚把干草拨在一块儿,好跟柳包琪卡坐在草堆上闲谈一阵,这件事本来没有什么蹊跷的地方,至于漂亮的柳包琪卡温柔地瞧着他,那也不奇怪,然而奥尔迦·米海洛芙娜仍旧恼恨她的丈夫。她想到她马上可以偷听他们所说的话,不由得又怕又喜。

"您坐下,迷人的姑娘,"彼得·德米特利奇在干草上坐下,伸个懒腰说,"这样挺好。哦,您给我讲点什么吧。"

"谁高兴讲!我一讲不要紧,您可就睡着了。"

"我睡着?皇天在上!有这样一对俏眼睛瞧着我,我还睡得着吗?"

她丈夫的这些话,他在客人面前半躺半坐,把帽子推到脑后去的神态,也没有什么蹊跷的地方。他已经被女人们宠坏,知道她们喜欢他,所以每逢跟她们周旋,他惯于用一种特别的口气讲话,而且据大家说,这种口气跟他倒很相配呢。他对待柳包琪卡也跟对待别的女人一样。然而奥尔迦·米海洛芙娜还是有醋意了。

"劳驾,您告诉我,"柳包琪卡沉默了一会儿,开口说,"人家讲您被人控告,就要受审了,这是真的吗?"

"我吗?对,我就要受审了。……我的美人儿,我已经编进坏人的队伍里去了。"

"那么,为了什么事呢?"

"不为什么,只是……这主要是个政治问题,"彼得·德米特利奇打个哈欠说,"左派和右派的斗争。我这个蒙昧主义者和墨守成规者在一份公文里斗胆用了一个字眼,而那个字眼在我们的区调解法官库兹玛·格利果利耶维奇·沃斯特里亚科夫和符拉季米尔·巴甫洛维奇·符拉季米罗夫这一类圣洁的格莱斯顿①看来却带有侮辱性。"

彼得·德米特利奇又打个哈欠,接着说:

"我们这儿有个规矩:您尽可以用不赞成的态度评论太阳,评论月亮,爱评论什么就评论什么,可是求上帝保佑,千万别碰自由主义者!求上帝保佑,这种事干不得!自由主义者好比那些糟透了的干菌子,要是您无意间用手指头碰它一下,它就往您身上撒下一股灰尘的烟雾。"

"您出了什么事呢?"

"没有什么大不了的。这场风波完全是由一件小到无可再小的小事引起的。有那么一位教员,是个僧侣家庭出身的讨厌家伙,他向沃斯特里亚科夫递了一份状子,控告饭铺老板,说那老板在公

---

① 格莱斯顿(1809—1898),英国首相,自由党领袖,在此借喻政治家。

共场合用话语和行动侮辱他。从种种迹象可以看出当时教员和饭铺老板都醉得一塌糊涂,他们两人的举动都一样恶劣。如果有过侮辱的话,无论如何也是彼此都有份的。沃斯特里亚科夫应该判他们犯了破坏治安罪,叫他们两人各出一笔罚金,把他们赶出法庭了事。然而我们这儿是怎么办事的呢?在我们这儿,最重要的并不是人,也不是事实,而是招牌和头衔。一位教员,不管是什么样的坏蛋,总归是对的,因为他是教员。饭铺老板可就永远有罪了,因为他是饭铺老板和盘剥取利的人。沃斯特里亚科夫判处饭铺老板坐牢,饭铺老板就上诉到会审法庭去。会审法庭庄严地批准了沃斯特里亚科夫的判决。我呢,坚持我个人的见解。……我有点冒火。……就是这么回事。"

彼得·德米特利奇平心静气地讲着,显出满不在乎的讥诮态度。实际上,这件近在眼前就要受审的事害得他心里七上八下。奥尔迦·米海洛芙娜想起那回他从倒霉的会审法庭回来,一直竭力瞒住家里人,不让他们知道他心头沉重,不满意自己。他是聪明人,因而不能不感到他表白见解的时候做得太过分了。他为了对自己和别人掩饰这种心情,不得不说多少谎话啊!有过多少不必要的谈话,发过多少回牢骚,对那件并不可笑的事发出过多少不诚恳的笑声啊!后来他知道他要受审,就忽然泄了气,心灰意懒,睡不好觉,比平时更多地站在窗前,用手指叩击窗上的玻璃。他不好意思对他妻子承认他心头沉重,这反而惹得她不痛快。……

"听说您到波尔塔瓦省去了一趟?"柳包琪卡问。

"是的,我去过一趟,"彼得·德米特利奇回答说,"前天我才从那儿回来。"

"那儿大概挺好吧?"

"挺好。简直好得很。应当对您说明一下,我到那儿去,正赶上割草的季节。在乌克兰,割草的季节正是最富于诗意的时光。

在这儿,我们有大房子,有大花园,有许多人和烦琐的事,所以您不会注意到割草。在此地,一切事情都不知不觉地过去了。那边呢,我的农庄上有五十俄亩草场,平平坦坦,像我的手掌一样。无论您站在哪个窗口,到处都可以看见割草的人。他们在草场上割草,在花园里割草,一个客人也没有,什么杂事也没有,因此不管您愿意不愿意,您所看见的,听见的,感觉到的,只有割草这件事。院子里和房间里弥漫着干草的气味,从日出到日落,镰刀的叮当声不住地响。总之,乌克兰是个可爱的地方。信不信由您,每逢我在安着吊杆的水井旁边喝水,在犹太人的小酒店里喝淡而无味的白酒,每逢在安静的黄昏听到乌克兰的提琴和铃鼓的乐声,就会有一种迷人的想法诱惑我:索性就在我的农庄上长住下去吧,爱住多久就住多久,远远地躲开会审法庭、聪明的谈话、爱发议论的女人、长时间的宴会。……"

彼得·德米特利奇没有说谎。他心头沉重,确实打算休息一下。他到波尔塔瓦省去纯粹是想避免看见自己的书房、仆人、熟人以及种种促使他想起他受伤的自尊心和他的错误的事物。

柳包琪卡忽然跳起来,害怕地摇晃胳膊。

"哎呀,蜜蜂,蜜蜂!"她尖叫道,"它蜇人!"

"得了,它不会蜇您!"彼得·德米特利奇说,"您的胆子多么小!"

"不,不,不!"柳包琪卡叫道,回过头去从肩膀上看一眼蜜蜂,赶快往回走。

彼得·德米特利奇跟着她走去,带着温情和忧郁的神态瞧她的后影。大概,他瞧着她,心里想着他的农庄,想着离群索居,而且,谁知道呢?也许他甚至想:如果他的妻子就是这个姑娘,年轻,纯洁,生气勃勃,没有受过高等教育的熏染,也没有怀孕,那么在农庄里生活下去会多么温暖而舒服啊。……

等到说话声和脚步声消失,奥尔迦·米海洛芙娜才从窝棚里走出来,往正房走去。她想哭。她已经由于嫉妒而十分恼恨她丈夫了。她心里明白,彼得·德米特利奇疲乏,不满意自己,羞愧,人在羞愧的时候总是首先躲着亲近的人,却对外人吐露衷曲,她也明白柳包琪卡不是一个危险的女人,所有那些在正房里喝咖啡的女人也都没有什么危险。然而总的说来,一切又都难于理解,可怕,奥尔迦·米海洛芙娜觉得彼得·德米特利奇好像已经有一半不属于她了。……

"他没有权利这样做!"她喃喃地说,极力要了解她的嫉妒和对丈夫的恼恨,"他没有任何权利这样做!我要马上把话都对他说穿!"

她决定马上去找她的丈夫,对他和盘托出,说别的女人们喜欢他,而且他自己也极力招引她们喜欢,把她们的倾心看成天赐的甘霖,这太卑鄙了,简直卑鄙之至。他把按权利来说应当属于他妻子的东西献给外人,他把自己的灵魂和良心瞒住妻子,却在随便哪个长着漂亮脸蛋的女人面前敞开胸怀,这是不公平和不正直的。他妻子做了什么对不起他的事?她有什么错处呢?最后,他那种做假早已惹得她厌烦:他经常装腔作势,卖弄聪明,嘴里说的跟心里想的不一样,极力装得跟他的本来面目不同,跟他应有的面目不同。何必这样做假呢?莫非一个正派的人不妨做假?如果他做假,他就既侮辱了自己,又侮辱了对方,而且对他所说的那件事也不尊重。难道他不明白,如果他在法庭上卖弄聪明,装模作样,或者只是为了惹恼她的叔叔,在宴会上谈论政府的特权,他这样做无异于把法院,把自己,把那些听他讲话和瞧着他的人都看得一文也不值?

奥尔迦·米海洛芙娜走到宽阔的林荫路上,极力装出一副神情,仿佛她刚才离席是为了要料理家务。男客们正在露台上喝蜜酒,吃草莓果,其中有个法院的侦讯官,是个上了岁数的胖子,好打趣,爱说俏皮话,这时候多半在讲有伤风化的故事,因为他一见女主人,就突然合拢两片肥嘴唇,瞪大眼睛,坐下了。奥尔迦·米海洛芙娜不喜欢本县的文官们,她也不喜欢他们那些笨拙而拘谨的妻子。他们喜欢造谣,常常到这儿来做客,虽然心里恨她的丈夫,见着他却又向他献媚。如今他们在喝酒,他们吃饱了肚子却不打算离去,她觉得他们这样待着不走,简直使人厌倦到了难受的地步。可是她为了避免显得没有礼貌,就向侦讯官殷勤地微微一笑,还对他摇一下手指头。她穿过大厅和客厅,做出笑脸,装着她是去交代一件事,安排一件事的样子。"求上帝保佑,千万不要有人拦住我才好!"她想。然而她不得不在客厅里站住,出于礼貌听一个年轻人坐在钢琴旁边弹琴。她站了一会儿,喝彩道:"太好了,太好了,乔治先生!"她又拍两下手,再往前走。

她在书房里找到了她的丈夫。他正坐在桌旁想心事。他的脸上现出严厉、沉思、惭愧的神色。这个人不再是在宴会上争论不已而且为客人们所熟悉的彼得·德米特利奇,却成了另外一个彼得·德米特利奇,疲乏,惭愧,不满意自己,这副模样只有他妻子才见得到。他到书房来多半是为了取纸烟。他面前放着一个打开的烟盒,里面装满纸烟。他的一只手伸在书桌的抽屉里。他拿纸烟的时候怔住了。

奥尔迦·米海洛芙娜不由得怜惜他。事情很清楚:这个人在受苦,心情不安,也许在跟自己斗争吧。奥尔迦·米海洛芙娜默默地走到桌子跟前,她想表示她已经不记得宴会上的争论,不再生气,就关上他的烟盒,把它放在她丈夫上衣的侧面口袋里。

"该跟他说什么呢?"她想,"我要对他说,做假好比走进树林,越往里走就越难退出来。我要说,'你热衷于扮演你那虚伪的角色,已经扮演得过火了;你侮辱了那些本来喜爱你、没有对你做过什么坏事的人。你去给他们赔个罪,嘲笑自己一番吧,那样你才会觉得轻松一点。要是你希望清静,打算离群索居,那我们就一块儿离开此地吧。'"

彼得·德米特利奇一碰到他妻子的眼光,他的脸就突然现出方才在宴会上和在花园里的那种神情:满不在乎,微微带点讥讽。他打个哈欠,站起来。

"现在五点多了,"他看一眼钟说,"要是客人们大发慈悲,十一点钟告辞,那我们也还有六个钟头要等哩。不用说,这可是件快活事!"

他吹起口哨,迈开平素那种庄重的步子,慢腾腾地走出房外去了。她听见他庄重地走着,穿过大厅,然后穿过客厅,不知为什么事庄重地笑了几声,对弹钢琴的年轻人说:"好极了!好极了!"不久他的脚步声就沉寂,大概他走进花园去了。这时候奥尔迦·米海洛芙娜心里的感受已经不是嫉妒,也不是懊恼,而是真正痛恨他的脚步声、他那不诚恳的笑声、他的说话声了。她走到窗前,朝花园里望。彼得·德米特利奇正在林荫路上走动。他一只手放在衣袋里,另一只手打着榧子,脑袋微微往后仰着,庄重地往前走去,大摇大摆,看他的神态仿佛他很满意自己,满意这个宴会,满意他的消化能力,满意大自然似的。……

林荫路上出现了两个矮小的中学生,他们是女地主契热甫斯卡雅的孩子,刚刚来到此地,另外有一个大学生,是他们的家庭教师,陪他们一块儿来的。他穿着白色上衣和很瘦的裤子。两个孩子和大学生走到彼得·德米特利奇面前,就站定下来,大概在祝贺他的命名日。他呢,潇洒地耸动肩膀,拍了拍两个孩子的脸蛋,随随便便向大学生伸出一只手,眼睛却没看他。大学生多半在称赞这儿的天气,拿它跟彼得堡的天气相比较,因为彼得·德米特利奇大声说话,他的口气好像不是跟客人讲话,而是对民事执行吏或者

证人发话似的:

"什么?你们彼得堡的天气冷?可是我们这儿,老弟,却有清爽的空气和成果丰硕的土地。啊?什么?"

然后,他一只手放进衣袋里,另一只手的手指打着榧子,举步往前走去。在他走进低矮的榛树林以前,奥尔迦·米海洛芙娜一直瞧着他的后脑壳,心里大惑不解。这个三十四岁的人是从哪儿学来这种将军般的庄重步态的?他从哪儿学来了这种严厉的优美风度?他从哪儿学来了用这种上司般的颤动音调讲话?这些"什么"啦,"嗯,是啊"啦,"老弟"啦,都是从哪儿来的?

奥尔迦·米海洛芙娜想起,新婚的头几个月她怕一个人待在家里闷得慌,常常坐车进城到会审法庭去。在会审法庭上,彼得·德米特利奇有时候代替她的教父阿历克塞·彼得罗维奇伯爵担任审判长。他一坐在审判长的圈椅上,穿着制服,胸前佩着链子,就完全变了样。威严的姿态,洪亮的嗓音,"什么","嗯,是啊",满不在乎的口气……凡是奥尔迦·米海洛芙娜平时在家里常看到的他原有的那些合乎人情的特征,都化成了威严。在那把圈椅上坐着的已经不是彼得·德米特利奇,而是大家称之为审判长先生的另一个人了。大权在握的感觉,不容他平心静气地坐着,他总是找机会摇铃,严厉地瞅着旁听的人,大声叫嚷。……有的时候,他忽然变得看不清,听不明,威严地蹙起眉头,要求人家说话大声些,往桌子这边靠近些,试问他这种近视和耳聋到底是怎么回事?他站在威严的高处,变得看不清人的脸,听不明人的声音,那么这时候即使奥尔迦·米海洛芙娜本人走到他跟前,他大概也会对她吆喝一声:"您姓什么?"他对农民身份的证人讲起话来一律称呼"你",对旁听者大嚷大叫,声音响得连街上都听得见,至于他对待律师的态度,那简直不像话。如果有个律师发言,彼得·德米特利奇就对他侧着身子坐定,眯细眼睛瞧天花板,借此表明这个律师根本是个多

321

余的人,他不承认这个律师,也不想听他讲话。假如讲话的是一个装束寒酸的私人律师,彼得·德米特利奇就全神贯注地听他讲,用讥讽的、逼人的目光打量他,意思是说:嘿,现在居然有这样的律师!"您这话是什么意思?"他往往打断那个律师的话说。如果有一个喜欢掉文的律师使用外来语,例如把"虚构"念成"喜构",彼得·德米特利奇就会突然活跃起来,问道:"什么?怎么?喜构?这是什么意思?"然后他就用教训的口气说:"不要讲那些您不理解的词。"临到律师发言完毕,离开桌子,满脸通红,一身是汗,彼得·德米特利奇却往圈椅背上一靠,得意洋洋地微笑,为胜利而高兴。在对待律师的态度方面,他有点模仿阿历克塞·彼得罗维奇伯爵,不过,比方说,伯爵讲到"辩护人,请您少说几句吧"的时候,这话带着老年人的好意,显得自然,可是从彼得·德米特利奇嘴里说出来,就变得粗暴而且生硬了。

二

响起一阵鼓掌声。那个年轻人弹完钢琴了。奥尔迦·米海洛芙娜想起客人们,就赶紧走进客厅。

"您弹得真好,我都听得出神了,"她走到钢琴那儿说,"我都听得出神了。您有惊人的才能!不过,您觉得我们这架钢琴的声音有点不准吗?"

这时候,两个中学生和陪着他们来的大学生走进客厅来。

"我的上帝啊,是米嘉和柯里亚吗?"奥尔迦·米海洛芙娜迎着他们走过去,拖着长音高兴地说,"你们长得好大哟!简直认不出你们了!你们的妈妈呢?"

"我祝贺你们的命名日,"大学生随口说,"祝你们万事如意。叶卡捷琳娜·安德烈耶芙娜祝贺你们,并且向你们致歉。她身体不大好。"

"她多么不应该！我等她一整天了。那么您早就从彼得堡回来了？"奥尔迦·米海洛芙娜问大学生，"现在那边天气怎样？"可是她没等回答，又亲热地朝两个中学生看了一眼，重说一遍："他们长得好大哟！当初他们跟奶奶一块儿到这儿来好像还是不久以前的事，如今却做了中学生了！老的越来越老，年轻的都长大了。……你们吃过午饭没有？"

"哦，您别费心了，劳驾！"大学生说。

"你们一定没吃过午饭吧？"

"看在上帝分上，您别费心了！"

"不过你们一定饿了？"奥尔迦·米海洛芙娜用粗鲁生硬的声调问，口气里带着焦躁和烦恼，这是她无意中流露出来的，她立刻咳嗽了一声，做出笑容，脸红了，"他们长得好大哟！"她温柔地说。

"您别费心了，劳驾！"大学生又说一遍。

大学生要求她不必费心，两个孩子却沉默着。显然，三个人都想吃东西。奥尔迦·米海洛芙娜就把他们领进饭厅，吩咐瓦西里开饭。

"你们的妈妈可不应该！"她让他们坐下，说道，"她把我完全忘了。她不好，不好，不好。……你们就这么对她说。那么您读的是哪一系？"她问大学生。

"医学系。"

"哦，您猜怎么样，我正好喜欢大夫。我很惋惜我的丈夫不是大夫。不过，比方说，要动手术或者解剖死尸，那得有多么大的勇气啊！太可怕了！您不怕？换了我，大概会吓死的。那么您一定喝白酒吧？"

"您别费心了，劳驾。"

"一路辛苦，应该喝一点，这是应该的。我是女人，不过有时候我也喝酒。米嘉和柯里亚也可以喝一点。这葡萄酒很淡,不用担心。说真的,他们长成多么漂亮的小伙子了!简直可以娶媳妇了。"

奥尔迦·米海洛芙娜说个不停。她凭经验知道,在招待客人的时候,自己说话比听别人说话要省力得多,方便得多。自己讲话,就不必集中注意力考虑如何回答问题,变换脸上的表情了。然而她无意中提出一个严肃的问题,大学生就开始冗长地回答,她只得听他讲下去。大学生知道她以前受过高等教育,因此对待她的态度极力显得严肃。

"您读哪一系?"她问,忘记这个问题她已经提过一次了。

"医学系。"

奥尔迦·米海洛芙娜想起她已经很久没有去陪那些太太和小姐了。

"真的吗?这样说来,您日后要做大夫了?"她说,站起来,"这很好。我悔恨我自己没有学医。那么,诸位先生,你们在这儿吃饭,然后到花园里去走走。我给你们介绍几位小姐认识一下。"

她走出去,看一眼钟,刚到五点五十五分。她暗暗吃惊,时间竟走得这么慢。她心想,还要过六个钟头才会到午夜客人们走散的时候,不由得心里害怕。怎样打发这六个钟头呢?说些什么话呢?怎样对待她的丈夫呢?

客厅里和露台上一个人也没有。所有的客人都分散在花园里了。

"我得邀他们在喝茶前到桦树林里去散散步,或者划划船,"奥尔迦·米海洛芙娜暗想,匆匆地往玩槌球的场地走去,那儿正传来说话声和欢笑声,"我得邀老人们玩文特。……"

听差格利果利拿着空瓶子从槌球场那边向她迎面走来。

"太太们都在哪儿?"她问。

"在马林果树丛那边。老爷也在那儿。"

"哎,我的上帝啊!"槌球场上有人激烈地叫道,"这话我已经对您说过一千回了!要想了解保加利亚人,就得亲眼看见他们!不能凭报纸来判断!"

要么是由于这种嚷叫,要么是由于别的什么原因,总之,奥尔迦·米海洛芙娜突然感到周身十分衰弱,特别是两条腿和两个肩膀。她忽然想不再说话,不再听声,不再动弹了。

"格利果利,"她懒洋洋地勉强说道,"等一会儿您伺候客人喝茶,或者干别的事的时候,请您务必不要来找我,也不要来问我什么,说什么。……样样事情您自己做主好了,而且……而且脚步声也不要太响。我求求您。……我受不了,因为……"

她没有讲完,就往槌球场走去,可是半路上想起那些太太,就又拐弯往马林果树丛走去。天空、空气、树木仍旧露出阴郁的样子,说明不久就要下雨了。天气又热又闷。大群的乌鸦预感到要变天,就在花园上空飞来飞去,呱呱地叫。林荫路越是接近菜园,就变得越是荒凉,幽暗,狭窄。有一条小径埋藏在野梨树、酢浆草、小橡树、忽布等茂密的丛林里,在这条路上奥尔迦·米海洛芙娜被一群小黑蚊子围住了。她用手蒙住脸,极力想象她的小宝宝。……在她的想象里,掠过格利果利、米嘉、柯里亚,今天早晨到此地来祝贺命名日的农民们的脸。……

这时候响起一个人的脚步声,她睁开眼睛。原来她的叔叔尼古拉·尼古拉伊奇很快地向她迎面走来。

"是你吗,亲爱的?很高兴……"他喘吁吁地开口说,"我有几句话要对你说。……"他用手绢擦着胡子剃光的红下巴,随后忽然倒退一步,把两只手一拍,瞪起眼睛,"亲爱的,这种局面要弄到什么时候为止?"他喘着气,很快地说,"我问你:到底有没有个限

325

度？姑且不谈他那种杰席莫尔达①式的见解对他四周的人产生道德败坏的影响，也不谈他侮辱我心里以及每个正直而有思想的人心里的一切神圣优美的东西，这都不去谈它，可是他总该有点礼貌嘛！这是怎么回事？他叫嚷，咆哮，装腔作势，硬要装成波拿巴②的样子，不容人说一句话……鬼才知道他是怎么回事！他那样儿多么神气，笑声多么像将军，口气多么高傲！可是容我问您一声：他到底是个什么人物？无非是个靠妻子过活的丈夫，只有几亩薄田的九等文官，多亏娶了个阔小姐才沾到了光！无非是暴发户，容克地主罢了，这种人多的是！简直是谢德林笔下的人物！我敢当着上帝发誓，事情不外乎下面两种情形：要么他害着自大狂，要么那只年老昏聩的耗子阿历克塞·彼得罗维奇伯爵说得对：如今的孩子和年轻人成熟得晚，他们时而扮演马车夫，时而扮演将军，照这样一直要扮演到四十岁才算完！"

"这是实在的，这是实在的……"奥尔迦·米海洛芙娜同意道，"您让我走过去。"

"现在你想想看，这会弄到什么下场？"她叔叔拦住她的去路，继续说，"这种扮演保守派和扮演将军的游戏会怎样结束？他已经被人告了一状！要受审了！我倒很高兴！他嚷来嚷去，闹来闹去，结果坐上被告席了事。并且不是地方法院或者别的什么法院，而是高等法院！看起来，比这再糟的事连想都没法想象！其次，他跟所有的人都闹翻了！今天是他的命名日，可是你看，沃斯特里亚利夫没来，亚洪托夫没来，符拉季米罗夫没来，谢伏德没来，伯爵没来。……论保守，看起来，阿历克塞·彼得罗维奇算是到顶了，可是就连他也没来！而且以后他再也不会来了！你瞧着就是，他不

---

① 果戈理的喜剧《钦差大臣》中一个粗暴的警察。——俄文本编者注
② 指拿破仑。

会来了!"

"哎,我的上帝啊,这跟我有什么相干?"奥尔迦·米海洛芙娜问道。

"怎么会不相干?你是他妻子!你聪明,读过高等学校,你本来有力量使他成为一个诚实的工作者嘛!"

"在高等学校,人家并没教我怎样感化难于相处的人。看起来,我得为我念过高等学校而向你们大家道歉才是!"奥尔迦·米海洛芙娜尖刻地说,"你听我说,叔叔,要是有人成天价在你耳朵旁边老是弹一个调子,你就会坐不住,逃之夭夭。我呢,已经有整整一年成天价听这种老套头了。主啊,人总该有点怜悯心才对!"

她的叔叔做出很严肃的脸相,然后寻根究底地瞧着她,撇着嘴露出讥诮的笑容。

"原来是这么回事!"他用老太婆的声调唱歌般地说,"对不起,太太!"他说着,彬彬有礼地一鞠躬,"既然你自己都已经受他的影响,背叛了信念,那就该早点说出来才是。对不起,太太!"

"对,我背叛了信念!"她嚷道,"你自管得意好了!"

"对不起,太太!"

她叔叔最后一次彬彬有礼地鞠躬,不过这一回他把身子偏向一边,然后缩起脖子,把两个鞋跟一碰,行了个礼,往回走去。

"蠢货,"奥尔迦·米海洛芙娜暗想,"他该回家才对。"

她在菜园的马林果树丛里找到太太们和青年男女们。有的人在吃马林果,有的人吃腻了,在草莓的苗床那边徘徊,或者在甜豌豆地里挖土。离马林果树丛旁边不远,有一棵枝叶茂密的苹果树,四周用木棍支撑着,木棍是从一道旧栅栏上拔下来的。彼得·德米特利奇正在这棵树附近割草。他的头发披在额头上,领结松开,表链从纽扣眼里掉出来。他每走一步路,每挥舞一下镰刀,都显出他擅长干活,而且气力很大。他身旁站着柳包琪卡和邻居布克烈耶夫上校的女儿娜达丽雅和瓦连契娜,或者照大家对她们的称呼,娜达和瓦达,这两个姑娘都贫血,身子很胖,带着病态,生着淡黄色头发,年纪十六七岁,穿着白色连衣裙,彼此非常相像。彼得·德米特利奇在教她们割草。

"这很简单……"他说,"只要会拿镰刀,别着急就成,那就是说不要过分用力。瞧,照这样。……您现在要试一下吗?"他说着,把镰刀递给柳包琪卡,"动手吧!"

柳包琪卡笨拙地用手握住镰刀,忽然脸红了,笑起来。

"您不要胆怯,柳包芙①·亚历山德罗芙娜!"奥尔迦·米海洛芙娜喊得很响,好让所有的太太小姐们都知道她跟她们在一块儿,"别胆怯!这得学!万一您嫁给一个托尔斯泰主义者,那他就要硬逼您割草了。"

柳包琪卡举起镰刀,可是又笑起来,而且笑得没了力气,立刻把镰刀放下了。她又害臊又愉快,因为人家对她说话的口气把她当作大人了。娜达却没有笑意,也不胆怯,带着严肃而冷静的面容拿起镰刀一挥,却把镰刀抡进草丛里去了。瓦达也不露笑意,跟她姐姐一样严肃而冷静,默默地拿起镰刀来,一刀砍进了土里。两姐妹做完这件事,就挽起胳膊,默默地往马林果树丛那边走去。

彼得·德米特利奇笑啊玩的,像是个小孩子。这种孩子般的淘气心情对他说来是再合适不过了,他在这种时候往往变得非常和善。奥尔迦·米海洛芙娜喜欢他这样。不过他这种孩子气照例维持不久。这一次也一样,他拿镰刀玩了一阵,不知什么缘故,觉得有必要为他的游戏增添一点严肃的色彩了。

"您要知道,每逢我割草,我总是感到健康多了,也正常多了,"他说,"如果我只能过脑力劳动的生活,那我大概会发疯的。

----

① 上文柳包琪卡是柳包芙的小名。

我总觉得我不是天生做文化人的!我应该割草,耕地,播种,赶马车才对。……"

于是彼得·德米特利奇开始跟那些女人谈体力劳动的优点,谈文化,然后谈金钱的害处,谈财产。奥尔迦·米海洛芙娜听她丈夫发议论,不知什么缘故想起了自己的陪嫁。

"总有一天,"她暗想,"他会不原谅我,因为我比他阔。他骄傲,爱面子。说不定他会恨我,因为他沾了我很多的光。"

她站在布克烈耶夫上校身旁,上校在吃马林果,也在参加谈话。

"请到这边来,"他说着,给奥尔迦·米海洛芙娜和彼得·德米特利奇让出路来,"这儿的果子最熟。……那么,照蒲鲁东①的看法,"他提高声音接着说,"财产是盗窃。不过我,老实说,不赞同蒲鲁东的见解,也不认为他是哲学家。法国人在我心目中可算不得权威,去他们的吧!"

"哎,关于蒲鲁东和各式各样的保克耳②,我是不懂行的,"彼得·德米特利奇说,"关于哲学您得找她谈,找我的妻子谈。她进过高等学校,对叔本华和蒲鲁东之流了解得很透彻。……"

奥尔迦·米海洛芙娜又觉得乏味了。她又在花园小径上走来走去,两旁是苹果树和梨树。她脸上又现出仿佛要去办一件很要紧的事的神情。后来她走到花匠的小屋那儿。……小屋门口坐着花匠的妻子瓦尔瓦拉和她的四个小孩,那些孩子都生着大脑袋,剃了光头。瓦尔瓦拉也怀着孕,依她计算,大概在先知以利亚节③之

---

① 蒲鲁东(1809—1865),法国小资产阶级经济学家和社会学家,无政府主义奠基人之一。他在《什么是财产》一书中从小资产阶级立场来批评资本主义社会。
② 保克耳(1821—1862),英国历史学家,实证论社会学家。
③ 以利亚节在旧俄历7月20日。

前就要分娩。奥尔迦·米海洛芙娜跟她打过招呼后,默默地打量她和她的孩子们,问道:

"哦,你觉得怎么样?"

"没什么。……"

紧跟着是沉默。两个女人似乎不用说话就已经互相了解了。

"头一回生孩子才可怕,"奥尔迦·米海洛芙娜想了想,说,"我老是觉得我好像会过不了这一关,会死掉。"

"从前我也这么觉得,可是你瞧,我还是活下来了。……不要紧的!"

瓦尔瓦拉已经第五次怀孕,富有经验了,有点居高临下地看她的女主人,用教训的口气跟她说话,奥尔迦·米海洛芙娜也不由自主地感到她的权威。她想谈谈自己的恐惧,谈谈孩子,谈谈她的心情,然而她又担心这在瓦尔瓦拉看来会显得浅薄,幼稚。她就不开口,等着瓦尔瓦拉自己说话。

"奥丽雅①,我们回正房去吧!"彼得·德米特利奇在马林果树丛里叫道。

奥尔迦·米海洛芙娜很想保持沉默,等着,瞧着瓦尔瓦拉。她情愿照这样一句话也不说,毫无必要地在这儿站下去,一直站到深夜也行。可是她又不得不走。她刚刚离开小屋,柳包琪卡、瓦达、娜达就向她迎面跑来。两姐妹并没跑到她跟前,相距还有一俄丈远就一下子停住脚,仿佛生了根似的。可是柳包琪卡却一直跑到她面前,搂住她的脖子。

"亲爱的!好人!宝贝!"她吻她的脸和脖子,不住地说,"我们一块儿到岛上去喝茶吧!"

"到岛上去!到岛上去!"长得一模一样的两姐妹瓦达和娜达

---

① 奥尔迦的爱称。

异口同声地说,脸上不带笑容。

"不过天要下雨了,我亲爱的。"

"不会,不会!"柳包琪卡叫道,做出一脸的哭相,"大家都赞成去!亲爱的,好人!"

"那边的人都打算到岛上去喝茶,"彼得·德米特利奇走过来说,"你先去布置一下。……我们大家坐小船去,茶炊和别的东西得叫仆人坐着马车送去。"

他跟他的妻子并排走着,挽住她的胳膊。奥尔迦·米海洛芙娜很想对她丈夫说几句不中听的挖苦话,甚至想提一提她的陪嫁,总之越刻薄越好。她想了想,就说:

"为什么阿历克塞·彼得罗维奇伯爵没有来?多么可惜啊!"

"他不来,我倒很高兴,"彼得·德米特利奇说谎道,"这个疯子惹得我厌烦了,比辣萝卜还讨厌。"

"可是你吃饭前还一直着急地盼他来呢!"

三

过了半个钟头,所有的客人都拥到岸边系着几条小船的木桩旁边。大家纷纷讲话,发笑,由于过分忙乱而没法在小船上坐定。有三条小船已经装满乘客,还有两条小船空着停在那儿。这两条小船的钥匙却不知放在哪儿,他们不停地派人从河边回院子里去找钥匙。有人说钥匙在格利果利手里,有人说在管家那儿,还有人出主意,说把铁匠找来砸开这些锁算了。大家七嘴八舌,互相打岔,都想压过别人的说话声。彼得·德米特利奇在河岸上不耐烦地走来走去,嚷道:

"鬼才知道这是怎么回事!钥匙应该永远放在前厅的窗台上才对!谁自说自话把它们拿走了?管家要用船的话,尽可以坐他

331

自己那条船嘛!"

最后钥匙总算找到了。不料大家又发现缺少两副船桨。于是又惹起一场风波。彼得·德米特利奇已经走得厌烦了,索性跳上一条又窄又长的独木舟,那是用一棵杨树凿成的。他身子摇晃了一下,差点掉进水里,然后独木舟就离岸了。别的小船在小姐们响亮的欢笑声和尖叫声中,也相继随着独木舟漂走了。

洁白的云天,岸边的树木、芦苇,装满人和划动桨的小船,都倒映在镜子般的水面上;小船下面,远远地在河水深处,在无底的深渊里,又有一个天空和飞翔的鸟雀。庄园所在的河岸又高又陡,栽满树木;对面的河岸并不高陡,而是一片发绿的、浸水的宽广草地,有些水洼在发亮。小船游出五十俄丈以外去了,在旁边不陡的河岸上,从忧郁地低垂着枝条的柳树后面,露出来一些农舍和牛群,传来了歌声、醉醺醺的喊叫声、手风琴声。

河面上,这儿那儿,点缀着捕鱼者的小船,正在撒下夜间捕鱼的滚网。有一条小船上,坐着几个带点醉意的业余音乐家,在拉他们自己做的小提琴和大提琴。

奥尔迦·米海洛芙娜坐在船舵旁边。她露出有礼貌的笑容,为应酬客人而说了许多话,同时斜起眼睛瞧着她的丈夫。他乘坐那条驶在所有的小船前面的独木舟,站在船上划着一根桨。这是一条尖头的、轻便的独木舟,所有的客人都叫它"划子",唯独彼得·德米特利奇不知什么缘故却称之为"片杰拉克里亚"。它驶得很快,带着灵活而阴险的模样,仿佛痛恨难于相处的彼得·德米特利奇,盼望有个方便的机会好从他脚底下溜掉似的。奥尔迦·米海洛芙娜瞅着她的丈夫,心里厌恶他那招引大家喜爱的英俊相貌、他的后脑、他的姿态、他对女人的亲昵劲儿。她痛恨坐在小船上的一切女人,她嫉妒,同时又每分钟都在发抖,生怕那条不稳的小独木舟翻掉,惹出一场祸事来。

"慢一点,彼得!"她叫道,她害怕得心都停止跳动了。"坐到船上来!你不这样做,我们也会相信你胆子大的!"

那些跟她同船的人也搅得她心神不定。他们都是平时常见的那种不坏的人,像这样的人很多。可是现在依她看来,他们每个人都反常,恶劣。她在每个人身上只看见弄虚作假。"瞧,"她想,"划桨的这个生着栗色头发的青年男子戴着金边眼镜,留着一把漂亮的胡子,素来受他妈妈宠爱,生活幸福,家财豪富,吃得白白胖胖,大家都认为他是个正直的、具有自由思想的、进步的人。他大学毕业以后,到这个县里来,还没住满一年,就已经这样说他自己:'我们都是些地方自治活动家。'可是过不了一年,他就会像其他许多人那样觉得无聊,动身到彼得堡去,为了替自己的逃跑辩白,到处宣扬地方自治会一无是处,他上当了。他那年轻的妻子呢,正在另一条船上目不转睛地瞧着他,真相信他是个'地方自治活动家',一年以后,她也会相信地方自治会一无是处。还有那个体态丰满、把胡子剪得很精细的先生,戴着草帽,上面镶着宽帽带,嘴里叼着一支贵重的雪茄烟。这个人喜欢说:'现在我们应该丢掉幻想,动手工作了!'他养着约克郡的猪和布特列罗夫式的蜂,栽种油菜和菠萝,开办油坊和干酪制造厂,使用意大利的复式簿记。然而每到夏天,他总是卖掉自己的树林供人砍伐,把一部分土地抵押出去,为的是秋天好跟他的情妇一块儿到克里米亚去居住。还有我的叔叔尼古拉·尼古拉伊奇,他生彼得·德米特利奇的气,可是不知什么缘故,竟然没有回家去!"

奥尔迦·米海洛芙娜看一下别的小船,她在那边也只看见些不招人喜欢的怪人、装腔作势的人或者狭隘浅薄的人。她回想她在县里认得的一切人,却怎么也想不起哪个人有什么好处值得说一说,或者想一想。她觉得所有的人都平庸,苍白,闭塞,狭隘,虚伪,无情,大家嘴上说的并不是心里想的,他们做的也不是自己想做的事。烦闷和绝望使她透不过气来,她恨不得突然收起她的笑容,跳起来,喊一声:"我讨厌你们!"然后跳出船外,游着水回到岸上去。

"诸位先生,我们来拖住彼得·德米特利奇的船!"有人叫道。

"拖住他!拖住他!"别人响应道,"奥尔迦·米海洛芙娜,您拖住您丈夫的船啊!"

坐在船舵旁边的奥尔迦·米海洛芙娜,为了拖住她丈夫的船,就得看准时机,灵巧地拉住他那"片杰拉克里亚"船头上的链子。等到她弯下腰去抓那根链子,彼得·德米特利奇却皱起眉头,惊慌地瞧着她。

"你坐在那儿别着凉才好!"他说。

"要是你担心我和孩子,那你为什么折磨我?"奥尔迦·米海洛芙娜心里暗想。

彼得·德米特利奇承认自己败下来了,可是他不愿意坐在拖船上,就从"片杰拉克里亚"跳到本来就已经装满人的小船上,而且跳得那么随便,弄得小船猛的一歪,大家都吓得叫起来。

"他这样跳是要招那些女人喜欢他,"奥尔迦·米海洛芙娜暗想,"他知道他跳得挺漂亮。……"

她的胳膊和腿开始发抖,她认为这是因为她心烦,她苦恼,因为她勉强赔着笑脸,因为她周身感到不舒服。她为了对客人们掩盖颤抖,就极力大声说话,发笑,活动。……

"万一我突然哭出来,"她想,"我就推说牙痛。……"

不过那些小船终于在"好望岛"靠岸了。大家都把这个地方叫作"好望岛",实际上它是河道上一个由大转弯造成的半岛,上面布满古老的树林,其中有桦树、橡树、柳树、杨树。树荫底下已经摆好一些桌子,茶炊在冒烟,瓦西里和格利果利穿着燕尾服,戴着线织的白手套,已经在茶具旁边忙碌不停。好望岛的对面河岸上停着运食品来的马车。一筐筐和一包包食品从马车上送到一条很像"片杰拉克里亚"的小独木舟上,渡过河,运到这边岛上来。听差啦,车夫啦,以至坐在小独木舟上的农民啦,脸上都带着过命名日那种喜气洋洋的神情,那样的神情是只有孩子们和仆人们才会有的。

奥尔迦·米海洛芙娜动手沏茶,往头一批杯子里斟茶,这时候客人们正忙着喝酒,吃甜食。随后,野餐会上喝茶的时候照例会有的那种骚乱开始了,这使女主人感到十分乏味和厌烦。格利果利和瓦西里刚把一杯杯茶分别送到客人们手中,就有许多拿着空杯子的手伸到奥尔迦·米海洛芙娜面前来了。有的人要求茶里不要放糖,有的人要浓一点的茶,有的人又要淡一点的,有的人道谢,说是不想再喝了。奥尔迦·米海洛芙娜就得把这些要求都记住,然后叫道:"伊凡·彼得罗维奇,是您不要放糖吧?"或者:"诸位先生,是谁要淡一点的茶呀?"可是这时候,那个要喝淡茶或者不要放糖的人已经不记得自己的要求,把心思都放在愉快的谈话上,随手把他碰到的茶杯接下来了。离桌子不远,有些闷闷不乐的人像影子似的在散步,装出在草地里找菌子或者看盒子上的商标的样子,这是些没有拿到茶杯的人。"您喝过茶了吗?"奥尔迦·米海洛芙娜问道,那个被问的人却请她不必操心,说:"我等一会儿吧。"然而对女主人来说,客人不等,赶紧把茶喝完,反而省事得多了。

有的人忙于谈话,慢腾腾地喝茶,把茶杯留在手里有半个钟头之久。有的人,特别是在宴席上喝过很多酒的人,始终不离开桌子,一杯接一杯地喝个不停,弄得奥尔迦·米海洛芙娜连倒茶都来不及。有一个爱开玩笑的年轻人咬着糖块喝茶,嘴里不住地说着:"我这个有罪的人啊,就是喜欢让自己享受一下中国植物①的美

---

① 指茶叶。

味。"他不时长叹一声,要求道:"麻烦您再给我斟一丁点儿!"他喝下很多茶,把糖嚼得很响,以为这样做又逗笑又别致,把商人学得很像。谁都没有体会到这些小事在女主人却是苦事,而且这也确实很难体会到,因为奥尔迦·米海洛芙娜始终殷勤地微笑,嘴里说着敷衍的话。

可是她觉得身子不舒服。……那许多人、那笑声、那些问话、那开玩笑的青年、那些忙得头脑发昏和筋疲力尽的听差、那些绕着桌子跑来跑去的孩子,都惹得她不痛快,而且瓦达长得那么像娜达,柯里亚那么像米嘉,叫人分不清谁喝过了茶,谁还没喝,这也惹得她心烦。她觉得她勉强装出的殷勤笑容正在变成气愤的神情,她随时觉得自己会哭出声来。

"诸位先生,下雨了!"有人嚷道。

大家都抬头看天。

"是的,真下雨了……"彼得·德米特利奇肯定道,擦一下脸。

天空只掉下少数雨点,真正的雨还没来,可是客人们丢下茶杯,赶紧走了。大家先是想坐马车,可是又改变主意,往小船那边走去。奥尔迦·米海洛芙娜借口说她得赶快安排晚饭,要求大家容许她独自先走,就坐上马车回家去了。

她坐上马车,首先让她的脸收起笑容,休息一下。她带着气愤的脸色穿过村子,带着气愤的脸色对那些路上相遇而向她鞠躬的农民们还礼。她回到家,就从后门走进寝室,在她丈夫的床上睡下。

"主啊,我的上帝,"她小声说,"这种苦役般的劳累为的是什么呀?为什么这些人在这儿高谈阔论,装得挺快活的样子?为什么我赔着笑脸做假?我不明白,我不明白!"

外面传来脚步声和说话声。这是客人们回来了。

"随他们去吧,"奥尔迦·米海洛芙娜暗想,"我还要再躺一会儿。"

可是有个女仆走进寝室,说:

"太太,玛丽雅·格利果烈芙娜要走了!"

奥尔迦·米海洛芙娜跳下床,理一理头发,赶紧走出寝室去了。

"玛丽雅·格利果烈芙娜,这是怎么回事啊?"她迎着玛丽雅·格利果烈芙娜走过去,用委屈的声调说,"您急急忙忙要赶到哪儿去?"

"没法子,亲爱的,没法子呀。就是现在走,我也已经坐得过久了。我的孩子们在家里等我呢。"

"您太不应该了!为什么您不带着您的孩子一块儿来呢?"

"亲爱的,要是您容许的话,我往后就挑个平常的日子带他们来玩,不过今天……"

"哎,请您自管带来,"奥尔迦·米海洛芙娜插嘴说,"我会很高兴的!您那些孩子那么可爱!您替我一个个吻他们。……不过,说真的,您惹得我不高兴!为什么走得这么急呢,我不明白!"

"没法子,没法子呀。……再见吧,亲爱的。您要保重身体。要知道,目前您怀着身孕……"

两人互相接吻。奥尔迦·米海洛芙娜把客人送上马车后,走进客厅去找那些太太们。那儿已经点起灯,男客们已经坐下来玩文特了。

四

吃过晚饭后,大约十二点一刻,客人们纷纷告辞了。奥尔迦·米海洛芙娜送客出去,站在门廊上,说:

"说真的,您该戴一块披巾走!天气有点凉下来。求上帝保佑,千万别受凉才好!"

"您放心吧,奥尔迦·米海洛芙娜!"客人们坐上马车,回答说,"好,再见!您要记住,我们盼着您来!可别骗我们啊!"

"唷,唷!"马车夫勒住马,吆喝道。

"赶车吧,丹尼斯!再见,奥尔迦·米海洛芙娜!"

"替我吻你们的孩子!"

马车走了,立时消失在黑暗里。在门口的灯射到大道上的一圈红光里,出现一辆新的双套马或者三套马的马车,马已经等得不耐烦,马车夫把两条胳膊向前平伸出去。宾主就又开始接吻,接着是责备,再就是要求以后再来或者戴一块披巾去。彼得·德米特利奇从前厅跑出来,扶着太太们坐上马车。

"你现在得赶着车往叶甫烈莫甫希纳那边走,"他指点马车夫说,"穿过曼基诺固然近一点,可是那儿路不好走。说不定会翻车。……再见,我的美人儿。替我向您的画家一千次致意①!"

"再见,亲爱的奥尔迦·米海洛芙娜!您回屋里去吧,要不然会受凉的!外面潮湿!"

"唷!你这调皮的马!"

"您这几匹是什么马呀?"彼得·德米特利奇问道。

"这是大斋节②期间在哈依达罗夫买来的。"马车夫回答说。

"挺好的马儿……"

彼得·德米特利奇拍拍拉边套的马的背部。

"好,赶车吧!一路顺风!"

终于最后一个客人也走了。大道上那圈红光摇晃着,往四下里浮动,缩小,灭了,这是因为瓦西里把门廊上那盏灯取走了。从

---

① 原文为法语。
② 基督教节日,复活节前的40天。

前每逢把客人送走以后,彼得·德米特利奇和奥尔迦·米海洛芙娜总要在大厅中面对面地跳跳蹦蹦,拍着手,唱道:"他们走了!他们走了!他们走了!"可是现在奥尔迦·米海洛芙娜没有心思干这些事。她走进寝室,脱掉衣服,在床上躺下。

她以为马上就会睡着,而且会睡得酣畅。她的腿和肩膀却酸痛得反常,她讲多了话,脑袋发沉,周身仍旧感到不舒适。她拉过被子来蒙上头,躺了三分钟光景,然后从被子里伸出头来,瞧着神像前面的小灯,体验着宁静的氛围,微微地笑了。

"这样才好,这样才好……"她小声说着,蜷起腿来,她觉得两条腿好像走多了路,变得长了似的,"睡吧,睡吧。……"

她的腿放不舒服,周身也不好受,她就翻个身。寝室里,有只大苍蝇嗡嗡地飞,焦急不安地撞着天花板。还可以听见大厅里格利果利和瓦西里在小心地走动,收拾桌子。奥尔迦·米海洛芙娜觉得她一直要到这些声音静下来以后才会睡着,才会觉得舒服。她就又焦躁地翻个身。

她丈夫的说话声从客厅里传过来。大概有什么人留下来过夜了,因为彼得·德米特利奇正在对一个什么人讲话,声音很响:

"我不想说阿历克塞·彼得罗维奇伯爵是个虚伪的人。不过他不由自主地成了那么一个人,因为你们大家,诸位先生,极力要在他身上看到跟他的本来面目不同的东西。他对宗教的狂热被人看作独特的智慧,他的狎昵态度被人看作好心肠,他完全缺乏见解被人看作保守主义。就算他是一八八四年牌子的保守主义者吧。可是,究其实,保守主义到底是什么东西呢?"

彼得·德米特利奇生阿历克塞·彼得罗维奇伯爵的气,生他客人们的气,生自己的气,这当儿正在发牢骚。他骂伯爵,骂客人,恼恨自己,准备任性地发表意见,提出主张。他把客人送走后,在客厅里从这个墙角走到那个墙角,穿过饭厅,沿着过道,走进他的书房,然后又穿过客厅,走进寝室去了。奥尔迦·米海洛芙娜仰面朝天躺着,被子只盖到腰上(她已经觉得热了),带着气愤的脸色盯着撞天花板的苍蝇。

"莫非有人留下来过夜吗?"她问。

"是叶果罗夫。"

彼得·德米特利奇脱掉衣服,在自己的床上躺下。他默默地点上烟,也开始瞅那只苍蝇。他的眼光严厉而不安。奥尔迦·米海洛芙娜对着他英俊的侧影默默地看了大约五分钟。不知什么缘故,她觉得如果她的丈夫突然扭过脸来对着她,说:"奥丽雅,我心里难受。"她就会哭起来,或者笑起来,于是她的心头就会轻松了。她认为她腿痛,周身不舒服,是因为她心里太紧张的缘故。

"彼得,你在想什么?"她问。

"哦,没想什么……"她丈夫回答说。

"近来你有些心事瞒着我。这不好。"

"为什么这就不好呢?"彼得·德米特利奇沉吟一下,冷淡地说,"我们每个人都有个人的生活,所以也就不能不有自己的心事。"

"个人的生活,自己的心事……这都是空话!你要明白,你伤了我的心!"奥尔迦·米海洛芙娜说,翻身起来,坐在床上。"既然你心头沉重,为什么你瞒着我呢?为什么你觉得对不相干的女人说出心里话倒比对自己的妻子说合适一些呢?这不,你今天在养蜂场那边对柳包琪卡吐露你的心事,我全听见了。"

"哦,那我给你道喜。你听见了,我很高兴。"

这意思是说:你容我安静一下,别妨碍我思索!奥尔迦·米海洛芙娜生气了。这一天,她心头郁积的烦恼、憎恨、愤怒,仿佛突然翻腾起来了。她不肯推延到明天,一心想立刻把话都对她丈夫说穿,侮辱他,报复他。……她用力按捺自己,免得嚷起来,说道:

"你得明白,这种事可恶,可恶,可恶!今天我恨了你一整天,这都是你惹出来的!"

彼得·德米特利奇也起身坐好。

"可恶,可恶,可恶!"奥尔迦·米海洛芙娜接着说,开始周身发抖,"用不着给我道喜!你最好给你自己道喜吧!可耻,丢脸!你虚伪到了不好意思跟你妻子同待在一个房间里的地步!你这虚伪的人!我看透了你,明白你走的每一步路!"

"奥丽雅,每逢你心绪不好,请你事先告诉我一声。那我就可以到书房里去睡觉了。"

说完这话,彼得·德米特利奇拿起枕头,走出寝室去了。奥尔迦·米海洛芙娜没有料到这一着。她眼望着她丈夫走出去的那道门,张着嘴,周身发抖,沉默了几分钟,极力要弄明白这是什么意思。这究竟是虚伪的人在争论中自知理屈而使用的办法呢,还是处心积虑要挫伤她的自尊心?该怎样理解呢?奥尔迦·米海洛芙娜想起她的堂兄,他是个军官,是个快活人,常常笑着对她说,每逢晚上他的"妻子开始唠唠叨叨数落"他的时候,他总是拿起枕头,嘴里吹着口哨,走到自己书房里去,撇下他妻子处在一种愚蠢可笑的局面里。这个军官娶的是阔人家的女儿,是个任性而愚蠢的女人,他并不尊敬她,只是敷衍她罢了。

奥尔迦·米海洛芙娜跳下床来。依她看来,现在她只有一件事可做,那就是赶快穿好衣服,走出这所房子,从此再也不回来。这所房子本是她自己的,这就会使彼得·德米特利奇越发感到难堪。她并没考虑该不该这样做,却很快地跑到书房去把自己的决定("娘儿们的逻辑!"这个想法掠过她的心头)通知她的丈夫,并且在临别之际再说些侮辱他的刻薄话。……

彼得·德米特利奇躺在长沙发上,装出看报的样子。他旁边的椅子上点着一支蜡烛。他的脸给报纸挡住,她看不见。

"请您费神解释一下:这是什么意思?我问您!"

"'您'……"彼得·德米特利奇学着她的话说,没有露出他的脸,"这就惹人厌烦了,奥尔迦!说实在话,我累了,现在顾不上这些。……让我们明天再相骂吧。"

"不,我十分了解你!"奥尔迦·米海洛芙娜接着说,"你恨我!对了,对了!你恨我是因为我比你阔绰!就因为这一点,你永远也不会原谅我,永远要对我做假!('娘们儿的逻辑!'这想法又掠过她的心头。)现在,我知道,你在笑我。……我甚至相信,你跟我结婚也无非是贪图这财产权和那些可恶的马罢了。……哎,我真是不幸!"

彼得·德米特利奇的报纸掉在地下,他坐起来了。这种意外的侮辱使他呆住了。他像小孩那样狼狈地微笑着,茫然失措地瞧着他的妻子,向她伸出手去,仿佛要保护自己免得挨打似的,用恳求的声调说:

"奥丽雅!"

他料想她还会说出什么可怕的话,就紧贴在长沙发的靠背上,他整个魁梧的身体也开始变得像他的笑容那么孩子气和狼狈了。

"奥丽雅,你怎么能说这话?"他小声说。

奥尔迦·米海洛芙娜清醒过来了。她突然体会到她对这个人一向疯狂般热爱着,想起他就是她的丈夫彼得·德米特利奇,她缺了他就连一天也活不下去,他也疯狂般爱着她。她就放声大哭,连嗓音都变了。她抱住自己的头,跑回寝室里去了。

她扑在床上,短促的歇斯底里的哭声响彻这个寝室,使得她透不出气,胳膊和腿不住地抽搐。她想起隔着三四个房间有个客人在过夜,就把脑袋埋在枕头底下,好盖没她的哭声,然而枕头却掉在地板上了。她弯下腰去拾它,不料差点摔下去。她把被子拉过来盖住脸,然而她的手不听使唤,无论抓到什么都痉挛地撕扯一通。

她觉得什么都完了,觉得她为侮辱她丈夫而说出的那些假话已经把她的生活打碎。她的丈夫不会原谅她了。她对他的侮辱是任什么温存,任什么誓言也无法抵消的。……她怎么能叫她丈夫相信她自己并不相信自己说过的话呢?

"完了,完了!"她喊着,没有注意到她的枕头又掉在地板上了,"看在上帝面上!看在上帝面上吧!"

那个客人和那些仆人多半已经被她的叫声惊醒,那么明天全县的人都会知道她发过一场歇斯底里,要为这件事纷纷责难彼得·德米特利奇不对了。她就用力抑制自己,然而哭声却变得越来越响。

"看在上帝面上吧!"她喊着,嗓音都变了,自己也不明白为什么要喊这句话,"看在上帝面上吧!"

她觉得她身子底下的床正往下陷,她的腿给被子缠住了。彼得·德米特利奇走进寝室来,身上穿着长袍,手上举着蜡烛。

"奥丽雅,别哭了!"他说。

她翻身起来,跪在床上,被烛光照得眯细眼睛,一面哭一面说:"你要明白……你要明白……"

她想说她受尽了那些客人、他的虚伪、她自己的虚伪的折磨,还想说她心里在翻腾,可是她能说出口的却只有这么几个字:"你要明白……你要明白!"

"喏,你喝点水!"他递给她一杯水,说道。

她顺从地接过杯子,开始喝水,可是水泼翻了,洒在她手上,胸上,膝盖上。……"大概我现在非常不像样子!"她暗想。彼得·德米特利奇默默地扶着她躺下,给她盖上被子,然后拿着蜡烛走出去。

"看在上帝面上!"奥尔迦·米海洛芙娜又叫道,"彼得,你要

343

明白,你要明白!"

突然,有个什么东西在她的下半身顶她的肚子和背部,用力那么猛,连她的哭声都中断了,她痛得直咬枕头。不过,这种疼痛立刻又放松她,她就又哭起来。

一个女仆走进来,给她理一理身上的被子,不安地问道:

"太太,好太太,您怎么了?"

"出去!"彼得·德米特利奇走到床前来,严厉地说。

"你要明白,你要明白……"奥尔迦·米海洛芙娜开口说。

"奥丽雅,我求求你,安静一下!"他说,"我本来并没有打算惹你生气。要是我知道我离开寝室会对你产生这样的影响,我就不会走出寝室了。刚才我心里气闷。我是照一个诚实人那样对你说这句话。……"

"你要明白。……你虚伪,我虚伪。……"

"我明白。……得了,得了,别提了! 我明白……"彼得·德米特利奇温柔地说,在她的床上坐下,"你是一时气愤才说出那种话来的,我明白。……我对着上帝赌咒,我爱你胜过爱世界上任什么东西。当初我跟你结婚,从来也没想到过你有钱。我无限地爱你,除此以外就没有别的了。……我向你担保。我从没缺过钱,也不知道钱的价值,所以不会感到你的财产和我的财产有什么区别。我素来认为我们两个人同样富裕。至于我在一些小事情上做假,那……当然,是实情。到现在为止我的生活一直过得这么不严肃,所以不知怎么,要没有这种琐细的做假可不行。现在我自己也不好受。看在上帝面上,我们不谈这些吧! ……"

奥尔迦·米海洛芙娜又感到剧烈的疼痛,就拉住她丈夫的衣袖。

"我痛,痛,痛……"她很快地说,"哎呀,好痛!"

"叫鬼抓了那些客人去才好!"彼得·德米特利奇嘟哝着,站起来,"你今天不该到那个岛上去!"他叫道,"我这个傻瓜怎么会没拦阻你呢?主啊,我的上帝!"

他懊恼地搔着头皮,摆一摆手,走出寝室去了。

后来他有好几次走进寝室来,在床边挨着她坐下,说很多话,时而讲得十分温柔,时而讲得生气,不过她已经听不大清了。她的哭声和可怕的疼痛轮流交替,她的疼痛一次比一次剧烈和长久。起初,她在疼痛的时候屏住呼吸,咬枕头,可是后来却用一种撒野的、撕裂人心的声音叫起来。有一次,她看见她丈夫坐在她身旁,想起她辱骂过他,就没有考虑这是在做梦还是彼得·德米特利奇真在这儿,伸出两只手去抓住他的手,不住地吻它。

"你做假,我做假⋯⋯"她开始分辩说,"你要明白,你要明白。⋯⋯我累坏了,失去了耐性。⋯⋯"

"奥丽雅,我们房间里有外人!"彼得·德米特利奇说。

奥尔迦·米海洛芙娜微微抬起头来,看见瓦尔瓦拉跪在五屉柜那儿,拉出下面一层抽屉。上面几层抽屉已经拉出来。瓦尔瓦拉开完五屉柜以后,站起来,由于用力而涨红了脸,带着冷静庄严的脸色开一个小匣子。

"玛丽雅,我打不开!"她小声说,"你来开吧。"

女仆玛丽雅正用剪刀挖着烛台,好把一支新蜡烛放上去。她走到瓦尔瓦拉那儿,帮她开小匣子。

"一样东西都不许关紧⋯⋯"瓦尔瓦拉小声说,"那个小盒,我的好人,也得打开。老爷,"她对彼得·德米特利奇说,"您得打发人到米哈依尔神父那儿去一趟,叫他把圣像壁中门打开!一定得打开!"

"您想怎么办就怎么办吧,"彼得·德米特利奇呼吸急促地说,"只是看在上帝面上,快点去请大夫或者接生婆来!瓦西里去了没有?再派一个人去。就派你丈夫去好了!"

"我要生孩子了,"奥尔迦·米海洛芙娜心里想,"瓦尔瓦拉,"她呻吟着说,"不过,这孩子一定不会活着生下来!"

"没什么,没什么,太太……"瓦尔瓦拉小声说,"上帝保佑,他会豁着的(她把'活'念成'豁')!他会豁着的!"

等到奥尔迦·米海洛芙娜再一次阵痛后清醒过来,她就再也不能痛哭,再也不能翻身,只能不断呻吟了。即使在她不觉得疼痛的当口,她也不能不呻吟。蜡烛还点着,可是清晨的曙光已经射进窗帘来。这时候大概是早晨五点钟左右。寝室里小圆桌旁边坐着一个她不认识的女人,系着白围裙,脸上现出低声下气的模样。从她的体态看得出来,她已经坐了很久。奥尔迦·米海洛芙娜猜出这个人是接生婆。

"快要生下来了吗?"她问道,同时在自己的说话声里听到一种不熟悉的特别音调,这在她是从来没有过的。"我大概会难产死亡的。"她暗想。

彼得·德米特利奇小心地走进寝室来,穿着白天穿的衣服,站在窗前,背对着他的妻子。他把窗帘撩起一点儿,看着窗外。

"好大的雨啊!"他说。

"几点钟了?"奥尔迦·米海洛芙娜问,为的是再听一次她的说话声里那种不熟悉的音调。

"五点三刻。"接生婆回答说。

"要是我真死了,那会怎么样?"奥尔迦·米海洛芙娜暗想,看着她丈夫的头,看着被雨点敲打的窗玻璃,"他缺了我怎样生活下去呢?他跟谁一块儿喝茶,吃饭?到傍晚跟谁一块儿谈话,睡觉呢?"

依她看来,他显得那么弱小,孤苦伶仃,她不由得怜惜他,想对他说些好听的、温存的、安慰的话。她回想今年春天他原本打算买几条猎狗,可是她认为打猎是残忍而危险的娱乐,就没让他买。

"彼得,你买几条猎狗吧!"她呻吟道。

他放下窗帘,走到床跟前,想开口说话,然而这时候奥尔迦·米海洛芙娜觉得一阵疼痛,就用撒野的、撕裂人心的声音喊叫起来。

由于疼痛,不断的叫喊和呻吟,她终于变得麻木了。她听着,看着,有时候也说话,可是对什么都不大了解,只感到她在痛,或者马上就要痛了。她觉得命名日似乎是老早老早以前的事,不是昨天,却仿佛是一年以前的事。她这种疼痛的新生活,仿佛比她的童年时代、她在中学和高等学校读书的时期、她的婚姻生活都要长久,而且还要长时期地延续下去,不会有尽头了。她看见仆人给接生婆端茶来,中午招呼她去吃早饭,后来又招呼她去吃午饭。她看见彼得·德米特利奇常常走进来,在窗前站上很久,又走出去,另外还有几个陌生的男人、女仆、瓦尔瓦拉也常常进出。……瓦尔瓦拉老是说:"会豁着的,会豁着的。"一看见有人关五屉柜的抽屉就生气。奥尔迦·米海洛芙娜看见房里和窗外的亮光常常变换,一会儿幽暗,一会儿迷迷蒙蒙,像是有雾,一会儿如同白昼,跟昨天午饭时候那样明亮,一会儿又幽暗了。……每次变化都要延续很久,就跟她的童年时代、她在中学和高等学校读书的时期一样长。……

傍晚有两位医生来给奥尔迦·米海洛芙娜动手术,一位很瘦,秃头,留一把很宽的红胡子,另一位生着犹太人的脸型、黑皮肤、黑头发,戴一副价钱便宜的眼镜。她眼看陌生的男人碰她的身体,却毫不在意。她已经没有羞耻的感觉,也没有意志,人人都可以随意摆布她。即使这时候有人拿着刀子向她扑过来,或者侮辱彼得·德米特利奇,或者夺去她生小宝宝的权利,她也不会说一句话的。

动手术的时候,她闻了哥罗芳①。等她事后清醒过来,疼痛却

---

① 一种麻醉剂。

还是延续不断,而且痛得受不了。那时候是夜里。奥尔迦·米海洛芙娜想起仿佛以前有过这样一个夜晚,安安静静,神像前面点着小灯,接生婆一动不动地坐在床边,五屉柜的抽屉拉开来,彼得·德米特利奇站在窗前,然而,好像那是老早老早以前的事了。……

五

"我没有死……"等到奥尔迦·米海洛芙娜又了解周围的事,不再觉得疼痛以后,她暗自想道。

夏季明亮的白昼从寝室里两个敞开的窗口照进来。窗外,花园里,麻雀和喜鹊一秒钟也不停地叫着。

五屉柜的抽屉已经关上,她丈夫的床收拾整齐了。寝室里没有接生婆,没有瓦尔瓦拉,没有女仆,只有彼得·德米特利奇仍旧站在窗前,一动也不动,瞧着花园里。听不见婴孩的啼哭声,谁也没有来道喜,或者高兴,看来,小宝宝生下来却没有活着。

"彼得!"奥尔迦·米海洛芙娜叫她的丈夫。

彼得·德米特利奇回过头来看。大概从最后一个客人告辞,奥尔迦·米海洛芙娜侮辱她丈夫以后,已经过了很多时间,因为彼得·德米特利奇明显地变得消瘦憔悴了。

"你要什么?"他走到床前,问道。

他眼睛瞧着一旁,嘴唇努动着,像小孩那样狼狈地微笑。

"事情都完结了吗?"奥尔迦·米海洛芙娜问道。

彼得·德米特利奇想回答一句话,可是他的嘴唇发抖,嘴巴像老人似的撇着,就跟她那掉了牙的叔叔尼古拉·尼古拉伊奇一个样。

"奥丽雅!"他说,绞着手,他的眼睛里忽然滴下几颗大泪珠。"奥丽雅!我不需要你的财产权,不需要会审法庭……"他哽咽一下,"……不需要特殊的见解,不需要那些客人,也不需要你的陪嫁……我什么都不需要!为什么我们没保住我们的孩子呢?唉,说这些也无益了!"

他摆一下手,走出寝室去了。

可是这对奥尔迦·米海洛芙娜简直没有产生什么影响。她的脑子由于哥罗芳的作用变得昏昏沉沉,心里一片空白。……她至今还处在刚才两位医生给她动手术的时候,她对生活麻木、冷漠的那种状态之中。

精 神 错 乱

一

　　一天傍晚，医科学生迈尔和莫斯科绘画雕塑建筑专科学校学生雷布尼科夫，去看他们的朋友，法律系学生瓦西里耶夫，邀他跟他们一块儿去逛C街。瓦西里耶夫起初很久不肯答应，可是后来穿上大衣，随他们一起走了。

　　关于堕落的女人，瓦西里耶夫知道得很少，只听别人说起过或者从书本上看到过，至于她们居住的房子，他有生以来一次也没有去过。他知道人间有些不道德的女人，在不幸的景况，例如环境、不良的教育、贫穷等压力下不得不出卖自己的名誉去换钱。她们没有体验过纯洁的爱情，她们没有儿女，她们享受不到公民的权利。她们的母亲和姐妹为她们痛哭，仿佛她们已经死了似的。科学鄙弃她们，把她们看成坏人，男人用"你"称呼她们。可是尽管这样，她们却没有丧失上帝的形象①。她们都体会到自己的罪恶，希望得救，凡是可以使她们得救的办法，她们总是尽心竭力去做。固然，社会不会原谅人们的过去，但是在上帝的眼里，埃及的圣徒

---

① 《旧约·创世记》载："我们要照着我们的形象，按着我们的样式造人，……"这句话的意思是：她们仍旧是人。

马利亚①并不比别的圣徒低下。每逢瓦西里耶夫在街上凭装束或神态认出一个堕落的女人来,或者在幽默刊物上看到对那种女人的描写,他就总是想起以前在书上读过的一个故事:一个青年男子,心地纯洁,富于自我牺牲的热情,爱上一个堕落的女人,请求她做他的妻子,可是她觉得自己不配享受这种幸福,就服毒自尽了。

瓦西里耶夫住在特威尔斯科依大街上一条小巷子里。他跟两个朋友一块儿走出家门的时候将近十一点钟。不久以前下过今年第一场雪,大自然的一切给这场新雪盖没了。空气里弥漫着雪的气味,脚底下的雪微微地咯吱咯吱响。地面、房顶、树木、大街两旁的长凳,都那么柔软、洁白、清新,这使得那些房屋看上去跟昨天不一样了。街灯照得更亮,空气也更清澈,马车的辘辘声更加响亮。在新鲜、轻松、冷冽的空气里,人的灵魂也不禁迸发出一种跟那洁白松软的新雪相近的感情。

"一种不可知的力量呀,"医科学生用他那好听的男中音唱起来,"违背我的本心把我领到这凄凉的河岸……"②

"看那磨坊呀……"艺术家接着他的歌声唱起来,"它已经坍塌……"

"看那磨坊呀……它已经坍塌……"医科学生重复唱道,拧起眉毛,悲凉地摇头。

他停住唱,用手擦了擦脑门子,想一想下面的歌词,然后又大声唱起来,声音那么好听,招得街上的行人都回过头来看他:

　　从前我自由自在,
　　在这儿有过自由的恋爱……

这三个人走进一家饭馆,没脱大衣,靠着柜台各自喝了两杯白

---

① 指耶稣所宽恕的一个荡妇,见《新约·路加福音》第七章。
② 达尔戈梅斯基的歌剧《美人鱼》中公爵的咏叹调。

酒。瓦西里耶夫喝第二杯以前,发现自己的酒杯里有一点软木塞的碎屑,就把杯子举到眼睛跟前,眯起他那近视的眼睛看了很久。医科学生不明白他这种表情,就说:

"喂,你瞧什么?劳驾,别想大道理。白酒是给我们喝的,鲟鱼是给我们吃的,女人是给我们玩的,雪是给我们踩的。至少让我们照普通人那样生活一个傍晚吧!"

"可是我什么话也没说啊……"瓦西里耶夫笑着说,"难道我不肯去吗?"

喝了白酒,他胸中发热。他带着温情看他的朋友,欣赏他们,羡慕他们。这两个健康、强壮、快活的人多么平静自若,他们的精神和灵魂多么完整而又洒脱啊!他们爱唱歌,喜欢看戏,能画画儿,健谈,酒量大,而且喝完酒以后第二天不会头痛。他们又风雅又放荡,又温柔又大胆。他们能工作,也能愤慨,而且会无缘无故哈哈大笑,说荒唐话。他们热烈,诚实,能够自我牺牲,作为人来说,他们在各方面都不比他瓦西里耶夫差。他自己却每走一步路,每讲一句话都顾虑重重,多疑,慎重,随时把小事情看成大问题。他希望至少有一个晚上能够照他的朋友那样无拘无束、摆脱自己的羁绊才好。需要喝白酒吗?他要喝,即使第二天他会头痛得裂开也不管。他们拉他到女人身边去吗?那他就去。他会嘻嘻哈哈,打打闹闹,快活地招呼过路的行人……

他笑着走出饭馆。他喜欢他的朋友戴一顶揉皱的宽边呢帽,做出艺术家不修边幅的神气;另外一个戴着一顶海狗皮的鸭舌帽,他并不穷,却故意装成有学问的名士派的模样。他喜欢雪,喜欢街灯的苍白亮光,喜欢行人的鞋底在新雪上留下的清楚而乌黑的脚印。他喜欢那种空气,特别是空气中那种清澄的、温柔的、纯朴的、仿佛处女样的情调,这种情调在大自然中一年只能见到两次,那是在大雪盖没万物的时候和春季晴朗的白昼或者月夜河中冰面崩裂的时候。

"一种不可知的力量呀,"他低声唱着,"违背我的本心把我领到这凄凉的河岸……"

不知什么缘故,这几句歌词一路上没有离开他和他朋友的舌头,他们三个人信口唱着,彼此的歌声却又合不上拍子。

瓦西里耶夫的脑海里正在想象大约十分钟以后他和他的朋友们怎样敲门,怎样溜进小小的黑暗的过道和房间,悄然走到女人身边去,他自己怎样利用黑暗划一根火柴,于是忽然眼前一亮,看见一张受苦的脸和一副惭愧的笑容。那个身世不明的女人也许生着金发,也许生着黑发,不过她的头发一定披散着,她多半穿一件白睡衣。她见了亮光吓一跳,窘得不得了,说:"我的天呐!您这是干什么呀?吹灭它!"那情形可怕得很,不过倒也新奇有趣。

二

几个朋友从特鲁勃诺依广场拐弯,走上格拉切夫卡大街,便很快走进一条巷子,那条巷子瓦西里耶夫只闻其名,却没有来过。他看见两长排房子,窗户里灯火辉煌,大门洞开,还听见钢琴和提琴的欢畅乐声从各个门口飘出来,混成一片奇怪的嘈杂声,仿佛在黑暗中有一个目力看不见的乐队正在房顶上调弦似的。瓦西里耶夫不由得吃了一惊,说:

"妓院好多呀!"

"这算得了什么!"医科学生说,"在伦敦比这儿多十倍呢。那儿总有十来万这种女人。"

马车夫安静而冷漠地坐在车座上,跟所有巷子里的车夫一样。两旁人行道上的行人也跟别的巷子里的行人一样。谁也不慌张,谁也不竖起衣领来遮挡自己的脸,谁也不带着责备的神情摇头……这种无所谓的态度、钢琴和提琴的杂乱声、明亮的窗口、敞开的大门,使人感到一种毫不掩饰、无所顾忌、厚颜无耻、大胆放肆的味道。大概古代奴隶市场上也是这么欢畅嘈杂,人们的脸容和步态也这么淡漠吧。

"我们从开始的地方开始吧。"艺术家说。

几个朋友走进一个窄过道,过道里点着一盏反光灯,照得很亮。他们推开门,就有一个穿黑礼服的男子,懒洋洋地从前厅一张黄色长沙发那儿站起来,他睡眼惺忪,脸上的胡子没刮,像个仆役模样。这地方有洗衣房的气味,另外还有酸醋的气味。穿堂里有一扇门通向一个灯火明亮的房间。医科学生和艺术家在门口站住,伸出脖子一齐往房间里瞧。

"Buona sera, signori, rigolleto-hugenotti-traviata!"①艺术家开口了,还照戏台上的动作脱帽行礼。

"Havanna-tarakano-pistoleto!"②医科学生说,把帽子贴紧胸口,深深一鞠躬。

瓦西里耶夫站在他们后面。他原想也跟演戏那样脱帽行礼,说点胡闹的话,可是他只能笑一笑,而且感到一种跟害臊差不多的困窘,焦急地等着看这以后会发生什么事。门口出现一个十七八岁的金发小姑娘,头发剪得短短的,穿一件短短的淡蓝色连衣裙,胸前用白丝带打了个花结。

"你们干吗站在门口?"她说,"脱掉大衣,上客厅里来啊。"

医科学生和艺术家一面仍旧讲着意大利语,一面走进客厅。瓦西里耶夫迟疑不决地随着他们走进去。

"诸位先生,脱掉大衣!"仆役厉声说,"不能穿着大衣进去。"

---

① 意大利语:开头几个词的意思是:晚安,先生们。其余的词是含糊地摹仿歌剧台词开玩笑。

② 意大利语:是对歌剧台词的含糊的摹仿。

客厅里除了金发姑娘以外还有一个女人,长得又高又胖,裸露着手臂,生着不是俄罗斯人的脸相。她在钢琴旁边坐着,膝头上摊着纸牌,在摆牌阵。她理也不理那几位客人。

"别的姑娘在哪儿?"医科学生问。

"她们在喝茶,"金发姑娘说,"斯捷潘,"她喊了一声,"去告诉那些小姐,说有几位大学生来了!"

过了不大工夫,又有一个姑娘走进客厅里来。她穿一件有蓝条纹的鲜红色连衣裙,脸上不高明地涂着厚厚一层粉,额头给头发遮住,眼睛一眨也不眨地瞪着,带着惊恐的神情。她一进门,立刻用粗嘎而有劲的低声唱起一支歌来。随后,又来了一个姑娘,接着,又来了一个……

这一切,瓦西里耶夫看不出有什么新奇有趣的地方。他觉得这个客厅、这架钢琴、这镶了廉价镀金框子的镜子、这花结、这一身有蓝条子的连衣裙、这些麻木而淡漠的脸,他仿佛早已在什么地方见过,而且见过不止一次似的。至于那种黑暗、那种寂静、那种神秘、那种惭愧的笑容,他原先预料会在这儿看到并使他惊恐的种种东西却连影子也没有。

样样东西都平常、枯燥、无味。只有一件事微微挑动他的好奇心,那就是可以在檐板上、荒唐的画片上、衣服上、花结上看到的仿佛故意想出来的俗气。这种俗气自有它的特色,与众不同。

"这一切是多么贫乏和愚蠢啊!"瓦西里耶夫想,"我眼前所看见的这些无聊现象有什么力量能够诱惑一个正常的人,惹得他去犯那种可怕的罪,用一个卢布买一个活人呢?为了光彩、美、风雅、激情、爱好而犯罪,我倒能够了解,可是这儿到底有什么呢?人们在这儿究竟为了什么而犯罪呢?不过……我不必再想下去了!"

"大胡子,请我喝一杯黑啤酒!"金发姑娘对他说。

瓦西里耶夫立刻窘了。

"遵命……"他说,很有礼貌地一鞠躬,"不过,小姐,请原谅,我……我不能奉陪。我不喝酒。"

过了大约五分钟,几个朋友走出门,上别家去了。

"喂,为什么你刚才要黑啤酒?"医科学生气愤地说,"好一个财主!你无缘无故白白扔掉了六个卢布!"

"既然她要喝,那为什么不可以顺顺她的心呢?"瓦西里耶夫辩白说。

"你不是顺她的心,倒顺了老鸨的心。那是老鸨吩咐她们,叫她们要客人请客的,沾光的是老鸨。"

"看那磨坊啊……"艺术家唱起来,"它已经坍塌……"

走进第二家的门,几个朋友只在前堂站了一会儿,没有走进客厅。这儿跟第一家一样,也有个穿黑礼服的男子,睡眼惺忪,像仆役的模样,从前堂里长沙发上站起来。瓦西里耶夫瞧着仆役,瞧着他的脸和他那身旧礼服,暗想:"一个普普通通的俄国老百姓,在命运把他扔到这儿来当仆役之前,他该尝到过多少辛酸呀!他原先住在哪儿,是干什么的?他以后会落到什么下场呢?他结过婚没有?他母亲在哪儿?她知道他在这儿做仆役吗?"瓦西里耶夫从此每到一家妓院就不由自主地首先注意仆役。在一家妓院里(算起来大概是第四家),有一个矮小干瘪、身体衰弱的仆役,坎肩上挂着一串表链。他正在看一份"小报",他们走进门,他也没理会。不知什么缘故,瓦西里耶夫看着他的脸,就觉得一个有着这种脸的人一定会偷东西,杀人,做假见证。那张脸也真是有趣:宽额头,灰眼睛,扁鼻子,闭紧的薄嘴唇,神情呆板而又蛮横,就跟一只在追野兔的小猎狗一样。瓦西里耶夫暗想:最好摸一摸这个仆役的头发,看看究竟是硬的,还是软的。它一定跟狗毛那么硬吧。

三

艺术家喝下两杯黑啤酒,忽然有点醉意,活泼得反常。

"我们再走一家!"他两手来回摆动,命令道,"我要带你们到顶上等的一家妓院去。"

他带着朋友走进在他心目中算是顶上等的一家妓院以后,就坚决表示要跳卡德里尔舞。医科学生嘟嘟哝哝,说是这样就得给乐师一个卢布,不过后来他总算答应一起跳了。他们就跳起舞来。

顶上等的妓院跟顶下等的妓院一样糟。这儿也有那种镜子和画片,也有那样的发式和连衣裙。看着房间里的布置和女人身上的衣裳,瓦西里耶夫这才明白过来:这并不是俗气,而是一种可以说是 C 街独有、别处绝找不到的趣味乃至风尚,一种不是出于偶然,而是历年养成、在丑恶方面十分完备的东西。走完八家以后,他看着衣服的花色、长衣裾、鲜艳的花结、水兵式的女装、脸上浓得发紫的胭脂,就再也不觉得奇怪了。他明白这儿的一切非这样不可,万一有个女人打扮像个普通人,或者万一墙上挂一幅雅致的画片,那么整条街的总情调反倒会给破坏了。

"她们多么不善于卖笑啊!"他想,"难道她们不明白坏事只有在显得很美、藏起本相的时候,在披着美德的外衣的时候,才能迷人吗?朴素的黑衣服、苍白的脸、凄凉的浅笑、黑暗的房间,比这种粗俗的浓艳强得多。愚蠢啊! 就算她们自己不明白这层道理,她们的客人也总该教会她们才是……"

一个姑娘穿着波兰式的衣服,边上镶着白毛皮,走到他跟前来,在他身旁坐下。

"可爱的黑发男子,您为什么不跳舞啊?"她问,"您为什么这么烦闷呢?"

"是因为无聊。"

"请我喝点拉斐特酒①吧。那您就不会觉得无聊了。"

瓦西里耶夫没答话。他沉默了一会儿,然后问:

"您几点睡觉?"

"早晨六点钟。"

"那么什么时候起床?"

"有时候两点钟,有时候三点钟。"

"你们起来以后,干些什么事呢?"

"喝咖啡,到六点多钟吃饭。"

"吃些什么呢?"

"平平常常……总是肉汤啦,白菜汤啦,煎牛排啦,甜点心啦。我们的老板娘待姑娘们挺好。可是您问这些事做什么?"

"哦,随便问问罢了……"

瓦西里耶夫很想跟这姑娘谈许多事情。他生出强烈的愿望,想弄明白她是哪儿人,她父母在不在世,他们是不是知道她在这儿,她怎样到这妓院里来的,她究竟是快活而满足呢,还是满脑子黯淡的思想而悲伤郁闷。她日后是不是打算跳出她目前的处境……可是他怎么也想不出该从什么地方讲起,也想不出该用怎样的方式提出问题来才不致唐突她。他想了很久才问:

"您多大岁数?"

"八十了。"少女打趣说,瞧着艺术家跳舞时候手脚做出来的怪相笑起来。

忽然间,不知为了什么事,她哈哈大笑,说了一句很长的轻狂话,声音响得很,人人都听得见。瓦西里耶夫大吃一惊,不知道该让自己的脸做出什么表情来才好,勉强地笑一笑。只有他一个人

---

① 法国拉斐特地方产的一种红葡萄酒。

微笑,别人呢,他的朋友也好,乐师也好,女人们也好,连看也没看坐在他旁边的姑娘一眼,仿佛根本没听见她的话似的。

"请我喝点拉斐特酒吧!"他的邻座又说。

瓦西里耶夫觉得她的白毛皮边和她的嗓音讨厌,就从她身边走开了。他感到又热又闷,他的心开始跳得挺慢,可是很猛,就跟锤子敲击似的:一!二!三!

"我们走吧!"他拉拉艺术家的袖子说。

"等一会儿,让我跳完舞再说。"

艺术家和医科学生快要跳完卡德里尔舞,瓦西里耶夫为了不再看那些女人,就观察乐师们。一个仪表优雅、戴着眼镜、面貌很像巴赞元帅①的老人正在弹钢琴。一个青年留着淡褐色的胡子,穿着顶时髦的衣服,在拉提琴。那青年的脸容并不愚蠢,也不枯瘦,而且正好相反,聪明,年轻,鲜嫩。他的装束讲究,而且风雅,他的提琴也拉得很有感情。这就来了一个问题:他和那位仪表优雅的老人怎么会到这儿来的呢?他们坐在这地方怎么会不害臊呢?他们瞧着那些女人会有什么感想呢?

要是那架钢琴和那把提琴是由两个衣衫褴褛、饿得发慌、闷闷不乐、喝醉了酒、脸容愚蠢或枯瘦的人弹奏,那么他们在这儿出现也许还容易理解。照目前这种情形,瓦西里耶夫却没法理解了。他想起从前读过的关于堕落的女人的故事,他如今却发现那个带着惭愧的笑容的人的形象跟他眼前所看见的人没有任何共同之处。他觉得自己看见的仿佛不是堕落的女人,却像是属于另一个完全独特的世界里的人,那世界对他来说既陌生又不易理解,要是以前他在戏院的舞台上看到这个世界,或者在书本里读到这个世界,他一定不会相信……

---

① 巴赞(1811—1888),法国元帅。——俄文本编者注

那个衣服上镶着白毛皮的女人又扬声大笑,高声说了一句难听的话。一种嫌恶的感觉抓住他。他脸红了,走出房间去。

"等一会儿,我们一起走!"艺术家对他喊道。

四

"方才我们跳舞的时候,"医科学生说,这时候他们三个人已经走出来,到了街上,"我跟我的舞伴攀谈了一阵。我们谈的是她第一回恋爱。他,那位英雄,是斯摩棱斯克城的会计,家里有妻子和五个孩子。那时候她才十七岁,跟爹妈住在一块儿,她爹卖肥皂和蜡烛。"

"他是用什么来征服她的心的?"瓦西里耶夫问。

"他花了五十个卢布替她买了内衣。鬼才知道是怎么回事!"

"这样看来,他倒会从他舞伴那儿打听出她的恋爱史来,"瓦西里耶夫想到医科学生,"可是我却不会……"

"诸位先生,我要回家去了!"他说。

"为什么?"

"因为我在这种地方不知道该怎样应付才好。而且我觉得无聊、厌恶。这儿有什么可以叫人快活的呢?要是她们是人,倒也罢了,可是她们是野人,是动物。我要走了。你们呢,随你们的便好了。"

"别这样,格里沙①,格里戈里,好人……"艺术家苦苦哀求道,缠住瓦西里耶夫,"来吧!我们再去逛一家,然后就滚它的!……求求你!格里沙!"

他们劝得瓦西里耶夫回心转意,领他走上楼梯。那地毯、镀金

---

① 格里沙是格里戈里的小名。

的栏杆、开门的守门人、装饰前堂的彩画墙面,处处都使人感到 C 街的风尚,不过更加完备,更加壮观罢了。

"真的,我要回家去!"瓦西里耶夫一面说,一面脱大衣。

"得了,得了,老兄……"艺术家说,吻他的脖子,"别耍脾气……格里戈里,做个好朋友!我们一块儿来的,我们也一块儿走。你这个人也真不近人情。"

"我可以到街上去等你们。真的!我觉得这种地方讨厌!"

"得了,得了,格里沙……既是这种地方讨厌,那你就从旁观察一下吧!你明白吗?观察一下!"

"一个人总得客观地考察万物才行。"医科学生严肃地说。

瓦西里耶夫走进客厅,坐下来。房间里除了他和他的朋友以外,还有许多客人:两个步兵军官,一个秃顶、白发、戴金边眼镜的绅士,两个测量学院的未长须的青年学生,一个醉醺醺的、有着演员脸相的男子。所有的姑娘全跟那些客人作伴去了,理也不理瓦西里耶夫。只有一个穿着 à la Aida① 的衣服的姑娘斜起眼看了看他,不知因为什么缘故笑了笑,打着呵欠说:

"来了个黑发男子……"

瓦西里耶夫心跳起来,脸上发烧。他一方面在这些客人面前觉得害臊,一方面感到腻味和苦恼。他脑子里老是有一个念头煎熬着他:他,一个正派的、热情的人(他至今认为自己是这样的人),却憎恨这些女人,对她们除了厌恶之外再也没有别的感觉。他既不怜悯这些女人,也不怜悯那些乐师和那些仆役。

"这是因为我没有努力去了解她们的缘故,"他想,"与其说她们像人,不如说像动物,不过话说回来,她们仍旧是人,她们有灵

---

① 法语:阿依达式。阿依达是歌剧《阿依达》的女主人公,原是埃塞俄比亚公主,后被埃及所俘。

魂。先得了解她们,然后才能下判断……"

"格里沙,别走,等等我们!"艺术家朝他喊了这么一句,就不知到哪儿去了。

医科学生不久也不见了。

"对了,得努力了解一下才行。这样是不行的……"瓦西里耶夫接着想下去。

他开始紧张地注意每个女人的脸,寻找惭愧的笑容。可是,要么他不善于考察她们的脸,要么这些女人没有一个觉得惭愧,总之,他在每张脸上看见的只有那呆板的表情:那种日常的庸俗的烦闷和满足。愚蠢的眼睛,愚蠢的笑容,愚蠢刺耳的语声,无耻的动作,此外就没有别的了。大概她们过去都有一段风流韵事,对象是个会计,起因是五十卢布的内衣,而目前呢,她们在生活里没有别的乐趣,只求有咖啡喝,有三道菜的午饭吃,有酒喝,有卡德里尔舞跳,能够睡到下午两点钟……就行了。

既然一点也看不到惭愧的笑容,瓦西里耶夫就寻找有没有一张清醒明白的脸。他的注意力落在一张苍白的、有点困倦的、无精打采的脸上……那是一个黑发女人,年纪不算很轻了,穿一身亮闪闪的衣服。她坐在一把安乐椅上,瞧着地板想心事。瓦西里耶夫从房间这一头走到那一头,仿佛无意中在她身旁坐下来。

"我得先说些俗套头,"他想,"然后再转到严肃的问题上……"

"您穿的这身衣服好漂亮!"他说,用手指头摸了摸她那三角头巾上的金线穗子。

"哦,真的吗……"黑发女人无精打采地说。

"您是哪儿人?"

"我?远得很……切尔尼戈夫省人。"

"好地方。那地方好得很。"

"不管什么地方,只要我们不在那儿,就会觉着它好。"

"可惜我不会形容大自然,"瓦西里耶夫想,"要是我会形容一下切尔尼戈夫的风景,就说不定会打动她的心。没问题,那地方既是她的家乡,她一定爱那地方。"

"您在这儿觉得烦闷吗?"

"当然,无聊得很。"

"您既然觉得无聊,为什么不离开这儿呢?"

"我上哪儿去呢?去要饭吗?"

"就是要饭也比在这儿过活轻松得多。"

"这您是怎么知道的?您要过饭吗?"

"对了,从前我没钱交学费的时候,四处告帮来着。即使我没要过饭,这层道理是十分明白的。叫化子不管怎样总算是个自由人,您却是个奴隶。"

黑发女人伸了个懒腰,把困倦的眼睛转过去瞧着仆役,他正托着一个盘子,盘子上摆着玻璃杯和矿泉水。

"请我喝一杯黑啤酒吧。"她说,又打了个呵欠。

"黑啤酒……"瓦西里耶夫想,"万一你的弟兄或母亲这当儿走进来,你会怎样?那你会怎么说?他们又会怎么说?我看,那会儿才该要一杯黑啤酒呢……"

忽然传来了哭泣的声音。从仆役端着矿泉水走进去的那个隔壁房间里,很快地走出一个金发男子,满脸通红,瞪着气呼呼的眼睛。他身后跟着高大肥胖的鸨母,尖着嗓子嚷道:

"谁也不准许您打姑娘的嘴巴!我们招待过身份比你高得多的客人,他们都不动手打人!骗子!"

人声喧哗。瓦西里耶夫心里害怕,脸色发白。隔壁房间里有人号啕痛哭,哭得那么伤心,受了欺凌的人就是这样哭的。他这才领会到,在这儿生活的确实是人,真正的人,她们跟别处的人一样也会觉得受委屈,难过,哭泣,求救……原本那种沉重的憎恨和厌恶的感觉就变成深切的怜悯和对打人者的气愤。他跑进有哭声的房里去。隔着一张桌子,隔着大理石桌面上摆着的好几排酒瓶,他看见一张痛苦的、沾着泪痕的脸,他就朝那张脸伸过手去,还朝桌子迈进一步,可是立刻又害怕地退回来。原来那哭泣的女人喝醉了酒。

人们围着那个金发男子,瓦西里耶夫却从这闹嚷嚷的人群中挤出来,心灰意懒,战战兢兢,跟孩子似的,他觉得这个陌生的、他所不能理解的世界里的人仿佛要追他,打他,拿下流话骂他似的……他从挂衣钩上摘下他的大衣,一口气跑下楼去了。

五

他站在妓院附近,倚着一道围墙,等他的朋友们出来。钢琴和提琴的声音欢畅,放纵,撒野,悲伤,在空中合成一片杂音,这混乱的声音跟先前一样,好像是黑暗里房顶上有个肉眼看不见的乐队在调弦。要是抬头往黑暗里看一眼,那么整个漆黑的背景上布满活动着的白点:天在下雪。雪片落进灯光照到的地方,就在空中懒洋洋地飘飞,跟羽毛一样,而且更加懒洋洋地落到地下。在瓦西里耶夫的四周,细雪成团地旋转,落在他的胡子上,眉毛上,睫毛上……马车夫、马、行人全变白了。

"雪怎么会落到这条巷子里来!"瓦西里耶夫想,"这些该死的妓院!"

他的腿因为方才跑下楼梯而累得发软。他喘着气,仿佛在爬山似的。他的心跳得那么响,连他自己也听得见。他给一种欲望煎熬着,打算赶快走出这条巷子,回家去,可是另外还有一种欲望比这欲望更强烈,那就是一心要等着他的朋友出来,好把自己的沉重感觉向他们发泄一下。

这些妓院里有许多事情他弄不懂,那些沉沦的女人的灵魂对他来说仍旧跟从前一样神秘,不过他现在才明白这儿的情形比可能设想的还要糟得多。要是那个服毒自尽的、自觉有罪的女人叫做堕落的女人,那么要想给眼前这些随着杂乱的乐声跳舞、说出一长串下流话的女人起一个恰当的名字就难了。她们不是正在毁灭,而是已经毁灭了。

"这儿在干着坏事,"他想,"然而犯罪的感觉却没有,求救的希望也没有。人们卖她们,买她们,把她们泡在酒里,叫她们染上种种恶习,她们呢,跟绵羊似的糊里糊涂,满不在乎,什么也不懂,我的上帝啊!我的上帝啊!"

他也明白,凡是叫做人的尊严、人格、上帝的形象的一切,在这里都受到彻底的玷污,用醉汉的话来说,就是"整个儿垮了",这是不能单单由这条巷子和麻木的女人负责的。

一群大学生走过他面前,周身沾满白雪,快活地说说笑笑。其中有一个又高又瘦的学生站定下来,瞧一眼瓦西里耶夫的脸,用醉醺醺的声音说:

"咱们是同行!喝醉了,老兄?对不对,老兄?没什么,去痛快一下!走!别垂头丧气,好小子!"

他抓住瓦西里耶夫的肩头,把自己的又冷又湿的小胡子凑到他脸上,然后脚下一滑,身子摇摇晃晃,摇着两只手说:

"站稳,别摔跟头!"

他笑起来,跑着追他的同伴去了。

从嘈杂的声音里,传来了艺术家的声音:

"不准你们打女人!我不准,真该死!你们这些流氓!"

门口出现了医科学生。他往四下里张望,一眼看见瓦西里耶夫,就用激动的声调说:

"原来你在这儿！听我说,真的,简直不能跟叶戈尔一块儿出来玩！他是什么玩意儿,我简直不懂！他又闹出乱子来了！你听见没有？叶戈尔！"他朝着门里喊叫,"叶戈尔！"

"我不准你们打女人！"艺术家的尖嗓音从上面传下来。

不知什么又笨又重的东西从楼梯上往下滚。原来是艺术家从楼上摔下来了。他分明是给人推下楼来的。

他从地上爬起来,挥着帽子,现出恶狠狠的愤慨的脸相,伸出拳头朝楼上挥舞着,嚷道：

"流氓！狠心的家伙！吸血鬼！我不准你们打女人！居然打喝醉酒的弱女子！哼,你们……"

"叶戈尔,……得了,叶戈尔,……"医科学生开始央求他,"我拿人格向你担保,我下次再也不跟你一块儿出来玩了。我拿人格担保,一定！"

艺术家渐渐平静下来,几个朋友往回家的路上走去。

"一种不可知的力量啊,"医科学生唱着,"违背我的本心把我领到这凄凉的河岸……"

"'看那磨坊啊……'"过一会儿艺术家接着唱起来,"'现在它已经坍塌……'好大的雪啊,圣母！格里沙,刚才你为什么走了？你是个胆小鬼,娘们儿,就是这么的。"

瓦西里耶夫在朋友身后走着,瞧着他们的后背,心里暗想：

"二者必居其一：要么我们只是觉着卖淫是坏事,其实我们把它夸张了；要么卖淫真跟大家所认定的那样是件天大的坏事,那我这些好朋友就跟《田地》①上面所画的叙利亚和开罗的居民们那样,成了奴隶主、暴徒、杀人犯。眼下他们在唱歌,大笑,讲得头头是道,可是方才他们岂不是利用别人的饥饿、无知、麻木来满足自

---

① 旧俄时代一种风行的画报。

己的私欲吗？他们的确是那样，我自己就是见证人。他们的人道、他们的医学、他们的绘画，有什么用处？这些凶手的科学、艺术、高尚的感情使我想起一个故事里的猪油。有两个土匪，在树林里杀死一个叫化子，开始瓜分他的衣服，却在他的讨饭袋里找到一块猪油。'巧得很，'一个土匪说，'让我们来吃掉它吧。''你这是什么话？怎么能做这种事呢？'另一个惊慌地叫道，'难道你忘了今天是星期三吗？'他们就都没有吃。他们杀了人，走出树林，同时相信自己是严格的持斋者。同样，这两个人花钱买了女人以后，扬长而去，现在还自以为是艺术家和科学家呢……"

"听着，你们！"他尖刻而气愤地说，"你们为什么上这种地方来？难道，难道你们就不明白这种事有多么可怕？你们的医学说：这些女人个个都会害肺痨病或者什么别的病而提早死亡。艺术说：在精神方面她们死得更早些。她们每个人都因为一生中平均要接五百个嫖客而死……姑且就算五百吧。她们每个人都是给五百个男人害死的。你们就在那五百个当中！那么，要是你们每个人一生当中在这儿或者别的同类地方逛过二百五十次，那就是你们两个人共同害死一个女人！难道你们不懂吗？难道这不可怕？你们两个、三个、五个，合起来害死一个愚蠢而饥饿的女人！啊，难道这不可怕？我的上帝啊！"

"我早就知道会有这样的结局，"艺术家皱着眉说，"我们真不该同这傻瓜和蠢材一块儿来！你当是这会儿你的脑子里生出了伟大的思想，伟大的观念吗？不对，鬼才知道你在想些什么，而决不是思想！这会儿你带着仇恨和憎恶瞧着我，可是依我看来，你与其这么瞧着我，还不如多开二十家妓院的好。你眼光里包含的恶比整个这条巷子里的恶还要多！走，沃洛佳，去他的！他是个傻瓜，蠢材，就是这么的……"

"我们人类总是自相残杀，"医科学生说，"当然，这是不道德的,可是你唱高调也还是没用啊。再会!"

在特鲁勃诺依广场上,这几个朋友告别,分手了。只剩下瓦西里耶夫一个人了,他就迅速地顺着林荫道走去。他害怕黑暗,害怕那大片大片地落下来、好像要盖没全世界的雪,害怕在雪雾中闪烁着微光的街灯。他的灵魂给一种没来由的、战战兢兢的恐怖占据了。偶尔有行人迎面走过来,而他却惊恐地躲开他们。他觉得仿佛有许多女人,光是女人,从四面八方走拢来,瞧着他……

"现在开头儿了,"他想,"我马上就要精神错乱了……"

六

在家里,他躺在床上,周身打抖,说道:

"活人!活人!我的上帝,她们是活人啊!"

他千方百计刺激他的想象,一会儿幻想自己是堕落的女人的弟兄,一会儿是她的父亲,一会儿又成了涂脂抹粉的堕落女人本身。这一切都使他满心害怕。

不知为什么,他觉得,不管怎样,他得立刻解决这个问题才行,他觉得这问题似乎不是别人的问题,而是他自己的问题。他费了不小的劲,克制绝望的情绪,在床上坐起来,双手捧着头,开始思索怎样才能拯救今天看到的那类女人。他是受过教育的人,解决各种问题的方法在他是很熟悉的。他虽然异常激动,却严格地遵守那种方法。他回想这个问题的历史和有关的文献,从房间的这一头走到那一头,走了这么一刻钟,极力回想现代为了拯救这类女人而进行过的种种实验。他有很多好心的朋友和熟人住在法尔茨费因公寓、加里亚希金公寓、涅恰耶夫公寓、叶奇金公寓里……他们当中有不少诚实、无私的人。其中有些人尝试过拯救这类女人的工作……

"这些为数不多的尝试，"瓦西里耶夫想，"可以分成三组。有些人从卖淫窟里把女人赎出来以后，替她租一个房间，给她买一架缝纫机，她便做起女裁缝来。而且，不管他有心还是无意，总之，他花钱赎出她以后，就使她成了他的情妇，然后，等到大学毕业，他就走了，把她转交给另一个上流男子，仿佛她是一件东西似的。于是那堕落的女人仍旧是堕落的女人。还有些人呢，替她赎身以后，也给她租一个单独的房间，少不得也买上一架缝纫机，极力教她念书，对她讲宗教教义，给她买书看。这女人就住下来，觉得这事儿挺新鲜，乘一时的兴致踏起缝纫机来，可是随后就厌倦了，瞒着那个宣教士偷偷地接客，或者索性跑回可以睡到下午三点钟、喝到咖啡、吃到饱饭的地方去了。最后还有一种顶热心肠、顶肯自我牺牲的人，他们采取勇敢而又坚决的步骤。他们跟那些女人正式结婚。等到那厚颜无耻、娇生惯养或者愚蠢而受尽痛苦的动物做了妻子，主妇，后来又成了母亲，她的生活和她的人生观就整个儿翻了一个身，到后来在这妻子和母亲身上就很难认出原先那个堕落的女人了。对，结婚是最好的办法，也许还是唯一的办法。"

"可是不行！"瓦西里耶夫大声说，倒在床上，"首先我没法跟这样的女人结婚！要做那种事，人得是圣徒，不会憎恨，不懂什么叫厌恶才行。不过，姑且假定我、医科学生、艺术家能够克制自己，娶了她们，假定她们都给人娶去了，可是结果会怎样呢？结果会怎样呢？结果就会这样：一方面，在这儿，在莫斯科，她们给人娶去了，另一方面，在斯摩棱斯克，一个会计什么的又会糟踏另一个姑娘，于是那姑娘会同从萨拉托夫、下诺夫戈罗德、华沙……等地来的姑娘一齐涌到这儿来补那些空缺。而且你拿伦敦那些成千成万的女人怎么办呢？你拿汉堡那些女人怎么办呢？"

煤油灯开始冒烟。瓦西里耶夫却没注意到。他又走来走去，还是在想心事。现在他换了一个方式提出问题：必须怎么办才能使得堕落的女人不再被人需要？为要达到这个目的，就得使那些买她们、害死她们的男人充分感到他们所扮的奴隶主角色是多么不道德，使他们不由得害怕才行。先得救男人。

"在这方面，艺术和科学显然没有什么用处……"瓦西里耶夫想，"唯一的办法就是传播教义。"

他就开始想象明天晚上他站在那条巷子的拐角，对每一个行人说：

"您上哪儿去？您去干什么？要存着敬畏上帝的心才行啊！"

他转过身去对那些冷漠的车夫说：

"你们为什么把车子停在这儿？你们怎么会不生气？你们怎么会不愤慨？你们总该信奉上帝，知道这种事有罪，人干了这种事会下地狱吧，那你们怎么一声不响呢？不错，你们跟她们无亲无故，不过要知道，她们也有父亲，有弟兄，跟你们一模一样啊……"

瓦西里耶夫的一个朋友曾经谈论瓦西里耶夫，说他是个有才能的人。有的人有写作的才能、演戏的才能、绘画的才能，可是他有一种特别的才能——博爱的才能。他对一切痛苦有敏锐的感觉。如同好演员总是在自己身上演出别人的动作和声音一样，瓦西里耶夫也善于在自己的灵魂里体会别人的痛苦。他看见别人哭泣，自己就流泪。他在病人身旁，就觉得自己也有病，呻吟起来。要是看到暴力，他就觉得暴力正在摧残自己，害怕得跟小孩似的，而且等到害怕过后总要跑过去搭救。别人的痛苦刺激他，使他激动，弄得他放不下，摆不开，等等。

这个朋友的话究竟对不对，我不知道，不过，当他以为他这个问题已经解决的时候，他的感觉却有点近似着魔。他又哭又笑，嘴里念出明天他要说的话，对那些肯听他的话、跟他一块儿站在街角上说教的人生出热爱来。他坐下来写信，暗自立下种种誓言……

这一切所以很像着魔，是因为这情形没维持很久。瓦西里耶夫不久就疲乏了。伦敦、汉堡、华沙那儿的无数女人压在他身上，就跟一座大山压着土地似的。他面对那许多女人不由得胆怯，心慌。他想起自己不善于言谈，想起自己又胆怯又腼腆，想起那些冷漠的人不见得愿意听他的话，了解他的话，因为他不过是个法律系三年级的学生，一个胆怯的小人物罢了，又想起真正的传教工作不仅在于用嘴说话，还在于动手实干……

天已经大亮，马车已经在街道上辘辘地响起来，瓦西里耶夫却一动也不动地躺在长沙发上，直着眼睛发呆。他不再想到女人，也不再想到男人，不再想到传教工作。他整个注意力已经转到折磨他的那种精神痛苦上去了。那是一种麻木的、空洞的、说不清楚的痛苦，既像是哀伤，又像是极端的恐怖，又像是绝望。他指得出来哪儿发痛：就在胸口，他的心底下。可是他又没法拿别样的痛苦与之相比。过去，他害过很厉害的牙痛，害过胸膜炎和神经痛，可是拿那些来跟这种精神痛苦相比，简直算不得什么。有了这种痛苦，生活也好像可憎了。学位论文、他已经写好的那篇出色的文章、他所热爱的那些人、对堕落的女人的拯救，总之昨天他还热爱或对之冷淡的一切。现在一想起来却跟车声、仆役的匆忙脚步声、白昼的阳光……一样刺激他。要是这时候有谁在他眼前做出一件天大的好事或者可恶的暴行，他会觉得那两种行为同样讨厌。在他的脑海里缓慢地游荡的种种思想里，只有两个思想不刺激他：一个是他随时有弄死自己的力量，还有一个是这痛苦不会超过三天，这后一个，他是凭经验知道的。

他躺了一会儿，站起来，绞着手，又在房间里走动，然而不是照往常那样从这个房角走到那个房角，却是顺着墙边兜圈子。他走过镜子，偶尔在镜子里照一照。他的脸苍白而消瘦，他的两个鬓角凹下去，他的眼睛又大又黑，一动也不动，仿佛是别人的眼睛似的，流露出不能忍受的精神痛苦的表情。

中午时分,艺术家来敲门。

"格里戈里,你在家吗?"他问。

他听不到答话,站了一会儿,沉吟一下,用乌克兰土话回答自己:

"不在。这个可恶的家伙必是上大学去了。"

他就走了。瓦西里耶夫在床上躺下来,把头塞在枕头底下,痛苦得哭起来,眼泪越流得畅,他的精神痛苦也变得越厉害。等到天黑下来,他想到在前面等着他的痛苦的夜晚,就满心是恐怖的绝望。他连忙穿好衣服,跑出房间,让房门敞开着,上街去了,没有必要,而且也没有目的。他没有问一问自己要上哪儿去,就顺着萨多夫大街很快地走下去。

雪跟昨天那样下得紧,那是解冻的时令。他把手拢在袖管里,周身发抖,听见车轮声、公共马车的铃声、行人的脚步声就害怕。瓦西里耶夫顺着萨多夫大街一直走到苏哈列夫塔,然后又走到红门,从那儿拐弯走到巴斯曼大街。他走进一家小酒馆,喝下一大杯白酒,可是那也没使他觉得畅快些。他走到拉兹古里亚,往右拐弯,走进一条以前从没来过的小巷子。他走到一座古老的桥边,桥下是水声喧哗的雅乌扎河,他站在桥头。可以看见红营房一长排窗子里的灯光。瓦西里耶夫一心想用新的感觉或者别的痛苦来摆脱他眼前的精神痛苦,可又不知道该怎么办才好,他哭泣着,颤抖着,解开大衣和上衣,露出赤裸的胸膛,迎着潮湿的雪和风。可是这也没减轻他的痛苦。随后,他凑着桥上的栏杆弯下腰,低头瞧着雅乌扎河漆黑的、滚滚的流水,很想一头栽下去,倒不是因为厌恶生活,也不是想自杀,却是打算至少叫自己受点伤,用这种痛苦来摆脱那种痛苦。可是漆黑的河水、黑暗的空间、铺着白雪的荒凉河岸,都可怕得很。他打了个冷战,往前走去。他沿着红营房走了一个来回,然后下坡,进了一个矮林,又从矮林回到桥上……

"不行,回家,回家去!"他想,"在家里似乎会好过点……"

他就往回走。他回到家,脱掉湿大衣和帽子,在房间里沿着墙边兜圈子,就这么不知疲倦地一直走到天亮。

七

第二天早晨艺术家和医科学生来看他,他正痛苦地呻吟着,在房间里跑个不停,衬衫已经撕碎,手也咬破了。

"看在上帝面上!"他一看见他的朋友就哭着说,"随你们爱上哪儿就带我上哪儿,你们认为该怎么办,就怎么办吧!只是看在上帝面上,快点救救我才好!我要弄死我自己了!"

艺术家脸色变白,慌了手脚。医科学生也差点哭起来,可是想到做医生的在生活里不论遇到什么事都应该冷静严肃,就冷冷地说:

"这是你神经出了毛病。可是不要紧。马上到大夫那儿去。"

"随你们怎么办好了,只是看在上帝面上,快点才好!"

"你不用发急,你得尽力控制自己才成。"

医科学生和艺术家伸出发抖的手替瓦西里耶夫穿好衣服,带他出去,到了街上。

"米哈依尔·谢尔盖伊奇早就想跟你认识了,"在路上医科学生说,"他是个很可爱的人,医道也高明得很。他是一八八二年毕业的,可是经验已经很丰富。他对待大学生就像对待同学那样。"

"赶快,赶快……"瓦西里耶夫催促道。

米哈依尔·谢尔盖伊奇是一个胖胖的金发医师,他接待这几位朋友时,半边脸微笑着,态度又客气,又庄严,又冷静。

"艺术家和迈尔已经跟我讲到过您的病,"他说,"很愿意为您效劳。怎么样?请坐吧……"

他让瓦西里耶夫在书桌旁边一把大圈椅上坐下,把一个烟盒送到他跟前。

"怎么样?"他开口说,摸着他的膝头,"我们来谈正事吧……您多大岁数?"

他提问题,医科学生回答那些问题。他问瓦西里耶夫的父亲害过什么特别的病没有,是不是常喝醉酒,有没有什么残酷的行为或者古怪的脾气。他又用同样的问题问到他祖父、母亲、姐妹、弟兄。他听到瓦西里耶夫的母亲有很好听的歌喉,有时候还上台演戏,就忽然活泼起来,问:

"对不起,您可记得您母亲对舞台的兴趣浓不浓?"

大约二十分钟过去了。瓦西里耶夫讨厌那位医师一个劲儿摸他的膝头,老是讲那一套话。

"大夫,您那些问题,依我看来,"他说,"是想弄明白我的病有没有遗传性。"

医师又问瓦西里耶夫年轻时候干过什么秘密的坏事没有,脑袋受过伤没有,有没有什么爱好、怪癖、特别的嗜好。凡是勤恳的医师通常问到病人的种种问题,即使有一半不回答,也丝毫无损于病人的健康,可是米哈依尔·谢尔盖伊奇、医科学生、艺术家,全都现出一本正经的脸色,仿佛只要瓦西里耶夫有一个问题答不上来,就会前功尽弃似的。医师听到答话以后,不知为什么,总在一片纸上记下来。听说瓦西里耶夫学过自然科学,眼前在学法律,医师便深思起来……

"去年他写过一篇精彩的文章……"医科学生说。

"对不起,别搅扰我,您妨碍我集中思想,"医师说,用半边脸笑了笑,"是的,当然,这对病的形成也不无关系。紧张的脑力劳动,疲劳过度……对了,对了。您常喝酒吗?"他对瓦西里耶夫说。

"很少喝。"

又过了二十分钟。医科学生开始压低声音述说自己对这次犯病的直接原因的看法,说到前天艺术家、瓦西里耶夫和他怎样去逛C巷。

瓦西里耶夫听他的朋友们和那位医师讲到那些女人和那条悲惨的巷子的时候用那么淡漠的、镇静的、冷冰冰的口吻,觉得奇怪极了……

"大夫,请您只回答我一个问题,"他说,按捺自己的火气,免得说话粗鲁,"卖淫是不是坏事?"

"好朋友,这还有问题吗?"医师说,表现出这个问题他早已解决了的神情,"这还有问题吗?"

"您是精神病医师吧?"瓦西里耶夫粗鲁地问。

"对了,精神病医师。"

"也许你们大家都对!"瓦西里耶夫说着,站起来,开始从房间的这一头走到那一头,"也许吧!可是我却觉得奇怪!我学了两门学问,你们就看作了不起的成就,又因为我写过一篇论文,而那篇论文不出三年就会给人丢到一边,忘得精光,我却被你们捧上了天。可是由于我讲到那些堕落女人的时候不能像讲到这些椅子的时候那样冷冰冰,我却要受医师的诊治,被人叫做疯子,受到怜悯!"

不知因为什么缘故,瓦西里耶夫忽然心中充满难忍难熬的怜悯,他可怜自己,可怜他的同学,可怜前天见过的那些人,也可怜医师。他哭起来,倒在那把圈椅上。

他的朋友们探问地瞧着医师。那个医师现出完全了解这种眼泪和这种绝望的神情,现出自认为在这方面是专家的神情,走到瓦西里耶夫跟前,一句话也没说,给他喝下一种药水,然后,等到他平静点,就脱掉他的衣服,开始检查他皮肤的敏感程度、膝头的反射作用,等等。

瓦西里耶夫觉得舒畅一点了。等到他从医师家里走出来,他已经觉得难为情,马车的辘辘声不再刺激他,心脏底下那块重负也越来越轻,仿佛在溶化似的。他手上有两个方子:一个是溴化钾①,一个是吗啡②……这些药他从前也吃过!

　　在街上,他站定一会儿,想了想,就向两个朋友告辞,懒洋洋地往大学走去。

---

　　①② 都是镇静剂。

鞋匠和魔鬼

那是圣诞节前夕。玛丽雅早已在炉台上打鼾,神像前面小灯里的煤油已经点完,可是费多尔·尼洛夫仍旧坐在那里干活儿。他早就想丢下活儿,到街上去,然而科洛科尔尼巷里有个顾客,两星期前在他这儿定做一双靴子,昨天来过一趟,骂了他一顿,嘱咐他今天晨祷以前务必要赶完这双靴子。

"苦役般的生活!"费多尔一面干活,一面嘟哝,"有些人早就睡了,有些人在玩乐,你呢,却像该隐①似的,坐在这儿给鬼才知道的家伙做靴子。……"

为了避免一不小心睡着,他不时从桌子底下拿过一个瓶子来,对着瓶嘴喝几口,每次喝完总是把头摇晃一下,大声说道:

"请教,凭什么缘故那些顾客玩玩乐乐,我却不得不给他们干活?就因为他们有钱,我是叫花子吗?"

他痛恨所有的顾客,特别是住在科洛科尔尼巷里的那一个。这位先生相貌阴沉,头发很长,脸色发黄,戴着挺大的深蓝色眼镜,说话声音嘶哑。他姓日耳曼人的姓,很不容易念上口。他究竟是什么身份,干什么工作,那是没法弄明白的。……两星期前费多尔

---

① 《圣经·创世记》里的人物,亚当的长子,他出于嫉妒,杀死了兄弟亚伯,遭到耶和华的惩罚。

到他家里去量尺寸,他,那个顾客,正坐在地板上,捣碎一个钵子里的东西。费多尔还没来得及打招呼,装在钵子里的东西就猛的燃烧起来,发出一片耀眼的红色光焰,腾起一股硫黄和烧焦的羽毛的臭气,房间里满是粉红色的浓烟,害得费多尔大约打了五次喷嚏。后来,他在回家的路上暗想:"凡是敬畏上帝的人,决不会干这种活儿。"

等到酒瓶空了,费多尔就把靴子放在桌子上,沉思起来。他用拳头支着沉甸甸的脑袋,开始思忖他的贫穷,思忖他的暗无天日的艰苦生活,后来他又想到财主,想到他们的大房子和马车,想到许多一百卢布的钞票。……他妈的,但愿那些财主的房子四分五裂,马匹死掉,皮大衣和貂皮帽子脱掉毛才好!叫那些财主渐渐变成没有东西吃的乞丐,贫穷的鞋匠却成了财主,可以在圣诞节前夜对别的穷鞋匠摆一摆威风,那才痛快。

费多尔照这样幻想着,突然记起了他的活儿,就睁开眼睛。

"这可是怪事!"他瞧着靴子,暗想,"这双靴子早就做好了,我却仍旧坐在这儿不动。应当把它送到顾客家去才对!"

他用一块红头巾把他做好的活包好,穿上衣服,走到街上去了。天下着又细又硬的雪,像针似的刺痛人的脸。天冷,路滑,夜色黑暗,煤气灯昏沉沉地燃着,不知什么缘故街上有一股煤油气味,费多尔喉咙发痒,咳嗽起来。财主们在大街上川流不息,每个财主手里都拿着一块火腿和一瓶白酒。有些阔绰的小姐坐在马车和雪橇上瞧着费多尔,对他吐舌头,笑着喊道:

"叫花子!叫花子!"

一些大学生、军官、商人、将军在费多尔身后走着,挖苦他说:

"酒鬼!酒鬼!不信上帝的鞋匠,皮靴筒的灵魂!叫花子!"

这些话是伤人的,然而费多尔一声不吭,光是吐几口唾沫。不过,后来他遇见鞋匠当中的能手华沙人库兹玛·列别德金,这人说:"我娶了一个阔女人,我手下有帮工干活,你呢,却是个叫花子,连吃的也没有,"费多尔就再也忍不住,拔腿去追他。他一直追到科洛科尔尼巷才罢休。他的顾客住在拐角上第四所房子的楼上。要到他那儿去,先得穿过一个很长很黑的院子,然后爬上一道又高又滑而且在脚底下摇晃的楼梯。费多尔走进他的房间,他像两星期前一样正坐在地板上捣碎钵子里的东西。

"老爷,我给您送靴子来了!"费多尔阴沉地说。

顾客站起来,一句话也没说,开始试靴子。费多尔有心帮他的忙,就弯下一条腿跪下去,脱掉他的旧皮靴,可是他立刻又跳起来,惊恐地退到门口去了。原来这个顾客没有生脚,却生着马一般的蹄子。

"嘿!"费多尔想,"这可真怪了!"

他照理应当先在胸前画个十字,然后丢开一切,跑下楼去,然而他立刻想到这是他有生以来头一次遇见魔鬼,恐怕也是最后一次,不趁机利用它来为自己谋点好处,那未免太傻了。他就定一定神,决定试试他的运气。他把手倒背在身后,免得在胸前画十字,然后恭恭敬敬地咳嗽一声,开口讲话了:

"听人说,世界上再也没有比魔鬼更可恶、更坏的了,不过,老爷,我却这样理解:魔鬼倒极有教养呢。魔鬼有蹄子,背后还有尾巴(请原谅我直说),可是另一方面,他脑子里的聪明才智却比随便哪个大学生还要多。"

"我喜欢听这样的话,"顾客听得很舒服,说道,"谢谢,鞋匠!你想要什么东西吗?"

鞋匠没有放过机会,立刻开口抱怨自己的命运。他说,他从小就嫉妒财主。他看到并不是所有的人一律住在大房子里,一律坐着骏马拉的马车,总是觉得愤愤不平。试问,他为什么这样穷?华沙人库兹玛·列别德金有自己的房子,他的妻子也有帽子戴,可是他有什么地方不如这个华沙人？他的鼻子、手脚、脑袋、后背,都跟财主长得一模一样,那么别人能玩玩乐乐,为什么他就必得干活？为什么他娶的是玛丽雅,而不是浑身洒香水的贵妇人？他常常有机会在阔绰的顾客家中看见漂亮的小姐,可是她们理都不理他,有时候光是发笑,互相交头接耳地说:"这个鞋匠的鼻子好红啊!"不错,玛丽雅是个好心、厚道、做事勤快的女人,然而她没受过教育。她手重,打起人来很痛。每逢人家当她的面谈政治或者别的什么文绉绉的题目,她总要插嘴,说出些荒唐的废话。

"那么你想要什么东西呢?"他的顾客打断他的话。

"我请求您,老爷,魔鬼伊凡内奇,要是您肯开恩的话,就把我变成阔人吧!"

"行。不过这要你把你的灵魂交给我才能办到!趁现在公鸡还没叫,你走过来,在这张小纸上写下,你把你的灵魂交给我了。"

"老爷!"费多尔有礼貌地说,"当初您定做靴子的时候,我并没有先向您要钱啊。总得先把人家定的活做出来,才能要钱嘛。"

"好,也行!"顾客同意说。

钵子里忽然升起一股明亮的火焰,涌上一团粉红色的浓烟,冒出烧焦的羽毛和硫黄的臭气。等到烟雾消散,费多尔揉一揉眼睛,却看见自己不再是费多尔,也不再是鞋匠,却成了另外一个人,穿着坎肩,戴着表链,下身穿着新裤子,坐在圈椅上,靠近一张大桌子。有两个听差给他端来吃食,深深地鞠躬,说道:

"请您随意吃,老爷!"

多么阔绰呀!听差端上一大块烤羊肉和一钵子黄瓜,然后用平底锅端来烤鹅,过一会儿又端来辣根炖猪肉。这是多么高贵,多么体面啊!费多尔吃着,每吃一道菜都要先喝一大杯上等白酒,就像将军或者伯爵那样。吃完猪肉,听差给他端来鹅油粥,随后是猪油煎蛋和炸牛肝,他一股脑儿吃下去,津津有味。此外还有什么呢？他们又端上来加葱的馅饼和克瓦斯蒸芜菁。"那些老爷吃这么多东西怎么会没有胀破肚子？"他暗想。最后他们又送来一大罐蜂蜜。饭后，那个戴蓝色眼镜的魔鬼来了，深深一鞠躬，问道：

"您这顿饭吃得满意吗，费多尔·潘捷列伊奇？"

可是费多尔一句话也说不出来，吃完这顿饭，他肚子快要胀破了。这种胀饱的感觉并不愉快，却难受得很。他为了排遣这种心情，就开始观看他左脚上的靴子。

"要我做这样一双靴子至少也得七个半卢布。这是哪个鞋匠做的？"他问。

"是库兹玛·列别德金。"听差回答说。

"叫他来，这个蠢货！"

不一会儿，华沙人库兹玛·列别德金就来了。他在门口站住，做出恭恭敬敬的姿态，问道：

"您有什么吩咐，老爷？"

"闭嘴！"费多尔喊道，跺一下脚，"不准你强辩，你得明白你的鞋匠身份，明白你是个什么人！笨蛋！你不会做靴子！我要打得你鼻青眼肿！你来这儿干什么？"

"我来取钱，老爷。"

"你取什么钱？滚蛋！星期六再来！来人啊，给他一个脖儿拐！"

可是他立刻想起当初顾客对他也作威作福过，心里就觉得不好受了。为了排遣这种心情，他从衣袋里拿出一个大钱夹来，开始数钱。钱很多，可是费多尔还想多要。戴蓝色眼镜的魔鬼就给他送来一个更大的钱夹，然而他还想多要，他越数钱就越不满足了。

傍晚魔鬼给他领来一位太太，个子很高，胸脯耸起，穿一件红色连衣裙，说这是他的新妻子。他不住地吻她，吃蜜糖饼干，一直到深夜。晚上他躺在又软又松的羽毛褥子上，可是翻来覆去，怎么

381

也睡不着。他觉得害怕。

"我们有很多的钱,"他对妻子说,"一不小心,贼就会钻进来。你顶好拿着蜡烛去照一照!"

他通宵没睡着,时不时地起床,看一下他的箱子给人动过没有。一清早,他得上教堂去做晨祷。教堂里,一切人,不论是富的还是穷的,都处在同等地位。当初费多尔穷的时候,他在教堂里这样祷告:"主啊,饶恕我这个罪人!"他现在成了财主,也仍旧念这句话。那么区别又在哪儿呢? 发了财的费多尔,死后不会葬在黄金里,也不会葬在钻石里,而是跟最苦的穷人一样,葬在黑土里。将来费多尔跟鞋匠得在同一种火①里焚烧。这一切费多尔觉得很可气,此外那顿饭胀得他周身难过,他的脑子里容不下祷告辞,只有形形色色关于钱箱,关于盗贼,关于他那被出卖的和毁灭的灵魂的想法。

他气愤地走出教堂。为了赶走那些恼人的思想,他照以前常做的那样,放开喉咙大声唱歌。可是他刚唱开头,就有个警察跑到他跟前来,把手举到帽檐那儿,说:

"老爷,上流人不能在街上唱歌!您又不是鞋匠!"

费多尔把背靠在围墙上,心里暗想:该怎样排遣这种心境呢?

"老爷!"一个扫院子的仆人对他喊道,"别太靠近围墙,你会把皮大衣给弄脏的!"

费多尔走进一家商店,买了一只上好的手风琴,然后沿着大街拉起来。行人都伸出手指头对他指指点点,笑他。

"这还算是老爷!"马车夫嘲笑他说,"简直就像鞋匠。……"

"难道上流人可以胡闹吗?"警察对他说,"您还是到酒店里去的好!"

---

① 指宗教传说中地狱里的大火。

"老爷,看在基督分上,赏我们几个钱吧!"乞丐们从四面八方涌来,把费多尔团团围住,哀叫道,"您给几个钱吧!"

从前他做鞋匠的时候,乞丐们一点也不理睬他,可是现在他们不肯放过他了。

到了家里,他的新妻子,一个穿着绿上衣和红裙子的太太,来迎接他。他想对她亲热亲热,刚抡起胳膊来要在她背上打一下,她就气冲冲地说:

"乡下佬!土包子!你不会对待上流女人!要是你爱她,就该吻她的手,我不允许你打人。"

"哼,该诅咒的生活!"费多尔暗想,"这过的是什么生活啊!不准你唱歌,不准你拉手风琴,不准你跟老婆闹着玩。⋯⋯呸!"

他刚跟太太坐下来喝茶,戴蓝色眼镜的魔鬼就来了,说:

"好,费多尔·潘捷列伊奇,我的诺言都一一照办了。现在您在这张纸上签个名,跟我走吧。现在您已经知道什么叫阔绰的生活,别再过下去了!"

他就拉着费多尔走进地狱,照直跳进火炉,魔鬼们从四面八方跑拢来,叫道:

"傻瓜!蠢货!笨驴!"

地狱里有一股浓烈的煤油气味,简直能把人闷死。

突然这一切都消散了。费多尔睁开眼睛,看见了他的桌子、靴子、用白铁做的小灯。灯罩熏黑了,灯芯的小火苗冒出一股臭烘烘的烟子,像是烟囱里冒出来的。桌旁站着那个戴蓝色眼镜的顾客,气冲冲地嚷道:

"傻瓜!蠢货!笨驴!我要给你这个骗子一点教训看看!你两个星期以前接下这个活,直到如今还没把靴子做好!你以为我有的是闲工夫,一天能到你这儿来取五趟靴子?坏蛋!畜生!"

费多尔把头摇晃一下,动手做靴子。顾客接着又骂了很久,恐

383

吓很久。后来他的气总算消了,费多尔就愁眉苦脸地问道:

"老爷,您是干什么活儿的?"

"我做五彩焰火和爆竹。我是制造花炮的师傅。"

教堂打钟,要做晨祷了。费多尔交出那双靴子,收下钱,就到教堂里去了。

街上,马车和铺着熊皮毯子的雪橇来来往往。人行道上有些商人、太太、军官跟普通人一块儿走动。……然而费多尔不再嫉妒,也不再抱怨自己的命运了。现在,他认为富人和穷人同样不好过。有的人能够坐马车,有的人能够提高喉咙唱歌,拉手风琴,可是有一样东西却在等着所有的人,那就是坟墓。生活里并没有什么东西可以使人甘心把自己的灵魂,哪怕是一小部分灵魂,交给魔鬼。

一八八九年

打　赌

一

那是秋天的一个黑夜。有个老银行家在书房里从这个墙角走到那个墙角,回忆十五年前秋天一个傍晚他举办过的一个晚会。晚会上有许多聪明人,谈了不少有趣的话。除了别的话题以外,他们还谈到死刑。客人们当中有不少学者和新闻记者,大多数都对死刑采取否定的态度。他们认为这种惩罚已经过时,对基督教国家不相宜,而且不合乎道德。按照他们有些人的意见,死刑应当一概改为无期徒刑。

"我不同意你们的意见,"做主人的银行家说,"我既没尝试过死刑,也没领略过无期徒刑,不过如果可以臆断①来判断,那么依我看来,死刑比无期徒刑更合乎道德,也更人道。死刑把人一下子处死,无期徒刑却慢慢地磨死一个人。究竟是哪个刽子手比较人道些? 是在几分钟当中杀死您的那一个呢,还是在许多年当中汲尽您的生命的那一个?"

"两种刑罚都同样不道德,"有个客人说,"因为它们有一个共同的目标,夺去人的生命。国家比不得上帝。国家没有权利夺去

---

① 原文为拉丁语。

它即使有心也无法恢复原状的东西。"

客人当中有个二十五岁左右的青年人,是法学家。别人问起他的意见,他说:

"死刑也罢,无期徒刑也罢,同样是不道德的,不过如果有人要我在死刑和无期徒刑当中任选一种,那么当然,我会选择第二种。活着总比不活好。"

热闹的争论开始了。银行家当时还比较年轻,心浮气躁,一时性起,用拳头捶一下桌子,对年轻的法学家说:

"这话不实在!我敢打两百万的赌:您在囚室里连五年也坐不住。"

"如果这话是认真说的,"法学家回答他说,"那么我敢打赌:我不是坐五年,而是坐十五年。"

"十五年?好吧!"银行家叫道,"诸位先生,我下两百万的赌注!"

"行!您下两百万赌注,我拿我的自由做赌注!"法学家说。

这个荒唐而毫无意义的打赌就此成立了!银行家当时到底有几百万家财,连他自己也不清楚,因而不免志得意满,满不在乎,打了这个赌感到很高兴。吃晚饭的时候,他取笑法学家说:

"趁时机还不迟,年轻人,醒悟过来吧。两百万在我不算一回事,可是您却有失去您一生中三四年最好岁月的危险。我说三四年,那是因为您不会坐得比这再久的。还有一点不要忘记,不幸的人,那就是自愿监禁比强制监禁难熬得多。既然您随时都有权利出去享受自由,那么这种想法就会毒害您在囚室里的全部生活。我怜惜您!"

现在银行家从这个墙角走到那个墙角,回想这些事,就问自己:

"何必打这种赌呢?那个法学家失去十五年的生活,我丢掉两百万,这有什么好处呢?难道这能向人们证明死刑比无期徒刑坏些或者好些?不能,不能。这是胡闹,毫无意义。在我这方面,这是吃饱肚子的人的任性,在他那方面呢,纯粹是贪财罢了。……"

随后他又想起在上述那个晚会后发生的事。双方决定,法学家得搬到银行家花园中一个小屋里去住,在最严格的监督下度完他的监禁岁月。他们约定,这十五年当中他得放弃跨出小屋门槛、看见活人、听见人声、收到信件和报纸的权利。有些事是准许做的:他可以有一件乐器,可以看书,可以写信,可以喝酒,可以吸烟。按照商妥的条件,他跟外界通消息只能通过一个特地为这个目的造的小窗,而且不准开口说话。凡是他所需要的东西,例如书籍、乐谱、酒,等等,他可以写个条子,要多少就给多少,不过只能从窗口递进递出。他们的契约包括种种项目和细节,规定这种监禁必须做到严格的隔离,责成法学家务必要坐满整整十五年,从一八七〇年十一月十四日晚间十二点钟起到一八八五年十一月十四日晚间十二点钟止。法学家只要有稍稍违反条约的举动,即使在规定期限之前早两分钟走出屋子,那就解除了银行家付给他两百万的义务。

监禁的头一年,凭法学家写出来的短短的字条判断,他又寂寞又烦闷,非常痛苦。从他的小屋里昼夜不断地传出钢琴声!他不要酒和烟。他写道,酒激起欲望,而欲望是囚徒的头号敌人;况且,再也没有比喝着美酒却什么人也看不见更乏味的了。烟损害他房间里的空气。头一年送到法学家那儿去的书多半是内容轻松的:恋爱情节错综复杂的长篇小说、犯罪小说、幻想小说、喜剧等等。

第二年,小屋里的音乐声沉寂了,法学家在字条上只要古典作品了。到第五年,音乐声又响起来,囚徒要求送酒去。在小窗口外面监视他的人说,整整那一年,他光是吃饭喝酒,躺在床上,常打哈欠,愤愤地自言自语。他不看书。有时候,他夜间坐着写东西,写得很久,第二天早晨却又把写出来的东西统统撕得粉碎。他们不止一次听见他哭。

第六年的下半年,囚徒热心地着手研究外语、哲学、历史。他贪婪地研究这些学问,弄得银行家几乎来不及订购他所要的书。四年内经他的要求买来的书将近六百册。在这段入迷的时期,银行家还接到囚徒这样一封信:"我亲爱的狱官!我用六种语言写这封信。请您把它们送给那些精通这些语言的人过目。让他们读一读。如果他们没有发现什么错误,那么我请求您吩咐人在花园里放一枪。这声枪响告诉我,我的努力没有白费。各国历代的天才说不同的语言,然而他们大家心里燃着同一种火焰。啊,但愿您知道,如今在我能够了解他们的时候,我的灵魂体验到什么样的幸福,真是人间少有啊!"囚徒的愿望照办了。银行家吩咐人在花园里放了两枪。

后来,十年以后,法学家坐在桌子旁边一动也不动,只读《福音书》。银行家觉得奇怪,心想一个在四年当中读过六百本深奥著作的人却用近一年的工夫去读一本容易理解的而且并不算厚的书。他看完《福音书》,接着就读宗教史和神学。

在监禁的最后两年,囚徒不加任何选择,读了非常多的书。他时而钻研自然科学,时而要拜伦或者莎士比亚的作品。他往往写字条要求给他同时送去化学书、医学教科书、长篇小说、哲学或者神学的论著。他看书就像在海洋里游泳,四周是一条破船的许多碎片,他想救自己的命,一会儿贪婪地抓住这块碎片,一会儿抓住那块!

二

老银行家回忆着这一切,想道:

"明天十二点钟他就要得到自由了。按照契约,我就得付给他两百万。如果我付出去,那就全完了,我彻底破产了。……"

十五年前他究竟有几百万财产连他自己也算不清,可是现在他不敢问自己到底是资产多还是债务多了。证券交易所里的狂热赌博、富于冒险性的投机生意、就是到老年也还是无法克制的偏激性格,渐渐使他的事业走上了下坡路。这个无所畏惧和刚愎自用的骄傲富翁如今变成一个平常的银行家,证券的一涨一落都能使他发抖了。

"该死的打赌!"老人嘟哝着,绝望地抱住头,"为什么这个人没有死掉呢?他还只有四十岁。他现在拿走我的最后一笔钱,就会去结婚,享受生活,到交易所去赌博,我呢,却像乞丐似的带着嫉妒的心情瞧着,天天听他说那一套话:'多亏您,我的生活才得到幸福,让我来帮您忙吧!'不,这太过分了!要解救破产和出丑,唯一的办法就是叫这个人死掉!"

时钟敲了三下。银行家仔细听了一下:家里的人都睡了,只能听见受冻的树木在窗外发出的飒飒声。他极力不弄出一点响声,从保险柜里拿出十五年来没开过的那个房门的钥匙,穿上大衣,走出房外。

花园里又黑又冷。天在下雨。潮湿而刺骨的风哀号着,刮过整个花园,不容那些树木安静。银行家尖起眼睛,可是既看不见土地,也看不见白色雕像,也看不见那个小屋,也看不见那些树木。他走近小屋所在的地方,叫了两次看守人。没有人应声。显然,看守人因为天气坏而溜走,到厨房或者花房里睡觉去了。

"如果我有足够的勇气实现我的意图,"老人暗想,"那么嫌疑首先落在看守人身上。"

他摸黑走上台阶,摸到门,走进小屋的前堂,然后摸索着走进一个不大的过道,划亮火柴。这儿一个人也没有。有一张床,不知是什么人的,然而上面没有放被褥,墙角上放着一个乌黑的铁火炉。囚徒房门上的封条是完整的。

等到火柴熄掉,老人就兴奋得发抖,往小窗口里面看一眼。

囚徒的房间里点着一支蜡烛,射出昏暗的光。他本人坐在桌子那儿。老人只看得见他的后背、头发、胳膊。桌子上,两把圈椅上,桌子旁边的地毯上,都放着翻开的书。

五分钟过去了,囚徒却一动也没动。十五年的监禁教会他静坐不动了。银行家用手指头敲窗子,囚徒却没有任何反应。于是银行家小心地撕掉门上的封条,把钥匙塞进锁眼里。生锈的锁发出粗嘎的声响,房门嘎吱一声开了。银行家料着马上可以听见惊讶的叫声和脚步声,然而大约过了三分钟,门里却跟先前那样安静。他决定走进房间去。

靠近桌子,坐着一个人,一动也不动,没有普通人的样子了。这是蒙着一层皮的骷髅,生着女人样的长鬈发,留着乱蓬蓬的胡子。他脸色发黄,类似泥土的颜色,脸的两边凹进去,后背狭长,两条胳膊又细又瘦,支着他那头发蓬松的脑袋,看上去简直吓人。他的头发里已经夹着银丝。瞧着他那张苍老消瘦的脸,谁也不会相信他只有四十岁。他睡着了。……桌子上,在他垂下的脑袋前面,铺开一张纸,上面写着些细小的字。

"可怜的人啊!"银行家想,"他在睡觉,而且多半梦见了那两百万!我只要抓住这个半死的人,把他扔到床上,用枕头略微闷他一下,那么事后,就连最仔细的检验也不会发现横死的迹象。不过我先来看看他写了些什么。……"

392

银行家从桌子上拿过那张纸来,读到下面这些话:

"明天十二点钟我就要得到自由,有权利跟人们来往了。不过,在我离开这个房间、看见太阳以前,我认为有必要对您说几句话。我带着清白的良心,面对瞧见我的上帝,对您声明:我藐视自由,藐视生命,藐视健康,藐视你们书里称之为人间幸福的一切。

"十五年来我专心研究人间的生活。不错,我没看见人间,没看见人,然而在你们的书里我喝到过芬芳的葡萄酒,唱过歌,在树林里追逐过鹿群和野猪,爱过女人。……由你们那些天才诗人的魔力创造出来的像白云那么轻盈的美女,夜间常来找我,对我小声讲述美妙的神话,使我陶醉得头脑发昏。在你们的书里我攀登过厄尔布鲁士山①和勃朗峰②的顶巅,在那儿见过早晨太阳怎样升上来,傍晚怎样给天空、海洋、山顶抹上一层带紫红的金色。我在那儿见过电光在我头顶上空劈开乌云,闪闪发亮。我见过绿色的树林、原野、河流、湖泊、城市,听过塞壬③的歌唱和牧笛的吹奏,摸过美丽的魔鬼的翅膀,他们原是飞到我这儿来谈论上帝的。……在你们的书里,我跳进无底的深渊,创造奇迹,行凶杀人,烧毁城市,宣扬新宗教,征服整个王国。……

"你们的书给予我智慧。凡是历代不知疲倦的人类思想创造出来的东西,都压缩成一小块,藏在我的颅骨里了。我知道我比你们一切人都聪明。

"我藐视你们那些书,藐视各种人间的幸福和智慧。一切都渺不足道,昙花一现,虚无缥缈,不足凭信,有如海市蜃楼。尽管你们骄傲,聪明,美丽,可是死亡会把你们从地面上抹掉,就跟地板底

---

① 在高加索。
② 在欧洲中部。
③ 希腊神话中人身鸟足的女妖,住在地中海小岛上,常以歌声引诱水手,然后将他杀死。

下的耗子一样。你们的后代、你们的历史、你们的不朽天才,都会同地球一起冻结或者烧毁。

"你们失去理智,走上岔路。你们把谎话当作真理,把丑看成美。如果由于某种情况,苹果树和橙子树上没长出果实,却忽然长出蛤蟆和蜥蜴,或者玫瑰花发出冒汗的马的气味,你们就会觉得奇怪。我对你们这些情愿拿天堂去换人间的人也同样感到奇怪。我不想了解你们。

"为了用行动对你们表明我藐视你们借以生活的一切,我不要那两百万了。当初我想望它如同想望天堂一样,如今我却藐视它。为了剥夺自己得到这笔钱的权利,我要在规定期限前五小时走出这个地方,从而破坏契约。……"

银行家读完这些话,把纸放在桌子上,吻了一下这个怪人的头,流下眼泪,走出这个小屋。在这以前,无论什么时候,哪怕是在交易所里大输一场以后,他也没有像现在这样藐视过自己。他回到家里,在床上躺下,可是激动和眼泪久久没让他睡着。……

第二天早晨,脸色惨白的看守人跑来,通报他说,他们看见住在小屋里的人爬出窗口,钻进花园,往大门走去,随后就下落不明了。银行家立刻带领仆人赶到小屋,证实囚徒确实逃走了。为了避免引起多余的流言蜚语,他从桌上拿走那张申明放弃权利的纸,转身回屋,把它锁在保险柜里。

公 爵 夫 人

由四头肥壮的骏马拉着的一辆四轮马车驶进某男修道院的平常称作"红门"的大门。修士司祭们和见习修士们成群地站在供贵族居住的那部分客房附近,远远地,凭着车夫和马匹,他们已经认出马车上坐着的太太就是他们熟识的、俊俏的公爵夫人薇拉·加甫里洛芙娜。

一个穿号衣的老人从车夫座位上跳下来,扶着公爵夫人下马车。她撩起黑面纱,不慌不忙地走到所有的修士司祭面前,领受他们的祝福,然后亲切地向见习修士们点点头,便走进一个房间里去了。

"怎么样,你们的公爵夫人不在,你们惦记吗?"她对那些搬运她的行李的修士说,"我有整整一个月没到你们这儿来了。不过,喏,我现在来了,那就瞧瞧你们的公爵夫人吧。可是修士大司祭神甫在哪儿?我的上帝啊,我急着要见他,心都等焦了!他真是个了不起的老人,了不起啊!你们有这样一位修士大司祭,应该觉得骄傲才对。"

临到修士大司祭走进来,公爵夫人就高兴地尖叫一声,把两条胳膊交叉在胸前,走到他跟前去领受祝福。

"不,不!让我吻您的手!"她说着,抓住他的手,热切地吻了三下,"我多么高兴呀,神圣的神甫,我终于见到您了!您大概忘了您的公爵夫人了吧,可是我的心却时时刻刻留在您这可爱的修道院里。您这儿多么好!这种生活远离浮华的尘世,专心供奉上帝,自有一种特别的魅力,神圣的神甫,我的整个灵魂都感觉到这一点,可是我没法用话语表达出来!"

公爵夫人的脸颊泛红,她流下了眼泪。她热烈地讲个不停。修士大司祭呢,却是个严肃的、难看的、拘谨的七十岁老人,一直沉默着,只是偶尔像个军人似的断断续续说:

"是,夫人。……我听见了。……我明白。……"

"您要在我们这儿住很久吗?"他问。

"今天我在你们这儿过夜,明天我坐车到克拉芙季雅·尼古拉耶芙娜家去,我有很久没跟她见面了,不过后天我再到你们这儿来,住上三四天。我想在你们这儿让我的灵魂休息一下,神圣的父亲。……"

公爵夫人喜欢在这个修道院里盘桓一阵。近两年来,她看中这个地方,一到夏天几乎每个月都要到这儿来住两三天,有时候住上一个星期。那些羞怯的见习修士、那种宁静、那些低矮的天花板、那种柏树的香气、那种简单的素食、那些便宜的窗帘,都打动她的心,使她生出满腔的温情,而且不由得沉思默想,脑海中添了许多美好的思想。她只要在这个房间里待上半个钟头,就会觉得她自己也变得羞怯而谦逊,自己身上也有柏树的气味,往事就退到远处去,失去它的价值,于是公爵夫人就开始思忖,尽管她只有二十九岁,却很像苍老的修士大司祭,她跟他一样,生到人世间来并不是要过富裕的生活,也不是要享受尘世的荣华和爱情,却是为了过一种安静的、与世隔绝的、像修道室那种幽暗的生活。

往往有这样的情形:斋戒者正在昏暗的修道室里专心祷告,忽然,有一道阳光意外地射进房间,或者有一只小鸟停在窗台上唱起歌来。这个严肃的斋戒者就不由自主地微微一笑,他的胸中,从罪恶积成的深重悲哀下面,就跟从石块下面那样,忽然涌出安宁的、无罪的欢乐,宛如一道溪流。公爵夫人觉得她自己从外界带到这儿来的,恰好就是阳光或者小鸟带来的那种安慰。她那亲切欢畅的笑容,她那温和的目光,她的说话声,她的笑谑,总之,她整个的人,她那穿着朴素的黑衣服的娇小苗条的身躯,一旦在这里出现,就一定会在那些纯朴严谨的人们心中引起一种温柔欢欣的感觉。每个看见她的人都一定会想:"上帝派一个天使到我们这儿来了。……"她觉得每个人都会不由自主地想到这一点,就笑得越发亲切,极力装得像小鸟似的。

她喝过茶,休息一阵,然后走出去散步。太阳已经落下去了。在修道院的花圃里,刚浇过水的木樨草冒出一股芬芳的潮气,直扑到公爵夫人脸上来,教堂里响起男人低缓的歌唱声,远远听去显得很悦耳,很忧郁。那儿在做晚祷。那些幽暗的窗口温柔地闪着长明灯的微光,有些阴影闪动,有个老修士的身影坐在教堂门前的台阶上,挨近神像,守着一个募款箱,这些都显出恬淡的安宁,使得公爵夫人不知什么缘故很想哭一场。……

大门外,在墙壁和桦树之间、两旁放着长凳的林荫道上,已经是暮色苍茫了,天空在很快地黑下来。……公爵夫人在林荫道上走了一阵,在一张长凳上坐下,开始沉思。

她心想:这个修道院里的生活安静而平稳,像夏天的傍晚一样,索性搬到这儿来住一辈子倒挺好。要是能完全忘记薄情而放荡的公爵,忘记她那庞大的产业,忘记每天来搅扰她的债主,忘记她的不幸,忘记今天早晨露出顶撞的脸色的使女达霞,那多么好。最好是能够一辈子坐在此地这条长凳上,从许多桦树的树干望出去,瞧着傍晚的薄雾在山脚下一缕缕地盘旋浮动,瞧着远处树林上空的白嘴鸦多得像一片乌云,正飞回巢过夜,仿佛给树林罩上了一层面纱,瞧着两个见习修士赶着马群去夜牧,一个骑着花斑马,一个步行,两个人都因为自由自在而高兴,打打闹闹像小孩子一样,他们年轻的说话声在停滞不动的空气里清脆地响着,每个字都可以听清。就是坐在这儿倾听这寂静也是好的:时而起风了,吹动桦树的树梢,时而有只青蛙把去年的枯叶弄得沙沙地响,时而墙外钟楼上的时钟由于过了一刻钟而敲响。……人不妨就这样一动不动地坐着,听着,思索,思索。……

有一个背着背囊的老太婆在她面前走过。公爵夫人暗想,要是拦住这个老太婆,对她说几句亲热恳切的话,周济她几个钱,倒也不坏。……可是老太婆一次也没回过头来看她,却转过墙角,不见了。

过了一会儿,林荫道上出现一个高个子男人,生一把白胡子,戴一顶草帽。他走到公爵夫人身旁,就脱掉帽子,向她鞠躬。公爵夫人凭他头上那一大块秃顶和他那尖尖的钩鼻子认出他就是医生米哈依尔·伊凡诺维奇,五年以前在她的杜包甫基庄园上担任过医疗工作。她想起有人对她说过,这个医生的妻子去年死了,她想对他表示同情,安慰他几句。

"大夫,您大概不认得我了吧?"她问,亲切地微笑着。

"不,公爵夫人,我认得。"医生又脱掉帽子,说。

"哦,谢谢,说实在的,我以为您也忘了您的公爵夫人呢。人们是只记得自己的仇人而忘记自己的朋友的。您也是来祷告的吗?"

"我由于职务的关系每个星期六都在这儿过夜。我在这儿替人看病。"

"哦,您生活得怎么样?"公爵夫人问道,叹了口气,"我听说您的太太去世了!多么不幸啊!"

"是的,公爵夫人,这在我是很大的不幸。"

"有什么办法呢!我们只好顺从地忍受种种不幸。没有上帝的意志,人是连一根头发也不会从头上掉下来的。"

"是的,公爵夫人。"

对于公爵夫人的亲切温和的笑容以及她的叹息声,医生光是冷冷地回答说:"是的,公爵夫人。"就连他脸上的神情也是冷冰冰的。

"我对他还有些什么可说的呢?"公爵夫人暗想。

"是啊,我跟您有多少时间没见过面了!"她说,"五年啊!在这段时间里,有多少水流进了大海,人事发生过多少变化啊,就连想一想都觉得可怕呢!您知道,我出嫁了……我由伯爵小姐变成公爵夫人。我甚至已经跟我的丈夫分手了。"

"是的,我听说了。"

"上帝给我的考验好多啊!您大概也听说我几乎破产了。为了偿付我那不幸的丈夫的债务,我卖掉了我的杜包甫基庄园,卖掉了我的基利亚科沃庄园,卖掉了我的索费伊诺庄园,如今我的田产只剩下巴拉诺沃和米哈尔采沃了。回顾往事,真是可怕呀:那么多的变化,各式各样的不幸,多少错误!"

"是的,公爵夫人,很多的错误!"

公爵夫人有点心慌了。她知道自己的错误。所有那些错误都是个人的秘密,只有她一个人能够想起,说出来。她忍不住问道:

"您认为是哪些错误呢?"

"您自己提到错误,可见您是知道的……"医生回答说,冷冷一笑,"何必再提呢!"

"不,您说一说,大夫!我会十分感激您的!请您不必跟我客气。我喜欢听老实话。"

"我不能做您的审判官,公爵夫人。"

"不能做我的审判官?您在用什么样的口气说话呀,可见您一定知道一些事情。您说吧!"

399

"要是您愿意听,那我就遵命。只是可惜我不会讲话,我的话并不是永远可以听得明白的。"

医生沉吟一下,开口了:

"错误很多,不过,老实说,其中主要的错误,依我看来,就是那种普遍的风气,那种……那种在您各处庄园上都盛行的风气。您看,我不善于表达我的意思。那就是说,主要的是对人缺乏爱,对人厌恶,这是在一切事情上完全可以感觉到的。你们的全部生活体系就是建立在这种厌恶上的。厌恶人的说话声,厌恶人的脸,厌恶人的后脑壳,厌恶人的脚步……一句话,厌恶人之所以为人的一切东西。所有的门口和楼梯上都站着吃得饱饱的、粗鲁的、懒惰的、穿着号衣的仆从,为的是不让装束不体面的人走进屋里来。前厅里放着许多高背椅子,为的是临到有舞会和宴会的时候,听差们的后脑壳不致碰脏墙上的壁纸。所有的房间里都铺着绒头很密的地毯,免得听见人的脚步声。凡是走进来的人,一定会受到警告,说话务必要小声些,少说些,千万不能说那些对想象和神经起坏作用的话。在你们的私室里,你们不跟别人握手,也不请别人坐下,就像现在您不跟我握手,不请我坐下一样。……"

"既是您高兴,那就遵命!"公爵夫人微笑着说,向他伸出一只手来,"说真的,犯不上为这点小事生气。……"

"可是,难道我生气了吗?"医生笑着说,不过他立刻脸红了,脱掉帽子,摇着它,激烈地说道:"老实说,我早就在等机会好把心里的话统统讲给您听,统统。……那就是说,我打算告诉您:您跟拿破仑一样,把所有的人都看成炮灰了。可是拿破仑好歹还有他的某种想法,而您却除了厌恶以外什么也没有!"

"我厌恶人!"公爵夫人带笑说道,惊讶地耸动肩膀,"我!"

"对,您!您需要事实吗?遵命!在您的米哈尔采沃村,有三个您旧日的厨师,在您的厨房里被烟火熏瞎了眼睛,如今靠乞讨过日子。在您那几万俄亩的土地上,凡是健康强壮而又好看的人都让您和您的食客们抢去,做了跟班、听差、车夫。所有这些两条腿的活物都给培养成奴才,吃得过饱,变得粗鲁,一句话,失去了神的形象和样式①。……还有些年轻的医生、农艺师、教师、一般的脑力工作者,我的上帝啊,你们硬叫他们丢下正业,丢下诚实的劳动,逼得他们为了混口饭吃而参加每个正直的人都引以为耻的种种木偶滑稽戏!有的年轻人工作不满三年就变成了伪君子、马屁精、进谗言的小人了。……这样做对吗?您那些波兰籍的总管、那些下流的暗探、那些卡齐米尔和卡艾坦,一天到晚,在您那几万俄亩土地上跑来跑去,为要讨好您而极力从一条牛身上剥下三层皮来。对不起,我说得前言不搭后语,可是那也没关系!在您眼里,普通人算不得人。就连登门拜访您的那些公爵、伯爵、主教,您也只把他们看作装饰品,而不是活人。不过,主要的……最使我愤慨的主要点,就是空有百万家财,却不为人们做一点事,一点事也不肯做!"

公爵夫人坐在那儿,又是惊讶,又是害怕,又是气恼,不知道该说什么,该怎样应付才好。以前从来也没有人用过这种口气对她说话。医生那令人不快的气愤声调和他那些笨拙而不连贯的话语在她耳朵和头脑里化成一片尖利的敲打声,后来她又觉得指手画脚的医生好像在用帽子打她的脑袋。

"这话不实在!"她用恳求的声调轻轻说,"我为人们做过许多好事,这您自己也知道!"

"算了吧!"医生叫道,"难道您仍旧认为您那种慈善活动是一种严肃有益的工作,而不是一种木偶滑稽戏?要知道,那种事是彻头彻尾的滑稽戏,那是拿对人的爱耍把戏,是最最露骨的耍把戏,就连孩子和愚蠢的村妇都看得透!就拿您那个——叫什么来

---

① 典出《旧约·创世记》。

着?——您那个为孤苦的老婆子开办的养老院来说吧,在那儿您叫我担任类似主任医师的工作,您自己当名誉院长。啊,主,我们的上帝呀,那可真是个可爱的机关!房子里铺着镶木地板,房顶上安着风信标,在农村里凑了十几个老太婆,硬逼着她们躺在荷兰麻布的床单上,盖上毛毯,吃水果糖。"

医生对着自己的帽子恶毒地扑哧笑了一声,接着结结巴巴地很快说下去:

"那是耍把戏!养老院的低级职员把毛毯和床单都收走,锁在柜子里,免得让老太婆用脏。叫她们这班老虔婆睡在地板上就是!老太婆们既不敢坐在床上,也不敢穿外衣,更不敢在光滑的镶木地板上行走。一切东西都是为摆排场用的,平时收藏好,不让老太婆动一下,把她们当作小贼一样。于是这些老太婆的吃穿只得暗地里靠别人施舍。她们白天黑夜向上帝祷告,只求赶快从监禁中释放出来,躲开您派去看管她们的那些胀饱肚子的坏蛋,免得听他们那套劝人为善的教训。还有,高级职员做了些什么呢?那简直妙不可言!每星期总有这么两次,而且是在傍晚,一连有三万五千个使者骑着马跑来,通知说,公爵夫人,也就是您,明天要光临养老院。这就是说,明天我得丢下病人,穿好衣服,去受检阅。好,我去了。老太婆们穿着新衣服,周身干干净净,已经排成行,在候驾了。那个从卫戍部队退伍下来的老耗子,养老院主任,在她们身旁走来走去,脸上露出甜蜜蜜的谄笑。老太婆们不住地打哈欠,面面相觑,然而不敢抱怨。我们等着。一个小管家骑着马来了。这以后过了半个钟头,一个大管家来了,然后账房里的大总管来了,随后又有这个那个来了……源源不断!大家都带着神秘而庄严的脸色。我们等啊,等啊,调换两只脚站着,瞧着表,始终保持坟墓般的沉默,因为我们彼此憎恨,成了仇敌。一个钟头过去了,两个钟头过去了,最后远远地出现一辆四轮马车,于是……于是……"

医生发出一连串尖细的笑声,然后逼尖喉咙说道:

"您下了马车。那些老巫婆呢,由那个卫戍部队的老耗子下了一道命令,齐声唱起来:'我主在锡安山的光荣,不是人的言语所能形容。……'一出好戏,可不是吗?"

医生用男低音笑起来,摆一下手,仿佛想借此表示他笑得说不出话来了。他笑得有劲,尖刻,咬紧牙关,只有脾气不好的人才会这样发笑。凭他的声音、脸色、两只亮晶晶而且有点傲慢的眼神可以看出来,他深深地藐视公爵夫人,藐视养老院,藐视那些老太婆。他所有的话都讲得那么笨拙,粗鲁,一点也没有诙谐和快活的味道,可是他的笑声却畅快,甚至欢乐。

"还有那个学校又怎样呢?"他接着说,笑得直喘气,"您还记得您打算亲自教农民的子女念书吗?您多半教得很不坏,因为不久所有的男孩都跑光了,所以您后来不得不把他们打一顿,再送他们一些钱,他们才肯回到您这儿来。此外,您还记得您打算亲自替那些到田里干活的母亲用橡皮奶头喂她们的小孩吃奶吗?您在村子里走来走去,哭个不停,因为那些小孩不肯给您凑趣,所有的母亲都把自己的婴儿带到地里去了。后来村长下命令,硬叫那些做母亲的轮流把她们的小孩交给您管,好让您开心。真是怪事!所有的孩子都不愿意接受您的恩赐,一齐逃跑,就跟耗子见了猫一样!这是什么缘故?很简单嘛!并不是因为像您素来解释的那样,我们的老百姓愚昧,不知感恩戴德,而是因为(请您原谅我这么说)您玩的这种花样没有一丁点儿爱心和仁慈!除了用那些活玩偶来解闷的愿望以外,别的什么也没有。……凡是在人和小狮子狗之间看不出区别的人,就不应该办慈善事业。我要向您保证:在人和小狮子狗中间是有很大区别的!"

公爵夫人心跳得厉害,耳朵里卜卜地响,仍旧觉得医生在用帽子打她的头。医生讲话很快,很激烈,急不择言,口齿不灵,而且加上过多的手势。她只明白一点,那就是有个粗鲁的、没有教养的、恶毒的、忘恩负义的人在对她讲话,至于他对她有什么要求,他在讲些什么,她就不明白了。

"走开!"她用含泪的声调说,抬起手来护住自己的头,免得挨到医生帽子的打,"走开!"

"而且,您在怎样对待您手下的职员啊!"医生继续愤慨地说,"您不把他们看作人。您根本看不起他们,仿佛他们是最下贱的骗子。比方说,容许我问您一句,为什么您把我辞掉?我在您父亲手下,后来在您手下,先后工作了十年,辛辛苦苦,没有节日,没有假期,周围一百俄里的人都爱戴我,不料有一天,我忽然得到通知,说是我以后不用再来工作了!这是为什么?我到现在都不懂!我是堂堂正正的医生,贵族,莫斯科大学的学生,一家之长,却变成这么一个卑微的人物,别人不用说明理由就可以随意把我撵走!何必跟我讲客气?后来我听说我的妻子瞒着我,悄悄到您那儿去过三趟,替我求情,您一次都没有接见她。据说她在您的前厅里哭了。虽然她已经去世,可是我为这件事一辈子也不会原谅她!一辈子也不会!"

医生不再作声,咬紧牙关,紧张地思索着,要想再说一些很不中听的泄愤的话。他想起来了,他那皱起眉头的冷冰冰的脸忽然放光了。

"就拿您对这个修道院的态度来说吧!"他滔滔不绝地讲起来,"不管什么人,您是从来也不肯放过的。越是神圣的地方,就越有机会遭到您的仁慈和天使般的温柔的折磨。为什么您到这儿来?容我问您一句,为什么您要来找这儿的修士?赫卡柏跟您有什么相干,您跟赫卡柏又有什么相干?① 这无非又是设法解闷,要

---

① 意谓"两不相干",语出莎士比亚的悲剧《哈姆雷特》。赫卡柏是希腊传说中特洛伊王普里安之妻,在特洛伊被围时失去了丈夫和儿子。

弄人,亵渎人的尊严罢了。要知道,您并不相信修士的上帝,您心里自有您的上帝,这个上帝是您在招魂术士的降神会上体会出来的。您对教堂里的种种宗教仪式看不上眼,不愿意去做弥撒和晚祷,每天总要睡到中午才醒……那您何必到这儿来呢?……您带着您的上帝来到这个跟您毫不相干的修道院,以为修道院会把这看作它的莫大光荣!亏您想得出!您不妨顺便问一声,您来一趟,给修士们惹来多少麻烦。承您赏脸,打算今天傍晚到这儿来,于是您庄园上的账房前天就派人骑着马来通知说,您准备来这儿。昨天他们整整一天忙着给您打扫房间,等您驾临。今天来了一位先行,是个蛮横的使女,她不时跑过院子,衣服沙沙地响,问这问那,发号施令……我简直受不了!今天修士们紧张地守候了一整天。是啊,要是不恭恭敬敬地迎接您,那可要出乱子!您准会到主教那儿去告状!'主教,那些修士不喜欢我。我不知道我怎么会惹得他们生气的。不错,我是个大罪人,可是要知道,我是那么不幸啊!'有一个修道院已经为您挨过一顿申斥了。修士大司祭是个很忙的、有学问的人,一分钟的空闲也没有,可是您却老是要他到您的房间里去。对老人也罢,对教职也罢,一点敬意也没有!要是您捐给修道院很多钱倒也罢了,人家就不会觉得那么可气,可是偏偏这么多日子,修士们从您手里连一百个卢布也没拿到!"

每逢公爵夫人受到惊扰,不为人们理解,感到委屈,每逢她不知道该说什么好,该怎么做好,那她照例会哭起来。这一回,她最后也是蒙上脸,用小孩子那种尖嗓音哭起来了。医生忽然停住嘴,瞧着她。他的脸色黯淡下来,变得严峻了。

"请您原谅我,公爵夫人,"他用低沉的声音说,"我发了一通脾气,失去常态了。这是不好的。"

他发窘地咳嗽了一声,顾不上戴帽子,很快地从公爵夫人跟前走开了。

天空中已经繁星闪烁。想必月亮正从修道院后边升上来,因为天空明亮、清澈、柔和。蝙蝠沿着修道院的白墙毫无声息地飞来飞去。

时钟慢腾腾地敲着某一点钟的三刻钟,大概是八点三刻吧。公爵夫人站起来,慢慢地往大门口走去。她感到受了委屈,哭个不停,觉得树木也好、星星也好、蝙蝠也好,似乎都在怜惜她。时钟敲出悦耳的响声,也只是为了对她表示同情罢了。她哭着,心想索性进修道院,在那儿过一辈子倒好,在夏日安静的傍晚,她这个满腔委屈、受尽侮辱、不为人们理解的人,就会独自在林荫路上走动,只有上帝和布满繁星的天空才会看见这个受苦的女人的眼泪。这时候教堂里仍旧在做晚祷。公爵夫人站住,倾听歌声。在宁静的黑暗中,这种歌声听来多么悦耳!在这样的歌声下痛哭和受苦,又是多么甜美啊!

她回到居处,对着镜子照了一下她那泪痕斑斑的脸,扑上些粉,然后坐下来吃晚饭。修士们知道她喜欢吃醋渍鲟鱼、小菌子、马拉加葡萄酒、放在嘴里有柏树香味的普通蜜糖饼。每次她来,他们总给她送来这些吃食。公爵夫人吃着小菌子,喝着马拉加葡萄酒,幻想日后她怎样彻底破产,孤苦伶仃,所有她的总管、管家、账房先生、使女,尽管她为他们出过许多力,却都对她忘恩负义,讲出顶撞她的话,她幻想所有的人,全世界的人,都攻击她,说她的坏话,讪笑她,她呢,就放弃公爵夫人的爵衔,摆脱奢华和交际,隐居到修道院里,对谁也不说一句责备的话,反而为她的仇人们祷告,到那时候大家就会忽然了解她,走到她跟前来请她原谅,然而到那时候却太晚了。……

吃过晚饭以后,她走到墙角,在神像面前跪下,念了两章《福音书》。然后使女给她铺床,她躺下睡觉。她在白布被套下面伸开四肢,舒服地、照哭过一场的人那样深深地叹了口气,闭上眼睛,渐渐入睡了。……

早晨她醒过来,看一眼她的表,已经是九点半钟了。阳光从窗子里射进来,床旁地毯上有一条狭长而明亮的光带,朦胧地照亮整个房间。窗上黑窗帘外面,有些苍蝇在嗡嗡地叫。

"时候还早!"公爵夫人暗想,闭上眼睛。

她在床上摊开四肢,躺着纳福,忆起昨天傍晚她跟医生的相逢以及昨天她临睡前生出的种种想法。她想起她的不幸。后来她又不由得想到她那住在彼得堡的丈夫、总管、医生、邻居、熟识的文官。……一长排熟识的男人的脸在她的想象中掠过。她微微一笑,心想:要是这些人能够深入她的灵魂,了解她,那么他们大家就会扑倒在她的脚边了。……

到十一点一刻,她叫她的使女进来。

"达霞,给我穿衣服,"她懒洋洋地说,"不过,先去关照一声,叫他们把车套好。我得动身到克拉芙季雅·尼古拉耶芙娜家去一趟。"

她走出居处去坐马车,迎着白昼明亮的阳光而眯细眼睛,愉快地笑起来。这个白昼美好得出奇!她眯细眼睛看一眼聚集在门廊那儿为她送行的修士们,亲切地点一点头,说:

"再见,我的朋友们!后天见。"

她发现医生也站在门廊那儿,夹在修士们当中,不由得又惊又喜。他的脸色苍白而严峻。

"公爵夫人,"他说,脱掉帽子,负疚地赔着笑脸,"我早就在这儿等您了。……请您看在上帝分上原谅我。……昨天我给一种不好的、报复的感情迷住了心窍,对您说出许多……蠢话。总之,我是来赔罪的。"

公爵夫人亲切地笑一笑,把一只手伸到他的嘴唇跟前。他吻着那只手,脸红了。

公爵夫人极力装得像是一只小鸟,一下子飞进了她的马车,向四面八方点头。她心里快活,明朗,温暖,连她自己都觉得她的笑容异常亲切而温柔。等到她的马车向大门口驶去,后来沿着扑满尘土的大道,驶过农舍和花园,驶过盐粮贩子的长串货车和络绎不绝赶到修道院去的香客,她仍旧眯细眼睛,温柔地微笑着。她心想,再也没有一种欢乐比不论走到哪儿都带去温暖、光明、快乐,宽恕侮辱,对仇人亲切地微笑更高尚的了。路上遇到的农民们纷纷对她行礼,马车轻柔地沙沙响,车轮底下涌起滚滚的烟尘,随风飘到金黄色的黑麦地里,公爵夫人觉得她的身体好像不是在马车的软垫上颠动,而是在云端里摇晃,而且她本人就像一朵轻盈透明的云。……

"我多么幸福啊!"她小声说着,闭上眼睛,"我多么幸福啊!"

题　　解

《问题》

　　最初发表在一八八七年十月十九日《彼得堡报》第二八七号《短文》栏内,署名"安·契洪捷"。

　　一八八八年该小说经作者略加修改后,收入他的《故事集》,在彼得堡出版,此后自一八八九年起至一八九九年止该集子印行第二版至第十三版时,该小说未再修改。

　　后来,该小说由作者收入他自选的文集第四卷。

《阴谋》

　　最初发表在一八八七年十月二十四日《花絮》杂志第四十三期上,署名"安·契洪捷"。

　　该小说由契诃夫进行文字上的修改和删削后,收入他自选的文集第一卷。

　　契诃夫删削了小说中谢列斯托夫幻想当选主席的场面。原文在"我们要求推选谢列斯托夫！谢列斯托夫！"后面,还有以下一大段：

　　"谢列斯托夫就会懒洋洋地微笑着说：

　　"'诸位先生,承蒙赏识,不胜感激,可是,你们要知道,我是个过惯书房生活的人,忙得很。再者,比我高明的同行有的是。……

我不习惯做领导。我的任务是研究学问,心无杂念。……'

"'不,您别推托!'人们会要求他说,'请别伤我们的心,米哈依尔·伊凡诺维奇!'

"'诸位先生,你们这儿即使没有我,配当主席的人也有的是!'他说着,往门口退去。'真的,我简直难为情了。……我年纪不算老,又没有威望,在学术领域没有什么特别表现。……说真的,我哪能当主席呢?我只有一篇出色的著作,题目是《论夜莺的歌唱对某县人口出生率和死亡率的影响》,不过我写了这篇著作,也还是没有资格飞黄腾达。……'

"'算了,同行!您的著作还嫌少吗?《晕船病在陆地上的病例》呢?您别推托了!'"

《旧房》

房东讲的故事

最初发表在一八八七年十月二十六日《彼得堡报》第二九四号《短文》栏内,副标题原是《一个迷信的人的故事》,署名"安·契洪捷"。

该小说由契诃夫做文字上的修改和删削,并更换副标题后,收入他自编的文集第三卷。

《冷血》

最初发表在一八八七年十月三十一日《新时报》第四一九三号《星期六附刊》栏内和十一月三日该报第四一九六号上。

一八九〇年该小说由作者做文字上的修改和删削后,收入在彼得堡出版的作者小说集《闷闷不乐的人们》,此后自一八九〇年到一八九九年该书印行第二版至第十版时,该小说未再改动。

后来,该小说由作者略加修改后,收入他自编的文集第五卷。

该小说收入《闷闷不乐的人们》时,作者删去篇首的题词:

说马不是马,

倒像是蜈蚣在那条路上爬。……

小说原来的开端也被删掉:

"十一月间一个黑暗的夜晚。……火车的车皮、小火车站、树木、天空,统统被黑暗遮得严严实实,因此肉眼所能看见的,只有那些昏暗的灯火,它们射出朦胧的弧形亮光,在潮湿的月台上投下苍白的光影。四下里,一切都乌黑,纹丝不动,没有一点声音。

"对一个在旅途上不能入睡的人来说,秋天的俄国小车站有时候是吓人的。只要你走出车厢一会儿,寒冷刺骨的潮气就扑到你脸上和脖子上来。你只要看一下目光刺不透的黑暗,听一下死一般的寂静,就会有一种阴森的孤独感袭上你的心头,使你不由得思念人群聚居的所在。天气又冷又潮,什么东西也看不见,就连这是什么地点也闹不清。谁也不肯相信,这块乌黑的荒漠虽然目前被秋季盘踞着,不肯离去,以前却也有过夏天,人们也能在这儿居住呢。不知什么缘故,人会不禁怜惜那些孤零零的灯,它们东一盏西一盏地点缀在黑色背景上,不得不凝神望着黑暗,在这儿受冻。"

该小说的中部也有删节。例如查票员的话,在"'您可再也想不到,'"之后,原有这样一段:"查票员讲起来,激烈地做着手势。'铁路成了独立王国!真是要命!政府有它的一套章法,铁路却另有一套章法。……我跟您说,不管什么人,当官的也罢,大臣也罢,按照法律,谁也没有权利不经法院批准就没收我们的财产。要是旅馆老板由于顾客不付房租就扣留顾客的财物,那他就会按擅自越权罪受审,可是铁路呢,真是要命,只要您拿不出车票来,随便哪个乘务员都有充分的权利扣留您的行李。他们不受法律的管辖,成了独立王国!他们还干出种种怪事,气得您干瞪眼!换了别人,早就给流放出去做苦工了,他们却什么事也没有,逍遥自在!您再也想不到!老兄,我在铁路上已经干了二十年,对他们清楚得很!清楚得很!'

"查票员讲得入迷了。"

一八八七年春天契诃夫曾到俄国南方旅行一趟,这篇小说反映了他的旅行印象。他在一八八七年四月七日到十九日写给妹妹玛丽雅的日记式信函中说:"我一觉醒过来,火车已经到达斯拉维扬斯克站。……在这儿,有一批新旅伴上车了。……我们纷纷批评铁路。……查票员讲到洛左沃—塞瓦斯托波尔铁路偷盗亚速铁路三百辆车皮,改漆成自己的颜色。"

契诃夫的弟弟米哈依尔·巴甫洛维奇在他所写的《安东·契诃夫和他的题材》一书中讲到这篇小说还反映了契诃夫在故乡的一个亲戚的旅途印象:这个亲戚有心做生意,就买下牛,运到莫斯科出售以供屠宰,不料一路上遭到铁路工作人员的讹诈和欺骗。他向契诃夫申诉这件事,并且提出相应的"文件"证实他的申诉。

契诃夫在撰写这篇小说期间,于一八八七年十月十日或十一日、十二日,写信给他的大哥亚历山大·巴甫洛维奇说:"我在赶一篇供《星期六附刊》刊登的东西,然而写得很勉强,那题材我并不喜欢。这篇作品写得不好,不过我仍旧会寄去。"契诃夫写完小说,在同年十月二十一日写信给他的大哥说:"……我现在寄去小品文式的小说一篇,写得很长,我不喜欢,因为那是用包包雷金①的潦草方式写成的,而且题材也过于专门。为了免得产生疑问,我要预先通知你这个编辑部成员:小说里所写的丑恶现象非常接近真实,就跟索包列夫巷十分近似戈洛文巷一样。"

---

① 俄国当时的一个作家。

一八八七年十一月十一日或十二日，契诃夫的大哥写信通知契诃夫说："动物保护协会在最近的会议上议决向你道谢，因为你在《冷血》一文中对牛表现了关切的态度。他们大约会寄给你书面通知的。"

俄国作家和导演聂米罗维奇-丹钦科在回忆录中讲到俄国老作家格利戈罗维奇对这篇小说的评价："请把这篇小说跟果戈理的作品放在一起吧。……瞧，我的看法已经走得这么远了。"

《昂贵的课业》

最初发表在一八八七年十一月九日《彼得堡报》第三〇八号《短文》栏内，署名"安·契洪捷"。

该小说由契诃夫修改后，收入他自编的文集第三卷。在原文中，作者多次描写沃罗托夫同法国女人会见的场面，在修改中都被删除了。作者还删掉原文中俚俗的文字，例如，"她对语法还'摸得着'一丁半点，对句法和修辞却一窍不通，更不要说别的学问了"，又如，"他心想，要是他胆子大些，他有意，而且设法让她知道，那么说不定他倒也能把这个迷人的妞儿勾搭上手呢。"

《狮子和太阳》

最初发表在一八八七年十二月五日《花絮》杂志第四十九期上，署名"安·契洪捷"。

该小说由契诃夫修改后，收入他自编的文集第一卷。除了文字上的修改外，小说里还删除了库曾和秘书的谈话，秘书通晓法语，能协助库曾和波斯人谈判。

小说的结尾由作者做了很大的改动。在原文中，库曾并没得到"狮子和太阳"勋章，也没巴望获得塞尔维亚的勋章。小说原文在四句诗后面，有这样一段文字："至于漫画的作者是谁，却没有人知道,然而临到秘书要求加薪,市长就把他拉到一旁,幸灾乐祸地做了个侮辱他的手势"。小说到这儿就结束了。现在的结尾是作者重写的。

小说中所引的讽刺诗与原诗有出入,原诗登载在一八八七年《俄罗斯古代》杂志第四期上,被误认为是普希金之作。同年,该杂志第六期上报道说,讽刺诗的真正作者是一位姓扎布德斯基的年轻军官和斯塔夫罗波尔的邮政局局长,他们意在讽刺斯塔夫罗波尔省的省长,因为省长在赴彼得堡途中遇见波斯大使,为他宰过一只羊,然而后来,波斯大使归来,省长没有再为他宰羊,为此省长向大使赔罪。这件事可能是促使契诃夫写这篇小说的原因之一。

《灾祸》

最初发表在一八八七年十二月七日《彼得堡报》第三三六号《短文》栏内,原题名是《羊》,署名"安·契洪捷"。

一八九〇年该小说由契诃夫更换题名,在文字上略加修改后,收入在彼得堡出版的作者的小说集《闷闷不乐的人们》。契诃夫改动了该小说中许多外来语和粗俗的文字。

后来,该小说由作者收入他自编的文集第五卷。

一八八四年契诃夫担任记者,采访所谓"斯科平案"(莫斯科斯科平银行管理人员因舞弊而使银行破产),并在同年十一月和十二月《彼得堡报》上发表通讯《雷科夫及其同伙的案件》。这篇小说与契诃夫的采访印象有关。

《吻》

最初发表在一八八七年十二月十五日《新时报》第四二三八号上。

一八八八年该小说由契诃夫在文字上略加修改和删节后,收入在彼得堡出版的作者的《故事集》。

后来,该小说再由契诃夫稍加修改后,收入他自编的文集第四卷。

据俄国作家谢格洛夫在所写的回忆文章中说,他以前做过炮兵,因此契诃夫要求他读一下小说里对炮兵旅活动的描写,然后讲出他的看法。谢格洛夫写道:"我……不由得暗自赞叹他描写的真实,而且……他在描写军界人士的精神和气质上表现了惊人的敏感。人们简直不能相信写成这篇作品的人竟然是个刚刚离开大学课桌的大学生,而不是一个在炮兵营里至少服役过好几年的真正军人!"

谢格洛夫回忆说,这篇小说写得很快,"几乎只用了两天工夫"。

契诃夫的小弟米哈依尔·巴甫洛维奇在《关于契诃夫》一书中说,这篇小说反映了契诃夫居住在沃斯克先斯克时期所得的印象,当时那儿驻扎着一个炮兵连,连长是玛耶甫斯基上校。

一八八七年十二月二十二日,谢格洛夫在写给契诃夫的信上说,俄国作家普列谢耶夫很喜欢《吻》。

据俄国革命活动家米茨凯维奇在《两个时代的交界》一书中说,一八九二年或一八九三年,他亲自听到高尔基批评民粹派批评家米哈伊洛夫斯基对契诃夫创作的见解(如谴责契诃夫的客观主义,抨击他对生活现象缺乏社会评价,等等)。同时,高尔基强调说,他尊崇契诃夫是个"细致而深刻地熟悉小人物心理的专家",为此高尔基特别提到小说《吻》。

《男孩们》

最初发表在一八八七年十二月二十一日《彼得堡报》第三五〇号《短文》栏内,原有副标题《一场小戏》,署名"安·契洪捷"。

该小说由作者修改后,收入他自编的文集第一卷。作者修改时,删去副标题,并在文字上做了许多改动。

该小说的结尾是作者改写的。在"'那么你不去了?'切切维曾又问"之后,原文是这样的:

"'我……我去。'

"'那就穿上衣服!'

"'我舍不得……离开妈妈。'

"切切维曾就开始描摹美洲的美丽和旅行之乐。他学老虎咆哮,模仿轮船的击水声。他央告他,辱骂他,对他许下种种好处,最后他自己也失声痛哭了。沃洛嘉和那些小女孩就哭得越发响了。母亲被他们的哭声惊动,跑过来,可又问不出他们痛哭的原因,自己也哭了。

"过了两个钟头,到喝茶的时候,几个女孩谈话之中说漏了嘴,把秘密讲出来了。沃洛嘉和切切维曾交头接耳商量了一阵,就决定推迟逃往美洲的行期,等以后另有比较方便的机会再说了。"

托尔斯泰把这篇小说列为契诃夫的最佳小说之一(请参看本文集第二卷《假面》的题解)。

《卡希坦卡》

故　事

最初发表在一八八七年十二月二十五日《新时报》第四二四八号上,原题名是《在经过训练的伙伴中间》。

一八九二年该小说由契诃夫更换题名并加以修改和增补后,在彼得堡出版单行本,到一八九九年止共出六版。

后来,该小说由作者在标点符号方面稍加改动后,收入他自编的文集第四卷。

一九〇三年,该小说出版单行本,附有卡尔多夫斯基的插图。

一八九二年,该小说出版单行本前,契诃夫作了文字上的修改,重新划分各章,并添写一章:《不安宁的一夜》。结果,该小说原来的第一章《神秘的陌生人》一分为二,成为《不乖》和《神秘的陌生人》两章。原来的第二章《很投缘的新朋友,或稀奇古怪的玩意儿》,也分为两章:《很投缘的新朋友》和《稀奇古怪的玩意儿》。原来的第三章《天才!天才!》改为第五章。第六章就是新写的《不安宁的一夜》。第七章则是原来的第四章《不顺利的初次演出》。

此外,该小说的单行本文字有少许改动。原文中"现在假定你有个你热恋着的妻子。你从俱乐部出来,回到家里,不料撞见了她的男朋友",由作者改为"现在假定你是珠宝商人,卖金子和钻石。现在再假定你来到自己店里,碰见店里有贼。"一八九一年十二月三日,契诃夫在写给《新时报》发行人苏沃陵的信上提到这个改动说:"在家里碰见男朋友和妻子不贞的情节,我已经全部删掉。"

一九○○年,俄国精神病理学家和教授罗索里莫遵照教育学会的决定编纂儿童模范丛书,特向契诃夫提出要求,请他推荐他所写的合乎这个目标的作品。一九○○年一月二十一日,契诃夫在写给罗索里莫的回信上说:"看来,我的两篇故事适合儿童阅读,写的都是狗的生活①。现在挂号寄上。"

关于这篇小说的题材来源,有各种不同的说法。一八八七年十二月三日,俄国作家比里宾在写给契诃夫的信上说,《花絮》杂志主编列依金口口声声说,这篇小说的题材是他提供的。俄国作家杜罗夫在《我的野兽》一书中说,他把他的红毛狗卡希坦卡的故事讲给契诃夫听,契诃夫就把它写在《卡希坦卡》里了。

---

① 指《卡希坦卡》和《白额头》。——俄文本编者注

小说发表后，一八八八年一月八日，俄国诗人波隆斯基在写给契诃夫的信上说："新年前后，您给我们送来两篇小说：《卡希坦卡》和《东方童话》①。我要愉快地告诉您，这儿大家都喜欢您这两篇小说。两篇小说的结局不但出人意外，而且精彩之至，这是主要的。文字的调子完全适合地点、时间和您的人物。只有《卡希坦卡》的结尾，我觉得，带着疲乏和仓促的痕迹。最后那个场面似乎没有写足。"

俄国作家谢格洛夫在一八八七年十二月三十一日的信上说，《卡希坦卡》"动人极了"，同时也指出小说结束得"过于匆忙"。

《某小姐的故事》

最初发表在一八八七年十二月二十五日《彼得堡报》第三五四号上《短文》栏内，原题名是《冬天的眼泪》，并有副标题《摘自某公爵小姐的笔记》，署名"安·契洪捷"。

一八九七年，该小说由契诃夫更换题名，取消副标题，在文字上大加修改后，收入在莫斯科出版的《呼吁》一书。

后来，该小说再经作者略加修改后，收入他自编的文集第三卷。

小说中的侦讯官原来写明姓"米海洛夫"，修改后取消他的姓，改用名字"彼得·谢尔盖伊奇"。

小说的开端已被删除："圣诞节前夕，我在壁炉前面的地毯上坐着，回忆往事，借此等候我那些可爱的客人光临。冰雪叩击黑暗的窗户，在这种叩击声中回想夏天，那是很愉快的。

"我想起大约六年前……"

小说中闲游和谈情的场面由作者大加改动，例如，他删去了男

---

① 即契诃夫在1888年初发表的小说《无题》。——俄文本编者注

主人公在闲游时的一段话:"'我们走进那个城堡,不料从城堡主人的墓穴里爬出一个老蠢货,身披铠甲,对我们吹来一股冷气,嗓音沙哑地说:"你们到这儿来有什么事?"您当然马上晕倒了。那蠢货却对您一见钟情,把您拉到墓穴去,这时候雷声隆隆,猫头鹰怪叫,蝎子爬上爬下。于是成了一个长篇小说:《死人之恋》。'

"'然而这时候……'"

契诃夫从女主人公的回忆中删除了下面一段:"我瞧着壁炉里的火焰,听着冰雪叩击窗户,想起了米海洛夫,此外还想起许多现在我特别看重的人。我想起很多很多的人,特别是想起一个工程师,这人神情死板,浑身满是火车头的气味,仿佛他是用枕木、铁轨、股票做成的,不过他一爱上我,讲起话来可就妙语如珠了。他丢下枕木、铁轨、股票,像影子似的追随着我,用工人般粗鲁的男低音对我说,我身上放射出阳光,我靠花粉果腹,我那件浅蓝色衣衫正好跟我的淡黄色头发相配,就跟海水和沙滩相配一样。我还想起一个海军军官,他从新加坡和长崎给我写来许多情书。……"在小说原文中,年龄渐老的女主人公,当着客人们,她的"老朋友们"和米海洛夫的面,哭起来了。

《无题》

最初发表在一八八八年一月一日《新时报》第四二五三号上,原题名《东方童话》。

一八九九年,该小说由契诃夫更换题名,并做文字上的修改后,刊印在由莫斯科《信使报》发行的文艺选集《赈济歉收灾民》一书中,一九○○年该书印行第二版时,该小说未再改动。

一九○一年,该小说未再修改,由作者收入他自编的文集第四卷。

契诃夫对该小说的修改,着眼于简练。例如小说前半部,有一处原文是:"往往会发生这样的情形:他们生活单调,已经看厌碧绿的棕榈树和无花果树,听腻海水的哗哗声,连鸟雀的歌声也听不入耳,水果也懒得进口了,可是老修道院院长的才能,像粮食一样,却是每天都缺少不得的,那些听众从来也没有暗自思忖过:'听够了!'"后来这段原文经作者删改如下:"往往会发生这样的情形:他们生活单调,已经看厌树木,不喜欢春季和秋天,听腻海水的哗哗声,连鸟雀的歌声也听不入耳了,可是老修道院院长的才能,却像粮食一样,是每天都缺少不得的。"

一八八八年一月八日,俄国作家波隆斯基在写给契诃夫的信上,谈到这篇小说的成功:"新年前后,您给我们送来两篇小说:《卡希坦卡》和《东方童话》。我要愉快地告诉您,这儿大家都喜欢您这两篇小说。两篇小说的结局不但出人意外,而且精彩之至,这是主要的。文字的调子完全适合地点、时间和您的人物。"

同一天,契诃夫的大哥亚历山大·巴甫洛维奇,在写给他的信上说,他已经跟俄国作家列斯科夫相识,"他向你致意,认为你是天才。本月一日报上发表的你那篇童话使人产生一种压抑感。"

契诃夫自编的文集第四卷,由于印有《无题》、《打赌》、《贼》等三篇小说,俄国国民教育部学术委员会下令禁止俄国各地民众图书馆收藏,并禁止民众阅读。

《困》

最初发表在一八八八年一月二十五日《彼得堡报》第二十四号的《短文》栏上,署名"安·契洪捷"。

一八九〇年,该小说经作者修改后,收入他的小说集《闷闷不乐的人们》(该书由作者题词献给俄国音乐家柴可夫斯基)。在修改时,作者添写了小说的结尾:从"她把他掐死后"起,到"跟死人一样了"止。

该小说是作者在撰写中篇小说《草原》期间抽空写成的。一八八八年一月二十三日契诃夫在写给向他约稿的《北方导报》主编普列谢耶夫的信上说："由于下月一日就要来临，家中需要开支，我就心惊胆战，坐下来写了一篇匆匆赶出来的作品。不过这也不要紧。那个短篇小说只用了我半天的工夫，现在我又可以继续写我的《草原》了。"

据俄国作家戈尔坚威依节尔在一九〇〇年七月五日的日记里说：这篇小说得到列·托尔斯泰的高度赞赏。托尔斯泰把它列为契诃夫的最佳小说之一（请参看本文集第二卷《假面》的题解）。

《草原》

游　记

最初发表在文学月刊《北方导报》一八八八年第三期上。

同年，该小说由作者稍加改动后，收入他在彼得堡出版的《故事集》。

一九〇一年，该小说由作者大加修改后，收入他自编的文集第四卷。

在文集中，该小说第二章到第五章由作者大加删削。例如，第四章"在这欢乐的闹声中，人听见草原悲凉而无望地呼喊着：歌手啊！歌手啊！"后面，有一大段原文被删掉了："在夜色影响下，叶果鲁希卡的心绪开始忧郁。他暗想，在这样的天气，最好不是坐车去上学读书，而是回到家里，吃晚饭，睡觉。他就想象他怎样坐车回家，然而不是坐眼前这辆颠簸的马车，而是坐不久以前他见过的伯爵小姐那辆马车。那辆马车座位软和，舒服，宽敞，不过要紧的是，有地方放胳膊肘，枕脑袋。他挨紧伯爵小姐坐着，打盹儿，后来索性把手和头都放在她的膝盖上,那么愉快,那么舒畅。……渐渐地,他睡熟了,那辆带弹簧的马车摇摇晃晃,奔驰在尘土飞扬的大道上,快得叫人没法相信,而且发出柔和的沙沙声。叶果鲁希卡在睡熟以前:抬起头来看一下月光普照的夜晚,听一下车轮的辘辘声,不由得微笑,然后又把头放在亲切而美丽的小姐膝上。多么美妙的旅行啊!莫伊塞·莫伊塞伊奇的客栈、风车,有小溪的山冈,早已落在后面。随后出现了立在小山上的那棵熟悉的杨树。它刚刚闪过去,人就马上看见那个造砖厂和它冒出的乌黑的烟云,看见埋着奶奶的墓园,看见打铁店,最后就看见家了。……

"嘿!

"妈妈和厨娘留德米拉都从家里跑出来了。欢天喜地的妈妈打了个招呼,然后小声问道:'这位小姐是谁?'叶果鲁希卡回答说,她就是伯爵小姐,正是在她家的客厅里,摆着那么一只座钟,上面有个金骑士。他为了平安到家,想表一表谢意,就搂住伯爵小姐的脖子,吻她的眼睛、额头、两鬓。……'他一路上淘气吗?'妈妈问道。'不,'伯爵小姐回答说,'他一路上总在睡觉。'伯爵小姐德兰尼茨卡雅谈了不久.就告辞,打算坐车走了。可是妈妈不让她上车,请求道:'请您赏光在我们家里过夜吧!'伯爵小姐答应了,于是留德米拉跑进客厅,在长沙发上铺床。叶果鲁希卡呢,回到他的儿童室,连衣服也没脱就往床上一倒,睡着了,睡得很香,只是觉得有个尖尖的东西把他的右胯骨顶得很痛,原来他衣袋里放着犹太人的蜜糖饼干呢。叶果鲁希卡却顾不得这些,一心要睡觉,愉快得脸上露出笑容,可是忽然间,他的耳朵上边响起了洪亮刺耳的说话声。"

这个中篇小说反映了契诃夫儿时和青年时期乘车穿过草原去探望祖父的回忆,以及一八八七年春天契诃夫返回故乡的路上获得的印象。关于那次旅行,契诃夫在一八八七年二月十日写给

《新时报》发行人苏沃陵的信上说:"为了避免文思枯竭,我要在三月底动身到南方去,到顿河地区和沃罗涅日省等地去度过春天,重温如今已经开始淡忘的往事。那时候,我想,我的工作会活跃些。"

这个中篇小说是在一八八七年底动笔的,一八八八年一月一日契诃夫在写给俄国作家谢格洛夫的信上说:"我在写一篇草原小说。"小说写得很顺利,一八八八年二月三日就寄给《北方导报》月刊了。

这是契诃夫第一次为大杂志写稿。他在上述那封写给谢格洛夫的信里说:"我一想到我在为大杂志写稿,而且人们会过于认真地看待我这篇微不足道的作品,我就觉得好像有人在扯我的胳膊肘,犹如魔鬼扯修士的胳膊肘一样。"

契诃夫是在朋友们劝他对创作采取比较严肃的态度的影响下写这篇小说的。一八八八年一月九日,契诃夫在写给俄国作家柯罗连科的信中附去俄国作家格利戈罗维奇来信的抄件,他写道:"从这封信您也可以看出,并不只是您一个人真心诚意地要扶我走上正路,您明白我是多么羞愧。……我听从您友好的劝告,动手给《北方导报》写一个短短的中篇小说。"

契诃夫写这个作品费了不小的劲。一八八八年一月十九日契诃夫在写给普列谢耶夫的信上说:"将来您读完就会明白,我这个没经验的头脑吃过多少苦。"一八八八年一月九日和十二日,他在写给柯罗连科和格利戈罗维奇的信上都提到,他写惯了小作品,"总是提心吊胆,生怕写出多余的东西",因此他写得"过于紧凑",等等。

不过另一方面,写作《草原》给契诃夫带来很大的乐趣。他在一八八八年一月九日写给柯罗连科的信上说:"我写得兴致勃勃。"他在一八八八年二月三日写给普列谢耶夫的信上说:"我一边写，一边觉得我四周有夏季和草原的气息。"

　　契诃夫认为《草原》题材新颖，艺术手法别致。一八八八年一月十二日，他在写给格利戈罗维奇的信上说："我初次为大杂志撰稿，写的是草原，这种题材已经很久没有人写了。我在描写平原，淡紫色的远方、牧羊人、犹太人、教士、夜间的雷雨、客栈、运货的大车队、草原上的飞禽，等等。每一章分别是一个短篇小说，各章紧密相连，就跟卡德里尔舞里的五个舞式一样。我极力使各章具有一种总的气氛和总的调子，为了能够比较容易地做到这一点，我就让一个人物把各章串连起来。我觉得有许多困难我已经克服，有些地方颇有干草的气息了，不过，总的说来，我这篇东西却变得有点奇特，而且过分别致。……总的说来，这不成其为画面，却成了枯燥而详细的印象记，像提纲之类的东西了。我没能完整而富于艺术性地描写草原，却给读者送去一本'草原百科全书'。凡事开头难。然而我也不气馁。就算是百科全书，或许也不无用处吧。说不定这篇东西倒会打开我的同辈们的眼睛，让他们看到还有什么样的财富，什么样的宝藏没有经人触动过，因此俄罗斯艺术家的路子还不能算窄呢。如果我这个小故事能让我的同行们想起被人忘却的草原，如果我那些写得仓促而又枯燥的章节哪怕只有一段文字能给某个诗人提供一点引他深思的东西，那我也就谢天谢地了。"

　　一八八八年二月三日，契诃夫在写给俄国女作家基塞列娃的信上也讲到《草原》的别具一格，说："大杂志上已经很久没有出现这类小说了。我是以创新的面目在大杂志上发表作品的，不过我会为创新挨骂，就跟为《伊凡诺夫》①挨过骂一样。这篇小说会引起很多的议论。"

---

① 契诃夫的剧本。

契诃夫写完《草原》后，在一八八八年二月四日写给俄国作家拉扎烈夫-格鲁津斯基的信上说："这篇东西会不会取得成功，我不知道，可是不管怎么说，它总是我的力作，我再也没法写得更好了。"契诃夫在一八八八年二月五日写给格利戈罗维奇的信上也说："我知道果戈理正在另一个世界生我的气。在我们的文学中，他是草原的皇帝。我带着善意闯进他的国土，然而也写了不少荒唐话。这篇小说我有四分之三没有写好。"

契诃夫本来打算写《草原》的续篇。他在一八八八年二月五日写给格利戈罗维奇的信上说："我故意把它写得给人留下一个印象：这是一篇还没写完的作品。"这封信上还谈到《草原》主人公叶果鲁希卡未来的命运，说他"以后会在彼得堡或者莫斯科长住，肯定落到糟糕的下场"。一八八八年二月九日，契诃夫在写给普列谢耶夫的信上还谈到《草原》中其他人物的命运说："有点傻气的赫利斯托佛尔神甫已经死了。德兰尼茨卡雅小姐……日子过得很糟。瓦尔拉莫夫仍旧转来转去。您在信上说，迪莫夫作为素材，您是很满意的。……像捣蛋鬼迪莫夫这样的性格，由生活创造出来，原不是为了做分裂派，也不是为了流浪，更不是为了过定居的生活，而干脆是为了干革命的。……在俄罗斯却永远也不会有革命，那么迪莫夫的下场不外乎酗酒，或者关进监狱了事。他是个多余的人。"

然而续写《草原》的意图并没有实现。

契诃夫的这个中篇小说获得当时许多人的热烈评价。《北方导报》主编普列谢耶夫收到契诃夫寄去的《草原》手稿后，在一八八八年二月八日写给契诃夫的信上说："我如饥如渴地把它通读了一遍。我一读开了头，就再也放不下了。柯罗连科也是这样。……这篇东西太美，太富于诗意，弄得我简直找不出话来说了。而且，我也说不出我有什么意见，只能说我读得如醉如痴而已。这是个引人入胜的作品。我敢于预断,您的前程远大。那些景物描写多么精彩,那些人物多么生动可爱啊。……就算它缺乏为读者极其看重的外在的内容(指情节)吧,可是它内在的内容却无异于取之不尽的源泉。诗人们,充满诗情的艺术家们,一定会读得神魂颠倒。再者,通篇都可看到极其细致的心理描写。"一八八八年四月八日,普列谢耶夫的儿子在写给契诃夫的信上谈到俄国作家萨尔蒂科夫-谢德林对《草原》的评论说:"我父亲到萨尔蒂科夫家里去过一趟,他很欣赏《草原》。'这篇东西真精彩。'他对我父亲说。总之他对您寄予很大的希望。我父亲说,他对新作家是难得称赞的,却唯独欣赏您。"

俄国批评家米哈伊洛夫斯基读完《草原》后,在一八八八年二月十五日写信给契诃夫说:"我读着《草原》,心里一直在想:您同时赶写几个作品,把自己搞得四分五裂,这是很大的过错,如果您现在还是这样疲于奔命,那会是什么样可怕而又不可饶恕的过错啊。我一面读,一面好像看见一个大力士沿着大道行走,自己也不知道自己到哪儿去,为什么要去,随随便便地活动着筋骨,自己也不知道自己的巨大力量,干脆就没往那儿想。他时而拔掉小树苗,时而把大树连根拔起,干这些事一律轻而易举,就连这些动作的差别也没感觉出来。上帝赐给您的东西多,安东·巴甫洛维奇,对您的要求也高。……您不应当做文学的涉猎者,千万不要这样。您应当全心全意地从事文学工作。"

《草原》发表后,引起激烈的争论。该小说刚发表,俄国作家迦尔洵就在某画家寓所一连朗诵两遍,结果引起了争论,据俄国画家列宾回忆说,"当时契诃夫还是完全不知名的新人。大多数听众,连我也在内,都抨击契诃夫以及他那新的写作手法。他的作品缺乏题材,没有内容。……那时候人们还是以屠格涅夫作为衡量文学工作者的标准的。'这算是什么东西? 这作品既谈不上完整,又没有思想.'我们说。弗谢沃洛德·米哈伊洛维奇①呢,却用含着眼泪的可爱声调为契诃夫的美辩护,说俄罗斯文学还从未有过由这种语言、生活、率直合成的珍珠。他谈到俄罗斯文学中这颗初升的、当时还是全新的巨星表现了技巧、美,特别是诗意,简直赞不绝口!"

　　许多京城的报纸评论《草原》。批评家们并不否认作家的才华(所有的论文都提到这一点),可是另一方面,对待这个中篇小说的态度却是严厉的。他们要求篇幅大的作品突出基本思想并且清楚地展示,"这一基本思想是通过哪个人物极为生动地表现出来的。"(参阅俄国批评家加尔欣发表在一八八八年三月十一日《交易所新闻》上的文章)。照他们的看法,契诃夫的这篇小说不符合这种要求。批评家们指责这位作家"缺乏"编造小说结构的"能力",违反公认的文学标准。

　　那些报纸上的论文硬说契诃夫无力应付篇幅巨大的叙述体裁的任务,因此他写出来的就不成其为中篇小说,却成为一系列互不相干的速写和场景,只是外部用叶果鲁希卡这个形象串连起来而已。

　　契诃夫虽则力求简洁,然而又力求多方面地揭示生活,批评家们却不理解这一点。他们认为这篇小说没有"情节",人物描绘也过于潦草。批评家阿利斯达尔霍夫在一八八八年三月三十一日《俄罗斯新闻》上写道,"这篇小说里有一个极其重大的人物,决定小说情节的方向及其动态,那就是富商瓦尔拉莫夫,可是他之所以出场,却仅仅是为了要他骑着马在读者面前走一趟就完事了。"《草原》中祖国的主题没有引起批评家们的注意。批评家拉多日斯基在一八八八年三月十一日《圣彼得堡新闻》上发表的文章中

---

①　迦尔洵的名字和父名。

硬说契诃夫的这篇小说"与其说是文学作品,还不如说是民族学著作,带着纯粹记事的性质"。批评家季斯捷尔洛在一八八八年三月二十七日《周报》上指责俄国当代作家忽视俄国长篇小说的传统;在《草原》里,他像别的批评家一样没看见别的,只看出契诃夫在景物描写方面的"叙事诗般的热情","风景画般的创作"。

各派批评家虽然盛赞这篇新作的诗意以及对草原的描写手法的高明,可是拒绝承认这个中篇小说是文学方面的革新现象。批评家阿尔塞尼耶夫在一八八八年《欧洲通报》第七期上说,这篇小说乃是小型艺术的行家契诃夫"在老路上"走出的"新的一步"。其他批评家的评价也差不多。他们都认为艺术家契诃夫的独特性其实是他对小型体裁的尚未克服的迷恋。

许多关于《草原》的评论,都带有故作宽容的赞许口吻。例如批评家拉多日斯基写道,契诃夫将来"会有所成就"。特别惹得契诃夫愤慨的是批评家阿利斯达尔霍夫的评论,因为他着重指出《草原》是由一个新进作家写成的。一八八八年三月三十一日,契诃夫在写给作家普列谢耶夫的信上说:"他一碰到有名望的人就变得多么奴颜婢膝,可是一提到新进作家却又摆出父辈的架势,变得老气横秋、喋喋不休了!所有这些批评家既是马屁精又是胆小鬼,既不敢称赞,也不敢责骂,只能在一个可怜的灰色中心点上转来转去。主要的是他们不相信自己。……我的《草原》他读得费力,可是既然别人都喊'天才!天才!',难道他还敢承认他读得吃力?"

这类批评家对《草原》某些段落提出了批评意见,可是后来契诃夫修改这篇小说的时候,根本没理睬那些意见。

后来,《草原》引来了很多热情洋溢的评论。高尔基在《论散文》里谈到"用文字描绘事物"的著名作家,就援引这个中篇小说作为例证。高尔基摘抄了《草原》中的几段文字,写道:"这就是安·巴·契诃夫在他的小说《草原》里所写的,人们可以根据这个画面学习写作:个个词都清楚,个个词都朴素,每个词都妥帖。"高尔基在《米哈依尔·普列什文》一文中说:"契诃夫的《草原》好像是他用彩色的小珠子串成的。"

已故的苏联国家领导人加里宁同苏联作家肖洛霍夫的谈话中对契诃夫的作品做出了高度的评价,他说:"依我看来,一本好书,在它的书皮下面总有生活在跳动,就跟血液在皮肤下面流动一样,这种作品即使不会叫人永远记住,也还是会叫人久久不能忘怀。……您记得契诃夫的《草原》吗?"

《纠纷》

最初发表在一八八八年六月三日和七日《新时报》第四四〇四号和四四〇八号上,原题名是《生活琐事》。

该小说经作者更换题名并做过文字上的修改后,收入一八九〇年在彼得堡出版的契诃夫小说集《闷闷不乐的人们》。

最后,该小说经作者再做文字上的修改后收入他自编的文集第五卷。

契诃夫修改该小说时,做了大量的删削。例如,医生打人以后,幻想"同行们怎样给他寄来同情的信",后面本来还有下述一段文字:"他一面这样幻想,一面怜惜自己,甚至淌下了眼泪。"又如,在"'决斗您是不会赞成的……'"后面,原文是"医生说,喘着气,浑身发抖,连声调都变了,声音很响而且刺耳,接着他暗自想道:'我对他讲的话都不对头!'"又如,在"'她这是找她的姨妈去了。去就去吧!'"后面,原文还有:"昨天折腾了一天,再加上通宵失眠,害得他的神经十分疲劳,他竟然没有注意到医士碰见他,连帽子也没脱下。

"'要出什么事就随它去吧……'他想.'叫他们统统见鬼去

吧！我会丢开一切，吐口唾沫，一走了事的。……'

"走到哪儿去呢？平素心满意足的人一旦对自己和周围的人心怀不满，不知道怎样才能摆脱这种难受的心情，一旦他们觉得自己和全世界的人都有罪，那么他们寻求安慰的头一个办法，就是制造幼稚的和不能实现的幻想。医生心想，要是现在能到很远很远的地方去就好了，例如到高加索的黑海海滨去，买上一块地，亲手耕耘，他就见不到人，人家也见不到他了。……要是能隐姓埋名，在某修道院的修道室里过一辈子，倒也不错，既然他是大学毕业生，那么在修道院看来，他就是个不大寻常的人，他们就会乐于让他享受各种特权，例如叫他不必参加晨祷和弥撒，不必工作，允许他吃荤，等等，他就会一天到晚守在只有一扇小窗的塔楼里，倾听凄凉的钟声，撰写俄国医学史。……"

契诃夫的这篇小说获得俄国作家艾尔捷尔的好评，他在一八九一年一月二十六日写给另一作家柯罗连科的信上说："我记得，我去年春天曾在您面前尖锐地批评过契诃夫。可是去年夏天我偏巧读到他最近写的小说的集子，那么，我要对您说，他是个很有才能的人。再者，那个集子还有严肃的内容，只是它并不总是符合'思潮'的老一套尺度而已。比方说，在最近这个集子里，有许多篇小说极有力地揭示了'小人小事'的悲剧性的力量（例如《邮车》，又如打医士耳光的医生），说真的，这同任何'思潮'相比都是毫不逊色的。"

《灯光》

最初发表在一八八八年六月《北方导报》第六期上。

该小说反映了作者对他的故乡塔甘罗格的印象。

契诃夫写该小说时，在信中写道，他写得不顺手，必须把草稿大加删削和修改。后来，一八八八年四月十七日，契诃夫在写给

《北方导报》主编普列谢耶夫的信上说:"我已经把这个中篇小说的整个架子重新搭过,剩下没动的只有基石了。我不满意的是整篇小说,而不是其中的细节。……这个中篇小说的优点是简练,有点新奇。……"

该小说发表后,在报刊上没有获得好评。例如,一八八八年八月二十六日,《新时报》批评家布列宁写道,契诃夫有意超越短小的小说的范围,《灯光》就是他在这方面的不成功的新尝试。批评家们责难作者矫揉造作,进行道德说教,断言《灯光》里工程师所讲的故事过于浅薄,不足以证明悲观主义的危害。批评家阿利斯达尔霍夫在一八八八年七月一日的《俄罗斯新闻》上写道:"工程师的故事跟悲观主义简直没有什么实际的关系。……在作者笔下,工程师缺乏个性,他的情妇更加如此,故事本身只是表现了极度的恣意放纵而已。"批评家季斯捷尔洛在一八八八年九月十一日《周报》上写道,小说的下半部乃是"忏悔的悲观主义者的劝诫性故事"。有些批评家断言,这篇小说的内容微不足道,有些批评家则说它的内容是严肃的,只是契诃夫应付不了这种题材,他不应该"讲他不理解的事",批评家拉多日斯基于一八八八年七月十五日在《圣彼得堡新闻》上就是这样写的。

有些俄国作家在写给契诃夫的信上却表达了相反的评价。一八八八年五月十日,俄国作家普列谢耶夫在写给契诃夫的信上把这篇小说称为"美丽的精品"。俄国作家谢格洛夫在一八八八年五月二十九日写给契诃夫的信上,却认为契诃夫光是造出一种思想作为小说的基础,那是不够的,作者没有权利声称"这个世界上的事谁也弄不明白!"《新时报》主编苏沃陵对这篇小说显然也写了一点不满的意见。这类意见使契诃夫激动不安,他在一八八八年五月三十日写给苏沃陵的信上,谈到他对艺术家使命的理解:"您写道,关于悲观主义的议论也罢,基索琪卡的故事也罢,都丝毫没有解决悲观主义问题,也没有动摇它。我觉得,像上帝、悲观主义之类的问题,不该由小说家来解决。小说家的任务只在于描写什么样的人,在什么样的情形下,怎样谈论或者思考上帝或者悲观主义。艺术家不应当成为笔下的人物和他们所说的话的审判官,只应当做不偏不倚的见证人。我听见两个俄罗斯人讲了许多关于悲观主义的话,杂乱无章,什么也没解决,那我就应当把那些话按我听来的原样转达给读者。陪审员们,也就是读者,自会做出评价。我的事情仅仅在于应该有点才能,也就是善于分清人物的道白当中哪些重要,哪些不重要,善于把人物写活,善于用他们的语言说话。谢格洛夫责怪我不该用'这个世界上的事谁也弄不明白'这句话来结束这篇小说。按他的看法,艺术家兼心理学家非把事情弄清楚不可,这样才称得上心理学家。可是我不同意他的看法。写作的人们,特别是艺术家,如今总该承认,这个世界上的事是没有一件弄得明白的,以前苏格拉底就这样承认过,伏尔泰也这样承认过。一般人自以为样样都知道,样样都懂,他们越愚蠢,他们的眼界倒仿佛越宽了。不过,要是一般人所信赖的艺术家敢于声明,他对他见到的事一点也不理解,那么单是这一点也就无异于给思想领域添了一宗大学问,往前迈出了一大步。"

《美人》

最初发表在一八八八年十月二十一日《新时报》第四五一三号上。

一八九四年,该小说经契诃夫修改后,收入莫斯科《艺术家》杂志出版的文集《顺便说说》。

后来,该小说由契诃夫再做文字上的修改后,收入他自编的文集第三卷。

契诃夫的修改,主要是文字方面的润色和删削。例如,第一章中,在"他不再谈牧场,谈绵羊,却沉默下来,呆呆地瞧着玛霞出神"后面,原来还有下面一段:"我们的沉默并不显得尴尬,因为主人自己也沉默了。他知道他的女儿生得美。为了回答我们的沉默,他有点不自在地嗽喉咙,他的脸相仿佛在说:'她很俊,很出众,可是我们装得没注意到好了。'"又如,第二章中,在"这种变幻莫测的美丽就会像花粉那样消散了"后面,原来还有下面一段:"所有的乘客都默默地瞧着这个美人,不过,我记得,我身后有个上流女人,她对一个什么人说:'萨沙,我看她没有什么了不得的,至多不过有几分姿色罢了。'有个男人的语声回答她说:'可见你什么也不懂!'"

该小说的第一章反映了契诃夫中学时期的印象。契诃夫的堂兄盖奥尔吉·米特罗方诺维奇,在一八八八年十月十一日写给契诃夫的信上说:"多谢你那篇小说《美人》,使我想起了你我的爷爷,想起了马车夫卡尔波,他也跟爷爷一起到我们这儿来过。我记得,我有时候跟卡尔波一块儿到马棚里度过一整天,跟他一块儿到小铺里去给父亲送饭。在你跟爷爷同去拜访的亚美尼亚人的形象里,我立刻想到纳扎尔·米纳伊奇·纳扎罗夫,他性情固执而不通情理,我想起每到傍晚他常到小铺去找我的父亲。"

《命名日》

最初发表在一八八八年十一月《北方导报》第十一期上。

一八九三年,该小说经契诃夫修改后,由媒介出版社印成单行本出版。

后来,该小说由作者再加修改后,收入他自编的文集第四卷。

契诃夫对该小说的修改主要是删削。

第一章中,奥尔迦·米海洛芙娜有关她丈夫的某些想法以及她对丈夫的态度被删掉了。例如,在"仿佛他很满意自己,满意这个宴会,满意他的消化能力,满意大自然似的"后面,原文还有如下一段:"每逢她痛恨这个饱足的、难缠的、固执的人(这样的时刻是常有的),不知什么缘故,他的后脑壳就成了他身上最难看的地方。目前,奥尔迦·米海洛芙娜也正是在痛恨她丈夫那上流人气派的、头发剪得很好看的、油光光的后脑壳,她觉得以前好像没留意过她丈夫的这个后脑壳似的。"

又如,在"他从哪儿学来了用这种上司般的颤动音调讲话?这些'什么'啦,'嗯,是啊'啦,'老弟'啦,都是从哪儿来的?"后面,原文还有下述一大段:"'他这种威风凛凛的架势和过分的自负都是从哪儿来的?是的,既然他从我手里除了拿到土地以外,还拿到三十万卢布,那么现在他当然可以这样走路,这样装腔作势!'奥尔迦·米海洛芙娜暗想,'要是没有我,他就只有他那个已经抵押出去的柯谢甫卡庄园,那我想得出他走路会是什么样子!'

"然而她这种关于钱财的不纯洁想法,却是无意间不知从哪儿闯进她脑子里来的,把她吓坏了。'我这是女人的逻辑!'她暗自想道,随后把这种想法赶走。

"'他那种装出来的架势,装出来的腔调,他所走的每一步路,所说的每一个字,都无非是演戏罢了。他照这样而不是照别的样子走路,是因为他知道人家在看他,他这样走路正好配得上他的身份。虚荣,浅薄,虚伪,虚伪,无穷无尽的虚伪。可是,我的上帝啊,他是在谁的面前做假,在谁的面前演戏,在谁的面前装腔作势?是在那些人面前,其中有一半人是糊涂而且无聊的,有一半人是不幸的。……'可是以前却有一个时期,只不过一年前,他那庄重的步态、装出来的架势、语声里那种上司般的颤音,都招她喜欢,以为是真的。临到彼得·德米特利奇爱上奥尔迦·米海洛芙娜,向她献殷勤,她就觉得,从他那儿吹来一股年轻而且生气蓬勃的新鲜气息。他常到她的莫斯科寓所去,在那儿遇到的净是些大学生和高等女校学生,他的言行举止就跟今天宴会上一样。他总是不管有什么人在场,照直把他那些最保守的思想说出口,否定陪审法庭、地方自治局、市政自治条例,辱骂律师,讪笑妇女问题。……至于奥尔迦·米海洛芙娜周围的那群人,却按同一个方式思考问题,每天说同样的话,向同一个上帝祷告,因此连空气都似乎凝结起来,停滞不动了,于是他那种勇气不可能不获得成功。每逢年轻聪明而且大学毕业的彼得·德米特利奇,比方说,否定陪审制度,取笑高等女校学生,或者丢开报纸说:'你们何苦读这种无聊的东西!'或者着手证明那群人所喜爱的这个或者那个偶像其实是骗子和庸才,那么他的这类话就显得尖刻,新奇,独出心裁,大胆,甚至泼辣!如同那些身体消瘦、常常吃不饱肚子、装束不阔气、胆子很小的大学生和高等女校学生觉得自由主义思想合胃口一样,他这个又高又壮、装束时新、肚子吃得饱饱的人便跟保守主义思想投缘了。自由派奥尔迦·米海洛芙娜起初对她的朋友们声明,她跟'这个漂亮的警察'没有任何共同之处,可是等到她爱上他,随后做了他的未婚妻,她却不无骄傲地改口称呼他'我的怪物'或者'我的萨伏那洛拉①'了。

"她嫁给他以后,不久就明白过来:凡是以前她认为是彼得·德米特利奇的见解和信念的东西,其实都是假装的,不必要的。他是个聪明、受过教育、心眼不坏、为人正派、相貌英俊、谈吐风趣的人,可是事实证明,他跟莫斯科那群人一样,天天讲的总是老一套,总是老一套。……要是能够把他用来表达他的保守思想的字眼记录下来,然后数一数,那就可以看出他的语汇极其平庸和贫乏。如同莫斯科那群人天天大谈科学、人民和正直的思想方式,然而从不为科学、人民、思想办一件事一样,彼得·德米特利奇也大谈各种

---

① 萨伏那洛拉(1452—1498),意大利的传教士和宗教政治改革家。

自由主义设施的害处,不过同时又经地方自治局推选而任职,并且心安理得。他对本县的流言蜚语很感兴趣,他喜欢耍手段,就像那些十分冷落陪审制度、出版自由、妇女教育等问题的庸人一样。"

该小说第三章也有删节。例如,在"到处宣扬地方自治会一无是处,他上当了"后面,原文还有一段:"另外还有个划桨的男子,长着大胡子,神态严肃,老是皱起眉头。他很少开口讲话,从来也不露出笑容,总在思索,思索,思索。……他穿着以前乌克兰的统治者波卢博托克所穿的那种绣花衬衫,渴望小俄罗斯从俄国压制下解放出来。谁对他的绣花衬衫和渴望表示冷淡,他就鄙视谁,认定他是守旧派,俗不可耐。"

又如,在"……把一部分土地抵押出去,为的是秋天好跟他的情妇一块儿到克里米亚去居住"后面,原文还有如下一段:"他像强盗似的把他父亲遗下的土地劫掠一空,树林没有了,老果园没有了,土地呢,有一半已经抵押出去,而且荒芜了。还有一个人,上了年纪,然而头发还没银白,穿着斗篷,戴一顶红褐色草帽,脸色发黄,毫无神采。奥尔迦·米海洛芙娜小时候就见过他,他那模样到现在也没变,甚至他的秃顶也没扩大。他讲话总是冗长而单调,自以为这才合乎语言规范。不知什么缘故,他往往自称为六十年代的人(像这种打着六十年代旗号的灰色人物在每个大城和县城里都有)。不管他是在吃饭,在喝茶,在散步,还是坐在马车上,坐在船只上,他总是谈理想,谈妇女解放,谈进步,谈黑暗的势力,谈科学,谈文学,带着感情朗诵那些常常写到朝霞、夕照、火炬、雷声的诗篇,评论报纸和杂志,评论发行人和编辑,赞美某些人,揭发某些人变节,痛骂某些人下流。他凭六十年代人的权利为光辉的往日伤感,否定现在。他把彼得·德米特利奇看成危险的顽固派,然而对奥尔迦·米海洛芙娜却推崇备至,因为她是自由派,读过高等女校。他讲话文绉绉,酸溜溜。比方,他把前途叫作未来,把年轻人叫作年轻的力量或者正在成长的一代,把农民叫作民族的土壤,等等。实际上,他从没说过什么不入耳的话,为人也素来诚恳,然而不知什么缘故,他一开口,用阴沉的男高音讲起解放或者理想,他周身就开始冒出一股废弃的旧地窖里的气味。还有自由派叔叔尼古拉·尼古拉伊奇,闲得没事做,心里闷得慌,临到命运给他送来一个十分糟糕的保守派,他可就乐坏了,带着公鸡般的好斗心情抨击那个可怜虫,津津有味地把舌头转动不停!"

在小说的这一章里,还删掉了奥尔迦·米海洛芙娜关于未来的婴儿的想法以及她和地方自治局那些活动家的妻子们的谈话。

在小说第五章里,删掉了彼得·德米特利奇同医生告别的场面。在"他摆一下手,走出寝室去了"后面,原文还有如下的一段:"过了一会儿,他又走回来,在桌上取走一个什么东西,一眼也没看他妻子,从一个门口走出去了。

"'您要走吗,大夫?'他在门外问道,从他的口气听起来,好像他在对民事执行吏或者证人讲话似的。'您忙完一件事又要去忙另一件吧?好,农夫个个都有自己的地要种。……人人都得劳动才成。……'

"大概,他付给医生一笔报酬,因为医生不好意思地说:

"'您不用费心。……'

"'那怎么行?各种劳动都该取得报酬。……多谢您,大夫!请您以后别忘了我们这些罪人。……'

"彼得·德米特利奇把'多谢'说成'都谢'。从他的语声也罢,从他的口吻也罢,从他沉重庄严的步态也罢,谁也猜不出来一分钟以前这个人刚哭过一场!彼得·德米特利奇把医生送走后,快步穿过卧室,走向他的书房。临到他走过妻子身旁,他只匆匆瞟她一眼,露出负疚和恳求的神情。他仿佛想对她说:'我没法不做假!我没有力量克制自己。你帮帮我吧!'

437

"可是对奥尔迦·米海洛芙娜来说,他做假不做假,简直已经无所谓了。"

《命名日》这篇小说,契诃夫是从一八八八年九月十日开笔,到当年九月三十日写完的。九月三十日,契诃夫写信告诉普列谢耶夫说:"这篇小说写得略为冗长,有点枯燥,可是有生活气息,而且,您猜怎么着,还有'倾向性'呢。"同年十月四日,契诃夫在另一封信上说:"我请求在我的小说里连一行也不要删削。我提出这个请求,倒不是因为固执,也不是因为逞强,而是担心删削会破坏我的小说的调子,这可是我素来害怕的。"

一八八八年十月六日,普列谢耶夫读完小说手稿后,在写给契诃夫的信上指出,该小说证明作者具有丰富的"生活知识和深入的观察力",然而他同时又认为该小说连一点"倾向性"也没有。普列谢耶夫写道:"在原则性的态度方面,这篇小说既没反对自由主义,也没反对保守主义。"他劝契诃夫取消乌克兰民族主义者和六十年代人的形象,尽管作者嘲笑他们,可是依他看来,这并没有显示作者的立场,而删掉他们却不会妨害"小说的客观性"。普列谢耶夫认为该小说的中部略嫌沉闷;指出在小说结尾,彼得·德米特利奇这个形象的心理活动缺乏说服力。① 他还指出,"奥尔迦·米海洛芙娜跟农妇们关于分娩问题的谈话以及她突然留意她丈夫的后脑壳这一细节,带有模仿《安娜·卡列尼娜》的味道,在那部小说里,杜丽也跟农妇们谈到怀孕,而且安娜突然发现她丈夫的耳朵很难看。"

一八八八年十月七日和九日,契诃夫在写给普列谢耶夫的信上详细回答他所提的意见,其中也有该小说的社会思想倾向问题。

---

① 即彼得·德米特利奇送别医生的场面,后来由作者删掉了。——俄文本编者注

他问道:"难道在这篇小说里我不是从头至尾抗议虚伪?难道这不算是思想倾向?"契诃夫郑重说明,他并未掩盖他对小说女主人公的同情,也没隐瞒他对地方自治会和法庭陪审制的尊敬。他为了阐明他对乌克兰民族主义者之类的人物的态度,写道:他所指的并不是乌克兰人"对本民族语言、对故乡的热爱",而是"那些思想深刻的愚人,他们因为果戈理不使用乌克兰语写作便骂他,他们其实是些蠢材,平庸而苍白,头脑里和心灵里简直一无所有,却又极力装得高于一般水平,俨然很了不起,为此不惜在额头贴上标签。"契诃夫还阐明他对六十年代人物的态度说:"六十年代是神圣的年代,如果纵容愚蠢的黄鼠狼去糟蹋它,就无异于把它庸俗化。不行,我不删掉乌克兰民族主义者,不删掉那只惹我讨厌的蠢鹅!……我描写这种家伙,或者讲起他们的时候,我所想到的并不是什么保守主义,也不是什么自由主义,而是他们的愚蠢和自命不凡。"

关于与托尔斯泰的作品中的某些地方有相似之处的问题,契诃夫答复道:"有关后脑壳的话,您说得对。我当初写到那儿,就已经感觉到了,可是要我丢开我观察到的那个后脑壳,我却缺乏勇气:有点舍不得。"

十月十日,契诃夫在写给普列谢耶夫的信上要求把小说的校样寄来,以便"稍加"修改和删削。可是普列谢耶夫在十月十五日写给契诃夫的信上说,小说已经大部分印好,普列谢耶夫认为寄校样已经于事无补了。以后,契诃夫在修改该小说的时候,考虑了普列谢耶夫的大部分批评意见。

契诃夫对这篇小说并不满意。一八八八年十月二十七日,他在写给苏沃陵的信上说,他为了赶活儿,又担心把《命名日》写得过于冗长,就把好好的素材糟蹋掉了。"写小说时总是不由自主地首先想要把架子搭好:从一群人物和半人物当中,只取出一个人物:妻子或者丈夫,然后把这个人物放在背景上,一个劲儿描写他,突出他,至于其余的人物,就随便撒在背景上像小铜币一样,结果变成与天空中的情况相似:中间是一个大月亮,四周是一群很小的星星。然而月亮没有获得成功,因为只有在星星得到理解的时候,月亮也才能得到理解,现在星星却没写好。"

《命名日》促使俄国批评家更多地注意契诃夫的艺术手法。他们不得不承认,细致的心理分析、对细节的巧妙运用、语言的丰富、细心的艺术加工,已经成为这位青年作家的创作特点。然而同时,他们又继续责难他违背艺术表现生活的常规。

例如在一八八八年十一月二十五日《莫斯科新闻》上,俄国批评家阿利斯达尔霍夫写道:《命名日》"照例几乎没有什么情节,心理分析却非常生动深刻,成了整个作品的要害和意义。……我们觉得毫无疑义的是,契诃夫不善于或者不愿意按照艺术理论所要求的那样写作。"

某些批评家指出,《命名日》中对人物的描绘才气横溢,但同时又责难作者热衷于细节描写。他们认为"这篇小说总的说来略嫌冗长乏味。……"(见一八八八年十一月二十五日《圣彼得堡新闻》)

批评家们结合《命名日》谈到契诃夫的世界观,谈到托尔斯泰对他的世界观的影响。在一八八九年一月一日《周报》上,俄国批评家季斯捷尔洛写道,在艺术手法和文笔的调子方面《命名日》都非常近似托尔斯泰的小说《伊凡·伊里奇之死》,这两篇小说同样"引起人们对其中所描写的生活的憎恶"。

俄国《交易所新闻》报的批评家加尔欣对这篇小说的评价跟季斯捷尔洛相近。他在一八八八年十一月六日《交易所新闻》上写道:"这位有才华的作者在生动的描绘中无情地揭露了他笔下人物的内心世界,从而画出了一种精神空虚的状态,令人读后不由得像常言所说的那样为人类担忧。"

但是有些读者热烈欢迎这篇小说。契诃夫在十一月十三日写给普列谢耶夫的信上,以及在十一月十五日写给苏沃陵的信上,都谈到这篇小说在小剧院的演员们和女读者那儿取得了成功。"我那篇《命名日》中了女士们的意。不管我走到哪儿,总受到称赞。真的,作为医生而且懂得自己所写的病症,那倒挺不坏呢。女士们都说,分娩情形描写得真切。"

《精神错乱》

最初发表于一八八九年在圣彼得堡出版的《纪念迦尔洵》文艺丛刊上,实际上这个短篇写于一八八八年。一八九〇年,该小说由契诃夫加以删削并做文字上的修改后,收入他的选集《闷闷不乐的人们》。一八九五年,该小说经作者略加修改后,收入莫斯科"媒介出版社"发行的丛刊《闪光》。后来,该小说由契诃夫再加修改后,收入他自编的文集第五卷。

俄国作家迦尔洵于一八八八年三月二十四日自杀逝世,在当时产生了强烈的反响,于是《新闻报》和《北方导报》杂志的撰稿人决意出版两本丛刊,用以纪念去世的作家。俄国作家巴兰采维奇和普列谢耶夫都向契诃夫提出要求,请他写小说。契诃夫谢绝参加巴兰采维奇主编的丛刊,至于对普列谢耶夫的请求,契诃夫在一八八九年九月十五日写给他的信上回答说:"不给这个集子一篇小说,那是不合我的心意的。第一,像已故的迦尔洵这样的人,我是用整个心灵热爱的,我认为我有责任公开道出我对他的同情;第二,迦尔洵在他一生的最后那些天对我很关心,这是我不能忘却的;第三,拒绝参加这个集子,无异于缺乏同行的情谊,换句话说,十分卑鄙。所有这些都是我深切地感受到的,然而请您想一想我的荒谬处境吧!适合这个集子刊登的东西,我手头简直一点也没有。……不过,我总算还有一个题材:有个青年男子具有迦尔洵那样的气质,颇不寻常,为人正直,十分敏感,生平第一次走进了妓院。既然对严肃的事必须说严肃的话,那么在这篇小说里,一切都会写得真正符合现实的。说不定我会把这个作品写好,像我希望的那样给人留下一种郁闷的印象。说不定这篇小说倒会写得不错,适合集子刊登,不过,亲爱的,您能保证书报检查官或者你们的编辑部不会把这篇小说当中我认为重要的地方删掉吗?要知道,这个集子附有插图,因而是要送交书报检查官审批的。如果您保证一个字也不会删掉.那这篇小说我只消两个傍晚就能写成。要是您无法保证,那就请您再等一个星期,我会给您最后的回答:说不定我会想出一个题材来!"

这样的保证是普列谢耶夫无法提供的。他担心书报检查官会"百般挑剔",就在一八八八年十一月五日写给契诃夫的信上劝告契诃夫写小说的时候务必加以小心。

一八八八年十一月十三日,契诃夫将《精神错乱》的手稿寄给普列谢耶夫,并在附去的信上对这篇小说做出了评价:"这篇小说完全不宜于在家庭读物上刊登,它不优雅,冒出排水管里的潮气。不过,至少我的良心算是安宁了:第一,我信守了我的诺言;第二,为了纪念已故的迦尔洵,我已经按照我的心意和能力做出了奉献。我作为医生,觉得我对精神病的描写是确切无误的,符合精神病学的一切规律。"

一八八八年十一月十六日,普列谢耶夫在写给契诃夫的信上说,他"喜欢这篇小说的严肃和含蓄,也喜欢它的主题"。可是,他作为主编,仍然跟先前那样担心书报检查官作梗,"他们是不喜欢作家描写这种事的。"可是,这篇小说总算在丛刊上发表了,事先没有遭到书报检查官的删削。

一八八八年十二月,俄国演员达维多夫在"文学协会"朗诵这篇小说,受到听众的热烈欢迎。

在这次朗诵后不久,俄国著名老作家格利戈罗维奇在写给契诃夫的信上说,某些人认为这篇小说的题材"下流",因而愤慨得很,可是"这纯粹是胡说"。他还写到有人责难作者,说主人公的行为缺乏根据,然而格利戈罗维奇认为这种批评没有道理,证明批评者缺乏"真正的文学感觉"。他认为这篇小说和它的主人公"具有崇高的人道主义感情,这种精神在小说里自始至终照亮一切,说明一切……"。这位老作家分析这篇小说的时候,特别注意到对雪的描写:"天色阴沉的傍晚、刚刚落下而且还在落下的湿雪,都选择得颇具匠心,仿佛成为配合小说里洋溢着的忧郁情绪的和音,自始至终烘托着那种情绪。……谁都没有重视三〇八页的第六行①,这真把我气坏了,可是我听说,文学协会当时竟然有诗人在座!……"

一八八八年十二月二十三日,契诃夫在写给苏沃陵的信上,谈到人们对这篇小说的评价说:"文学协会、大学生们、叶甫列依诺娃②、普列谢耶夫、姑娘们等等,全都交口称赞我的《精神错乱》处处都好,然而,留意到小说里初雪的描写的,却只有格利戈罗维奇一个人。"

俄国作家戈尔布诺夫-波沙多夫在一八九一年九月十三日写给契诃夫的信上称赞这篇小说,认为它"在道德方面产生极为深刻的印象",请求契诃夫准许他把这篇小说刊登在《为堕落的人》集子上。这个集子没有出版,可是这篇小说仍然在一八九五年的《闪光》集子上刊登出来了。

---

① 该行的原文是"雪落进这条巷子里来怎么会不害羞呢",后来由作者改为"雪怎么会落到这条巷子里来"。——俄文本编者注
② 《北方导报》杂志的发行人。——俄文本编者注

《鞋匠和魔鬼》

最初发表在一八八八年十二月二十五日《彼得堡报》第三五五号上。

该小说由作者修改后,收入他自编的文集第一卷。

该小说是应《彼得堡报》主编胡杰科夫的请求,特为该报《圣诞节专号》撰写的。从一八八八年十二月十九日契诃夫写给苏沃陵的信来看,契诃夫对这个作品不满意,认为这篇小说的题材"没有价值"。同年十二月二十三日,契诃夫在写给苏沃陵的信上要求他不要读这个作品,说"我为它感到害臊"。

契诃夫的同时代人觉得契诃夫的这个作品有点像托尔斯泰所写的那种民间故事。例如,俄国作家列依金在一八八八年十二月三十日或三十一日写给契诃夫的信上,一方面对这篇小说做出肯定的评价,另一方面又说这个作品"不是用契诃夫的笔调而是用托尔斯泰的笔调写成的"。

《打赌》

最初发表在一八八九年一月一日《新时报》第四六一三号上,题名是《童话》。

该小说由作者修改后,收入他自编的文集第四卷。作者修改时,改换题名,润色文字,删掉某些细节。例如,第一章结尾原来有如下的一段:"他所读的最后一本书是塞万提斯的《堂吉诃德》,倒数第二本却是托尔斯泰伯爵的《我信仰什么》。"后来,契诃夫在修改这篇小说时,把这一段删掉了。

这篇小说原有第三章,它在修改时被删掉了,现照抄如下:

"一年过去了。银行家举办晚会。这次晚会上有许多聪明人在座,谈了不少有趣的话。他们还随口谈到生活目标和人的使命。他们讲起富有的青年,讲起道德的完善,《福音书》所宣扬的爱,讲

起人生的空虚,等等。客人大多家财豪富,却又几乎全都否定财富。其中有一个人说:

"'在那些我们认为神圣的或者天才的人物当中,富翁是少见的,就跟在天空,彗星也少见一样。由此看来,要改进人种,财富并不是必不可少的条件,或者说得干脆点,根本就不需要财富。凡是不需要的东西,就一定起妨害作用。……'

"'当然!'另一个人同意道,'正是因为这个缘故,人的完善的最高表现是僧侣的禁欲主义,虽然这是比较粗糙的形式(至于比较细致的形式,那还没想出来),易言之,为了思想便彻底抛弃生活。为思想服务,同时又为交易所服务,那可是办不到的。'

"'我不明白怎么会是这样!'第三个人气愤地插嘴说,'依我看来,抛弃生活跟最高度的完善毫不相干。你们要明白我的意思!否定图画就是否定画家,否定女人、贵重金属、葡萄酒、好天气,无异于背弃上帝,因为这一切都是上帝创造的!而禁欲主义者偏要说侍奉上帝!'

"'完全对!'一个老财主说,他在交易所里是银行家的对手。'您不妨补充一点:禁欲主义者只是存在于想象中罢了。世界上并没有这种人。不错,的确有些老头子不近女色,有些养尊处优的人不要钱财,有些看破红尘的人屏弃名望,可是我在世上活了六十六年,有生以来却一次也没见过健康茁壮而且头脑并不糊涂的人,比方说,会舍弃百万家财。'

"'这样的人是有的。'身为银行家的主人说。

"'您见过这种人?'

"'说来我运气好,我真见过……'

"'不可能。'那个财主不相信。

"'我敢向您担保。我真见过这样一个穷人守住原则不放,硬是舍弃了两百万。'

"财主笑了,说道:

"'您必是给人蒙骗了。我再说一遍,这样的人是没有的。我对这一点深信不疑,所以我敢跟您打赌,赌注大小都由您,哪怕一百万也成。'

"'我下三百万的赌注!'银行家嚷道。

"'同意!诸位先生,我下三百万的赌注!'

"银行家头脑发晕。他相信他一定胜利,简直后悔刚才没下五百万的赌注。他有了这么一笔款子,就不愁不能在交易所里重整旗鼓!

"'好,事情说定了!'财主叫道,'不过,您什么时候给我拿出证据来?'

"'马上就拿!'银行家得意地说。

"他本想回到书房去,从那儿的保险柜里取出放弃钱财的文件来,可是这当儿有个听差走进门来,说道:

"'来了一位先生,要见您。'

"银行家向客人们告个罪,走出门去。他刚举步走进前厅,就有个装束体面的人急忙向他走来,脸色苍白得叫人吃惊,眼眶里含着泪水,一把拉住他的手,用发抖的声音开口说:

"'对不起……对不起。……'

"'您有什么事?'银行家问,'您是什么人?'

"'我就是那个虚度十五年光阴而又不肯要那两百万的蠢人。……'

"'那么您要怎么样?'银行家又问一遍,脸色发白了。

"'那时候我全错了!凡是没有亲眼看见生活或者无力享用生活种种好处的人,就不能判断生活是好是坏!太阳那么光芒四射,女人那么妩媚迷人!葡萄酒的味道那么好!树木那么苍翠!书籍无非是生活的淡淡的阴影,可是这个阴影却把我的精力统统夺走了！我亲爱的，'法学家跪倒在地，接着说，'我不是求您给我两百万，我已经没有权利要两百万了，我只求您给我十万或者二十万！要不然，我就得自杀！'

"'好，'银行家声音低沉地说，'您要的款子，明天会如数拿到。'

"然后他匆匆回到客人身边。他心血来潮，一心想立刻放开喉咙，对大家声明说，他这个银行家，深深地蔑视百万的财富、交易所、自由、女人的爱情、健康、人的话语，他还想声明说，他也要放弃生活，明天就把全部家业散给穷人，离开这个世界了事。……可是，临到他走进大厅，却想起眼下他的债务已经比他的钱财多，他已经没有力量爱慕女人，畅饮美酒，因此，在旁人眼里，他声明放弃生活就没有什么意义了，他想到这儿，就周身无力，颓然在圈椅上坐下去，口中说道：

"'您赢了！我破产了！'"

一八八八年十二月二十八日，契诃夫把《打赌》寄给《新时报》发行人苏沃陵。该小说的结局有点近似契诃夫另一篇小说《无题》的"值得注意"的结局。它所偏重描写的也不是脱离世界，而是脱离现实生活。一八八九年一月三日，俄国作家和《北方导报》杂志主编普列谢耶夫在写给契诃夫的信上说，俄国作家格利戈罗维奇和其他人都抱怨这篇童话"不好懂"，它给人留下"赞扬金钱"的印象。

一九〇三年六月十七日，契诃夫在写给彼得堡女医生波波娃的信上讲到这篇小说的结尾已经有了改动，他说："后来，我读校样的时候，对那个结尾很不满意（详细情形我现在已经记不得了），觉得它过于冷漠和严峻，我就把小说丢掉了。随后，我删掉结尾，添上两三行算是新的结尾，于是，您发现小说的思想内容跟以前截然不同了。"

《公爵夫人》

最初发表在一八八九年三月二十六日《新时报》第四六九六号上。

一八九〇年,该小说经契诃夫删改后,收入他的小说选集《闷闷不乐的人们》(于圣彼得堡出版)。

后来,该小说由作者收入他自编的文集第五卷。

该小说是作者在一八八八年十一月开笔的,拖延了几个月才写成。一八八八年十一月十五日,契诃夫在写给苏沃陵的信上说:"我在描写一个糟糕透了的女人。"契诃夫在同年十一月十八日写给苏沃陵的下一封信上说,他所写的小说带着"抗议的调子",这在他却是新的。直到一八八九年三月五日,该小说才寄给苏沃陵。同时,契诃夫在信上写道:"叫它见鬼去吧,我已经写得腻味了,可是它老是赖在桌子上不走,一心要我把它写完。好,现在总算写完了,然而不大通畅。"契诃夫要求把校样寄给他,以便把小说"润色一下",后来这个要求得到了满足。

《北方导报》主编普列谢耶夫素来十分钦佩契诃夫的才华,这次却表示惋惜,因为这篇小说没有寄交《北方导报》发表。一八八九年五月二十二日,他在写给契诃夫的信上说:"这篇小说没有登在我们的刊物上,我深感遗憾!"